O PENSAMENTO POLÍTICO
CLÁSSICO

O PENSAMENTO POLÍTICO CLÁSSICO

Maquiavel, Hobbes, Locke, Montesquieu, Rousseau

Organização, introdução e notas
CÉLIA GALVÃO QUIRINO
MARIA TEREZA SADEK

Martins Fontes
São Paulo 2003

Copyright © 2003, Livraria Martins Fontes Editora Ltda.,
São Paulo, para a presente edição.

1ª edição
1980
T. A. Queiroz
2ª edição
setembro de 2003

Acompanhamento editorial
Helena Guimarães Bittencourt
Revisões gráficas
*Célia Regina Camargo
Renato da Rocha Carlos
Maria Fernanda Alvares
Sandra Garcia Cortes
Dinarte Zorzanelli da Silva*
Produção gráfica
Geraldo Alves
Paginação/Fotolitos
Studio 3 Desenvolvimento Editorial

Dados Internacionais de Catalogação na Publicação (CIP)
(Câmara Brasileira do Livro, SP, Brasil)

O Pensamento político clássico : Maquiavel, Hobbes, Locke, Montesquieu, Rousseau / organização, introdução e notas Célia Galvão Quirino, Maria Tereza Sadek. – 2ª ed. – São Paulo : Martins Fontes, 2003. – (Biblioteca universal)

Bibliografia.
ISBN 85-336-1810-7

1. Política I. Quirino, Célia Galvão. II. Sadek, Maria Tereza. III. Série.

03-4251   CDD-320.5

Índices para catálogo sistemático:
1. Idéias políticas : Ciência política   320.5
2. Pensamento político   320.5
3. Política : Teorias   320.5

Todos os direitos desta edição reservados à
Livraria Martins Fontes Editora Ltda.
*Rua Conselheiro Ramalho, 330/340 01325-000 São Paulo SP Brasil
Tel. (11) 3241.3677 Fax (11) 3105.6867
e-mail: info@martinsfontes.com.br http://www.martinsfontes.com.br*

ÍNDICE

Introdução 1
Nota à presente edição 7

CAPÍTULO 1 | A primeira figura da filosofia da *praxis* – Uma interpretação de Antonio Gramsci (Claude Lefort) ... 9

CAPÍTULO 2 | Sobre a lógica da força (Claude Lefort) 35

CAPÍTULO 3 | Hobbes: o problema da interpretação (W. H. Greenleaf) 59

CAPÍTULO 4 | O Estado e a religião (Leo Strauss) 91

CAPÍTULO 5 | O mecanismo social no Estado civil (Raymond Polin) 113

CAPÍTULO 6 | O indivíduo e o Estado (Raymond Polin) 129

CAPÍTULO 7 | Os fundamentos econômicos da política de Hobbes (William Letwin) 137

CAPÍTULO 8 | Indivíduo e comunidade (Raymond Polin) 157

CAPÍTULO 9 | A teoria de Locke sobre a propriedade (J. W. Gough) 197

CAPÍTULO 10 | A separação de poderes e a soberania (J. W. Gough) 219

CAPÍTULO 11 | A teoria social e política dos "Dois tratados sobre o governo" (Peter Laslett) 245

CAPÍTULO 12 | Como Montesquieu classifica as sociedades por tipos e por espécies (Émile Durkheim) 279

CAPÍTULO 13 | As idéias políticas e morais de Montesquieu (Joseph Dedieu) 293

CAPÍTULO 14 | Montesquieu – a razão construtiva (Bernard Groethysen) 341

CAPÍTULO 15 | Dois planos e duas leituras (Paul Vernière) 357

CAPÍTULO 16 | "O contrato social" e a constituição do corpo político (Émile Durkheim) 411

CAPÍTULO 17 | A questão de Jean-Jacques Rousseau (Ernst Cassirer) 443

CAPÍTULO 18 | A teoria de Rousseau sobre as formas de governo (Bertrand de Jouvenel) 489

Bibliografia 503

INTRODUÇÃO

Acreditamos que a compreensão dos fenômenos políticos passados e atuais exige um conhecimento mais profundo do pensamento político clássico. É comum encontrarmos em estudos sobre nossa realidade política um desconhecimento de certos conceitos, de suas características e importância nos diferentes contextos em que foram criados e desenvolvidos. As críticas feitas a estes conceitos e as transformações que sofreram nas visões mais modernas acabaram por modificá-los a tal ponto que as condições em que nasceram chegam a ser relegadas ao esquecimento, assim como sua importância e significados reais em cada momento histórico, sendo mesmo comum uma utilização inteiramente deturpada das noções elaboradas pelos pensadores políticos clássicos.

Assim, parece-nos ser um empobrecimento do conceito de liberalismo, por exemplo, a afirmação e mesmo o ensino já costumeiro em nossas universidades de que o liberalismo é apenas a ideologia da classe dominante, necessária ao desenvolvimento do capitalismo em determinado período. Como tal, seria um pensamento reacionário, fora de moda e acabado. Apesar de um estudioso da importância de C. B. Macpherson (*The Political Theory of Possessive Individualism, Hobbes to Locke.* Nova York, Oxford University Press, 1962) ser, talvez, um dos responsáveis por semelhantes proposições (muitas vezes por má compreensão de sua obra), seu raciocínio não é tão simplista e sua obra permitiu a abertura de novos enfoques em torno do pensamento liberal, ampliando discussão tão significativa em nossos dias. A compreensão das diferenças entre liberalismo econômico e político, as significações específicas de cada um em cada situação, bem como a própria transformação do significado dos conceitos são temas atuais que merecem ser repensados.

A história das idéias políticas não é apenas a história das ideologias. Seu conhecimento nos permite penetrar no âmago da ciência política. Afinal, pensadores como Maquiavel, Hobbes, Locke, Montesquieu e Rousseau estavam preocupados em desvendar a questão fundamental da ciência política. Em toda parte, todo o tempo, homens dominaram homens. Por que e para quê? Em torno destas perguntas, e tentando respondê-las, os cientistas políticos debatem-se até hoje.

É, sem dúvida, pelo fato de tentar resolver esta questão fundamental que o cientista político acaba por apresentar não apenas análises teóricas de situações ou apenas especulações sobre como poderiam ser, mas também proposições no sentido de manter ou transformar uma dada realidade política, uma dada relação de dominação, uma dada estrutura de poder.

Assim, qualquer teoria política é a expressão do seu mundo e, necessariamente, traz também em si mesma um convite à ação. Ação que tanto pode ser no sentido de aceitar, preservar ou legalizar o *status quo* como no de levar à revolta, à transformação ou à revolução. Isto é, toda ação política implica obrigatoriamente criar, transformar e conceder poder a alguém.

É claro, também, que todo pensador político faz a crítica da sua realidade política, e é evidente ainda que esta crítica e suas proposições apareçam como ideologias que muitas vezes expressam as aspirações de uma camada, de uma classe, de toda uma época. Mas nenhum Maquiavel, nenhum Hobbes, nem mesmo um Locke, com sua lógica meio capenga, pode ser visto apenas como um ideólogo do seu mundo.

As questões políticas, tanto as teóricas como as que indicam uma ação, levantadas por Maquiavel, por exemplo, são as do nosso mundo moderno. Para não falar na figura do "Príncipe", compreendido das mais diferentes formas: é um indivíduo, é uma classe, é um partido, é todo um povo, é o Estado? Esta discussão é tão atual e tão importante como sua visão da burocracia, dos exércitos nacionais, dos perigos da tirania e dos possíveis desmandos da democracia.

Pensadores como Maquiavel, Hobbes, Montesquieu, Locke e Rousseau, seus temas e as formas de discuti-los, são ainda relevantes, pois a questão fundamental permanece: por que existe e é aceita a dominação? É verdade que muitas vezes, pelo menos na teoria, acreditamos tê-la resolvido; na prática, porém, ela permanece presente e sem resposta em todas as realidades políticas.

Parece-nos, insistimos, ser tão verdadeira a contemporaneidade dos clássicos que é sempre com referência ao que elaboraram que o debate político, acadêmico ou não, tem seu universo de desenvolvimento. Afinal, para só citarmos um exemplo, onde encontraremos os fundamentos da discussão tão acalorada da compatibilidade entre igualdade e liberdade, nos séculos XIX e XX, senão em Locke e Rousseau? Este tipo de exemplo poderia ser multiplicado ao infinito; porém, basta-nos por ora salientar que a discussão dos clássicos não se esgota num mero gosto por erudição. Ao contrário, a reflexão sobre as temáticas clássicas é um desafio para a compreensão do passado e sugere caminhos para a interpretação do presente.

***

A necessidade de uma obra como esta nos foi sugerida, antes de tudo, pela dificuldade que encontramos, ao trabalhar com os textos clássicos, na indicação de uma bibliografia de análise. É claro que nada substitui a leitura dos próprios autores clássicos. Felizmente, já possuímos boas traduções de suas obras, o que sem dúvida permitiu um acesso mais fácil e amplo a textos que até poucos anos atrás circulavam entre um número bastante restrito de leitores. Um segundo passo, pareceu-nos, seria a apresentação de uma coletânea em que pensadores mais modernos, traduzindo diferentes tendências filosóficas, apresentassem sua visão das problemáticas levantadas e discutidas pelos pensadores políticos clássicos. Não só não há nada, ou quase nada, traduzido para o português, como o acesso a uma bibliografia importada é problemático. A essas dificuldades, deve-se acrescentar o caráter sempre bastante simplificado e não raro simplista da maioria dos manuais sobre a história do pensamento político.

Certamente o leitor desejará saber por que escolhemos estes autores e estes intérpretes. Se a justificativa da escolha de Maquiavel, Hobbes, Locke, Montesquieu e Rousseau pode parecer mais fácil, na verdade ela somente o é na medida em que já se tornou tradição nos cursos sobre o pensamento político clássico sua leitura e discussão. Cada um destes pensadores só é clássico porque retrata em sua obra sua época e, também, porque em igual medida desenvolve questões e encaminha respostas que são paradigmáticas. É este caráter de clássico e de contemporâneo presente na obra de cada um dos autores selecionados que nos interessa sublinhar. Ou seja, as questões discutidas pelos clássicos são relevantes porque, ao mesmo tempo que só podem ser compreendidas no interior do mundo que lhes deu vida, extravasam esse mundo, colocando-nos diante de elaborações não superadas, de um passado que não pode ser visto como um amontoado de coisas mortas e sepultadas.

Elegemos como critério de escolha das interpretações que iriam compor nosso livro aquelas que fossem "exemplares", como diz Claude Lefort (*Le travail de l'oeuvre: Machiavel*. Paris, Gallimard, 1972). No entanto, o volume de páginas selecionadas colocou-nos diante de um dilema: fazia-se necessária uma nova eleição. O leitor pode aquilatar o quanto nos foi difícil deixar de incluir certas obras. Entretanto, a tarefa tornou-se menos árdua quando passamos a aceitar que esta obra seria necessariamente incompleta, do ponto de vista ideal, e que constituiria simplesmente um ponto de partida. Devemos deixar claro, portanto, que os textos incluídos não podem ser vistos como capazes de esgotar o assunto. Não fosse pela limitação de espaço, as próprias posições controversas que fizemos questão de reunir aconselham que esta obra seja lida sobretudo como uma primeira contribuição para estimular um debate por si só significativo, mais do que algo pronto e acabado. Só estas considerações são capazes de explicar, e justificar, o fato de não estarem presentes, aqui, obras como a de Robert Derathé sobre Rousseau (*Jean-Jacques Rousseau et la science politique de son temps*. Paris, PUF, 1950), ou a de Macpherson, já citada, sobre Hobbes e Locke, por exemplo. Devemos também explicar por que não foi incluído nenhum autor nacional: esta omissão deveu-se simplesmente ao fato de seus trabalhos serem de mais fácil acesso.

Além da exclusão de intérpretes, o leitor também notará uma seleção interna nas obras escolhidas. Nossa intenção foi retirar dos textos dos comentadores escolhidos aquelas passagens que dissessem respeito à problemática mais geral do clássico em questão ou ao aspecto mais nitidamente político de sua obra. Deste modo, não raras vezes excluímos discussões relevantes, sempre, porém, com o cuidado de extrair textos que embora parciais não prejudicassem a interpretação do autor.

Acreditamos, pois, que os autores apresentados nesta coletânea e suas obras são sem dúvida alguma significativos, porque "exemplares".

Célia Galvão Quirino
Maria Tereza Sadek

São Paulo, outubro de 1979.

NOTA À PRESENTE EDIÇÃO

Após vinte e três anos este livro está sendo reeditado. Ele continua tão atual como sempre foi e certamente será. Afinal aqui estão reunidas algumas interpretações clássicas de grandes clássicos. São textos de especialistas e pensadores da política sobre filósofos, fundadores da filosofia política moderna. São textos que projetam nova luz sobre as análises do presente e serão sempre uma contribuição para pensar os problemas do mundo moderno e contemporâneo. Como bem lembrou Marilena Chaui em uma resenha na época de sua primeira publicação: "Um clássico é aquele que não nos ensina quais as respostas a dar, mas quais as perguntas por formular."

Ao longo desses anos, acostumamo-nos a usar este livro como uma leitura enriquecedora, não apenas como obrigatória no ensinamento das primeiras letras da ciência política, mas também como uma referência, como um ponto de partida para discussões sobre a realidade concreta, como fonte inspiradora de uma diretriz para a ação política, para a vida política. Enfim, sua leitura é um constante aprendizado sobre pensar e viver a política.

Por estas razões o livro está sendo reeditado exatamente como foi concebido no início dos anos oitenta do século passado. Se alguma sugestão pudesse ser feita, seria apenas a indicação de que deveria ser continuado, isto é, que outras coletâneas, seguindo a mesma trilha, fossem realizadas, com textos de outros pensadores políticos, analisando outros clássicos do pensamento político. Afinal, eles serão sempre lidos e relidos como afirma espirituosamente Italo Calvino em uma de suas muitas definições: "Os clássicos são aqueles livros dos quais, em geral, se ouve dizer: 'Estou relendo...' e nunca 'Estou lendo'...".

Célia Galvão Quirino
Maria Tereza Sadek

São Paulo, junho 2003.

CAPÍTULO 1

A PRIMEIRA FIGURA DA FILOSOFIA DA *PRAXIS**
Uma interpretação de Antonio Gramsci[1]

Claude Lefort

Antonio Gramsci propõe interpretar a obra [de Maquiavel] tornando seu sentido legível graças à história em cujo interior ela nasce. Aparentemente, não há dúvidas quanto ao princípio interpelativo. Pensamos, portanto, que não tem cabimento indagar qual é a posição do autor, pois é manifesta: Gramsci é um pensador marxista; uma teoria da História, não dissimulada, comanda sua empresa de conhecimento e a circunscreve numa investigação sobre a função exercida pelo

▼

---

* "La première figure de la philosophie de la praxis – une interpretation d'Antonio Gramsci" (*in Le travail de l'oeuvre – Machiavel.* Paris, Gallimard, 1972, pp. 237-58). Tradução de Marilena de Souza Chaui.
1. A. Gramsci, *Note sul Machiavelli, sulla politica e sullo stato moderno*. Torino, Einaudi, 1949. O volume, de mais de 350 páginas, compreende estudos, comentários, até mesmo simples notas críticas consagradas a assuntos políticos extremamente variados e mais freqüentemente atuais. A parte relativa a observações sobre Maquiavel é muito restrita. Sua originalidade incitou-nos a dar-lhes uma extensão que poderá ser julgada como exagerada. Efetivamente, cedemos à tentação de reunir e desenvolver argumentos que nos parecem de natureza a esclarecer a intenção do autor, mesmo quando foram apenas esboçados por ele. Precisemos, ademais, que seria absurdo censurar Gramsci – que, como se sabe, escrevia na prisão sob o fascismo – por não ter apoiado sua interpretação do estudo minucioso do texto de Maquiavel. Feita essa reserva, permanece o fato de que a função atribuída ao último capítulo de *O príncipe*, de um lado, e de outro a rejeição dos *Discorsi*, julgados a serviço de um empreendimento de restauração, são signos de uma apreciação bem determinada da obra.

discurso maquiaveliano no seio do discurso social, estando este último determinado pelas condições econômicas em que se situam seus protagonistas.

Todavia, talvez cometamos um engano acreditando saber o que é a posição de um pensador marxista. Estaríamos dispensados de interrogá-la apenas se supuséssemos estabelecida a teoria da História de Marx e, mais ainda, se a supusermos verdadeira, dotada de tal verdade que seria supérfluo examiná-la. Não seria ilusória a certeza de conhecermos o lugar onde se mantém o intérprete, se tal lugar exigir questionamento? Não será preciso até mesmo convir que um intérprete, cuja identidade é de chofre definida, coloca de imediato o leitor diante de uma dificuldade que lhe seria poupada quando, ao contrário, a incerteza primeira quanto à sua posição deixa o campo livre para a interrogação? Essa dificuldade parece mesmo insuperável, pois, com todo o rigor, dever-se-ia perguntar qual é a teoria marxista da História e qual sua legitimidade antes de examinar a interpretação gramsciana de Maquiavel; dever-se-ia, neste caso, tomar um atalho tão longo que, ao fim e ao cabo, não só nosso projeto se perderia de vista como também isto talvez nos privasse do poder de retomá-lo. No entanto, também nos enganaríamos se nos deixássemos obnubilar por essa aparência, pois seria trocar uma ilusão por outra querer ocupar o lugar do pensamento marxista após termos acreditado vê-lo ocupado por Gramsci. Este elabora uma interpretação marxista da obra de Maquiavel. Comecemos, então, por escutá-lo sem procurar saber desde o início onde está Marx, Maquiavel, o próprio Gramsci que fala de ambos, isto é, comecemos sem impor condições que nos impediriam de prosseguir. Ouçamos Gramsci para conhecer o que tem necessidade de dizer na posição de pensador marxista por ele reivindicada, para vermos aonde essa necessidade o conduz e o que ocorre em seu discurso tanto com Maquiavel quanto com Marx: eis nossa única chance para fixar os marcos que balizam a interpretação.

Gramsci se propõe determinar a função da obra de Maquiavel numa época e numa sociedade dadas[2]. Para compreendê-lo, portanto,

▼

2. Sobre a implicação de Maquiavel na história de seu tempo e a tarefa política que formula, *ibid.*, pp. 7 e 14.

deveríamos afastar a hipótese de que a obra é produto de um pensamento que teria em si mesmo sua própria origem, deixando-a separada do tempo: o estatuto de uma obra é social, conferido a ela por uma das classes cujo conflito dilacera a sociedade; e esse estatuto é histórico, pois é fixado pela experiência acumulada por esta ou aquela classe, em decorrência de sua inserção em um modo de produção. Todavia, essa representação não implica a redução da obra ao plano de um efeito cuja única virtude seria a de assinalar, de alguma maneira, a potência de sua causa. Pensador marxista, Gramsci não nos deixa supor que a teoria do modo de produção – e da luta de classes – priva a obra de pensamento de eficácia social e histórica; muito ao contrário, sugere que essa teoria exige que se descortine a presença de uma produtividade em todos os níveis da realidade. Também não nos deixa supor que a teoria autorize uma oposição entre sujeito e objeto de conhecimento; ao contrário, sugere que ela é teoria somente participando da produtividade social e histórica, tornando-a sensível para si mesma. Falando do marxismo como de uma filosofia da *praxis*, Gramsci convida a decifrar em todos os produtos da sociedade e da cultura signos de uma mesma produtividade e a lê-los até no próprio movimento do deciframento.

Embora a elaboração de tal concepção esteja faltando no *Ensaio* que interrogamos, é indispensável explicitar seu princípio para medirmos com justeza a apreciação da obra maquiaveliana. Esta, com efeito, aparece como um produto da atividade da classe burguesa que aspira a livrar-se do quadro da feudalidade e precisa, conseqüentemente, forjar um poder susceptível de dar direito aos seus interesses; simultaneamente, porém, a obra enquanto tal aparece como órgão de produção dessa aspiração e dessa carência. Sua função reconhecida está circunscrita aos limites de uma época em que o conflito de classes atingiu uma maturidade que requer tradução em termos políticos; simultaneamente, porém, ela se mostra extravasando esses limites para coincidir com a função de produção da porfia da História. Neste sentido, tem parentesco com a função preenchida pelo marxismo na sociedade moderna, dando-se a conhecer plenamente apenas no horizonte de nosso próprio tempo quando se consuma a produção dessa porfia.

Lendo-se Gramsci, os termos dessa análise articulam-se rigorosamente tão logo reconheçamos a intenção *realista* que comandava o discurso maquiaveliano e consintamos em interrogar a relação mantida de maneira geral entre a obra de intenção realista e seu público. Ou, melhor dizendo, a questão do estatuto e do sentido do discurso está resolvida desde que vinculemos a de seu objeto e a de seu destinatário. Em contrapartida, o desconhecimento tanto do estatuto quanto do sentido funda-se na disjunção do objeto e do destinatário. Com muita freqüência, a posteridade acha-se bem convencida de que *O príncipe* tem por objeto a realidade política como tal e de que se dirige a um destinatário – testemunha esta última convicção a queixa costumeira de que teria sido escrito em intenção dos tiranos, sem que ao menos se pergunte se um discurso que visa ao *real* haveria de querer-se ouvido pelo tirano. Aliás, a própria questão nem sequer pode ser enunciada enquanto o real estiver encerrado nos limites do suposto objeto do discurso, isto é, enquanto permanecer dissimulado que o acesso ao real é aberto na comunicação com o Outro – com este Outro cuja posição é constitutiva da realidade. A crítica de Gramsci é notável porque em seu primeiro momento toma a interpretação tradicional ao pé da letra e em lugar de invertê-la mostra a impossibilidade de definir a posição do destinatário pela definição do objeto[3]. Se supusermos – entendamo-nos – que Maquiavel descreve os meios usados pelo fundador de uma tirania, não se poderia daí concluir que se dirige aos tiranos sem se demonstrar que a posição do tirano abre o acesso ao real para o discurso. Mesmo supondo-se que os tiranos, ou, de maneira geral, os políticos que estavam a serviço da classe dominante, tenham tirado partido do ensinamento de *O príncipe*, tal fato não nos daria a menor informação sobre a identidade do destinatário,

▼

3. "Pode-se (...) supor que Maquiavel tinha em vista 'quem não sabe', que pretendia dar educação política a 'quem não sabe', não educação política negativa para uso dos que odeiam o tirano, como parece entender Foscolo, mas positiva para uso daquele que deve reconhecer os meios determinados necessários, mesmo se forem propriedade dos tiranos, porque deseja atingir fins determinados (...) Quem, portanto, não sabe? A classe revolucionária da época, o 'povo' e a 'nação italiana', a democracia citadina de cujo seio saem Savonarola e Soderini e não Castruccio e o Valenciano. Pode-se admitir que Maquiavel quer persuadir essas forças da necessidade de ter um chefe que saiba o que quer e como obter o que quer, e de acolhê-lo com entusiasmo mesmo que suas ações possam estar, ou parecer estar, em contradição com a ideologia difusa do tempo, a religião." *Ibid.*, p. 10.

pois é inevitável que todos os que o compreendem possam tirar proveito dele; essa mesma necessidade, observa ainda Gramsci, pode ser constatada quando se vê como a burguesia usa o discurso de Marx, pois este lhe ensina a conhecer a lógica de seus interesses e os artifícios exigidos pela conservação do poder[4]. Para saber qual é o ator político a quem Maquiavel se dirige é preciso procurar no cenário social aquele cuja posição capacita para relacionar sua ação e seu pensamento com os princípios do realismo – conseqüentemente, aquele que não possui somente o poder de explorar esta ou aquela lição do discurso, mas que pode apropriar-se dele, alguém cuja ausência deixaria o discurso sem objeto, incapaz de surgir.

Ora, é bem verdade que aqueles que detêm o poder político a serviço da classe dominante estão predispostos ao realismo[5]. Governar impõe a necessidade constante de avaliar uma situação em termos de relações de força, tanto no que respeita à vida interna do Estado quanto no que concerne às relações de Estado com Estado. Todavia, essa disposição ao realismo é sempre contrariada. Com efeito, o poder só é considerado legítimo pelos súditos enquanto mantém a ficção da lei, estando continuamente constrangido a dar a razão de suas ações, razão que por não ser a sua vem sob a máscara de Deus ou da vontade universal: deve exercer a violência numa bruma de justiça e piedade tecida pela imaginação coletiva. O realismo, portanto, permanece secreto, pois, se proclamado, destruiria o fundamento de sua autoridade. A verdade que lhe é própria não pode ser exposta ao olhar de todos sem perigo, mas requer uma comunicação de boca em boca que não deve ultrapassar as fronteiras de um círculo de iniciados. Assim sendo, as condições de seu acesso limitam o campo do conhecimento. Condenados à meia verdade, os representantes da classe dominante vivem numa meia mentira: agem sob o império da necessidade sem, contudo, se elevarem à clara consciência de seu princípio; são, eles próprios, vítimas das ilusões

▼

4. *Ibid.*, p. 10.
5. *Ibid.*: "Aquele que nasceu na tradição de homens de governo, por toda a educação que assimila no meio familiar no qual predominam os interesses dinásticos ou patrimoniais, adquire quase automaticamente os caracteres da política realista."

com que sua dominação procura alimentar as massas. Como, então, imaginar que Maquiavel lhes destina seu *O príncipe*? Em vão se dirá que os persuade a agir em conformidade com seus interesses, pois se fala é porque se situa *alhures*, porque a contradição deles não é a sua. Se chama a atenção para a natureza do poder, se o revela como criação humana resultante das condições permanentes da luta social, é porque se dirige àqueles a quem o poder cega, que ainda não compreenderam que, por pouco que sejam, os mais fortes estão com o poder ao seu alcance e qual o preço de sua conquista. Maquiavel se dirige, portanto, às massas de seu tempo, à burguesia ascendente de Florença que só conseguiu dar a si mesma chefes como um Savonarola, profeta desarmado, ou como um Soderini, homem de Estado sem presença, paralisado por escrúpulos morais, incapaz de opor violência à violência dos adversários – ou seja, àqueles que permaneceram enfeitiçados pela tradição moral e religiosa e que só chegarão a conhecer sua tarefa histórica sob a condição de fazer tábula rasa das ideologias. Seu *O príncipe* tem uma função revolucionária pela simples intenção que o anima: interpela homens que, mistificados, não têm interesse na mistificação; só pode aliar-se ao empreendimento histórico de uma classe que, embora no presente esteja sob o império da ilusão, nem por isto deixa de estar convocada para converter-se ao realismo absoluto.

Que o próprio Maquiavel tenha consciência de seu alvo é o que ensina a estrutura de sua obra mais célebre. Com efeito, não é por acaso que o último capítulo de *O príncipe* subitamente rompa, pela paixão do tom, com o conjunto de uma exposição aparentemente inspirada somente pela preocupação de conhecer e dar a conhecer as condições da fundação de um Estado e do exercício do poder[6]. Essa estranha ruptura da linguagem é um aviso. O que é dito no final tem o sentido de um começo: a exigência prática funda, na realidade, a exigência teórica. Na exortação para livrar a Itália dos bárbaros, onde se lê a tarefa de fundar um Estado unitário, Maquiavel certamente se dirige a um príncipe, mas trata-se de um *príncipe novo*; não a um desses miseráveis tiranetes que,

▼

6. *Ibid.*, pp. 4 e 115.

para usar astúcias e violências, só sabem rastejar ao rés de uma História privada de sentido, mas a um homem de *virtù*, sem tradição dinástica, sem raiz no mundo da feudalidade, ocupado apenas com a conquista do poder e a quem é importante dar a convicção de que terá o povo a seu lado. Tudo se passa como se Maquiavel dissesse a esse *condottiero* resolvido a não limitar sua ambição: se quereis o poder e submeter a Itália, tereis a massa convosco, quaisquer que sejam os meios empregados, pois a massa quer esse poder; e, se não temeis vos apoiar sobre ela, reduzireis a pó vossos adversários, pois o apoio da massa é a garantia única de vossa segurança. Que tal herói não existisse na época em que Maquiavel redigia seu *O príncipe* não reduz o alcance de seu discurso; nele se proclama para um longo tempo que a vontade de um povo espera encontrar expressão na de um indivíduo. Neste sentido, como escreve Gramsci, *O príncipe* é um mito – na acepção soreliana do termo –, uma idéia que, por ser dotada do poder de antecipar o futuro, dá uma nova figura ao presente[7]. Neste sentido, quando Maquiavel invoca um "hipotético homem da Providência", tal invocação recobre um apelo real à burguesia italiana, destinado a fazê-la tomar consciência do que ela é e do que deve ser, a reuni-la sob a forma de uma vontade coletiva.

Se o ensino de Maquiavel for reduzido às dimensões de uma época, julgar-se-á que conheceu a necessidade de uma aliança entre a burguesia e a monarquia absoluta, convencido de que uma não poderia abrir caminho para a ascensão sem deixar a cargo da outra o cuidado de apagar todo particularismo. Porém, essa descoberta implica uma percepção nova da História. O sentimento da necessidade de uma tarefa histórica anuncia uma nova relação do homem com a sociedade. Compreendendo que um povo deve consentir em certos sacrifícios para emancipar-se da tutela da classe dominante, que deve aceitar a mediação de um príncipe para alcançar sua própria unidade, Maquiavel, com efeito, esboça um "realismo popular"[8], cuja definição se tornará mais precisa nas condições ulteriores da luta de classes. Seguramente, a cons-

▼

7. *Ibid.*, pp. 3 e 4.
8. *Ibid.*, p. 117.

tituição de uma vontade coletiva tomará outras formas, mas seguirá o mesmo curso: as massas deverão dar-se chefes capazes de visar a objetivos determinados, de analisar as relações de força e de prever os acontecimentos; deverão sustentar com energia a ação deles, mesmo quando esta contradisser de maneira flagrante as normas da moral tradicional. Tanto o jacobinismo[9], que reunirá os burgueses em torno da ditadura, pela idéia de um sacrifício comum do interesse particular ao interesse geral, quanto o bolchevismo, que ensinará ao proletariado a virtude de uma nova obediência a uma disciplina convocada para destruir aquela que lhe é imposta por sua condição presente, comporão as encarnações modernas do príncipe: figuras nas quais o povo decifrará os traços de sua própria história, pessoas atuantes às quais sua fé dará poder para transformar o mundo. Sem dúvida, a mediação mudará de aspecto ao mesmo tempo que a tarefa que a fez nascer. Do príncipe-indivíduo ao príncipe-partido de massa, o mito vai sendo elaborado e cada vez mais associa conhecimento e sentimento; porém, a função do mediador permanece. A cada vez, é o agente de uma vontade particular cujos movimentos são como que regulados a distância por uma vontade universal.

A obra de Maquiavel não se dirige, portanto, somente aos homens do século XVI: continua a interpelar a posteridade. Ou melhor: aquilo que captamos como um problema específico da ação revolucionária de nosso tempo e ao qual hesitamos em dar uma solução, vem esclarecer-se à luz do ensino maquiaveliano. Se duvidamos da compatibilidade entre os fins e os meios da Revolução, se a idéia de uma sociedade sem classes, de uma democracia completa, de uma política transparente a todos os olhares parece desacreditar o partido que, por sua existência e em sua estrutura e atividades, estabelece e confirma um poder específico de mando, é – sugere Gramsci sem dizê-lo explicitamente – porque não soubemos reconhecer que na sociedade moderna essa instituição preenche a função principesca, outrora definida por Maquiavel. Refletindo sobre essa função nos persuadiremos de que o partido não pode ser diferente do que é, que o caminho real da emancipação atinge, em cada etapa, um impulso cuja falta mergulharia a aspiração coletiva na ilu-

▼

9. *Ibid.*, pp. 6, 7 e 119.

são. Para que o povo se eleve do desejo à vontade, é preciso que se relacione com um agente apto a inscrever na realidade – força medida com outras forças – um equivalente de suas intenções, que seja capaz de economizar seus sentimentos para investir seu capital na empresa política figurada pelo Partido. Como escreve Gramsci: "Ao aparecer, o príncipe moderno transtorna o sistema intelectual e moral no seu conjunto, pois sua aparição significa precisamente que doravante cada ação é concebida como útil ou nociva, virtuosa ou criminosa, tendo como ponto de referência o próprio príncipe moderno e sirva para aumentar ou entravar seu poder. O príncipe toma na consciência o lugar da divindade ou do imperativo categórico, torna-se o fundamento de um 'laicismo' moderno e de uma completa 'laicização' de toda a vida e de todas as relações tradicionais."[10]

Nessa interpretação, o marxismo permite reencontrar o sentido da teoria maquiaveliana, mas esta, por sua vez, ao ser alcançada, faz com que a intenção marxista seja mais bem conhecida. Cada qual em seu lugar, em uma sociedade conturbada pela expansão da burguesia ou do proletariado, desigualmente conscientes das exigências da História, Maquiavel e Marx conduziram a filosofia da *praxis* à expressão. Sem dúvida, fica por conta de Marx a descoberta de que a realidade social é *praxis* em todos os níveis. Indo mais fundo, Marx observou que as relações estabelecidas entre os homens instituíam-se em função de sua atividade produtiva, que o progresso dessa atividade criava as condições de novas relações, que as classes não cessavam de lutar para adquirir ou conservar o estatuto que lhes havia feito obter ou que lhes prometia o papel por elas exercido no espaço econômico; e desta observação pôde induzir que as próprias idéias a que os homens de cada época atribuíam um alcance universal tinham a função prática de legitimar o estado de fato. Porém, se é exato que seu ensinamento culmina na idéia de que a História, com o advento do capitalismo, cria condições para que os homens se elevem à plena consciência de seus fins, que a luta de classes engendra necessariamente, na sociedade moderna, uma luta pelo poder cujo sucesso está ligado ao desenvolvimento da vontade coletiva,

▼

10. *Ibid.*, p. 8.

então, pode-se julgar a obra maquiaveliana como uma prefiguração do marxismo. Que a realidade seja *praxis* significa, neste nível, que o presente é apreendido como aquilo que adveio pela ação dos homens e que apela para uma tarefa; que o conhecimento de nosso mundo não pode ser separado do projeto de transformá-lo; que o verdadeiro e o falso, o bem e o mal só adquirem uma determinação enquanto termos da ação revolucionária; que na sua forma acabada *a realidade é a política*. Considerada como um enigma quando encarada como um arranjo de meios destinados à conquista ou à conservação do poder, numa indiferença mais ou menos confessada por tudo quanto não sirva a essa intenção, a política recupera a dignidade quando reconhecida como o lugar em que se inscrevem as significações, elaboradas em todas as ordens da atividade, sob a forma de uma série de índices que fazem do campo do possível a medida do conhecimento, da previsão e da decisão.

A política revolucionária mostra-se, então, fundada necessariamente na luta de classes tanto quanto, em seu exercício, necessariamente distante da vida da classe ascendente; desenvolve-se num espaço que, embora esteja ordenado no seio de um universo cultural concreto, nem por isto está menos rigorosamente circunscrito pelas exigências da conquista e da conservação do poder. Sem dúvida, as condições históricas determinam alguns de seus traços. Na época contemporânea, a vontade do proletariado é a de uma classe de um gênero inteiramente novo cuja natureza é tal que sua emancipação não poderia restabelecer uma nova exploração do homem pelo homem e um novo sistema de dominação; a vontade do *príncipe moderno* não pode, pois, tender senão para a criação de um Estado que não se assemelha aos Estados conhecidos por nós; os fins da classe revolucionária e os do Partido só podem coincidir na consciência dos fins da humanidade. Entretanto, a ordem da política permanece específica; engendra ações cujo sentido está fixado pelas leis que governam as relações de força. Impõe o uso de meios que não se coadunam imediatamente com os fins da revolução. Ainda mais. Porque sua própria opacidade se mantém aos olhos das massas, exige a elaboração de uma estratégia particular cujo objetivo é obter e manter o *consensus*, convencer as massas da legitimidade da direção que se deram e da utilidade dos próprios sacrifícios que fazem.

A filosofia da *praxis*, a que Gramsci se refere, quer, pois, dar pleno direito às exigências do realismo e recuperar suas articulações. Inicialmente, ela chama nossa atenção para o fenômeno do "realismo popular" na História moderna: postas em condições de se livrar da dominação de um poder que ignora suas reivindicações e lhes proíbe adquirir o estatuto correspondente à sua função econômica, as massas sentem que tal poder deve ser destruído e que devem confiar sua sorte àqueles que se mostrarem capazes de empreender e conduzir uma revolução até o fim. Porque tal sentimento existe, um indivíduo ou uma minoria ativa pode elaborar uma política realista: a luta contra os homens da situação inspira-se nele, aí encontrando força para romper com os mitos alimentados pelo poder e para voltar contra este as armas que, em decorrência de sua posição declinante, doravante está impedido de usar com sucesso. Entretanto, a política realista deve confirmar constantemente o sentimento do realismo popular: os dirigentes devem convencer o povo da necessidade de se submeter a seu comando. É, assim entendemos, no coração dessa relação dialética que a obra teórica, *O príncipe* de Maquiavel ou o *Manifesto comunista* de Marx, revela sua eficácia prática[11]. Enunciando que um poder novo deve substituir o antigo, que a violência aplicada com pleno conhecimento de causa destruirá a violência reinante no presente, convoca a vontade coletiva para descobrir sua própria expressão na de seus dirigentes; formulando explicitamente a crítica de todas as ideologias e revelando a inserção delas na vida social, ensina às massas julgar seu chefe por seus atos e não por suas intenções. Mas, paralelamente, a teoria quer dar aos chefes a certeza de que estão no bom caminho quando subordinam todas as suas preocupações à conquista do poder e de que ao seguirem a razão aparentemente abstrata que governa a política tornam-se agentes da Razão histórica. O pensamento realista aparece, então, como um momento necessário para o advento da realidade – momento que assegura a passagem do realismo popular ao realismo político e lhe garante que está fundado naquele. É

▼

11. Gramsci não estabelece explicitamente o paralelo, mas sugere-o pela aproximação feita entre a teoria de Maquiavel e a filosofia da *praxis* e pela designação de *O príncipe* como manifesto político. *Ibid.*, pp. 9 e 119.

sua função iluminar plenamente os imperativos da ação e levar os homens a se submeterem a eles[12].

Como notávamos no início, o fato de que Gramsci se instale no lugar manifesto do pensamento marxista para interpretar o discurso de Maquiavel não nos livra da questão de saber qual a relação que efetivamente mantém com este último ou, se se preferir, que posição ocupa diante dele na tentativa da interpretação. Ora, se à luz dessa tentativa reconsiderarmos agora os princípios que pareciam regê-la, precisaremos inicialmente reconhecer como seus efeitos são coerentes. Gramsci recusa a distinção convencional entre o sujeito e o objeto de conhecimento, e sua posição diante de Maquiavel é tal que não parece estar separado dele. De fato, não permite que se creia na viabilidade de apreender o sentido desse discurso por meio de uma inspeção do espírito; nem que seja legítimo reduzi-lo, pela análise, a um pequeno número de proposições cuja compatibilidade ou incompatibilidade forneceriam o índice da verdade de um sistema; menos ainda admite que, após tal análise, estejamos autorizados a submetê-lo a um juízo de valor cuja lei a consciência universal possuiria para si mesma; muito menos considera que a ciência do historiador dê a posse do texto real no qual o texto da obra estaria inscrito e engendrado. O intérprete, e é este ponto particular que devemos entender, só toma conhecimento do que é dito por

▼

12. Parece legítimo aproximar esses dois fragmentos, de resto vizinhos: "Para Maquiavel, 'educar o povo' só pode ter o sentido de lhe dar a consciência e a convicção de que somente uma política pode existir, a que é realista, para atingir o fim desejado e que consequentemente é preciso se reunir na obediência em torno desse príncipe que emprega tais métodos para atingir tal fim; porque somente aquele que quer o fim quer os meios adequados. A posição de Maquiavel, nesse sentido, deveria ser aproximada da dos teóricos e políticos da filosofia da *praxis*, que procuraram construir e espalhar um 'realismo popular' de massa e tiveram que lutar contra uma forma de 'jesuitismo' adaptada a tempos diferentes." *Ibid.*, p. 117. E: "Ele [Maquiavel] queria (...) ensinar a coerência na arte do governo e a coerência no serviço de um certo fim: a criação de um Estado unitário italiano. Assim, *O príncipe* não é um livro de ciência, no sentido acadêmico do termo, mas de 'paixão política imediata', é um 'manifesto' de partido que se funda sobre uma concepção 'científica' da arte política." *Ibid.*, p. 119. Vale também a pena observar que, algumas linhas adiante, Gramsci fala da paixão de Maquiavel como a de um jacobino. O esboço de uma identificação entre a política maquiaveliana, o jacobinismo e o comunismo é indubitável.

Maquiavel se partilhar da mesma exigência de saber e de falar que a dele; só tem conhecimento do realismo maquiaveliano e de seu apelo à classe revolucionária se assumir compromisso com a causa do realismo político e da classe revolucionária de seu próprio tempo. É preciso reconhecer, mais precisamente, que Gramsci se situa diante de Maquiavel como pensa que este se situa diante de seu objeto, pois Maquiavel parece estar numa posição tal que seu objeto não está separado dele, que o conhece somente porque é capaz de partilhar da exigência de saber e de agir da burguesia[13]. Contudo, o limite da homologia transparece pelo fato de que, se Maquiavel é um autor-ator, autor de um livro, ator da empresa de emancipação de uma classe, no entanto, a burguesia não poderá ser qualificada como tal sem que haja modificação na acepção dos termos: ator no conflito de classes, não se pode dizer que a burguesia seja autor da história a menos que nos esqueçamos de que ela não tem conhecimento dessa posição. Mas, a despeito da reserva – talvez essencial – de que o objeto do conhecimento conserva uma especificidade, de que um saber da política é circunscrito por Maquiavel, e depois dele por Gramsci, permanece verdadeira a recusa do objetivismo, isto é, a atribuição da verdade do objeto sob o efeito da operação de conhecimento do sujeito.

Ainda é preciso notar que, em decorrência da crítica do objetivismo, Marx ocupa uma posição homóloga diante de seu próprio objeto que não é a realidade política, mas a realidade social global tal como se encontra decifrada no modo de produção. Marx conhece-a somente porque partilha da exigência de saber e de agir própria do proletariado que se acha no núcleo do modo de produção: seu objeto de conhecimento conserva uma especificidade, mas só é apanhado porque ele é autor-ator, atado ao empreendimento da classe revolucionária de seu tempo. Somente essa interpretação de Marx autoriza Gramsci a tornar seu o discurso de Maquiavel, pois lhe permite livrar-se de uma tese ma-

▼

13. Após ter observado que no último capítulo Maquiavel confunde-se com o povo e que o exórdio dá o sentido da obra toda, Gramsci precisa: "Parece que todo o trabalho 'lógico' não é senão a auto-reflexão do povo, um raciocínio interior que se efetua na consciência popular e cuja conclusão é um grito apaixonado, imediato." *Ibid.*, p. 4.

terialista mecanicista, imputada ao marxismo vulgar, e divisar a possibilidade de esse discurso atingir a realidade não a despeito, mas em virtude de sua implicação no movimento real de emancipação de uma classe social. O princípio que comanda a destruição da oposição entre sujeito e objeto de conhecimento requer a destruição da oposição entre o teórico e o prático. Com efeito, não nos pode escapar que o primeiro movimento de destruição é garantido pela existência da classe revolucionária (burguesia ou proletariado) como indivíduo histórico que desafia uma caracterização em termos de sujeito ou de objeto. Com essa garantia, descobre-se como forma originária (existente tomando forma em conflitos e dando-lhes forma) uma *praxis* social delimitada à qual estão necessariamente referidos todos os fenômenos que a convenção dissocia com o fito de lhes mascarar o núcleo, inscrevendo-os no registro do econômico, do político e do teórico. Assim, Gramsci pode conceber o estatuto da obra de Maquiavel – como o da obra de Marx – conferindo-lhe uma função prática no centro do empreendimento da classe revolucionária. Porém, assim como o conhecimento enquanto tal não é abolido pela destruição da oposição entre sujeito e objeto de conhecimento e assim como o resto desta destruição, no caso de Maquiavel, é a verdade do realismo, assim também a especificidade do trabalho teórico no interior da *praxis* é mantida na destruição da oposição convencional entre teoria e prática: essa manutenção acha-se designada no *apelo* à representação das condições, dos meios e dos fins da ação revolucionária. *O príncipe* é obra da *praxis* burguesa, mas simultaneamente é uma obra de um gênero muito particular que, de algum modo, permite abrir essa *praxis* rumo à sua própria representação, fornecer-lhe um distanciamento com relação a si mesmo, mostrando-se necessária para sua conversão em *praxis* histórica.

Também é verdade que a interpretação de Gramsci não é comandada somente por essa dupla destruição; por princípio ela implica também necessariamente uma crítica da representação tradicional da História. Do presente ao passado, apaga-se uma distância: aquela que institui a operação do historiador como alguém que necessita instalar-se na posição da exterioridade diante do objeto. Em virtude desse apagamento torna-se possível a passagem do discurso de Gramsci ao de Marx e ao de Maquiavel e o recobrimento parcial de um pelo outro; também torna-se possível a passagem da posição do proletariado à da burguesia ascendente e o recobrimento parcial de uma *praxis* por outra no empreendimento da classe revolucionária. Todavia, estando apagada a distância entre o presente e o passado, a coincidência de ambos também se encontra igualmente recusada. Arruína-se a imagem de um tempo homogêneo ao longo do qual se deslocariam livremente a *praxis* e o discurso teórico que a habita. É impossível suprimir a diferença entre a burguesia e o proletariado, pois, supondo-se que seus empreendimentos põem em jogo a verdade da História como História universal, a primeira, assevera Gramsci, está a serviço da dominação de uma classe sobre a sociedade unificada pelo modo de produção capitalista, enquanto o segundo se desenrola nos horizontes da abolição da divisão de classes. Essa diferença, em suma, comanda a diferença entre o príncipe e o partido de massa tal como é instituída a partir da função do realismo político, visto que um e outro mostram-se implicados em *praxis* específicas de emancipação. Em outras palavras, a crítica da representação tradicional da História consiste numa terceira destruição: a da oposição entre identidade e diferença dos tempos. Ora, não poderíamos agora nos limitar a observar que o apagamento da diferença não abole a identidade, pois não é menos certo que a identidade é um movimento primeiro com a finalidade de dissipar a ilusão historicista sem abolir a diferença. Devemos reconhecer, antes de tudo, que da destruição ressurge a própria operação de Gramsci ao estabelecer a identidade de Maquiavel e de Marx em sua diferença. Entretanto, esse *resto* possui um estatuto singular. Gramsci não está de posse dele como aparentemente está da "verdade do realismo" e da "função prática da teoria": esse resto é o próprio Gramsci aparecendo para seu leitor sob a identidade do mediador.

Vendo o mediador aparecer, descobrimos que a empresa do intérprete, cujo princípio tentamos explicitar, está inteiramente a serviço de uma montagem de mediações. O Ser, ameaçado pela divisão do sujeito e do objeto, está relacionado consigo mesmo pela mediação do conhecimento do real (lógica maquiaveliana das relações de força; lógica marxista do modo de produção); a classe revolucionária (burguesia ou proletariado) está relacionada consigo mesma pela instância política (príncipe ou partido de massa); a totalidade classe-instância política (burguesia–príncipe ou proletariado–partido) está relacionada consigo mesma pelo *discurso-apelo* (*O príncipe*, que se dirige simultaneamente à burguesia e ao príncipe; o *Manifesto comunista*, que se dirige simultaneamente ao proletariado e ao partido) e, de um modo geral, a *praxis* está relacionada consigo mesma pela teoria; a História, enfim, está relacionada consigo mesma pelo signo de uma não-identidade não-diferença, signo este produzido pela mediação que o intérprete opera entre Maquiavel e Marx. Porém, não basta dizer que esta última mediação é de natureza diversa das precedentes; ainda é preciso acrescentar que é ela que comanda todas as outras e organiza seu encadeamento.

Seguramente perder-se-ia o sentido dessa operação se nos limitássemos a observar que Gramsci se situa como um intermediário perante Maquiavel e Marx. Essa posição, aliás, é explícita: Gramsci fala de um e de outro e daquilo que no discurso de um nos introduz ao discurso do outro. E, nesta perspectiva, a última mediação faz parte da cadeia que desdobrávamos. Não é falso dizer que a totalidade Maquiavel–Marx relaciona-se consigo mesma pela mediação da interpretação construída por Gramsci, e, assim, essa totalidade interpretada se acha fora dele e ocupa o mesmo estatuto que *O príncipe* e o *Manifesto comunista*. Porém, esta representação encobre uma dupla ilusão: por um lado, a de que Gramsci dispõe livremente de sua interpretação, quando ela vem inscrever-se naquilo que ele diz ou – para falar mais rigorosamente –, na verdade, ele é ela; por outro lado, a de que o discurso de Marx e o de Maquiavel estão um para o outro assim como estariam para a instância política e para a classe revolucionária, ou como o órgão político está para a classe revolucionária, quando, na verdade, se encontram no mesmo lugar – o lugar indeterminável do discurso – inocupável, simultaneamente outro e do mesmo lado que o do interpretante. Dupla e única ilusão dissimulando que a obra de Gramsci não somente faz a junção entre Maquiavel e Marx, mas que também relaciona Marx consigo mesmo pela mediação maquiaveliana e relaciona Maquiavel consigo mesmo pela mediação marxista, e que, sob o manto dessa operação, a obra gramsciana relaciona-se consigo mesma como obra única, pois, abolindo a diferença entre as duas obras e a lacuna que o intérprete sente em cada uma delas, abole a questão que poria seu autor em perigo.

Julgando-se o conteúdo manifesto da interpretação, não cabe dúvida quanto à questão que poria Gramsci em perigo: a disjunção entre a classe revolucionária – o proletariado engajado numa luta para a abolição da exploração, traduzindo em sua *praxis* a verdade do comunismo – e o partido de massa – engajado numa luta para a conquista do poder pela astúcia e pela violência, traduzindo em sua *praxis* a verdade do comando do príncipe. Essa disjunção pesa como uma ameaça para a identificação do indivíduo, sujeito político, com a comunidade, sujeito histórico. A resposta à questão também não suscita qualquer dúvida: essa disjunção representada é anulada graças ao saber da totalidade e da mediação. No entanto, essa resposta já excede seu conteúdo manifesto. Pois nela se desvenda, pelo próprio fato de Gramsci nomear a disjunção – em vez de ocultá-la sob a fraseologia habitual a serviço da identificação entre o partido e as massas –, a negação da contradição posta ou a tentativa para ocupar simultaneamente dois lugares, o do Partido e o da classe revolucionária. E já se avalia o efeito dessa tentativa: a recaída numa posição de exterioridade que, sob o signo da identificação com Marx e em resposta à lacuna divisada no marxismo, lhe dá o poder de se dirigir simultaneamente ao partido e ao proletariado para assegurar a um a necessidade do comando e ao outro a necessidade da obediência. Todavia, cometeríamos um equívoco se acreditássemos que a questão perigosa para Gramsci acha-se circunscrita ao *aqui e agora*, em virtude da experiência que teve, em seu tempo, da política do stalinismo. Sem dúvida, é através desta que a ameaça paira sobre o pensamento gramsciano, mas sua origem é mais profunda. Prova disto é o esforço feito para conferir um estatuto ao conhecimento do real, à teoria, ao discurso da política, ao poder, à diferença dos tempos. Esforço que, sob múltiplas figuras, está destinado a conjurar a dúvida de que possa haver fratura entre saber e ser, teoria e *praxis*, discurso da política e política, poder e sociedade civil, presente e passado. É verdade que o mérito de Gramsci (que o distingue dos ideólogos dos partidos comunistas) está em enfrentar uma questão comumente denegada. Mas, seguindo-se a análise, percebe-se também que ele a enfrenta apenas para poder entulhar a fenda prestes a abrir-se no pensamento marxista. Com efeito, a teoria das mediações é elaborada para tornar possível o trabalho de redução da diferença: ao mesmo tempo que é produzida de modo tal que tacitamente denuncia o discurso marxista dominante que não quer nem pode conhecê-la, a diferença descamba para o plano da aparência, de modo tal que restabelece esse mesmo discurso em sua integridade, contra a aparência do erro, da ignorância ou da ilusão. Por mais numerosas que sejam as mediações introduzidas e por mais ricas que sejam as mediações virtuais que possam sempre vir garantir sua eficácia, estão a serviço da conservação de um pensamento da identidade, da identidade consigo, do ser da sociedade, da *praxis*, da História. A despeito da especificidade reconhecida a cada elemento destacado da substância, esta mostra-se plenamente restaurada. E em cada uma das operações, a cada vez, a posição da exterioridade é reengendrada, confirmando ao sujeito a legitimidade de sobrevoar todas as divisões sem ser jamais atravessado por nenhuma delas. E, simultaneamente, a cada vez se manifesta o jogo de identificações que permite ao sujeito ocupar todas as posições ao mesmo tempo: a da teoria e a da *praxis*, a do partido e a da classe, a do presente e a do passado, a de Maquiavel e a de Marx. Ocupando todas as posições, Gramsci é o mediador. Porém, que entender por essa expressão agora, senão que Gramsci é aquele por cujo intermédio a não-diferença se realiza? Ser mediador significa não ser *um* mediador, mas fazer-se agente de toda efetuação e simultânea e contraditoriamente inscrever-se na auto-efetuação da humanidade.

Pensador marxista interpretando Maquiavel, Gramsci, dissemos, fala de um lugar que de início não sabemos qual é, a despeito dos signos manifestos de sua identidade. Agora, sua interpretação nos ensina que não se trata do lugar suposto como conhecido por aquele que fala, mas que é a certeza quanto à sua identidade que torna possível o trabalho do desconhecimento que organiza seu discurso. Ora, é ainda importante marcar a incidência dos efeitos desse desconhecimento sobre a leitura da obra maquiaveliana, pois a interpretação implica a leitura: o que é dito da função de *O príncipe* e daquela que através dele é atribuída ao príncipe vincula-se à descoberta de uma obra e de seu texto. Como, portanto, estão sendo lidos? Em decorrência de qual necessidade Maquiavel se encontra reduzido à imagem que dele nos oferece Gramsci?

Aparentemente, já estamos de posse dos elementos da resposta. *O príncipe* tornou-se legível em virtude de um duplo conhecimento adquirido: o da identidade de seu destinatário e o da função do realismo na luta de classes. Temos a tentação de supor que a leitura de *O príncipe* faz com que Gramsci descubra uma teoria da ação política liberada dos mitos de seus agentes e fundada sobre o estudo exclusivo das relações de força; que essa teoria está referida à função que vem preencher na luta das classes e que, conseqüentemente, na Itália do *Cinquecento* o destinatário é identificado como sendo a burguesia em busca da emancipação. Porém, esse esquema pode ser invertido: também é permitido supor que a leitura de *O príncipe*, pelo interesse que suscita, leva a afastar a hipótese tradicional de que seu destinatário seria o tirano moderno convidando a substituí-lo por seu contrário e, conseqüentemente, o ensino da obra fica circunscrito a uma teoria do realismo conforme a posição do sujeito real na História, a burguesia. Seja como for, a determinação do destinatário do discurso e a determinação do sentido da teoria estão estreitamente ligadas. Ora, ambas implicam uma redução do discurso que decorre logicamente da posição do intérprete e torna manifesta sua impossibilidade de assumi-la. Ou, digamos, mais energicamente, que o tratamento a que Gramsci submete o discurso maquiaveliano fornece a *prova* da impostura a que foi condenado pelo fantasma do mediador (será preciso dizer que o termo "impostura" não está sendo empregado numa acepção psicológica ou moral?).

Ao levarmos em consideração a descoberta do destinatário, novamente precisamos admitir que a operação do intérprete tem duplo sentido. Num primeiro sentido, ela abre o discurso fazendo aparecer como constitutivo de sua intenção um sujeito que se conserva lá fora e ao qual se dirige. Esse movimento vai muito além de seu alvo aparente: sugere que o discurso se comunica consigo mesmo comunicando-se com o Outro. Assim, quando prestamos atenção neste aspecto, não devemos nos limitar a constatar que Gramsci muda a identidade do destinatário, que substitui o opressor pelo oprimido, como se a função do Outro no discurso já tivesse sido pensada. Certamente, os detratores de Maquiavel julgavam que este escrevia para os tiranos, mas esse julgamento não implicava que tivessem compreendido o que significava a relação da palavra com aquele que a ouve. A tese de Gramsci sugere, aliás, que tal ignorância funda o engano quanto à identidade do destinatário. Nossa atenção deve voltar-se muito mais para o fato de que a representação comum do discurso – se se acomoda com a condenação lançada contra um autor que aconselharia tiranos – circunscreve por meio dele um conjunto de idéias intrinsecamente boas ou más, verdadeiras ou falsas, separadas das condições em que surgem, ou, então, um conjunto de signos, se não de efeitos, de uma situação real, mas que, em qualquer dos casos, apaga a existência do Outro que chamava e sustentava a palavra do escritor. Em outros termos, a representação comum dá crédito ao estatuto de um discurso fechado e, no mesmo lance, à idéia de uma separação entre o discurso e o leitor que parece vir de fora para relacionar-se com ele a fim de tirar proveito dele ou conhecê-lo (conhecimento cujo objeto, aliás, pode abarcar tanto o discurso quanto o proveito que certos homens tiram dele). A questão do destinatário, tal como é posta por Gramsci, não somente arruína essa representação, mas ainda, no mesmo lance, requer uma reflexão sobre a posição do intérprete, pois, evidentemente, este não ocupa o lugar do destinatário, situado nos mesmos horizontes sócio-históricos que o escritor. Tal como o compreendemos, no argumento de Gramsci o intérprete pode identificar-se com o destinatário pelo fato de que, por estar implicado no discurso revolucionário de Marx, pode ficar implicado no discurso revolucionário de Maquiavel. Todavia, essa resposta apenas esclarece melhor um equívoco. Com efeito, uma coisa é dizer que o discurso se constitui na relação que o escritor mantém com um certo leitor, admitir que esse leitor está ao mesmo tempo no exterior e no interior do discurso; coisa muito diversa é reduzir a relação a uma *interpelação*. Operando essa redução, Gramsci joga o leitor para o exterior do discurso, faz dele esse Outro privilegiado a quem Maquiavel se dirige para convencê-lo da natureza de sua tarefa ou, no melhor dos casos, para lhe ensinar os meios de realizá-la. O discurso que, de início, parecia aberto se fechou: ei-lo apenas destinado a *um outro* e posto a seu serviço. Novamente é preciso limitar-se a constatar a mudança de identidade do destinatário. É verdade que essa mudança está fundada sobre a análise da função exercida pelo realismo na luta das classes. Mas, justamente, a demonstração é operada fora do espaço do discurso. Uma vez admitido que *O príncipe* visa ao real, que fornece um saber sobre o real e sobre os meios de agir no real, está posto o problema de determinar qual é o ator histórico capaz de acolher sem reservas essa intenção e esse saber. Ora, apesar da perfeita possibilidade de concluir que Maquiavel não poderia referir-se ao real a não ser referindo-se a esse ator, permanece o fato de que seu discurso é reconstruído a partir da determinação de uma mensagem – mensagem dirigida a um interlocutor que (à sua revelia) estava a pedi-la... Ainda não é suficiente notar que o discurso é reconstruído dessa maneira: pura e simplesmente é apagado sob a mensagem.

Ao dar-nos a ler essa mensagem, Gramsci torna supérflua a leitura de Maquiavel. Reinstala-se, e com ele também seu leitor, numa posição de pura exterioridade perante Maquiavel. De bom grado chamaríamos essa posição uma posição de poder – a de um poder despótico –, pois com toda liberdade dispõe do discurso, doravante circunscrito à tese do realismo e reprimido em toda expressão que extravase tal limite. Ora, essa conseqüência não é acidental. Ao produzi-la, não queremos de modo algum eliminar a questão do destinatário. Se é conferido ao discurso o estatuto de mensagem e a função de interpelar um destinatário determinado, isto ocorre porque o intérprete se furta à experiência da leitura que implicaria a indeterminação de sua própria posição – posição de um outro, exterior e interior ao discurso; furta-se a uma interrogação que precisaria aprender no contacto com a obra, na aventura que põe em jogo seu próprio pensamento, vedando-lhe o exercício da soberania do saber e do poder sobre a obra. Nessa interrogação, a questão do destinatário surgiria necessariamente, mas sua resposta teria que ser esperada do próprio discurso, na escuta de palavras em que fica implicado aquele que as ouve aqui e agora (na Florença do *Cinquecento*) e em todo tempo por vir. Em contrapartida, Gramsci abafa a questão sob uma resposta que se articula com a tese do realismo e que permite dessa maneira assegurar o limite do discurso e proteger-se contra todo pensamento imprevisto.

Assim, a oposição entre sujeito e objeto de conhecimento é restabelecida: o discurso domesticado só oferece ao sujeito a imagem que ele mesmo construiu. Também é inegável a restauração da representação tradicional da História, pois a identificação do destinatário com a burguesia ascendente domestica a própria diferença temporal; a operação que estabelece a identidade e a diferença dos tempos encontra-se reduzida à produção de um signo materializado – signo da contínua presença da classe revolucionária – que garante a fé em uma História concordante consigo mesma, centrada em torno da ação do Sujeito. Porém, ainda mais importante é notar que novamente a teoria e a *praxis* estão separadas. De fato, Gramsci pode muito bem afirmar que a teoria maquiaveliana é um momento da *praxis* burguesa; isto posto, surge a questão: como Gramsci visa à obra do escritor? Há nessa obra um trabalho? Nela tem lugar uma história? Institui-se no movimento de diferenciação do pensamento? Se for preciso julgar que a obra opera uma ruptura com a ideologia dominante, essa operação testemunha a implicação de seu autor no discurso com que rompe ou o deixa dono de sua palavra? Nenhum vestígio de tais questões... A teoria está reduzida à sua função prática, mas conserva o estatuto que lhe é conferido pela tradição idealista: a idéia é transparente nos limites da mensagem. E o intérprete, detentor do saber da idéia, ignora a necessidade de fornecer a razão de sua própria prática. De uma vez por todas identificou o Ser e a *praxis*. Mas a *praxis* está ausente da filosofia da *praxis*. Conseqüentemente, o próprio conceito de *praxis* permanece a serviço de um pensamento desligado do Ser, condenado a oscilar entre a ilusão de uma interioridade absoluta e a de uma exterioridade absoluta entre o Sujeito e o Ser.

Que Gramsci defina a teoria de Maquiavel como a do realismo é mais uma prova da violência que é obrigado a exercer sobre o discurso da obra para conjurar a ameaça que pesa sobre a integridade de seus princípios. Já não seria possível deixar de observar que, não contente de reduzir o discurso a uma mensagem, ainda lhe dá o enunciado que recebeu o crédito da crítica tradicional. Ora, a operação por cujo intermédio se extrai de *O príncipe* – e desta única obra – um certo número de proposições que sugerem que o autor reduz as relações políticas a relações de força e a ação política a uma técnica, não é inocente. É o feito de ideologias encarniçadas na fúria de denunciar a imoralidade de Maquiavel ou de justificar o arbitrário do príncipe em nome da razão de Estado. Gramsci modifica o resultado da operação, mas se apóia nela; explora um ensino do qual o mínimo que se pode dizer é que provém de uma amputação e, portanto, de uma falsificação do texto maquiaveliano abertamente comandada pela paixão ideológica – e isto seguramente sem ignorar que foram denunciadas desde há muito. Ora, sem dúvida, não é por acaso que Gramsci precisa apoderar-se da tese convencional do realismo para pô-la a serviço da filosofia da *praxis*. Pois, a despeito das aparências, como tentamos mostrar, ela não rompe com o subjetivismo e o objetivismo: permanece submetida às suas premissas enquanto fica tentando derrubar suas conclusões.

A tese do realismo emprestada da crítica tradicional vem sustentar a articulação de uma história em si, definida pela lógica das relações de força – elas mesmas determinadas nas relações de produção – e uma história para si, definida pela auto-efetuação do sujeito real, cujo representante é a classe revolucionária. Assim, a resolução da contradição em um nível é saldada por seu retorno em um outro, retorno que a multiplica.

Com efeito, se nos ativermos aos termos da tese – negligenciando agora o artifício graças ao qual são excluídas as análises maquiavelianas dos regimes políticos e, mais geralmente, as da constituição da sociedade política contidas em *O príncipe* e nos *Discorsi* –, precisamos convir que se esfrangalha. Segundo Gramsci, o discurso maquiaveliano ensina a verdade do realismo tanto ao príncipe quanto à burguesia; dirige-se a esta para persuadi-la de que a legitimidade do poder estabelecido é ilusória e para prepará-la para acolher a ação violenta de um príncipe novo capaz de reunir os povos italianos sob uma autoridade única; dirige-se ao príncipe para persuadi-lo de que tal ação, metodicamente concebida e executada, disporá da legitimidade por satisfazer às aspirações da classe revolucionária, agente da História universal. Ora, essa interpretação implica a idéia de uma astúcia da razão cujo conhecimento Maquiavel possuiria. Mais ainda: implica que ele próprio é o representante da Razão astuciosa, visto que não fornece o segredo da identidade do príncipe e da classe. Imediatamente uma primeira contradição aparece, pois é proibido imaginar que o autor de *O príncipe* ocupa a posição do saber absoluto a menos que nos privemos de pensar a diferença que o separa de Marx, aquela que separa a burguesia do proletariado e aquela que separa o príncipe do partido de massa. Ao ser definida a função do realismo no quadro da teoria marxista da luta de classes, não somente Maquiavel não poderia ser instalado no lugar do saber absoluto, mas também a idéia de uma astúcia da Razão está despojada de sentido, pois Marx a critica explicitamente contra Hegel. Por conseguinte, impõe-se como conclusão que Maquiavel não conhece o sentido de seu realismo, que está preso no movimento de desconhecimento do real que rege o empreendimento da burguesia e do príncipe. Sem dúvida, não se poderia anular a descoberta da lógica das relações de força, mas seria preciso, então, circunscrever rigorosamente seu alcance, pois Marx afirma que o poder burguês está necessariamente associado à ideologia e que a dominação de classe deve ser disfarçada, não só para obter legitimidade como também para persuadir seus próprios agentes dessa legitimidade. Quando bem pesado, o argumento marxista faria o realismo maquiaveliano revelar-se em dois sentidos: ao mesmo tempo como algo conforme a prática de uma classe que rompe com os mitos do mundo feudal e como algo ilusório enquanto forja a ficção de uma política pura, isto é, separada das condições reais da produção que necessariamente escondem dos atores a significação de sua conduta. Entretanto, Gramsci não pôde dar acolhida a esse argumento porque o impede de resolver a contradição surgida no presente entre a teoria marxista e a prática dos partidos comunistas; entre a idéia de uma classe cuja *praxis*, diferentemente da *praxis* burguesa, coincide com o curso da História universal – e que manifesta em seu modo de existência sua emancipação das ilusões – e a idéia de um partido que, à imagem do príncipe, elabora uma política de conquista do poder graças a uma ciência que é propriedade sua, isto é, graças ao uso de meios cujo conhecimento permanece oculto perante o olhar das massas. Para o pensamento marxista, é impossível sustentar a teoria da astúcia da razão, mas também lhe é impossível afastá-la. Para a interpretação de Gramsci, é essencial que a classe revolucionária – mesmo que seja o proletariado, última classe, portador da abolição da divisão de classes – não disponha do saber de seu próprio empreendimento. É essencial que esse saber fique reservado a um órgão destacado dela e que a relaciona com a realidade. Mas, de duas, uma: ou esse órgão só preenche sua função porque dispõe de todo o saber – o dos fins históricos da classe revolucionária, o das relações de força que comandam a técnica da conquista do Poder e o da diferença que mantém com as massas –, e nesta hipótese não somente o discurso de Maquiavel, de Marx ou de Gramsci é supérfluo, mas ainda se contradiz, pois importa que tudo não seja dito, que o príncipe e o partido operem num certo silêncio sobre a diferença ou, o que dá no mesmo, que proclamem a identidade entre o Poder e o povo; ou, então, esse órgão conhece apenas os meios e o fim de sua função: a conquista do Poder, ficando o saber deste saber como propriedade do teórico – e nesta hipótese novamente o discurso se contradiz, pois está impedido de pensar a diferença entre a teoria e a prática. Órgão separado do órgão do Poder, o próprio discurso está sempre obrigado a reivindicar o saber da totalidade e a dissimular, apresentando-se como mediador, sua pretensão à onipotência.

CAPÍTULO 2

SOBRE A LÓGICA DA FORÇA*

Claude Lefort

"Todos os Estados, todas as senhorias que tiveram ou têm mando (império) sobre os homens foram e são ou repúblicas ou principados": esta proposição abre o primeiro capítulo de *O príncipe*, o mais breve de todos, como observamos, no qual são enumeradas em algumas linhas as hipóteses de uma pesquisa. Se nos espanta o jeito abrupto desse começo, sem dúvida os contemporâneos se espantaram muito mais, pois, instruídos pela tradição clássica e cristã, estavam acostumados a encontrar no início de uma obra política considerações filosóficas, morais ou religiosas. Ademais, o autor não diz por que as afasta de seu texto. Negligenciando falar sobre a origem e a finalidade do Estado, dos méritos comparados dos diversos regimes, da função do príncipe na sociedade, da legitimidade e ilegitimidade de certas formas de poder, simplesmente por seu silêncio leva a pensar que tais idéias deixaram de ser pertinentes ou, pelo menos, convida o leitor a perguntar se permanecem válidas e em que sentido. Tudo se passa como se doravante uma única questão comandasse a reflexão política, questão que o autor se apressa em formular logo depois de haver distinguido vários tipos de principado: "discutir quais as maneiras pelas quais se pode governar e conservar". Na verdade,

▼

* "Sur la logique de la force" (*in Le travail de l'oeuvre – Machiavel*. Paris, Gallimard, 1972, pp. 346-68). Tradução de Marilena Chaui.

tomada em seu sentido literal, a questão não é nova. Vamos encontrá-la especialmente no *De regimine principium* de Egidio Colonna, publicado em 1473, que, inspirado no Tratado de Tomás de Aquino, esforçou-se para conciliar os princípios cristãos com as exigências práticas do governo dos homens[1]. Porém, ela surgia, então, num contexto que permitia delimitar exatamente seu alcance. O leitor era inicialmente convidado a buscar em que consiste a mais alta forma de felicidade (*felicitas*), a que fim tendem as ações do príncipe, que virtudes requerem, que paixões podem ser postas a seu serviço; devia meditar sobre a conduta dos homens nas diferentes idades da vida, depois considerar sob seus vários aspectos o governo familiar do príncipe, suas relações com a esposa, os filhos, ministros, servidores e próximos; antes de chegar, enfim, ao exame da política do príncipe em tempo de guerra e em tempo de paz, precisava perguntar com que fim a comunidade da família, da cidade e do Estado tinha sido criada por Deus (*propter quod bonum inventa fuit communitas domus, civitatis et regni*). É verdade que a *Política* de Aristóteles, no livro quinto, examinava os meios de que dispõe um Poder, seja qual for sua natureza, para afastar revoluções que o ameacem, mas o estudo se fundava numa definição do Estado que não permitia dúvidas quanto à intenção do autor. Ensinava, em primeiro lugar, que a organização do Estado estava subordinada ao princípio da justiça; que o bom regime assegurava uma harmonia entre os diversos elementos da comunidade e, conseqüentemente, que um regime seria tanto mais defeituoso e vulnerável quanto mais privilegiasse abusivamente um desses elementos, e tanto mais ordenado e resistente quanto mais pusesse freio na desmedida. Destarte, a análise da tirania, por mais audaciosa que fosse ao tentar fixar regras para sua conservação, inscrevia-se sem equívoco na procura do bem. Se o interesse do príncipe pudesse servir-lhe de suporte seria porque a essência do Estado fazia-se reconhecer até em suas formas viciosas e porque o bem do tirano e o bem comum não poderiam desligar-se completamente sem provocar a ruína do poder.

▼

1. A data da publicação é indicada por L. J. Walker. *The Discourses of N. M., op. cit.*, II (apêndice, fontes), p. 305. Nós nos referimos à edição *Aegidii columnae romani de regimine principium*. Roma, 1607.

Em contrapartida, a questão maquiaveliana, assim que reduzida aos seus próprios termos, adquire um estatuto inteiramente novo. É uma questão que não surge do interior de um discurso e de um mundo ordenados nos quais aquele que a formula e aquele que está encarregado de assumi-la teriam apenas que reconhecer o lugar que lhes é atribuído, mas antes vai à procura de conhecimentos e operações destinados a se articularem, por si mesmos, uns com os outros no nível da particularidade que lhes é própria e a instalar o pensador e o agente na função de um *sujeito* convertido em garantia para si mesmo de sua própria atividade.

Sem dúvida, não é por acaso que Maquiavel anuncia que discutirá a maneira pela qual os principados podem ser governados e mantidos (*come questi principati se possino governare e mantenere*). A construção da frase é eloqüente. Já havíamos observado que as primeiras hipóteses ordenavam-se em função da perspectiva de um príncipe, mas sem que fosse desvendada. A linguagem atesta aqui uma ambigüidade decorrente da matéria da política tal como começamos a entrevê-la. Sem dúvida, governar e manter o Estado são operações cuja origem está no príncipe, e para determiná-las convém a ele esposar sua posição, interrogar o lugar que ocupa no momento em que toma o Estado nas mãos, as condições que lhe impõe a história do povo do qual ele se torna senhor e os meios de ação que ele pode usar; mas, reciprocamente, pelo simples fato de que o Estado existe, o príncipe está posto numa das situações particulares que podemos observar e necessita efetuar as operações prescritas por seu estatuto. Assim, no primeiro capítulo, nem o príncipe nem o Estado podem fornecer a referência da origem, e o escritor se empenha para nos situar nesse entre-dois, no espaço que se institui com o movimento de um pólo a outro – espaço sob certos aspectos indeterminado e que, no entanto, anuncia-se como o lugar do real. Maquiavel classifica todos os Estados, antigos e modernos, em duas categorias, depois distingue vários tipos de principados e o faz apenas adotando a perspectiva do príncipe, mas se arranja para não mencionar o caso da fundação do Estado, sobre a qual, no entanto, insistirá a seguir, de tal modo que o Estado parece preexistir à ação do sujeito político. De um lado, o objeto, o principado é apreendido numa definição que o constitui como resultado das operações do sujeito – diferentemente de Aristóteles, Maquiavel não se contenta em procurar na História ou no espaço empírico amostras típicas. De outro lado, o sujeito, o príncipe só está determinado no tocante ao lugar que ocupa com respeito ao objeto. Ora, sujeito e objeto, juntos, ao mesmo tempo não são o Poder, o *império*, cujo conceito foi justamente introduzido na primeira frase do discurso e que Maquiavel leva a pensar? Pois este *império*, se é o nome dado ao poder que tal homem ou tal grupo de homens exerce sobre outros, se muda de forma segundo as circunstâncias, é também aquilo que se estabelece acima dos homens, tomados em sua generalidade, aquilo em virtude do que suas relações se ordenam no quadro de um Estado – dimensão mais do que figura da Sociedade e cuja causa talvez se busque em vão tanto num móvel humano quanto num princípio religioso ou metafísico.

Que, desde o início de *O príncipe*, Maquiavel se empenha em apartar o leitor de uma imagem tradicional do Estado, logo nos é confirmado pela análise do principado hereditário. Se menciona em primeiro lugar esse caso e submete-o inicialmente à discussão é, a se crer nele, porque este coloca um problema menos difícil de resolver. A brevidade de suas palavras, de outro lado, parece testemunhar o pouco interesse que lhe atribui. Mas já sabemos que a introdução não fornece propriamente um plano, que é preciso procurar uma indicação de método, que a pesquisa, ademais, não progride regularmente do menos ao mais difícil, pois o caso mais árduo, o da fundação do Estado, é focalizado no meio da primeira parte. Além disso, como não observar que a distinção entre principados antigos e novos não carrega em si nenhuma evidência, não é mais pertinente do que a da fundação e a da conquista do Estado? Começar pelo estudo dos principados hereditários procede, pois, de um outro motivo. Por esse ângulo, o leitor é confrontado de início com um exemplo que os pensadores políticos privilegiaram durante a Idade Média: a seus olhos, o príncipe hereditário é, com efeito, aquele cuja autoridade é considerada legítima e que sobe ao poder por meios pacíficos. Colocando tal exemplo sob nova luz, Maquiavel abala a opinião comum que inicialmente parecia também ser sua; por outro lado, articulando-o com o exemplo do conquistador, no caso Luís XII, príncipe hereditário que decide aumentar seu Estado, vincula logo o problema da paz ao da guerra.

À primeira vista, a análise permanece fiel à convenção. Aquele que detém o poder por tê-lo recebido de seus ancestrais, observa o escritor, nada melhor tem a fazer senão manter em vigor os antigos princípios do governo (*l'ordine de' sui antenati*) e contemporizar diante dos acontecimentos; basta-lhe demonstrar uma "habilidade ordinária" para permanecer no poder e, se um adversário conseguir excepcionalmente desalojá-lo, retornará ao seu lugar na primeira dificuldade encontrada pelo ocupante; seus súditos estão habituados à sua dinastia e não têm repugnância em obedecê-lo. Maquiavel designa-o, de acordo com um uso estabelecido, "príncipe natural". Ora, não há dúvida de que este termo correspondia, originalmente, a uma concepção precisa da Monarquia. Natural, com efeito, ela o é desde que esteja inscrita no costume, pois o costume, na concepção tomista, é uma segunda natureza; e aquilo que encontra uma forma estável no tempo corresponde ao advento de um *habitus* cujo lugar e função inscrevem-se na hierarquia dos seres – idéia sempre presente na obra de Colonna e à qual Savonarola também fizera eco, pondo-a, é verdade, a serviço da causa republicana, quando afirmou que os hábitos do povo florentino constituíam agora sua natureza a ponto de lhe interditar a sujeição a um governo monárquico[2]. Até na observação de que expulso por "uma força extraordinária e excessiva" o príncipe está destinado a recuperar o poder, percebe-se uma imagem da dinâmica política análoga à da dinâmica física de Aristóteles, pois, nos termos desta última, pode-se dizer que "todo corpo é concebido como possuindo uma tendência para se encontrar em seu lugar natural e, portanto, a ele retornar desde que dele se tenha afastado por violência"[3]. Mas essas indicações servem apenas para melhor preparar a reviravolta de perspectiva. De fato, os argumentos do autor arruínam a tese que parecem sustentar. Se o príncipe natural goza de segurança, nos diz ele, é porque, com efeito, "não tem causas nem necessidade de ofender seus súditos (*offendere*)". E ainda porque "a anti-

▼

2. "Il trattato circa il reggimento e governo della Città di Firenze" (1498), *in* Mario Ferrara, *Savonarola*. Florença, 1952, p. 189.
3. A. Koyré, "A l'aube de la science classique; Études Galileènnes", I, *in Histoire de la pensée*, Act. sci. industr. Paris, Hermann Cie., 1939, p. 17.

guidade e a longa continuação do poder hereditário, ao abolirem a lembrança de sua origem, abolem as razões de uma mudança". Deve-se reconhecer que é mais amado do que um príncipe novo, mas não se deve procurar a causa deste fato em um regime que seria conforme à natureza e no qual floresceria a bondade do príncipe, pois é suficiente, ficamos sabendo, que ele não se faça odiar por "vícios extraordinários" para que mantenha o *consensus* dos súditos. A verdade é, pois, que seu poder se beneficia de um acostumar-se à opressão: a permanência do dominante enfraquece a resistência dos dominados de tal modo que a submissão é obtida com menos gastos.

É, portanto, na consideração da oposição entre o príncipe e os súditos que se esclarece a imagem do regime, o mais estável, e não por referência a um acordo fundado na disposição íntima do corpo social. O leitor contentava-se em ver na estabilidade o efeito de uma boa forma cuja instauração corresponderia a um desígnio da Providência ou a uma finalidade natural e dava crédito ao príncipe como alguém capaz de saber fazer-se instrumento dela, ao contrário do tirano, sempre ocupado com a violência; mas descobre que a estabilidade tem que ser pensada em função de uma instabilidade e de uma violência primeiras e que o "príncipe antigo" apenas tem o privilégio de explorar o sucesso outrora obtido na luta por um "príncipe novo". Entre o regime de um e de outro não há uma diferença substancial, mas uma diferença de grau decorrente de sua posição respectiva com relação aos adversários que devem submeter. À conquista do poder corresponde um movimento rápido e violento que deve triunfar contra diversas formas de resistência; mas, por pouco que seja bem-sucedida, chega o momento em que se converte num movimento lento que tende a se conservar a si mesmo. Esta passagem de um regime a outro é que pode ser considerada *natural*, isto é, *necessária* em certas condições – como o é, diríamos, usando uma metáfora anacrônica, a mudança de regime de um motor – e não esta ou aquela forma de organização política tomada em si. Se bem compreendemos a proposição que fecha o capítulo sobre os principados hereditários, não há, aos olhos do autor, dois tempos especificamente distintos, um em que se divisaria a duração própria do corpo social e outro no qual se veria sua corrupção. As mesmas causas explicam a permanência do poder e a repetição dos acidentes: é igualmente verdadeiro que "a antiguidade e a longa continuação do poder hereditário, ao abolirem a lembrança de sua origem, abolem as razões de uma mudança" e que "uma mutação sempre deixa pontos de apoio para uma mutação nova". Mas talvez tenhamos acolhido muito depressa a idéia de que a antiguidade do poder basta sozinha para garantir ao príncipe a adesão dos súditos. Talvez não seja por acaso que, evocando a figura de um príncipe hereditário, Maquiavel não escolhe um exemplo que se impõe ao pensamento de todos, o do rei da França, senhor de um Estado poderoso e solidamente estabelecido, mas fale dos duques de Ferrara, personagens de segundo plano, dos quais ele sabia, como, aliás, era sabido de todos, que recuperaram seu Estado como o haviam perdido: apenas em decorrência das vicissitudes da política internacional. De fato, aprendemos pouco depois que a estabilidade do regime na França decorre não de sua origem, mas da estrutura de um poder dividido entre o príncipe e os barões, e no final da obra, numa passagem a que já nos referimos, aprendemos que um príncipe novo pode ser estabelecido mais firmemente e com mais segurança do que o herdeiro de uma velha dinastia. É preciso, pois, supor que o príncipe hereditário fornece apenas uma baliza, servindo somente para que se possa medir a distância a ser tomada perante a opinião comum.

Esta hipótese se confirma tão logo prossigamos nossa leitura. Maquiavel, de início, havia julgado que um príncipe antigo é "mais amado" do que um príncipe novo. Desde o começo do capítulo seguinte percebe-se que este último não poderia conquistar um Estado sem ser, a curto prazo, odiado por todos, não somente por seus inimigos da véspera, cujos interesses lesa, mas também por seus próprios partidários, cujos apetites não pode satisfazer; assim, temos o direito de desconfiar do sentido disso que, no início, o escritor chamava de *amor*, e perguntar se ele não pensava em *menos odiado* quando escrevia: *mais amado*. Desconfiança tanto mais legítima porquanto ele sublinha que em todos os principados novos encontra-se a mesma dificuldade – dificuldade *natural*, observa ele – pelo fato de que os homens de bom grado mudam de senhor na esperança de melhorar de condição. Considerando-se essa disposição de espírito, já não poderíamos crer que o tempo trabalha necessariamente para a conservação do príncipe hereditário. Além disto, um momento antes, o príncipe natural parecia tão solidamente estabelecido no Estado que não podia deixar de retomar a posse dele caso viesse a ser expulso por uma força extraordinária; agora, a história da conquista de Milão revela que o retorno do príncipe ao poder não é imputável à natureza do regime, mas é uma conseqüência das dificuldades em que esbarra o ocupante. Com efeito, o Mouro, de quem já nos foi falado, não é um príncipe natural, mas filho de um usurpador, e não se poderia dizer que a antiguidade da Casa Sforza tenha abolido a lembrança de sua origem. A verdade é que o fracasso de Luís XII tem uma causa universal: decorre do fato de que o conquistador não pode deixar de suscitar a hostilidade de seus novos súditos no dia seguinte ao do sucesso.

Certamente, permanece válida a distinção entre príncipe antigo e príncipe novo, entre a ordem do costume e a ordem da inovação, mas ela não pode ser compreendida por referência à idéia clássica de natureza, nem traduzir-se em termos éticos. Antes, induz a imaginar o campo da política como um campo de forças em que o poder deve encontrar condições para um equilíbrio. O caso da conquista é privilegiado sob esta perspectiva, pois torna sensível o problema que o príncipe precisa solucionar se quiser se manter no Estado: trata-se, para ele, de resistir aos adversários criados por seu empreendimento, de inscrever-se o mais rapidamente possível no sistema de forças modificado por sua própria ação e cujas perturbações tendem a se prolongar às suas expensas. Assim, suas ações são determinadas pelo estado de guerra em que se encontra, ao mesmo tempo, perante outros príncipes e perante seus súditos, e sua política não pode ser senão uma estratégia análoga à de um capitão que, tendo ocupado sobre o campo a posição cobiçada, aplica-se em desmanchar as iniciativas de inimigos decididos a tirá-la dele.

Maquiavel traça, pois, um esquema muito geral da situação em que os protagonistas – Estados ou grupos sociais – estão reduzidos à função de agentes abstratos, aliados ou adversários possíveis do príncipe. Mas este esquema já nos inicia à complexidade do jogo político, pois não é suficiente que aquele que agarrou o poder domine seus adversários pela violência; esta pode voltar-se contra ele na medida em que, excitando a resistência deles, não lhe permitir encontrar apoios – como ocorre na primeira fase de uma conquista quando o ódio engendrado por um exército de ocupação e a inevitável decepção provocada pela política do príncipe novo são uma das causas de sua perda. Ainda é preciso que faça de modo que as novas relações de força lhes sejam favoráveis tanto no interior do Estado quanto no exterior. A política é uma forma da guerra e, sem dúvida, não é por acaso que, para nos fazer compreendê-lo, Maquiavel tenha escolhido raciocinar inicialmente sobre o caso de tomada do poder pelas armas; mas devemos também reconhecer que essa guerra obedece a imperativos particulares: não depende da violência pura, e o príncipe não triunfa pelo simples fato de ser o mais forte, visto que precisa manter-se, durar, coexistir com aqueles que domina, impor-lhes dia após dia sua autoridade, conter dia após dia desordens nascentes. Da análise da situação em que se acha o príncipe novo no dia seguinte ao da conquista, sobressai o caráter duplo de sua ação: vai no sentido da maior e da menor violência. Se o povo que deve governar possuir a mesma língua e costume que seus próprios súditos, nos diz Maquiavel, a regra para o conquistador é fazer com que desapareçam o príncipe antigo e toda sua família, a fim de prevenir o retorno da dinastia, ao mesmo tempo em que deve evitar toda inovação nas leis e impostos, isto é, limitar tanto quanto possível os efeitos de sua agressão. Se o povo for diferente do seu, deve vir em pessoa habitar o país para que seus ministros não se ponham a pilhar e para que os descontentes possam encontrar socorro nele; ou, então, deve instalar colônias, pois com este meio são lesados somente aqueles, em pequeno número, cujas terras e bens são tomados ficando sem condições para prejudicar, enquanto os outros, satisfeitos por não serem perturbados ou por não sofrerem os estragos feitos por um exército de ocupação, não terão motivo para se revoltar. Num caso como em outro, duas exigências são conciliadas: a de vencer pela força, extinguindo logo os focos de resistência mais perigosos, e a de fazer com que essa força seja reconhecida, garantindo sua segurança ao garantir a dos outros. O autor dá a fórmula dessa política quando nota que os homens "devem acariciar-se ou trucidar-se"; mas devemos entender que os dois termos da alternativa são igualmente aplicáveis conforme o caso: na realidade, é preciso trucidar uns e acariciar outros, e isto pela mesma razão que sustenta a lógica das relações de força. Que seja assim, Maquiavel encontra um outro meio para nos convencer: reúne na mesma análise os problemas de política interna e de política estrangeira, raciocinando como se as relações do príncipe com seus súditos fossem da mesma natureza que aquelas estabelecidas entre Estados, isto é, entre agentes independentes cujo interesse comanda sozinho a conduta. De fato, neste último caso, igualmente, a força do príncipe não se determina senão no seio do campo em que se inscreve. É necessário, de uma só vez, impor-se e compor, para instituir um equilíbrio que o coloque ao abrigo de uma agressão estrangeira. Precisa, sublinha o autor, "fazer-se chefe e protetor dos vizinhos menos poderosos, esforçar-se para enfraquecer aqueles que são maiores e resguardar-se para que, por acidente, não entre ali um estrangeiro mais poderoso do que ele". Estratégia que vemos claramente não ser inspirada por nenhuma outra consideração afora a preocupação de conservação e crescimento da potência (*puissance*).

Esse termo, potência, que Maquiavel usa repetidamente na passagem que evocamos, é tomado por ele, pelo menos nessa etapa do texto, numa acepção puramente positiva. Assim, é conveniente notar que, se foi afastada a imagem do príncipe legítimo governando para o bem de seus súditos em conformidade com um plano divino ou com a ordem natural, não é porque Maquiavel tenha cedido diante de uma apologia da potência. Assim, como são ignorados os argumentos dos filósofos clássicos que procuram fundar a idéia do bom governo, também são ignorados aqueles argumentos que a tradição atribui a seus adversários, os sofistas. Num único lugar, ali onde escreve: "Certamente, é coisa muito ordinária e conforme a natureza o desejo de conquistar e todas e quantas vezes puderem os homens que o farão serão louvados ou, pelo menos, não serão censurados", o escritor parece querer justificar o apetite de potência. Porém, essa proposição só adquire seu verdadeiro sentido quando colocada sob o signo da pura observação. Que conquistas sejam empreendidas e que, vitoriosas, não sejam censuradas, eis somente o que deve ser considerado, assim como, um momento antes, precisávamos constatar que os homens mudam espontaneamente de senhor ou que um príncipe antigo tem menos motivo para ofender seus súditos do que um príncipe novo. Trata-se de fatos perceptíveis em toda a extensão da História, que caem sob os olhos e são inteligíveis porque se articulam com outros fatos de que são causa ou conseqüência ou as duas coisas ao mesmo tempo. É essa articulação que Maquiavel sublinha, de tal modo que estamos sempre postos na presença de vários termos simultâneos e constrangidos a pensá-los em função de suas relações, isto é, das ações e reações que exercem uns sobre os outros. Por exemplo, a idéia de que os homens nunca estão satisfeitos com sua condição não tem um valor em si; é preciso entender, simultaneamente, que um príncipe antigo não cessa completamente de ofender seus súditos, mesmo quando se acostumaram com seu poder, que toda mudança cria condições para uma outra mudança, que um príncipe estrangeiro não impõe sua autoridade senão por violência e suscita necessariamente o ódio, que certas medidas, enfim, são susceptíveis de desarmar as oposições. Em suma, somente a constelação dos fatos é significativa: não podemos considerar o comportamento dos súditos senão com relação ao do príncipe e vice-versa, e é o *fato* de suas relações que constitui o objeto do conhecimento. Da mesma maneira não poderíamos estacionar nesta última idéia segundo a qual o desejo de conquistar é uma coisa natural, como se ela encerrasse um juízo auto-suficiente sobre o homem. Pois natural esse desejo é, como o dos dominados de mudar de dominação, como o dos Estados fracos de se subtrair à tutela de um Estado forte graças à intervenção de um príncipe estrangeiro: a conquista não se esclarece pela referência a móveis que numa outra profundidade do ser marcariam sua origem, mas se mostra determinada como uma modalidade da experiência política implicada pelas outras e implicando-as por seu turno e, conseqüentemente, conduzida por uma necessidade em que se imprime seu sucesso ou seu fracasso. Também é significativo que a fórmula que retém nossa atenção seja enunciada apenas ao término de uma análise da política romana e da política do rei de França em que essa necessidade é posta em evidência e onde é fornecida a prova de que a conduta do conquistador se inscreve numa ordem das coisas (*l'ordine delle cose*).

A questão: o que é a potência? não importa. O que Maquiavel leva a pensar, em primeiro lugar, é somente o conflito ou os conflitos que opõem os atores dotados de uma potência maior ou menor; o que ele julga *natural* ou *ordinário* são as relações que se estabelecem entre eles em decorrência de suas potências respectivas nas condições particulares em que estão colocados. Eis por que, ao se colocar como puro observador, coloca-se imediatamente como puro calculador e seu discurso estabelece pouco a pouco uma equivalência entre o que é natural, necessário e conforme à razão. Observar e calcular são uma só e mesma coisa, pois os dados empíricos, por exemplo o fenômeno da conquista de Milão, só se deixam delimitar e circunscrever na medida em que reconhecemos neles uma combinação de termos e de relações de que a História fornece-nos outras ilustrações. Descrever as aventuras de Luís XII é fazer a conta de seus erros, como descrever o desenvolvimento da potência romana é mostrar as operações que conduziram à solução de um problema. Nestes dois casos, como no exemplo turco, o autor discerne o que nomeávamos, depois dele, uma ordem das coisas, isto é, não uma ordem transcendente à experiência, mas uma experiência ordenada nela mesma e cuja matéria, embora sempre cambiante, pois as situações não se repetem, distribui-se segundo linhas de força constantes. O príncipe aparece, então, como um ator cuja conduta é determinada pelas exigências da situação e, conseqüentemente, cuja potência própria é indissociável da inteligência que adquire quanto à relação de potência: é ou não capaz de reconhecer essa ordem e se o conseguir será sob a condição de dominar a confusão dos acontecimentos, de resistir à tentação de utilizar meios que, por serem eficazes a curto prazo, estão destinados a se voltar contra ele (por exemplo, aliar-se a uma potência estrangeira que não deixará de se transformar em inimiga assim que tiver ocupado um lugar no país em que ele opera), isto é, enfim, se for capaz de se livrar da contingência dos fatos presentes e dos próprios móveis que o fazem agir.

Colocando o leitor nessa perspectiva, Maquiavel o faz descobrir que a posição do teórico e a do ator coincidem. Certamente, essa coincidência é apenas parcial; devemos admitir também que cada um deles se estabelece num nível diferente de racionalidade e que, nesse nível, está em condições de reivindicar a verdade da experiência. De fato, de um primeiro ponto de vista, o teórico parece abarcar a História em toda sua extensão; em seu campo de representação caem todas as conjunturas, todas as combinações de relação de força, todos os estatutos possíveis do ator; assim, ele se eleva à idéia de um cálculo universal, enquanto o príncipe, mesmo quando resolveu com sucesso as dificuldades enfrentadas em seu empreendimento, evolui nos horizontes finitos de uma situação particular, permanecendo na dependência imediata tanto das condições que lhe são impostas de fora quanto dos objetivos que fixou. Porém, de um outro ponto de vista, vemos o teórico condenado a raciocinar sobre o passado; se tem o poder de indicar a solução é porque os termos já estão escritos no real; em contrapartida, o príncipe tem o mérito de pensar o universal no particular, decifrar no presente os signos do que será a figura dos conflitos por vir e, assim, na prática da antecipação, é capaz de passar pela experiência do cálculo infinito, pois não só o acontecimento constantemente põe em causa os resultados adquiridos, como ainda precisa contar com os efeitos de suas próprias ações. Semelhante ao médico cuja virtude está em formular o diagnóstico quando a doença ainda está no começo, leva a melhor, nos diz Maquiavel, diante daquele que dispõe de todos os elementos de certeza por que a doença se desenvolveu, mas se mostra incapaz de modificar-lhe o curso. Entretanto, é a teoria que nos ensina que a teoria e a prática não se confundem. Afirmando a permanência do conflito, rejeitando a idéia de uma forma política que carregue em si a estabilidade, o pensador reconhece a permanência dos acidentes e, conseqüentemente, designa a função do príncipe como a de um sujeito que adquire a verdade num movimento contínuo de racionalização da experiência. Ao mesmo tempo, arroga-se o direito de conceber as relações de força em sua generalidade, e ensina que estas sempre se instituem pelas operações empíricas dos agentes postos em condições contingentes. Ao mesmo tempo que extrai de toda situação os termos de um problema e torna sensível a exigência de um método, mostra que os dados desse problema não cessam de mudar e que a solução nunca é fornecida de antemão. Assim, o sujeito de pensamento e o sujeito agente não se anulam um ao outro ou não se afastam um do outro a ponto de tornar sua relação ininteligível, de sorte que parece ultrapassada a antinomia com que se deparava a teoria política dos Antigos. Com efeito, podia-se justamente opor ao filósofo que pretendia fundar em direito a Potência que, pelo simples fato de usar a linguagem, visava ao universal e, portanto, exatamente no momento em que pretendia reunir-se àquele que a reivindicação da potência encerrava na particularidade e incomunicabilidade do desejo, tornava-se estranho a ele. Inversamente, tão logo se quisesse dar figura ao universal, era preciso recorrer à ficção de um regime conforme à natureza e renunciar a encontrar sua inscrição na realidade empírica. Agora, porém, o pensamento liberou-se da distinção entre essência e existência e não nos achamos mais diante da alternativa entre um saber que se afirma no esquecimento do que é e um fazer que torna irrisória a tentativa para nomeá-lo. Na História não há nada além daquilo que *aparece*, isto é, as ações dos homens e os acontecimentos em torno dos quais se entrelaçam; e, por exemplo, a conquista é "natural" desde que seja ordinária, pertença à experiência política presente e passada. Mas o que aparece carrega um sentido, é de um só golpe matéria de uma linguagem, pois nele sempre apreendemos relações, de sorte que o existente deixa de ser o fato bruto e opaco que desafia o pensamento – seja porque para manter-se como pensamento deve desviar-se dele, seja porque para fundá-lo no Ser abandona suas próprias normas e abisma-se na contingência. Doravante não temos qualquer necessidade de transfigurar o príncipe para tentar atribuir-lhe uma função no seio de um sistema racional do mundo; nós o apreendemos na sua realidade histórica: é Luís XII na Itália, ou então o Turco, ou então – e essa referência nos adverte de que nele devemos visar ao puro agente político – a república romana; pouco importa a identidade que lhe emprestamos, tão logo nos demos sua imagem aparece situado no centro de uma rede de relações, portador de uma necessidade que se estabelece em seu benefício ou a suas expensas, conforme se mostre capaz de determinar as ações de seus adversários ou se deixe determinar por elas. Por seu intermédio o real se desvenda como um lugar de operações: as fronteiras do real são as do racional.

Se uma vez mais retornarmos às primeiras considerações suscitadas pelo exemplo do príncipe hereditário, mediremos o caminho percorrido. Para conservar o Estado parecia, inicialmente, que bastava dar provas de uma habilidade ordinária, permanecer fiel aos antigos princípios (*l'ordine de' sui antenati*) e contemporizar com os acontecimentos (*accidenti*). Agora são severamente criticados os pseudo-sábios de Florença – os quais, é necessário sublinhar, não são príncipes hereditários nem príncipes novos – porque não cessam de recomendar "gozar as vantagens do tempo" (*godere il benefizio del tempo*); "o tempo, ficamos sabendo, enxota tudo à sua frente e pode trazer consigo tanto o bem como o mal, tanto o mal como o bem". E à medida que se apaga seu poder de instituir uma forma que valha em si e se conserve por si mesma, afirma-se o do sujeito – confiando somente na *virtù* e na *prudenzia* – capaz de divisar uma ordem nos acidentes e de governar-lhes o curso. A imagem dos duques de Ferrara, cuja magra potência está fundada no passado de sua dinastia, é substituída pela dos romanos que construíram e mantiveram um imenso império porque souberam apoiar-se no futuro.

No momento em que o leitor toma consciência do problema político nos termos em que se põe para o príncipe, uma digressão convida-o a conceber melhor os limites da ação individual. Simples precisão, parece, visto que o escritor já tinha tido o cuidado de notar que o fracasso de um conquistador, na primeira fase de ocupação de um território, decorria de causas universais. Mas, talvez, essa observação pudesse passar despercebida e a minuciosa crítica dos erros de Luís XII sugerir que a conservação do poder dependia apenas da inteligência do príncipe. Assim, parece bom meditar um momento sobre a boa sorte das conquistas de Alexandre para se persuadir de que as condições objetivas tanto quanto a estratégia do ator determinam o desfecho de um empreendimento. Considerando-se a natureza dos povos submetidos à sua dominação, conviremos que, se Alexandre pôde impor sua autoridade muito mais facilmente que Pirro ou outros conquistadores, não é porque teria uma *virtù* superior, mas pela simples razão de que seus novos súditos desde há muito haviam sofrido a opressão de um déspota e encontravam-se naturalmente dispostos à obediência. Todavia, os argumentos empregados nesta ocasião são de tal importância que, sozinhos, compõem uma tese que devemos compreender tanto pela significação que adquire nessa etapa do discurso quanto pelo fato de ser introduzida por uma via indireta. De fato, no momento em que se prepara para responder à questão de um eventual contraditor que se espantasse com a facilidade com que Alexandre conquistou uma parte da Ásia e transmitiu essa herança a seus descendentes, Maquiavel coloca, subitamente, todos os principados de que se tem memória em duas categorias: uma que compreende os Estados de regime despótico, outra, aqueles em que o poder é dividido entre um monarca e os barões. Esta classificação, surpreendente, cujo efeito o escritor evita enfraquecer com alguma justificativa, entretanto fornece-lhe a matéria para a análise, de tal modo que a referência a Alexandre parece ter somente servido de pretexto para a comparação entre os dois tipos de Poder. Desta, o leitor retém que a solidez respectiva de cada um deles se aprecia por sua capacidade de opor resistência a uma agressão estrangeira. O regime despótico mostra-se, inicialmente, como o mais forte, visto que nele a autoridade é una, os ministros, diversamente dos senhores estabelecidos de há muito em uma província e ligados a seus súditos, não têm crédito suficiente para fomentar uma rebelião e abrir caminho para um eventual conquistador: para destruir o poder estabelecido não se deve, pois, contar senão com a potência das armas. Porém, a perspectiva se inverte tão logo interroguemos quanto às oportunidades de implantação de um príncipe novo. De fato, não há obstáculos à sua dominação, uma vez obtida a vitória e a família real exterminada; alimentados na escravidão por seu antigo senhor, os súditos são fáceis de governar, enquanto num país dividido as rivalidades logo porão seu poder em perigo, as facções que o sustentaram se voltarão contra ele, os grupos que deve oprimir se rebelarão e buscarão auxílio no estrangeiro. Nesta hipótese, já não basta "extinguir o sangue real" (*spengere il sangue del principe*), pois restam sempre senhores que se fazem chefes de novas mudanças, e como não é possível contentar a todos nem extinguir todos eles, na primeira oportunidade que se ofereça todos os Estados estarão perdidos. É preciso, pois, admitir que o regime aparentemente mais vulnerável se revela, ao passar pela prova do tempo, como o mais resistente e a autoridade que compõe surge como mais forte que uma dominação sem freios. Assim, encontra-se retomada para novos fins a idéia, cujo alcance já entrevimos, de que a medida da potência é dada pela relação em que se inscreve com outras potências. Os motivos que temos agora para apreciar a solidez da monarquia de França, modelo de um regime em que o poder do soberano é limitado, são os mesmos que comandavam a análise das relações entre Estados ou a da política de Luís XII em Milão. Mas passamos insensivelmente de um ponto de vista particular a um ponto de vista geral: Maquiavel não descreve apenas a lógica das operações do príncipe, daqui por diante raciocina acerca dos sistemas de força encarnados pelos regimes políticos e abre caminho para o estudo das estruturas sociais.

Todavia, o importante é que esta passagem permanece na sombra, que a linguagem do escritor não dá lugar para uma apreciação moral, que a questão da natureza do Estado está sempre mantida a distância. Sob essa condição, torna-se possível até mesmo evocar a força do regime republicano. Evocação duplamente prudente, é verdade, visto que, por um lado, Maquiavel não abandona a hipótese da conquista, interrogando somente acerca das dificuldades encontradas por um príncipe novo numa cidade outrora livre, para responder que o meio mais seguro é arruiná-la e dispersar seus habitantes, e que, por outro, confunde numa primeira parte da análise o caso dos principados acostumados a viver sob sua própria lei e o das repúblicas, como se este último nada tivesse de específico. Mas a idéia nova avançada entre outras que a dissimulam – como num campo de batalha a conquista de uma posição é acompanhada de várias operações diversionistas – surge na conclusão do quinto capítulo: as repúblicas são os regimes mais sólidos, os mais resistentes aos empreendimentos de um agressor porque os cidadãos estão apegados à liberdade. É dar a entender que, visto que a autoridade não tem somente limites, como na monarquia de tipo feudal, mas se encontra largamente partilhada entre os cidadãos, a lógica das relações de força joga em favor de uma distribuição do poder e de um sistema que asseguraria a troca entre governantes e governados.

Nesta etapa da leitura o percurso do escritor já se tornou sensível para nós. Aparentemente, ele se detém no exame de casos particulares em que são divisadas as operações necessárias para a tomada do poder e para sua conservação; mas, por esse viés, introduz as primeiras considerações gerais sobre a oposição entre o príncipe e seus súditos, as relações entre Estados, a força relativa dos diferentes regimes. Considerações que constituem balizas para um pensamento ao qual parece indispensável permanecer aquém da expressão – como oferecer-se sob a forma de um saber explícito implicasse degradar-se ou chocar-se com a incompreensão de outrem –, ou melhor, descreve um percurso sinuoso – como se não entrasse na posse da verdade senão por uma dupla e constante denegação. De fato, à idéia da estabilidade, evocada por um momento no tocante à monarquia hereditária, opõe-se a do movimento, concebido como constitutivo de toda experiência política; à idéia do tempo que conserva, opõe-se a do tempo que enxota tudo à sua frente; à idéia da natureza social definida como uma ordem regida por fins imanentes ou transcendentes, opõe-se a dos acidentes cujo encadeamento é de causa e efeito; à idéia de um vínculo de amor entre o príncipe e seus súditos, opõe-se a da opressão em diversos graus. Mas, simultaneamente, da imagem de uma violência que se exerce sem fim e de uma força que só tiraria vantagem de sua superioridade imediata sobre outra, o pensamento nos conduz à de uma economia da potência; diante da condição do súdito-escravo recupera o sentido da "afeição natural" que um povo apegado às leis tem por seu senhor; um regime parece tanto mais sólido quanto mais nele o poder estiver mais bem repartido; enfim, a pura diversidade dos acidentes deixa que apareçam constelações relativamente estáveis cujo sentido inscreve-se nas situações históricas típicas, nas estruturas políticas.

Aonde nos conduz esse movimento de pensamento? Devemos nos assenhorar de verdades positivas que o discurso deixa entrever para reuni-las a título de primeiros elementos de uma ciência da política? Ou procurar signos de um novo estatuto da experiência e do saber na crítica das imagens com que a opinião comum se alimenta?

Essas questões se colocam no limiar do sexto capítulo, consagrado à fundação do Estado. Ora, tudo indica que com esta hipótese entramos numa nova fase da análise. Não se trata mais de apenas definir as operações que permitem ao príncipe governar e conservar um domínio conquistado, nem de apenas apreciar a incidência das condições sociais e históricas sobre seus empreendimentos. A ação pela qual o sujeito toma o poder se distingue agora de todas as outras do mesmo gênero na medida em que ela o institui como príncipe e dá unidade política a um povo. Podemos, portanto, supor que o exame da conduta do fundador – para o qual, lembremos, o autor não nos havia preparado – será ocasião de uma reflexão sobre a origem do Estado. Ademais, Maquiavel dá a entender que sua intenção não é somente a de permanecer nos limites de um caso particular, por mais privilegiado que seja. Assim, quando anuncia que falará de "principados inteiramente novos, aqueles em que o príncipe e o Estado são novos", e quando trata disto efetivamente na maior parte do capítulo, o título evoca um outro tema, o dos principados adquiridos por *virtù* e por armas próprias; na seqüência, recorda o fracasso de Savonarola, reformador que não cessou de proclamar seu apego ao regime republicano, e conclui com o exemplo de Hieron de Siracusa, simples capitão que chega à testa do governo por um golpe de Estado. Assim, a hipótese da fundação do Estado parece destinada a nos esclarecer tanto sobre a natureza do Estado quanto sobre a do Poder em geral. É verdade que, numa primeira leitura, o sexto capítulo decepciona nossa expectativa. Nenhuma resposta parece ser dada às questões que colocávamos: Maquiavel invoca exemplos ilustres como os de Moisés, Ciro, Rômulo e Teseu, mas não os analisa, e não poderíamos nos impedir de pensar que a política desses gloriosos fundadores, cuja memória decorre mais da lenda do que da História, escapa ao conhecimento exato. No que tange à *virtù* e sua relação com a Fortuna, no tocante à dificuldade para introduzir as *ordini nuovi*, no que concerne à autoridade adquirida pelo príncipe uma vez vencidos os primeiros obstáculos, e quanto à felicidade que retira dessa vitória e que dá à sua pátria, precisamos nos satisfazer com considerações rápidas e muito gerais das quais o mínimo que podemos dizer é que não estão sustentadas por uma descrição dos fatos e que nos deixam famintos. A única conclusão positiva que podemos reter é que o fundador deve preferir a força à prece, que os profetas armados triunfam ali onde fracassam os profetas desarmados; mas essa idéia parece curta se comparada com o que aprendemos, pois já sabemos que inteligência da força mais do que a própria força está no coração da política. Em suma, o capítulo que nos ocupa é bem diferente dos primeiros, mas não no sentido que previamos. Enquanto o exame minucioso da política de Luís XII ou dos Romanos induzia a uma verdade de alcance universal, agora os propósitos do autor parecem flutuar numa zona indecisa em que não contam nem o peso dos fatos nem o das idéias. Todavia, essa decepção decorre de que queremos ainda uma vez nos fixar na letra do enunciado quando talvez devêssemos, à moda do príncipe a quem o passado oferece um objeto de inspiração mais do que de imitação, apoiar-nos sobre o texto apenas para nos elevarmos ao plano daquilo que nos dá a pensar. As primeiras linhas do capítulo, com efeito, dão um aviso que parece possuir mais de um sentido. Maquiavel pede ao leitor que não se espante ao vê-lo alegar grandes exemplos: estes, diz ele em substância, oferecem o modelo da mais alta ação política, mas não é necessário nem, sem dúvida, possível que o príncipe novo se identifique com os heróis fundadores; basta que queira assemelhar-se a eles, isto é, não tornar-se igual a eles, mas sim avançar no caminho traçado por eles. A prudência manda que guarde na memória a *virtù* desses gloriosos predecessores, não na esperança de se apropriar dela, mas sim para que a sua própria conserve "algum cheiro" dela. Assemelha-se, aprendemos ainda, a um arqueiro prudente que para atingir um alvo longínquo ajusta o tiro em função de um ponto de mira situado a uma altura muito maior do que a de seu objetivo. Ora, temos razão para desconfiar que um arqueiro nunca tenha podido furtar-se a essa necessidade e que um fundador, seja qual for seu mérito, nunca tenha agido sem modelos e ainda devemos observar que, impondo à flecha um desvio, o atirador atinge perfeitamente o alvo. Assim, somos inclinados a julgar que a figura do herói é puramente simbólica, ou, melhor dizendo, que a função realista dos maiores exemplos é uma função simbólica. Ao descobri-la, estamos prontos para olhar o texto com outros olhos. Vem ao nosso espírito que o próprio Maquiavel procede como o arqueiro, que seu discurso segue o trajeto indireto da flecha e que as considerações gerais, cujo sentido procurávamos em vão, talvez sejam apenas o ponto de mira do qual é preciso regressar até o lugar do alvo.

E então, o movimento do discurso torna-se muito mais decisivo do que a apologia da força, pois novamente parece propor a imagem tradicional da ação política apenas para melhor apartar-se dela. Doravante, o que chama a atenção é a distância entre a idéia de onde o autor parte e aquela a que chega; o sentido não está na significação encerrada em cada proposição, mas na discordância manifesta entre os princípios que fundam a primeira e a segunda parte do argumento. De fato, a criação do Estado é apresentada de início como obra da *virtù*. Certamente essa *virtù* é definida como antítese da Fortuna; é o poder de subtrair-se à desordem dos acontecimentos, elevar-se acima do tempo que, como aprendemos, *enxota tudo à sua frente*, é agarrar a Ocasião e, portanto, conhecê-la, é, enfim, segundo a palavra do autor, introduzir *uma forma numa matéria*. Mas, pela primeira vez, ela se revela virtude moral: os fundadores são homens "excelentes"; Moisés, de quem não mais se deveria falar, visto que foi apenas "um verdadeiro executante das coisas ordenadas por Deus", é considerado admirável pela graça que "o tornava digno de falar com Deus"; os outros não o são menos, visto que sua conduta não foi diferente da dele; sua glória está em ter dado unidade e liberdade a um povo disperso e oprimido; seu sucesso pessoal harmoniza-se com o enobrecimento e a felicidade de sua pátria. Entretanto, apenas essa imagem esboçada, já é preciso abandoná-la. Evocando as dificuldades com que o príncipe se choca no início de seu empreendimento, subitamente Maquiavel usa uma outra linguagem. Torna-se patente que os fundadores são forçados (*forzati*) a introduzir novas instituições (*nuovi ordini e modi*) para estabelecer o Estado e, acrescenta o autor, a assegurar sua segurança, como se as duas exigências se confundissem. Dessas instituições, ficamos sabendo que não há coisa mais penosa do que tratar delas, mais duvidosa do que ter êxito, nem mais perigosa de lidar porque não contam com o benefício de qualquer suporte na sociedade. Um momento antes, a política do príncipe aparecia como expressão das aspirações coletivas; agora devemos entender que ninguém está a seu lado: tem como inimigos todos aqueles que tiravam proveito da ordem antiga e só encontra mornos defensores naqueles que se beneficiarão com a nova, tão forte é a incredulidade dos homens nas coisas novas enquanto uma experiência segura não lhes tiver demonstrado a solidez do regime estabelecido e enquanto a mobilidade de seus espíritos impedi-los de ser fiéis à causa que por um breve momento excitou sua paixão. Novamente parece não haver outro problema para o príncipe senão o de impor obediência aos súditos, de tal sorte que a posição do glorioso fundador se aproxima da do conquistador que, de acordo com a análise do terceiro capítulo, devia defender-se simultaneamente contra adversários e partidários. Assim, não é por acaso que Maquiavel usa uma mesma expressão para designar a ação de ambos: *acquistare lo Stato*.

Ora, nessa etapa do discurso são rudemente opostas fé e força e ilustrada a crítica aos profetas desarmados com o exemplo de Savonarola – argumento que termina por abalar nossa primeira opinião. Nos próprios termos da questão colocada: "é preciso considerar se aqueles que buscam coisa nova (*questi innovatori*) podem alguma coisa por si mesmos (*stanno per loro medesimi*) ou se dependem de outrem, isto é, se para bem conduzir seu empreendimento contam com a prece ou com a força", pode-se entrever a intenção que sustenta toda a discussão. A oposição entre *virtù* e Fortuna transforma-se em oposição entre poder de depender apenas de si e sujeição aos desejos de Outro e esta, por sua vez, transforma-se em oposição entre autonomia do homem e dependência de Deus. Certamente, Maquiavel parece deter-se na apologia da força, porém a função desse tema desvenda-se subitamente: está encarregada de nos livrar do mito de uma história regulada pela Providência. Por seu intermédio acha-se brutalmente anulado nosso respeito pelo executante das coisas ordenadas por Deus. E, enquanto a figura de Savonarola se superpõe à de Moisés, a "realidade" da política do príncipe dos judeus é restituída. Há pouco, imaginávamos encontrar nela o testemunho de uma graça divina com que, à sua revelia, nutriram-se os outros fundadores de Estado. Doravante, é preciso concluir em sentido inverso, isto é, que a submissão aos decretos de Deus era pura aparência e que a *virtù* de Moisés se inscreve no registro que Rômulo, Ciro e Teseu tornam legível.

É bem verdade que, sob certos aspectos, a incerteza permanece. Às questões: que é a *virtù*, que são as *ordini nuovi*, a que o Estado deve sua origem?, nenhuma resposta segura, dissemos, pode ser dada; mas essa incerteza está carregada de um peso estranho. E pelo menos de uma coisa não poderíamos duvidar: Maquiavel convida o leitor para uma interrogação acerca dos fundamentos da política e começa por lhe proibir que se apóie sobre as verdades estabelecidas pela tradição humanista ou cristã. Ora, essa interrogação é tão radical que é possível julgar que o caso tratado tinha exclusivamente por função dar-lhe forma. Era preciso, parece, evocar a fundação do Estado, o sagrado que se apega à mais alta empresa política, a *virtù* dos heróis venerados, para que se pudesse, quando essas imagens se desfazem, apanhar a verdadeira cartada do discurso. Como conceber o Estado, em que solo fincá-lo se o fundador está só, se não há um arranjo na natureza garantindo o empreendimento, se os homens não estão predispostos a concordar mas a resistir ao advento da comunidade e se, por outro lado, a idéia de um ordenamento providencial da sociedade é um logro? Eis a questão última a brilhar no horizonte empalidecendo todas as outras. Maquiavel não a formula, apenas indica-a, encaminha-nos para ela. E fornece essa indicação à sua maneira, através de uma palavra breve e leve, despojada da ênfase do filósofo ou do pregador, mas sobre a qual já não podemos nos enganar porquanto o nome de Savonarola, lançado de propósito, repõe em nossa memória um outro apelo à renovação do pensamento e da ação política.

No uso desse nome há mais do que uma simples referência ao fracasso de um profeta desarmado, mais do que um artifício para modificar a imagem da prudência de Moisés e mesmo mais do que um convite para ultrapassar o quadro fixado pela hipótese da fundação do Estado. Savonarola se dirigia aos mesmos interlocutores que Maquiavel e pretendia já trazer as *ordini nuovi*. Portanto, não é somente o fracasso de sua política que devemos medir, mas o de seus princípios; não convém voltar-se somente rumo a uma prática nova, mas também rumo a um pensamento novo para encontrar a via de uma mudança radical – pensamento do teórico traçando o justo retrato do príncipe e substituindo o ensino do profeta vencido pelo seu próprio. Esta substituição é assinalada de maneira muito precisa numa paráfrase irônica. Savonarola denunciava os insensatos e malvados que negavam ser possível governar com o *pater noster* e pretendia tirar do Antigo e do Novo Testamento a prova de que as cidades sempre tinham sido salvas pela prece; segundo Maquiavel, insensato é aquele que se fia na prece e se esquece de que Moisés estabeleceu seu reino pela força; para um, a *incredulidade* dos homens estava na origem dos males da Itália, o outro retoma o termo para lhe dar conteúdo novo: é a falta de fé nas coisas novas e não na velha imagem do Deus protetor que se opõe a uma reforma política; e sua ironia adquire força dupla quando dá a entender que Savonarola fracassou por ter sido incapaz de constranger os homens a manter a fé não em Deus, mas nele próprio. Um distinguia os verdadeiros príncipes (*veri principi*), cujo único fim é o bem comum, e os tiranos, que só querem reinar pela força; o outro insinua que os melhores príncipes, os que asseguram a felicidade de sua pátria, triunfaram por terem sabido impor seu poder contra a vontade de todos. A crítica maquiaveliana manifesta-se até na imagem das oposições e das resistências que o fundador deve vencer. Pois, à semelhança do profeta que entrava em guerra contra os *tiepidi*, aos quais faltava coragem para lutar por sua fé, não menos culpados a seus olhos do que os *ostinati*, encarniçados em se preservar na cegueira, o escritor modula três vezes o mesmo termo – *tiepidi, tepidezza, tepidamente* – para designar aqueles que parecem sustentar a ação do príncipe e tirar proveito das novas instituições, mas que o abandonam por falta de um constrangimento à fidelidade[4].

▼

4. Ver Mario Ferrara, *op. cit.* A denúncia dos *tiepidi* encontra-se na pregação sobre o salmo *Quam bonus*, na pregação *Sopra Giòbbe* (p. 274) e na 8.ª pregação *Sopra Aggeo*, pronunciada um mês após a queda de Piero. Nesta última, Savonarola sublinha a necessidade de criar *ordini nuovi*. O apelo à prece como o meio mais eficaz para salvar a cidade do perigo encontra-se sobretudo no *Il trattato circa il reggimento...* (*ibid.*, pp. 208-10).

Todavia, Maquiavel não opõe uma outra verdade à verdade proclamada por Savonarola: seu discurso nasce somente do imperativo de pensar a política em um certo nível. A esse respeito, o sexto capítulo marca um momento privilegiado; não, certamente, porque permitiria ganhar novos conhecimentos sobre a natureza do político, mas, ao contrário, porque o saber está agora enraizado em um não-saber. Tal é, com efeito, o paradoxo que esclarece plenamente a análise da fundação que, no entanto, se apresentava como a de um caso empírico entre outros: no início de *O príncipe*, Maquiavel parecia ter afastado do seu propósito as questões julgadas essenciais por aqueles que haviam escrito sobre a política antes dele; dava à investigação o jeito de uma pesquisa puramente técnica, como se esta dispensasse toda justificação e como se bastasse consultar a experiência para saber por quais meios o Estado pode ser governado; mas à medida que assinala em alguns exemplos a necessidade que comandaria as ações do príncipe em cada situação particular, na verdade, elabora o próprio princípio dessa necessidade, o estatuto do social como campo de forças, o do governante como agente puro, a relação entre sujeito de pensamento e objeto, elaboração com vistas a uma crítica cada vez mais precisa das imagens a que aderem a filosofia clássica e a cristã, de tal modo que a exigência de uma certeza científica e de uma determinação do real impõe-se simultaneamente como aquilo que dá sentido ao discurso e se revela suspenso à verdade de um movimento puramente crítico, ligado em profundidade à experiência de uma incerteza no tocante ao fundamento do saber ou à de uma indeterminação concernente ao próprio Ser do político.

Assim, o apelo reiterado ao conhecimento exato e a uma prática rigorosamente submetida a ele ressoa estranhamente num certo vazio – um vazio que o escritor arranja deliberadamente em torno dos novos conceitos de uma teoria da ação, no lugar onde outrora o pensamento se assegurava com a presença de uma ordem divina ou natural.

CAPÍTULO 3

HOBBES: O PROBLEMA DA INTERPRETAÇÃO*

W. H. Greenleaf

O falecido J. L. Austin, ao observar que o trabalho de valor original tende a produzir um fluxo de estudos interpretativos que, por sua vez, são eles próprios cuidadosamente comentados, descreveu este processo como "The Law of Diminishing Fleas"[1]. Em realidade, o que segue inicia-se simplesmente com uma observação sobre os comentários que têm sido escritos acerca de Hobbes, mas quero utilizar esta avaliação parasítica para levantar algumas questões de interesse metodológico[2]. Portanto, antes de mais nada, descrevo como entendo serem as linhas principais de interpretação das teorias de Hobbes que têm surgido e a relação entre elas; e, após isto, discuto alguns dos problemas levantados por estas diversas exegeses para a história intelectual.

▼

* "Hobbes: the Problem of Interpretation" (*in Hobbes and Rousseau: a Collection of Critical Essays*, organizado por Maurice Cranston e Richard S. Peters. Nova York, Anchor Books-Doubleday, 1972, pp. 5-36). Tradução de Carlos Henrique Davidoff. O texto original é de 1969, organizado por Reinhart Kosselleck e Roman Schnur, Berlim, Duncker and Humblot.
1. Provavelmente, a expressão baseia-se no adágio "big fleas have little fleas" ("pulgas grandes geram pulgas pequenas"), e, no contexto, refere-se à relação entre uma obra básica e os comentários críticos que lhe seguem.
2. De qualquer modo, Hobbes é um dos casos mais adequados para exemplificar a Lei de Austin: ver Swift, *On Poetry: A Rhapsody*, II, 319 pp.

I

Parece haver três tipos principais de interpretação das idéias de Hobbes. Denomino-os o "caso tradicional", o "caso da lei natural" e o "caso individualista". Naturalmente, estas são (de certo modo) categorizações artificiais e cada uma delas encerra um limite de variação interna. Mas nenhuma delas é uma simples abstração e suas características distintivas podem ser discernidas na história concreta do conhecimento de Hobbes[3]. E, ao descrever estes pontos de vista, meu objetivo não é explicar cada um deles em detalhe, mas simplesmente esboçar seus traços principais e contrastantes.

O *caso tradicional*, ou a interpretação ortodoxa de Hobbes, sustenta que ele é um materialista imbuído das idéias da nova ciência natural e que ele aplica metodicamente seus temas e procedimentos (as leis que governam os corpos em movimento e sua elaboração dedutiva) para a elucidação de uma teoria civil e ética projetada no mesmo molde. Conseqüentemente, nesta concepção, a noção de Hobbes de obrigação funda-se na sua psicologia egoística que repousa, ela própria, em pressuposições naturalistas. O dever é uma questão de prudência, a busca racional do interesse próprio, o movimento de apetite e aversão. Naturalmente, isto mal chega a constituir uma teoria genuinamente moral; trata-se de um relato mais descritivo do que normativo do comportamento humano[4].

Ora, este certamente é o tipo de interpretação imputado ao pensamento de Hobbes por vários de seus contemporâneos. A maioria deles acreditava que tal naturalismo e materialismo necessariamente envolviam uma concepção rebaixadora do gênero humano, desculpando o comportamento cínico e egoísta, e levando diretamente ao ateísmo, ao

▼

3. Para os propósitos desta discussão me valho especificamente, e um tanto limitadamente, da literatura em língua inglesa. Seria mais interessante e útil saber se um padrão similar de interpretação ocorre nos comentários sobre Hobbes por parte de especialistas que escrevem em outras línguas.
4. O argumento de que a obediência ao Leviatã é um dever porque suas ordens foram autorizadas pelos indivíduos através do contrato sofre da dificuldade de que a obrigação moral assim vinculada à observância do contrato é ela própria inexplicada em termos éticos.

determinismo, ao relativismo ético e a inúmeros outros males, sendo que todos eram destrutivos em relação à verdadeira base da sociedade cristã[5]. Ao mesmo tempo, está claro agora que havia um corpo substancial de opinião que achava uma boa parte ou todas as idéias de Hobbes totalmente adequadas, e assim pensavam precisamente por causa de seu caráter naturalista inflexível[6]. Cowley celebrou Hobbes como o "grande Colombo das terras douradas das novas filosofias" e, em particular, vários *savants* e *philosophes* continentais reconheceram seu débito para com ele. Esta companhia inclui figuras como Spinoza, Leibniz, Diderot e d'Holbach; enquanto Bayle reconhecia Hobbes como "o maior gênio do século dezessete". Neste país, os utilitaristas julgaram seus escritos uma das principais e mais autorizadas fontes de idéias, por causa do vigor com que seu método naturalista era aplicado à eliminação do *nonsense* filosófico. Não foi por acaso que Grote e Molesworth deram início a um plano para a publicação das obras completas de Hobbes: o projeto era uma indicação e um reconhecimento da dívida para com sua escola[7]. E, numa época dominada pelo positivismo, seria natural que Hobbes fosse considerado como um dos primeiros e maiores precursores da atitude científica em relação às coisas em geral, como um pensador que forneceu uma expressão magnífica da doutrina naturalista. Para Marx e seus seguidores, Hobbes é um materialista e mecanicista pioneiro (assim como alguém que expõe os princípios da sociedade burguesa).

Portanto, o Hobbes tradicional nunca deixou de ter influência. Ainda que seja um traço interessante da moderna literatura o fato de ser difícil (até um período razoavelmente recente) encontrar uma aceitação

▼

5. J. Bowle, *Hobbes and his Critics* (Londres, 1951), e S. I. Mintz, *The Hunting of Leviathan* (Cambridge, 1962), descrevem em detalhe esta reação contemporânea aos escritos de Hobbes, o primeiro tratando em grande parte dos aspectos políticos do criticismo, o último dos seus aspectos metafísico e moral.
6. Mr. Quentin Skinner, recentemente, tem trabalhado muito, e com uma profusão de referência erudita, para estabelecer esta perspectiva mais ampla. Ver seu "History and Ideology in the English Revolution", *Historical Journal*, VIII (1965), pp. 151-78, esp. pp. 170-1; "The Ideological Context of Hobbe's Political Thought", *ibid.*, IX (1966), pp. 286-317; "Thomas Hobbes and his Disciples in France and England", *Comparative Studies in Society and History*, VIII (1966), pp. 153-6.
7. G. Grote, *Minor Works*. Londres, Bain, 1873, pp. 59-72, esp. p. 67.

clara e completa desta concepção fora dos manuais ou de análises igualmente breves. No entanto, é bastante óbvio que alguns dos historiadores gerais da filosofia e do pensamento político exponham a imagem tradicional de Hobbes em suas sinopses. Dois exemplos devem bastar. Hoffding diz que Hobbes "estabeleceu a tentativa mais bem pensada dos tempos modernos para tornar nosso conhecimento da ciência natural o fundamento de todo nosso conhecimento da existência. O sistema que ele construiu é o sistema materialista mais profundo" do mundo moderno e ocasionou uma ruptura com "o escolasticismo, parecida com aquela inaugurada por Copérnico em Astronomia, Galilei na Física, e Harvey em Fisiologia". Desta maneira, ele colocou o estudo de ética e política sobre uma "base naturalista"[8]. Novamente, Sabine sugere que as concepções formais do homem, da ética e da política em Hobbes pretendem ser parte de "um sistema abrangente de filosofia formado sobre princípios científicos"; de forma que a filosofia política é tratada "como parte de um corpo mecanicista de conhecimento científico" e elaborada através da aplicação dos princípios gerais do pensamento matemático[9]. E há inúmeros outros estudos curtos ou muito curtos que, num alto grau, expressam o mesmo ponto de vista[10].

▼

8. H. Höffding, *A History of Modern Philosophy* (trad. Meyer; Londres, 1900, reimpresso em 1924), I, p. 264.
9. G. H. Sabine, *A History of Political Theory* (Londres, 1949), cap. XXIII.
10. *E. g.* W. J. H. Campion, *Outlines of Lectures on Political Science Being Mainly a Review of the Political Theories of Hobbes* (Oxford, 1894), pp. 11-2; W. A. Dunning, *A History of Political Theories from Luther to Montesquieu* (Nova York, 1905, reimpresso em 1961), pp. 264-5; J. Dewey, "The Motivation of Hobbe's Political Philosophy", *in Studies in the History of Ideas* (Nova York, 1918), I, pp. 88-115, esp. pp. 103 e 107; A. G. A. Balz, *Idea and Essence in the Philosophies of Hobbes and Spinoza* (Nova York, 1918), pp. 4-5, 7; B. Willey, *The Seventeenth Century Background* (1934, reimpresso em Londres, 1962), p. 91; G. N. Clark, *The Seventeenth Century* (Oxford, 1947), p. 221; G. P. Gooch, "Hobbes and the Absolute State" (1939), reimpresso *in Studies in Diplomacy and Statecraft* (Londres, 1942), esp. pp. 343, 344, 362, 370; P. Zagorin, *A History of Political Thought in the English Revolution* (Londres, 1954), cap. XIII, esp. p. 167; C. Hill, "Thomas Hobbes and the Revolution in Political Thought", *in Puritanism and Revolution* (Londres, 1958), cap. 9; K. Minogue, "Thomas Hobbes and the Philosophy of Absolutism", *in* D. Thomson (org.), *Political Ideas* (Londres, 1966), p. 49; Q. Skinner, "The Ideological Context of Hobbes's Political Thought", *loc. cit.*, pp. 313-7.

Além disso, esta interpretação tradicional foi recentemente afirmada em dois extensos trabalhos sobre Hobbes. Possivelmente estes livros representem uma reação deliberada contra as várias críticas da concepção tradicional que, como veremos, têm-se tornado mais freqüentes em anos recentes. O primeiro destes trabalhos é *Hobbes*[11], de R. S. Peters; o outro, *Hobbes's Science of Politics*[12], de M. M. Goldsmith, que é o trabalho mais recente sobre o tema aparecido neste país[13]. O professor Peters sustenta que "a grande idéia imaginativa" de Hobbes foi "a dedução geométrica do comportamento do homem em sociedade, a partir dos princípios abstratos da nova ciência do movimento". Deste modo, ele tentou "explicar o comportamento dos homens da *mesma maneira* como explicou o movimento dos corpos"[14]. Portanto, ele foi o que reivindicava ser, isto é, um revolucionário, porque tentou libertar a filosofia política dos obstáculos teológicos e morais ortodoxos e observar o homem "como parte do sistema mecânico da natureza"[15]. O professor Goldsmith também adere firmemente ao ponto de vista tradicional. "Hobbes tentou criar um sistema científico ou filosófico com base nas hipóteses e métodos da ciência de Galilei. Ele tentou mostrar que uma ciência dos corpos naturais, uma ciência do homem e uma ciência dos corpos políticos, em conjunto, só poderiam ser elaboradas sistematicamente." E, com base nestes novos métodos e hipóteses, Hobbes "propôs um novo entendimento da sociedade política"[16].

Contudo, vários dos trabalhos que expõem as idéias de Hobbes no geral, em termos desta abordagem tradicional, somente o fazem com importantes reservas. Por exemplo, nem G. C. Robertson nem Sir Leslie Stephen sustentaram inteiramente a idéia de que Hobbes (qualquer que fosse sua intenção) era de fato um naturalista completamente sistemático em sua abordagem em relação à moral e à política. Ambos aceitaram que era objetivo explícito de Hobbes (como coloca Robert-

▼

11. Harmondsworth, 1956.
12. Nova York e Londres, 1966.
13. Escrito em 1968.
14. Peters, *op. cit.*, pp. 22, 78 (grifado no original).
15. *Ibid.*, p. 81. Cf. p. 86.
16. Goldsmith, *op. cit.*, pp. 228, 242.

son) "enquadrar a Sociedade e o Homem (...) dentro dos mesmos princípios de explicação científica na forma como eram aplicados ao mundo da Natureza"[17]. Mas eles também acreditavam que, quaisquer que fossem as intenções de Hobbes, havia importantes descontinuidades no sistema, de modo que a filosofia natural supostamente abrangente não se sustentava completamente. Em particular, eles sentiam que o conjunto era, até certo ponto, um acontecimento *ex post facto* e que as idéias políticas de Hobbes, ao menos provavelmente, deviam ter-se formado antes que ele tomasse conhecimento ou esposasse a filosofia científica do movimento. Além disso, parecia provável que estas noções políticas fossem consideradas por Hobbes mais em termos de sua relevância prática do que de sua adequação teórica[18]. A mesma atitude geral reflete-se no estudo decisivo de Frithiof Brandt. Argumenta-se ali que, embora Hobbes possa ter sido o primeiro e mais consistente filósofo do mecanicismo, havia, no entanto, limites claros relativos à inteireza de seu argumento. Brandt salienta a aceitação significativa por parte de Hobbes de que a filosofia civil podia ser tratada independentemente da doutrina física do movimento (e, em realidade, mais seguramente) confiando-se numa base introspectiva, numa análise direta dos fenômenos mentais conhecidos de todos os homens[19].

Portanto, em resumo, a natureza do caso tradicional é clara, mas raramente tem sido aceita por especialistas sérios numa forma relativamente completa. Reconhecia-se que o objetivo explícito de Hobbes e

▼

17. G. C. Robertson, "Hobbes", in *Encyclopaedia Britannica* (9.ª ed., 1881), XII, 39b. Cf. *ibid.*, p. 33a-b, também seu *Hobbes* (Edimburgo e Londres, 1886), pp. 43-4, 45, 76; *Hobbes*, de Leslie Stephen (Londres, 1904), pp. 27, 71, 73, 79-81, 139, 143, 163, 173.
18. E. g. *Hobbes*, de Robertson, pp. 57, 65, 138, 209, 216 e *in Enc. Brit.*, XII, 33a, 34a; Stephen, *op. cit.*, pp. 112-3, 125, 127, 173-5, 194-5, 208-9. Cf. também Peters, *op. cit.*, p. 138. J. W. N. Watkins recentemente apontou que Robertson, ao menos, não tinha conhecimento do *Short Tract on First Principles* de Hobbes, até que o texto de seu comentário estivesse completo (Watkins, *Hobbes's System of Ideas*. [Londres, 1965], pp. 29, 40).
19. *Thomas Hobbes's Mechanical Conception of Nature* (Copenhagen e Londres, 1928), p. 244. Cf. A. Child, *Making and Knowing in Hobbes, Vico and Dewey* (Berkeley e Los Angeles, 1953), pp. 271-83.

seu empreendimento não correspondiam; e tem-se considerado necessário apontar até onde e de que maneiras ele não atingiu uma filosofia científica inflexível. Ele tentou o impossível ao experimentar combinar uma abordagem ética com uma abordagem naturalista[20]; além disso, suas idéias políticas provavelmente não eram deduzidas das premissas materialistas-mecanicistas[21]; e ele admitia que, no caso do estudo do homem, isto não era necessário ou mesmo desejável.

Mas trata-se de um tributo à força do caso tradicional o fato de que tais dificuldades, por tanto tempo, não conduziram a nenhuma revisão conceitual geralmente reconhecida. Habitualmente, Hobbes era visto mais como um positivista malsucedido do que como um pensador que realmente não fosse deste tipo. As pessoas eram prisioneiras da concepção estabelecida. Talvez tenha sido somente em 1930 e após esta data que emergiram na Grã-Bretanha interpretações substancialmente revistas que conceberam a maneira de pensar de Hobbes numa luz completamente diferente.

O que denomino *o caso da lei natural* é a primeira destas atitudes reformadas. Seu tema pode ser resumido em duas proposições. Primeiramente, a de que a disposição aparentemente científica e a base materialista-mecanicista da extensão total do pensamento maduro de Hobbes são bastante enganadoras em relação às indicações de seu caráter real. Em segundo lugar, a de que a verdadeira natureza de seu pensamento ético e político deriva-se essencialmente da tradição da lei natural cristã. Em realidade, há duas variações principais sobre este ponto de vista. A versão menos radical (habitualmente chamada a tese de Taylor, depois que o renomado especialista em Platão, A. E. Taylor, a expôs pela primeira vez de forma arrojada neste país) sustenta que há dois elementos, independentes, incompatíveis e (por assim dizer) igual-

▼

20. Cf. T. H. Green, *Lectures on the Principles of Political Obligation* (reimp., Londres, 1948), §§ 46-7.
21. C. B. Macpherson, em seu *The Political Theory of Possessive Individualism* (Oxford, 1962), uma variação marxista interessante do caso tradicional, sugere que não é possível mover-se da concepção de homem de Hobbes enquanto um sistema mecânico para a teoria política sem outras hipóteses, sustentáveis exclusivamente em relação à sociedade burguesa, *ibid.*, pp. 15-6, 18.

mente básicos no pensamento de Hobbes: suas idéias éticas e sua filosofia científica. A outra versão sugere que a filosofia e a linguagem naturalista são simplesmente a aparência externa de bom-tom em que Hobbes disfarçou os aspectos de suas idéias basicamente cristãs e medievais que se prestaram a esta forma de expressão. Em nenhuma das concepções a filosofia naturalista é tudo ou mesmo a parte principal.

Portanto, a tese de Taylor baseia-se na sugestão de uma dicotomia básica no pensamento de Hobbes entre suas idéias científicas e éticas. Esta noção nasce da impressão de que há passagens nos trabalhos de Hobbes, especialmente nos que lidam com questões éticas, em que ele utiliza a linguagem de forma totalmente desigual, com seu suposto naturalismo e egoísmo, e que reflete uma teoria da obrigação genuinamente moral (e não apenas prudencial)[22]. Taylor considera que a concepção de Hobbes das leis da natureza é central e argumenta que ele as vê não como regras de conveniência, mas como imperativos morais que derivam da ordem divina[23]. Assim, "é absolutamente necessário um certo tipo de teísmo para fazer a teoria operar"[24]. Taylor diz que o que ele realmente quer enfatizar é que a teoria *ética* de Hobbes é comumente deturpada e ininteligentemente criticada por falta de reconhecimento suficiente de que ela é, do princípio ao fim, uma doutrina de dever, uma estrita deontologia[25].

Em geral, o professor Warrender segue a tese de Taylor: de que, além da teoria da motivação prudencial, há um conceito de obrigação moral passando por todo o relato de Hobbes e aplicável ao homem no

▼

22. A. E. Taylor, "The Ethical Doctrine of Hobbes", reimpressa em K. C. Brown (org.), *Hobbes Studies* (Oxford, 1965), p. 37. Cf. a discussão bastante anterior de Taylor *in Thomas Hobbes* (Londres, 1908), pp. 44-5.
23. As sugestões de Taylor são: (I) Hobbes sempre descreve as leis naturais como preceitos, como possuindo um caráter imperativo, e compelindo até mesmo no estado de natureza. A obrigação de obedecer ao soberano deriva da obrigação anterior de manter o contrato. (II) O próprio soberano civil está sujeito a uma "lei rígida de obrigação moral", embora responsável, a este respeito, apenas em relação a Deus. (III) A lei natural é a ordem de Deus que é a base de obrigação para esta lei. Ver Brown, *op. cit.*, pp. 40-50.
24. *Ibid.*, pp. 49-50.
25. *Ibid.*, p. 54 (grifado no original).

estado de natureza e também na sociedade civil. E este dever é ele próprio baseado numa obrigação de obedecer a Deus em seu reino natural, uma obediência baseada no medo do poder divino[26]. Em resumo: "A teoria de sociedade política de Hobbes baseia-se numa teoria do dever, e sua teoria do dever pertence essencialmente à tradição da lei natural. As leis da natureza são eternas e imutáveis e, como as ordens de Deus, elas se impõem a todos os homens que raciocinam adequadamente, e assim eles chegam a uma crença num ser onipotente a que estão sujeitos (...) Deste modo, os deveres dos homens no Estado de Natureza de Hobbes, e os deveres de ambos, soberano e súdito, na sociedade civil são conseqüências de uma obrigação contínua de obedecer às leis da natureza em qualquer que seja a forma em que as leis se apliquem às circunstâncias em que estas pessoas estejam colocadas."[27]

Portanto, a teoria ética de Hobbes não se restringe à prudência egoísta. A "razão por que eu *posso* realizar meu dever é que eu sou capaz (...) de percebê-lo como um meio para minha preservação; mas a razão por que eu *devo* realizá-lo é que Deus o ordena"[28]. Em conseqüência,

▼

26. H. Warrender, *The Political Philosophy of Hobbes: his Theory of Obligation* (Oxford, 1957), pp. 7, 10. A concepção de Warrender do papel de Deus e também da base da obrigação de obedecer à lei natural parece ter variado um pouco. Um ponto de vista que é, em vários aspectos significativos, muito parecido com o de Warrender, havia sido formulado inicialmente por S. P. Lamprecht, "Hobbes and Hobbism", *American Political Science Review*, XXXIV (1940), pp. 31-53. Cf. a introdução a esta edição de *De cive* (Nova York, 1949), pp. XV-XXX. De forma similar, há uma antecipação interessante da sugestão de Warrender de que a lei natural existe antes da sociedade civil, mas apenas obriga quando prevalecem certas condições de validação suficientes, *in* R. Falckenberg, *History of Modern Philosophy from Nicholas of Cusa to the Present Time* (trad., Londres, 1895), p. 78. Em Bochum, Warrender negou que, pelo fato de ver Hobbes como um teórico da lei natural, ele esteja comprometido a associá-lo com a tradição cristã medieval: ele salientaria mais a aceitação de Hobbes de princípios prescritivos e universais derivados do pensamento jurídico estóico e romano. O Professor Villey sugeriu uma afinidade similar. E poderia ser melhor subclassificar o "caso da lei natural" de acordo com o tipo de ênfase dada e o tipo de lei natural em mente.
27. Warrender, *The Political Philosophy of Hobbes* (ed. cit.), p. 322. É uma parte essencial do argumento de Warrender que as leis da natureza apenas obrigam à ação em circunstâncias de "segurança suficiente" (*ibid.*, pp. 58 ss.)
28. *Ibid.*, pp. 212-3 (grifado no original); cf. pp. 97-100.

para Warrender, "Hobbes era essencialmente um filósofo da lei natural"; embora ele possa também ter criticado vários aspectos deste tipo de pensamento enquanto tradicionalmente estabelecido, especialmente com relação à incerteza ou abstração de suas doutrinas e aos problemas de interpretação desse modo envolvidos[29].

Naturalmente, esta interpretação ao menos torna o aspecto aparentemente ético da doutrina de Hobbes mais ortodoxo e medieval do que era possível em termos do caso tradicional. O texto de Taylor foi publicado pela primeira vez em 1938. Mas seria errado supor que o reconhecimento da afinidade de Hobbes com estilos medievais de pensamento não tivesse sido identificada antes dessa época. De fato, ele havia sido observado várias vezes. Muito cedo na história do comentário moderno de Hobbes, Sir James Fitzjames Stephen observou que seu estilo era parcialmente antigo e parcialmente moderno[30]. E em 1914, num artigo muitíssimo interessante, embora (penso) pouco conhecido, J. E. G. de Montmorency argumentava que a principal alegação de Hobbes à preeminência era sua retomada da "concepção inteiramente medieval da Lei da Natureza", a obrigação de obedecer que é atribuída à força de "um poder religioso e externo"[31]. Mas suponho que a análise mais abrangente da sugestão de que o pensamento de Hobbes possui fundamentos medievais foi efetuada por J. Laird[32], cuja conclusão foi que, ao travar suas batalhas políticas e filosóficas, Hobbes não inventou e não empregou nenhuma arma nova, mas apenas reajustou e, até

▼

29. *Ibid.*, pp. 323-8. Cf. Warrender, "Hobbes Conception of Morality", *Rivista Critica di Storia della Filosofia*, XVII (1962), pp. 436-7. Sobre as inovações de Hobbes em relação à teoria da lei natural ver também F. A. Olafson, "Thomas Hobbes and the Modern Theory of Natural Law", *Journal of the History of Philosophy*, IV (1966), pp. 15-30.
30. *Horae Sabbaticae* (2ª série, Londres, 1892), pp. 3, 14.
31. Este artigo está impresso *in Great Jurists of the World* (Boston, MacDonnell and Manson, 1914), pp. 195-219.
32. *Hobbes* (Londres, 1934). Em 1922, G. E. G. Catlin, em seu *Thomas Hobbes as Philosopher, Publicist and Man of Letters* (Oxford), havia observado a natureza convencional de boa parte do trabalho e do material de Hobbes; e em 1930 a importância do treinamento escolástico inicial de Hobbes foi acentuada por Z. Lubienski, "Hobbes's Philosophy and its Historical Background", *Journal of Philosophical Studies*, V (1930), pp. 175-90.

certo ponto, remodelou as antigas. "Em questões de metafísica, é possível sugerir que, enquanto a linguagem de Hobbes possuía toda a modernidade dos novos mecanicistas, seu estilo – isto é, sua técnica – era escolástico, e até mesmo aristotélico. Contudo, em teoria ética e política, linguagem e estilo eram medievais (...) A verdade é que suas noções fundamentais sobre estas questões eram as da Lei Civil e da Lei Comum (...)".[33] E mesmo o erastianismo, o utilitarismo etc. de Hobbes podem ser observados na ética tradicional, estóica, civil, canônica e escolástica[34]. Em conseqüência, o terreno estava bem preparado quando Taylor publicou seu agora famoso artigo.

Mas uma coisa é sugerir que as idéias de Hobbes são parcialmente ou, sob alguns pontos de vista, convencionais neste aspecto. É dar um passo um tanto mais longo nesta direção afirmar que sua posição é, em sua totalidade, basicamente medieval e essencialmente cristã e escritural num sentido ortodoxo. Mas isto parece ser sugestão do professor F. C. Hood em seu recente *The Divine Politics of Thomas Hobbes*[35]. Neste caso, Hood dá o passo que Warrender delicadamente declina. O argumento de Hood é de que a crença de Hobbes, com base nas Escrituras, numa lei moral divina era lógica e biograficamente anterior às suas preocupações naturalistas, e que sua filosofia civil e a concepção da natureza eram simplesmente a expressão, nos termos científicos entrando em moda naquela época, apenas das partes de seu pensamento religioso moral que eram suscetíveis de tal tradução[36]. Portanto, é apenas natural que devesse haver um problema básico ou uma contradição no pensamento de Hobbes: pois sua construção da comunidade, em termos mecanicistas, depende de fato de "uma obrigação de consciência que não pode, ela própria, ser atribuída a uma base naturalista"[37].

▼

33. Laird, *op. cit.*, pp. 57-8. Cf. Montmorency, *loc. cit.*, pp. 205-7, 209-12, 217-9.
34. Laird, *op. cit.*, pp. 58, 79. A preocupação de Hobbes com os problemas metafísicos tradicionais e sua dívida para com estilos escolásticos de pensamento também têm sido recentemente reafirmados por J. Jacquot, "Notes on an Unpublished Work of Thomas Hobbes", *Notes and Records of the Royal Society*, IX (1952), pp. 188-95.
35. Oxford, 1964.
36. *Ibid.*, pp. 4-5, 13, 14, 23, 32, 40-1, 253.
37. *Ibid.*, pp. 229-30.

Em conseqüência, é óbvio que esta revisão da lei natural envolve uma transformação radical da concepção tradicional de Hobbes. Sendo primeiramente um moderno no estilo naturalista, depois ele se torna, em aspectos essenciais, um medieval da grande tradição. Seu pensamento é visto como moral e não científico em caráter.

Ao mesmo tempo, o caso da lei natural não deixou de receber críticas. Um ponto óbvio é que a própria intenção deliberada de Hobbes, repetidamente afirmada, era apresentar uma teoria política e ética firmemente baseada nos princípios da natureza cientificamente concebida e deste modo (ele supunha) incontestável. Além disso, vários de seus contemporâneos parecem ter entendido muito bem que Hobbes estava procedendo de maneira naturalista. Realmente, se um ortodoxo acentua que a lei moral e a ordem divina eram traços essenciais de sua doutrina ética, por que se levantou um estardalhaço tão crítico e horrorizado quando ele publicou suas idéias? Por outro lado, se (como sustenta especificamente Warrender) a operação da lei moral depende da existência de certas condições com força legal, por que estas não estão incorporadas na lei? E sua necessidade não dilui mais seu caráter moral?[38] Além disso, pode-se sugerir que não se pode conceber que Hobbes tenha pensado na lei natural como uma ordem divina imposta a todos os homens, porque isto exige conhecimento de Deus como autor desta lei, e é difícil ver como, nos termos de Hobbes, este conhecimento podia ser adquirido. O conhecimento natural (isto é, conhecimento de relações hipotéticas causais) não pode fornecê-lo, pois a razão natural conduz apenas ao reconhecimento de uma causa primeira; e a fé não é algo dado a todos. De qualquer modo, não se trata da onipotência de Deus, mas da *aceitação* de sua autoridade que torna suas ordens impositivas. E onde estão os relatos autênticos de seus preceitos?[39]

▼

38. J. W. N. Watkins, *Hobbes's System of Ideas: a Study in the Political Significance of Philosophical Theories* (Londres, 1965), pp. 88-9.
39. M. Oakeshott, "The Moral Life in the Writings of Thomas Hobbes", *in Rationalism in Politics and Olher Essays* (Londres, 1962), pp. 273-83. Há várias outras discussões detalhadas de alguns dos problemas acerca da obrigação e do papel de Deus no pensamento de Hobbes, *e. g.*, S. M. Brown Jr., "The Taylor Thesis: Some Objections", *in Hobbes Studies* (ed. cit.), pp. 57-71; T. Nagel, "Hobbes's Concept of

Finalmente, há o terceiro tipo de interpretação de Hobbes, o *caso individualista ou nominalista*, que também aparece em duas formas diferentes mas relacionadas. Uma versão pode ser associada com o trabalho do professor Leo Strauss, a outra, com o dos professores Oakeshott, Watkins[40] e Glover. Mas cada ponto de vista partilha, como princípio comum, uma rejeição de ambas as atitudes, a tradicional e a da lei natural. Existe acordo com os revisionistas da lei natural em relação ao ponto de que é enganosa a aparência naturalista moderna do pensamento de Hobbes, e de que sua teoria moral e política não dependia de seu materialismo, ou não se desenvolvia essencialmente pelo uso do método científico. Contudo, simultaneamente, os representantes deste terceiro tipo de entendimento não aceitam o lado positivo do caso da lei natural, de que apenas se observa adequadamente o pensamento ético e político de Hobbes na grande tradição da lei natural; em realidade, eles consideram Hobbes como tendo explícita e firmemente repudiado esta tradição. Mas aqui emerge a diferença de perspectiva histórica entre as duas ramificações deste caso individualista.

O professor Strauss argumenta que a filosofia ética e política de Hobbes rompe completamente com a grande tradição (de Aristóteles, do escolasticismo e da lei natural), mas não porque sua filosofia fosse basicamente naturalista. Se o seu ponto de vista fosse deste último tipo, ele teria visto todas as inclinações e apetites como moralmente indiferentes. Mas, ao contrário, ele coloca uma ênfase muito importante, de tipo moral, em duas paixões: vaidade, a força fundamentalmente injusta que torna os homens cegos, e o medo de morte violenta ou vergonhosa, a força basicamente justa que faz os homens verem uma saída da condição criada pelo seu orgulho[41]. É na sua ênfase sobre o "direito de natureza" de cada indivíduo, no direito de autopreservação ditado pelo medo de morte violenta, que Hobbes rompe ao mesmo tempo com a

▼

Obligation", *Philosophical Review*, XVIII (1959), pp. 68-83; D. D. Raphael, "Obligation and Rights in Hobbes", *Philosophy*, XXXVII (1962), pp. 345-52; J. Plamenatz "Mr. Warrender's Hobbes", *in Hobbes Studies* (ed. cit.), pp. 73-87.
40. Ver nota 50, citada a seguir.
41. L. Strauss, *The Political Philosophy of Hobbes: its Basis and Genesis* (Oxford, 1936), pp. 27-9, 130.

ortodoxia moral e se opõe ao naturalismo. Para ele, a justiça está incorporada na defesa racional e na busca deste direito básico; e é esta "atitude moral específica" que é o fundamento real, e verdadeiramente original, de seu pensamento[42]. Nesta perspectiva, realmente pode-se dizer que Hobbes está realizando uma contribuição importante, porque é precisamente a hipótese de que o ponto de partida é o direito natural (a primazia de uma reivindicação subjetiva absolutamente justificada) e não, como até aí, a lei natural (a primazia da obrigação para com uma ordem objetiva) que distingue o pensamento político moderno do anterior[43]. Além disso, Strauss sustenta que o modo científico de discussão e apresentação, tão característico dos trabalhos principais e mais maduros de Hobbes, é enganador na medida em que obscurece esta base real de seu pensamento, de seu novo ponto de vista moral acerca do "direito" e das paixões. Além do mais, Strauss sugere que esta atitude ética se formou antes que Hobbes descobrisse Euclides e a ciência moderna; isto pode ser observado em seus primeiros escritos e, com força decrescente, sob as camadas do naturalismo essencialmente divergente com o qual ele revestiu suas obras maduras. Em realidade, a maneira pela qual Hobbes utiliza as idéias científicas depende de sua premissa essencialmente humanista; embora, simultaneamente, estas idéias também operem como um molde intelectual que força o *insight* moral básico, dando origem a uma forma intrincada, causando discrepâncias e defeitos lógicos[44]. Em conseqüência, a atitude de Hobbes não depende nem do naturalismo científico moderno nem da metafísica da lei natural. Ela se baseia numa noção de direito individual que se apóia, ela própria, numa

▼

42. Na segunda edição de seu livro Strauss dá prioridade, a este respeito, a Maquiavel. Mas esta é simplesmente uma observação introdutória que, de qualquer modo, não é ali elaborada. Apesar disso, ver as observações de Strauss, *in* "On the Spirit of Hobbes's Political Phylosophy", *Revue Internationale de Philosophie*, IV (1950), esp. pp. 414-8.
43. Strauss, *Political Philosophy of Hobbes*, pp. XIV, 5, 6-7, 155-60. Cf. o prefácio de Sir Ernest Barker, *ibid.*, p. VIII; também de Strauss: "Quelques remarques sur la science politique de Hobbes à propos du livre récent de M. Lubienski", *Recherches Philosophiques* (1932), esp. pp. 613-4.
44. Strauss, *Political Philosophy of Hobbes*, pp. XIV, XV, 12, 29-43, 74, 79-81, 166-7, 170, cap. VI *passim*.

compreensão das paixões humanas derivada de um conhecimento dos homens e confirmada através da introspecção.

A tese de Strauss é nitidamente importante, mas envolve dificuldades de ambos os tipos, analítico e histórico[45]. O ponto principal em relação ao primeiro centra-se na crítica da discussão de Strauss de direito e obrigação moral. Pergunta-se, por exemplo, por que sentir a necessidade de se preservar é também um dever; por que a conduta racional (isto é, a conduta que é consistentemente compatível com a autopreservação) é moralmente obrigatória. A causa ou motivo de um esforço do homem para assegurar a paz pode ser um desejo de autopreservação; mas tal causa não pode ser uma justificativa de um tipo moral pelo fato de desempenhar este papel, pois em si mesmo um motivo deste tipo não possui força eticamente prescritiva[46]. Alguns dos comentários históricos também são do mesmo tipo crítico. Por exemplo, sugere-se que a evidência disponível para determinar a concepção pré-científica de Hobbes é muito insuficiente; e também que Strauss não observa suficientemente as implicações do *Short Tract on First Principles* (c. 1630) e não consegue ver que a concepção de Hobbes das paixões e do desejo humano está, mesmo nesta data anterior, intimamente ligada a suas concepções acerca da natureza e da causação[47]. Contudo, mais importante do que este tipo negativo de observação é a principal crítica histórica da discussão de 1936 de Strauss: que ela se apóia numa perspectiva errônea. São, em

▼

45. A discussão posterior de Strauss sobre Hobbes, *in Natural Right and History* (1963), é, em alguns aspectos significativos, diferente de sua concepção inicial. Em particular, sua perspectiva é mais ampla e mais satisfatória, em grande parte, suponho, como resultado dos comentários de críticos como Oakeshott. Ainda que ele tenha rejeitado especificamente a sugestão de que as idéias políticas são mais bem observadas no contexto da tradição medieval "antiidealista": ver "On the Spirit of Hobbes's Political Philosophy", pp. 406-8, 411, 421-2. As críticas originais de Oakeshott devem ser encontradas mais plenamente afirmadas *in* "Dr. Leo Strauss on Hobbes", *Politica* II (1936-37), pp. 364-79. Ver também sua discussão posterior, "The Moral Life in the Writings of Thomas Hobbes", *in Rationalism in Politics* (ed. cit.). Um outro exame crítico breve deve ser encontrado em Watkins, *op. cit.*, pp. 30-4.
46. Oakeshott, "The Moral Life in the Writings of Thomas Hobbes", *loc. cit.*, pp. 265-6.
47. Oakeshott, "Dr. Leo Strauss on Hobbes", *loc. cit.*, p. 371; Watkins, *op. cit.*, pp. 239-41, 250-1.

grande parte, as sugestões acerca de como este defeito pode ser remediado (para se atingir um quadro de Hobbes historicamente mais satisfatório) que constituem a contribuição positiva da segunda versão do caso individualista. E, basicamente, a idéia é que Strauss possui uma concepção errônea de ambas as tradições, científica e filosófica, e geralmente do ambiente intelectual em que Hobbes viveu e do modo de seu desenvolvimento mental.

Os comentaristas que podem ser categorizados como contribuindo para a segunda versão do caso individualista aceitam, com Strauss, que nem as interpretações tradicionais e nem tampouco as da lei natural são satisfatórias. Mas estes autores não concordam apenas com a tese de Strauss de que a posição básica de Hobbes apóia-se numa atitude moral essencialmente moderna em relação ao desejo e às paixões do homem, um *insight* que deve ser diferenciado ou mesmo contrastado com sua utilização de idéias e métodos científicos. Ao contrário, é feita a sugestão alternativa de que Hobbes se aproxima de noções medievais de um tipo particular, sem dúvida numa maneira de pensar há longo tempo estabelecida e essencialmente filosófica, em cujos termos suas idéias morais e seu entendimento do mundo natural são igualmente compreensíveis. Assim, a tensão que Strauss detecta em Hobbes não é mais do que uma falha em sua própria análise, derivando-se de um ponto de vista histórico insatisfatório e de um malogro em apreciar o estilo filosófico que Hobbes emprega. Este defeito conduz, por exemplo, a uma falsa igualdade entre o interesse de Hobbes pelo mundo natural e sua descoberta da ciência moderna[48], enquanto outro de seus aspectos enganosos é a idéia de que havia apenas uma tradição medieval de pensamento, a baseada na lei natural, e que, se Hobbes não pensa em seus termos, em consequência ele não chega a pertencer a nenhuma tradição.

A questão que surge neste ponto é óbvia. Qual é a natureza da tradição de Hobbes, desta concepção de filosofia e raciocínio em cujos termos diz-se que cada uma de suas doutrinas características foi formu-

▼

48. Como coloca Oakeshott, em nenhum estágio de sua carreira intelectual Hobbes teve alguma paciência ou qualquer simpatia pela ciência experimental: "Thomas Hobbes", *Scrutiny IV* (1935-36), p. 268; "Dr. Leo Strauss on Hobbes", *loc. cit.*, pp. 272-4.

lada? Em realidade, esta tradição é descrita de modo variado. Por exemplo, Oakeshott refere-se várias vezes à retomada do pensamento democritiano-epicuriano, ao nominalismo escolástico tardio, ao averroísmo de Scotus e Occam, ao fideísmo e ao ceticismo filosófico dos libertinos, a certas marcas de teologia medieval e à fase inicial da teologia moderna com suas raízes em Agostinho, e à tradição hebraica do desejo criativo[49]. E deve-se dizer que sua discussão desta questão vital é igualmente um tanto fragmentária e dispersa. Mas a sugestão básica é óbvia: de que a natureza das idéias de Hobbes e de qualquer unidade e sistema que elas alcancem é mais bem observada no contexto de uma tradição de pensamento filosófico há longo tempo estabelecida e ainda existente[50]. Perceber-se-á que isso está por detrás do conceito de direito individual e da teoria acerca do desejo e das paixões do homem (particularmente o papel do orgulho e do medo), corretamente enfatizados por Strauss. Esta tradição também pode ser vista como o fundamento de seu interesse e entendimento do mundo natural, de forma que é errado, neste caso, simplesmente relatar sua concepção das coisas em relação à ciência moderna. Por exemplo, ele vê as coisas na analogia de uma máquina não porque ele seja um mecanicista científico, mas porque sua concepção de raciocínio causal inevitavelmente transforma o que quer que ele observe (incluindo o homem e a sociedade) num mecanismo. E ele é um indivi-

▼

49. *E. g.* "Thomas Hobbes", *Scrutiny IV* (1935-36), pp. 267-9, 255, nº 1, 291. Sobre o tema geral de Oakeshott, de que o único contexto verdadeiro para se ver uma obra-prima como o *Leviathan* é a unidade de toda a história da filosofia e um fio específico ou tradição desta história, ver introdução ao *Leviathan* (ed. cit.), pp. VIII-XIII.
50. Suponho que esta tradição na forma como floresceu no tempo de Hobbes é mais bem descrita por Hiram Haydn em seu *The Counter-Renaissance* (Nova York, 1950). Sobre o pano de fundo ver também *Phases of Thought in England* (Oxford, 1949) de M. H. Carré; e seu *Realists and Nominalists* (Oxford, 1946), esp. cap. IV sobre Occam; e *La naissance de l'esprit laique au déclin du Moyen Âge*, de Lagarde (2ª ed., Paris, 1956). Em Bochum, o professor Watkins até certo ponto criticou minha fala com relação a este ponto de vista relativo a Hobbes e uma tradição de pensamento, como se a última tivesse uma vida própria e Hobbes devesse apenas ser visto como um exemplar deste "fenômeno suprapessoal". Mas, naturalmente, uma tradição de pensamento não é de modo algum assim: é simplesmente uma categoria de interpretação e explicação que emerge de um estudo de autores individuais entre os quais podem-se detectar afinidades.

dualista não porque decide começar com a santidade do direito individual, mas porque seu nominalismo envolve a concepção de que apenas indivíduos reais existem como objetos de investigação filosófica[51]. O recente livro de J. W. N. Watkins parece adotar um ponto de vista parecido, argumentando especificamente que as bases da teoria política de Hobbes relacionam-se logicamente com sua maneira filosófica de pensar e que, neste caso, Hobbes estava fortemente identificado com a tradição medieval tardia do Aristotelismo Paduano[52]. E no relato (até agora) bem fundamentado e mais satisfatoriamente documentado, em relação a este tipo de tema, o professor W. B. Glover sugeriu que o pensamento de Hobbes é mais bem visto como uma versão da filosofia cristã e da teologia na tradição Agostiniana e Reformista que possuía fortes elementos fideístas, nominalistas, céticos e voluntaristas do tipo que associamos com Hobbes[53]. E tem havido inúmeras outras discussões dos trabalhos de Hobbes que, ao menos em parte, têm-no visto num tipo de contexto similar e que, tomadas em conjunto, constituem uma impressiva mostra de evidência – ainda que esparsa – e argumento em apoio deste tipo de interpretação[54].

▼

51. *Leviathan* (ed. cit.), pp. XIX-XXI, LV.
52. Watkins, *op. cit.*, e. g., pp. 9, 13, 66. Cf. ensaio de Watkins em *Hobbes Studies* (ed. cit.), pp. 238, n. 2. Deve ser mencionado que, durante a discussão deste trabalho em Bochum, o professor Watkins disse que pensou que eu havia entendido mal sua concepção por categorizá-la desta maneira: ele achou (como eu o entendi) que a afinidade de Hobbes era mais com o estilo naturalista de pensamento, o caso tradicional como o chamei aqui.
53. "Human Nature and the State in Hobbes", *Journal of the History of Philosophy*, IV (1966), pp. 293-311; também seu ensaio em *Hobbes Studies* (ed. cit.), pp. 141-68.
54. D. Krook, *in* "Mr. Brown's Note Annotated", *Political Studies*, I (1953), pp. 216-27, e "Thomas Hobbes's Doctrine of Meaning and Truth", *Philosophy* XXXI (1956), pp. 3-22, salienta o materialismo metafísico radical e inflexível de Hobbes; L. J. Bredvold apresenta o fideísmo, o cepticismo e o nominalismo de Hobbes e as origens medieval e clássica destas doutrinas em seu *Intellectual Milieu of John Dryden* (Ann Arbor, 1934), esp. caps. 2 e 3, também pp. 25, 37, 47, 50-3, 58, 73 e ss.; F. A. Lange viu Hobbes principalmente como um nominalista audacioso, *The History of Materialism and Criticism of its Present Importance* (1865; 3ª ed., Londres, 1925), I, pp. 270-1; Phyllis Doyle afirmou alguns anos atrás que muitas das concepções centrais de Hobbes pertenciam a uma tradição de teologia e filosofia augustiniana-scotista-calvinista, e derivavam, especificamente, de controvérsias ar-

Portanto, em resumo, há pelo menos três diferentes tipos de interpretação de Hobbes. Um que o vê em termos da ciência moderna; outro que, ao contrário, afirma sua ligação com a tradição cristã ou estóica da lei natural; enquanto o terceiro se apóia efetivamente na concepção de que sua extensão total de pensamento deriva-se do nominalismo escolástico. Estes são pontos de vista que, por sua vez, enfatizam Hobbes como positivista, moralista e filósofo.

II

Há duas questões principais levantadas por esta variedade de interpretação. Claramente, uma diz respeito à adequação destas diferentes concepções do pensamento de Hobbes e, suponho, deve conduzir à pergunta de qual é a mais satisfatória. Mas aí também levanta-se uma questão mais ampla referente às lições que podem ser aprendidas a partir desta diversidade de opiniões acerca do estudo de idéias políticas em geral e, sem dúvida, acerca da história intelectual como um todo. Esta segunda questão deve ser tratada em primeiro lugar porque ela levanta a perspectiva necessária para se lidar com a questão inicial. E este problema geral realmente se refere ao que está envolvido no estudo e interpretação de um "texto" político (quer sendo este um único livro ou série de escri-

▼

minianas do século XVI; isto é, que suas idéias eram concebidas *dentro* do invólucro cristão, mas não eram totalmente ortodoxas, "The Contemporary Background of Hobbes's 'State of Nature' ", *Economica*, VII (1927), pp. 336-55; W. J. Ong notou a dívida de Hobbes em relação ao Ramismo e sugeriu que ele devia muito mais às operações rigorosas desta doutrina do que a Galileu e Euclides, "Hobbes and Talon's Ramist Rhetoric in English", *Trans. Cam. Bibl. Soc.*, I (1949-53), pp. 260-9; Olafson, art. cit., pp. 27-8 sugere que as concepções de Hobbes de Deus e da Lei da Natureza são semelhantes àquelas dos "teólogos voluntaristas do século XIV" e o coloca na tradição que se origina de Scotus e Occam. Uma das dificuldades do caso da lei natural é que, se Hobbes era ortodoxo em termos da lei natural, por que havia tal clamor contra ele por parte de seus contemporâneos? Esta reação é explicável se se compreende que as concepções pertencentes a esta outra tradição medieval de filosofia e teologia eram muitas vezes julgadas com horror no tempo de Hobbes, definidas como "ateísmo" etc. Ver, *e. g.*, o relato das críticas de Alexander Rosse em Bowle, *op. cit.*, pp. 64, 70-1.

tos produzidos por uma pessoa, ou um corpo completo de trabalho produzido por, suponhamos, uma dada escola ou período de pensamento). A primeira coisa a reconhecer é que o pensamento político (como qualquer outro tipo) existe em vários níveis diferentes de articulação e generalidade. No plano mais inferior (embora não necessariamente o menos complexo) nota-se a seqüência, aparentemente irrefletida, de um procedimento costumeiro ou habitual em que a base lógica está presente mas não elaborada ou conscientemente elaborada na mente do agente. Neste caso, tem-se uma ação que é planejada, suponhamos alguém decidindo como votar para servir melhor seus interesses; um funcionário tomando uma decisão num caso particular ou, de modo mais amplo, discutindo cursos alternativos de ação e recomendando uma linha de orientação política mais ampla. E o processo prossegue para níveis mais amplos e abstratos de generalidade. Um político, num debate parlamentar, considera uma questão no contexto de tradições e objetivos grupais ou nacionais ou de ideologia partidária. Um comentarista ou um panfletário critica uma questão corrente em termos de princípios políticos de um tipo ou outro; e este tipo de discussão tende para o que denominamos teoria política, isto é, o exame de conceitos gerais como "obrigação", o "Estado", "direitos", "bem comum" etc. Finalmente, no nível mais elevado de abstração, a política é vista no contexto de uma filosofia, uma recomendação acerca de como observar o mundo como um todo; embora (como em todos os outros níveis) o grau de articulação e integralidade que se atinge possa variar consideravelmente[55].

É claro, estas são distinções referentes a noções: qualquer pensador determinado pode subir e descer a escala conforme isto seja adequado ao seu objetivo, habilidade ou inclinação. Os escritos de Burke, por exemplo, estendem-se sobre uma grande parte do *continuum*. Algumas vezes, ele desempenha o papel de analista político lidando realisticamente com uma questão específica, em seguida invoca um amplo princípio constitucional, depois ele é o ideólogo partidário, enquanto, outras vezes, alça vôo para as regiões etéreas da lei moral transcendente e do objetivo

▼

55. Cf. Oakeshott, introdução ao *Leviathan* (ed. cit.), pp. VIII-IX. A concepção geral que adoto aqui é uma posição comum entre pensadores idealistas.

divino imanente na história do mundo. Se ele nunca tenta atingir o nível mais elevado de abstração, ele é, na história do pensamento político, um dos mestres do alcance médio. Aqueles que atingiram e se mantiveram consistentemente no ponto mais elevado são relativamente poucos. Mas, nitidamente, Hobbes é um deles e o que agora devemos perguntar é como interpretar e qualificar o pensamento político quando ele é expresso com este grau de abstração.

E acho inegável que o que se procura é, de algum modo, unidade, sistema, coerência. Isto é que é a explicação (neste contexto), um método que (como eu vejo) é uma exemplificação perfeita do princípio de economia: procura-se o relato global mais simples possível. Bacon tem isto em mente quando diz em algum lugar que o conhecimento é mais valioso quando carregado com a menor multiplicidade. Além disso, parece óbvio que, porque é o pensamento que está sendo estudado através do pensamento, no final nunca podemos ficar contentes com uma cronologia acrítica ou uma agregação desorganizada de idéias. Tomemos a história do pensamento em qualquer de suas formas: ela jamais pode ser satisfatória na medida em que é apresentada como uma mera sucessão de acontecimentos intelectuais, uma variedade indecisa. Tem que ser encontrada uma entidade mais geral e permanente. E tal história deve ser lógica, supor e discernir a existência de alguma forma de ordem no que pode, à primeira vista, parecer caótico. Ela deve contar uma história confiável. A sombra talvez improvável de Wittgenstein pode ser invocada para este efeito hegeliano. Pois no *Tractatus* ele diz que o pensamento nunca pode se referir a algo ilógico pois, se assim o fosse, deveríamos pensar ilogicamente[56]. É claro, não é que seja necessária alguma ordem ou padrão discernido na história das idéias independentemente do processo em que ele está implícito ou preordenado em qualquer sentido teleológico ou intencional. Não há nenhum elemento de inevitabilidade que permitirá à lógica do passado ser projetada para o futuro. Mas, se a história intelectual não revela sua história como sistemática, ela própria não é pensamento: "a contingência deve desaparecer" no surgimen-

▼

---

56. § 3.03. Cf. §§ 3.031-2 e Popper, *The Open Society and its Enemies* (4ª ed., Londres, 1962), I, p. 246, nº 45.

to deste tipo de investigação[57]. É claro, sabemos (no nível do senso comum) que as pessoas que estudam os problemas variam no grau de sucesso que atingem, se confundem, se contradizem, etc. Isto é óbvio. O objetivo do estudante deste pensamento não é apenas relatar estas deficiências, mas dar conta delas e assim transcendê-las.

Poder-se-ia insistir que esta concepção é enganosa, que o teste de qualquer quadro histórico é se ele se conforma aos fatos (por exemplo da sociedade), não se ele é simplesmente consistente e confiável; mas esta própria sugestão apóia-se num juízo falso. Apenas a consistência, eu concordo, não é suficiente; ela pode existir num mundo de sombras de simples idéias. A coerência buscada deve ser uma coerência em que somos obrigados a acreditar pela natureza da evidência. Mas esta evidência não é algo dado, autônomo, objetivo. Não há tal coisa como um "fato" histórico em, e por si próprio, independente de "interpretação", e utilizado para julgar uma interpretação. Um fato pressupõe um mundo de idéias, uma interpretação existente, algo atingido num tal contexto e não algo simplesmente dado. Qualquer historiador começa não com fatos brutos, objetivos acerca do passado, mas com um corpo de material existente visto numa certa luz, mas que, assim observado, parece carecer de coerência. E o que ele tenta fazer é dar a este material um maior grau relativo de coerência, observando-o de uma maneira diferente, um processo que necessariamente envolverá alterar o modo em que os assim chamados fatos até agora têm sido considerados. Os únicos fatos históricos *são* as interpretações. Assim, *pode* ser ilusório falar acerca da tarefa histórica como a observação de influências e das conexões entre dois acontecimentos, idéias, pessoas ou dados[58]. Isto porque não há entidades independentes a serem ligadas desta maneira. Além disso, se é observa-

▼

57. Hegel's, *Lectures on the History of Philosophy* (trad. Haldane e Simson, Londres, 1963), I, pp. 36-7.
58. Cf. Q. Skinner, "The Limits of Historical Explanations", *Philosophy*, XLI (1966), pp. 199-215. Esta é também a razão por que acho mais estranha a sugestão freqüentemente feita de que a filosofia política é uma resposta dada ao desafio de problemas políticos contemporâneos e que pode apenas ser entendida como o produto de uma dada situação social. Não há "fatos" sociais ou políticos dados que possam ser utilizados para explicar ou qualificar as idéias (meramente epifenomenais).

da a possibilidade de sua relação, então sua natureza já está determinada. Pensar acerca da possível influência de Hobbes sobre Locke (se isto é algo exeqüível de fazer) é ver ambos como já pertencendo ao mesmo ou a um mundo cognato de idéias: eles partilham algo em comum, uma certa ambiência intelectual. Não *influência* mas *afinidade* é a palavra-chave aqui. E absolutamente não consigo ver por que esta concepção deveria ser considerada "simplesmente sem conteúdo"[59]. É plenamente concreto e adequado dizer, por exemplo, que há uma conexão entre a perspectiva geral de Sir Robert Filmer e Edward Forset, ou Hooker e Locke, ou (para ser talvez exagerado) Burke e Rousseau. Não é necessário levantar nenhuma questão de influência: simplesmente existem certas similaridades na forma de pensamento que aparecem à mente do observador. E é simplesmente pejorativo dizer que isto surge a partir da ignorância do detalhe em questão; embora, suponho, o crítico possa acusar a mentira sem rodeios e dizer: "Mas isto é completamente a-histórico". Que seja assim: mas trata-se de uma concepção curiosamente restrita de história intelectual que este crítico sustenta.

E, é claro, não é que se esteja sempre impelido para estruturas de interpretação mais e mais tênues – ao menos não em qualquer caso particular. Por exemplo, não se diz que Burke foi um filósofo político – mas que suas idéias (que nunca atingem este nível de abstração sistemática) podem, talvez, ser mais bem observadas refletidas no espelho de tal filosofia. Constrói-se este elemento refletor, esta abstração, mas não se supõe que Burke o tenha feito.

E tendo mais e mais à opinião de que, nesta busca de coerência, no final, nunca se critica. Se se obtém o contexto cultural correto, se as maneiras de pensar são recriadas de forma adequada, então nunca se refuta, mas sempre se sustenta. Pertenço à escola de pensamento do *tout comprende*. Não há dúvida de que é um exercício satisfatório para alguns (o professor Plamenatz fornece um exemplo muito sofisticado) detectar num texto político inconsistências aparentes e argumentos dúbios. Mas penso que qualquer pessoa que possuísse um sentido histórico genuíno

▼

59. *Ibid.*, p. 211.

poderia ficar insatisfeita neste nível de análise em geral complexo, mas, no entanto, historicamente superficial. Ela acharia necessário ir além dos supostos defeitos, transcendê-los através de investigação mais completa. Poderíamos tomar como *motto* uma das máximas de Vauvenargues: "pour décider qu'un auteur se contredit, il faut qu'il soit impossible de le concilier"[60]. E o próprio Hobbes, de forma bastante interessante, faz algumas observações muito convincentes acerca deste tipo de questão no "pequeno tratado" de 1640, *The Elements of Law*[61]. Ele discute como os homens influenciaram as mentes uns dos outros pelo uso da linguagem e diz que, embora as palavras sejam os signos que temos das opiniões e intenções de outras pessoas, é, no entanto, geralmente difícil interpretá-las corretamente em razão do que ele denomina "diversidade de contextura e do séquito que os acompanha". Assim segue, ele pensa, que "deve ser extremamente difícil descobrir as opiniões e significados daqueles homens que nos deixaram há muito tempo, e não nos deixaram nenhum outro significado seu, apenas seus livros, que possivelmente não podem ser entendidos sem a história necessária para descobrir aquelas circunstâncias acima mencionadas, e também sem grande prudência para observá-las". Além disso, continua Hobbes, sempre que parece haver uma contradição de algum tipo nos escritos de um homem (e supondo que ele não mais está "presente para explicar-se melhor"), o leitor está correto em supor que a opinião expressa muito clara e diretamente pelo autor é aquela pretendida e que qualquer concepção aparentemente contraditória nasce ou de um erro de interpretação por parte do leitor ou do fato de o escritor não ver qualquer razão para chegar a supor, afinal, uma contradição[62]. Penso que, em princípio, estas são palavras razoáveis e devem comover todos os que praticam a arte da história intelectual.

▼

60. Tradução: "para decidir que um autor se contradiz, é necessário que seja impossível conciliá-lo" – em francês no original. (N. das Orgs.)
61. Edição org. por Tonnies (Cambridge, 1928), pp. 52-3; cf. p. 98.
62. *Ibid.*, "English Works" (org. Molesworth), IV, p. 75. Cf.: "Se você for um filósofo absolutamente sério, deixe sua razão agir sobre o estágio de suas próprias cogitações e experiências; aquelas coisas que estão em desordem devem ser colocadas à parte, discriminadas e cada uma gravada com seu próprio nome colocada em ordem; isto quer dizer, seu método deve assemelhar-se ao da criação." (E. W., I, p. XIII).

Portanto, devemos procurar coerência ou sistema nas idéias ou maneiras de pensar que estudamos, em casos particulares ou "textos" e no *continuum* geral que denominamos a história do pensamento como um todo. Ainda que estejamos sempre procurando coerência ou sistema, não estamos sempre procurando o mesmo tipo de coisa. E distinguiria duas maneiras principais de atingir o objeto, uma que pode ser denominada uma maneira "biográfica" de tornar o pensamento inteligível e a outra uma maneira "racional".

O entendimento adequado do papel dos fatores biográficos pode freqüentemente ser uma forma pela qual o sistema pode ser introduzido em expressões variadas de pensamento. Pode ser que num trabalho de uma pessoa exista uma série de inconsistências ou até mesmo contradições que parecem irresolúveis em nível intelectual, mas algumas vezes é possível atingir um grau menor de coerência levando em conta a personalidade ou situação do autor. Esta é, suponho, a única maneira para atingir uma unidade nos trabalhos políticos e filosóficos que Locke produziu; e, novamente, o professor Oakeshott sugeriu (em algum lugar) que algumas das dificuldades nos escritos de Hobbes talvez devam ser consideradas em relação ao mesmo tipo de fator[63]. Mas, é claro, esta maneira de explicar será invocada apenas quando falhar qualquer modo mais "racional" de tornar o pensamento inteligível.

Na medida em que este último modo esteja em questão, gostaria de sugerir, como tentativa, que há três tipos diferentes de sistema que podem estar em vista.

O primeiro poderia ser denominado o tipo de sistema sintético ou sintático, pelo qual designo um conjunto de idéias completamente relacionadas, ligadas por um método global de explicação ou análise. Este poderia ser dedutivo na forma, uma tentativa a se efetivar para derivar um conjunto consistente de conclusões ou proposições a partir de uma

▼

63. "Moral Life in the Writings of Thomas Hobbes", *loc. cit.*, p. 287. Cf. J. F. Stephen, *op. cit.*, pp. 14, 34; Strauss, *Natural Right and History* (Chicago, 1953), p. 199. Naturalmente, se era objetivo de Hobbes usar expressões ambíguas, neste caso ele não ocultou muito bem, de maneira que pode ser bastante razoável supor que ele não estava simplesmente tentando ser cauteloso, mas expressando um ponto de vista que era conhecido por ser herético. Sobre este assunto ver Mintz, *op. cit.*, p. 44.

dada série de axiomas, e isto é feito, classicamente, no modo geométrico. Hobbes (ou melhor, o Hobbes tradicional) é um bom exemplo. Outro exemplo, refletindo uma maneira relacionada, mas diferente, de fazer o mesmo tipo de coisa, é Aquino com sua estrutura de pensamento arquitetônica, maciça. Por outro lado, este tipo de sistema poderia ser buscado através de um método de classificação, repousando na recorrência aparente de traços comuns no que se observa e propiciando a coerência a ser introduzida, de espécie e gêneros. A isto pode-se adicionar alguma noção de uma relação dinâmica entre os tipos. São assim as análises comparativas de diferentes sistemas de governo que também podem ser vistas sucedendo uma à outra em seqüência ordenada (monarquia para tirania, para aristocracia, para oligarquia, etc.).

O próximo tipo pode ser denominado o modo discreto de sistematização. Isto envolve a aplicação para diferentes áreas ou tópicos de um dado estilo de análise e discussão, sem tentar relacionar as conclusões obtidas em cada caso num todo. Platão é um bom exemplo disto. Em cada um dos diálogos socráticos um método similar de análise é aplicado a diferentes tópicos (justiça na *República*, prazer no *Filebo*, conhecimento no *Teeteto*), mas não há nenhuma tentativa explícita para unir tudo isto simultaneamente como parte de uma metafísica geral. É a aplicação persistente de uma dada compreensão de pensamento filosófico que dá algum tipo de unidade ou sistema que se alcance a um corpo de escritos desta forma moldado.

O terceiro tipo de sistema denomino dialético e o que tenho em mente está claro, espero, a partir do nome. Este tipo de sistema emerge quando uma forma de argumento procede progressivamente através do que podem parecer conclusões contraditórias para níveis mais elevados de entendimento que também incluem o que já se atingiu. Hegel e vários idealistas fornecem exemplos óbvios. Uma variação deste tipo de sistema pode supor uma forma historicista quando o padrão progressivo de desenvolvimento é visto não em termos do entendimento, mas é discernido na natureza ou na própria história, como em Agostinho, Comte ou Marx. E pode se dar que alguém observe algum tipo de unidade no desdobrar progressivo de idéias ou diferentes níveis de consideração nos livros de um escritor específico cujas obras iniciais parecem não se adequar às posteriores.

Obviamente, esta classificação é apenas uma sugestão: não posso insistir nisto. Mas o ponto real que estou tentando enfatizar é duplo: o de que, se estamos estudando a história do pensamento, então, primeiramente, o que buscamos é coerência de algum tipo; e, segundo, o de que devemos conseguir o tipo de sistema que pensamos correto. Cometeremos um erro pavoroso supondo que um escritor que tivesse um tipo de sistema em mente estivesse tentando uma coerência de outro tipo. Este tipo de erro é uma das formas mais insidiosas de anacronismo. Devemos tomar cuidado, também, com um perigo constante neste tipo de análise e reconstrução, o de adicionar a um corpo de trabalho nossa própria participação. Um homem pode nunca atingir suas intenções com respeito ao pensamento sistemático, pode não subir a escala de abstração até onde ele pretendia. Mas temos que nos contentar com o que ele realmente fez, com a evidência como ela é. O sistema (qualquer que seja ele) apóia-se no que está ali, não no que poderíamos querer suplementá-lo. E, em tudo isto, o tipo adequado de contexto é muito importante. As categorias investigadoras que usamos têm que ser apropriadas; temos que evitar o retrocesso; não devemos pensar que a "verdade" é mais importante do que a crença, etc. Segue que *nunca* é suficiente ler fontes originais específicas e, em conseqüência, indulgir numa boa parte de análise crítica. As próprias fontes e este tipo de discussão podem ser tremendamente ilusórios. Um texto é, em qualquer caso, algo alcançado, não algo dado. E apenas pode ser compreendido se o observarmos na estrutura correta. Temos que fazer uma quantidade considerável de trabalho de um tipo, por assim dizer, secundário, para conseguir o contexto correto, antes que o texto (ou documento, ou o que quer que seja) seja determinável de algum modo historicamente satisfatório. Nem sempre é suficiente estudar apenas as grandes obras. O que é fundamentalmente necessário para este tipo de exercício é lidar com o fantasma do relativamente obscuro, que preenche os intervalos entre os homens de gênio e que provavelmente é mais característico da época[64].

▼

64. Cf. meu *Order, Empiricism and Politics* (Londres, 1964), pp. 12-3, em que sigo uma observação de Oakeshott. Ver o *TLS* (1949), revisão de *The Origins of Modern Science*, de Butterfield.

III

Agora, como tudo isto incide na questão da interpretação de Hobbes? Neste caso particular, não penso que haja qualquer problema acerca do nível de abstração em jogo: é, sem ambigüidade, o mais elevado, o filosófico. Esta é uma situação rara na história do pensamento político, mas (penso) bastante clara. Assim, a questão realmente é: como se saiu Hobbes em seu empreendimento filosófico? E isto significa perguntar como se fosse uma questão logicamente prévia. Que tipo de sistematização ele tinha em mente? Observemos isto em termos dos três tipos de interpretação anteriormente delineados.

O caso tradicional claramente procura consistência de um tipo sintético e no modo dedutivo: supõe-se que tudo segue a partir dos pressupostos naturalistas acerca da matéria e do movimento. Os "pressupostos absolutos" do sistema de Hobbes (nesta concepção) incluem, por exemplo, que os corpos existem e que o mundo opera através de causas e efeitos. Desta maneira, sua filosofia natural começa com definições de tais conceitos (corpo, causa, efeito, movimento, espaço, etc.) de que ele deriva os princípios que governam os diferentes tipos de corpo e movimento e suas propriedades[65]. E a atividade humana e a política devem ser vistas nestes termos. Mas a coerência procurada nesta base é enganosa, e se realmente este é o tipo de consistência que Hobbes pretendia, então há indubitavelmente vários pontos fracos. As idéias políticas e éticas não parecem fluir facilmente das hipóteses básicas, e o próprio Hobbes indica que estas idéias podem, de fato, ser premeditadas numa base muito diferente, a da introspecção e do autoconhecimento. Além disso, a idéia de Hobbes da paixão é (como aponta Strauss) decididamente não naturalista. E, ao menos, a linguagem de Hobbes acerca da moral e da lei divina é muito ambígua neste aspecto. Assim, se esta estrutura naturalista de idéias é realmente a correta a ser lembrada quando se considera o trabalho de Hobbes, então seu empreendimento filosófico é claramente defeituoso, ou realizado em vão. Contudo, esta é uma conclusão que não encerra o assunto, mas ela própria levanta mais pro-

▼

65. Goldsmith, *op. cit.*, pp. 46, 47.

blemas que se centram em torno da questão; por que o próprio Hobbes não observou estas dificuldades? Uma resposta pode ser que ele as viu mas preferiu ignorá-las. Uma razão que tem sido sugerida em função desta idéia é do tipo "biográfico"; Hobbes sabia que sua doutrina materialista seria desagradável a vários de seus contemporâneos, de modo que ele, habilidosamente, deixou ambivalências e incompatibilidades que lhe permitiriam, ao se defender contra detratores, indicar evidência suficiente de sua ortodoxia real. Esta imagem de Hobbes tímido, que engenhosamente apresenta duas doutrinas completamente diferentes, lado a lado, como um meio de evasiva, possui um certo atrativo e toque de verdade. A dificuldade não é simplesmente que o estratagema foi malsucedido, mas que várias das inconsistências envolvidas não parecem ser relevantes para o suposto fim. Dizer, por exemplo, que as idéias políticas podem ser derivadas introspectivamente e não precisam ser estabelecidas sobre as premissas mecânicas, materialistas é pouco proveitoso se estas idéias são, em si mesmas, passíveis de objeção. Mas, de qualquer modo, torna-se desnecessário este tipo de explicação, ou antes, de justificativa, por algumas dificuldades óbvias no quadro tradicional de Hobbes, se é possível demonstrar que o que aparece como pontos fracos e ambigüidades são o produto de má interpretação. E isto evitaria a necessidade de outra possível linha de escape que é a de que Hobbes simplesmente se confundiu ou cometeu um grande número de erros perigosos e omissões ao desenvolver seu argumento. Esta não é apenas uma determinação muito diferente de Hobbes em relação àquela que o vê como suficientemente inteligente para cometer erros deliberados, mas também é ininteligente. No mínimo, isto significaria que, se algum tipo de sistema dedutivo, naturalista é intenção de Hobbes, então a *performance* é, em alguns aspectos importantes, inferior: uma conclusão que é difícil de aceitar.

 Há aspectos, também, em que o caso da lei natural parece inaceitável, pois ele se apóia numa dicotomia inexplicada no pensamento de Hobbes, entre a deontologia ética, de um lado, e o materialismo científico, a psicologia egoística e a moralidade prudencial, de outro. A tese de Taylor é exatamente a de que as idéias de Hobbes são basicamente inconsistentes, separadas em duas partes incompatíveis. Mesmo se isto fosse verdade, seria uma questão mais a ser explicada do que uma concepção em si mesma satisfatória. Novamente, Hobbes não percebeu esta inconsistência? É possível que, de algum modo, ele não tenha considerado, absolutamente, a questão como uma inconsistência? Se não, por que não? Mesmo se ele a percebeu, por que deixou as coisas da maneira que estavam? Sinto que, como uma questão de princípio, básica para o estudo da história intelectual, não é possível aceitar como definitiva uma compreensão bifurcada deste tipo. A exploração da descontinuidade deve ser sempre rejeitada em favor da procura de uma compatibilidade satisfatória, mesmo se isto tenha que ser procurado em dados biográficos. A tese do professor Hood acerca da "política divina" de Hobbes, a base essencialmente religiosa de seu pensamento, evita razoavelmente um defeito deste tipo, encontrando nos aspectos naturalistas das idéias de Hobbes simplesmente uma concessão à moda intelectual. Ainda que pouco, muito pouco seja dito acerca do pano de fundo histórico do tipo de pensamento desta forma atribuído a Hobbes. Além disso, é admitida a presença de dois elementos muito diferentes, se não incompatíveis. E nem mesmo se sugere que os elementos pelo menos refletem uma maneira comum de pensar.

A interpretação de Strauss é aberta ao mesmo tipo de crítica. Ele salienta a base não naturalista do pensamento político e ético de Hobbes, mas falha em explorar sua gênese de maneira suficientemente adequada. Aqui encontra-se o vigor da linha de investigação indicada por Oakeshott, Watkins e Glover. Eles sugerem (na medida em que sigo sua discussão) que várias ou a maior parte das dificuldades aparentes encontradas no pensamento de Hobbes podem ser resolvidas observando-o no tipo correto de contexto histórico, especialmente, o contexto de um estilo particular de pensamento filosófico. E a maneira pela qual este possível grau maior de coerência deve ser encontrado no pensamento de Hobbes é considerá-lo, em realidade, como um exemplo de sistematização discreta, isto é, que o que sustenta todas as idéias de Hobbes é a aplicação contínua de um modo particular de pensamento. Mas é verdadeiro dizer que aqui mais se apontou uma linha de investigação do que se explorou algo como o grau de requisito de detalhe histórico. Isto se deve, em parte, à noção equivocada (infelizmente sustentada por vários estudantes de idéias políticas) de que o exame da evidência "interna" dos textos é tudo que se exige. Segue que, se o estado atual de especialização em Hobbes indica qualquer via específica de avanço, é provável que vá na direção de uma tentativa para mostrar em detalhe o que envolveu esta tradição nominalista de pensamento (em particular, o tipo de pensamento sistemático que ela considerava), como Hobbes foi influenciado por ela, como ela afetou o desenvolvimento de suas idéias e constituiu a base e a estrutura de qualquer grau de coerência que ele tenha atingido em sua política filosófica. O que é muito necessário atualmente não é mais o *insight* ou a exegese textual, mas simplesmente mais pesquisa[66].

▼

66. Sou apoiado nesta idéia, quando observo que ela é frisada de modo persuasivo por Mr. Skinner, *e. g.*, *in* "The Ideological Context of Hobbes's Political Thought", p. 317.

CAPÍTULO 4

O ESTADO E A RELIGIÃO*

Leo Strauss

Hobbes orientou seus estudos históricos como um passo em direção à política. Seu autor favorito era Tucídides, "o historiador mais político que já escreveu"[1]. Em suas autobiografias ele diz que publicou sua tradução de Tucídides porque desejava transmitir aos cidadãos contemporâneos seus o ensinamento de que a democracia é errada e que se deve preferir a monarquia, a cuja crença Tucídides o convertera[2]. Estas últimas observações são inteiramente confirmadas pela introdução à tradução de Tucídides. Nela Hobbes resume a "opinião [de Tucídides] sobre o governo do estado" com a conclusão de que Tucídides "não tinha nenhuma preferência pela democracia" e "aprovava no mais alto grau o governo real"[3]. O tom de toda a introdução é um testemunho do fato de que Hobbes sinceramente adota o ponto de vista de seu autor. Nessa medida Hobbes era, desde o início, um decidido defensor da monarquia e um decidido opositor da democracia, opinião que manteve durante toda a sua vida.

▼

* "The State and Religion" (*in The Political Philosophy of Hobbes – Its Basis and Its Genesis*. Chicago, The University of Chicago Press, 1973, pp. 59-78). Tradução de Carlos Henrique Davidoff.
1. *English Works*, v. VIII, p. VIII.
2. *Opera latina*, v. I, pp. XIV e LXXXVIII.
3. *English Works*, v. VIII, pp. XVI ss.

Em todos os estágios de seu desenvolvimento Hobbes considerou a monarquia absoluta hereditária como a melhor forma de Estado. Na introdução à tradução de Tucídides, ele seguramente considera equivalentes o governo formalmente monárquico de Pisístrato e o governo nominalmente democrático mas *de facto* monárquico de Péricles[4]. Mas, da mesma forma que em todas as três exposições sistemáticas de sua filosofia política, ele reconhece a possibilidade da monarquia eletiva, que compara com a instituição romana da ditadura, sob a qual o povo é "soberano em propriedade", mas não "em uso"[5]. Da forma como ele afirma a equivalência legal, em princípio, de democracia e monarquia, pode-se dizer que ele considerava a monarquia absoluta e a ditadura como as únicas formas práticas de governo[6]. Hobbes sustentou esta posição desde o tempo da tradução de Tucídides até o *Leviathan*. Também neste aspecto sua opinião jamais mudou: embora apreciando a ditadura, reconhece a monarquia absoluta como a forma superior.

A posição de Hobbes com relação à monarquia não se modificou durante toda a sua vida[7]. Mas mudou sua concepção do termo "monarquia". Isto se mostra pela maneira como ele explica nas várias apresentações a primazia da monarquia. Nas primeiras apresentações ele menciona os argumentos tradicionais que, em resumo, afirmam ser a monarquia

▼

4. *Loc. cit.*, p. XVII. Cf. também *Elements*, Parte II, cap. 2, § 5, e cap. 5, *in fine*; *De cive*, cap. 10, art. 15; *Leviathan*, cap. 25, *in fine*.
5. *Elements*, Parte II, cap. 2, § 9; *De cive*, cap. 7, arts. 15-6; *Leviathan*, cap. 19 (pp. 100 ss.).
6. Cf. F. Tönnies, *Thomas Hobbes*, 3ª ed., Stuttgart, 1925, pp. 252-5.
7. Deste modo, Hobbes não evoluiu gradualmente do reconhecimento da monarquia absoluta, apenas, para o reconhecimento também da ditadura. A afirmação mais categórica de monarquia absoluta é encontrada não nos *Elements*, mas no *De cive* (cap. 10, art. 17). Enquanto os *Elements* (Parte II, cap. 2, § 10) e o *Leviathan* (cap. 19, p. 101) defendem a possibilidade de monarquia limitada, a qual realmente não é uma verdadeira monarquia, mas uma delegação dada pelo povo soberano, esta possibilidade é negada no *De cive* (cap. 7, art. 17). Além do mais, num capítulo do *De cive*, que não tem paralelo em outras apresentações (cap. 10, art. 18), são defendidas as vantagens da monarquia hereditária. Por haver defendido tão decididamente a monarquia no *De cive*, Hobbes foi obrigado a declarar formalmente no prefácio, por ele redigido posteriormente, que as vantagens da monarquia não tinham sido provadas, mas eram apenas prováveis.

a única forma natural, isto é, original de autoridade, a única forma que corresponde à ordem original da natureza, enquanto a aristocracia e a democracia são artificialmente produzidas pelo homem, apenas "cimentadas pelo engenho humano"[8]. É verdade que já nos *Elements* e novamente de forma mais clara no *De cive*, ele não dá peso a argumentos deste tipo. Contudo, o fato de serem mencionados nas primeiras apresentações justifica a hipótese de que Hobbes descartou-os apenas gradualmente e de que no início ele considerava a monarquia a única forma natural de autoridade. Além disso, ele sustentou até o fim que a autoridade do prócer e conseqüentemente a monarquia patrimonial é, se não a legal, de qualquer modo a origem histórica de todos ou da maioria dos Estados[9].

Hobbes sempre manteve a distinção entre o estado natural e o artificial. Sempre distinguiu entre "o Estado (*Commonwealth*) por aquisição", que se baseia na força natural, quer do pai ou do conquistador, e "o Estado (*Commonwealth*) por instituição", que nasce através da sujeição voluntária a um governo eleito, isto é, artificialmente. Para ele o caráter monárquico do estado natural é sempre presumido[10].

Nas três apresentações de sua filosofia política, Hobbes trata primeiramente do estado artificial e em seguida do natural. E, nas três, de acordo com seu ponto de vista final, ao discutir o eEstado artificial também trata particularmente da monarquia institucional e portanto artificial. Mas há uma diferença altamente notável: enquanto no *Leviathan* o direito de sucessão é tratado como um problema específico da monarquia na discussão do "Estado (*Commonwealth*) por instituição", nas primeiras apresentações ele é mencionado apenas em ligação com

▼

8. *Elements*, Parte II, cap. 5, § 3, e *De cive*, cap. 10, art. 3º. Cf. Tönnies, *loc. cit.*, pp. 250 ss. Cf. também *De cive*, Prefácio, e *Opera latina*, v. V, p. 352.
9. *Leviathan*, cap. 10 (pp. 47 ss.), cap. 13 (p. 65), cap. 20 (p. 105), cap. 22 (p. 124), cap. 27 (p. 164) e cap. 30 (p. 182); *Behemoth*, p. 147.
10. "A obtenção desse Poder Soberano é realizada de duas maneiras. Uma, através da força natural; como quando *um homem* cria seus filhos, para submetê-los (...) à sua autoridade (...) ou através da guerra subjugar seus inimigos à sua vontade (...). A outra, é quando os homens concordam entre si em submeter-se a algum *homem* ou *assembléia* de homens, voluntariamente (...)." *Leviathan*, cap. 17, *in fine*. Cf. *Elements*, Parte I, cap. 19, § 11, e *De cive*, cap. 5, art. 12.

a discussão do estado natural[11]. Originalmente este problema específico da monarquia (isto é, o direito de sucessão) estava incluído apenas na discussão do estado natural porque, de acordo com o ponto de vista original de Hobbes, monarquia e estado natural eram idênticos. Mas qual estado natural? Hobbes distingue dois tipos de estado natural: o estado despótico que se baseia na conquista, e a monarquia patrimonial que se baseia na autoridade do prócer. Como já se indicou, pelo fato de que nas apresentações iniciais o direito de sucessão em monarquia era tratado apenas com relação à monarquia patrimonial, e que mesmo no *Leviathan* é apenas nesta ligação e não na discussão do Estado despótico que há uma referência retroativa às discussões prévias sobre o direito de sucessão, a monarquia que Hobbes originariamente identificava com o estado natural era monarquia patrimonial e não monarquia despótica. Deve-se enfatizar, acima de tudo, que os argumentos tradicionais a favor da monarquia, que são mencionados nas apresentações iniciais, relacionam-se exclusivamente à monarquia patrimonial e não à monarquia despótica. Desse modo, para Hobbes, monarquia e reino patrimonial eram originariamente idênticos.

Apenas mais tarde ele chegou a considerar equivalentes a monarquia que se baseia na autoridade do prócer, ou líder, e a que se baseia na conquista. Esta mudança é o resultado de sua concepção da idéia de uma monarquia artificial ("instituída"); comparada com ela, todas as formas de autoridade que não sejam produto artificial e não se baseiem em delegação voluntária parecem naturais. A idéia da monarquia artificial, como do estado artificial em conjunto, torna-se mais clara a partir de uma exposição ao que se segue. Nos *Elements* diz-se de passagem: "os súditos [do monarca] (...) são para ele como suas crianças e criados". Esta observação desapareceu sem deixar traços nas apresentações posteriores[12]. No *De cive*, num parágrafo completamente desconhecido[13], é feita uma distinção com referência especial à monarquia entre o *jus imperii* e o *exercitium imperii*. A monarquia deve deixar de

▼

11. Cf. *Elements*, Parte II, cap. 4, §§ 11-17; *De cive*, cap. 9, arts. 11-9; e *Leviathan*, cap. 19 (pp. 101-4).
12. *Elements*, Parte II, cap. 4, § 12; *De cive*, cap. 9, art. 14; *Leviathan*, cap. 19 (p. 103).
13. Cap. 13, art. I.

ser governo pessoal em qualquer grau mais elevado do que a democracia ou aristocracia. No *Leviathan*, nos capítulos intitulados "Das coisas que enfraquecem, ou levam à dissolução de um Estado (*Commonwealth*)" e "Do cargo do soberano representante", em seções que não têm paralelo em apresentações anteriores, há um esforço para uma modificação da concepção tradicional de monarquia, à luz da monarquia institucional ideal. Por outro lado, o tratamento do Estado natural é, ao menos, relativamente resumido[14]. Quanto mais precisamente Hobbes elabora a idéia de representação[15], mais clareza ele atinge em relação à essência da monarquia institucional e às diferenças entre o rei como pessoa natural e o rei como pessoa política, e menos importante torna-se para ele o estado natural, a monarquia patrimonial e a afinidade entre monarquia e a autoridade paterna. No final, o governo paterno (e despótico) e a monarquia são diametralmente opostos. "O rei, embora como um pai de família, e um senhor de criados domésticos ordena várias coisas que obrigam aquelas crianças e criados, ele comanda o povo em geral unicamente por uma lei precedente, e como um político, não como uma pessoa natural."[16]

De acordo com a opinião final de Hobbes, devemos distinguir entre o estado natural, naturalmente monárquico, e o estado artificial, que em princípio pode com idêntica justificativa ser democrático, aristocrático ou monárquico. Mas originariamente ele considerou a democracia como a forma básica de estado artificial. Isto é dito expressamente nos *Elements*, na discussão do estado artificial. "A democracia precede qualquer outra instituição de governo." A aristocracia e a monarquia (institucional) são derivadas da democracia original. Esta tese ocorre no *De cive* apenas numa forma muito atenuada e no *Leviathan* ela desapareceu completamente[17]. Portanto, de acordo com a opinião original de Hobbes, o estado artificial é fundamentalmente democrático, assim como o estado natural é a monarquia patrimonial.

▼

14. Cf. Tönnies, *loc. cit.*, p. 255.
15. *Ibid.*, pp. 238 ss., e também pp. 210 e 242.
16. *Behemoth*, p. 51. Cf. também *English Works*, v. VI, p. 152.
17. Cf. *Elements*, Parte II, cap. 2, § 1, com *De cive*, cap. 7, art. 5 (ver Tönnies, *loc. cit.*, p. 243). Há uma reminiscência desta concepção em *Behemoth*, p. 76.

Seria um equívoco acreditar que Hobbes originariamente preferiu a monarquia, por causa de sua origem natural, à democracia artificial. Ocorre que a primeira exposição sistemática de suas idéias é a mais democrática. Já se mencionou que a precedência da democracia sobre as outras formas artificiais de Estado é afirmada mais decisivamente nos *Elements*. Os fatos seguintes são menos equívocos. Nos *Elements*, a afirmação de Aristóteles de que o objeto da democracia é a liberdade sofre mais justiça nas mãos de Hobbes, apesar de sua rejeição desta opinião, do que posteriormente[18]. Contudo, nos *Elements* há uma observação acerca do estado artificial que parece ser resíduo de um argumento em favor da democracia e que volta a ocorrer nas apresentações posteriores apenas de forma muito diluída. Nos *Elements* ele diz:

> A sujeição daqueles que instituem um Estado (*Commonwealth*) entre eles não é menos absoluta do que a sujeição dos criados. E nisto eles estão em idêntica posição; mas a esperança daqueles é maior do que a esperança desses. Pois aquele que se mais utilizado subjuga sem ser compelido pensa que há razão para que ele deva ser utilizado que aquele que é subjugado sob compulsão; e, tendo entrado livremente, denomina-se, ainda que em sujeição, um homem livre; pelo que parece, que a liberdade é (...) uma condição de maior esperança para estes do que para aqueles que foram submetidos pela força e conquista.'[19]

A opinião seguinte parece estar subentendida: o motivo que leva ao estado natural é o medo; por outro lado, o motivo que leva ao estado

▼

18. "Aristóteles disse-o bem, a base ou intenção de uma democracia é a liberdade; que ele confirmou com estas palavras: Pois os homens ordinariamente dizem isto; que nenhum homem pode compartilhar da liberdade, mas somente numa comunidade popular (*Commonwealth*)." *Elements*, Parte II, cap. 8, § 3. (...) *hoc est quod voluit Aristoteles, ipse quoque consuetudine temporis libertatem pro imperio nominans* (...) *De cive*, cap. 10, art. 8. "E porque ensinava-se aos atenienses (para resguardá-los do desejo de mudar seu governo) que eles eram homens livres, e todos que viviam sob a monarquia eram escravos; por esta razão Aristóteles suprimiu-a na sua *Política* (...)" *Leviathan*, cap. 21 (p. 113).
19. *Elements*, Parte II, cap. 4, § 9. Comparar com isto *De cive*, cap. 9, art. 9, e cap. 5, art. 12, também *Leviathan*, caps. 20 (p. 107) e 17, *in fine*, e mais *Behemoth*, p. 12. Cf. também Spinoza, *Tractatus politicus*, cap. 5, § 6.

artificial é a esperança, ou a crença. O estado artificial, que repousa na esperança ou na crença (no soberano), é contrário ao estado natural, baseado no medo. Mas esta antítese, na medida em que a democracia é a forma básica do estado artificial, significa a preferência pela democracia sobre a monarquia patrimonial.

Mas, à parte todas as citações individuais ilustrativas, é provável que no início Hobbes fosse permeável a idéias democráticas em seu período humanista, muito mais que posteriormente. Em anos subseqüentes ele sempre citou os autores clássicos como as principais causas das idéias democráticas em sua época. Não se deve supor que, num tempo em que estava ocupado com esses autores, antes que pudesse confrontar a autoridade deles com sua própria filosofia política que levantou uma exigência de certeza matemática, e quando tinha somente ou quase somente a autoridade de Tucídides do seu lado, ele estivesse tão firme em sua rejeição da tradição democrática como posteriormente se tornou, para não falar do fato de Tucídides apesar de tudo não ter sido uma autoridade absolutamente incontestável para a concepção de Hobbes em favor da monarquia absoluta. É em Tucídides, no discurso em que os coríntios comparam o Estado dos atenienses e o Estado lacedemônio, isto é, a democracia e a aristocracia clássicas, que Hobbes encontra o modelo para sua caracterização inicial da conexão entre democracia e monarquia patrimonial. Exatamente como Tucídides, no discurso que ele põe na boca dos coríntios, caracteriza a democracia ateniense por sua audácia e confiança, e, por outro lado, a aristocracia lacedemônia, a mais "antiquada", por sua hesitação e desconfiança, Hobbes originariamente caracteriza o motivo da democracia como esperança, e o motivo do estado natural "mais antigo", e com isso a monarquia patrimonial em particular, como medo.

De qualquer modo, temos que tomar conhecimento do fato paradoxal de que a apresentação inicial da filosofia política de Hobbes é, ao mesmo tempo, a apresentação mais favorável à monarquia patrimonial e à democracia. O paradoxo desaparece se se reflete que as idéias da monarquia patrimonial e da democracia apresentadas mais claramente nos *Elements* são idéias tradicionais, que a união não tradicional dessas idéias, que Hobbes estava esforçando-se por obter, não foi totalmente bem-sucedida até o *Leviathan*, e que, portanto, estas idéias são por necessidade imperfeitamente unidas nas apresentações iniciais e, como resultado, colocam-se lado a lado em autocontradição. Nos *Elements*, e mais ainda no seu período humanista, Hobbes ainda não tinha encontrado os meios de reconciliar essas idéias tradicionais opostas, ou seja, ainda não tinha desenvolvido com suficiente clareza sua concepção final de monarquia institucional artificial. Daí surge a contradição original entre monarquia patrimonial e democracia. No conflito entre essas duas opiniões políticas Hobbes estava, desde o início, ao lado da monarquia patrimonial; mas desde o início tinha dúvidas quanto à origem democrática em oposição a esta concepção.

Portanto, a teoria do Estado de Hobbes, quando rastreada até seu ponto de partida, representa a união de duas tradições opostas. Hobbes segue a tradição monarquista, na medida em que argumenta ser a monarquia patrimonial a única forma de estado natural e, desse modo, a única legítima. Em oposição a isto, a tradição democrática argumenta que toda legitimidade tem sua origem no mandado do povo soberano. Hobbes reúne estas tradições opostas primeiramente através de uma distinção entre estados naturais e artificiais. Com referência aos estados naturais, ele segue até o fim a tradição monarquista no que diz respeito à origem histórica dos Estados já existentes. Com referência aos estados artificiais, ele segue, pelo menos de início, a tradição democrática, esforçando-se desde o começo no sentido de mostrar que o melhor que a democracia pode fazer é transformar-se numa monarquia absoluta, de fato ou até mesmo também nominal.

Neste empenho, a razão que a princípio induziu Hobbes a unir as tradições opostas é abandonada. Hobbes queria apresentar as vantagens da monarquia, das quais estava desde o início convencido, por motivos que discutiremos mais tarde, de uma forma que ganhasse reconhecimento de todos os partidos. A superioridade da monarquia era naturalmente admitida pelo partido monarquista. Era, portanto, apenas uma questão de convencer os defensores da tradição democrática. O caminho mais conveniente para alcançar este objetivo era antes de mais nada admitir a hipótese democrática, sem criticá-la, a fim de então provar com base no fundamento desta hipótese a vantagem da monarquia. O argumento em favor da monarquia está deste modo originalmente ligado a uma alternativa. Reduzida a uma expressão de princípio, ela é a alternativa do motivo monarquista e democrático, de medo e esperança, que ainda é plenamente visível na passagem citada dos *Elements*. Mas Hobbes não poderia com o correr do tempo aquiescer na justaposição do estado natural e do artificial, do princípio monarquista e do democrático, do medo e da esperança. Ele procurou um motivo comum para a fundação do estado artificial, assim como do estado natural. Encontrou este motivo no medo da morte violenta, que ele havia originalmente, ao que parece, relacionado apenas com o estado natural. Neste sentido a precedência do estado natural sobre o artificial é admitida por Hobbes até o fim.

Hobbes, desta maneira, reconcilia duas teorias fundamentalmente diferentes de soberania. De acordo com uma delas, soberania é o direito exclusivamente baseado na autoridade do prócer, ou líder ["father"], portanto completamente independente do desejo do indivíduo. De acordo com a outra, toda soberania deve assentar-se na delegação voluntária de autoridade pela maioria dos cidadãos livres. No início, Hobbes provavelmente teria reconciliado a antítese de alguma maneira parecida com esta: o governo paternal é a ordem natural da família; o pai é por natureza senhor absoluto de seus filhos e criados; por outro lado, o governo político é baseado na delegação voluntária do poder paternal ao rei, pelos pais[20]. Na teoria final de soberania de Hobbes a natureza

▼

20. "(...) originalmente, o Pai de todo homem era também seu Senhor Soberano, com poder sobre ele de vida ou morte; e (...) os Pais de famílias (...) ao instituírem um Estado (*Commonwealth*) (...) resignavam-se àquele poder absoluto (...)" *Leviathan*, cap. 30 (p. 182). "(...) o Pai devia ter a honra de um Soberano (embora ele tenha cedido seu poder à Lei Civil) (...)." *Ibid.*, cap. 27 (p. 164). É para se ter em mente que nessas passagens e em outras similares Hobbes está falando apenas do *de facto*, e não da origem legal do Estado. De acordo com a teoria final de Hobbes, não é o pai, mas a mãe quem possui legalmente, isto é, pela lei da natureza, o poder absoluto sobre os filhos. Podemos deduzir das razões desenvolvidas no texto que Hobbes originalmente encontrou não somente o *de facto*, mas também a fonte legal de soberania na autoridade do pai. A reconciliação original do princípio monarquista e democrático que nós admitimos aqui é encontrada em Hooker: "Aos pais, dentro de suas famílias privadas, a Natureza concedeu um poder supremo (...) Contudo, como toda uma enorme multidão não tem esse tipo de dependência de ninguém (...) é impossível que alguém deva ter poder legal total, a não ser por consentimento dos homens, ou escolha imediata de Deus (...)." *Ecclesiastical Polity*, Livro I, x. 4.

involuntária, assim como voluntária da sujeição, é mais sistematicamente reconciliada: os homens – os indivíduos, não os pais – na fundação do estado artificial delegam o poder mais alto a um homem ou a uma assembléia a partir do medo mútuo, o medo da morte violenta, e o medo, em si mesmo compulsivo, é compatível com liberdade. Em outras palavras, eles substituem voluntariamente o medo mútuo compulsivo pelo medo novamente compulsivo de um terceiro poder neutro, o governo, e desta forma substituem um perigo imensurável, infinito e inevitável – o perigo infligido por um inimigo – por um perigo mensurável, limitado e evitável – o perigo que ameaça apenas os transgressores das leis dos tribunais.

Até o período em que Hobbes reconciliou com sucesso as duas teorias opostas de soberania, ele foi obrigado a rejeitar como ilegítimos os governos cuja base não poderia ser explicada nem pelo princípio monarquista tradicional nem pelo democrático tradicional. Por esta razão, ele diz na introdução à tradução de Tucídides: "Tucídides elogia (o governo de Atenas), quando Pisístrato reinava (ressalvando que era um poder usurpado), e também quando, no início da guerra, esse governo era nominalmente democrático mas, na realidade, monárquico sob Péricles"[21]. Deste modo Hobbes originalmente podia distinguir entre poder legítimo e usurpado (fosse de acordo com o princípio monarquista, fosse com o democrático); assim, deve-se entender que ele originalmente considerava somente a monarquia patrimonial (e conseqüentemente legítima) como o estado natural, e não o governo despótico de um conquistador. Sua teoria final é a de que todo governo efetivo é *eo ipso* legítimo. As palavras "tirania" e "despotismo" perdem, portanto, toda importância para ele, que não hesita em declarar que qualquer ou quase toda autoridade de Estado é baseada na usurpação, sem o menor prejuízo de sua legitimidade[22].

Se Hobbes originalmente reconheceu as condições legais de soberania e não simplesmente factuais, podemos admitir que ele também

▼

21. *English Works*, v. VIII, p. XVII.
22. "(...) é incomum um Estado (*Commonwealth*) no mundo, cujas origens possam ser conscientemente justificadas (...)." *Leviathan*, Conclusão (p. 388).

originalmente admitiu limites legais ao poder soberano. Posteriormente Hobbes rejeitou, como absurda, qualquer limitação ou divisão da soberania. Mas, na introdução à tradução de Tucídides ele menciona, sem crítica e aparentemente ainda afirmativamente, a opinião de Tucídides de que uma constituição mista de democracia e aristocracia merece prioridade sobre a democracia, por um lado, e sobre a aristocracia, por outro[23]. E nos *Elements*, em que sistematicamente, como nas exposições posteriores, opõe-se à idéia de uma constituição mista, todavia admite a possibilidade de divisão não de soberania, mas da administração da soberania por meio de controle monárquico e de um conselho aristocrático ou democrático[24]. Esta passagem é omitida em exposições posteriores. Hobbes, portanto, avançou apenas gradualmente no sentido da rejeição sincera da idéia de uma constituição mista. Sua opinião original terá sido a de que o monarca absoluto de modo nenhum é obrigado, mas agiria bem se o fizesse, a estabelecer um conselho aristocrático ou democrático e, assim, reunir as vantagens da monarquia com as da aristocracia ou democracia.

Hobbes, contudo, originalmente não aconselhou apenas limitações voluntárias do exercício de soberania, mas também reconheceu as limitações obrigatórias da soberania. É verdade que nas três apresentações ele rejeitou com idêntica decisão o ponto de vista de que o soberano deve submeter-se a leis civis, e mesmo o de que o soberano possa ser chamado, sob certas condições, a prestar contas a seus súditos; mas a princípio ele não viu a soberania como sendo quase tão absoluta como ela o é no *Leviathan*. De acordo com sua opinião final, o soberano não tem obrigações de qualquer espécie no sentido real da palavra; pois a lei da natureza, que evidentemente se sobrepõe ao soberano, adquire plena força de imposição somente pela ordem do soberano; e ninguém pode

▼

23. *English Works*, v. VIII, p. XVII.
24. "Mas, embora a soberania não seja mista, mas seja sempre ou simples democracia ou simples aristocracia, ou pura monarquia; contudo, nessa administração todos esses tipos de governo podem ter lugar subordinado. (...) Assim, também numa monarquia pode haver um conselho aristocrático de homens escolhidos pelo monarca; ou democrático, de homens escolhidos pela aprovação (o monarca autorizando) de todos os indivíduos da comunidade." *Elements*, Parte II, cap. 1, § 17.

"estar obrigado a si mesmo; pois quem pode obrigar pode desobrigar; e, portanto, quem está obrigado por si mesmo não está obrigado"[25]. Assim, o soberano não possui obrigações reais. Hobbes, de fato, diz que a lei da natureza é obrigatória não apenas com base na ordem soberana, mas também "enquanto palavra de Deus". Mas esta limitação não tem nenhuma importância, pois, de acordo com sua própria afirmação, a própria palavra de Deus torna-se imperiosa somente com base na ordem soberana. A teoria dos *Elements*[26], de acordo com a qual a lei natural é imperiosa não apenas pela razão da revelação, mas também por causa do conhecimento natural de Deus, deste modo obrigando todos os homens enquanto seres racionais e em particular o soberano, está em nítido contraste com isto. Como deveres do soberano, Hobbes a princípio menciona a preocupação com a salvação eterna dos súditos e com as leis do matrimônio que correspondem à lei natural. No *De cive* a primeira dessas exigências é até mais atenuada que nos *Elements*, e a segunda é completamente descartada. Em vez disto nos é dito, numa outra ligação, que o regulamento do casamento e do adultério depende inteiramente da lei civil, e deste modo a lei natural do casamento é negada. No *Leviathan* as duas exigências já não são nem mesmo mencionadas[27].

▼

25. *Leviathan*, cap. 26 (p. 141). Dois capítulos adiante ele diz: "(...) as leis da natureza, (...) na condição de simples natureza, (...) não são propriamente leis, mas qualidades que dispõem os homens à paz e à obediência. Quando um Estado (*Commonwealth*) é estabelecido, então elas são realmente leis, e não antes; sendo, então, as ordens do Estado; e, por conseguinte, também leis civis: Pois é o poder soberano que obriga os homens a obedecê-las."
26. Cf. *Elements*, Parte I, cap. 17, § 12, com *De cive*, cap. 3, art. 33, e *Leviathan*, cap. 15, *in fine*. Cf. além disso *Leviathan*, cap. 33, *in fine*, e *De cive*, cap. 17, arts. 17-18.
27. Cf. *Elements*, Parte II, cap. 9, §§ 2-3, e *De cive*, cap. 13, art. 5º, cap. 6, art. 16; cap. 14, arts. 9-10; e cap. 17, art. 10. No *Leviathan* a lei natural do casamento é tratada como sendo baseada apenas na opinião geral. Ver caps. 27 (p. 164) e 30 (p. 182). A reformulação do capítulo sobre a lei de sucessão mostra que Hobbes, quando elaborou sua filosofia política, fez com que a lei da natureza mais e mais cedesse lugar a uma lei positiva ou pelo menos trouxe a lei positiva mais e mais para o primeiro plano. Se o monarca morre sem deixar testamento, o sucessor, de acordo com os *Elements*, deve ser escolhido de conformidade com a lei natural de sucessão. *De cive* também defende este ponto de vista, com a restrição de que nenhum costume, isto é, nenhuma lei positiva (cf. *De cive*, cap. 14, art. 15) se opõe à lei natural de sucessão. Finalmente, o *Leviathan* expressamente coloca o costume acima da lei natural. Cf. *Elements*, Parte II, cap. 5, §§ 12-7; *De cive*, cap. 9, arts. 14-9; *Leviathan*, cap. 19 (p. 103).

Após o que foi dito, as concepções políticas originais de Hobbes agora podem ser assim resumidas: a monarquia absoluta hereditária é a melhor forma de Estado; a origem real e legítima da monarquia é a autoridade paterna; os pais voluntariamente delegaram ao monarca e a seus herdeiros o poder absoluto que a natureza lhes garantia sobre suas próprias famílias. A monarquia assim legitimada é fundamentalmente diferente de todo poder usurpado; é o dever do monarca pela lei natural, que tem seu fundamento na ordem da natureza, na inteligência de Deus, que é a Primeira Causa de todas as coisas existentes: cuidar não somente e não principalmente do bem-estar físico de seus súditos, mas acima de tudo de seu bem-estar moral. A prudência aconselha-o a cercar-se de um conselho aristocrático ou democrático a fim de somar às vantagens de uma monarquia as de uma aristocracia ou democracia. Se, por qualquer razão, a monarquia absoluta hereditária for impossível num Estado, será indispensável a direção monárquica efetiva dos negócios de Estado. Uma tendência democrática que não tenha sido sistematicamente superada está em conflito com esta convicção fundamentalmente monarquista.

Essas opiniões contraditórias, contudo, não são nada mais que a *disjecta membra* da *Política* de Aristóteles. Desta obra Hobbes empresta a concepção de que a forma original de Estado é a monarquia patrimonial, que surge da autoridade paterna[28], assim como a concepção de democracia, que ele ainda se permite tirar dos *Elements*[29]. A unidade que Aristóteles havia dado à idéia monarquista e democrática certamente não é mais reconhecida por Hobbes, mas, por outro lado, a nova unidade que essas idéias finalmente ganharam no *Leviathan* mal pode ser percebida num esboço.

As três apresentações da filosofia política de Hobbes podem, com um pouco menos de justiça que o trabalho de Spinoza claramente intitulado deste modo, ser denominadas tratados teológico-políticos. Exatamente como Spinoza fez mais tarde, Hobbes com dupla intenção torna-se um intérprete da Bíblia, em primeiro lugar a fim de usar a autoridade

▼

28. Aristóteles, *Politics*, I. 2.
29. *Elements*, Parte II, cap. 8, § 3. Pode-se também recordar que a definição de Estado no *Elements* ainda mostra traços de sua origem na definição de Aristóteles.

das Escrituras a favor de sua teoria, e em seguida, e particularmente, a fim de abalar a autoridade das próprias Escrituras. Somente gradualmente a segunda intenção torna-se claramente dominante. No *De cive* Hobbes dedica dois capítulos especiais à prova escritural de suas próprias teorias da lei natural e do poder absoluto dos reis; no *Leviathan* não há nada que corresponda ao primeiro desses capítulos, e o conteúdo do segundo é liquidado em dois parágrafos no capítulo que trata do estado natural[30]. Dessa forma, quando Hobbes assegura à motivação teológica da filosofia política um último refúgio na discussão que trata do estado natural, ele indica a conexão entre a teologia e o estado natural em particular. Esta conexão é revelada nos argumentos teológicos a favor da monarquia, que Hobbes menciona nas primeiras apresentações, e que se refere principalmente à monarquia patrimonial, isto é, ao estado natural. À medida que o estado natural torna-se cada vez menos importante para Hobbes, os argumentos teológicos na filosofia política tornam-se cada vez menos importantes. Originalmente, quando ele ainda não havia concebido a idéia do estado artificial, ou ainda não a elaborara de maneira totalmente clara, ele estava muitíssimo mais fascinado pela tradição teológica. Isto será demonstrado por meio de uma comparação das partes de suas três apresentações da filosofia política que dizem respeito à crítica da religião.

Primeiramente, deve-se mencionar que o espaço dedicado à crítica da religião amplia-se consideravelmente desde os *Elements* até o *Leviathan*. Três capítulos nos *Elements* correspondem a quatro no *De cive* e a dezessete no *Leviathan*. Esta ampliação quantitativa é acompanhada por um aprofundamento da crítica. O afastamento de Hobbes da tradição torna-se mais claro a cada apresentação. A questão fundamental: com base em que autoridade acredita-se que a Escritura é a palavra de Deus? é diversamente respondida nas diferentes apresentações. Nos *Elements*: na autoridade da Igreja, os sucessores dos Apóstolos. No *De cive*: não na autoridade da Igreja, mas na de Jesus. No *Leviathan*: na autoridade dos professores, cujo ensino é permitido e organizado pelo poder soberano, isto é, admite-se verbalmente – pois os pensamentos são livres – que a Escritura é a palavra de Deus, visto que a autoridade secular ordena esta

▼

30. Cf. Tönnies, *loc. cit.*, p. 252.

admissão³¹. Nas três apresentações Hobbes argumenta que tudo que é necessário para a salvação é a crença em Jesus como Cristo; neste elemento fundamental de fé ele sempre inclui também suas premissas (a existência de Deus, a Providência, a ressurreição de Cristo, etc.). De acordo com as primeiras apresentações a crença na imortalidade da alma pertence a essas premissas, ao passo que numa nota inserida na segunda edição do *De cive*³² a ressurreição do corpo é tacitamente substituída pela imortalidade da alma. O *Leviathan* finalmente opõe abertamente a ressurreição do corpo à imortalidade da alma e admite que apenas a primeira está fundamentada nas Escrituras³³. Nas três apresentações Hobbes declara que a obediência incondicional ao poder secular é o dever sagrado de todo cristão, já que este poder não proíbe a crença em Jesus como Cristo. Mas a questão crucial: está o cristão obrigado a obedecer ao poder secular quando este poder o proíbe da profissão de sua fé?, é respondida nas primeiras apresentações com a descoberta de que o direito e dever do cristão em tal caso é apenas a resistência passiva e o martírio, enquanto o *Leviathan* nega a obrigação e mesmo o direito de martírio ao cristão comum que não tem a vocação especial de pregar o Evangelho³⁴. De acordo com o *De cive*, é um dogma cristão o reino de Cristo não ser da terra, mas do céu; no *Leviathan*, por outro lado, o Reino de Deus sob o Velho e também sob o Novo Contrato (Covenant) deve ser entendido como um reino puramente terrestre³⁵. De acordo com os *Elements*, o primeiro dever do soberano é "estabelecer a religião considerada a melhor"; no *De cive*, o parágrafo correspondente conclui com as palavras: "Difficultatem autem hanc in medio relinquemus"; no *Leviathan*, a questão toda nem mesmo é mencionada³⁶.

▼

31. *Elements*, Parte I, cap. 11, §§ 9-10; *De cive*, cap. 18, art. 9º; *Leviathan*, caps. 43 (pp. 321 ss.), 33 (pp. 203 e 208 ss.), e 42 (pp. 280-4).
32. Uma diferença adicional, nos capítulos que tratam da crítica da religião nas duas edições do *De cive*, pode ser notada de passagem: o *etsi falso* irônico no fim do cap. 17, art. 1º, é uma adição à segunda edição.
33. *Elements*, Parte II, cap. 6, § 6; *De cive*, caps. 17, art. 13, e 18, art. 6º, anot.; *Leviathan*, caps. 43 (p. 326) e 38 (p. 243).
34. *Elements*, Parte II, cap. 6, § 14; *De cive*, cap. 18, art. 13; *Leviathan*, caps. 42 (pp. 270-2) e 43 (p. 328).
35. *De cive*, cap. 17, art. 13; *Leviathan*, cap. 35.
36. *Elements*, Parte II, cap. 9, § 2; *De cive*, cap. 13, art. 5º.

Nos *Elements*, Hobbes defende a constituição episcopal da Igreja, cuja retidão é provada pelo fato de que Cristo, em virtude de sua soberania, entronizou seus apóstolos, que posteriormente empossaram os presbíteros, etc. Ao mesmo tempo ele nega que na hierarquia cristã houvesse um "alto sacerdote" a quem os bispos individuais estivessem subordinados. Desde que nos *Elements* ele também menciona a sucessão apostólica como a razão para a autoridade das Escrituras, deve-se dizer que neste trabalho, pelo menos até certo ponto, ele segue a concepção episcopal anglicana. Por outro lado, nas apresentações posteriores ele rejeita a constituição episcopal, até mesmo o ponto de vista de que os provisores da Igreja podem ser nomeados por qualquer autoridade eclesiástica que não é inteiramente dependente da autoridade secular[37]. Além disso, no último capítulo do *Leviathan* ele declara enfaticamente que a constituição episcopal e mesmo a constituição presbiteriana são contrárias à liberdade evangélica, com a qual o Independentismo é apenas compatível[38]. É notável o fato de no *Leviathan*, e já no *De cive*, estar proposta a concepção, claramente muito favorável ao clero, de que no período entre o recebimento dos cinco primeiros livros do Velho Testamento e a eleição de Saul, que Deus não aprovou (com a única exceção de, durante sua vida, Moisés ter sido colocado acima do Alto Sacerdote), todo poder espiritual e temporal estava reunido nas mãos do Alto Sacerdote, enquanto os *Elements* tinham como certo que o poder espiritual estava subordinado ao secular durante todo o período do Velho Contrato (Covenant)[39]. Mas esta visível contradição da tendência geral dos *Elements*, por um lado, e das introduções posteriores, por outro, é explicada pelo fato de, nos escritos posteriores, Hobbes atribuir muito menos valor à conformidade com os ensinamentos da Escritura. O respaldo da Escritura à regra clerical não é, de agora em diante, um argumento a favor

▼

37. *Elements*, Parte II, cap. 7, § 8; e Parte I, cap. 11, § 9; *De cive*, cap. 17, art. 24; *Leviathan*, cap. 42 (pp. 286-90). Compare-se particularmente a interpretação diametralmente oposta do livro de Atos, xiv. 23 nos *Elements* e no *Leviathan*. A interpretação dada nos *Elements*, Parte II, cap. 7, § 8, é rejeitada no *Leviathan*, cap. 42 (pp. 288 ss.) como apenas correta "à primeira vista".
38. *Leviathan*, cap. 47 (pp. 380 ss.).
39. *Elements*, Parte II, cap. 6, § 2; *De cive*, cap. 16, arts. 13-5; *Leviathan*, cap. 40 (pp. 254-8).

da regra clerical, mas um argumento contra a Escritura. Deste modo, a única exceção evidente é, em realidade, a corroboração mais forte da afirmação de que na trajetória dos *Elements* via *De cive* para o *Leviathan* Hobbes afastou-se mais e mais da tradição religiosa. É possível dizer que Hobbes andou lado a lado em seu caminho – que não era muito edificante – com o desenvolvimento do episcopalianismo anglicano ao independentismo (com uma omissão característica do presbiterianismo)[40].

Na primeira apresentação da sua filosofia política Hobbes está, assim, relativamente próximo ao episcopalianismo anglicano. Mas nessa época ele era tão pouco um cristão crente quanto mais tarde. Apenas considerações políticas podem tê-lo induzido a defender a constituição episcopal da Igreja e, por essa mesma razão, a falar de modo mais circunspecto sobre dogma do que durante a Guerra Civil e sob a República e o Protetorado. A atitude pessoal de Hobbes em relação à religião positiva sempre foi a mesma: a religião deve servir ao Estado e será prezada ou desprezada de acordo com os serviços ou desserviços prestados ao Estado. Esta concepção pode ser vista já na introdução à tradução de Tucídides. Aí Hobbes defende seu autor contra a acusação de ateísmo com as seguintes palavras:

> Em alguns lugares de sua história ele observou a ambigüidade dos oráculos; e não obstante confirma uma afirmação dele próprio, com respeito ao tempo em que esta guerra durou, pela predição do oráculo. Ele reprova Nícias por ser pontual em excesso na observância das cerimônias de sua religião, quando por ela ele arruinou a si mesmo e a seu exército e, na verdade, a soberania total e a liberdade de seu país. Contudo, ele o elogia em outro lugar por sua adoração aos deuses (...) De forma que em seus escritos nosso autor parece não ser supersticioso, por um lado, e por outro, não ser ateu.[41]

▼

40. Compare-se o julgamento de Hobbes dos presbiterianos no *Leviathan*, caps. 44 (p. 338) e 47 (p. 377), e também *Behemoth*, pp. 21 ss.

41. *English Works*, v. VIII, p. XV. Porque Hobbes cita na dedicatória à tradução de Tucídides: "Eu termino com esta oração: que será agradável a Deus dar-lhes virtudes apropriadas para a bela moradia que ele lhes preparou, e a felicidade a que tais virtudes conduzem, tanto neste mundo como depois dele", naturalmente não é base para deduzir no que ele acreditava ao tempo em que escreveu estas linhas, pois a dedicatória ao *De cive* conclui com a mesma frase.

O meio-termo entre ateísmo e superstição consiste na subordinação à religião que é prescrita pelo Estado e nunca entra em conflito com o Estado.

O fato de Hobbes haver conciliado não sua descrença mas sua declaração dessa descrença ao que era permissível num assunto bom e, ademais, prudente[42] justifica a suposição de que nas décadas anteriores à Guerra Civil, e particularmente no seu período humanista, Hobbes ocultou por motivos políticos suas verdadeiras opiniões e estava atento à manutenção da convenção teológica, até mais do que nos *Elements*. Esta suposição é reforçada por uma carta escrita em 1636 na qual ele diz:

> Eu ambiciono infinitamente ver aqueles livros do *Sabbaoth*, e concordo com você em que eles colocarão tais pensamentos nas cabeças do povo vulgar, assim como adicionarão pouco à sua boa vida. Pois, quando eles virem um dos dez mandamentos ser simplesmente *jus humanum* (como ele deve ser, se a Igreja pode alterá-lo), eles igualmente esperarão que os outros nove também o possam ser. Pois todos os homens até agora acreditaram que os dez mandamentos eram a lei moral, isto é, a eterna.[43]

Já nos *Elements* não há mais esta acomodação do Decálogo com a lei moral.

Em geral, pode-se dizer que a atitude original de Hobbes com relação à religião era idêntica à que Clarendon atribui ao marquês de Newcastle:

> Ele amou (...) a Igreja, enquanto constituída para a glória e segurança da Coroa; e a religião, enquanto mantivesse e estimulasse a ordem e obediência necessária a ambas, sem qualquer outra paixão pelas opiniões particulares que se desenvolviam nela e a diferenciavam em partidos, do mesmo modo que detestava tudo o que se inclinasse a perturbar a paz pública.[44]

▼

42. Cf. suas observações francas no *Leviathan*, cap. 38 (p. 244) e Conclusão (p. 390), na *Opera latina*, v. I, pp. XVI e XCIV, v. III, p. 560; *English Works*, v. IV, pp. 355 e 407.
43. *English Works*, v. VII, p. 454.
44. Citado de S. R. Gardiner, *History of England*, v. VIII, pp. 243 ss.

Hobbes escreveu os *Elements* a pedido de Newcastle, após haver informado sobre sua doutrina política a Newcastle em conversa particular[45]. E nós vimos que os *Elements* defendem uma orientação política eclesiástica muito mais conservadora que os escritos posteriores. O que se disse é verdadeiro apenas quanto à atitude de Hobbes em relação à religião positiva. Quanto à religião natural, é impossível que ele originalmente fosse tão descrente de sua possibilidade quanto veio a ser posteriormente. Mais tarde – para dizê-lo brandamente – ele considerou qualquer conhecimento natural de Deus, que é mais que o conhecimento da existência de uma Primeira Causa, completamente impossível. Por esta razão excluiu sistematicamente não apenas a teologia revelada, mas também a teologia natural da filosofia. A fim de ocultar a natureza perigosa deste ceticismo, para manter uma aparência de que ele atacou apenas a teologia escolástica e não a religião da própria Escritura, Hobbes travou sua batalha contra a teologia natural em nome da estrita crença nas Escrituras[46] e, ao mesmo tempo, solapa essa crença através de sua crítica histórica e filosófica da autoridade das Escrituras. Assim, um visível progresso em seu biblicismo seria uma indicação do progresso real em sua crítica da teologia natural e, desse modo, uma prova de que ele originalmente julgou a teologia natural mais favoravelmente do que mais tarde. Esse claro progresso de seu biblicismo pode ser estabelecido com relação a várias doutrinas importantes. De acordo com os *Elements*, a força da lei natural é baseada no conhecimento natural de Deus; de acordo com as introduções posteriores, ela se ba-

▼

45. *Elements*, dedic. esp.
46. Uma investigação mais profunda mostra que a crítica de Hobbes da tradição teológica, na medida em que se alega que ela se baseia na Escritura, foi decisivamente influenciada pelos socinianos. Leibniz reconheceu esta conexão (ver *Réflexions sur le livre de Hobbes*, § 2). Está aberta à dúvida a possibilidade de se extraírem conclusões do próprio desenvolvimento de Hobbes a partir do fato de que a parte mais conservadora da crítica de Hobbes é de origem sociniana. Mas pode-se notar que sua "Art of Sophistry", isto é, a última parte do resumo da *Rhetoric* (escrito por volta de 1635) é uma imitação do *Elenchi Sophistici... explicati, et exemplis Theologicis illustrati*, de Faustus Socimus (Racoviae, 1925). Por volta de 1635 Hobbes tinha boas relações com Falkland, que se dizia um sociniano.

seia na revelação⁴⁷. Os *Elements* e o *De cive* ainda defendem a doutrina da imortalidade da alma, enquanto o *Leviathan* substitui esta doutrina filosófica pela ressurreição do corpo em nome das Escrituras. Os *Elements* colocam em evidência as provas da existência de Deus mais enfaticamente e com mais detalhes que o *Leviathan*; se se compara a formulação desses dois trabalhos, positivamente começa-se a suspeitar de que no *Leviathan* o argumento não é seriamente levado em conta. O elo de conexão neste caso, como ocorre freqüentemente, está no *De cive*, em que Hobbes diz que sem revelação o ateísmo é quase inevitável⁴⁸. Desse modo, também nesse caso há sinais da tendência de Hobbes, à medida que progride sua crítica da religião, de substituir a teologia natural por uma pretensa teologia revelada. Podemos ainda lembrar que os argumentos tradicionais a favor da supremacia da monarquia, os quais são pelo menos mencionados nas apresentações iniciais, apóiam-se em suposições da teologia natural. Finalmente: nos *Elements* há uma observação opondo-se a hostilidade dos "sobrenaturalistas" à razão, para a qual não há praticamente nenhum paralelo nos trabalhos posteriores⁴⁹. Mais tarde Hobbes travou sua batalha expressamente contra a sobrenaturalidade, mesmo que apenas de modo ostensivo, em nome de e com as armas da sobrenaturalidade, enquanto sua base real era o materialismo. No início ele poderia combater a sobrenaturalidade abertamente, como sobrenaturalidade, porque seus argumentos estavam baseados na teologia natural e, portanto, em um ponto de vista que, mesmo no caso menos favorável, está incomparavelmente mais próximo da religião revelada que o materialismo. Mas Hobbes deve ter rompido relativamente cedo com a teologia natural. De qualquer modo, já em 1641 em sua corres-

▼

47. *Elements*, Parte I, cap. 17, § 12; *De cive*, cap. 3, art. 33; *Leviathan*, cap. 15, *in fine*.
48. "Habet hoc humanum genus, ab imbecillitatis propriae conscientia, et admiratione eventuum naturalium, ut plerique credant esse omnium rerum visibilium Opificem invisibilem Deum (...) Caeterum, ut eum recte colerent imperfectus usus rationis, et affectuum vehementia obstitere (...). Hominibus itaque sine speciali Dei auxilio, utrumque scopulum effugere Atheismum et superstitionem, pene erat impossibile." *De cive*, cap. 16, ad. 1. Cf. *Elements*, Parte I, cap. 11, § 2, e *Leviathan*, caps. 11 (p. 53) e 12 (p. 55).
49. *Elements*, Parte I, cap. 18, § 12. Cf. *De cive*, cap. 12, art. 6º.

pondência com Descartes ele defende as conclusões de seu materialismo com referência a Deus e à alma exatamente como fez mais tarde. O que admitimos é apenas que antes do desenvolvimento completo de seu materialismo[50] e particularmente durante seu período humanista, quando ainda não se libertara da autoridade de Aristóteles, Hobbes em princípio reconheceu a teologia natural.

▼

50. Numa carta ao conde de Newcastle, escrita em 1636, ele caracterizou o *De veritate*, de Herbert de Cherbury, como "um ponto alto". Ver Comissão Histórica de Manuscritos, *13th Report*, Apêndice, Parte II, p. 128.

CAPÍTULO 5

O MECANISMO SOCIAL NO ESTADO CIVIL*

Raymond Polin

O homem tem o privilégio do erro e do absurdo. Mas o cálculo racional que guia os indivíduos no estado de natureza, que é o estado de guerra, não é errôneo, não mais do que aquele que preconiza o estado civil, que é o estado de paz. As forças presentes permanecem idênticas quanto à sua grandeza e distribuição. São as condições que mudaram e os objetivos que foram definidos de maneira menos confusa.

O objetivo em si não poderia mudar, pois ele não depende de um cálculo racional, mas da orientação natural do movimento vital e do movimento animal que tendem, como todo movimento, a seguir o princípio de inércia e a perseverar no seu ser. Mas a própria idéia de conservação da vida deixa de ser entendida apenas como uma questão estritamente biológica cujo único agente possível e único responsável eficaz seja o indivíduo. O homem percebe que a idéia de conservação pode ser entendida na forma social da segurança[1]; ele imagina um estado de segurança em que cada um preserva muito mais seguramente sua vida participando da conservação da vida de outrem. O medo da morte gera

▼

* "Le mécanisme social dans l'état civil" (*in Politique et philosophie chez Thomas Hobbes.* Paris, Presses Universitaires de France, 1953, pp. 66-80). Tradução de Bento Prado Netto e Raquel Seixas de Almeida Prado.
1. *Leviathan*, cap. XIV, p. 117.

o cálculo pacífico como ele gerava o cálculo guerreiro. Mas novas paixões[2] propriamente humanas vêm dar à vida um sentido mais complexo: o desejo de viver suscita por enriquecimento o desejo de viver bem; a preocupação com a segurança no bem-estar implica o gosto pelo conforto, pelo lazer, por uma existência ilustrada pelas ciências e pelas artes[3]. No homem, a esperança de viver bem graças ao seu trabalho substitui a esperança de conservar sua vida defendendo-a pela violência[4]. A abundância de todos os bens propícios ao bem-estar dos homens depende unicamente de seu trabalho e de sua indústria[5]. Ao lado da força como violência aparece então um novo tipo de força, o trabalho; é a força que transforma as coisas e educa os outros homens em vista de objetivos racionalmente calculados em função dos desejos humanos.

Ora, a busca de um objetivo assim renovado pode efetuar-se em novas condições se um número suficientemente grande de indivíduos é sensível à experiência concreta, ou simplesmente conceitual, do estado de natureza: na guerra, em que a igualdade inicial dos combatentes torna-se perpétua, ninguém pode esperar atingir uma vida muito longa[6]. Basta ver, diz Hobbes, quanto é maravilhoso nas nações selvagens, pobres, horríveis da América, um homem valente que morre de velhice.

Os homens descobrem, então, que o bem de cada um coincide com o bem comum, como o instinto o ensina espontaneamente aos animais das espécies sociáveis[7]. Uma pesquisa racional das causas revela que o perigo vem justamente da igualdade existente entre as forças humanas e entre os direitos que cada um se atribui, conseqüentemente, sobre qualquer bem, até mesmo sobre o corpo ou a vida de outrem[8].

Eis por que, quando a razão calcula os meios de um estado civil em que reinaria a paz, isto é, a segurança, ela preconiza uma nova partilha

▼

2. *Leviathan*, cap. XIII, p. 116.
3. *Leviathan*, cap. XI, p. 86.
4. Karl Marx sublinhou a importância que tomava, na história da filosofia, o interesse de Hobbes pelo trabalho e por sua eficácia civilizadora (*Histoire des doctrines économiques*, trad. Molitor, v. II, p. 46).
5. *Leviathan*, cap. XXIV, p. 233.
6. *De cive*, cap. II, arts. 14 e 16.
7. *Elements of Law*, cap. XIX, art. 5º; observação retomada no *De cive*, cap. V, art. 5º.
8. *Elements of Law*, cap. XIV, art. 13. *Leviathan*, cap. XIII, p. 111.

de forças caracterizadas pela desigualdade. A transferência das forças dos indivíduos para o poder soberano não pode efetuar-se naturalmente, pois um homem não pode comunicar naturalmente sua força para um outro. Eis por que a transferência implica primeiramente uma renúncia, uma desistência[9]. Que, de um lado, cada um renuncie ao direito que ele tem sobre todas as coisas, isto é, renuncie ao livre uso de sua força, ao emprego da força segundo seu próprio cálculo, e até a seu direito de resistir[10]. Que, de outro lado, a massa das forças assim abandonadas seja concentrada e constitua um poder superior sem possível equivalência com a força de algum dos particulares[11]. A única condição que deve ser respeitada é que o número daqueles que assim formam uma liga defensiva seja tão grande que um pequeno acréscimo de força que viesse a favorecer eventuais inimigos não seja uma vantagem considerável o bastante para lhes dar, infalivelmente, a vitória[12].

Assim se constitui um *corpo político*, ou comunidade (ou *Commonwealth*), definido pela presença dessa força de um novo tipo, incomparavelmente mais poderosa do que qualquer outra força individual, orientada no sentido do bem público, *towards a more contented life*[13], e inteiramente submetida à autoridade de um homem ou de uma assembléia, o soberano. O *Commonwealth* é uma só e única pessoa, um homem artificial; a mecânica humana individual encontra-se transposta, graças à sua invenção, à escala social; o cálculo de seu uso teleológico cabe ao soberano. As forças presentes são desiguais: as mais consideráveis são concentradas e unidas nas mãos soberanas e só encontram diante delas

▼

9. *De cive*, cap. V, art. 11. G. Davy ("Sobre a política de Hobbes", *in La technique et les principes du droit public*, coletânea em honra de G. Scelles, 1949, p. 210) aproxima essa constituição da soberania por uma cadeia de desistências composta de estipulações e de promessas, em relação às quais o soberano, *tertium* beneficiado, não se compromete com a noção jurídica moderna de *estipulação por outrem*. O exemplo típico dessa estipulação é o seguro de vida. Mas, no contrato hobbesiano, os autênticos beneficiados são os contratantes, pois visam a seu próprio bem e não ao do soberano.
10. *Elements of Law*, cap. XV, art. 2º. *De cive*, cap. II, art. 3º. *Leviathan*, cap. XIV, p. 118.
11. *Elements of Law*, cap. XIX, art. 8º. *De cive*, cap. II, art. 3º. *Leviathan*, cap. XIV, p. 120.
12. *Elements of Law*, cap. XIX, art. 3º.
13. *Leviathan*, cap. XVII, p. 153.

uma poeira de forças individuais que, por bem ou por mal[14], são condenadas à submissão. Um novo equilíbrio se estabeleceu, o único, segundo Hobbes, que constitui e garante a paz. Os termos do problema mecânico mudaram, seus princípios permaneceram os mesmos.

Tentemos ver como Hobbes encara essa transferência de forças e essa modificação em sua repartição, antes de estudar os elementos do equilíbrio que dela resulta. Ele distingue três tipos de corpos políticos segundo estes se originem no domínio do pai sobre o filho, no poder do senhor sobre o escravo ou no consentimento que está na origem de um contrato.

O próprio Hobbes, sem dúvida, se perguntou se a formação de um corpo político podia ser em certos casos um fenômeno natural. Nos *Elements of Law* e até no *De cive*, ele conserva para certos corpos políticos o epíteto *naturais* do qual desiste no *Leviathan*, guardando no entanto as mesmas distinções entre os três tipos de domínio que analisa. Mas, desde 1640, o contexto mostrava que nenhuma formação de um corpo político é o resultado de um simples jogo de forças naturais[15].

Ele nunca admitiu que o domínio do pai sobre o filho seja fundamentado no fato de que o pai engendrou o filho e que ele o possui como possui o produto de seu trabalho[16]. Pois então, por que a criança pertenceria antes à mãe que ao pai, ou o inverso? De fato, a criança pertence àquele que a tiver em seu poder em primeiro lugar. E a obrigação e promessa tácitas de obediência representam a contrapartida dos cuidados dispensados às crianças para conservar sua vida e assegurar sua educação. O *Leviathan* não hesita em definir essa troca de serviços como um verdadeiro *contrato*[17].

▼

14. *Leviathan*, cap. XVIII, p. 159.
15. É interessante ver Pascal renunciar, após Hobbes, à idéia de lei natural e evocar, à maneira hobbesiana, a origem das sociedades. Mas ele acentua a tal ponto o pessimismo, na descrição dos homens, que desemboca no ceticismo, na descrição das autoridades humanas (cf. edição Brunschvicg, seção V, e, especialmente, o fragmento 304). É compreensível que Hobbes só escape de conclusões do gênero (ele, cujo conservadorismo não podia se apoiar nem no respeito aos costumes, nem no temor de um Deus organizador das cidades), graças ao vigor prático de seu racionalismo.
16. *Elements of Law*, 2ª parte, cap. IV, arts. 3º ss. *De cive*, cap. IX, arts. 1º ss.
17. *Leviathan*, cap. XX, p. 186.

Assim constitui-se um corpo político, a família, em que reina um domínio absoluto e que pouco a pouco pode aumentar até formar um reino patrimonial. No Estado de natureza em que as relações de força são, no entanto, as mesmas, o domínio paterno não se institui; ele só aparece quando essas relações de força são reconhecidas e preservadas em virtude de um contrato e com um propósito pacífico.

Da mesma forma, a relação entre o senhor e o escravo não se reduz a uma dominação adquirida graças à força e ao poder naturais. A melhor prova é que não se pode estabelecer com animais uma relação desse tipo[18]. O escravo é aquele que, por medo e para evitar a morte, reconhece o direito de domínio que o vencedor tem sobre ele e sobre os bens que possuía antes. Reciprocamente, e em troca da vida que ele lhe preserva e da confiança que lhe tem, o senhor espera uma obediência absoluta[19]. A tal ponto que Hobbes brinca com as palavras perguntando-se se o termo inglês *servant* não viria de *servare*, conservar, em vez de *servire*, servir[20]. Não é a vitória – isto é, o jogo de forças – que obriga, mas o fato de submeter-se a fim de conservar sua vida, em virtude de um pacto recíproco e de uma troca de direitos entre o mestre e o escravo. Então, trata-se mesmo de um contrato[21]. Assim nasce um pequeno corpo político, composto de um soberano e de um súdito. Quando o senhor possui uma quantidade tão grande de escravos que ele não pode ser atacado pelos seus vizinhos sem que estes corram um grande risco, esse corpo político torna-se um reino despótico.

Hegel retomará a análise da relação entre mestre e escravo e nesta verá a origem das sociedades humanas e o ponto de passagem necessário de sua história. Com efeito, das três maneiras possíveis de domínio distinguidas por Hobbes, esta é aquela em que aparecem com maior clareza tanto as forças naturais em luta marcadas pelo selo do risco de vida quanto a mediação que humaniza a luta e faz dela a origem de uma dia-

▼

18. *Elements of Law*, 2ª parte, cap. III, art. 9º. *De cive*, cap. IX, arts. 1º ss.
19. *Elements of Law*, 2ª parte, cap. III, arts. 2º ss.
20. Durante muito tempo ligou-se *servus* e *servare* a uma mesma origem, significando guardar, proteger. Mas M. Benvéniste demonstrou (*Revue des Études Latines*, 1932, p. 429) que *servus* ou *servire* vêm do etrusco e não têm nenhuma relação com *servare*.
21. *Leviathan*, cap. XX, p. 189. *De cive*, cap. VIII, arts. 1º ss.

lética. Hobbes, ao contrário, menos preocupado com a filosofia da história do que com a teoria política, procura as condições de paz e imobiliza as sociedades despóticas na desigualdade que as garante. Ele não pressente os futuros recursos da posição histórica do escravo e procura a origem principal das sociedades no contrato que constitui por inteiro a desigualdade salvadora a partir de uma igualdade inicial necessária ao cálculo racional dos contratantes.

Assim, os dois tipos de dominação "natural" ou, como diz o *Leviathan*, de dominação *através de aquisição* não passam de tipos acessórios. Mesmo no que lhe diz respeito, o poder é adquirido pela força, mas apenas se os futuros "súditos" reconhecerem e autorizarem, de uma vez por todas, por medo da morte, todos os atos daquele que tem sob seu poder suas vidas e sua liberdade[22]. É pela arte que esse grande *Leviathan* que chamamos sociedade se encontra *criado*[23] e instituído o terceiro tipo de dominação, a única que mereça o título de *política*. Hobbes insiste em sua idéia de arte e de artifício, que o verbo *criar* ainda ressalta, e que é inteiramente contida nesse discurso racional, nesse cálculo teleológico, que é o contrato, *the covenant*, fonte do *Commonwealth by institution* e princípio de paz e segurança. O contrato interrompe o mecanismo natural simplesmente causal e o substitui por um mecanismo social artificial em que as forças naturais se recompõem em forças novas convergindo na direção de novos corpos e se distribuem segundo um plano teleológico, como por uma espécie de sobredeterminação que se superpõe às determinações simplesmente causais da natureza.

No mesmo instante, as noções naturais de força e de poder se encontram transpostas em noções civis, na forma de direitos ou de liberdades, de autoridade ou de soberania. O equilíbrio do *Commonwealth* permanece fundado sobre forças, mas é em termos de direito que o descrevem. Não se trata de dizer que a força sobrepõe-se ao direito. Ela o constitui. *Covenants without swords are but words*. Pacto sem espada afiada não passa de conversa fiada.

Os *Elements of Law* determinavam nitidamente que a instituição de um corpo político apóia-se no consentimento unânime dos contra-

▼

22. *Leviathan*, cap. XX, p. 185.
23. *Leviathan*, Introdução. *De cive*, cap. V, art. 12. *Leviathan*, cap. XVIII, pp. 159 ss.

tantes em aceitar, de uma vez por todas, que a vontade da maioria dentre eles, ou que a vontade da maioria de um conselho escolhido por eles, ou enfim que a vontade de uma única pessoa seja considerada a vontade de todos em geral[24]. Assim, a democracia é necessariamente a primeira forma de governo, em ordem cronológica, nem que seja em virtude da necessidade de se chegar a um acordo sobre a escolha dos membros do soberano ao se fundar uma aristocracia ou uma monarquia[25]. Esse governo majoritário fundamentado em uma decisão unânime já é todo o esquema de *Le contrat social*[26].

Mas Hobbes apressa-se em constatar que na verdade a democracia não é um governo viável; de um lado, ela logo se torna uma "aristocracia" ou até uma "monarquia" de oradores que dispõem da realidade do poder; de outro, os cidadãos, cansando-se progressivamente – *growing weary* – de sua participação no governo da cidade, o corpo político se erige efetivamente em aristocracia ou monarquia, segundo a pluralidade dos votos[27].

O *De cive* repete que o governo democrático em que o povo é soberano e que se regula pela vontade da maioria é a fonte de todas as outras formas de governo[28]. Mas Hobbes, abandonando o ponto de vista simplesmente descritivo adotado nos *Elements of Law*, começa, a partir de 1642, a crítica da democracia e o panegírico da monarquia aos quais ele dedica o capítulo XIX do *Leviathan*[29]. Ele se esforçará, em 1651, em levar essas constatações e esses louvores ao rigor de uma demonstração. Ele nomeará a monarquia em primeiro lugar e só estudará os outros regimes em relação a esta, pois ele quer mostrar de uma vez por todas que o desequilíbrio de forças que mais provavelmente assegura a realização dos objetivos de um *Commonwealth* – paz, segurança e bem-estar do povo – tem lugar quando a soberania está concentrada num único indivíduo.

▼

24. *Elements of Law*, 2ª parte, cap. I, art. 3º.
25. *Elements of Law*, 2ª parte, cap. II, art. 1º.
26. J.-J. Rousseau, *Le contrat social*, livro I, cap. VI.
27. *Elements of Law*, 2ª parte, cap. II, art. 6º.
28. *De cive*, Prefácio, pp. 152 ss. O. L., t. II, p. 152, cap. VII, art. 5º, e cap. X.
29. *Leviathan*, cap. XIX, pp. 171 ss.

De toda forma, qualquer que seja o regime estabelecido na sociedade civil a soberania consiste em um poder comum formado pela soma das forças e dos poderes dos quais cada um se despojou pelo contrato social para todos viverem em paz e segurança[30]. Por definição, o poder soberano é desprovido de limites. Os cidadãos estabelecem um contrato entre eles, numa renúncia recíproca aos direitos que detinham por sua força natural. Mas o soberano recebe a totalidade das forças assim abandonadas sem comprometer-se com ninguém. Ele não estabelece contrato com nenhum dos cidadãos em particular, e tampouco com o conjunto dos cidadãos vistos na sua totalidade. Ele não recebe deles nenhuma missão[31]. Quer a soberania seja de origem institucional, patrimonial ou despótica, os direitos do soberano são os mesmos: são absolutos[32]. Em toda sociedade civil, há um certo homem ou um grupo de homens que tem sobre os particulares um poder tão grande quanto aquele que cada um possui no estado de natureza sobre si mesmo. Pois, se esse poder fosse limitado, ele o seria por outro, mais poderoso ainda, e este por outro, limitado por outro ainda... Se bem que o último desses poderes seria justamente supremo e absoluto: seria o poder soberano igual à totalidade das forças possuídas por todos os cidadãos considerados em conjunto[33].

O soberano está acima das leis, já que ele as estabelece e não é por elas limitado, pois ele pode livrar-se delas graças a outras leis[34]. O soberano está acima da justiça, já que é ele que define o que é justo e o

▼

30. *Elements of Law*, cap. XIX, art. 10.
31. Só há, então, um contrato em Hobbes, enquanto Locke distinguirá dois: um, entre os cidadãos, estabelece a sociedade civil; o outro, entre o conjunto dos cidadãos e o soberano, encarrega-o de uma missão, concedendo-lhe um *trust* [ver nota sobre *trust* no texto de Peter Laslett, nesta coletânea (N. das Orgs.)], e dá-lhe, por um abandono limitado dos direitos dos indivíduos, o meio de cumpri-lo (*Second Treatise of Civil Government*, arts. 87, 89, 123, 135). Rousseau voltará ao contrato único, à maneira de Hobbes, mas o governo não será mais que um agente de execução do soberano, que permanece o povo (*Le contrat social*, livro III, cap. 1). Disto resulta que Hobbes não concebe outra sociedade civil que não seja o Estado, enquanto o Estado é distinto da sociedade civil em Locke e também em Rousseau.
32. *Leviathan*, cap. XX, p. 195.
33. *De cive*, cap. VI, art. 18.
34. *De cive*, cap. VI, art. 14. *Leviathan*, cap. XVIII, p. 162.

que é injusto; tudo o que ele pronuncia e executa é justo a partir do momento em que seus atos são soberanos. Quem, aliás, poderia acusar o soberano de injustiça, já que em virtude da instituição do *Commonwealth* cada um é autor de todos os atos do soberano? Ele dispõe então de um poder arbitrário e não se encontra controlado por nenhum juramento, por nenhum contrato, nem mesmo pelo contrato social que liga os súditos entre eles e ao soberano, mas não o soberano aos seus súditos, pois ele não estabeleceu nenhum contrato com eles[35]. Sua dominação não pode ser legitimamente revogada, nem mesmo por aqueles que a instituíram. Tudo o que empalidece seu poder, em particular, tudo o que divide seus poderes, é contrário à integridade e à conservação da sociedade civil. Muito sensível à prática inglesa, da qual Locke fará mais tarde a teoria[36], Hobbes formula a doutrina da separação dos poderes, mas para refutá-la radicalmente: nesses regimes mistos em que se encontram separados o poder legislativo, o poder executivo e a administração das leis, ou esta divisão é teórica e ineficaz, ou então ela desencadeia a guerra; não são Estados, mas, como já o notava Bodin, contrafações de Estado[37]. Dividir esse poder é o mesmo que dissolvê-lo. A Trindade só tem sentido no Reino de Deus. Entre os homens ela levou

▼

35. *Leviathan*, cap. XVIII, p. 161.
36. J. Locke (*Second Treatise of Civil Government*, §§ 131 e 143 até 148) admite que, no estado de natureza, cada homem dispõe de dois poderes: o poder de tudo fazer para assegurar sua própria conservação e o poder de punir os crimes cometidos contra a lei da natureza. No estado civil, cada homem abandonou seus poderes em proveito do soberano: eles se tornaram o poder executivo e o poder judiciário do Estado, que encontra no terceiro poder, o poder legislativo, o meio de exercer sua função fundamental.
37. *Elements of Law*, 2ª parte, cap. I, art. 15, e cap. VIII, art. 7º. Cf. Jean Bodin, *République*, liv. II, cap. I.
    Ao atacar Filmer, doutrinário de uma monarquia de direito divino, mas discípulo de Hobbes em tudo o que trata da teoria do poder absoluto do soberano, Locke faz sentir o peso de sua crítica sobre este último: a soberania absoluta é, a seu ver, incompatível com a sociedade civil. Com efeito, o príncipe absoluto não pode apelar para a autoridade de ninguém, a respeito das desavenças que ocorrem entre ele e seus súditos: ele está então, em relação a eles, no estado de natureza (*Of Civil Government*, § 90). A relação entre o senhor e os escravos que então se estabelece expõe estes últimos a todas as desvantagens e misérias de uma vida sem segurança. É o estado de natureza que recomeça (§ 93).

à incoerência, e o *De cive* e mais tarde o *Leviathan* se contentarão em apontar a separação dos poderes soberanos como uma das opiniões perniciosas e sediciosas[38], emitidas mais freqüentemente por juristas ambiciosos. Não é então a esse nível que Hobbes vai imaginar a presença de um equilíbrio entre as forças sociais: no nível do soberano ele só quer ver uma força única e onipotente.

O soberano é então livre no sentido em que cada um o era no estado de natureza. Mas o absolutismo exigido por Hobbes propiciou más interpretações. Esquece-se, freqüentemente, de que ele próprio se considerou um homem entre os homens, de número quase infinito, do bem-estar dos quais Deus encarregou os reis: *for God made Kings for the people, and not people for Kings*[39].

Deve-se, então, compreender a palavra liberdade no sentido em que Hobbes exige que se a entenda. O soberano é livre porque ele não encontra nenhum limite, nenhum obstáculo *exterior* a si mesmo no exercício de seu próprio poder. Mas o soberano, que é a alma do corpo político, é por excelência dotado de palavra e capaz de cálculos teleológicos, enfim, capaz de razão. É por isso que a soberania não é o poder de fazer não importa o quê.

À medida que ele envelhece e que sua experiência aumenta, Hobbes preocupa-se mais e mais em separar tudo o que poderia limitar o poder soberano ou servir de pretexto para limitá-lo. Os *Elements of Law* mantêm uma lei acima do soberano, o *salus populi*, que implica tanto o bem-estar do povo e sua prosperidade quanto a conservação de sua vida[40]. E Hobbes, conseqüentemente, atribui ao soberano um certo número de *deveres* (*duties*) como conformes à lei da natureza: o soberano *deve* estabelecer a melhor religião, *deve* deixar aos cidadãos toda a liberdade compatível com a ordem pública; *deve* definir a propriedade e repartir os impostos proporcionalmente à riqueza.

O *De cive* intitula ainda outro capítulo, o décimo terceiro, *Dos deveres dos soberanos*, e esses deveres são resumidos em uma só máxima:

▼

38. *De cive*, cap. XII, art. 5º. *Leviathan*, cap. XXIX, pp. 313 e 318.
39. "Dialogue Between a Philosopher and a Student of Common Law", *E. W.*, t. VI, p. 13.
40. *Elements of Law*, 2ª parte, cap. IX, art. 1º ss.

"que o bem do povo seja a lei suprema"[41]. Mas essas regras, em vez de serem expressas na forma de deveres, como nos *Elements of Law*, revestem-se antes da forma de cálculos teleológicos ligados à hipótese da procura desse bem-estar: se se quer defender contra os inimigos de fora, convém manter exércitos; se se quer manter a paz interna, convém evitar as extorsões e fazer todos os súditos suportarem cargas iguais. No caráter racional desses cálculos, Hobbes começa a perceber em 1648 a mais válida das garantias contra os eventuais excessos do soberano absoluto[42]. Não seria razoável para este não procurar o bem-estar de seu povo, que se confunde com o seu próprio bem-estar. Que objetivo razoável teria ele, por exemplo, ao arruinar seus súditos, já que sua política se voltaria, no final das contas, contra ele e pioraria sua própria condição?

O *Leviathan* abandona freqüentemente a palavra dever (*duty*) e fala de função (*office*), das funções do soberano que consistem em garantir a segurança do povo (*the safety of the people*), isto é, seu bem-estar e sua satisfação (*all the contentments of life*)[43]. Mas Hobbes não deixa de considerar que isto é uma obrigação imposta pela lei da natureza, isto é, pela teleologia racional. Pois, se a soberania absoluta não tem limites fundamentados na justiça, ela tem uma regra que é a de decidir em função de cálculos racionais: seu princípio é o de optar por aquilo que é útil ao bem do povo. Por que um soberano não seria razoável, isto é, por que, assim como o indivíduo no estado de natureza, não procuraria ele o seu próprio bem, que é idêntico ao bem do *Commonwealth*? *The good of the Sovereign and people cannot be separated*[44]. Não obstante, Hobbes aconselha ao soberano sempre expor em algumas palavras as causas e os motivos das leis que ele edita para apoiar no seu caráter racional a obediência que elas impõem[45].

▼

41. *De cive*, cap. XIII, arts. 2º ss.
42. *De cive*, cap. VI, art. 13, observação de 1646.
43. *Leviathan*, cap. XXX, pp. 322 ss.
44. *Leviathan*, cap. XXX, p. 336: "O bem do soberano e do povo não pode ser separado."
45. As idéias de Hobbes estão aqui manifestamente de acordo com as doutrinas que animam a monarquia francesa, na época em que ele, durante sua estada na França, conhece a monarquia absoluta. O cardeal Richelieu, no seu *Testament politique* (ed. André, pp. 325 ss.), recomendava ao soberano ser tão razoável quanto absoluto. "Se

Vemos então que o poder soberano não é uma força nua e natural, mas uma força civilizada e compreendida, não pelas luzes da razão, mas por cálculos práticos e razoáveis de uma humanidade à procura da paz, da segurança e do bem-estar. A mecânica social institui-se o menos possível no nível das forças físicas, o mais possível no nível das paixões, e o menos possível no nível das paixões animais, o mais possível no nível das paixões razoáveis excitadas do exterior pelas obras da razão e do interior por seus cálculos.

Podemos até nos perguntar se o equilíbrio social, em uma sociedade bem civilizada (*policée*), não reside integralmente no interior do próprio soberano e no governo de suas próprias razões e de suas próprias paixões. Pois, diante dele, seus súditos não compõem forças apreciáveis[46] capazes de proporcionar equilíbrio. Eles só têm força em conjunto; é a força mesma do soberano. Por mais dura que seja a condição dos súditos, ela é sempre mais doce que o seria no estado de natureza ou nos horrores da guerra civil; tal é o estado do homem, inseparável da pena e da miséria, já que os homens não sabem governar-se cada um por si mesmo[47].

Todo uso autônomo da força é proibido aos súditos; no estado civil eles não são nem os juízes nem os instrumentos de sua própria defesa, nem mesmo contra o soberano, fosse este tirânico. A rebelião, a revolta são por definição um crime contra o direito do soberano e contra o bem comum, que se confundem[48]. A sedição é a doença ou o vício do corpo social. Não há justificativa possível: não há rebelião legítima nem em nome da religião, nem em nome da consciência, nem em nome da justiça. A ameaça da revolta, a presença virtual de forças rebeldes não devem então contar no cálculo do equilíbrio político.

Os súditos não têm outro poder senão o de usar sua liberdade. Mas a liberdade civil já não tem nada em comum com a liberdade do estado

▼

o homem é soberanamente razoável, deve fazer soberanamente reinar a razão." Richelieu antecipa muito exatamente os conselhos de Hobbes ao escrever: "A autoridade força à obediência, mas a razão convence... Ganha-se assim insensivelmente a vontade dos homens."
46. *Leviathan*, cap. XVIII, p. 169.
47. *De cive*, cap. VI, art. 13, observação. *Leviathan*, cap. XVIII, p. 170.
48. *Elements of Law*, 2ª parte, cap. VIII. *De cive*, cap. XII. *Leviathan*, cap. XXIX; cf., *infra*, cap. X.

de natureza[49], que é a liberdade de lutar para sobreviver. Ela consiste em agir voluntariamente, livremente, conforme as leis estabelecidas no quadro de todo poderio do soberano. Só onde a lei se cala os súditos reencontram sua maior liberdade. A verdadeira e proveitosa liberdade não é, aliás, a liberdade dos indivíduos, mas a do *Commonwealth*, que se confunde com a do soberano. A liberdade do *Commonwealth*, assegurando sua segurança e seu bem-estar, realiza os objetivos que os indivíduos absolutamente livres do estado de natureza procuravam em vão realizar. Basta então que o soberano seja livre para que cada cidadão também o seja[50].

As relações entre as nações têm lugar nesse mecanismo universal? O pensamento hobbesiano é suficientemente sistemático para responder a essa pergunta. Mas é espantoso constatar o extremo desinteresse de Hobbes pela política internacional. Será porque, na Inglaterra de seu tempo, os problemas da política externa foram freqüentemente absorvidos pelos da política interna? Não seria ele mais capaz que os homens de seu tempo de atingir a idéia de um regime civil entre as nações? Ou então estima ele que não há, e não pode haver, relações civis entre as nações, mas que elas são entre si como os indivíduos no estado de natureza? A lei das nações, vulgarmente chamada direito das nações, é, com efeito, idêntica à lei da natureza[51], e cada soberano, para garantir a segurança de seu próprio Estado, encontra-se numa situação de absoluta liberdade em relação aos outros e toma os mesmos direitos que todo indivíduo garantindo sua segurança no estado de natureza. Ele também

▼

49. *Leviathan*, cap. XXV, pp. 199 ss.
50. Hegel fará mais tarde dessa identificação da liberdade do Estado com a liberdade dos cidadãos o princípio da síntese do indivíduo e do universal: "O Estado é a realidade atuante da liberdade concreta; ora, a liberdade concreta consiste em que a individualidade pessoal e seus interesses particulares recebem seu completo desenvolvimento e o reconhecimento de seus direitos (...) O princípio dos Estados modernos tem esse poder e essa profundidade extraordinários de permitir ao princípio da subjetividade realizar-se perfeitamente até o ponto extremo e autônomo da particularidade pessoal, de trazê-lo ao mesmo tempo até a unidade substancial, e, assim, de conservar essa unidade substancial nela mesma." (*Filosofia do direito*, § 260.) Só há liberdade humana no Estado e pelo Estado.
51. *Elements of Law*, 2ª parte, cap. X, art. 10. *De cive,* cap. XIV, art. 4º, e sobretudo *Leviathan*, cap. XXX, p. 342.

não tem outro juiz que não sua própria consciência, nem outra virtude além da violência e da esperteza.

As relações internacionais oferecem mesmo a Hobbes o único exemplo histórico do estado de natureza que ele possa propor: desde sempre os soberanos se encontram como gladiadores, entre contínuas suspeitas e invejas recíprocas; o olho vivo, a arma pronta, fonte de sua esperança, sempre preocupados em se armar fortemente e diminuir o poder de seus vizinhos, eles estão em situação de guerra[52]. A única diferença com o estado de natureza é que o estado de guerra e de liberdade entre as nações não é acompanhado por toda a miséria que resulta da guerra de cada um contra cada um.

Nesse campo Hobbes se encontraria então, sem dúvida, de pleno acordo com Maquiavel e com Spinoza, pois o objetivo, como o queria Maquiavel, não é mais a paz e sim o poder[53]. Partindo do princípio de que duas nações são uma para a outra como dois homens no estado de natureza, conseqüentemente naturalmente inimigas, Spinoza conclui que a salvação do Estado é a lei suprema: cada nação tem o direito absoluto de romper um acordo, um tratado, tão logo as razões para temer o que lhes havia feito concluí-lo desaparecerem[54]. Nenhum acordo prevalece sobre o bem comum. Todo espaço é dado ao livre mecanismo das forças presentes. Hobbes não tinha nenhuma razão para chegar a outra conclusão.

Todo o tempo em que ele trata de fenômenos naturais, o mecanismo hobbesiano descreve-os sob a forma de equilíbrio de movimentos, de forças de *conatus*, que obedecem ao princípio de igualdade da ação e da reação. O indivíduo teleológico humano permanece ainda integralmente submetido a esse monismo do movimento. Em compensação, a partir do momento em que Hobbes considera o homem dotado de palavra e de capacidade de previdência, capaz de utilizar as cadeias das causas e dos efeitos graças a cálculos teleológicos, os equilíbrios mecânicos que ele descreve sofrem uma verdadeira mutação. No nível do

---

52. *Leviathan*, cap. XIII, p. 115. *De cive*, cap. XIII, arts. 7º e 8º.
53. Spinoza, *Tractatus politicus*, cap. V, art. 7º, cf. Hobbes, *Behemoth, E. W.*, t. VI, p. 115.
54. Spinoza, *Tractatus politicus*, cap. III, arts. 11 e 14.

estado de natureza, diríamos, em termos modernos, que o equilíbrio toma um aspecto estatístico. No nível do estado civil e no quadro de um só *Commonwealth*, o princípio da igualdade da ação e da reação não sendo mais respeitado, não é mais o equilíbrio mecânico que reina, e sim o desequilíbrio, a totalidade das forças do povo encontrando-se concentradas nas mãos de um único soberano, sem nenhuma contrapartida possível ou imaginável.

Hobbes não procura, com efeito, como Maquiavel antes dele, as regras técnicas que permitem conquistar e depois conservar o poder. Ele se preocupa, acima de tudo, em colocar a ciência política a serviço da paz, da segurança e do bem-estar. É um conservador. E ele não encontrou salvaguarda mais eficaz que a de reunir todos os poderes em um só soberano. O equilíbrio de uma balança de pratos igualmente carregados não é iminentemente instável? A menor sobrecarga de um lado ou de outro não é capaz de rompê-lo? Se, ao contrário, toda a carga é concentrada em um só lado, se o outro lado está vazio, os braços da balança ficam imobilizados de uma maneira muito estável, numa posição que pode ser facilmente conservada. O soberano – não tem ele legitimamente todos os direitos? – vai definir essa posição como a própria imagem da justiça.

O plano é, sem dúvida alguma, rudimentar; é certamente o mais eficaz. E, talvez, o único eficaz se se pensar que, ainda hoje, a hegemonia de uma grande potência é sempre procurada como o melhor e o mais prático meio de pôr fim ao estado de natureza que rege as relações internacionais, e como a mais segura garantia da paz universal.

Isso quer dizer que Hobbes sacrificou o mecanismo por causa de exigências práticas? De modo algum. Se o equilíbrio é rompido na escala do *Commonwealth*, ele o é conforme às leis do mecanismo. Esse desequilíbrio mecânico é, aliás, inserido e compreendido entre dois equilíbrios, um no nível do indivíduo soberano, outro no nível das relações internacionais. De um lado, a decisão e os atos do soberano, que resume em sua pessoa a totalidade das vontades dos cidadãos, resultam, com efeito, da composição mecanicista e necessária das forças que o movem após terem sido racionalmente retomadas ou teleologicamente orientadas. De outro lado, no nível da política entre as nações, o poder de uma nação opõe-se ao poder das outras, como a força do indivíduo opõe-se à de outrem, no estado de natureza. Nós reencontramos, em outras palavras, o equilíbrio estatístico da guerra de todos contra todos.

Mas pareceu-nos que Hobbes acredita possível a transposição do mecanismo natural puramente causal em uma ordem teleológica artificial ligada a uma escolha de valores, paz, segurança, bem-estar. Sua política poderia parecer fundada na absorção da moral na política, a justiça aparecendo a cada estágio como a superestrutura de uma realidade política fundamental. É assim que ela se manifesta; não é isso que a fundamenta. Para Hobbes a justiça não se reduz à aparência da distribuição dos poderes: ela é a expressão de uma decisão razoável do poder soberano razoável, isto é, conforme a estrutura mecanicista do mundo visto e organizado em relação ao corpo político e conseqüentemente, em última análise, em relação ao homem.

O mecanismo da natureza não é um mecanismo cego, indefinidamente inacessível aos esforços humanos; o homem pode impor-lhe uma significação, pois pode utilizá-lo em vista de seus objetivos. O desenrolar das causas e dos efeitos no mundo talvez não tenha sentido; em todo caso, no campo em que suas forças atingem o homem, este pode razoavelmente construir-lhe um.

CAPÍTULO 6

O INDIVÍDUO E O ESTADO*

Raymond Polin

Tudo se passa como se o que assegura a formação do indivíduo exercesse, ao mesmo tempo, sobre ele, uma ameaça não menos eficazmente destruidora, como se a afirmação do indivíduo fosse acompanhada de sua negação. Hobbes constata nos fatos tanto uma ameaça quanto outra. Essas duas constatações opostas são correlativas, mas elas podem desenvolver-se de maneira concomitante sem nenhum absurdo; com efeito, mesmo quando a política hobbesiana desemboca em conclusões antiindividualistas, ela permanece significativa somente em relação ao indivíduo, que continua o ponto de referência de todos os seus cálculos. A sociedade civil se desenvolve para o indivíduo, ela se desenvolve contra o indivíduo, mas sempre em relação a ele.

Por isso, não é paradoxal constatar que essa dialética do indivíduo – por mais anacrônica que seja a palavra, por mais inadaptada que o seja às intenções de Hobbes, ela se aplica perfeitamente aos fatos por ele descritos – encontra sua síntese no Estado mais estrita-

▼

* "L'individu et l'État" (*in Politique et philosophie chez Thomas Hobbes*. Paris, Presses Universitaires de France, 1953, pp. 123-8). Tradução de Bento Prado Netto e Raquel Seixas de Almeida Prado.

mente organizado pelo soberano mais absoluto, pois é aí que o indivíduo conhece sua mais completa realização[1].

Não é o indivíduo enquanto tal, muito pessoalmente, o fundador originário desse Estado? O contrato social é um pacto de cada um com cada um. *Every man by covenant obliges himself* (...)[2] "Cada homem diz a cada homem: eu entrego meu direito de me governar a mim mesmo a tal homem ou a tal assembléia (...) com a condição de que você lhe entregue seu direito."[3] Cada um testemunha individualmente que se obriga a não resistir à vontade do soberano; ele cedeu-lhe seu poder e seus bens em virtude de um cálculo racional[4]: ao aceitar o contrato, ao renunciar por um ato arbitrário, isto é, não natural, ao exercício natural das forças naturais, cada homem cumpriu seu primeiro ato de indivíduo humano autêntico, ele se fez propriamente homem. O Estado não existiria sem essa decisão individual fundamental: ele é a emanação e a obra dos indivíduos.

Não é demasiado insistir em que o Estado vive em um indivíduo, o soberano. O soberano é um indivíduo único, pois não participou do contrato e não é por este comprometido[5]. E ele chega, aos olhos de Hobbes, a seu ponto de perfeição quando o soberano é uma pessoa humana individual, como nas monarquias[6]. Ele tem, no Estado, um

▼

1. Dadas condições iguais em todo o resto, poderíamos constatar que em Karl Marx o indivíduo forma-se segundo uma dialética comparável. Marx critica em primeiro lugar o indivíduo, quer seja o indivíduo puro à maneira de Stirner, quer seja o indivíduo acidental, tal qual o produzem diversas alienações numa dada situação histórica (*Deutsche Ideologie*, edição integral, 1, 5, pp. 270 ss.). O indivíduo acidental é absorvido pela classe à qual ele pertence e submetido a condições de vida casuais, sufocado por elas (*ibid.*, p. 416). Mas é justamente porque expressa a condição de vida de sua classe que o indivíduo acidental cumpre uma ação historicamente eficaz. Seu trabalho cria novas condições de vida. Na comunidade dos proletários revolucionários forma-se uma sociedade sem classes, em que a união dos indivíduos pessoais submete os indivíduos às condições de existência às quais eles eram até então submetidos; nessas condições de vida formam-se indivíduos autênticos capazes de desenvolvimento em todas as direções, numa palavra, completa e plenamente humanos.
2. *Elements of Law*, cap. XIX, art. 7º.
3. *Leviathan*, cap. XVII, p. 158.
4. *De cive*, cap. V, art. 7º.
5. *Leviathan*, cap. XVIII, pp. 161 ss.
6. *De cive*, cap. VII, art. 13, e cap. XII, art. 3º.

poder tão grande e tão justo quanto o que cada um possui, fora da sociedade, sobre sua própria pessoa, uma autoridade soberana e absoluta, que dita as leis mas a elas não se submete[7]. O soberano possui o poder mais alto que os homens possam razoavelmente conferir e receber. Ele é desprovido de obrigação para com quem ou o que quer que seja de exterior a ele mesmo: o próprio *salus populi* não é nada mais que sua própria salvação. O bem do soberano e o bem do povo não podem ser distinguidos. É o soberano fraco que tem súditos fracos; e o povo é fraco quando o soberano não tem força suficiente para governá-lo segundo a sua vontade[8].

Disseram, por vezes, que o soberano é, no Estado, como a cabeça no corpo. Hobbes prefere dizer que ele é como a alma no corpo, pois a alma é a faculdade de querer e de recusar[9]. É a metáfora que será freqüentemente retomada no *Leviathan* para sublinhar a unidade indissolúvel do soberano e do Estado. O soberano forma a alma artificial que dá vida e movimento ao corpo inteiro e por quem o povo quer e decide[10]. Ele constitui a pessoa que representa o Estado e é idêntico a este[11]. O Estado inteiro é compreendido na pessoa do rei[12]. Ele é o indivíduo soberano que governa, mas ele é também o povo na sua totalidade. Ele realiza na sua pessoa a unidade do social e do individual.

O soberano absoluto realiza duplamente o indivíduo perfeito: de um lado, ele representa o homem privado, plenamente livre e dono de si mesmo, tão poderoso quanto seja razoavelmente possível concebê-lo, e gozando proporcionalmente da permanência na segurança. De outro lado, forma uma pessoa pública acabada, reunindo em sua unidade a totalidade do Estado. Ele é a síntese e a unidade, em uma só pessoa, da pessoa particular e da pessoa pública.

O cidadão do Estado perfeito reencontra na pessoa e na obra do soberano a realidade efetiva e o cumprimento de sua individualidade

▼

7. *De cive*, cap. VI, arts. 13 e 18.
8. *Leviathan*, cap. XXX, p. 335.
9. *De cive*, cap. VI, art. 19.
10. *Leviathan*, Introd., p. IX, e cap. XXIX, p. 321.
11. *De cive*, cap.V, art. 9º. *Leviathan*, cap. XVII, p. 158.
12. *De cive*, cap.VI, art. 13, nota.

particular. Eu autorizo todos os atos do soberano, declarava ele ao contratar o pacto social, o que significava: eu aceito, de uma vez por todas, e sem condições, ser considerado o autor autêntico de todos os atos realizados pelo soberano[13]. E o cidadão o é, com efeito. Desde então, cada cidadão julga pelo julgamento do soberano, e seus cálculos, suas previsões do futuro, são razoáveis se estiverem de acordo com os do soberano. Com efeito, a arte de constituir um Estado e de mantê-lo na prosperidade comporta regras que somente a razão define: o soberano, confundindo-se com o Estado e calculando seu interesse, só pode emitir julgamentos e decisões razoáveis[14]. Igualmente, cada cidadão quer efetivamente através da vontade do soberano; sua liberdade não é incompatível com o poder sem limites do soberano, pois ela consiste exatamente na liberdade do soberano; cada cidadão é reconhecido plenamente livre porque participa de um Estado livre[15]. A única liberdade que é negada ao cidadão é aquela que lhe permitiria ser livre sem o Estado ou contra o Estado. *For in the act of our submission consisteth both our obligation and our liberty.*

O cidadão realiza, por sua vez, de dupla maneira, o mais alto grau de individualidade compatível com a condição ordinária do homem: de um lado, indivíduo natural incompleto e precário, ele abandona sua liberdade natural e encontra no Estado racional a liberdade sob forma de segurança, a permanência e a distinção sob forma da propriedade, a autonomia sob forma de responsabilidade. De outro lado, autor autêntico dos atos do soberano, ele é, em si mesmo, poder absoluto, liberdade, razão e participa da pessoa pública acabada. Ele também realiza, à sua maneira, a unidade da pessoa particular e da pessoa pública.

Nessas condições, pouco importa que o bem público não possa ser expresso nos mesmos termos que os bens privados e não seja da mesma ordem. Hobbes poderia preconizar a máxima dos utilitaristas – o interesse comum é igual à soma dos interesses privados bem compreendidos –, mas ele se recusaria a admitir que o bem comum possa ser alcançado

▼

13. *Leviathan*, cap. XVII, p. 158, e cap. XVIII, p. 162.
14. *Leviathan*, cap. XX, p. 195.
15. *Leviathan*, cap. XXI, pp. 200 e 203.

pela convergência dos esforços interessados dos indivíduos. Esse otimismo fácil enquadra-se mal no seu ponto de vista. Na sua opinião, há uma ruptura completa entre o indivíduo natural egoísta e o cidadão. Há oposição entre o *bonum sibi* que procura indivíduos animados de paixões não razoáveis em si mesmas e o bem do cidadão que somente o soberano é suficientemente poderoso, razoável e perspicaz para determinar. No Estado racional, o bem do cidadão é o bem do povo; uma boa lei é uma lei útil ao bem do povo[16]. O bem do povo chama-se salvação do povo. Mas não se deve interpretar essa fórmula num sentido sistematicamente rigoroso. De certo, não há nada que o soberano não possa impor aos cidadãos em vista do *salus populi*. Mas o bem do povo é também seu bem-estar, *the commodity of living*, seu caminho *towards a more contented life*, num mundo humanizado pelas ciências e pelas artes. Não se deve também interpretar num sentido tirânico a submissão dos cidadãos à vontade e ao bem do soberano. Em primeiro lugar porque as riquezas, o poder e a honra de um soberano nascem somente das riquezas, da força e da reputação de seus súditos[17]. Em seguida porque os cidadãos são literalmente os verdadeiros autores das ações soberanas *and all that is done by such power, is warranted, and owned by every one of the people*[18].

Se há algum otimismo em Hobbes, ele é constituído pela crença na eficácia da razão, nas possibilidades que ele lhe reconhece de instituir relações racionais entre os homens. Esse é o preço de seu bem-estar. Mas as únicas relações razoáveis possíveis são as relações individuais, que também são as únicas conformes à ciência do homem.

O individualismo de Hobbes é conseqüência de seu racionalismo: toda a estrutura do Estado está estabelecida sobre o cálculo do bem de cada um pela razão de cada um; ela reúne os indivíduos, o soberano e os cidadãos, que ela une indissoluvelmente. Ela é fundamentada por indivíduos e, se ela se desagrega, dispersa-se em indivíduos. Mas os indivíduos só se dão um sentido razoável através do poder social do soberano e só se formam no Estado e por ele.

▼

16. *Leviathan*, cap. XXX, p. 335.
17. *Leviathan*, cap. XIX, p. 174.
18. *Leviathan*, cap. XXX, p. 335.

A oposição entre o espírito de Descartes e o de Hobbes não se faz nunca notar tão claramente quanto na sua dupla meditação sobre o indivíduo. A perspectiva de Descartes é estritamente metafísica. O que o preocupa é demonstrar que a matéria não individualiza, já que ela é divisível até o infinito[19]. É demonstrar que Deus, indivíduo único de uma espécie única, realiza sua individualidade pela efetivação de sua infinita liberdade[20]. O homem, enfim, é definido como individualidade porque ele se apreende imediatamente como pessoa no *ego cogito*, isto é, na evidência extraída da dúvida, que é a expressão de nosso livre-arbítrio, do que há de mais nosso em nós mesmos. Mesmo uma interpretação de tendência personalista deixa o indivíduo, segundo Descartes, bem distante do indivíduo de acordo com Hobbes, que forja sua individualidade na sociedade e no Estado, graças a decisões razoáveis e livres. Eles só se encontram em um ponto, na importância do papel atribuído à liberdade.

A formação do indivíduo representa, para Hobbes, um conjunto de fatos, de deduções, e não um ideal. Seu individualismo quer ser um método de ação política e não uma afirmação de preferências e de valores políticos. O indivíduo é para ele um fato e não um sujeito de direito. É por isso que não se encontra nele uma doutrina dos direitos do indivíduo: este forma ao mesmo tempo o material e o produto artificial da arquitetura social racional e não o ser natural que quer promover o direito natural. Ele considera que o indivíduo só tem direito no estado de natureza, e mesmo assim trata-se de um pseudodireito, de um simples poder natural.

De outro lado, Hobbes estabeleceu uma estreita correlação entre a formação do indivíduo e a do Estado, um e outro reciprocamente fortificados por sua mútua oposição, a ponto de o indivíduo mais completo realizar-se no Estado mais autoritário e mais poderoso, numa evidente reconciliação entre um e outro. Não se pode, portanto, transformar a filosofia de Hobbes numa doutrina de reivindicações e numa máquina de guerra contra o Estado.

▼

19. Jean Laporte, *Le rationalisme de Descartes*, 2ª ed., pp. 186-9.
20. Consulte-se sobre esses diferentes pontos a tese de Geneviève Lewis, *L'individualité selon Descartes* e, em especial, as pp. 229 até 234.

Por essas duas razões a tradição política individualista negligenciou um retorno a Hobbes. Por uma simplificação empobrecedora e esterilizante, que vai durar até Hegel, ela se construiu, com efeito, numa doutrina dos direitos do indivíduo contra a realidade do grupo social, ou do corpo político, e contra o império ou o absolutismo do Estado. Locke, contemporâneo da revolução de 1688, foi o principal responsável por isso e, talvez mais ainda, foi considerado como tal. Esqueceram, fingiram esquecer Hobbes, que havia deduzido e descrito uma ciência política do indivíduo; a ele preferiram Locke, que pregava a reivindicação de seus direitos.

CAPÍTULO 7

OS FUNDAMENTOS ECONÔMICOS DA POLÍTICA DE HOBBES*

William Letwin

As visões de Hobbes sobre questões econômicas nunca atraíram muita atenção até recentemente. Elas não despertaram a curiosidade do leitor normal e tampouco têm sido objeto de preocupação na área acadêmica. Os historiadores do pensamento político até recentemente as ignoravam. Os historiadores econômicos ainda fazem o mesmo. E os historiadores das idéias econômicas, sempre bons pesquisadores, não se têm dedicado ao assunto senão superficialmente; Hobbes é mencionado de maneira errônea e casual em um estudo abrangente como o de Myrdal – *The Political Element in the Development of Economic Theory* (1953)[1]. Para todo esse descaso há uma óbvia explicação: Hobbes disse pouco, quase nada, sobre economia. E isto não deve nos surpreender pelo fato de que a filosofia política foi, e ainda pode ser, interessada em questões mais abrangentes do que a organização econômica da sociedade ou o programa econômico do Estado.

▼

* "The Economic Foundations of Hobbe's Politics" (*in Hobbes and Rousseau — a Collection of Critical Essays*. Organizado por Maurice Cranston e R. S. Peters, Nova York, Anchor Books, 1972, pp. 143-64). Tradução de Getúlio Vaz. Este ensaio foi escrito especialmente para o volume inglês por W. Letwin, London School of Economics and Political Science.
1. De acordo com Myrdal (p. 70), "Hobbes introduziu (...) na filosofia política britânica" a "noção da lei natural de que a propriedade tem sua justificativa natural no trabalho consumido em um objeto". Myrdal não cita o próprio Hobbes.

Mais recentemente, contudo, o interesse pela visão econômica de Hobbes foi despertado por um certo número de acadêmicos que acreditam que as idéias políticas são reflexos de fatos sociais e interesses de classe. O mais influente dentre eles é, certamente, o professor C. B. Macpherson, que defendeu em *The Political Theory of Possessive Individualism* (1962) a tese de que o *Leviathan* só pode ser corretamente compreendido se se reconhece a estreita correspondência entre os fatos econômicos da Inglaterra de seu tempo e as idéias básicas sobre as quais Hobbes construiu seu sistema. Macpherson destaca três idéias principais: 1) A Inglaterra do tempo de Hobbes era "essencialmente uma sociedade possessiva de mercado" (p. 62)[2] ou, como ele mesmo diz em outro lugar, uma "sociedade de mercado burguesa" (M. L., p. 12)[3]. 2) Hobbes tirou os pressupostos de sua filosofia política dos fatos que predominam numa tal sociedade, sendo, portanto, sua filosofia eminentemente "burguesa"; seu sistema detecta certas verdades profundas sobre a sociedade burguesa, apesar de Hobbes, erradamente, tê-las considerado válidas para qualquer sociedade (p. 67; M. L., p. 12). 3) Mas, subestimando o poder de classe, Hobbes comete um erro básico: ignorando "a força centrípeta de uma classe burguesa coesa na sociedade" (M. L., p. 56), conclui que o caos sobreviria a menos que o soberano (quer uma pessoa, quer uma assembléia) tivesse o poder de perpetuar-se; e esta doutrina incorreta explica por que a "burguesia" repeliu os ensinamentos "burgueses" de Hobbes. A nosso ver, todas estas teses são incorretas.

I

A primeira tese de Macpherson é a de que a Inglaterra da época de Hobbes, digamos em 1651, quando ele publicou o *Leviathan*, era "essencialmente uma sociedade possessiva de mercado" (p. 62). Macpherson diferencia a "sociedade possessiva de mercado" de dois outros tipos:

▼

2. As referências a C. B. Macpherson, *The Political Theory of Possessive Individualism* (1962), serão dadas pelo número da página sem qualquer prefixo.
3. Hobbes, *Leviathan*, C. B. Macpherson (org.), Penguin (1968); citado como "M. L.".

a "sociedade estamental ou consuetudinária", que compreende os "impérios antigos, sociedades feudais e sociedades tribais"; e a "sociedade de mercado simples", que não compreende nenhuma realidade – "este é menos um modelo de uma sociedade histórica que uma conveniência analítica". Os três tipos são considerados exaustivos – "o menor número possível de modelos aos quais todos os tipos de sociedade conhecidos poderiam ser assimilados (...)" – mesmo se não forem próprios para todas as finalidades de "análise histórica ou sociológica geral" (p. 47). Apesar disso, os tipos não são definitivamente exaustivos. Não há nenhum elemento que caracterize as sociedades totalitárias, as sociedades socialistas democráticas ou as economias mistas. Este defeito poderia ser posto de lado com o argumento de que, apesar das grandes lacunas, o esquema como um todo ainda poderia ser útil: falar da Inglaterra de 1650 como uma "sociedade possessiva de mercado" pode ser revelador. Mas, por outro lado, as lacunas no esquema, juntamente com uma falta geral de simetria lógica nas categorias, apontam para uma qualidade arbitrária no método de análise de Macpherson: uma arbitrariedade cuja pior conseqüência é a conclusão de que a Inglaterra de 1650 *deve ter sido* uma "sociedade possessiva de mercado" porque ela não era uma "sociedade estamental" ou uma "sociedade de mercado simples". Mas esta conclusão só seria coerente se os três tipos fossem exaustivos e se, mais ainda, uma sociedade atual, em um momento dado, pudesse não pertencer a mais de um dos três tipos. Como pretendo demonstrar, a Inglaterra de 1650 não era "essencialmente" uma sociedade possessiva de mercado: ela possuía várias características que Macpherson atribui a uma "sociedade estamental" e outras características que não correspondem a nenhum elemento nas suas categorias.

Por uma "sociedade possessiva de mercado", Macpherson entende uma sociedade burguesa ou capitalista nos termos expostos por Marx, Weber e Sombart, uma sociedade cujas duas características principais são "o predomínio das relações de mercado e o tratamento do trabalho como um patrimônio alienável" (pp. 48-9). Mais particularmente, ele define uma sociedade possessiva de mercado pelas características que se seguem:

– os indivíduos são economicamente agentes livres;
– os indivíduos fazem contratos que são postos em vigor pelo costume ou pela lei;
– todos os indivíduos agem racionalmente na esfera econômica;
– alguns indivíduos têm apetites insatisfeitos pelo prazer ou pelo poder;
– alguns são mais dotados que outros (pp. 53 ss.; cf. pp. 46-53).

Estas são, para Macpherson, as características definidoras da sociedade "burguesa" hoje, bem como da sociedade inglesa do século XVII, e também os pressupostos com respeito ao homem e à sociedade sobre os quais Hobbes construiu sua filosofia.

Com que mérito estas características de Macpherson descrevem a Inglaterra de Hobbes? Começando com a que parece mais precisa: é verdade que os homens não eram iguais? ou, nas palavras de Macpherson (p. 54), é verdade que "alguns indivíduos têm mais energia, técnica ou posses que outros"? Poderia alguém pensar de outra maneira sobre qualquer sociedade? Curiosamente, Macpherson o faz. Inclina-se a excluir a desigualdade das "propriedades essenciais de uma sociedade estamental ou consuetudinária" mesmo quando discute a presença, nesse tipo de sociedade, de escravos e mestres, superiores, "classes governantes" e "estratos altos" (p. 49). Novamente, exclui a existência da desigualdade de seu modelo de uma "sociedade de mercado simples" (p. 51). Somos forçados a concluir que, não obstante – como Macpherson insinua várias vezes – a desigualdade possa existir em todos os três tipos de sociedade, ele só a considera "uma propriedade essencial" para a "sociedade possessiva de mercado". Por quê? Aparentemente, porque ele acredita que uma luta geral pela preeminência só ocorra na sociedade burguesa. Somente nesta sociedade a exploração é geral, ainda que Macpherson não fale de "exploração", preferindo uma metáfora mais lúgubre como "invasão". Portanto, diz ele, "uma sociedade estamental ou consuetudinária, enquanto permite invasão violenta e contínua entre os rivais da elite, e invasão violenta e ocasional entre as classes ou seções de classe, não permite invasão contínua, violenta ou não, de indivíduos por indivíduos permeando a sociedade" (p. 50). O mesmo acontece com a "sociedade de mercado simples". Dessa forma, a "invasão" do tipo pacífica, legal e geral – significando a transferência de propriedade de uma pessoa para outra –, é característica somente de uma sociedade possessiva de mercado. "Competição", um outro nome para tal "invasão", seria proveniente da desigualdade e a intensificaria. Este seria o motivo pelo qual deveríamos acreditar que, apesar da existência da desigualdade, em todas as sociedades, ela só é "essencial" na sociedade burguesa. Assim, uma estranha e arbitrária cadeia de raciocínio perpassa todas as desigualdades inerentes à noção de *status* e evidentes na diferença entre um faraó e seu escravo do campo, para chegar à conclusão de que a desigualdade só é "realmente" possível quando a competição torna-se generalizada na sociedade. De fato, apesar de ter havido bastante desigualdade na Inglaterra em 1650, não há nenhuma sombra de evidência sugerindo que ela fosse maior que em qualquer época anterior; ao contrário, as diferenças individuais em "energia, técnica ou posses" estavam possivelmente diminuindo durante o século XVII.

Em segundo lugar, é verdade que alguns homens, no tempo de Hobbes, eram movidos pela cobiça contínua ou, para usar as palavras de Macpherson, que "alguns indivíduos procuram um maior número de vantagens ou poder do que têm" (p. 54)? Novamente, isto nos pareceria inegável. A experiência ensina que *todos* os tipos de sociedade contêm *alguns* homens desse tipo. Se não existissem homens assim na sociedade estamental do Velho Testamento, Moisés não teria precisado proclamar os mandamentos de Deus contra o roubo e a cobiça. Na verdade, Macpherson admite que numa sociedade estamental *alguns* homens realmente procuram um maior número de vantagens ou poder do que têm. "Há espaço neste modelo para os indivíduos em um nível maior de poder, que procuram mais deleites, para invadir a outros, do mesmo nível, violentamente (...) Mas isto significa competição entre rivais por mais benefícios já extraídos da população subordinada. O processo não pode ser generalizado para toda a sociedade (...)" (pp. 49-50). Portanto, desde que a competição não seja generalizada na sociedade estamental, Macpherson não considera a direção gananciosa de alguns membros uma característica essencial de uma sociedade estamental. No entanto, apesar de insistir particularmente em que a ganância também não é geral numa sociedade possessiva de mercado, Macpherson não identifica o fato como uma característica essencial desse tipo de sociedade – porque, diz ele, a ganância de poucos força a todos, numa tal sociedade, a agir similarmente, quer gostem ou não. "Desde que o mercado seja continuamente competitivo, aqueles que estivessem contentes com o nível de satisfação que possuem seriam compelidos a novos esforços por qualquer tentativa dos outros (indivíduos que procuram mais satisfação do que possuem) de aumentar o seu" (p. 59).

Há alguma evidência de que esta hipótese retrata corretamente a vida na Inglaterra de Hobbes? Deixemos bem claro que Macpherson não nos fornece nenhuma prova. Além do que, não é fácil imaginar como se poderia comprovar algo a favor ou contra a hipótese. A conclusão a que não se pode escapar é a de que ela não passa de uma suposição sem fundamento. Isto é, apesar de qualquer um poder concordar, no terreno da experiência comum, que *algumas* pessoas em *qualquer* sociedade desejam mais do que têm – que é a razão de a premissa de Hobbes ser naturalmente plausível como uma generalização universal sobre a natureza humana –, ninguém concordaria necessariamente, e nem Macpherson nos dá qualquer motivo para isso, que as ambições de *alguns* homens numa sociedade competitiva de mercado (e somente em tal sociedade) resultem numa corrida geral ao consumo crescente. É também provável que, nas economias modernas, a maioria dos homens procure mais e mais satisfações devido a seus próprios desejos autônomos e não porque a competição, de alguma forma, os "force" a esta posição; e deve-se notar que o desejo intenso por crescimento econômico e rendimentos maiores não está, hoje, confinado às economias possessivas de mercado, mas está presente também nas economias totalitárias não-competitivas. Além disso, é possível que muitos homens, numa economia possessiva de mercado, estejam, de fato, contentes com o que possuem e não se sintam "compelidos a novos esforços" pelo exemplo de seus vizinhos mais ambiciosos. Esta hipótese é mais coerente que a de Macpherson quando se constatam fatos das economias possessivas de hoje, tais como a duração crescente dos feriados dos trabalhadores e o número cada vez maior de aposentadorias precoces voluntárias – os quais demonstram que muitas pessoas estão satisfeitas com uma renda menor que a que poderiam obter. Levando em conta, então, o que Macpherson realmente quer dizer com a afirmação de que alguns homens ambicionam mais do que possuem, pode-se considerar a hipótese não plausível e sem fundamento.

Isto torna-se mais evidente quando analisamos a proposição relacionada de que, na Inglaterra de Hobbes, "todos os indivíduos buscam racionalmente maximizar suas vantagens" (p. 54), "isto é, obter a maior satisfação possível para um dado gasto de energia ou obter uma dada satisfação para um gasto mínimo de energia" (p. 51). Supor que isto descreva uma sociedade é mera extravagância. Sugerir que isto represente "essencialmente" ou mesmo grosseiramente a Inglaterra do século XVII é falso. Mais da metade do povo da Inglaterra, em 1650, ganhava a vida na agricultura, grande parte dela feita na base de velhos acordos comunais que restringiam o cultivo a colheitas tradicionais e de métodos antigos. Os reformadores da agricultura obrigavam os lavradores a abandonar essas restrições, cercando os campos e adotando novas colheitas e técnicas; alguns lavradores cederam, mas somente uns poucos e sob forte pressão. Um dos maiores inovadores, Walter Blith, escreveu – depois de um ano do aparecimento do *Leviathan* – lamentando a irracionalidade do lavrador atrasado: "Ele trabalhará até a exaustão todos os seus dias, ele e sua família, para nada, na sua terra arável comum; se levantará cedo e se deitará tarde, se escravizará e se esgotará e sua família também; mas não procurará saber como melhorar suas [terras] (...)."[4] E a literatura contemporânea sobre cada ramo do comércio e da navegação fornece maiores provas de que, enquanto alguns ingleses tentavam alcançar a eficiência econômica, muitos outros permaneciam em suas práticas costumeiras e ineficientes. Qualquer coisa a mais seria improvável. A proposição de Macpherson só pode ser recuperada como uma afirmação histórica se se disser que o desejo de eficiência econômica estava provavelmente aumentando durante o século XVII, enquanto a força do costume, de alguma forma, diminuía. Porém, deve-se acrescentar que este processo vem ocorrendo desde há séculos, antes do tempo de Hobbes, e que ainda hoje está em andamento. Assim é que, ape-

▼

4. Citado (ortografia modernizada) de Charles Wilson, *England's Apprenticeship – 1603-1763* (1965), p. 27; ver capítulo 2 para uma descrição admirável da prática da agricultura no tempo de Hobbes.

sar de a especificação de Macpherson neste sentido estrito ter alguma validade para a Inglaterra do século XVII, ela não se aplica ao país especificamente nem era verdadeira de um modo geral.

É correto afirmar, como Macpherson, que os contratos eram postos em vigor autoritariamente na Inglaterra de Hobbes? Aqui, novamente, a resposta é que, enquanto verdadeira, a afirmação não o é, especificamente. Contratos são um velho assunto. Eles são feitos e honrados desde que a história existe. Na Europa, depois do declínio de Roma, era difícil para uma parte prejudicada achar uma autoridade pública que pudesse garantir a obrigação. No entanto, segundo Pirrene, os contratos eram cumpridos pelo costume "muito cedo, no mais tardar no começo do século XV", e pela lei, a partir do século XII[5]. E na Inglaterra, estatutos de 1283 e 1285 requeriam prefeitos e "xerifes" para apreender os bens ou mesmo as pessoas que deixavam de saldar seus débitos comerciais[6]. Portanto, muito antes do século XVII, os contratos – isto é, acordos voluntários executáveis – eram familiares a muitos ingleses. No século XVII os contratos eram mais freqüentes do que haviam sido e os acordos pelo costume eram menos comuns; ambos coexistiam como uma prática normal, e sua importância relativa é conhecida. Macpherson não nos dá nenhuma evidência neste ponto, além da afirmação categórica de que "há bastante evidência de que a Inglaterra se aproximava muito de uma sociedade possessiva de mercado no século XVII", apoiada em uma estatística sobre o número de assalariados e em uma única citação de um único historiador que diz que entre alguns (aparentemente poucos) proprietários e seus arrendatários "não havia qualquer laço pessoal – nada, exceto o nexo do pagamento" (p. 61). É uma base muito pouco sólida para sustentar a conclusão de Macpherson e, na verdade, há bastante evidência de que os contratos eram feitos e reforçados abundantemente tanto antes como depois do século XVII.

▼

5. H. Pirenne, *Economic and Social History of Medieval Europe* (1937), p. 53; ver as autoridades medievais citadas por O. Gierke, *Political Theories of the Middle Age* (1938), nº 279, p. 181.
6. Bland, Brown e Tawney, *English Economic History* (1914), pp. 161-2. S. F. C. Milsom, *Historical Foundations of the Common Law* (1969), caps. 10, 11 e 12.

É verdadeiro, finalmente, descrever os ingleses contemporâneos de Hobbes como economicamente agentes livres? Estavam eles, de fato, livres pela lei e pelo costume para trocar sua propriedade como quisessem, por qualquer produto que obtivessem? A resposta, bastante insuficiente, é sim. O trabalho podia ser alugado, as terras podiam ser arrendadas ou compradas, assim como os bens de todos os tipos, e o dinheiro podia ser emprestado a juros; os mercados funcionavam com todas essas mercadorias e recursos. Talvez seja verdade, como Macpherson conclui das estimativas sobre a população contemporânea feitas por Gregory King, que aproximadamente metade dos homens era assalariada em regime de tempo integral e parece certo que bem mais da metade recebia salários uma vez ou outra, especialmente no tempo da colheita. Mas a magnitude da força de trabalho demonstra que o fenômeno não era, como Macpherson sugere, novo: a mudança das obrigações feudais para o trabalho livre não ocorreu em poucos anos, mas durante vários séculos. Já no século XIV, o trabalho assalariado era comum o bastante, no campo e na cidade, para que Edward III legislasse para impedir o aumento dos salários que se seguiu à peste negra; "nenhum homem", declarou ele na Ordenação dos Trabalhadores de 1349, uma precursora da atual política salarial, "deverá pagar ou prometer pagar a ninguém mais aluguéis ou salários do que está acostumado a fazê-lo (...)"[7]. Assim, novamente, parece claro que a condição que Macpherson atribui especificamente à época de Hobbes já existia, na verdade, havia muito tempo.

O mesmo é válido para outros aspectos da liberdade econômica no século XVII. Podiam-se alienar terras e assim se fazia; mas havia também muitos limites severos sobre a alienação, tais como o morgadio, as ordenações locais, ordens em conselho e julgamentos das cortes. Podia-se dispor de outros tipos de propriedade no comércio e assim acontecia. Mas, por outro lado, o comércio era severamente controlado por estatutos e proclamações, guildas e companhias de comércio, e toda a carga administrativa descrita como o "sistema mercantilista". Portanto, dizer

▼

7. Bland, Brown e Tawney, p. 165; ver pp. 167-76, 282-4 e 325-60 para outros exemplos anteriores ao século XVII.

que "a terra e os recursos são possuídos por indivíduos e são alienáveis" (p. 54) não é mais que meia verdade.

Para finalizar, a Inglaterra de Hobbes não era "essencialmente" uma sociedade "burguesa", ou "capitalista", ou "possessiva de mercado". Das características que Macpherson menciona, algumas se aplicam apenas parcialmente, algumas se aplicam porque são válidas para qualquer sociedade e algumas se aplicam apenas no sentido de que o oposto não se aplica. A lógica de Macpherson equivale a admitir que todos os chapéus são vermelhos ou verdes e então argumentar que, como este chapéu não é verde, ele deve ser vermelho, quando, na verdade, ele é vermelho e verde ou amarelo decorado com uma fita preta. A Inglaterra, de fato, era uma mistura de estamento, costume e inovação, de liberdade e limitação, de eficiência e indiferença, e não uma coisa qualquer ajustável a um modelo esfarrapado e deformado.

II

De acordo com a segunda tese de Macpherson, Hobbes tira os pressupostos de sua filosofia da sociedade burguesa que existia a seu redor, talvez não totalmente consciente, ainda que de modo coerente. Assim é que "está claro que seu modelo se aproxima ao máximo do modelo da sociedade possessiva de mercado" (p. 67).

Para Macpherson, uma clara indicação desta correspondência é o fato de Hobbes haver considerado o trabalho como uma mercadoria; em virtude de o mercado livre de trabalho ser – de acordo com Macpherson e muitos outros – uma característica vital do capitalismo. Infelizmente, contudo, Hobbes propriamente nos dá pouco apoio para esta afirmação, pois somente uma vez, e de maneira suscinta, fala do trabalho como uma "mercadoria". Esta única passagem localiza-se no curso de um comentário sobre o comércio exterior que abre o capítulo 24 do *Leviathan* (L., p. 188)[8]. Depois de distinguir entre as mercadorias na-

▼

8. Hobbes, *Leviathan*, W. G. Pogson Smith (org.), Oxford. Citado como "L.". A ortografia e a pontuação foram modernizadas pelo autor.

tivas e estrangeiras, Hobbes observa que poucos países são grandes o bastante para serem auto-suficientes economicamente e poucos não produzem excedentes. Ele continua: "os artigos supérfluos que se podem obter no país deixam de ser supérfluos e passam a suprir as necessidades nacionais mediante a importação do que se pode obter no estrangeiro, seja por troca, por guerra justa ou pelo trabalho; porque o trabalho humano é também um artigo suscetível de troca com benefício, assim como qualquer outra coisa: e houve Estados que, não tendo mais território que o necessário para a habitação, não só mantiveram como aumentaram o seu poderio, em parte pela atividade mercantil entre uma praça e outra e, em parte, vendendo os manufaturados cujas matérias-primas tinham sido obtidas em outros lugares" (L., p. 189). Os bens estrangeiros podem ser adquiridos, como diz Hobbes, pela troca, pela guerra justa e pelo trabalho; este é um trio curioso pelo fato de a troca e o confisco parecerem ser exaustivos; onde se encaixaria o trabalho senão como um componente de ambos? A resposta, como a última frase indica, é que o trabalho tem dois papéis adicionais, especialmente para um país demasiado pequeno para usar sua própria matéria-prima, restando um excedente exportável. Hobbes provavelmente imaginava um país como a Holanda ou a Inglaterra, com mão-de-obra para o comércio e para a manufatura de matérias-primas importadas. Com efeito, há quatro maneiras de uma nação obter artigos do exterior: exportando suas matérias-primas; confisco; ganhos no comércio; e reexportando materiais estrangeiros que tenham sido manufaturados no país. Os dois últimos métodos, Hobbes aponta, envolvem a exportação figurativa do trabalho nativo, diferentemente da exportação literal de materiais nativos, dizendo ainda que "o trabalho de um homem também é uma mercadoria permutável por um benefício", com o que quer significar que o trabalho nativo é tão capaz quanto as mercadorias nativas de obter ganhos do exterior. Macpherson, tomando a passagem fora de seu contexto, confunde-a como "uma evidência presumível de que [Hobbes] estava tomando por certo a normalidade das relações salariais" (pp. 62-3).

Não há nenhuma evidência de que Hobbes tomava o trabalho assalariado por "normal", e, na verdade, este não era tão "normal" quanto o trabalho independente. Há evidência de que Hobbes sabia da existência de pessoas assalariadas. Numa passagem do *Behemoth*, em que Hobbes, depois de condenar os mercadores por serem naturalmente os patrocinadores de rebeliões, refuta a defesa alegada de que eles eram benfeitores públicos porque davam trabalho ao pobre. Ele responde: "Isto é, para dizer que fazendo gente pobre vender o seu trabalho pelos seus próprios preços; desta forma, na sua grande maioria, a gente pobre pode atingir uma vida melhor trabalhando em Bridewell do que fiando e tecendo e realizando outros trabalhos que possam fazer; trocando desta forma este tipo de trabalho por um mais leve, podem ajudar-se um pouco para desgraça da nossa manufatura" (*Behemoth*, 1889-1969, p. 126).

Não há nada aqui além de uma ácida réplica de que ninguém deve ser considerado um benfeitor público ao atender a seus próprios interesses. Ao pé da letra, a passagem diz que os trabalhadores pobres viveriam melhor na oficina do que com seus salários por empreitada, excetuando o fato de aumentarem suas rendas, trabalhando mais rápido, com prejuízo para a qualidade: "trabalhar levemente" significa trabalho de segunda categoria, que é o porquê da "desgraça" dos bens manufaturados na Inglaterra – uma queixa comum na literatura mercantilista. Seja como for, esta passagem não comporta a interpretação de Macpherson. Para ele, ela mostra que Hobbes acreditava que "o trabalho é uma mercadoria e a sua oferta é tamanha que o seu preço é rebaixado pelos compradores, em níveis de mera subsistência" (p. 66). O que realmente ocorre é que Hobbes compartilhava do ceticismo tradicional sobre as razões dos mercadores, tão áspero quanto o expresso um século antes por alguém que escreveu que "todos os mercadores (...) vivem do trabalho de outros homens e (...) se tornam grandes ricos, pretendendo tão-somente ficar ricos (...)"[9]. Uma queixa tão velha e tão persistente que não deveria ser lida como uma alusão específica ao capitalismo.

Outra indicação, mais importante para Macpherson, de que Hobbes falava de uma sociedade capitalista é o seu tratamento da justiça comutativa e distributiva. Tomado fora de seu contexto, como faz Mac-

▼

---

9. Tawney e Power, *Tudor Economic Documents* (1924), v. III, p. 126; ortografia modernizada.

pherson, parece ser um ataque gratuito e perverso à distinção estabelecida por Aristóteles e transmitida por Aquino (cf. *Summa theologica*, Ia, XXI.I). "Os escritores", como Hobbes descreve seus ancestrais filosóficos, nos contam que a justiça das ações é "dividida em comutativa e distributiva" (L., p. 115). A justiça comutativa, dizem eles, consiste na "igualdade de valor das coisas contratadas". Mas, diz Hobbes, eles estão errados. Não é injusto trocar coisas de valor desigual. Mais precisamente, não é correto um observador, pondo-se como um juiz objetivo de uma transação, afirmar que ela é injusta só porque as coisas trocadas não são iguais *a seus olhos*. A única medida verdadeira do valor das coisas trocadas é o "apetite", os gostos subjetivos das partes em acordo; "e, portanto, o justo valor é aquele que as partes estão de acordo em concertar". Há algum padrão objetivo pelo qual a justiça de um acordo pode ser medida? A velha tradição diz que sim; Hobbes diz não. Há somente um padrão formal do ponto de vista de Hobbes: a justiça requer que os homens cumpram seus contratos e que honrem seus compromissos e mantenham os acordos. Assim, Hobbes redefine a justiça comutativa de acordo com este princípio central: "Para falar propriamente, a justiça comutativa é a justiça de um contratante, isto é, *um desempenho de um acordo*, em comprar e vender, em alugar e deixar alugar, em emprestar e tomar emprestado, em trocar, traficar e outros atos de contrato" (L., p. 115; *grifos do autor*).

Macpherson, vendo todas estas imagens comerciais – que sempre foram relevantes para a idéia de justiça comutativa, pois, desde o início, ela pretendeu explicar a justiça *na troca* –, as toma como sinais de que Hobbes está falando das coisas como elas são numa "sociedade de mercado". "E o que fez os velhos conceitos objeto de escárnio" para Hobbes, diz ele, "é um dos atributos do modelo de mercado, a saber, o de que o valor de qualquer coisa é simplesmente o seu preço, tal como estabelecido pela oferta e demanda" (p. 63). Vale a pena notarmos a proposição superficial de que "valor" tem um único significado numa "sociedade burguesa". Se fosse assim, o que pretenderíamos dizer quando falamos do "valor" da amizade, ou de um poema, ou de coisas como a liberdade que consideramos "não ter preço"? Macpherson, contudo, persiste no seu ponto de vista: "Ao tratar a justiça comutativa e distributiva desse modo, Hobbes tira as conclusões lógicas de seu modelo de sociedade: onde todos os valores são reduzidos a valores de mercado, a própria justiça é um conceito de mercado" (p. 64).

A visão de Macpherson sobre a questão obscurece o ponto de combate às idéias tradicionais. A justiça, de acordo com Hobbes, é a terceira lei da natureza que manda "Que os homens cumpram os seus acordos feitos" (L., p. 110). Esta é, obviamente, a única definição que pode dar o trabalho de Hobbes: um soberano absoluto que se origina de um contrato deve racionalmente ser obedecido porque a justiça requer dos homens que cumpram os seus contratos, e a única base racional para a desobediência é a de que o soberano tenha falhado em proporcionar a satisfação a que ele foi autorizado. Se qualquer outra noção substantiva de justiça fosse permitida, os homens poderiam aplicá-la às ações do soberano, poderiam concluir que qualquer uma de suas ordens particulares foi injusta, e assim considerar-se racionalmente justificados em desobedecer o soberano ou mesmo em depô-lo. Desse modo, Hobbes, no capítulo 15, que tem o inócuo título "Das outras leis da natureza", trata da justiça e aponta a tarefa insidiosa e filosoficamente revolucionária de destruição de toda idéia que estabeleça uma base objetiva e racional para avaliação da justiça que não seja esta única, a de que a justiça significa a fidelidade aos acordos. E é no curso deste esclarecimento que Hobbes põe de lado a idéia de "justiça comutativa" que, como já vimos, ele redefine como nada mais que "o desempenho de um acordo" nos atos do contrato. Isto não tem nada a ver com uma sociedade de mercado, exceto possivelmente aos olhos de alguém que supôs que compromissos, contratos e acordos só existem – conceitual e legalmente – numa sociedade "de mercado".

E assim acontece com os outros postulados básicos de Hobbes: que os homens podem inferir e fazer escolhas racionais e eficientes; que os homens demonstram "um desejo contínuo de poder, e mais poder, que só cessa com a morte"; que eles podem fazer acordos. Estas não eram, distintivamente – como mostrei e apesar de não ser necessário um aprofundamento –, verdades da sociedade na qual Hobbes vivia, ou mais verdades dessa sociedade do que de todas as outras. Hobbes pode ter escrito a partir de sua experiência imediata; ele não poderia tê-lo evitado; mas conhecia o suficiente sobre outras épocas e lugares – um conhecimento que era, e é, disponível em qualquer sociedade que recupera alguma história e descobre terras estranhas – para escrever também a partir dessa experiência. Seus pressupostos são afirmações universais sobre a natureza humana, e mais ou menos igualmente verdadeiros para todos os homens de todas as épocas.

III

A terceira tese de Macpherson é a de que Hobbes falhou em persuadir a burguesia porque cometeu um erro teórico: ignorou o papel das classes numa sociedade burguesa (M. L., pp. 53-60). Hobbes não ofendeu a burguesia ao defender um governo absoluto porque: "Não havia qualquer razão pela qual a burguesia não devesse aceitar um corpo legislativo ou executivo supremo, composto da própria classe ou de seus nomeados" (M. L., p. 53). O que ofendia a burguesia era sua insistência em que "o soberano, quer uma pessoa ou uma assembléia, deveria ter o poder de nomear os seus sucessores" (M. L., p. 54). E a razão da ofensa é que isto poderia não satisfazer a algum "grupo ou classe que quisesse manter algum controle sobre o corpo legislativo ou executivo supremo (...)" (M. L., p. 54). Pareceria que esta objeção razoável poderia aplicar-se, *a fortiori*, a um soberano absoluto, desde que o absolutismo significasse que o soberano é incontrolável por qualquer "grupo ou classe". A resposta de Macpherson é que "a burguesia" endossaria o absolutismo se ele estivesse em "suas" mãos, mas o rejeitaria violentamente em qualquer outro caso. Macpherson acusa Hobbes de ter esquecido "a possibilidade de que poderia haver um grupo ou classe substancial, tal como a burguesia, com um sentido suficiente de interesse comum (...)" (M. L., p. 55). Macpherson, ao contrário de Hobbes, não ignora o cimento social do "interesse comum" de uma "classe dominante".

Este não é o lugar para levantar a grande questão de verificar se as hipóteses incorporadas na categoria "classe" revelam alguma coisa muito esclarecedora sobre a política. Nem, tampouco, necessito aprofundar aqui a afirmação de que "o interesse comum" de qualquer grande classe é sempre menos atrativo que os "interesses especiais", os diversos desejos e propostas conflitantes que dividem "classes" presumidas em partidos, facções, alianças, associações, companhias, seitas, sociedades, clubes, movimentos e ligas. Deixando essas grandes questões de lado, por que Macpherson alega que Hobbes incorreu num descuido? Por que Hobbes ignorou a "burguesia como classe"? (M. L., p. 57) A resposta é simples. Não havia tal coisa. Que existiam ricos e pobres, Hobbes certamente sabia e o dizia (*e. g.*, L., p. 266). Mas tratar "rico" e "pobre" como "classes", como Macpherson o faz (M. L., p. 60), tem pouco sentido com relação a uma sociedade na qual Gregory King – em quem Macpherson se baseia (pp. 279-92) – distingue vinte e dois "postos, graus, títulos e qualificações", *a maioria dos quais* nem ricos nem pobres. Se rico e pobre definissem classe, então todas as sociedades seriam sociedades de classe. E, de qualquer forma, a afirmação de Macpherson de que "a burguesia" teria aceito um governo absoluto se ela o controlasse colide frontalmente com toda a história constitucional da Inglaterra de 1650 em diante, que mostra as contínuas objeções de todos os ingleses contra tudo que sugeria pretensões absolutistas. Entre aqueles que objetavam estavam os mercadores – que merecem, se é que alguém o merece, ser chamados de "burgueses" – e a coisa mais importante é que entre seus principais oponentes estavam sempre outros mercadores[10]. Tampouco é a burguesia unida por interesses comuns.

Se se quer uma explicação do motivo de Hobbes não agradar à burguesia contemporânea, a mais plausível é que ele não poderia facilmente agradar a ninguém a não ser a um dirigente absoluto e não poderia, nem mesmo, agradar a nenhum dirigente absoluto porque sua doutrina não endossa ninguém em particular contra um outro. De qualquer forma, a audácia intelectual não é do gosto popular.

IV

Ainda resta por compreender propriamente o pouco que Hobbes disse sobre política econômica. A maior parte se encontra num curto capítulo, "Da nutrição e procriação da comunidade" (L., cap. 24, pp. 188-95), que nos informa sobre o que um bom soberano deveria fazer

---

10. Letwin, *Origins of Scientific Economics* (1963), cap. 1, esp. pp. 41-7, *passim*.

na área da atividade econômica de seus súditos. Primeiro, ele distribui a terra entre os súditos, estabelecendo direitos de propriedade, os quais são reforçados em favor de cada súdito perante todos os outros; mas, como o súdito não possui nenhum direito à propriedade diante do soberano, este pode taxá-lo ou desapropriá-lo quando a necessidade pública o exigir (L., pp. 190-1). Segundo, o soberano licencia o comércio exterior, tanto a respeito dos lugares com os quais os súditos podem comerciar como a respeito dos bens a serem exportados ou importados (L., pp. 192-3; cf. L., pp. 177-9). Terceiro, ele estabelece e regula as formas legais de contrato, mas não seu conteúdo (L., pp. 192-3). A seguir, estabelece o dinheiro e regula o valor da moeda (L., pp. 193-4). E, finalmente, responsabiliza-se pela "procriação", licenciando a fundação de colônias, que não possuem direitos, exceto aqueles postulados nos seus alvarás (L., pp. 194-5). Outras poucas funções de caráter estritamente econômico, Hobbes discute em outro lugar. O soberano deve fornecer um mínimo de instrução pública, principalmente a que torna os súditos mais obedientes (L., pp. 258-65); deve prestar assistência pública aos que não são empregáveis (L., p. 267); e deve eliminar o desemprego entre os capazes, forçando-os ao trabalho e ao mesmo tempo encorajando outros a fornecer emprego (L., p. 267). Fundamentalmente, isto é tudo. Quanto ao resto de suas atividades econômicas, o súdito deve ser livre, deve gozar a liberdade por omissão: "A liberdade de um súdito consiste, portanto, apenas naquelas coisas sobre as quais, ao regular suas ações, o soberano tenha se omitido: tais como a liberdade de comprar, vender e realizar contratos entre si; de escolher seu próprio domicílio, sua própria dieta e modo de vida; de criar seus filhos como julgar apropriado; e assim por diante" (L., p. 163).

Considerando tudo, este é um programa razoavelmente moderado de intervenção econômica. A maior parte das funções econômicas que Hobbes atribui a um Estado absoluto não tem muito a ver com absolutismo. Qualquer Estado pode cobrar impostos. Qualquer Estado, por mais liberal que seja, considera-se responsável pela garantia da propriedade privada, pela administração da lei aos contratos, pela criação de um sistema monetário e pelo licenciamento de fundadores de colônias.

Adam Smith considera essas tarefas normais e assim o faz a constituição dos Estados Unidos. A maioria dos Estados, liberais ou não, também presta alguma assistência pública, ainda que os Estados liberais não enfatizem, na educação pública, o ensino das pessoas a obedecerem ao soberano. Quase todos os itens do programa de Hobbes para a política econômica, portanto, se ajustariam a praticamente qualquer Estado moderno; ele não se excede em nada para um estado liberal e deixa ao súdito demasiada liberdade econômica para caber em um Estado totalitário.

Somente num ponto do programa econômico Hobbes toma uma posição extremada, uma posição do tipo geralmente rotulada de hobbesiana. É o seu ponto de vista de que a propriedade privada do súdito não possui nenhuma imunidade diante do soberano. Ao afirmar isto, ele estava contradizendo uma das principais conclusões do liberalismo político e uma das alegações centrais dos constitucionalistas liberais de seu tempo. A constituição dos Estados Unidos, por exemplo, ordena que nenhuma pessoa deve "ser privada da (...) propriedade sem um processo legal adequado; nem deve a propriedade privada ser tomada para uso público sem a devida compensação". Ao escrever esta cláusula, os autores da constituição estavam, deliberadamente, seguindo o capítulo 39 da Carta Magna que determinava que "nenhum homem livre deve ser (...) desapossado [desapropriado] (...) exceto por julgamento legal de seus direitos ou pela lei da terra". A sua atenção para esta cláusula tinha sido alertada por Sir Edward Coke, um contemporâneo de Hobbes, que a citava continuamente como sendo uma razão pela qual o soberano inglês não tinha autoridade para tomar a propriedade de seus súditos[11]. Quando Charles I impôs o empréstimo forçado de 1626, Coke foi um dos líderes da oposição, e durante a crise subseqüente – a dissolução dos dois Parlamentos, o julgamento dos Cinco Cavaleiros e o surgimento da Petição de Direitos – ele dizia: "A Carta Magna é uma companheira tal que não terá nenhum soberano", em outras palavras, que a prerrogativa real não poderia desrespeitar a garantia de que a propriedade privada seria tomada apenas depois de um justo julgamento ou depois que os súditos consentissem a taxação. Esta resistência de Coke e seus partidários foi mais tarde identificada por Hobbes como o início de uma "tentativa do governo popular", o primeiro passo em direção ao caos[12].

▼

11. V. A. E. Dick Howard, *The Road from Runnymede* (1968), esp. pp. 117-25.
12. *Behemoth* (1889, 1969), p. 27.

E, negando completamente a teoria de Coke, Hobbes toma uma posição reconhecidamente extrema e impopular.

Ainda que deixando de lado esta grande exceção, todo o restante do programa econômico que Hobbes indica para o Estado é marcantemente neutro. A maior parte dos Estados segue, de uma maneira ou de outra, a maioria das políticas econômicas propostas, apesar de muitos irem mais longe. Pareceria, portanto, que Hobbes traçou o programa refletindo, no abstrato, sobre o que todos os Estados fazem na esfera econômica e então acrescentando uma forte gota de absolutismo para dar à mistura o sabor requerido. Talvez ele tenha feito isto.

Há, contudo, uma origem mais plausível para o seu programa: a Inglaterra tal como se encontrava no começo da Guerra Civil ou, mais exatamente, a Inglaterra tal como Hobbes a entendia. A correspondência entre o que Hobbes requeria do soberano e as políticas econômicas reais, praticadas pelo governo inglês por volta de 1640, é mais ou menos clara. Que muitos súditos consideravam suas propriedades territoriais abertas ao confisco pela Coroa parece evidente, e algumas vezes isso acontecia houvesse ou não eqüidade no confisco sem convicção (ou da taxação sem consentimento) e apesar de ser assunto de disputa acalorada. O licenciamento e o controle do comércio exterior sempre foi tido como parte das prerrogativas reais, e, apesar de alguma fração do controle ter passado gradualmente para as mãos do parlamento, a Companhia das Índias Orientais ainda procurava o Conselho Privado para um alvará de 1600 e a Charles II em 1661. Que os soberanos ingleses a partir de 1650 estabeleciam e administravam a lei do contrato, cunhavam a moeda e autorizavam aventuras coloniais é mais que evidente. Com relação ao pobre, as políticas de Elizabeth se ajustavam exatamente à prescrição de Hobbes, como pode ser constatado no título de uma peça legislativa de 1572: "Um Ato para a punição de vagabundos e para a assistência ao pobre e impotente"[13]. Colocar os capazes mas desempregados a trabalhar era a finalidade do Estatuto dos Artífices[14] e do "Ato para a colocação do pobre no trabalho e para a prevenção do ócio"[15], e de

▼

13. 14 Eliz., c. 5, 1572.
14. 5 Eliz., c. 4, 1563.
15. 18 Eliz., c. 3, 1576.

muitas outras leis e políticas desta época. E, finalmente, as liberdades econômicas do súdito que Hobbes menciona eram, na verdade, liberdades não meramente por omissão dos soberanos ingleses, mas, sim, já bem antes de Hobbes, "direitos" da lei comum. Pode-se concluir dessa estreita correspondência que Hobbes tirou o aspecto geral de sua política econômica da prática real e de algumas teorias correntes da constituição inglesa, tal como de 1610 a 1630, isto é, do tempo em que ele se tornou um adulto até quando a ordem constitucional na qual ele cresceu começou a desintegrar-se.

Deste resumo das posições econômicas de Hobbes pode-se concluir uma síntese surpreendente de suas posições políticas subjacentes. Com relação à Constituição do Estado ele era um absolutista. Quanto à política econômica, era um conservador se, por conservador, entendemos alguém disposto a manter as coisas como acredita que tenham estado por um longo tempo. E, com respeito ao espaço da atuação econômica do governo, era um liberal se, por liberal, entendemos alguém disposto a um governo que governa pouco. Diante de uma posição tão complexa, expressa com tamanha ousadia intelectual, o leitor de Hobbes oscila entre os extremos da irritação e da iluminação.

CAPÍTULO 8

INDIVÍDUO E COMUNIDADE*

Raymond Polin

Tornou-se um hábito, à luz dos acontecimentos e doutrinas contemporâneas, buscar nos doutrinários do passado os temas precursores da história e do pensamento de nosso tempo. Nesta perspectiva, os intérpretes atuais tendem a insistir tanto nestes problemas mais ou menos autênticos que a significação mais bem fundamentada das doutrinas mais clássicas acaba por vezes transformada, renovada, ou mesmo inteiramente transmudada. Conhecemos a aventura por que passou Rousseau, baluarte tradicional dos democratas e liberais, convertido bruscamente, aos olhos de muitos, no precursor de Estados totalitários e regimes de autoridade. O mesmo destino coube a Locke, "príncipe dos individualistas", cuja doutrina costuma-se apresentar como "totalitária em potência" ou como "realmente autoritária e coletivista"![1] O individualismo e o liberalismo de Locke, apanágios tradicionais de sua filosofia e temas básicos de sua influência prática sobre os homens do século XVIII, é que estão em questão.

Talvez estas variações de interpretação sejam ainda mais tentadoras visto que os conceitos com os quais elas operam não foram sempre filo-

▼

* "Individu et communauté" (in *La politique morale de John Locke*. Paris, Presses Universitaires de France, 1960, pp. 129-63). Tradução de Nelson Brissac Peixoto.
1. Cf., por exemplo, Willmore Kendall, *John Locke and the Doctrine of Majority-rule*, cap. IV, ou H. Johnston, "Locke's Leviathan", *The Modern Schoolman*, v. XXVI, p. 210.

soficamente explicitados pelo próprio Locke. É, portanto, na sua origem que se deve retomar o problema e, para isso, determinar e estabelecer – à falta de definição explícita – a significação dada ao *indivíduo* com relação à significação atribuída à *comunidade*, sob qualquer termo que se apresente – *mankind, society*, sociedades políticas, *community, people, Commonwealth*.

I
O indivíduo

Costuma-se, de bom grado, classificar Locke entre os nominalistas e entre os individualistas. Desta imagem estereotipada, deduzimos uma doutrina de Locke tal qual ela deveria ter sido e ficamos por vezes surpresos e até mesmo aborrecidos com não encontrá-la nos textos. Na verdade, o modelo do individualismo absoluto existe mesmo, e justamente numa tradição anglo-saxônica que não deixa de ter eco na obra de Locke. Mas é no século XIV, em William d'Ockham, que se deve buscá-lo.

Para ele, tudo que existe é singular, cada coisa é única. *Nihil est a parte rei nisi singulare determinatum*[2]. Entre as coisas, *nihil est praeter absoluta* quer dizer que cada coisa é um singular absoluto, uma coisa singular sem nenhuma referência, sem nenhum vínculo com qualquer outra coisa. É o que Ockham exprime por "a insularidade do existente": cada coisa é dada como um fato, mantém-se na sua permanência, circunscrita como uma pequena ilha do ser. A pessoa humana individual é, sem dúvida, um ser complexo, mas ela não deixa de ser também um existente singular, mantendo-se *per se*, um indivíduo absoluto caracterizado por sua liberdade totalmente indeterminada, mesmo com relação a Deus[3].

▼

2. *In Sent.*, I, díst. XXV, qu. um. L. e Georges de Lagarde, *Naissance de l'esprit laïque au début du Moyen Âge*, tomo V, cap. V.
3. *In Sent.*, I, díst. 1, qu. 3 U. e *Naissance de l'esprit laïque*, tomo VI, cap. I, pp. 37 ss. Cf. igualmente Maurice de Gandillac, *in* Fliche e Martin, *Mouvement doctrinal du IXe au XIVe siècle*, pp. 432 e 435-6.

O povo, para Ockham, reduz-se a um conjunto de indivíduos absolutos, e as relações que os homens podem ter entre eles não alteram em nada esta realidade[4]. A ordem das coisas não é mais uma realidade ontológica: além das partes absolutas, distintas e distantes, não existe nada. Toda finalidade encontra-se então excluída e, em particular, toda organização teleológica do mundo e do social com relação aos indivíduos humanos. Deus permanece em uma indiferença radical perante tudo o que Ele criou. Se há uma lei da natureza em cada homem, esta lei é arbitrária com relação ao poder absoluto de Deus, cuja vontade se exerce numa absoluta independência; pois o Bem não é uma realidade ontológica, mas um encontro entre uma regra arbitrária imposta por Deus e o fato de que, em sua liberdade, o homem a respeite ou não. Esta lei natural do homem, que é a lei da razão direta, poderia ser diferente se a *potentia absoluta* de Deus assim dispusesse. Esta moralidade natural não integra, portanto, o homem a uma ordem da natureza[5].

O indivíduo humano que se define por sua liberdade absoluta determina-se juridicamente por poderes, por direitos de exercer esta liberdade, aos quais ninguém pode renunciar[6]. Ao afirmar, várias vezes, que "ninguém pode renunciar ao direito natural", Ockham abre caminho a uma futura doutrina da inalienabilidade dos direitos naturais, apropriada para completar uma doutrina do indivíduo absoluto (...).

As coisas estão longe de se apresentar, em Locke, dentro deste espírito e com este rigor. Na sua linguagem, o indivíduo não tem definição constante e explícita: *individual* não é um emprego sistemático; *person* remete já a uma noção mais rica que a de indivíduo; e as expressões com que deparamos mais comumente são também as mais vagas: *man, one man, every man*. Mais ainda, a primeira edição do *Ensaio sobre o entendimento humano* não se preocupava nem com a determinação da identidade pessoal, nem com o princípio da individuação aplicado ao homem. É somente com o convite de Molyneux que Locke insere, em 1694, para a segunda edição, um novo capítulo, o de nº XXVII, no livro II, a fim de esclarecer sua posição neste ponto.

▼

4. *Naissance de l'esprit laïque*, tomo V, p. 212.
5. *Naissance de l'esprit laïque*, tomo VI, cap. II, *passim*.
6. *Opus nonaginta dierum*, c. 60, p. 1102, e *Naissance de l'esprit laïque*, pp. 169 ss.

A resposta de um filósofo de tradição nominalista era previsível. O princípio de individuação, constatação evidente aos olhos de Locke, é a própria existência, aquilo que determina um ser qualquer a existir em uma certa época e em um certo local, e que lhe confere, conseqüentemente, uma identidade própria[7]. Mas esta identidade estabelecida a partir de relações totalmente exteriores não pode bastar para determinar o indivíduo humano enquanto tal, que representa um tipo de individualidade bem mais complexa[8].

O que caracteriza a princípio um homem enquanto indivíduo e o torna distinto e independente de todos os outros é sua *liberdade* natural. Cada homem está, por natureza, num estado de perfeita liberdade, ele dispõe de si próprio e encontra-se independente da vontade de qualquer outro indivíduo[9]. Assim individualizado por sua liberdade natural, cada um se afirma como igual a cada um dos outros e dotado pela natureza das mesmas vantagens e das mesmas faculdades, em particular da mesma razão. A identidade de uma pessoa individual não saberia então se medir apenas pela continuidade de sua vida reconhecível pela continuidade de um corpo organizado único[10]. Pois, a liberdade da pessoa humana não tem sentido senão se esta pessoa é pensante e inteligente, em outros termos, se ela é dotada de razão e de reflexão. A identidade de um ser racional é função da consciência que acompanha todo pensamento[11]. É a consciência que assegura a identidade da pessoa e que faz com que cada um seja um eu individual e se reconheça como tal. Poder-se-ia dizer que a liberdade efetua a individualização que a consciência reconhece e estabelece, se a liberdade já não fosse, ela própria, uma função do pensamento racional e, conseqüentemente, da consciência. A liberdade da pessoa não pode ser senão aquela de um ser dotado de razão[12].

▼

7. *Essay Concerning Human Understanding*, livro II, cap. XXVII, art. 4º.
8. *Essay*, livro II, cap. XXVII, art. 11.
9. *Second Treatise on Civil Government*, cap. II, art. 4º, e cap. IX, art. 123.
10. *Essay*, livro II, cap. XXVII, art. 6º.
11. *Essay*, livro II, cap. XXVII, arts. 11 e 12.
12. *Second Treatise*, cap. VI, art. 57.

Mas esta liberdade, que faz o homem individual, não é a liberdade de um nada; ela é livre autoridade e livre disposição de seu corpo, de seus membros, de sua saúde, de seus bens[13]. Sem dúvida, Deus deu o mundo em comum a todos os homens, mas cada indivíduo tem toda propriedade de sua própria pessoa, sobre a qual nenhum outro, senão ele próprio, tem direitos. Seu corpo, o trabalho de seu corpo e o produto de suas mãos pertencem-lhe inteiramente[14]. O indivíduo é mestre e senhor de sua própria pessoa e, reciprocamente, as propriedades de um homem, incluindo sua liberdade e seu corpo, fazem parte integrante de sua pessoa.

Mas não é tudo: dado que o homem é, enquanto pessoa, seu próprio mestre, proprietário e senhor de sua própria pessoa, ele é em si próprio princípio e fundamento de toda propriedade[15]. A noção de pessoa é inseparável da noção de direito. O termo pessoa é um termo de direito concernente às ações e seu mérito, seu castigo e sua recompensa, e que implica a responsabilidade do indivíduo[16]. A pessoa é o indivíduo considerado na sua significação jurídica. O termo pessoa só se aplica a um agente racional e inteligente *capable of a law*, capaz de viver segundo uma lei e, conseqüentemente, segundo um direito. Não existe pessoa individual sem direito, sem direito à liberdade em particular. Descobre-se que o fato da liberdade do qual partimos para definir o indivíduo é, ao mesmo tempo, um direito e, também, em conseqüência, o fato do indivíduo. Trata-se mesmo de um direito, do direito de ser um indivíduo[17]. Pois ele é a expressão e a realização da lei da natureza, que é a lei da razão e a obrigação segundo a qual a natureza humana tem de ser o que ela é[18].

▼

13. *Second Treatise*, cap. II, art. 6º.
14. *Second Treatise*, cap. V, arts. 27 e 44, e cap. VII, art. 87.
15. *Second Treatise*, cap. V, art. 44.
16. *Essay*, livro II, cap. XXVII, art. 26.
17. Não se pode impedir de pensar que, para Kant também, há um fato da razão que é o imperativo categórico e que este obriga, particularmente, a respeitar a dignidade da pessoa humana. O movimento do pensamento é o mesmo.
18. *Second Treatise*, cap. IX, art. 123. E não existe direito, com efeito, que não seja o direito fundado, em última análise, na lei da natureza. *Second Treatise*, cap. II, art. 12, e cap. VI, art. 59.

Esta liberdade natural que é, para o indivíduo, o princípio da propriedade de si mesmo é então, por muitas razões, um direito igual em todo homem. Cada homem nasceu, com efeito, com um duplo direito: o direito à liberdade de sua pessoa, o direito à propriedade de seus bens[19]. Ora, são precisamente estes direitos naturais que, para Locke, definem o indivíduo, que são reconhecidos tradicionalmente como os critérios do individualismo. E mesmo que o termo inalienável não figure no vocabulário de Locke, não é menos verdadeiro, apesar de certos sarcasmos contemporâneos[20], que efetivamente o são. O homem, com efeito, não é senhor de dar ou de recusar a si próprio estes direitos que lhe são conferidos pela lei natural; visto que eles definem a natureza humana, sua essência real, eles são inalienáveis. O homem não pode dar, ou seja, alienar, mais poderes e direitos que ele próprio não tenha recebido em troca[21]. Ele não pode, especialmente, nem se fazer escravo de um outro homem, nem se dispor em geral sob o poder arbitrário absoluto de alguém. Vale dizer que ele não pode alienar os direitos que possui naturalmente sobre sua vida, sua liberdade e seus bens, direitos que precisamente fazem dele um homem e um indivíduo. Em outras palavras, ele é obrigado a obedecer à lei natural. Ninguém pode renunciar ao direito natural[22]. É o próprio princípio da doutrina dos direitos naturais essenciais à pessoa humana, e de suas características inalienáveis e imprescritíveis.

▼

19. *Second Treatise*, cap. VI, art. 54, e cap. XVI, arts. 190 e 194. Já para William d'Ockham, os dois direitos fundamentais característicos da pessoa humana eram o direito à liberdade e o direito à propriedade, sem os quais, para ele, não existe pessoa individual (cf. *Breviloquium*, p. 1, e Georges de Lagarde, *Naissance de l'esprit laïque au déclin du Moyen Âge*, tomo VI, pp. 177 ss.). Não nos surpreenderemos que, para d'Ockham também, os homens "nasçam livres e pelo direito humano não sejam submetidos a ninguém" (*Breviloquium*, p. 121).
20. W. Kendall, *John Locke and the Doctrine of Majority-rule*, p. 68.
21. *Second Treatise*, cap. IV, art. 23, e cap. XI, art. 135.
22. "*Jus naturae, cui nemo licite renunciare potest*", escreve William d'Ockham (*Opus nonaginta dierum*, c. 65, p. 1112). É uma fórmula que retorna freqüentemente sob sua pena, nota Georges de Lagarde (*Naissance de l'esprit laïque au déclin du Moyen Âge*, tomo VI, p. 174). Ela aí opõe os direitos naturais aos direitos humanos, provindos de convenções estabelecidas entre os homens e por eles, e aos quais cada um pode sempre legitimamente renunciar. O nominalismo e o individualismo extremos de d'Ockham encaminham-no de modo ainda muito anacrônico no caminho da doutrina dos direitos naturais inalienáveis.

***

Definir o indivíduo por um direito e por uma obrigação consiste necessariamente em situá-lo e defini-lo em relação aos outros homens. Na mesma medida em que estes direitos são naturais, o indivíduo, tal como o concebe Locke, é natural e fundamentalmente um ser social[23]. Deus não fez o homem para que ele viva só e no isolamento, mas isto deve ser entendido de várias maneiras[24]. Por um lado, e no plano da teleologia, Locke se compraz em analisar os meios fornecidos ao homem por Deus, para os fins que este, na sua perfeita sabedoria, lhe atribuiu, pois as funções do homem devem estar relacionadas com o que a natureza o preparou para ser[25]. Ora, Deus dotou-o da faculdade do entendimento e do poder da palavra, que são por excelência os meios de comunicação com o outro e o vínculo, o instrumento da vida em sociedade, que é feito de palavras permutadas[26]. Toda linguagem, em cada um de seus colóquios, não é um vínculo, um pacto e até mesmo uma espécie de acordo? Em segundo lugar, e no plano dos fatos e da experiência empírica, o homem isolado está condenado à miséria e sua vida defronta-se com os maiores riscos; ele ressente a presença dos outros como uma necessidade e como uma experiência necessária. Em terceiro lugar, e no plano das intenções práticas, não somente o homem se sente naturalmente inclinado para a vida social e inclinado ao amor ao próximo, mas ele é capaz de calcular racionalmente a ajuda e a guarida que os outros são suscetíveis de lhe fornecer.

Mas tanto estas necessidades quanto estas conveniências e estas inclinações são ressentidas pelo homem, segundo Locke, sob a forma de imperativos, *strong obligations of necessity, convenience and inclination to drive him into society*. A sociabilidade à qual Deus destinou o indivíduo humano não é, portanto, o produto de um desenvolvimento essencial, mas a obra aleatória e hipotética de uma liberdade humana afrontada a uma obrigação racional. Deus fez o homem para que ele seja um indivíduo sociável, mas deixou à sua liberdade a tarefa de realizar ou não sua

▼

23. *Second Treatise*, cap. II, art. 7º.
24. *Second Treatise*, cap. VII, art. 77.
25. *Essays on the Law of Nature*, Ensaio IV, p. 156.
26. *Essay*, livro III, cap. I, art. 1º.

individualidade, de concretizar ou não sua sociabilidade. Individualidade e sociabilidade são para o homem obrigações essenciais e, aliás, perfeitamente compatíveis e integradas, mas são somente obrigações, quer dizer, exigências de ordem puramente moral. Só seres livres e racionais podem ser indivíduos sociáveis neste sentido. Se eles não o conseguem, não alcançam tampouco ser homens.

A sociabilidade deve, então, ser definida, em termos lockianos, como uma obrigação. E a sociedade, no sentido mais amplo no qual Locke a entende (quando não a considera no sentido estrito do qual o termo sociedade é extraído, expressamente ou não, do qualificativo civil ou político), resulta do encontro ou da reunião mais ou menos temporários de seres humanos obrigados à vida social. Tal como o indivíduo, a sociedade vive simultaneamente de uma existência natural e de uma existência artificial, pois ela resulta de uma obrigação inscrita na natureza do homem, mas que o homem tem o poder de aceitar ou de recusar livremente, segundo ele o julgue racional ou não. Em outras palavras, nem o indivíduo, nem a sociedade existem para Locke em virtude de um determinismo natural suficiente.

Hobbes admitia que, no estado natural, o homem e a mulher podiam se unir sem um se submeter ao poder do outro, e que nenhuma sociedade era conseqüência de suas relações[27]. Que se, ao contrário, o pai tinha autoridade sobre o filho, ou o senhor sobre o escravo, esta autoridade resultava de um contrato próprio para pôr fim ao estado natural e inaugurava a existência de um verdadeiro corpo político[28].

Para Locke, ao contrário, não há existência humana, mesmo no estado natural, que não seja uma existência social[29]. Em especial existe,

▼

27. *De cive*, cap. IX, art. 6º.
28. *Elements of Law*, livro II, cap. III, art. 3º. *De cive*, cap. IX, art. 1º, e cap. VIII, art. 1º.
29. Depois de haver reconhecido que Locke distingue entre comunidade política e sociedade, Vaughan acusa-o, como de costume, de incoerência, de *inconsistency* (cf. Vaughan, *Studies in the History of Political Philosophy*, tomo II, p. 149): ele remete a vários textos em que a dissolução da comunidade política acarretaria, segundo Locke, o retorno ao estado natural (por exemplo, *Second Treatise*, cap. XVIII, art. 255). Vaughan conclui daí que Locke, por vezes, retornaria a Hobbes e confundiria comunidade política e sociedade. Não se trata disso, absolutamente, visto que, se a dissolução do estado político acarreta uma situação de estado natural, a dissolução da comunidade política deixa subsistir perfeitamente uma ou mesmo várias sociedades.

desde o estado natural, uma sociedade conjugal, naturalmente e com vistas à procriação, fundada baseando-se na comunhão dos corpos do homem e da mulher e na ajuda de seus afetos. Mas esta sociedade é, no entanto, igualmente feita e fabricada a fim de que seus membros se ajudem mutuamente e assegurem à sua progenitura proteção e assistência: com este fim, o marido e a mulher atribuem-se reciprocamente direitos um sobre o outro por meio de um contrato voluntário[30]. Trata-se aí de uma associação com objetivo limitado (conservação da espécie, criação e educação dos jovens), cujo sentido ressalta ao mesmo tempo a natureza e o artificial, pois este supera de certa maneira as expectativas dos indivíduos e a faculdade de previsão que lhes é comum. Esta associação pode ser dissolvida tão logo tenham sido atingidos estes objetivos, mas, enquanto ela persistir, marido e mulher conservam seus próprios direitos e o marido não tem mais poderes sobre a vida de sua mulher do que ela tem sobre a vida de seu marido. Em resumo, nenhum dos dois dispõe sobre o outro de uma autoridade de caráter político, o contrato que os une não é um contrato político e a sociedade que os reúne não constitui, portanto, um corpo político. Mas a existência de um contrato basta, no entanto, para mostrar que as necessidades naturais que induzem a espécie humana à vida conjugal não podem ser satisfeitas, mesmo no estado natural mais primitivo e puro, senão em virtude de decisões racionais de um livre poder de vontade[31]. Não pode, portanto, existir um indivíduo absoluto e independente, mas somente indivíduos

▼

30. *Second Treatise*, cap. VII, arts. 78, 82 e 83.
31. P. Laslett estima (Introdução à sua edição do *Patriarcha*, de Filmer, p. 40) que Locke não respondeu a Filmer porque não pôde eliminar todo naturalismo da formação das relações sociais nem estabelecê-las exclusivamente baseadas em consentimentos. Ele insiste sobre o que, a seu ver, constitui a ambigüidade da concepção lockiana da família. Na verdade, a própria família constitui, para Locke, uma sociedade complexa, mas não ambígua. A solidariedade não é aí simplesmente física, como teria desejado Filmer: ela é o produto de uma decisão tão racional quanto natural.

Não existe oposição, aos olhos de Locke, mas, ao contrário, conjunção, entre a criação racional e o produto natural. Sem dúvida, o arbitrário vai contra a natureza; mas o racional, a obra racionalmente livre, faz parte da natureza. Aqui está a base da doutrina de Locke: não é, para ela, nem uma contradição, nem uma ambigüidade, nem um malogro. Ao contrário.

associados em sociedades, ao menos temporárias, de indivíduos não fisicamente, mas essencialmente sociais.

Enquanto para Hobbes os laços do pai com a criança, aparentemente artificiais e baseados em uma convenção, impõem-se sobre aqueles, aparentemente mais naturais e afetivos, que unem o homem à mulher, para Locke, só a sociedade conjugal é baseada em um contrato e a sociedade de pais e filhos dela deriva. Ela é, menos ainda que a outra, assimilável a uma sociedade política, já que as crianças não participam de nenhum contrato com seus pais[32]. Em virtude da lei natural, os pais são obrigados a proteger e criar seus filhos, a assegurar sua educação e a transmitir-lhes seus bens, em razão da longa fragilidade das crianças e da sua duradoura incapacidade de refletir e raciocinar[33]. A autoridade dos pais sobre seus filhos baseia-se nessa obrigação que assumem em relação a eles, pois a autoridade dos pais constitui a condição única que lhes permite realizar o seu dever natural. Reciprocamente, em virtude da mesma lei natural, as crianças são obrigadas a obedecer a seus pais, enquanto estejam sob sua guarda, e a lhes honrar e respeitar, por toda sua vida[34]. Isto significa dizer que a sociedade dos pais e dos filhos é mais natural ainda que aquela do marido e da mulher, pois ela não mais comporta nem escolha voluntária, nem contrato: a existência dos indivíduos basta para impor-lhes vínculos sociais provisórios. Mas esta existência não deixa de permanecer sob a dependência da sociedade conjugal e, ao menos indiretamente, ela continua função de uma escolha voluntária e de um contrato. Um homem, se existe, é necessariamente filho de um pai e de uma mãe, e forma necessariamente sociedade com eles, enquanto um homem pode não se tornar marido desta mulher ou mesmo, a rigor, de uma mulher, qualquer que ela seja. O homem é mais naturalmente social como filho, mas está mais obrigado à sociedade como esposo eventual.

Quanto às relações do senhor e do escravo, às quais Hobbes, antes de Hegel, atribuía tanta importância na formação das sociedades, Locke

▼

32. *Second Treatise*, cap. VII, art. 81, e cap. VI, art. 56.
33. *Second Treatise*, cap. VI, art. 58.
34. *Second Treatise*, cap. VI, art. 67.

trata-as, de acordo com a lógica de seu sistema, recusando-se a admitir que o escravo e o senhor, na precisa acepção do termo, possam jamais formar uma sociedade[35]. A condição perfeita da escravidão é apenas o prolongamento do estado de guerra, pois, por um lado, o senhor dispõe de um poder absoluto de vida e de morte sobre seu escravo, o que é o inverso de uma característica social; e, por outro lado, o escravo tem bastante poder, se julgar que a duração de sua condição excede o valor que ele atribui à sua vida sempre ameaçada, para resistir ao seu senhor, ainda que ao preço da morte. O domínio do déspota sobre o escravo, que não nasceu de um contrato, não pode ser pretexto de nenhum contrato. A sociedade nasce dentro de um certo sistema de obrigações, entre seres capazes de obrigações, não nasce entre seres tão privados de toda capacidade de obrigações e, com isso, de toda significação humana, a ponto de não subsistir entre eles senão relações de força. Em troca, se um acordo intervém limitando os poderes do senhor e determinando a tarefa correspondente do escravo, este torna-se um servidor, e a escravidão cessa por si mesma, ao mesmo tempo que cessa o estado de guerra, do qual ela não é senão uma das expressões.

E se o estado de guerra é um crime contra a lei natural pelo qual os homens se despojam de seu direito de homens e se igualam às feras, é precisamente porque sua sociabilidade é uma propriedade essencial à sua humanidade, e que toda ação de guerra, rompendo a unidade da espécie humana, rompe, com o mesmo golpe, a unidade da sociedade humana que ela constitui. Pois o homem de Locke não é um cidadão do mundo, é um cidadão da humanidade. Dizer, com efeito, que o homem é sociável implica afirmar que ele pertence, em seu princípio, a uma comunidade única e que ele forma naturalmente com todos os outros homens, excluindo todas as outras criaturas, uma sociedade única[36]. O homem, na medida em que é humano, pertence a esta grande comunidade natural: a humanidade, que seria a única sociedade dos homens, seu *fellowship* suficiente, se não existissem homens degenerados e corrompidos[37]. No

▼

35. *Second Treatise*, cap. IV, arts. 23 e 24, e cap. XV, art. 172.
36. *Second Treatise*, cap. IX, art. 128.
37. *Second Treatise*, cap. XV, art. 171.

estado natural, com efeito, todos os homens participam desta sociedade única e estão ligados por um vínculo comum, a razão, que nada mais é que o espaço em que se manifesta, como vimos, quando se realiza como liberdade, a sociabilidade sob a forma de obrigação social[38]. Embora exista uma oposição entre indivíduo e sociedade, uma vez mais constatamos que é a própria liberdade racional que ao mesmo tempo faz a individualidade do homem e sua sociabilidade, que ao mesmo tempo constitui o princípio do indivíduo e o do social.

A humanidade não é então somente a idéia geral do homem ou simplesmente o conjunto de todos os homens. Tudo o que existe é, sem dúvida, particular – é a convicção profunda de Locke – e a humanidade, neste sentido, não pode, portanto, se reduzir a uma idéia geral, à idéia abstrata de um gênero[39], que só existiria no nosso espírito e seria criada por ele. Tampouco é um corpo físico único e uma estrutura biológica individualizada. Para empregar o vocabulário familiar a Locke, *mankind* não designa uma essência nominal, mas uma essência real[40], um ser particular, um elemento do universo teleológico criado por Deus. Seria então preciso supor que este ser particular não é nem um ser racional, nem um ser físico, mas uma realidade moral cuja individualidade manifesta-se no nível da unidade de obrigação, da unidade de exigência racional que, no contexto de uma conveniência teleológica, assegura o vínculo dos homens entre si. Diz-se, de bom grado, que a razão, em cada homem, faz sua humanidade; seria preciso, com Locke, compreender que a humanidade encontra sua individualidade na razão, enquanto estrutura obrigatória e progressivamente acabada da sociedade humana.

Encontrar-se-á mais tarde, em Jean-Jacques Rousseau, a afirmação de um indivíduo absoluto, "perfeito e solitário", "existência absoluta e naturalmente independente"[41], animada pelo amor de si mesmo, paixão inata e primitiva. Para ele, o homem natural é tudo. "Ele é a unidade numérica, o inteiro absoluto que só tem relação consigo mesmo ou com

▼

38. *Second Treatise*, cap. XV, art. 172.
39. *Essay*, livro III, cap. III, arts. 1º e 6º.
40. *Essay*, livro III, cap. III, art. 15.
41. J.-J. Rousseau, *Contrat social*, livro I, cap. VII, e livro II, cap. VII.

seu semelhante. O homem civil não é senão uma unidade fracionária que tende ao denominador e cujo valor está na sua relação com o inteiro que é o corpo social."[42] É por isso que o problema político por excelência, o problema do legislador, consiste em "desnaturar o homem" e em transformar o indivíduo absoluto da natureza em um cidadão, que seja parte de um todo maior, do qual ele receba, de alguma maneira, sua vida e seu ser.

Mas, se com Locke não se reconhece a existência do indivíduo absoluto, temos o direito de reconhecer antes de tudo que o indivíduo humano é naturalmente social, visto que ele é membro e parte integrante de uma sociedade natural, a humanidade[43]; se ele é social, é por razão e obrigação racional. Mas é ao mesmo tempo reconhecer que a humanidade constitui um verdadeiro *fellowship*, uma sociedade perfeita dentro da qual os indivíduos são chamados a obedecer somente a única razão e a exercer toda sua liberdade, quer dizer, a ser tão plenamente indivíduos quanto é possível ser a indivíduos racionais.

II
Sociedade política e comunidade

Esta sociedade perfeita e inteiramente natural só poderia ser habitada por seres perfeita e livremente racionais, por homens natural e imediatamente perfeitos de corpo e de razão, tal como era Adão ao sair das mãos do Criador[44]. Mas, na realidade, os homens nascem fracos e desprovidos de razão. Degenerados com relação ao estado original em que se encontrava Adão, eles são ameaçados de corrupção antes de terem chegado, com ajuda da idade, da experiência e da educação, à plena luz

▼

42. J.-J. Rousseau, *Émile*, Paris, Garnier, p. 9.
43. Reciprocamente, compreende-se que, para Rousseau, a palavra *gênero humano* só oferece ao espírito uma idéia puramente coletiva que não supõe nenhuma união real entre os indivíduos que o constituem. É preciso entender "coletivo" no sentido em que d'Ockham definia um povo como uma "coleção" de indivíduos. (Citado sem referência por Bertrand de Jouvenel, *in Essai sur la politique de Rousseau*, em introdução ao *Le contrat social*, p. 117.)
44. *Second Treatise*, cap. VI, art. 55.

da razão. No estado de inquietude em que se encontram abandonados, eles correm o risco de se tornarem presas de paixões e mesmo de vícios[45]. Esta *uneasiness*, que é o motor de toda indústria e de toda ação humana – o que bem mostra que, para Locke, não existe homem agente, homem real, sem esta inquietude essencial –, é também o motor de más e ignóbeis ações, quer dizer, ações pelas quais se faz mal aos outros sob o pretexto de buscar seu próprio bem[46]. Tais são os princípios desta *human frailty*, desta fragilidade humana que invoca Locke cada vez que quer mostrar a que ponto o homem está sujeito às paixões e é vítima do erro[47]. Nestas condições, a grande e natural comunidade humana não pode bastar; a miséria nascida da corrupção e do vício dos homens degenerados (visto que seu gênero natural era a vida segundo a razão) provoca entre eles a necessidade de se proteger agrupando-se, por meio de acordos positivos visando a objetivos bem determinados, em associações menores; assim vão se constituir, pela cisão e divisão da sociedade humana universal, as sociedades propriamente políticas[48].

Paradoxo extremamente inesperado para a época de Locke[49], a sociedade que historicamente é a primeira na existência dos homens é também a mais ampla, é a humanidade, pois ela aparece ao mesmo tempo que os próprios indivíduos. Associação do homem e da mulher, grupo de pais e filhos explicitam e realizam em estruturas determinadas uma socialidade essencial e se imprimem sobre o fundo de uma sociedade humana preexistente. As sociedades políticas, fragmentos destacados da comunidade humana, só nascerão mais tarde. Para o próprio Aristóteles, só a essência do homem é social, mas ele só realiza sua en-

▼

45. *Essay*, livro II, cap. XX, art. 6º (2ª ed.).
46. *Commonplace Book*, de 1661, citado por King, p. 292 (Lord Peter King, *Life of John Locke*, 1829-1830. Lord King, descendente do herdeiro de Locke e possuidor de seus manuscritos, de sua correspondência, do seu diário e de seus *commonplace books* (livro no qual as coisas que são lembradas são anotadas). (N. das Orgs.)
47. *Second Treatise*, cap. XII, art. 143, e cap. XIV, art. 165.
48. *Second Treatise*, cap. IX, art. 128.
49. Os sociólogos franceses da escola de Durkheim terão tido o sentimento de terem estado entre os primeiros a pensar que as sociedades não se constituem por combinação de grupos sociais mais restritos, mas que elas se formam por complexa reunião a partir de sociedades mais amplas e mais simples.

teléquia progressivamente e graças à sua participação em sociedades cada vez mais perfeitas[50]. Ao contrário, o homem de Locke é efetivamente social desde a origem, desde o estado natural, e não somente de modo essencial. Sobre a realidade de relações sociais naturais e a partir delas, ele constrói e constitui novas estruturas sociais por convenção e contrato.

***

As mesmas obrigações, as mesmas necessidades e as mesmas concordâncias com a ordem natural, que induzem o homem que vive no estado natural a estabelecer vínculos sociais, presidem a formação de sociedades políticas, que Locke nomeia indiferentemente sociedades (no sentido estrito) ou comunidades e cuja existência caracteriza o reino do estado civil. A organização da "multidão confusa sem ordem e sem vínculos", que tanto preocupava Hobbes, não tem, aqui, nenhum lugar; e primeiramente porque esta multidão quase não se manifesta, segundo Locke, senão na desordem e na dispersão produzidas em um corpo político pela ruína das leis e pelo desaparecimento dos governos[51]. A sociedade política não se constitui, com efeito, por mudança de estado e transmutação de um estado de dispersão radical em um estado de organização civil, mas por fragmentação e concentração de vínculos sociais em corpos políticos distintos dentro de uma sociedade universal preexistente.

Uma sociedade política, uma comunidade, constitui um todo fechado sobre si próprio, uma totalidade cerrada, *a whole*, por oposição à sociedade humana que forma uma associação aberta[52]. A realidade que Locke designa sob o nome de *todo* constitui um conjunto de elementos desde que eles estejam unidos entre si por leis e por relações próprias, desde que dependam uns dos outros assim como do *todo* como o *todo* depende deles e, enfim, desde que eles sejam suficientemente independentes de realidades exteriores para subsistir de modo autônomo. É uma realidade singular, no sentido em que é única e não se confunde

▼

50. Aristóteles, *Politique*, livro I, cap. II.
51. *Second Treatise*, cap. XIX, arts. 211 e 219.
52. *Second Treatise*, cap. VIII, art. 98.

com nenhuma outra. É sobretudo uma realidade individual, no sentido em que ela é una e capaz de existir, de subsistir por si própria, de modo distinto, independente e autônomo[53]. Tal como o indivíduo humano, ela é bastante individualizada pela realidade de sua existência una: ela é una por seu objetivo, com relação ao qual está racionalmente ordenada. A comunidade se constitui para escapar à insegurança e à miséria que a inexistência de um árbitro reconhecido por todos e bastante forte para assegurar a execução de suas sentenças faz reinar em um grupo de indivíduos que vivem no estado natural e sob a única salvaguarda sem controle da lei natural[54]. Este objetivo único é o bem comum, quer dizer, a segurança dos indivíduos e a preservação da paz, geradoras de prosperidade. Não é a existência do contrato que caracteriza a comunidade política (já podem existir contratos entre indivíduos no seio do estado natural, por exemplo, no momento da formação da família), mas a decisão de se integrar a uma comunidade que governe, com vistas ao bem público, um poder temporal, um magistrado dotado do poder de fazer leis e fazê-las aplicar, ainda que sob pena de morte, usando a força total da comunidade[55]. Este objetivo único e limitado dá seu sentido aos vínculos teleológicos que unem na comunidade seus diversos membros entre si e aos que dentre eles têm a função de magistrados. Este objetivo único contribui assim, atribuindo a cada um seu lugar e sua função específica, para fazer da comunidade um todo existente e subsistente de maneira autônoma[56].

▼

53. *Second Treatise*, cap. XIX, art. 211, e cap. X, art. 133. Ainda aqui Locke aceitaria, sem dúvida, distinguir entre uma acepção mais ampla da palavra *community*, designando inclusive comunidades subordinadas e interiores a uma *Commonwealth*, e uma acepção estrita, que ele emprega de fato mais comumente e que se aplicaria a comunidades políticas, quer dizer, a toda comunidade independente, qualquer que seja sua forma de governo. Poderíamos chamá-las ainda melhor de *Commonwealths*. *By Commonwealth, I must be understood all along to mean (...) any independant community which the Latins signified by the word civitas*. Mas, talvez por hostilidade a Hobbes, a palavra *Commonwealth* é relativamente rara em Locke. E ele parece insistir, quando lhe ocorre empregá-la, na idéia de que a *Commonwealth* é uma comunidade política efetivamente provida de suas instituições e considerada essencialmente através delas.
54. *Second Treatise*, cap. X, art. 21, cap. VII, arts. 87 e 90.
55. *Second Treatise*, cap. II, art. 14, e cap. I, art. 3º.
56. *Second Treatise*, cap. XIX, art. 219.

Com efeito, a unidade do objetivo imprime ao todo a unidade de um *corpo* político único – é uma expressão que reaparece amiúde sob a pena de Locke, *one body politic* –, constituída pela união de um certo número de homens que abandonam seu poder e seu direito de assegurar, cada um por si, a execução e a defesa da lei natural e consentem em transferir este poder e este direito para as mãos de um poder público[57].
And this is done wherever any number of men enter into society to make (...) one body politic.

Pergunta-se constantemente quais eram os membros deste corpo político. A idéia de que a sociedade política lockiana é *a joint-stock company rather than an organism* tem levado, muitas vezes, a se demonstrar com razão que os membros desta sociedade por responsabilidade limitada eram todos *share-holders*, acionários, portanto, proprietários[58]. Trata-se, com efeito, de homens trabalhadores e capazes de raciocinar, *industrious and rational*, proprietários de seu trabalho, de seu corpo, de sua liberdade e de seus bens que participam da sociedade política e daí formam seu corpo. Pretendeu-se, às vezes, que os pobres estivessem excluídos do corpo político e conseqüentemente privados dos direitos do cidadão. Mas aqueles que tratam desta forma tanto os trabalhadores pobres, *the industrious poor who work for their betters*, quanto os preguiçosos pobres, *the idle poor, who work for themselves*, explicitamente condenados por Locke, eram os que exploravam seu pensamento político em benefício dos grandes proprietários *whigs*, seus aliados. A lógica do pensamento de Locke não implica tais conseqüências, mesmo que suas simpatias pessoais não permitam excluí-las inteiramente. Para ele, ser proprietário de sua liberdade, de seu corpo, de seu trabalho – contanto que se trabalhe racionalmente – implica já ser um proprietário, quer dizer, uma pessoa civil com direitos jurídicos bem definidos, e isto basta para ser membro do corpo político. Locke, sem dúvida, dele só excluiria os mendigos e os vagabundos, condenados por sua exis-

▼

57. *Second Treatise*, cap. II, art. 14; cap. VII, art. 89; cap. X, arts. 95 e 97.
58. Por exemplo, C. E. Vaughan, *Studies in the History of Political Philosophy*, tomo II, p. 189. R. H. Tawney, *Religion and the Rise of Capitalism*. Harmondsworth, Penguin, pp. 192-3 e 256. H. J. Laski, *Le libéralisme européen du Moyen Âge à nos jours*, p. 117.

tência corrompida e insensata, e desprovida por isso da própria condição humana.

A fórmula "corpo político" não é simplesmente uma locução banal legitimada pela tradição – Hobbes em seu tempo escrevera um *De corpore politico*. Locke insiste e mostra que cada indivíduo que se junta a uma comunidade incorpora-se a ela, isto é, participa de um corpo, de um conjunto coerente de partes suscetíveis de se mover umas às outras. A característica deste corpo político enquanto corpo, com efeito, é que ele constitui um poder que exprime *the joint power of every member*[59], *the joint force of a multitude*[60], a força resultando da união de todos os indivíduos que o compõem. Esta força foi-lhe transferida na medida em que ele devia assegurar só para ele a execução da lei natural e, como condição prévia, a sua própria conservação. Um tal corpo político é capaz de empregar "a força da comunidade" *to act as a whole*, a fim de agir como um todo distinto, quer dizer, com vistas a um objetivo e de modo coerente[61].

É suficiente dizer que este corpo político único é animado por uma vontade única, *one will*. Se uma comunidade é constituída em um corpo único e dotada do poder de agir como um corpo único, é porque ela é uma vontade una e única[62]. "A essência e a união da sociedade consistem em ter uma vontade única." Ela é a vontade do bem comum e dos meios que permitem realizá-lo constantemente. É, portanto, a vontade de assegurar a execução da lei natural, que ela tem por tarefa tanto exprimir quanto garantir[63]. As leis positivas traduzem expressamente, portanto, a vontade da comunidade. Compreende-se por que, conseqüentemente, o termo comunidade, ainda mais que o de sociedade, é

▼

59. *Second Treatise*, cap. XI, art. 134.
60. *Second Treatise*, cap. XI, art. 137.
61. *Second Treatise*, cap. X, art. 98, e cap. XIX, art. 211.
62. *Second Treatise*, cap. VIII, art. 96. O problema é tradicional. O argumento já é empregado por Hobbes para apresentar a *Commonwealth* como uma pessoa pública. No sentido inverso, Filmer pretendia, a partir deste princípio voluntarista, mostrar que, para que haja uma vontade soberana, seria preciso que houvesse um indivíduo soberano, um monarca (*Patriarcha*, arts. XXXI e XXXII).
63. *Second Treatise*, cap. XIX, arts. 212 e 214.

empregado por Locke para designar o corpo político enquanto ele quer e age, e por que ocorre ainda que a comunidade seja assimilada ao próprio governo[64].

Mas seria preciso evitar levar muito longe a coerência das metáforas e querer tirar daí – como é permitido fazer a partir da imagem sistemática do *Leviathan*, para a doutrina de Hobbes – conclusões muito rígidas. Sem dúvida, é próprio da comunidade ser capaz de ação e, muitas vezes[65], Locke não hesita em falar das "mãos da comunidade". Mas seu ato primeiro e fundamental, ato que corresponde ao *pactum subjectionis* de certos juristas, consiste em constituir o poder legislativo[66], em estabelecê-lo e atribuir-lhe uma missão. Mas, ao mesmo tempo, o corpo político dá-se, por assim dizer, uma alma, pois Locke qualifica o legislativo de alma da comunidade. E esta alma reciprocamente dá forma, vida e unidade à *Commonwealth*; tem então, com relação ao corpo político, o papel que Aristóteles atribuía à alma com relação ao corpo, já que ela é a sua forma. Mas isto não impede Locke de escrever, no mesmo parágrafo, que é no legislativo que os membros da *Commonwealth* são unidos e combinados num corpo vivo, coerente e único.

Percebe-se claramente, através da incoerência das imagens, a intenção de Locke. Se recorreu com freqüência à idéia de corpo para descrever a própria comunidade e, por vezes, o poder legislativo, isto não implica que ele os conceba como organismos e não deva induzir a uma interpretação organicista ou totalitária. Trata-se antes de apresentar a comunidade como um todo único e unificado, fortemente coerente, existindo de modo distinto e independente. Pois a coesão das partes, a unidade do todo são as condições necessárias da eficácia política da comunidade, visto que comandam a unidade de interpretação da lei natural, portanto, a unidade de direito, a eficácia da arbitragem pelo poder soberano e a preponderância das forças graças às quais este fará executar a lei.

▼

64. *Second Treatise*, cap. VIII, art. 95: *When any number of men have so consented to make one community or government (...) they make one body politic.*
65. *Second Treatise*, cap. VII, art. 87.
66. *Second Treatise*, cap. XIX, art. 212.

A fortiori, não se trata de identificar a comunidade com uma pessoa, mesmo se acontecer que Locke fale dela como se fosse composta de uma alma e de um corpo. Apesar da incitação que a teoria hobbesiana da pessoa pública possa constituir, Locke não aplica nunca a noção de pessoa à comunidade política ou à *Commonwealth*; não lhe reconhece nunca um estatuto jurídico pessoal. Entre o indivíduo, o poder legislativo e o povo, a comunidade não é dotada dos caracteres da pessoa: não é um ser racional, não é o contexto e o instrumento de uma atividade racional. Ela não tem valor por si; não é um fim suficiente. Sem dúvida, a salvaguarda da sociedade pode exigir o sacrifício e a morte de tal ou tal pessoa individual. Mas nem por isso a comunidade leva vantagem sobre os indivíduos que a compõem, nem sua preservação sobre a preservação das pessoas individuais.

O *Primeiro tratado sobre o governo civil* afirma-o claramente. O bem público é "o bem de cada um dos membros particulares de uma comunidade, na medida em que pode existir por regras comuns"; sendo estas regras comuns as leis positivas instituídas, em conformidade com as leis naturais, em vista deste bem público[67]. Locke reconduz, portanto, o bem público à paz e à segurança para as liberdades e as propriedades das pessoas, liberdades e propriedades que podem ser objeto de leis gerais; mas exclui do bem público a felicidade dos indivíduos, sob qualquer forma que a definam. Esta definição dá, ao que parece, a exata medida segundo a qual o bem público pode ser um bem comum, um bem geral, tendo como objetivo, afinal, só bens individuais. A conservação da comunidade só constitui o bem público porque ele é para os indivíduos o meio de usufruir de suas propriedades em paz e segurança[68]. O fim supremo da existência da comunidade

▼

67. *First Treatise on Civil Government*, cap. IX, art. 92. Com esta observação, Locke prenuncia a de Kant pela qual o legislador, no Estado, deve preocupar-se com a manutenção dos direitos garantidos a cada um, mas não com a felicidade dos indivíduos. Pois não há princípio universal que possa ser dado legitimamente por lei quando se trata da felicidade (*Uber den Gemeinspruch: Das mag in der Theorie richtig sein, taugt aber nicht für die Praxis, Werke*, tomo VIII, p. 298).
68. *Second Treatise*, cap. XI, art. 134. A noção de bem comum em Locke é perfeitamente clara e delimitada; não é cabível atentar para as reservas de M. Kendall, *Locke and the Doctrine of Majority-rule*, pp. 92-3.

reside na salvaguarda dos indivíduos que constituem as únicas pessoas que Locke reconhece como tais.

***

Trata-se, portanto, agora de definir a situação efetivamente conservada pelo indivíduo no seio da comunidade e de reconhecer se o papel político efetivamente desempenhado por ele corresponde mesmo ao sentido que, em princípio, a comunidade lhe atribui.

A comunidade não teria outro fim senão a existência dos indivíduos. Como poderia ser de outra maneira legítima visto que ela foi instituída por eles e para seu exclusivo benefício, sob a égide de uma lei natural que anunciava e prometia o acordo entre a ordem do mundo, a existência dos indivíduos e a existência dos grupos? A comunidade nasce, com efeito, do consentimento efetivo e explícito de cada indivíduo que, em plena liberdade e em plena razão e com todos os direitos que lhe confere a lei natural, decide unir-se a outros homens em um corpo político único, ou incorporar-se a uma comunidade política já existente, a fim de viver em segurança e salvaguardar os bens dos quais detém a propriedade[69].

Dado que cada um é naturalmente livre, cada um só pode se comprometer a si próprio, ninguém pode se comprometer pelo outro, nem mesmo por seu próprio filho[70]. Doravante, só o consentimento de cada indivíduo pode fazer com que, na *Commonwealth*, um ato seja um ato do corpo político inteiro[71]. O que move uma comunidade é somente o consentimento dos indivíduos que a compõem[72].

Consentindo à comunidade política, qual situação aceita ele do Estado? De certo ponto de vista, os poderes e os direitos do indivíduo, membro do corpo político, são menores que os dos indivíduos que vivem segundo a lei natural. Ele renunciou à sua liberdade natural, quer dizer, tanto ao direito de ele próprio ser o intérprete suficiente da lei

▼

69. *Second Treatise*, cap. VIII, arts. 97 e 106.
70. *Second Treatise*, cap. VIII, arts. 117 e 119.
71. *Second Treatise*, cap. VIII, art. 98.
72. *Second Treatise*, cap. VIII, art. 96.

natural quanto ao poder que lhe conferia esta lei de assegurar-se ele mesmo sua execução[73]. Ele renuncia então a usar todo o poder natural de que dispõe para proteger sua vida, sua liberdade e seus bens contra os ataques de outro. Depois de lhe ter fornecido um fim, a busca do bem comum, e um princípio, a conformidade à lei natural, consente em obedecer às leis da *Commonwealth* que, daí para diante, definem os limites impostos ao uso de sua liberdade natural[74]. Trata-se mesmo do consentimento a uma obediência absoluta, no quadro das leis, já que ela implica, se o bem comum o exigir, que o indivíduo consinta em correr o risco da morte bastante provável e em ser, em caso de desobediência, punido até mesmo com a pena de morte[75]. Esta renúncia e esta obediência são consentidas uma vez por todas e sem dispensa possível: o poder que cada indivíduo uma vez concedeu expressamente à sociedade à qual ele se incorpora não pode retornar aos indivíduos, mas permanece em mãos da comunidade pelo tempo que esta subsistir, sem o que não haveria comunidade possível[76].

No entanto, Locke logo elabora uma teoria do consentimento tácito que libera de fato a maioria dos homens de todo comprometimento eterno em relação à *Commonwealth* em cujo seio vivem: por certo, um consentimento expresso vincula ao Estado, com efeito, por um lado, a pessoa que lhe dá, por outro, o conjunto de seus bens. Estes bens dependem então do poder deste Estado, enquanto este subsistir. Aquele que venha a possuí-los ulteriormente está também sujeito, no que se refere a seus bens, à jurisdição deste Estado. Por isso, e enquanto ele não abandonar a propriedade de seus bens, reconhece por consentimento tácito a existência deste Estado e aceita obedecer às suas leis. Mas, se abandonar a propriedade de seus bens e o direito de deles usufruir, ele está, por

▼

73. *Second Treatise*, cap. VII, art. 87; cap. IX, arts. 129 e 130.
74. *Second Treatise*, cap. IX, art. 129, e cap. XI, art. 134.
75. *Second Treatise*, cap. XI, art. 139, e cap. I, art. 5º.
76. *Second Treatise*, cap. VIII, art. 121, e cap. XIX, art. 243. C. E. Vaughan estimou que nestas condições Locke, devido a uma nova incoerência, teria atacado os direitos inalienáveis da propriedade individual (*Studies in the History of Political Philosophy*, tomo II, pp. 184-5). O que significa dizer que a lei deveria garantir direitos à propriedade que ela preserva sem impor-lhe obrigações correspondentes, quer dizer, sem dar-se os meios de realizar esta garantia. A crítica de Vaughan é inaceitável.

seu lado, no direito de ir-se, de incorporar-se a um outro Estado ou de ir, com outros homens, *in vacuis locis*, instituir um novo[77].

Se a duração deste abandono dos direitos e dos poderes escapa em geral ao controle do indivíduo, ele não se mantém menos limitado, e, se cada pessoa natural se submete a uma estreita obediência, é apenas para melhor garantir sua liberdade civil e as propriedades que a fazem como é. O indivíduo só abandonou estritamente o direito natural de interpretar a lei natural e o poder de fazê-la executar na medida em que é capaz. Ele aceitou de uma vez por todas que as leis gerais definam suas relações com os homens em cuja companhia vive. Mas conserva todos os outros direitos e todos os outros poderes que lhe confere a lei natural, pois esta não desaparece no estado civil; ele conserva o direito à integridade de sua pessoa e de seus bens. A natureza da propriedade é tal que, em nenhum caso, nenhum poder, ainda que fosse o poder supremo e mesmo que fosse por uma lei, não pode sofrer um ataque legítimo. Seria absurdo se fosse de outra maneira: a salvaguarda da propriedade não é o objetivo para o qual um governo foi instituído?[78]

Da mesma maneira, o direito à vida e à liberdade continua a pertencer integralmente ao indivíduo, não porque seria absurdo que fosse de outro modo, mas porque o direito de delas dispor escapa ao próprio indivíduo. Ninguém pode transferir mais poder do que tenha e ninguém tem sobre sua vida e sua liberdade um poder arbitrário. Em qualquer circunstância que seja, o indivíduo continua obrigado a viver e a ser livre. É próprio do homem ser obrigado à liberdade[79]. A liberdade civil consiste em não viver senão sob o poder legislativo a que se consentiu incorporando-se à *Commonwealth*, e em só obedecer às leis estabelecidas por este poder legislativo com o objetivo de cumprir a missão que lhe foi confiada. Ser livre na comunidade significa obedecer à lei geral, comum a todos, onde quer que ela exista, e agir segundo a sua vonta-

▼

77. *Second Treatise*, cap. VIII, arts. 119-121. Seria o direito à emigração que os tempos modernos nos ensinaram que constitui a salvaguarda última e indispensável da liberdade individual, em caso de desacordo radical com a maioria dos habitantes de seu país.
78. *Second Treatise*, cap. XI, art. 138, e cap. XVI, art. 193.
79. *Second Treatise*, cap. IV, art. 23, e cap. XI, art. 135.

de em todos os lugares onde a lei se cale[80]. Por exemplo, o magistrado só tem que intervir por lei onde aparece uma desavença irredutível entre o marido e a mulher, mas para todo o resto de sua atividade familiar ele deve deixá-los em plena liberdade[81]. Sobretudo ser livre na sociedade civil significa ser livre com respeito a todo poder absoluto arbitrário, quer dizer, a todo poder que não se exerça por leis e com vistas ao exclusivo bem comum[82].

O indivíduo reencontra também sua plena liberdade natural não somente quando as leis se calam, mas cada vez que o poder supremo se choca com as leis ou se omite diante da sua missão, em caso de *breach of trust*. Quando um indivíduo particular se encontra privado de seu direito ou então está submetido a um poder sem direito, ele não tem mais nenhum recurso temporal possível. Mas resta-lhe o direito e a liberdade de apelar ao céu, como indivíduo que é, quer dizer, de se defender pela força, tal como teria feito na lei natural[83]. Ainda que abandone seu direito de interpretar a lei natural, o indivíduo conserva, com efeito, o direito de julgar se um ato ou uma ordem que põem sua vida em perigo estão ou não contra o direito. Pois não está em meu poder de homem submeter-me a outro a ponto de lhe dar o poder de me destruir. Isto significa dizer que, ainda que cada membro de uma comunidade confira ao poder público o direito de interpretar a lei natural em leis positivas e de fazê-las respeitar, mesmo pelo preço da morte, este mesmo poder público não pode exigir de ninguém entre eles que renuncie, quando ele está diretamente em causa, decidir a salvaguarda de sua própria pessoa e defender-se, se ele se dá o direito, por todos os meios. Cuidado bem característico de Locke, ele respeita os desvios do concreto: o condenado à morte é reconduzido ao estado natural e em seguida deixam-no lutar com todas as suas forças por sua vida. Pois Locke admitiu uma vez por todas que, mesmo para o homem que, incorporando-se a uma comunidade, renunciou a julgar o direito natural por ele

▼

80. *Second Treatise*, cap. IV, art. 22.
81. *Second Treatise*, cap. VII, art. 83.
82. *Second Treatise*, cap. IV, art. 22, e cap. XI, art. 139.
83. *Second Treatise*, cap. XIV, art. 168.

mesmo, dá-se um momento em que a injustiça se faz ouvir por si mesma, um momento em que ninguém pode impedir este homem de tentar um esforço supremo para defender sua vida, ou impedi-lo pelas leis, ainda que ele já tenha consentido em penhorar esta vida.

Mas Locke nem por isso se ilude. Enquanto o direito de resistir e de se defender não é exercido senão por indivíduos isolados, enquanto a injustiça só atinge casos particulares isolados e o corpo político não se sinta de modo algum diretamente ameaçado, por mais legítima que seja a defesa empreendida, ela está destinada ao malogro[84]. O indivíduo tem muito direito de se defender, mas não tem força. Dito de outra maneira, na comunidade, tal como a concebe Locke, o indivíduo enquanto tal não é capaz por si só de ação política.

Tal é, segundo Locke, o indivíduo, membro do corpo político, que só existe para ele e não existiria sem ele, o indivíduo, sempre senhor de sua pessoa, de sua vida e de seus bens, segundo a lei natural, mas livre para usá-los e defendê-los segundo as leis da *Commonwealth*. Ele está, em princípio, ao abrigo de tudo quanto é arbitrário, mas, de fato, é incapaz de se defender isoladamente contra ele. O consentimento racional do indivíduo à sociedade não o libertou, portanto, inteiramente de sua inquietude; a comunidade política lockiana não é um Estado perfeito utópico. A realização do bem comum depende em grande parte da fidelidade dos governantes à sua missão, a seu *trust*. E a doutrina do indivíduo em Locke permanece uma doutrina do indivíduo-sujeito; não culmina numa doutrina do indivíduo-governante, cujas qualidades e virtudes específicas nunca são objeto de uma análise. Ao contrário, *princes are but men made as others*[85]. Locke fala dos governantes como homens capazes de razão, mas também das paixões de todos – ambição, temor, loucura ou corrupção – e que são tanto mais perigosos quanto mais são poderosos[86]. Aquele que imaginasse que o poder absoluto purifica o sangue do homem, impede a fragilidade moral e a baixeza de sua natureza deveria ler a história do tempo para se convencer do contrário.

▼

84. *Second Treatise*, cap. XVIII, art. 208.
85. *Second Treatise*, cap. XIV, art. 165.
86. *Second Treatise*, cap. XIX, art. 222.

Não há, portanto, para Locke um ser soberano tornado incomparável e racional por sua própria soberania, como em Hobbes[87]. São homens como os outros que têm a tarefa da arbitragem e do poder supremo. O que se deve obter deles é que não busquem outras vantagens pessoais além das que eles obtêm enquanto membros do corpo político e enquanto são encarregados, pelas leis da sociedade, de funções eminentes. Pois os governos são feitos para o benefício dos governados e não só para os governantes[88].

***

É por isso que a ação política dos indivíduos membros da *Commonwealth* deveria consistir essencialmente na arte de escolher, o mais racionalmente possível, seus representantes entre homens necessariamente dotados tanto de paixões quanto de razão e, em conseqüência, necessariamente marcados senão pela *human baseness*, ao menos pela *human frailty*, pela humana fragilidade.

Desde o momento em que aderiu à *Commonwealth*, com efeito, cada indivíduo autorizou a sociedade ou, o que é a mesma coisa, o poder legislativo a fazer em seu lugar leis visando ao bem comum[89]: *he authorizes the society or, which is all one, the legislative, to make laws for him*. Sem dúvida, qualquer indivíduo que vive em uma democracia perfeita participa diretamente por seu voto na fabricação das leis[90]. Mas, desde que ele deixa de viver num tal regime de exceção, deve escolher representantes, aqueles que ele autoriza a legislar em seu lugar.

Ora, se a teoria da autorização põe em relação direta o consentimento do indivíduo com o exercício do poder legislativo e faz depender estritamente este daquele, a teoria da representação não faz mais explicitamente apelo ao indivíduo e só o põe em relação indireta com seus representantes encarregados do poder de legislar por intermédio deste conjunto de indivíduos ao qual Locke atribui uma importância decisi-

▼

87. Cf. Polin, *Politique et philosophie chez Hobbes*, p. 174.
88. *Second Treatise*, cap. IX, art. 93.
89. *Second Treatise*, cap. VII, art. 89, e cap. XIX, art. 222.
90. *Second Treatise*, cap. X, art. 132.

va e que chama de maioria. Sem dúvida, Locke aspira por regras justas suscetíveis de assegurar uma proporção estável entre o número de representantes e o de representados[91]. Sem dúvida, busca limitar a força dos representantes preconizando que a duração dos mandatos a eles confiados seja reduzida a períodos bem definidos e regulares[92]. Mas não se trata em caso algum de estabelecer uma dependência periódica dos poderes eleitos perante os indivíduos enquanto tais. Os representantes são os representantes da maioria e, mais profundamente ainda, os representantes do povo.

Em outras palavras, uma vez assumido o consentimento expresso à comunidade, o indivíduo como tal não age mais no plano político senão no seio da maioria. Desde que o indivíduo se incorpora a uma comunidade, ele consente em que a maioria aí disponha do direito de agir e de decidir por todos, *of the right to act and conclude the rest*[93]. É, além disso, à maioria enquanto tal que cada indivíduo abandona todo poder necessário à realização dos fins almejados pela comunidade: uma tal transferência está implícita no contrato que a fundamenta[94]. Locke chega até mesmo a dizer que só um conjunto de homens livres "capazes de uma maioria" podem se unir e se incorporar por contrato em uma sociedade. Que a maioria tenha um direito *to conclude the rest*, isto quer dizer, literalmente, que ela tem ao mesmo tempo o direito de julgar e de decidir por aqueles que dela não fazem parte efetivamente, e incluí-los mesmo à força, num todo comum. O indivíduo submete-se assim, portanto, às determinações da maioria e aceita ser conduzido por elas. O consentimento de cada indivíduo é, por sinal, o único capaz de fazer com que o ato da maioria seja tido pelo ato do todo.

Pascal colocou o problema da pluralidade em termos decisivos: "Por que seguimos a maioria? Será porque ela tem mais razão? Não, mas

▼

91. Locke aproveita-se disto para criticar as disposições eleitorais em vigor na Inglaterra de seu tempo, a sobrevivência de "vilarejos decadentes" (*bourgs pourris*), por exemplo. *Second Treatise*, cap. XIII, arts. 154-158.
92. *Second Treatise*, cap. XIX, art. 243.
93. *Second Treatise*, cap. VIII, art. 95.
94. *Second Treatise*, cap. VIII, art. 99.

mais força."[95] Aí onde o pessimismo pascalino vê uma alternativa e opta pela hipótese mais sem encanto, Locke não percebe nenhuma alternativa e espontaneamente faz a síntese: segue-se a maioria porque ela tem mais força e porque ela tem mais razão.

Locke não põe um só instante em questão o fato de que a maioria dispõe *naturally* de todo o poder da comunidade[96]. No entanto, este *naturally* não deixa de ser bastante equívoco. Pois pode ser entendido tanto como um "naturalmente" e como um "por natureza", ou, ao contrário, como um "por direito natural". É o "naturalmente" e "por natureza" que seria o mais explícito, por várias razões. Primeiro, é preciso reconhecê-lo, porque a maioria representa a força. "Quando um certo número de homens formaram uma comunidade, com o consentimento de cada um dos indivíduos, eles fizeram por isso mesmo dessa comunidade um corpo único, com poder de agir como um corpo único, o que só pode se dar pela vontade e determinação da maioria. Pois como só o consentimento dos indivíduos faz agir a comunidade, e como é necessário àquilo que é um corpo único mover-se de um modo único, é necessário que o corpo se mova de modo que ganhe a maior força, que é o consentimento da maioria."[97] Não se pode então negar que o poder da maioria não seja antes fundamentado sobre uma necessidade natural, quer dizer, sobre a impulsão de uma força, que é a maior força.

No entanto, e no mesmo raciocínio, este "naturalmente" recebe uma interpretação mais nuançada e tenderia a exprimir as justificações de um simples cálculo racional de eficácia: visto que se trata de assegurar

▼

95. Pascal, *Pensées*, cap. V, fragmento 301, edição de bolso Brunschvicg. Cf. também cap. XIV, fragmento 878, no qual Pascal insistirá: "a pluralidade é o melhor dos caminhos, porque é visível e porque tem força para se fazer obedecer; no entanto, é uma opinião das menos hábeis". Mas é mais fácil colocar a justiça nas mãos da força que a força nas mãos da justiça.

    Jurieu, por seu turno, vê na regra da maioria, da pluralidade, como diz, um meio de preservar a ordem, não justa por si, mas fundamentada na força. Em seu zelo religioso, muitas vezes ingênuo, ele proíbe que se resista a isso, salvo quando interesses consideráveis estão em jogo. Cf. Dodge, *Political Theory of the Huguenots of the Dispersion*, p. 115.

96. *Second Treatise*, cap. X, art. 132.
97. *Second Treatise*, cap. VIII. art. 96.

a unidade do corpo político, se não se toma a decisão da maioria por decisão do todo, é preciso retornar, cada vez, ao consentimento de cada um dos indivíduos. Mas a consulta dos indivíduos choca-se com tantos obstáculos, ausência ou doença de uns, diversidade de opiniões ou oposição inevitável de interesses particulares entre os outros, que é impossível chegar por aí a um resultado prático[98]: o mais poderoso *Leviathan* não duraria mais que a mais frágil das criaturas se lhe fosse imposta semelhante constituição. E é absurdo admitir que seres racionais desejem se unir em sociedades simplesmente para que estas sejam dissolvidas[99]. Estamos aí em presença de um verdadeiro cálculo teleológico, ao estilo hobbesiano, e não é surpreendente que assinalemos muitas vezes em Hobbes[100] um movimento análogo e mesmo expressões similares[101]. Mas em Hobbes este cálculo teleológico evoca primeiramente um soberano único, e em segundo lugar apenas a vontade do maior número: a unidade do corpo político consiste, com efeito, em Hobbes, no *the involving or including the wills of many in the will of one man or in the will of the greatest part of any one number of men*. A "maior parte" logo não é para ele mais que a maioria de um conselho soberano, salvo no caso, desde logo condenado, de uma democracia[102].

Para Locke, no entanto, se a maioria detém "naturalmente" todo o poder da comunidade, não é por simples cálculo teleológico, e num tal regime particular, não é somente "por natureza" e em virtude de uma maior força, da força do maior número, é também e essencialmente "por direito natural".

Por direito natural, de início, porque a formação dos homens em sociedades unificadas está de acordo com a lei natural e porque a submissão à maioria é a condição necessária desta formação.

▼

98. Será neste sentido que Kant reconhecerá, por sua vez, que "se a pluralidade dos sufrágios é a única coisa que se pode esperar obter, o princípio que quer que se contente com esta pluralidade deve ser algo aceito pelo consentimento universal e por um contrato, como o princípio supremo do estabelecimento de uma constituição civil", *Uber den Gemeinspruch, Werke*, tomo VIII, p. 296.
99. *Second Treatise*, cap. VIII, art. 98.
100. *Elements of Law*, livro I, cap. XIX, arts. 4º, 6º e 7º. *De cive*, cap. VI, art. 2º.
101. O *to conclude* figurava nos *Elements of Law* sob a forma *to include*.
102. *Elements of Law*, livro II, cap. II, arts. 1º e 2º. *De cive*, caps. V e VI.

Por direito natural, a seguir, porque os indivíduos consentiram expressa e unanimemente em constituir uma comunidade e em obedecer às decisões da maioria; e a vontade da comunidade é a condição necessária de sua existência[103]. Locke não se cansa de insistir no fato de que os indivíduos efetiva e livremente consentiram em que a obediência à maioria faça, por simples lógica, parte integrante do contrato que funda a sociedade política[104]. O indivíduo, ao consentir, age plenamente segundo seu direito e fundamenta um direito, o direito da maioria.

Enfim, por direito natural porque a maioria para ele é, na realidade, a expressão não propriamente de uma soma de indivíduos, por majoritária que ela seja, mas do povo racional enquanto tal, que é o soberano por natureza.

Para Pascal, o mundo dos homens é um mundo imperfeito e dilacerado em que a justiça não acompanha naturalmente a força. Mas, ao contrário, para Locke o mundo foi feito para homens de tal modo que as disposições da natureza convêm às obrigações morais que eles têm[105]. A lei específica que os governa é, ela própria, uma lei natural.

Não deve então surpreender que no governo da maioria o direito desta esteja de acordo e se conjugue naturalmente com a força. Isto é natural na ordem do mundo racional desde que os homens vivam segundo a lei da razão[106].

▼

103. *Second Treatise*, cap. VIII, art. 96.
104. *Second Treatise*, cap. VIII, art. 99.
105. Filmer (*Patriarcha*, art. XIII, edição Laslett, p. 82) pretende mostrar que todo recurso a uma maioria é contraditório, porque, enquanto alguma lei natural não provar o direito da maioria, este é contrário à lei natural que afirma a liberdade dos indivíduos e deve estar apoiada sobre um consentimento cuja impossibilidade Filmer, por outro lado, demonstra. É contrário à razão que o consentimento da maioria obrigue os outros, lá onde é contrário à ordem natural — se, como se pretende, os homens nascem livres e iguais — obrigar-se a si mesmo (*Observations upon Aristotle's Politics Touching Forms of Government*, edição Laslett, p. 225). Locke responde a Filmer, por um lado, afirmando ao mesmo tempo a realidade de um tal consentimento e o caráter de resto natural, racional e conforme a lei natural deste consentimento (*Second Treatise*, cap. III, arts. 95-99). Locke responde, por outro lado, mostrando que só aqueles que são livres são capazes de se obrigar a si mesmos.
106. Sem dúvida, para Rousseau, se a voz do maior número obriga sempre todos os outros, trata-se de uma conseqüência do próprio contrato (*Contrat social*, livro IV,

III
O povo

Hobbes consagra apenas poucos parágrafos, nos quais a suspeita confunde-se com alguma ironia, à democracia, este regime no qual cada um tendo-se comprometido perante os outros a obedecer às decisões da maioria, qualquer um pode vir e dar seu voto. É o que se chama povo soberano. Na realidade, em caso semelhante, são alguns homens que, efetivamente, detêm um poder de fato, em geral oradores eloqüentes, e os erros do povo soberano são seus erros[107].

Acerca deste ponto, Locke vai se encontrar em completa oposição a Hobbes. O termo *people* aparece tardiamente no *Segundo tratado sobre o governo civil*, a partir do momento em que o corpo político, em virtude de um contrato, tornou-se um todo único e capaz de uma vontade una[108]. Ele parece designar para Locke o conjunto dos súditos da *Commonwealth* enquanto se opõe aos que o governam, conjunto que nasce e ganha sentido ao mesmo tempo em que o governo se constitui. O povo ganha consistência na medida em que os interesses daqueles que o governam se distinguem dos seus, deles se separam e opõem-se a eles[109]. São as dissensões com os governantes e a opressão que ele sofre que acabam por afirmar sua existência enquanto povo[110].

▼

    cap. II). Mas as características da vontade geral não estão necessariamente na decisão do maior número. Rousseau insiste no fato de que a obrigação do menor número de submeter-se à escolha do maior resulta de uma convenção anterior (*Le contrat social*, livro I, cap. V). É por isso, por sinal, que ele evita o termo *maioria*, que ele encontrava em Locke, para empregar o de *pluralidade*, que, no entanto, dispunha na tradição francesa. A lei da pluralidade dos sufrágios, quer dizer, a lei do maior número, é com efeito um estabelecimento convencional, pois ela implica que se defina, por convenção, qual fração de sufrágios será exigida como exprimindo "a pluralidade". A "maioria" deixa, para Rousseau, de ser um critério natural no qual, como em Locke, o direito e a força se aliam.

107. Hobbes, *Elements of Law*, 2ª parte, cap. II, arts. 2º e 5º.
108. *Second Treatise*, cap. VII, art. 89. O emprego do termo *people* no artigo 103, no qual designa "um povo livre que vive no estado natural", parece ser muito excepcional para que se possa levar utilmente em conta.
109. *Second Treatise*, cap. VII, art. 94, e cap. VIII, art. 111.
110. *Second Treatise*, cap. XIII, art. 155.

No seio do bem da comunidade, do bem da sociedade de que Hobbes fala por várias vezes, o bem do povo representa, com efeito, o bem comum, enquanto o povo estiver diferenciado dos governantes no seio da comunidade. Enquanto os governantes forem racionais, o bem do povo será idêntico ao seu bem e ambos ao bem da comunidade. Desde que eles deixem de agir conforme a lei natural e a sua missão, o bem do povo lhes é proposto como o objetivo e o critério de suas ações, e torna-se por excelência o bem comum, o bem público. O poder supremo da comunidade é obrigado a agir com vistas a *the peace, safety and public good of the people*[111]. É porque a máxima clássica, *salus populi suprema lex*, é uma regra tão justa e fundamental que aquele que a segue sinceramente não pode se enganar perigosamente[112].

Além disto, o bem do povo é, talvez, mais fácil de definir que o próprio povo. O povo não é um rebanho de criaturas inferiores, de brutos desprovidos de razão, que se colocaram sob a dominação de um senhor para o único ganho deste. É uma sociedade de criaturas racionais[113]; ele próprio tem o bom senso das criaturas dotadas de razão e não pode refletir sobre as coisas de outro modo senão como as sente e as encontra[114]. Ele é capaz de julgamento, de intenção, de vontade e de ação, é capaz de se empenhar. Tem, portanto, todos os atributos de uma pessoa, mas, se Locke elabora de fato uma teoria da pessoa do povo, não tornaria jamais sua teoria explícita ou a designaria sob este nome.

▼

111. *Second Treatise*, cap. IX, art. 131, e cap. XIV, art. 161.
112. *Second Treatise*, cap. XIII, art. 158.
113. *Second Treatise*, cap. XIV, art. 163.
114. *Second Treatise*, cap. XIX, art. 230. É preciso notar, de resto, que, para Locke, os interesses do povo e os dos governantes só podem ser distinguidos e separados no espírito dos governantes iludidos pela ambição, loucura ou corrupção (*Second Treatise*, cap. XIV, art. 163). Mas é porque os governantes permanecem neles próprios distintos; só o bem de um e o bem dos outros são idênticos. E é o povo e seu bem que justificam os interesses e o bem dos governantes. Hobbes, em seu tempo, tinha também proclamado que *the good of the Sovereign and the People cannot be separated*. Mas é por isso que Hobbes fica satisfeito em dizer: "O soberano é o que chamo o povo."
    O povo tem os mesmos interesses que o soberano, porque o povo e o soberano são uma só e única pessoa pública. O bem do povo encontra sua justificação no bem do soberano. É o inverso da posição de Locke, ou, ao menos, o inverso da sua justificação.

No entanto, uma vez estabelecida a comunidade pelo *pactum societatis*, é o povo como tal, de fato, como pessoa, que entra em jogo. É ele que remete o poder supremo às mãos dos governantes[115], o que bem prova que aquele pertence, antes de tudo, ao povo. Os legisladores só detêm o poder legislativo do povo que, conseqüentemente, detém-no originariamente e por direito natural[116]. É por isso que o povo se reserva, como um direito exclusivo, a escolha de seus representantes[117].

O vocabulário de Locke não tem, entretanto, um grau de rigor (ou de rigidez) suficiente para que não seja por vezes atribuído à comunidade, o que pareceria bastante lógico, ser o apanágio do povo. É assim que, às vezes, Locke atribui à comunidade o papel de pôr o poder entre as mãos dos legisladores[118], e quase sempre o de confiar aos governantes sua missão, seu *trust*, de governar através de leis estáveis com vistas ao bem do povo[119]. Mas, no entanto, é ao povo que o *trust* recebido da comunidade vincula os governantes, sejam eles detentores do poder supremo em virtude de uma obrigação temporária do povo ou que o povo tenha renunciado a ele, investindo os deputados por ele escolhidos em intervalos fixados: as leis não devem ter outro fim último senão o bem do povo; os governantes não podem elevar os impostos sobre as propriedades do povo sem o consentimento do povo[120]. Depois de tudo, talvez, a nuança do emprego do termo comunidade e do termo povo seria a seguinte: cada vez que Locke trata da outorga do *trust*, ele fala da comunidade. Cada vez que considera as discórdias e as lutas que podem aparecer a propósito da interpretação do *trust* entre os governantes e seus nomeadores, ele fala do povo[121]. No final das contas, fica estabelecido que uma *Commonwealth* não pode ser fundada sem *the consent of the people* e que nada além do consentimento do povo, nem mesmo a força das armas, pode assegurar sua existência[122].

▼

115. *Second Treatise*, cap. XIII, art. 155.
116. *Second Treatise*, cap. XI, art. 141.
117. *Second Treatise*, cap. XIX, art. 224.
118. *Second Treatise*, cap. X, art. 134.
119. *Second Treatise*, cap. X, arts. 134 e 136.
120. *Second Treatise*, cap. X, art. 142.
121. Por exemplo, *Second Treatise*, cap. XIX, art. 240.
122. *Second Treatise*, cap. XVI, art. 175.

É por isso que o povo, e somente ele, possui o direito de julgar se os governantes foram ou não fiéis ao seu *trust* e se abusaram ou não de sua prerrogativa[123]. Sem dúvida, nenhuma constituição pode reconhecer ao povo, como tal, o direito de ser juiz dos detentores do poder supremo, que uma vez por todas ele lhes confiou. O povo, por conseguinte, não pode constitucionalmente se reservar um poder ainda superior ao deles, permitindo julgá-los e fazer executar a sentença. Seria destruir absurdamente até no direito a ordem estabelecida pelo *pactum subjectionis*. Mas na realidade, quer dizer, em virtude de uma ordem do mundo anterior e superior a toda ordem social, a lei natural atribui ao povo, enquanto corpo (*to the body of the people*), como a todo ser humano, o direito de julgar em caso de necessidade se ele está privado ou não de seu direito e a liberdade de eventualmente apelar ao céu. Quem melhor que o povo, que confiou uma missão, poderia julgar se esta missão foi realizada e respeitada?[124] O povo, cujas propriedades os governantes ambicionam, ou que está ameaçado de ser escravizado por eles, está liberado de toda obediência e não tem outro recurso, para se defender contra a força e a violência, senão a força e a violência, testemunhas dos julgamentos de Deus[125].

Assim, não são os indivíduos tomados isoladamente, mas o povo como conjunto que recupera os direitos abandonados pelos indivíduos no momento de sua incorporação em uma sociedade política. O povo, quando não é mais obrigado, por exemplo, a obedecer às leis às quais não desejou o princípio, retoma o direito de interpretar a lei natural e procura reunir a força necessária para fazê-la aplicar. *I should think the proper umpire in such a case would be the body of the people*, declara Locke[126]: o povo, enquanto tal, torna-se assim, depois do indivíduo no estado natural e para além do governo no estado civil, o verdadeiro árbitro porque ele é o único ser que não tem igual, nesta sociedade em que, em última análise, todos os indivíduos, governados ou governantes,

---

123. *Second Treatise*, cap. XIV, art. 168.
124. *Second Treatise*, cap. XIX, art. 240.
125. *Second Treatise*, cap. XIX, art. 222.
126. *Second Treatise*, cap. XIX, art. 242.

são iguais diante dele. Pois esta sociedade de indivíduos, fundamentada sobre sua igualdade civil, só funciona desde que existam seres que, em um dado momento, possam ser *umpires* (etmologicamente do francês *im-pairs, non-pairs*), possam não ser iguais, pares, e tenham este direito.

Isto vale dizer que *the people has a right to act as supreme*[127]. Os indivíduos, com efeito, que optaram uma vez pela vida em sociedade não saberiam se retratar e retornar a um estado de dispersão individual, não porque seria absurdo de sua parte voltar atrás em sua decisão, mas porque seria absurdo de sua parte não desejar o que querem: e a comunidade só pode subsistir se os indivíduos não tiverem o direito individual de dela se retirarem ao seu bel-prazer. A soma dos poderes, uma vez concedidos pelos indivíduos, pertence então ao povo que lhes delega, julga o seu emprego e eventualmente retoma-os. O povo se reservou de uma vez por todas a escolha daqueles aos quais os delega; ele tem o direito de recuperar sua liberdade original, de assegurar ele próprio o poder legislativo ou de confiá-lo, sob a forma que quiser, às mãos que quiser[128]. O povo tem direitos, que são os direitos à segurança e à garantia das vidas, das liberdades e dos bens daqueles que o compõem. São direitos porque são os fins pelos quais, sob a égide da lei natural, a sociedade foi constituída: estes direitos, estas liberdades tornam-se o direito do povo, a liberdade original e fundamental do povo[129]. O poder do povo é supremo porque é o supremo meio de realizar os fins e de defender os direitos do povo, bens e direitos que são a unidade dos fins e dos direitos dos indivíduos, como membros da comunidade, e da própria comunidade. Se a palavra soberano não estivesse proscrita de maneira quase sistemática do vocabulário de Locke, nós poderíamos dizer que o poder do povo é supremo porque é a manifestação do povo soberano[130].

▼

127. *Second Treatise*, cap. XIX, art. 243.
128. *Second Treatise*, cap. XIX, arts. 222 e 243.
129. *Second Treatise*, cap. XIV, arts. 164, 166 e 168. *Second Treatise*, cap. XIX, art. 239.
130. Pierre Jurieu escrevia depois de Locke, mas publicava, mais ou menos no momento em que saíram os *Tratados sobre o governo civil*, suas *Lettres pastorales*, em que o princípio da soberania do povo é ainda mais claramente definido: "O povo faz os soberanos e dá-lhes a soberania. Logo, o povo possui a soberania e a possui em um grau mais eminente, pois aquele que comunica deve possuir o que comunica de um

Locke participa, com efeito, do mito do povo soberano que vai comandar toda a história dos Estados modernos. Mas o povo, tal como ele o concebe, é soberano porque tem uma existência teleológica e mesmo uma existência de direito. O povo não é a multidão confusa e dispersa dos indivíduos; não é a comunidade política com suas instituições e a hierarquia de seus poderes; é o corpo dos membros da *Commonwealth*, considerado em seus fins, nos seus direitos e nas suas liberdades perante o corpo dos governantes. Ele é um poder livre que consentiu em se transmitir e em só se apresentar, diante daquele que encarregou ao mesmo tempo de um poder e de uma missão, como um direito, o direito à realização dessa missão[131].

▼

modo mais perfeito (...) O povo é a fonte da autoridade dos soberanos. O povo é o primeiro sujeito em que reside a soberania" (*17ème Lettre*, 1º de maio de 1689, 3º ano, Rotterdam, p. 390). "A soberania pertence radical e originalmente ao povo (...) Mas o povo se reserva seus direitos sobre a soberania, de modo que eles lhe retornam tão logo a pessoa ou a família a quem ele os havia dado não correspondam. O que é, portanto, propriamente dito, não mais que um comprometimento com a soberania" (*18ème Lettre*, 15 de maio de 1689, p. 416). "É (...) a soberania do povo que é exercida pelo soberano." (*16ème Lettre*, 15 de abril de 1689, p. 368).

De resto, nem Locke nem Jurieu inovam. Jurieu cita até Grotius, que reconhece que quando da extinção de uma casa reinante o "direito de governar retorna a cada povo" (*De jure belli ac pacis*, livro 1º, cap. III). Era clássico o conflito entre os partidários da soberania de direito divino e os partidários da soberania popular, da qual Marsílio de Pádua, em particular, tinha sido o célebre defensor em toda a sua obra. Para Marsílio, o povo, a totalidade dos cidadãos, só tem a autoridade necessária para impor a lei e para sancioná-la. Mas, para fazê-lo, o povo legislador apóia-se só em si mesmo, no fato de que a comunidade é o melhor juiz dos bens comuns, e não em uma lei superior, em uma lei natural cuja existência Marsílio não reconhece (*Defensor pacis*, livro 1º, caps. XII e XIII. Cf. Georges de Lagarde, *Naissance de l'esprit laïque*, tomo II, pp. 184 ss., e Alan Gewirth, *Marsilia of Padua*, pp. 167 ss)

131. A soberania do povo já aparecia em Hobbes, no *De cive*: enquanto é *persona una, unum quid et unam habens voluntatem*, em virtude do contrato, o povo possui o *summum imperium*, o poder soberano, e pode conservá-lo ou transmiti-lo: *ut Aristocratia, ita quoque Monarchia a potestate populi derivatur, scilicet jus suum, hoc est, summum imperium, in unum hominem transferentis* (*De cive*, cap. VII, art. XI). Mas, desde que o tenha transmitido, ele é, de uma vez por todas, perante o soberano apenas *persona dissoluta, multitudo personarum singularium*. É certo que *Populus in omni civitate regnat*, mas se o povo reina em qualquer tipo de Estado, mesmo nas monarquias, é porque ele dirige e deseja pela vontade de um só ho-

Por ele passa e se manifesta duplamente a lei natural, primeiro porque ela é o princípio de todo direito, depois porque ela determina os fins reunidos sob o termo genérico de "bem do povo". Mas a lei natural é também a lei racional que o povo, conseqüentemente, teria também que exprimir. O povo, com efeito, foi bastante racional para definir seu bem, bastante racional para investir os governos de um *trust* racionalmente calculado e para lhes abandonar uma porção do poder bem proporcional à sua missão. Percebe-se mesmo que Locke estima o povo bastante racional para julgar a conformidade ou a não-conformidade das decisões dos governantes ao *trust* que ele lhes havia confiado, e bastante capaz de cálculo racional para só se envolver então em um conflito de forças quando tiver as maiores chances de sucesso. Não é bastante reconhecer nos fatos, como também na teoria, que o povo tomado como conjunto é capaz de razão? Não é de se surpreender que Locke, por várias vezes, tenda a defender o povo contra aqueles que o acusam de ser ignorante, instável e incerto nas suas opiniões e a lhe atribuir um poder de julgar com razão e com reflexão[132]. Sem dúvida, aos

▼

mem (*De cive*, cap. XII, art. VIII). Também Hobbes não hesita em escrever: "O rei é o que chamo o povo." Já é a soberania do povo, mas estamos no oposto do pensamento lockiano, graças ao jogo que a palavra povo infelizmente permite. E o grande fracasso de Locke será o de ter avalizado a teoria da soberania do povo sem ter conseguido impor uma definição unívoca para este termo ambíguo.

132. *Second Treatise*, cap. XIX, arts. 223 e 230. Filmer havia feito eco a este tipo de acusadores: "Nada é mais incerto que o povo; suas opiniões são tão variáveis e repentinas quanto a tempestade; não há nem verdade nem julgamento nele; não é conduzido pela sabedoria, mas pela violência e pela inconstância." Mas, se Locke lia tais textos depois de 1680, Filmer os escrevia entre 1635 e 1640, contra aqueles que já desejavam tornar o soberano dependente do consentimento deste "monstro de muitas cabeças" (*Patriarcha*, art. XVIII).

Hobbes estendera-se em invectivas contra o que chamava a "multidão", *multitudo dissoluta*. Ele também evoca a Bíblia; ela é como uma hidra de cem cabeças e nela ocorrem tantos atos diversos e desordenados quantos forem os indivíduos que comporta.

Locke, em 1660, no tratado sobre o *Civil Magistrate*, retomava ainda o tema bíblico e a palavra hobbesiana: *the multitude that are impatient of restraint as the sea, and whose tempest and overflows cannot too well be provided against* (...) *To which are we most likely to be a prey, to those whom the Scripture calls Gods* [quer dizer, os reis], *or those whose knowing have already found and therefore called beasts*. B.

olhos de Locke, o povo escapa a esta fragilidade humana comum aos governantes e a seus dirigidos. Se ele pode ser taxado às vezes de *wantonness*, não tem nem o orgulho, nem a ambição, nem a insolência, nem a turbulência dos indivíduos. Sente-se Locke muito próximo de uma teoria na qual a soberania do povo teria sido fundamentada sobre sua aptidão para escolher e decidir segundo a razão. Mas Locke não é o homem das teorias muito sistematizadas; aqui como lá, vemos apenas em que sentido estas teorias teriam podido ir.

***

O problema das relações existentes entre o indivíduo e a comunidade coloca-se, em nossos dias, em termos muitas vezes confusos. As interpretações que se dão tradicionalmente da doutrina de Locke disto se ressentem. No mais das vezes, concebem-se as relações do indivíduo e de sua comunidade em termos de oposição radical. Levados pela obsessão mais ou menos consciente de um individualismo absoluto, como o de Ockham, muitos se perguntaram se para Locke existia um indivíduo absoluto e, não o encontrando, acusaram Locke de coletivismo, e mesmo de propensão ao totalitarismo. Outros, ao contrário, indo mais longe na interpretação individualista tradicional, deploram, junto com Charles Vaughan, que o Estado seja impedido de realizar seus fins naturais, porque Locke, ao proclamar que a soberania reside no indiví-

▼

L. mss. Locke, *e 7**. [*Whether the civil magistrate may lawfully impose and determine the use of indifferent things in reference to religious worship* – Manuscrito que se encontra na Bodleian Library, em Oxford (N. das Orgs.).] Mas, ao empregar a palavra povo, no *Segundo tratado*, ele designará algo muito diferente, que por sinal Hobbes conhecia, o povo constituído em conjunto na sociedade civil.

Paradoxalmente, mas na verdade por inteiro na linha de Filmer, Pascal fará a síntese das duas opiniões: as opiniões do povo são sãs, não porque ele é como tal racional, mas porque se fia nas aparências e na imaginação, neste mundo em que, no final das contas, só se reina graças à ignorância e pelo jogo da imaginação e das aparências (cf. *Pensées*, edição de bolso Brunschvicg, pp. 316, 320, 326, 327). Nada está mais longe do pensamento de Locke, que crê no acordo das estruturas das questões humanas com o julgamento racional de um povo instituído por decisões racionais.

duo – *the sovereignty resides in the individual* –, instaura "a tirania do indivíduo"[133].

De fato, nenhuma destas posições extremas tem sentido para Locke. Para ele, que raciocina sob influência predominante do estoicismo, uma oposição radical entre o indivíduo e a comunidade, ou entre o particular do indivíduo e o universal da razão, não existe. Locke, com efeito, situa-se imediatamente no nível do acordo do indivíduo e da sociedade, pois o indivíduo já é social e a sociedade está fundamentada por indivíduos, consentida por indivíduos, em vista do bem dos indivíduos. A lei natural une o indivíduo à sociedade e concilia-os em uma harmonia fundamentada sobre a obrigação, numa harmonia obrigada (e não necessária). A sociedade deve ser feita para o indivíduo, pois o indivíduo só pode existir pela sociedade. Eles não podem e não devem se conservar senão um graças ao outro, dentro de uma ordem que domina a razão, princípio originário da sociedade.

O termo comunidade política corresponderia a esta descrição do princípio da sociedade. Mas Locke tem muito sentimento da fragilidade dos indivíduos humanos ou de sua baixeza para pensar que esta obrigação e estes princípios possam ser efetivamente respeitados de maneira universal. É notável que um terço, ou quase, do *Segundo tratado* seja consagrado às formas comuns da vida civil e que o mais longo capítulo do livro trate "da dissolução do governo". É quando, com efeito, intervém cada vez mais freqüentemente na análise lockiana, não mais a comunidade, mas o povo que se impõe como o mandatário da lei natural e como o regulador moral das relações dos governados e de seus governantes, cada vez que a obrigação que institui uma harmonia entre os indivíduos e o corpo político encontra-se violada, devido, por sinal, aos próprios indivíduos. Opera-se então no povo uma transformação das relações do grupo com os indivíduos. Pois, em razão da oposição de um tipo muito particular que tende a se estabelecer entre o povo agindo como corpo e os indivíduos que o governam, os indivíduos que o compõem parecem se absorver no povo como no ser racional mais capaz, no

▼

133. C. Vaughan, *History of Political Philosophy*, tomo II, p. 193.

final das contas, de salvaguardar os direitos e o bem de cada um dos indivíduos na sua vida, sua propriedade, sua liberdade.

Enquanto na comunidade tudo se faz para o indivíduo e pelo indivíduo, no povo tudo é para o indivíduo, mas nada mais é pelo indivíduo.

Faltou à política de Locke, para ser não uma doutrina do indivíduo absoluto advinda de um nominalismo estrito, mas uma doutrina do indivíduo capaz de se privar de toda comunidade política em que reina a força e suficiente tanto para sua tarefa de príncipe quanto para sua tarefa de cidadão, ter tido inteira confiança no homem.

CAPÍTULO 9

A TEORIA DE LOCKE SOBRE A PROPRIEDADE*

J. W. Gough

A teoria de Locke sobre a propriedade é um dos aspectos mais importantes e singulares de seu sistema político. Recentemente sua interpretação deu margem a controvérsias, mas para críticos de uma geração anterior tal teoria parecia caracterizá-lo como, essencialmente e antes de tudo, um individualista. Não satisfeito, como a maioria dos adeptos do princípio do contrato social, com uma teoria política que afirmava que os homens trocavam sua liberdade natural por segurança e proteção, Locke, como já foi destacado, tinha muito cuidado em insistir que a propriedade privada era uma instituição que, longe de dever sua existência à sociedade civil, havia sempre existido no estado de natureza e a principal tarefa do governo era preservá-la intocada. "A razão pela qual os homens passam a viver em sociedade é a proteção de sua propriedade."[1] Locke e os outros escritores contemporâneos da escola do direito natural geralmente partiram do pressuposto de que nos primeiros tempos tudo era comum. Com isto não queriam dizer que houvesse um comunismo explícito ou a posse comum da propriedade, mas simplesmente

▼

* "Locke's Theory of Property" (in *John Locke's Political Philosophy – Eight Studies*. Londres, Oxford at the Clarendon Press, 1973, pp. 80-103). Tradução de Ana Maria Sallum.
1. *Second Treatise*, § 222.

que nada pertencia a ninguém em particular (da mesma forma que hoje ninguém possui o ar e o mar). Os homens apenas satisfaziam suas necessidades a partir da oferta gratuita da natureza[2]. Neste ponto, a teoria de Locke divergia do ponto de vista usual, segundo o qual a apropriação – o simples "servir-se" da natureza – não criava a propriedade genuína, isto é, legalmente reconhecida. Esta propriedade só poderia ser o resultado de um contrato ou acordo e, portanto, só poderia surgir com o próprio Estado. Ela poderia ser criada por um segmento do contrato social, na passagem para o estado de sociedade, através do acordo entre os homens de que qualquer coisa apropriada por alguém deveria ser reconhecida como sua propriedade. Desta forma, deveria ser protegida por lei contra a interferência de terceiros. Alguns escritores acreditavam que a instituição da propriedade fosse objeto de um contrato separado, distinto e subseqüente à criação real do Estado[3]. Entretanto, as diferenças sobre estes pontos tinham importância relativamente pequena em comparação com o princípio geral de que a propriedade era contratual, e de que ela não precedia mas era subseqüente ou, no máximo, concomitante à emergência do Estado. Portanto, poder-se-ia argumentar, o que era feito com freqüência, que a propriedade só poderia ser mantida sob tais condições, isto é, na suposição da existência de um Estado capaz de impor e de que os governos tivessem poderes suficientes para exigir contribuições dos cidadãos, por taxação ou requisição, para fins de defesa e outros objetivos públicos.

Na teoria de Locke, entretanto, não havia apenas posse, mas propriedade no estado de natureza. Os homens teriam se reunido para formar a sociedade civil já possuindo os direitos naturais, sendo o direito à propriedade o primeiro deles. O Estado não criou a propriedade, sendo antes criado para protegê-la. Assim, nenhum governo pode "tirar toda ou parte da propriedade de seus súditos sem o seu consentimento"[4]. Além disso, embora os cidadãos que gozam da proteção de um governo

▼

2. Cf., *e. g.*, Puffendorf, *De jure naturae et gentium*, IV, iv. 4; Grotius, *De jure belli ac pacis,* II, ii.2.
3. Para maiores detalhes a respeito de teorias sobre propriedade cf. O. Gierke, *Natural Law and the Theory of Society* (trad. E. Barker, Cambridge, 1934), i. 104, ii. 295.
4. *Second Treatise*, § 139.

devam contribuir para o custo de sua manutenção, a taxação exige o consentimento dos contribuintes. "Porque se alguém outorgar a si mesmo o direito de taxar o povo, por sua própria autoridade e sem o seu consentimento, estará transgredindo a lei fundamental da propriedade e subvertendo, assim, os fins do governo."[5] Tal consentimento indispensável só pode ser o de uma maioria, ou então pode ser dado indiretamente, através de representantes. Embora essas qualificações diminuam a coerência da teoria de Locke, sua ênfase principal não reside tanto nos poderes do governo como na necessidade de algum tipo de consentimento[6]. Há um tom marcadamente individualista no conjunto da teoria de Locke sobre a propriedade. Isto se observa através do seu famoso pressuposto de que "todo homem tem uma propriedade em sua própria pessoa: a isto ninguém, a não ser a própria pessoa, tem qualquer direito. Podemos dizer que o labor de seu corpo e o trabalho de suas mãos são naturalmente seus"[7].

Não se pode negar que a teoria de Locke tenha esses aspectos característicos. Neste ponto, sua atitude com relação à propriedade reflete uma visão comum entre os homens de sua época. Na Idade Média a propriedade havia sido concebida num sentido mais social e menos individualista do que geralmente ocorreu até o século XVII. Noções como preço justo, condenação da usura e princípio da supremacia geral do direito natural implicavam certa restrição ao direito do detentor

▼

5. *Second Treatise*, § 140.
6. Sir Frederick Pollock salientou que, embora Locke certamente estivesse familiarizado com a doutrina do domínio eminente (*dominium eminens*), uma teoria muito corrente de origem medieval segundo a qual o direito de propriedade individual estava combinado com as exigências do Estado, ele todavia nem sequer a menciona ("Locke's Theory of the State", *in Essays in the Law*, p. 91). Entretanto, é preciso lembrar que esta teoria (ver, a este respeito, O. Gierke, *Political Theories of the Middle Age* (trad. F. W. Maitland, Cambridge, 1900, pp. 79, 178) não era conhecida pela lei comum inglesa que, ao contrário, enfatizava o caráter absoluto dos direitos de propriedade. O próprio Locke havia estudado cuidadosamente a tradição política e constitucional inglesa, em que lei comum era um elemento importante; escrevia para um público inglês e, naturalmente, empregava argumentos familiares aos ingleses. E, afinal de contas, seu objetivo ao escrever era justificar a diminuição do poder arbitrário do governo, e não o seu aumento.
7. *Second Treatise*, § 27.

de propriedade de usá-la como quisesse. Já antes da época de Locke uma série de fatores – a queda do feudalismo e do sistema de guildas, por exemplo, e o crescimento do capitalismo comercial como conseqüência dos descobrimentos marítimos e da expansão econômica da época da Renascença – combinaram-se para destruir esta aceitação medieval de controle social. Além disso, deveria ser lembrado que na Inglaterra a opinião pública havia-se tornado particularmente sensível a qualquer tentativa, por parte do governo, de aumentar os impostos por meios não constitucionais. Algumas das maiores disputas políticas dos reinados de Jaime I e Carlos I se fizeram em torno de questões fiscais. Estas disputas ajudaram a fazer da santidade da propriedade privada um axioma político a ser defendido ao máximo contra as pretensões das prerrogativas reais. A mesma atitude persistiu após a Restauração e, embora as principais acusações contra Jaime II na Declaração dos Direitos estivessem voltadas para outras infrações, não foi por nada que o Parlamento acolheu uma declaração formal sobre o princípio já estabelecido de que o dinheiro não poderia ser arrecadado "sob pretexto de um direito inquestionável". Só se pode esperar, portanto, que um escritor da época de Locke desse a maior importância à inviolabilidade da propriedade privada. Nem era este princípio peculiar aos Whigs, pois os Tories, embora em outros aspectos exaltassem a monarquia, tinham posições ainda mais firmes que os Whigs sobre a importância da propriedade e, particularmente, da propriedade da terra, que se tornou uma condição *sine qua non* para a cidadania completa[8].

Não há razão para duvidar de que Locke compartilhasse desse ponto de vista, mas deveríamos ter cautela com a possibilidade de não exagerarmos a extensão de seu individualismo. Nisto, e em outros aspectos de sua teoria política, ele oferece uma base e uma explicação racionais para as crenças e práticas políticas correntes. Embora ele localize as origens da propriedade privada no estado de natureza, muito antes de tratar da formação da sociedade civil, o que sem dúvida é uma

▼

8. Só os detentores de vários tipos de real propriedade podiam votar nas eleições parlamentares. Os Tories introduziram uma legislação restringindo a elegibilidade ao Parlamento a pessoas que possuíssem renda da terra.

das características cardeais de seu sistema, ao examinarmos melhor seu argumento veremos que realmente ele não é um argumento individualista tão puro quanto às vezes se supõe. Ao mesmo tempo em que propõe uma teoria fundada nos direitos individuais, prossegue em seu ataque a Sir Robert Filmer. Locke insiste em que Deus deu o mundo a "Adão e seus pósteros em comum"; já Filmer afirma que o presente de Deus foi dado a "Adão e seus herdeiros em sucessão, deixando fora o restante de sua posteridade"[9]. Isto tinha que ser rejeitado por Locke porque esta concepção era a base da monarquia fundada no direito divino, afirmada por Filmer. Ademais, Deus garantiu aos homens a faculdade da razão para que pudessem fazer do mundo o uso "que melhor se adequasse à vida e às suas conveniências". Logicamente, antes que os frutos da terra e os animais que ela alimenta (que em seu estado natural foram dados aos homens em comum) pudessem beneficiar qualquer homem em particular, "deve necessariamente haver um meio de apropriação dos mesmos, de um modo ou de outro". E é neste ponto que Locke introduz a noção de que todo homem possui uma propriedade em si mesmo e, por conseqüência, tem o direito de tornar sua propriedade tudo aquilo a que tenha "anexado trabalho" e que tenha sido, assim, "retirado do conjunto de bens comuns criados pela natureza". Os críticos atacaram com freqüência esta noção, apresentando vários argumentos importantes contra a sua capacidade de sustentar-se como base de uma teoria geral da propriedade. Sir Frederick Pollok, por exemplo, protestou afirmando que é uma lei má[10]. Salientou ainda que "os direitos de todo homem à segurança pessoal, reputação e assim por diante não são negociáveis ou transferíveis, sendo totalmente distintos em espécie dos direitos de propriedade. A tentativa de Locke no sentido de formular uma concepção ampla da ocupação que arcasse com todo o peso da problemática da propriedade foi certamente a de um engenhoso leigo"[11].

▼

9. *Second Treatise*, § 25.
10. Na lei romana também "Dominus membrorum suorum nemo videtur" (*Digest*, IX, ii. 13).
11. Sir E. Pollock, "Locke's Theory of the State", *in Essays in the Law*, p. 90.

Esta era uma crítica típica de jurista, mas um tanto injusta para Locke. Quando ele escreveu que cada homem possuía uma propriedade em si mesmo, referia-se aos homens no estado de natureza e não a cidadãos sujeitos a um governo. Talvez fosse um uso não rigoroso da palavra propriedade, porque a chamada propriedade da própria pessoa, que Locke atribuiu ao homem, obviamente não é a mesma propriedade, legalmente reconhecida, que um cidadão pode ter em bens móveis ou imóveis. Mas Locke não baseou o direito cívico completo à propriedade somente nesta "propriedade" que todo homem possui em si mesmo. Esse direito fundamenta-se também na lei da natureza, voltada para a paz e preservação de toda a humanidade[12]. Esta lei só pode ser satisfeita e a generosidade de Deus usufruída se os indivíduos puderem apropriar-se do que necessitam, principalmente do alimento necessário à sua sobrevivência. O trabalho do indivíduo, portanto, conquanto um estádio necessário, é somente o estádio final no processo de criação de propriedade[13], e, como mostram os exemplos de Locke, eminentemente de senso comum – se é que haja razoável senso na afirmação de que o conteúdo do estômago de um homem é seu (e embora sempre haja alguma ambigüidade no pronome possessivo) –, não há nenhuma lógica em alguém limitar-se a afirmar que os frutos do carvalho e as maçãs pertencem a quem os colhe primeiro[14]. Neste ponto, no estado de

▼

12. *Second Treatise*, § 7.
13. Cf. Willmoore Kendal, "John Locke and the Doctrine of Majority-Rule" (*Illinois Studies in the Social Sciences*, XXVI, nº 2, 1941), p. 70.
14. O exemplo dos frutos do carvalho pode ser derivado de Puffendorf. Segundo ele, ninguém possui a "substância das coisas" no estado de natureza, embora seus frutos possam ser apropriados. Assim, "os frutos do carvalho eram de quem trabalhou para obtê-los, mas o carvalho não tinha dono algum em particular" (*De jure naturae et gentium*, IV, iv. 13). A noção de Locke de que "esta lei da razão faz com que a corça seja do índio que a matou" (§ 30), embora pareça razoável, não é necessariamente verdadeira em se tratando de sociedades primitivas, que são freqüentemente muito organizadas e podem exigir que os produtos da caça sejam divididos entre os membros da tribo. Seu segundo exemplo é melhor, quando ele salienta que mesmo em comunidades civilizadas "que criaram e multiplicaram leis explícitas para determinar propriedades", esta "lei original da natureza" ainda pode ser aplicada à pesca marítima de forma que "o tanto de peixe que alguém puder pescar no oceano, esta área enorme e que ainda permanece comum à humanidade (...) é, pelo trabalho de retirá-lo do estado de natureza comum que ainda lhe é inerente, propriedade de quem se incomodou em fazê-lo".

natureza, a consideração dominante parece ser o direito comum de todos à preservação, sob a lei da natureza, porque Locke prossegue dizendo-nos que um homem não pode "abarcar tanto quanto ele queira". Só pode ficar com o que possa usar "antes que se deteriore". Se ele apoderar-se de mais, estará "se apossando de coisas que não se incluem em sua parte e que pertencem a outros"[15]. Um homem (no estado de natureza) "ofende o direito natural e pode ser punido" se se apossar de coisas demais e deixar que se estraguem[16]. Nestas passagens Locke parece pensar na propriedade mais como bem comum do que como vantagens individuais, salientando que quando Deus deu o mundo à humanidade em comum ordenou que o homem trabalhasse "para aperfeiçoar a terra em benefício da vida"[17]. Mr. Kendall chega a declarar que a teoria de Locke sobre a propriedade é mais coletivista que individualista. Segundo ele, Locke concebe o direito à propriedade simplesmente como uma função do dever do homem de enriquecer a herança comum da humanidade[18]. Isto, entretanto, é ir longe demais, porque num parágrafo mais adiante (ao qual Mr. Kendall não se refere) Locke dá mais ênfase ao indivíduo e menos ao fator coletivo da situação[19]. Locke aplica seu princípio do trabalho não apenas aos frutos da terra, mas também à própria terra. "Toda a terra que um homem lavra, planta e aperfeiçoa, e de cujo produto pode fazer uso, será sua propriedade. Através de seu trabalho ele se apropria de uma parcela da propriedade que é comum a todos."[20] Além disso, embora em princípio haja limites para aquilo de que o homem pode apropriar-se no estado de natureza, afirma Locke que a introdução do dinheiro – que ele atribuiu a uma convenção – tornou possível e permissível uma apropriação em larga escala, até então fisicamente impossível, porque o dinheiro não se deteriora e tampouco a

▼

15. *Second Treatise*, § 31.
16. *Second Treatise*, § 37.
17. *Second Treatise*, § 32.
18. Kendall, *op. cit.*, pp. 71-2.
19. *Second Treatise*, § 44: "Embora as coisas da natureza sejam dadas a todos em comum, o homem, senhor de si próprio e proprietário de sua própria pessoa e de suas respectivas ações e trabalho, tem ainda em si mesmo o grande fundamento da propriedade."
20. *Second Treatise*, § 32.

sua posse por um homem diminui a quantidade de terras ou de mercadorias disponíveis para outros[21]. Obviamente, isto anula a eficiência da limitação da propriedade privada no interesse comum e levou o professor C. B. Macpherson a argumentar que este era realmente o ponto mais importante da teoria de Locke.

Alguns escritores salientaram a evidente incoerência moral entre o direito limitado à apropriação no estado de natureza, de Locke, e a propriedade ilimitada possibilitada pela invenção do dinheiro. Não devemos, entretanto, esperar que Locke ou seus contemporâneos tivessem partilhado da concepção de um socialista moderno. O professor Macpherson salienta[22] que Locke parece haver acreditado que o estado de natureza poderia atingir um estado de sofisticação considerável antes da instalação de um governo político. Não só as relações familiares, incluindo aquelas entre servo e senhor, "estavam longe da sociedade política"[23] como o dinheiro e o trabalho alugado por salários já haviam surgido no estado de natureza. Macpherson argumenta que, embora num estádio primitivo, quando a aquisição de propriedade era pouco mais que a coleta de alimento necessário ao sustento da vida, e a quantidade que um homem precisava fosse limitada, Locke quis deliberadamente encaminhar a discussão no sentido de uma justificativa de ilimitada apropriação capitalista e da resultante distribuição desigual da propriedade. O que tornou isto possível, além da invenção do dinheiro, foi o fato de ele considerar o trabalho uma propriedade alienável, que um homem poderia vender por salários. É por isso que "as glebas trabalhadas por meu servo" tornam-se minha propriedade[24] e não do servo.

▼

21. *Second Treatise*, §§ 36, 37, 50.
22. C. B. Macpherson, "Locke on Capitalist Appropriation", *Western Political Quarterly*, IV (1951), pp. 550-66; "The Social Bearing of Locke's Political Theory", *ibid.*, VII (1954), pp. 1-22; *The Political Theory of Possessive Individualism* (Oxford, 1962), capítulo V.
23. *Second Treatise*, § 77.
24. *Second Treatise*, § 23. Como Mr. Laslett salienta (Locke, *Two Treatises of Government*, Cambridge, 1960, p. 307, n.), este exemplo, extraído do costume da propriedade feudal (*manor*) numa comunidade estabelecida, é uma ilustração ruim de apropriação no estado de natureza, embora mostre que Locke tentou "se explicar através de termos familiares a seus leitores".

Talvez isto nos leve a pensar que a concepção de Locke do estado de natureza seja mais irreal e inacreditável que nunca, e imaginar se ele realmente acreditava que uma economia comercial sofisticada pudesse existir no estado de natureza, sem nenhum governo político. Macpherson nos diz que "a concepção de Locke é uma mistura curiosa de imaginação histórica e abstração lógica da sociedade civil. Historicamente, uma economia comercial sem sociedade civil é, de fato, improvável. Mas, como uma abstração, é perfeitamente concebível"[25]. Possivelmente; mas isto não é tudo. Temos que entender que Locke tentou justificar a desigualdade política e a conseqüente estrutura social sob o desenvolvimento do capitalismo. Segundo Locke, só os proprietários eram membros de fato da comunidade, e é por esta razão que, como condição para herdar a propriedade dos pais, os filhos precisam admitir o governo. Por outro lado, os trabalhadores sem terra, embora necessários à comunidade, não eram membros de fato dela e, portanto, seu consentimento era dispensável. De qualquer maneira, eles estavam de tal modo ocupados com a luta pela simples subsistência que deles não se poderia esperar o exercício ou mesmo a posse de faculdades racionais. Podiam ser relegados aos cuidados da lei dos pobres e mantidos numa condição de adequada subserviência oferecendo-se a eles uma forma simplificada de crença religiosa, "condizente com capacidades vulgares"[26].

Esta análise marxista, ao contrário de algumas interpretações mais tradicionais de sua teoria, focaliza Locke mais acuradamente. Mas teria sido esta realmente a intenção primeira de Locke ao escrever? Sem dúvida ele admitiu como certa a existência na sociedade de uma estrutura capitalista. Podemos concordar que sua intenção foi a de fornecer uma explicação racional de como ela poderia ter surgido. Mas isto não quer dizer que a aprovasse inteiramente[27] e muito menos que seu objetivo básico fosse justificá-la, ou que sua grande realização tenha sido conceber uma maneira engenhosa de fazê-lo. Tampouco a religião simplificada

▼

25. *The Political Theory of Possessive Individualism*, p. 209.
26. *Ibid.*, p. 224.
27. No § 111 escreveu sobre as mentes humanas estarem sendo corrompidas pela "vã ambição e *amor sceleratus habendi* e pela má concupiscência". Esta foi uma das razões pelas quais foi necessário estabelecer o governo civil.

proposta por Locke pretendia ser um ópio para as massas trabalhadoras. Ele a oferecia a todos igualmente, talvez um tanto ingenuamente numa avaliação atual, mas, sendo ele próprio um homem religioso, fazia-o na esperança de que tal crença pudesse ajudá-los. O mesmo acontece com a questão de os filhos herdarem propriedades. Tudo o que Locke diz, muito sensatamente, é que se os filhos querem herdar propriedades precisam aceitar as condições sob as quais seus pais sempre as mantiveram. Não nega o direito de pertencer à comunidade as pessoas que não tenham propriedades, embora sejam cidadãos de segunda classe, sem direito a voto nas eleições parlamentares. Afinal de contas Locke não era apenas um não-socialista. Tampouco era um radical ou um democrata, e não questionou o ponto de vista comumente aceito de que o poder político deveria ser limitado a pessoas que tivessem propriedades ou, como Ireton já afirmara nos debates de Putney, "um interesse fixo e permanente neste reino".[28]

No século XVII muitos ingleses acreditavam, como Locke, que a proteção à propriedade era a principal, se não a única, tarefa do Estado[29]. Maximilian Petty defendeu este ponto de vista nos debates de Putney[30], e o oitavo mandamento era sempre citado como argumento de que a propriedade era sancionada por Deus e, portanto, natural[31]. Da mesma forma, a concepção de Locke de que a propriedade decorria

▼

28. A. S. P. Woodhouse, *Puritanism and Liberty* (1938), p. 54.
29. A mesma crença também pode ser encontrada no contemporâneo de Locke, o francês huguenote, Pierre Jurieu, com o qual tinha grandes afinidades de pensamento. Ver R. Lureau, *Les doctrines politiques de Jurieu* (Bordeaux, 1904), p. 95, e G. H. Dodge, *The Political Theory of the Huguenotes of the Dispersion* (Nova York, 1947), pp. 44 ss.
30. A. S. P. Woodhouse, *op. cit.*, p. 62.
31. Da mesma forma, o Cel. Rainborough nos debates de Putney: Woodhouse, *op. cit.*, p. 59. Um exemplo típico, razoável e prontamente acessível das opiniões do século XVII a respeito da propriedade, na Inglaterra, pode ser encontrado em *An Argument for Self-Defence*, em *Somers Tracts*, org. W. Scott, X, 278. Este opúsculo, de acordo com uma nota anexada a seu título, foi escrito aproximadamente em 1687, embora só publicado mais tarde. Ele repete Locke em vários pontos, declarando, por exemplo, que as leis foram instituídas por consentimento geral e para benefício público, e que as pessoas passaram a viver em sociedade "para preservar o que havia de melhor em suas vidas e propriedades".

da ocupação não era, como pensou Pollock, sua própria e engenhosa invenção, mas pode ser encontrada, como os outros elementos de sua teoria política, nos escritos de numerosos predecessores e contemporâneos. James Tyrrel, por exemplo, havia proposto uma teoria similar em *Patriarcha non Monarcha*, uma resposta a Filmer publicada em 1681. Antes disso, Richard Baxter havia sustentado que "cada homem possui, em sua vida, essa propriedade e faculdade, e crianças, e bens de raiz e honra, que nenhum governante pode injustamente tomar". Entretanto, ao prosseguir Baxter atribui este direito parcialmente à lei da natureza e a "outras leis ou instituições de Deus", mas também, em parte, aos "contratos determinantes fundamentais da comunidade"[32]. Aqui, ele parece vacilar entre a teoria de Locke de que a propriedade existe independentemente do Estado e a teoria mais comum de que ela é o resultado de uma convenção. Entretanto, esta teoria mais comum também fundamenta a origem última da propriedade na ocupação, e a diferença entre esta e a teoria de Locke reduz-se, quando analisada, a uma questão de definição precisa de *propriedade*. Este ponto é bem destacado por Blackstone, que aceitou as idéias de Locke acerca do efeito do trabalho. "O trabalho braçal aplicado a qualquer objeto que antes pertencia a todos", escreveu ele, "torna esse objeto propriedade exclusiva, o que é universalmente entendido como justo e muito razoável". Blackstone passa então a discutir a questão de como se poderia adquirir uma propriedade permanente em terras desta maneira.

> A ocupação deu direito ao *uso* temporário do solo, de tal sorte que todos concordavam em que a ocupação deu também direito original à propriedade permanente da própria terra. (...) Há, de fato, diferenças de opinião entre os que escreveram sobre o direito natural, no que diz respeito à questão sobre o porquê de a ocupação dever conduzir a este direito (...): Grotius e Puffendorf insistiram em que o direito de ocupação está fundado num acordo tácito e implícito entre toda a humanidade, de que o primeiro ocupante deve tornar-se o proprietário; (...) Mr. Locke e outros sustentaram que não existe tal acordo implícito, e tampouco que

▼

32. R. Baxter, *A Holy Commonwealth* (1659), p. 69.

seja necessário existir: pois o próprio ato de ocupar, sendo ele próprio um tipo de trabalho corporal, é suficiente em si mesmo para outorgar propriedade sem qualquer acordo, por um princípio de justiça natural.[33]

Os críticos de Locke viram uma diferença em princípio entre a mera ocupação e um *direito* genuíno à propriedade; mas Locke poderia acreditar que a propriedade no sentido estrito já existia no estado de natureza, independentemente de governo e de sociedade civil, porque ele pensava ser social o estado de natureza, e a lei da natureza, uma lei genuína.

A teoria de Locke que vê o trabalho como a origem do direito de propriedade[34] conduz à teoria do valor do trabalho. É o trabalho, afirma ele, que "transforma o valor de tudo". A terra cultivada e plantada vale mais que a terra não cultivada e desperdiçada, em grande parte pelos efeitos do trabalho; o mesmo princípio se aplica a mercadorias como pão, vinho e tecido ou seda (em comparação com grãos, água, folhas, peles ou musgo), assim como à própria terra[35]. Locke não faz nenhuma distinção entre um direito de tomar os produtos da terra e um direito, por cercamento e cultivo do solo, de apropriação de parte da própria terra. Isto, argumenta ele, não prejudicou a ninguém, em épocas mais remotas, quando a população era pequena e a quantidade de terra desperdiçada e disponível era tanta que, não importa o que um homem tomasse para si, ainda haveria terra "suficiente e igualmente boa" para outros. Locke pensava que mesmo em seu próprio tempo estas condi-

▼
33. W. Blackstone, *Commentaries*, ii. I.
34. Chamo de teoria de Locke, mas, como o resto de seu sistema, também pode ser encontrada em autores anteriores, entre eles Hobbes. Embora Hobbes considerasse, como Rousseau, a propriedade legal como a criação do poder soberano do Estado, ela se baseava no que chamou de "the plenty of matter", a qual "Deus (...) deu à humanidade de graça ou vendeu-a por trabalho (...) Grande parte dependeu [junto à graça de Deus] meramente do trabalho e da iniciativa dos homens" (*Leviathan*, c. 24). A teoria do valor-trabalho também foi defendida por Sir William Petty, amigo de Locke. Ver o seu *Treatise of Taxes* (1662), em que ele comenta que "todas as coisas têm que ser valorizadas por duas denominações naturais (...) Terra e Trabalho" (*Works*, edição de 1899, i. 44).
35. *Second Treatise*, §§ 40-4.

ções ainda existiam nas enormes áreas da América, e, como afirma vivamente, "no começo todo o mundo era uma América"[36]. A teoria do valor do trabalho foi repetida por numerosos escritores do século XVIII, de sorte que se tornou um lugar-comum na teoria econômica[37]. Argumentou-se, entretanto, que Locke falhou ao discriminar entre trabalho capitalista e trabalho assalariado. Ele estava consciente de que o trabalho contido numa mercadoria poderia ter provindo de uma multiplicidade de pessoas[38], mas pensava principalmente nos proprietários que possuíam a terra que cultivavam ou no material e nas ferramentas de seu trabalho, não fazendo nenhuma distinção entre seu trabalho e o de seus empregados. Escritores posteriores foram culpados da mesma confusão. Quando Ricardo distinguiu capital flutuante – querendo com isso significar o trabalho dos assalariados – do capital fixo, o resultado final foi que em sua última roupagem, entre os autores socialistas do século XIX, a teoria do valor do trabalho foi transformada em algo muito diferente do que significara para Locke[39]. O trabalhador assalariado passou a ser tido como o único produtor real, enquanto o capitalista era meramente um elemento não produtivo que cedia os meios de produção ao assalariado[40]. Além disso, para Ricardo e seus sucessores no século XIX, valor significava valor de troca, enquanto para Locke (como para Aristóteles e muitos outros antigos economistas) o valor era valor de uso[41].

Apesar de Locke haver concebido uma necessária limitação à aquisição de propriedade no estado de natureza, ele pensava, como já vimos, que a invenção do dinheiro permitia fossem feitas grandes acumulações de propriedade, não questionando a sua desigual distribuição predomi-

▼

36. *Second Treatise*, § 49.
37. Assim, Adam Smith escreveu que "a propriedade que cada homem possui em seu próprio trabalho, visto ser ele o fundamento de todas as demais propriedades, é a mais sagrada e inviolável" (*Wealth of Nations*, v. I, cap. X, parte 2).
38. Cf. sua breve discussão a respeito dos vários elementos usados para fazer pão (*Second Treatise*, § 43).
39. Os radicais e os socialistas utilizaram-na para defender o confisco pelo Estado de todas as rendas que não fossem claramente a recompensa do trabalho.
40. Cf. M. Beer, *History of British Socialism* (edição de 1929), i. pp. 192-7.
41. *Second Treatise*, § 37.

nante em seu próprio tempo[42]. De fato, dentro do Estado, os cidadãos poderiam esperar legitimamente que a força do governo fosse usada para proteção de suas propriedades. Era, portanto, dever do governo proporcionar tal proteção e não "tentar usurpar ou destruir a propriedade das pessoas ou submetê-las à escravidão sob um poder arbitrário"[43]. Locke declarou que "é dever do magistrado civil, por leis estabelecidas imparcialmente, preservar e proteger todas as pessoas em geral, e cada um de seus súditos em particular, na justa posse das coisas que fazem parte desta vida", que ele entendia serem "terras, dinheiro, casas, mobília e similares"[44]. Além disso, para Locke, as leis são feitas "e as regras estabelecidas como guardiãs e defesas da propriedade de todos os membros da sociedade, para limitar o poder e moderar o domínio de todas as partes e membros da sociedade"[45]. Entretanto, ele não salientou a importância de passagens como estas. O principal perigo a reclamar proteção, tal como pareceu a ele e a seus contemporâneos, era a interferência na liberdade e na propriedade dos cidadãos por governos com pretensões a poder arbitrário, o que pode ser explicação suficiente do fato de Locke haver sempre tratado mais dos direitos que dos deveres envolvidos na posse de propriedade[46].

Apesar disso, Locke não era um defensor do *laissez-faire*, nem acreditava, como muitos economistas do início do século XIX, que as relações econômicas se equilibrariam e se ajustariam automaticamente. Ele era um mercantilista e acreditava na regulamentação do comércio. Talvez ele não se tenha dado conta de que a posse de grande riqueza pode significar um poder excessivo; se tivesse, não teria colocado o controle político nas mãos de uma minoria proprietária, esperando que ela o exercesse imparcialmente no interesse de todos. Mas, se neste sentido sua teoria política parece-nos ingênua e inadequada, ela não o era mais

▼

42. *Second Treatise*, § 50.
43. *Second Treatise*, § 222.
44. *A Letter on Toleration* (Klibansky e Gough, orgs., Oxford, 1968), p. 67.
45. *Second Treatise*, § 222.
46. Cf. P. Larkin, *Property in the Eighteenth Century* (Cork, 1930), esp. pp. 78-90. Para alguma correção ao trabalho de Larkin, cf. W. H. Hamilton, em seu artigo "Property – According to Locke", *Yale Law Journal*, xli (1931-32), pp. 864 ss.

que as outras dos seus contemporâneos. Não foi senão com a revolução industrial que os homens começaram a ser levados a modificar seus pontos de vista sobre a estrutura econômica da sociedade, e mesmo então muitos o fizeram vagarosa e relutantemente. É verdade que, uma geração antes de Locke, houve alguns poucos pensadores isolados que anteciparam uma visão mais moderna: Harrington[47], por exemplo, que percebeu que o poder político é uma função do poder econômico, e Levellers, assim como Rainborough, que batalharam pela reivindicação dos pobres de um tratamento igual ao dispensado aos ricos. Contudo, mais da metade do século XIX já decorrera antes que a importância do fator econômico na política começasse a ser apreendida de modo generalizado. Além disso, é uma tolice culpar Locke por não se ter antecipado a Karl Marx. Com mais justiça Locke pode ser culpado pelos danos que causou à sua própria reputação nos anos posteriores pela maneira ambígua como usou a palavra "propriedade". Ele declarou inúmeras vezes que os homens estabeleceram a sociedade civil para proteger suas propriedades[48] e definiu o poder político, no capítulo introdutório do *Second Treatise*, como "um direito de fazer leis (...) para a regulamentação e preservação da propriedade"[49]. Mas Locke incluiu "no termo geral, propriedade", a "vida, a liberdade e os bens de raiz" de um homem[50], isto é, o conjunto de seus direitos naturais como ser humano, e não, simples-

▼

47. *In Oceana* (1656).
48. Cf. *Second Treatise*, § 124: "O maior e principal objetivo (...) na união dos homens em comunidades, e na instituição de um governo sob o qual se colocam, é a preservação da propriedade"; § 134: "O maior objetivo dos homens quando passam a viver em sociedade é o usufruto pacífico e seguro de suas propriedades"; § 222: "A razão pela qual os homens passam a viver em sociedade é a preservação de sua propriedade". No § 94 ele diz mesmo que "o governo não tem outro objetivo além da preservação da propriedade". Isto tornou-se quase um axioma na teoria política do século XVIII. Foi endossado por Blackstone e repetido em julgamentos legais; Lord Camden, por exemplo, fez desta concepção a base de sua decisão no famoso caso Entick *v.* Carrington (1765) e declarou: "A maior razão de os homens terem passado a viver em sociedade foi assegurar suas propriedades. Este direito é sagrado e intocável em todos os casos, onde não tenha sido suspenso ou restrito por alguma lei pública para o bem de todos" (C. Grant Robertson, *Select Statuses, Cases and Documents*, p. 465).
49. *Second Treatise*, § 3.
50. *Second Treatise*, §§ 87 e 123.

mente, suas terras e mercadorias[51]. A estreita visão Whig, que tornou a preservação da propriedade, em seu sentido restrito comum, a única *raison d'être* do Estado, é, portanto, realmente uma caricatura de Locke, ele próprio, porém, em parte responsável por essa caricatura, porque usou com freqüência a palavra "propriedade" em seu sentido comum. Não seria injusto dizer que ele deu ao direito à propriedade, neste sentido, uma proeminência especial entre os direitos naturais do homem. O capítulo V do *Second Treatise*, "Da propriedade", é inteiramente dedicado a este tema em seu sentido mais estrito, não surpreendendo, portanto, que os pensadores do século XVIII tivessem dedicado a isto uma atenção exclusiva.

Entre os direitos naturais com que todos nasceram, Locke incluiu "um direito, perante qualquer outro homem, de herdar com sua prole os bens de seu pai". Ele combinou isto com "um direito de liberdade da pessoa, sobre o qual nenhum outro homem tem qualquer poder. Desta liberdade a pessoa pode livremente dispor como quiser"[52]. Locke parece ter imaginado esses dois direitos como direitos essencialmente ligados, disso resultando que um pode neutralizar o outro e impedir o desfrute efetivo de ambos. Assim, "um homem está naturalmente livre de sujeição a qualquer governo, embora tenha nascido num lugar sob sua jurisdição", e por sua vontade pode "rejeitar o governo legal do país em que nasceu"; mas, assim fazendo, "precisa também desistir dos direitos garantidos por lei e também das posses herdadas de seus ancestrais, se o governo de então fosse do consentimento destes"[53].

A crença de Locke na inviolabilidade da propriedade está, de modo mais categórico do que em qualquer outro lugar, ilustrada em sua teoria sobre os direitos de conquista. Sendo o consentimento a única base legítima de governo, nenhum direito de governo pode basear-se apenas no triunfo, numa guerra injusta e agressora. Mesmo numa guerra legí-

▼

51. No § 131, os homens passam a viver em sociedade "para melhor preservarem a si, sua liberdade e sua propriedade".
52. *Second Treatise*, § 190. Será observado que o filho mais velho não tem prioridade por direito natural, nem pretende Locke que a herança por testamento seja um direito natural.
53. *Second Treatise*, § 191. Cf. § 73.

tima o conquistador não adquire nenhum direito, pelo mérito de sua conquista, sobre seus defensores. Além disso, embora um conquistador legítimo adquira poder despótico sobre o conquistado, há limites estritos a este poder. "Ele tem um poder absoluto sobre as vidas daqueles que foram derrotados numa guerra injusta (resistindo à conquista); mas não sobre a vida e a fortuna dos que não se engajaram na guerra, nem sobre as posses mesmo daqueles que nela estavam engajados."[54] Locke explica mais ou menos extensamente sua doutrina de que a conquista não confere direito algum sobre as posses do conquistado. Sua vida sim, pode ser tomada, mas seus bens, segundo o princípio de que a natureza "visa, tanto quanto possível, à preservação de toda a humanidade", devem "pertencer aos filhos para impedir que pereçam". Desta forma, apesar da conquista, "os bens continuam a pertencer aos filhos". O máximo que pode ser tomado da terra do conquistado é "uma reparação pelos danos sofridos e pelos custos da guerra, e ainda assim ressalvados os direitos da esposa e filhos inocentes"[55]. Mesmo esta reparação acaba sendo severamente restringida. Segundo Locke, o dinheiro só tem valor convencional (os homens "concordaram em que um pequeno pedaço de metal amarelo que não se desgastaria nem se deterioraria deveria valer um grande pedaço de carne ou uma pilha de milho")[56], de modo que ele passa a excluir "dinheiro e riquezas, e tesouros roubados", porque "não são bens naturais, têm apenas um fantástico valor imaginário: a natureza não lhes atribuiu nenhum valor. Estes bens não podem ser medidos pelo seu padrão, tanto quanto um *wampompeke**americano não pode ser avaliado por um "príncipe europeu"[57]. Só a própria terra deve ser considera-

▼

54. *Second Treatise*, § 178. Sobre este último ponto veja o próximo parágrafo.
55. *Second Treatise*, § 182. Da mesma forma Locke argumenta: "Posso matar um ladrão que me assalta na estrada, mesmo assim não posso (...) tomar seu dinheiro (...); seria roubo de minha parte."
56. *Second Treatise*, § 37.
    *Colar de contas usado como moeda pelos índios norte-americanos. (N. das Orgs.)
57. *Second Treatise*, § 184. Sem dúvida, a razão deste espantoso argumento é que, como já foi mencionado, Locke usou o termo valor como valor intrínseco e não valor de troca. Mesmo assim, é claro, ele está bastante equivocado quanto à natureza do ouro. Podemos respeitar o ódio que Locke nutre pela guerra e seu conseqüente desejo de minimizar as exigências dos conquistadores, mas seus bons sentimentos sobrepujaram seu julgamento.

da, e o estrago causado pela guerra, argumenta ele, equivalerá apenas a "um ou dois anos de produção", e "raramente atingirá quatro ou cinco", de modo que a anexação de fato de um país conquistado jamais pode ser justificada. Portanto, Locke conclui que os descendentes de um povo conquistado e forçado a submeter-se a um governo "contra o seu livre consentimento" conservam o direito aos bens de seus ancestrais e têm o direito, "sempre que tenham poder para isso", de derrubar um governo estranho e reaver as terras que foram de seus ancestrais. Assim, "os cristãos gregos (...) podem com justiça lutar contra a opressão turca, sob a qual sofreram tanto tempo", porque "são descendentes dos antigos possessores daquele país"[58].

Locke sabia que sua limitação dos direitos dos conquistadores iria parecer uma "doutrina estranha, por ser tão contrária às práticas do mundo; porque nada era tão familiar, quando se falava em domínio de países, do que dizer que alguém os conquistou"[59]. Pelo contrário, a lei internacional acabou por reconhecer os direitos de propriedade privada na guerra, porque mesmo sendo impossível aos proprietários usufruir seus direitos num país sob ocupação inimiga, estes direitos não chegam a ser anulados e podem ser reassumidos com a restauração da paz. Um poder em ocupação pode estabelecer "uma custódia da propriedade inimiga" no território conquistado para salvaguardar os interesses dos proprietários. O erro de Locke está em não diferenciar entre o direito individual à sua propriedade e a exigência de um governo de fundar o poder político na conquista. Isto não deveria nos surpreender, pois o pensamento político de sua época não os distinguia claramente[60]. Monarcas absolutos como Luís XIV, por exemplo, pretenderam herdar províncias

▼

58. *Second Treatise*, § 192.
59. *Second Treatise*, § 180.
60. Talvez fosse mais justo dizer que a prática política não os distinguiu, porque os advogados haviam há muito notado a diferença. Cf. Gierke, *Natural Law and the Theory of Society* (trad. E. Barker), i. 162, e sua anedota muito apropriada a respeito dos dois jurisconsultos aos quais o Imperador Frederico I perguntou se ele tinha *dominium* da mesma forma que *imperium* sobre suas terras. Um deles disse que ele tinha, e por isto ganhou um cavalo de presente. Então o outro comentou: *"A misi equum quia dixi aequum"*.

e reinos (e governar seus habitantes) como se fossem propriedade privada de um indivíduo comum. A teoria patriarcal da origem da autoridade monárquica se assentava na mesma confusão. Encontrou aceitação porque muitas das idéias da sociedade feudal (na qual os aspectos políticos e privados da posse da terra estavam essencialmente unidos) ainda eram defendidas. Mesmo na Inglaterra, onde o absolutismo real havia sido contestado, e o Parlamento começava a dividir a responsabilidade de governar, a persistência da noção de que o rei deveria viver "sua própria vida" indicava a sobrevivência de algumas das velhas idéias. Locke rejeitava a teoria de Filmer de que os reis recebem seus títulos por herança de Adão, mas a confusão entre os direitos de propriedade dos indivíduos e os poderes políticos dos governos pode ser em parte por causa da crença de que o poder político é derivado do consentimento dos indivíduos.

De fato, é esta crença, ou pelo menos a forma como foi expressa por Locke, que está na raiz de muitas das dificuldades no conjunto de sua teoria sobre a propriedade. Esta, como sua teoria de governo, peca por ter sido posta no contexto de um estado de natureza anterior, quase histórico, no qual os homens efetivamente exercessem seus direitos naturais e deles usufruíssem. É esta quase historicidade do estado de natureza que o leva a basear a propriedade na apropriação, equiparando isto ao exercício de um direito. A teoria de Rousseau sobre a propriedade era, de qualquer modo, a este respeito, mais sólida que a de Locke. Rousseau distinguiu cuidadosamente entre um mero fato (como o exercício da força, que é a base da apropriação no estado de natureza) e um direito[61], "entre as posses que derivam da força física e o direito do primeiro a chegar, e a propriedade que pode ser baseada apenas num título positivo[62]. É verdade que o sistema de Rousseau, como o de Locke, também concebe um estado de natureza quase histórico e um contrato social para transformá-lo numa sociedade política. Entretanto, esta é apenas a forma com que expressou sua doutrina, não havendo interesse de Rousseau em questionar se esse estado realmente tinha existido. Por

▼

61. *Le contrat social*, I, 3.
62. *Ibid.*, I, 8.

outro lado, Locke e seus contemporâneos Whigs parecem ter acreditado que o contrato social era um fato histórico e que todos os cidadãos haviam dado seu consentimento pessoal ao governo, por ocasião do contrato ou posteriormente, ainda que tacitamente. Reconheceu Locke que, dentro do Estado, a propriedade era mantida sob condições regulamentadas por uma lei explícita, mas, ainda apegado à noção de que o direito de propriedade era sagrado e que não poderia ser violado sem o consentimento do proprietário, insistiu em que sem este consentimento nenhum imposto poderia ser legítimo. Como vimos, ele equiparou isto àquilo que posteriormente se tornou o famoso *slogan* dos colonos norte-americanos: "nada de imposto sem representação" ["no taxation without representation"], mas apenas ao preço do enfraquecimento da efetividade do consentimento individual[63]. Rousseau não tinha tais escrúpulos. Não poderia, para ele, haver um direito genuíno à propriedade, diverso da mera posse precária, a não ser sob o Estado. Assim, a propriedade deve ser mantida respeitando as condições impostas pelo Estado, sejam quais forem, o que significa, na prática, que o indivíduo precisa submeter-se à tendência da vontade geral, tanto no que respeita à propriedade como em tudo o mais. Embora o *Treatise* de Locke contenha passagens que parecem antecipar a posição de Rousseau, sua ênfase principal está nos direitos dos homens. Isto freqüentemente prejudica, é preciso admitir, a coerência de sua obra, mas é lícito concluir

▼

63. Mr. A. H. Maclean, de Peterhouse, Cambridge, numa tese de doutoramento sobre *The Origins of the Political Opinion of John Locke*, sugeriu que, embora Locke estivesse preparado para aceitar que a taxação fosse imposta através de uma decisão da maioria, isto foi o máximo a que pôde chegar. Além disso, teria desejado um consentimento estritamente individual para justificar qualquer outra espécie de interferência na propriedade privada. Eu estaria inclinado a concordar. O efeito desta doutrina na América foi, é claro, uma exigência não de maior representação efetiva, mas de que os não-representados não fossem taxados. A teoria sobre a propriedade corrente no século XVIII expressa-se na preferência pela taxação indireta, sob a alegação de que (desde que os artigos de primeira necessidade não fossem taxados) o comprador de artigos taxados taxa a si próprio, voluntariamente. Uma das objeções levantadas contra o imposto sobre a renda de Pitt, em 1799, foi que se sacrificava "a opção" que era a própria essência da taxação num país livre. Um imposto compulsório que ninguém pudesse evitar ameaçaria "o domínio da propriedade" (cf. P. Larkin, *op. cit.*, pp. 115-8).

que mesmo que a teoria de Locke seja em última instância ilógica, se se atentar para todas as suas implicações, seus efeitos práticos são mais toleráveis que o absolutismo totalitário que resulta de um exame sem condescendência da doutrina de Rousseau até sua conclusão lógica.

É interessante notar que a reação liberal mais recente às exigências absolutistas por um estado ditatorial levou ao restabelecimento da noção dos direitos do homem, ou direitos naturais, até então claramente desacreditada. E entre esses direitos podemos até mesmo encontrar, mais uma vez, o direito à propriedade[64]. É possível sustentar que há um direito natural de propriedade que o Estado deveria respeitar, no sentido de que a propriedade é uma instituição desejável (moralmente), e que é certo que o Estado deveria ser organizado a fim de capacitar os cidadãos a possuí-la. É possível, na verdade é essencial combinar tal crença com a de que o Estado deveria também impor leis e condições para evitar o abuso de propriedade. Tal direito natural de propriedade deve ser distinguido do direito natural, de Locke, de apropriação e posse de propriedades particulares. O fundamento desse direito natural de propriedade não será (como em Locke) o mero fato de ter havido uma apropriação. Se tivermos que admitir um direito natural de propriedade, este precisaria basear-se no mesmo tipo de argumentos que também podem ser utilizados na defesa da liberdade como um direito natural. Este não será nenhum direito "absoluto" de o indivíduo possuir, ou agir, sem consideração para com seus vizinhos. Ele se exercerá indispensavelmente dentro do quadro social e por este será condicionado. Pode-se sustentar que, sem tais direitos, a vida da sociedade e dos indivíduos que a compõem é empobrecida, faltando-lhe uma condição essencial ao

▼

64. Muito antes das reações de época mais recente contra o totalitarismo a teoria política papal já insistia a respeito dos direitos naturais, incluindo o direito natural de propriedade. Ao mesmo tempo, esta teoria repudiava o "liberalismo", isto é, as doutrinas que pregavam a soberania do povo e produtos semelhantes da Revolução Francesa; mas podemos observar que a base desses direitos naturais tem essencialmente o mesmo significado empregado por Locke ao falar de direito natural, ou seja: a vontade de Deus como a determinante racional de todos os problemas humanos. Cf. as encíclicas *Rerum novarum* (publicada por Leão XIII, em 1891) e *Quadragesimo anno* (publicada por Pio XI, em 1931).

pleno desenvolvimento da personalidade[65]. Neste, como em outros aspectos de seu pensamento político, podemos sentir que Locke chegou a conclusões corretas, mesmo sua argumentação sendo falha e sua trajetória confusa. Podemos ser gratos ao fato de sua saudável moderação, ainda que baseada numa crença por demais otimista na sensatez da humanidade, haver caracterizado grande parte do nosso desenvolvimento constitucional.

▼

65. Cf. Aristóteles, em sua defesa da propriedade privada contra a posse comum em *Politics*, livro II, esp. c. V, § 8º (1263b).

CAPÍTULO 10

A SEPARAÇÃO DE PODERES E A SOBERANIA*

J. W. Gough

A invenção da doutrina da separação de poderes foi freqüentemente atribuída a Montesquieu, e vários críticos acentuaram a originalidade e independência de sua contribuição, neste aspecto, à ciência política[1]. Já em 1836, contudo, um escritor alemão, Carl Ernst Jarcke, descobriu em Locke o criador da doutrina da separação e equilíbrio de poderes, e, considerando esta como uma descrição absurda e impossível da constituição inglesa, estigmatizou-o como "o criador da falsa teoria do estado inglês"[2]. Esse veredicto foi aceito por Teichmüller, em

▼

* "The Separation of Powers and Sovereignty" (*in John Locke's Political Philosophy – Eight Studies*. Londres, Oxford at the Clarendon Press, 1973, pp. 104-33). Tradução de Carlos Henrique Davidoff.
1. Por exemplo, Robert von Mohl, Bluntschli e outros. Neste país Leslie Stephen observou apenas que a separação de poderes em Locke "pode fazer-nos lembrar de Montesquieu" (*English Thought in the Eighteenth Century*, ii. 143). Em *The Evolution of Parliament* (1920), c. xii, A. F. Pollard, embora criticando severamente a noção de que a separação de poderes pode ser encontrada na constituição inglesa, responsabilizava Montesquieu e ninguém mais por ter pela primeira vez se enganado ao vê-la ali.
2. Em *Die Ursprünge des modernen Constitutionalismus*. Numa edição dos trabalhos de Montesquieu publicada em Paris, em 1839, o organizador, M. Parelle, comentou numa nota de pé de página ao capítulo "De la Constitution de l'Angleterre" (*De L'esprit des lois*, xi. 6), que contém uma explicação da doutrina de Montesquieu: "La plupart des principes que Montesquieu pose dans ce chapitre sont tirés du *Traité de gouvernement civil*, de Locke."

resposta ao qual ainda outro estudioso, Harry Janssen, embora concordando em que Montesquieu não tinha direito ao crédito de haver dado origem à famosa doutrina, também negou a reivindicação de Locke de tê-la descoberto, e habilmente atribuiu "a revelação real do segredo do constitucionalismo inglês" ao *Discourse of the Contests and Dissensions between the Nobles and the Commons in Athens and Rome*, de Swift. Não foi difícil mostrar que esta última atribuição não poderia ser aceita, pois os três poderes de Montesquieu, legislativo, executivo e judiciário, são distinguidos por função, enquanto Swift via a chave para a constituição na interação e equilíbrio de rei, lordes e comuns. Embora os poderes mencionados por Locke divergissem até certo ponto, em função e nomenclatura, daqueles em Montesquieu, e os dois escritores diferissem em sua abordagem, em princípio ainda se poderia estabelecer um paralelo entre eles[3]. Parecia, então, que o veredicto de Jarcke, afinal de contas, estava substancialmente correto.

Este, contudo, não é o fim da história, pois M. Dedieu demonstrou[4] que enquanto o princípio básico de Montesquieu é, ou pretende ser[5], garantir a liberdade política e tornar impossível o despotismo, através de uma separação de poderes completa e absoluta, cada uma das três funções de governo confiada a pessoas ou grupos que devem ser mantidos separados e independentes entre si, Locke, após enumerar seus três poderes, não os mantém rigidamente separados e independentes, mas enfatiza expressamente a supremacia da legislatura. Além disso, o princípio de Montesquieu da separação das funções do legislativo, do executivo e do judiciário estava associado em sua teoria política com outro princípio – a combinação das três formas tradicionais de governo, monarquia, aristocracia e democracia. O mérito peculiar do governo parlamentar inglês, como ele o via no século XVIII, estava na feliz fusão destes dois princípios. A separação dos poderes tornava impossível

▼

3. T. Pietsch, *Über das Verhältniss der politischen Theorie Lockes zu Montesquieus Lehre von der Theilung der Gewalten* (Breslau, 1887), pp. 3-9.
4. J. Dedieu, *Montesquieu et la tradition politique anglaise en France* (Paris, 1909), pp. 160-89.
5. Cf. o parágrafo seguinte.

o governo arbitrário, enquanto a combinação das formas de governo preservou o que havia de melhor em cada uma delas. A essência da constituição inglesa, de acordo com a descrição de Montesquieu, portanto, consistia não somente na separação dos poderes legislativo, executivo e judiciário, mas em colocar o executivo nas mãos do monarca, confiando o judiciário e parte do legislativo à aristocracia, enquanto a democracia ficava com o restante do poder legislativo[6].

O resultado da associação desses dois princípios é que, embora Montesquieu inicie seu capítulo insistindo em que na hipótese de qualquer dos três poderes ser combinado com outro, a liberdade será destruída, na prática a separação funciona menos rigidamente. Desse modo, ele dá ao executivo um poder de veto sobre a legislatura, para evitar que esta se torne despótica, embora não recomende que a legislatura devesse ter um controle similar sobre o executivo, nem que o monarca devesse exercer o poder legislativo por prerrogativa. Além disso, ele aprova a organização inglesa através da qual o poder judiciário é exercido pela "*partie du corps législatif qui est composée de nobles*" (parte do corpo legislativo que é composta de nobres). Aqui, evidentemente, ele tem em mente a posição da Câmara dos Lordes como a corte suprema de apelação, pois algumas páginas depois observa que em geral o poder judiciário não deveria ser exercido por nenhuma parte da legislatura, com três exceções. Uma delas é a jurisdição apelatória, e outra o julgamento de nobres, que, por causa da inveja popular, podem não ter um julgamento justo diante dos tribunais ordinários. A terceira é o "impedimento" ("*impeachment*"), em que ambas as câmaras da legislatura estão envolvidas, a câmara baixa como acusadora, a alta como juiz. Desse modo, embora descrevendo da maneira mais fiel a consti-

▼

6. Este é o substrato da verdadeira teoria de Janssen, mas parece não haver razão para supor que Montesquieu a obteve de Swift. O próprio Swift usava uma linguagem que pode ter sido colhida em Locke, pois, após afirmar no início que "em todo governo há um poder absoluto ilimitado", que está "localizado fundamentalmente no corpo do povo", ele nota que esta é "uma responsabilidade muito grande para ser confiada a qualquer homem ou assembléia" e, portanto, estabeleceu-se um "governo misto" (*Works*, 1897, edn., i. 231). O *Discourse* de Swift, o primeiro de seus escritos políticos, foi publicado em 1701. Sobre governo misto ver adiante, p. 290.

tuição inglesa, Montesquieu obviamente torna indistintos os limites de sua separação teórica de poderes. Os autores que o seguiram, contudo, declararam firmemente que não poderia haver liberdade a menos que os poderes fossem mantidos separados, e os criadores da constituição norte-americana tiveram o cuidado de assegurar que este princípio fosse rigidamente sustentado[7].

Quanto Montesquieu deveu a Locke? Para responder a esta questão, voltemos novamente a Locke, e lembremos de seu ensinamento sobre esse tema. "A primeira e fundamental lei positiva de todas as comunidades", nos diz ele, "é o estabelecimento do poder legislativo", o qual será "não apenas o poder supremo da comunidade, mas o poder sagrado e inalterável nas mãos de quem a comunidade o tenha colocado"[8]. O corpo legislativo, contudo, não precisa "existir sempre"; nem é "tão conveniente que deva existir"[9] (e aqui Locke estava fazendo eco à atitude ainda habitual em relação ao parlamento na Inglaterra, pois ninguém achava desejáveis sessões longas e freqüentes)[10], ao passo que "as leis que são feitas de imediato e em pouco tempo têm uma força constante e duradoura e precisam ser perpetuamente executadas"; por conseguinte, é necessário um executivo ininterrupto, "e desse modo os poderes legislativo e executivo freqüentemente se separam"[11]. A separação desses poderes parecia, portanto, ser apenas uma questão de conveniência, e não um dogma enfatizado por Locke como vitalmente impor-

▼

7. Cf. A. F. Pollard, *The Evolution of Parliament* (1920), pp. 235-6.
8. *Second Treatise*, § 134.
9. *Second Treatise*, § 153. Cf. também § 156, em que Locke reconhece que pode surgir a necessidade de intimar rapidamente a legislatura numa emergência, mas acha que "freqüentes reuniões (...) e longos prolongamentos de suas assembléias (...) podiam ser apenas penosos para o povo, e devem com o tempo necessariamente criar inconveniências mais perigosas".
10. Cf. a investida de Cromwell, em seu discurso de 12 de setembro de 1654, contra a noção de que "quando um Parlamento deixasse seu lugar, outro tomaria imediatamente seu lugar" (T. Carlyle, *O. Cromwell's Letters and Speeches*, org. S. C. Lomas, ii. 370). Ele voltou ao mesmo tema em 21 de abril de 1657 e continuou a salientar o perigo do poder arbitrário "enquanto o legislativo for exercido perpetuamente; quando os poderes legislativo e executivo são sempre os mesmos (...) E, se eles pudessem fazer leis e também julgar, você teria excelentes leis!" (*ibid.*, iii. 93).
11. *Second Treatise*, §§ 143 e 144.

tante[12]. Locke vai mais longe, contudo, pois indica também que "pode ser muito grande a tentação, à fraqueza humana, inclinada a apossar-se do poder, de as mesmas pessoas que têm o poder de fazer leis também terem em suas mãos o poder de executá-las". É verdade que Locke não vai tão longe quanto Montesquieu e declara que se os poderes executivo e legislativo estivessem nas mesmas mãos não poderia haver liberdade, mas ele claramente julgava desejável conservá-los separados.

O terceiro poder de Montesquieu era o judiciário, mas Locke não menciona isto especificamente. Ele parece incluí-lo em seu poder executivo, o qual se ocupa da administração total das leis; e, afinal, no século XVII, muito do que deveríamos considerar ação executiva na realidade foi realizado pelos tribunais de justiça, e pelos funcionários, como os juízes de paz, cujas funções eram a um tempo executivas e judiciárias. Em vez da judicatura, Locke menciona um terceiro poder de sua própria iniciativa, "o qual pode ser chamado federativo, se qualquer nome satisfaz", do latim *foedera*, pois ele se ocupa de "guerra e paz, ligas e alianças". Longe de enfatizar a separação desse terceiro poder, contudo, Locke nos diz que, embora os poderes executivo e federativo "sejam realmente distintos em si mesmos, ainda assim dificilmente eles podem ser separados e colocados ao mesmo tempo nas mãos de pessoas diferentes"[13]. A conclusão é, portanto, que o sistema de Locke contém apenas dois poderes realmente separados, o legislativo e o poder combinado executivo-federativo-judiciário. Isto parece excluir a tese de que Montesquieu emprestou sua doutrina de Locke; mas um exame mais acurado de Montesquieu revela que, em substância, ele está mais próximo de Locke do que parece à primeira vista. A frase de abertura do capítulo de Montesquieu distingue "trois sortes de pouvoirs" (três espécies de poderes). O primeiro é "la puissance législative" (o poder legislativo) e o segundo "la puissance exécutrice des choses que dépendent du droit des gens" (o poder executor das coisas que dependem do direito das gentes), que corresponde ao poder federativo de Locke. O terceiro é "la

▼

12. Cf. a Introdução de E. Barker ao seu *Social Contract* (Oxford, 1947), p. XXVII n., XXVIII.
13. *Second Treatise*, §§ 145-8.

puissance exécutrice de celles qui dependent du droit civil" (o poder executor daquelas [coisas] que dependem do direito civil), que "punit les crimes ou juge les différends des particuliers" (que pune os crimes ou julga as desavenças dos particulares). Montesquieu acrescenta que denominará este terceiro poder de judiciário, e o segundo "simplement la puissance exécutrice de l'état" (simplesmente o poder executor do Estado). Montesquieu, é verdade, não sugere que seu segundo e terceiro poderes estejam habitualmente nas mesmas mãos, mas seu poder judiciário confunde-se com o que hoje em dia seria denominado executivo, quase da mesma maneira como em Locke, e também observa que ele é "en quelque façon nulle" (por assim dizer nulo). Quanto a este ponto, portanto, a clara distinção em geral traçada entre Montesquieu e Locke cai por terra. Uma diferença mais válida e fundamental entre os dois pode ser detectada no fato de a teoria de Montesquieu ter sido a de que num Estado livre não haveria nenhum poder soberano, mas que o governo deve consistir em corpos separados paralelos e iguais em autoridade; ao passo que Locke atribuía ao legislativo uma supremacia sobre os outros. No entanto, de acordo com M. Dedieu, Locke nunca pretendeu que seu poder legislativo fosse soberano. A soberania pertence ao povo que erigiu a legislatura, e a conclusão de M. Dedieu, portanto, foi a de que as semelhanças superam as diferenças entre Montesquieu e Locke, e que Montesquieu de fato apenas aperfeiçoou um modelo constitucional que fora na realidade colhido em Locke[14].

Deixemos por enquanto a questão de soberania e consideremos se o modelo que Montesquieu "aperfeiçoou" era realmente de Locke. Pode ser verdade que Montesquieu tenha tirado de Locke algumas de suas idéias, mas ele também pode perfeitamente ter formulado suas teorias como resultado de suas próprias observações sobre a constituição inglesa como, em realidade, o próprio Locke pode ter feito. O Dr. Robert Shackleton argumentou persuasivamente que a fonte direta da doutrina de Montesquieu foi Bolingbroke*, que em seus esforços para minar

▼

14. J. Dedieu, *op. cit.*, pp. 181 ss.

   * Henry St. John, visconde de Bolingbroke, político inglês do partido Tory. Combateu durante dez anos o ministério Walpole. (N. do T.)

a ascendência de Walpole* no parlamento dirigia uma ativa campanha no *The Craftsman* em prol da separação de poderes por ocasião da visita de Montesquieu à Inglaterra, em 1730[15]. Montesquieu elevou a propaganda política de Bolingbroke ao nível de uma teoria constitucional; mas ele ainda pode, em certa medida, ter ficado em dívida com Locke por isto, pois o próprio Bolingbroke fez eco de algumas das idéias de Locke[16]. Uma coisa certa é que a teoria não era mais nova no tempo de Locke do que no de Montesquieu. Como praticamente tudo no sistema político de Locke, ela era bastante comum no pensamento político inglês; e isto não surpreende, pois ela corresponde ao funcionamento da constituição inglesa como então era geralmente entendida. Devido à luta pelo poder entre rei e parlamento, que era o traço dominante da História inglesa no século XVII, e os constantes esforços do parlamento no sentido de contestar e opor-se às ações do rei e seus ministros, a distinção entre executivo e legislatura era óbvia, e ela pode ser encontrada em vários autores antes da publicação dos *Treatises* de Locke. Igualmente óbvia era a separação do poder judiciário. Durante todo o século XVII os Comuns acusaram os juízes de subserviência à influência real, e a fim de assegurar sua independência insistiam em que eles deviam ser indicados *quamdiu se bene gesserint* em vez de *durante beneplacito regis* – uma questão que finalmente foi ganha na Lei de Sucessão ao Trono [Act of Settlement](1701)**.

Embora eles fossem realmente incoerentes, o princípio da separação de poderes era freqüentemente associado à idéia de que a melhor

▼

* Figura dominante da vida política inglesa na primeira metade do século XVIII, líder do partido Whig. Lançou as bases do regime parlamentar na Grã-Bretanha. É apontado como o primeiro ministro da História inglesa. (N. do T.)

15. R. Shackleton, "Montesquieu, Bolingbroke, and the Separation of Powers", *in French Studies*, iii (1949), pp. 25 ss., 33-8. Cf. também seu *Montesquieu, a Critical Biography* (Oxford, 1961), pp. 298-301.

16. Ele negou o poder do parlamento de "anular a constituição" e atribuiu à legislatura "um poder supremo, e (...) num certo sentido, um poder absoluto, mas de modo algum um poder arbitrário. Ele se limita ao bem público da sociedade", e em último recurso, em caso de abuso, o povo tem um direito de resistência. Isto é, obviamente, puro Locke (Bolingbroke, *Dissertation of Parties*, 1773-74, Carta xvii).

** Estatuto de 1701, assegurando a coroa inglesa a Sofia de Hanover e seus herdeiros. (N. do T.)

salvaguarda contra um governo arbitrário era um sistema de "controles e balanços" incorporados numa constituição "mista". A idéia de que as características das formas "simples" de governo podiam ser combinadas ou misturadas data de Aristóteles e Políbio, e, no século XVII, tornou-se um lugar-comum interpretar a constituição inglesa como uma mistura de monarquia, aristocracia e democracia. Deu-se proeminência à idéia de que a monarquia inglesa era uma monarquia mista pela sua adoção em 1642 pelos autores do *Answer to the Nineteen Propositions* do rei, submetidas a ele pelo parlamento, e daí em diante toda uma série de escritores políticos repetidamente sustentou a tese de que a virtude peculiar da constituição inglesa repousa em seu equilíbrio ou mistura[17]. Apesar de uma semelhança superficial, este princípio não era o mesmo que a separação de poderes. Um governo misto era compatível com o princípio de soberania do legislativo, sustentado conjuntamente pelo rei e membros da Câmara dos Pares e dos Comuns, ao passo que a separação de poderes estava especificamente destinada, ao colocar um poder contra outro, a tornar a soberania impossível[18]. Mas, num governo misto, a soberania apenas podia ser exercida efetivamente quando os elementos componentes cooperavam; quando, como aconteceu no século XVII, eles divergiam, o efeito era o mesmo que o de uma separação de poderes, e pode sem dúvida ter ajudado a gerar a teoria posterior. Além disso, o princípio da soberania do legislativo fora imperfeitamente compreendido e estabelecido na Inglaterra do século XVII, e isto tendeu a ocultar a diferença entre governo misto e a separação de poderes[19]. Escritores políticos, Bolingbroke entre eles, freqüentemente combinavam os dois, e o próprio Montesquieu, como vimos, obscurecia os contornos nítidos de sua teoria de separação associando a ela alguns elementos da teoria da mistura. Locke, por outro lado, embora não utilizasse a palavra

▼

17. Para uma demonstração detalhada disto, ver C. C. Weston, *English Constitutional Theory and the House of Lords* (1965).
18. Vale a pena notar que para Locke e Montesquieu o ponto importante foi a separação do executivo e da legislatura, enquanto na constituição norte-americana é o poder judiciário isolado que, no que diz respeito à legislação, faz do Congresso um corpo não soberano.
19. Cf. M. J. C. Vile, *Constitutionalism and the Separation of Powers* (Oxford, 1967), pp. 33-4, 54 ss.

"soberano" para descrever seu poder legislativo, reconhecia claramente sua "supremacia". Aqui novamente, como em outros aspectos de sua teoria política, Locke não era original, pois ainda que as implicações plenas da soberania (como enunciada, por exemplo, por Filmer e Hobbes) não fossem geralmente aceitas, as reivindicações da legislatura de supremacia havia muito vinham sendo amplamente apoiadas, e foram reforçadas pela orientação política do "Long Parliament" (Parlamento Longo) e seu exercício de poder durante a Guerra Civil e a *Commonwealth*.

A distinção, se não a separação efetiva, de poderes, combinada com a supremacia da legislatura, está entre os numerosos aspectos em que o sistema político de Locke foi antecipado uma geração antes pelo Rev. George Lawson[20], entre outros, e podemos observar com interesse que nesse aspecto Lawson era mais claro e mais atualizado que Locke, pois os três poderes que ele distinguia eram o legislativo, o executivo e o judiciário, acrescentando que devíamos "compreender o judiciário e o executivo num sentido mais amplo do que eles são geralmente tomados". A jurisdição inclui não apenas o julgamento, mas a execução do julgamento: o poder executivo não executa a sentença do juiz (que é uma parte da jurisdição), mas é algo mais amplo, e denota tudo que tende à execução das leis, incluindo a nomeação de todos os tipos de funcionários, civis e militares, internos e externos[21]. O único ponto original em Locke parece ser seu uso do termo federativo, o único ponto que não era adotado pelos outros escritores. É claro, portanto, que nem Locke nem Montesquieu podem reivindicar terem realmente dado origem à idéia da separação de poderes, embora não haja dúvida de que a efetiva popularização da teoria deveu-se muito mais a seus trabalhos, especialmente ao de Montesquieu, do que aos escritos de autores anteriores, porém mais obscuros, cuja existência foi rapidamente esquecida[22]. No entanto,

▼

20. Cf. A. H. Maclean, "George Lawson and John Locke", *in Cambridge Historical Journal*, ix, n.º 1 (1947), pp. 69-77.
21. G. Lawson, *Examination of the Political Part of Mr. Hobbes his Leviathan* (1657), p. 8; *Politica sacra et civilis* (1660), p. 41.
22. O trabalho de Lawson, na verdade, foi reimpresso no tempo da Revolução, como observou Mr. Maclean. Assim, foi o *Treatise of Monarchy* (publicado primeiramente em 1643) de Philip Hunton, que defendeu a monarquia mista, e também vários outros tratados.

penso que deveríamos de qualquer modo abstermo-nos de dizer que Locke (ou Montesquieu) foi o "criador" da "falsa teoria do estado inglês". Afinal de contas, era ela uma "falsa teoria"? A. F. Pollard admitiu que a época de Montesquieu foi a época dos projetos de lei, e que, com sua desconfiança na coroa e com seu desejo de ser independente, o parlamento estava deliberadamente almejando uma completa separação entre o executivo e a legislatura. O equívoco de Montesquieu, sugeriu ele, estava em considerar este objetivo realizado, quando, de fato, embora ele não conseguisse compreendê-lo, o crescimento do gabinete o estava neutralizando, com a conseqüência de que a essência da constituição moderna é que os poderes não estão separados, mas intimamente unidos[23]. Será razoável, contudo, supor que Montesquieu (e, com menos probabilidade, Locke e seus predecessores no século XVII) tenha compreendido o significado proléptico do gabinete, que ainda era um corpo irregular e semi-secreto[24], mesmo num período tão recente como a metade do século XIX, quando Bagehot teve que explicar a seus leitores exatamente como o gabinete tornou a constituição inglesa diferente da norte-americana, e mostrar por que tais doutrinas tradicionais como a separação de poderes e "controles e equilíbrios" já não forneciam a explicação real de como ele opera? Mais recentemente, é verdade, o próprio Bagehot tem sido criticado por propagar uma "falsa teoria" da constituição inglesa, descrevendo o gabinete como "um comitê da maioria parlamentar", embora ele também reconhecesse que a essência real da vida política é "a ação e reação entre o Ministério e o Parlamento". Na realidade, como foi destacado por L. S. Amery, Montesquieu não estava "tão errado, como algumas vezes se pensa, quando ele fez da divisão e equilíbrio de poderes em nossa Constituição sua principal característica e o segredo de seu sucesso"[25].

Em nosso governo moderno, obrigado a ter o apoio de uma maioria no parlamento, o gabinete controla o poder da coroa. A constituição

▼

23. A. F. Pollard, *The Evolution of Parliament* (1920), pp. 237-8.
24. Cf. as cláusulas no Act of Settlement (Lei da Sucessão), de 1701, destinadas a forçar a tomada de decisões no Conselho Privado (Privy Council) e não no gabinete ainda não oficial e não autorizado.
25. Cf. W. Bagehot, *The English Constitution* (1867), c. i. *ad init.*; L. S. Amery, *Thoughts on the Constitution* (Oxford, 1947), c. 1.

é, de fato, a descendente em linha reta da forma de governo medieval, em que, embora houvesse uma diferenciação progressiva de funções, todos os órgãos e instituições tinham origem comum na corte e na autoridade do rei. Mas, enquanto a linha da autoridade real possa ser traçada ao longo de toda a nossa história constitucional, a constituição nunca existiu na forma escrita, e sempre esteve sujeita a mudanças de direção. No começo do século XVII ela poderia, não tivessem sido bem-sucedidos os esforços do parlamento, ter-se transformado num despotismo monárquico do tipo continental. Da mesma forma os esforços do parlamento no final do século XVII e início do século XVIII para assegurar sua independência da coroa através da imposição de uma separação de poderes poderia, compreensivelmente, ter resultado no estabelecimento de um tipo de governo norte-americano na Inglaterra. Observado em retrospecto, à luz de uma "interpretação Whig da história", a constituição moderna pode parecer o produto lógico e natural de sua história prévia, mas é seguramente irracional sustentar ter sido sempre inevitável que ela devesse desenvolver-se na direção que ela efetivamente tomou. No século XVII a constituição, embora potencialmente uma constituição de gabinete, em realidade ainda não era nada parecida com isso, e descrevê-la em termos do século XIX seria tão enganoso quanto interpretar a crise constitucional da Idade Média em termos do século XVII. Isto é o que os jurisconsultos e políticos daquele século tendiam a fazer, mas, mesmo estando equivocados como historiadores, e mesmo sua visão não podendo penetrar o futuro, penso que devemos creditar a eles alguma compreensão de como o governo funcionava em sua própria época. Voltemos, então, à teoria de governo de Locke, e acho que reconheceremos nela uma descrição, ainda que em linhas gerais, da constituição inglesa de seu próprio tempo, constituição que, afinal, ele teve boa oportunidade de chegar a conhecer através de experiência concreta e longo estudo.

Como vimos, o primeiro ponto que ele menciona é a instituição da legislatura, que é "o supremo poder da comunidade";[26] o executivo "está

---

26. *Second Treatise*, § 134. Eu adio a discussão das implicações desta supremacia, retornando a ela mais adiante.

visivelmente subordinado" ao poder legislativo e a este deve prestar contas, e "pode ser modificado e substituído à vontade"[27], mas (com a constituição inglesa obviamente em mente, embora se refira apenas a "algumas comunidades") o executivo pode ser "investido numa única pessoa, que também tenha lugar no legislativo", e neste caso "esta única pessoa num sentido bastante tolerável também pode ser denominada suprema"[28]. Não porque ela própria exerça o poder supremo ("que é o de legislar"), mas porque ela é suprema sobre todos os magistrados executivos inferiores, e também porque ela não tem um legislativo superior, "não havendo lei que possa ser feita sem seu consentimento". Essa pessoa também pode ter o poder de convocar e dispensar a legislatura, mas isto "não dá ao executivo uma superioridade sobre ela", tratando-se de uma confiança fiduciária depositada nela[29]. Além destes poderes, Locke admite que "o bem da sociedade exige que várias coisas devem ser deixadas para o discernimento de quem tenha o poder executivo" e "este poder para agir de acordo com o discernimento a favor do bem público, sem a prescrição da lei, e algumas vezes até mesmo contra ela, é o que se denomina prerrogativa"[30]. Neste capítulo em que a própria palavra prerrogativa deve ter evocado lembranças de recentes disputas constitucionais, Locke praticamente renuncia a qualquer pretensão de generalidade e alude abertamente à História inglesa[31] e ao "poder [do rei] de convocar parlamentos na Inglaterra, a ponto de precisar tempo, lugar e duração"[32].

Se a descrição de Locke da constituição inglesa é vista como "falsa", a acusação contra ele é, presumivelmente, a de que em vez de reconhecer o princípio de soberania ele concebeu o poder legislativo como um poder limitado, ao insistir na separação de poderes, e não em sua

▼

27. *Second Treatise*, § 152.
28. *Second Treatise*, § 151.
29. *Second Treatise*, § 156.
30. *Second Treatise*, §§ 159 e 160. No § 210 a prerrogativa, definida como uma responsabilidade, é até mesmo chamada "um poder arbitrário em algumas coisas deixadas nas mãos do príncipe"; mas isto é "para ser benéfico, não prejudicial ao povo".
31. *Second Treatise*, § 165.
32. *Second Treatise*, § 167.

união, através do gabinete, no parlamento. Agora, se os autores da constituição norte-americana, que incorporou a doutrina da separação de poderes de uma forma extrema, imaginaram estar copiando o modelo inglês, eles estavam obviamente enganados. A essência e a intenção da constituição norte-americana eram não permitir que nenhuma das partes do governo fosse soberana, mas assegurar que cada uma delas limitasse e controlasse a atuação das outras. Se Locke, mesmo indiretamente, foi uma fonte da qual os norte-americanos tiraram sua teoria de governo[33], ele carrega algum grau de responsabilidade por seu produto, a constituição norte-americana. Mas os autores da constituição norte-americana não estavam tanto copiando o modelo inglês, mas principalmente evitando o que eles consideravam seus defeitos. Em particular, estavam resistindo à onipotência legal do parlamento, que recentemente se evidenciara na aprovação do Stamp Act* (Lei do Selo) e do Declaratory Act[34].

Isso nos traz à questão da soberania, e seria bom deixar claro desde o início que o tema a ser discutido é a soberania legislativa enquanto um termo legal, e não (pelo menos por enquanto) qualquer questão de soberania do povo, ou da vontade geral, em sentidos mais vagos e não técnicos da palavra[35]. É no sentido legal (como foi definido e explicado, por exemplo, nos conhecidos capítulos da obra *Law of the Constitution*, de Dicey) que podemos dizer que a constituição inglesa moderna incorpora a soberania do parlamento, em contraste com a constituição norte-

▼

33. Mr. John Dunn tem argumentado que o grau de influência de Locke sobre os autores da constituição norte-americana foi muito menor do que freqüentemente se tem suposto. Ver seu "The Politics of John Locke in England and America in the Eighteenth Century", *in* J. W. Yolton (org.), *John Locke, Problems and Perspectives* (Cambridge, 1969), pp. 45-80.

* Lei de 1765, aprovada apesar dos protestos de 6 das 13 colônias da Nova Inglaterra, que deu ao governo da metrópole o direito de taxar os documentos (legados, cheques, recibos). Os colonos a rejeitaram, contudo, com o argumento de que não pagariam impostos sem representação no governo ("no taxation without representation"), como já vimos em capítulo anterior desta coletânea. (N. das Orgs.)

34. 5 Geo. III, c. 12; 6 Geo. III, c. 12.

35. Existe outro sentido técnico legal da palavra soberania a que eu também não estou me referindo aqui, *viz.* o *status* de um Estado independente, autônomo na lei internacional.

americana, em que o congresso não é um corpo legislador soberano. É neste sentido legal, também, que o soberano de Hobbes ocupa o centro do seu palco, embora também ele detivesse a autoridade executiva suprema. O "homem ou a assembléia de homens" de Hobbes possuía um poder legalmente ilimitado de legislar, poder que nenhuma outra autoridade no reino podia desafiar ou desprezar, e esta é a essência da soberania legal atribuída por Dicey ao parlamento moderno. Agora, a teoria de Locke reconhecia a existência de tal poder?

É claro que Locke definitivamente recusou-se a permitir que qualquer pessoa em seu Estado, quer do legislativo, quer do executivo, exercesse poder ilimitado no sentido hobbesiano. Ele teria repudiado isto, como tirania ou "poder arbitrário", e todo inglês que se orgulhasse da constituição inglesa teria concordado com ele. Parece, contudo, que a atitude de Locke pode ter sido diferente num período anterior de sua vida. Suas experiências durante a Guerra Civil e no interregno fizeram-no acolher com simpatia a perspectiva de ordem e governo estável na Restauração; mas não mostrou simpatia para com as exigências dos sectários mais extremistas e os tumultos que eles causavam. Em contraste visivelmente marcante com o que tem sido considerado o "liberalismo" de sua maturidade, o modo de ver de Locke, em 1660, revelou-se conservador. No prefácio ao tratado inglês que escreveu (mas não publicou) sobre os poderes do magistrado civil[36], ele declarou que "o magistrado supremo de toda nação (...) deve necessariamente ter um *poder absoluto e arbitrário* sobre todas as ações não compulsórias de seu povo". Isto era assim "quer a coroa do magistrado caia sobre sua cabeça diretamente do *céu* ou seja colocada ali *pelas mãos de seus súditos*". No próprio tratado ele explicou que "por magistrado eu entendo o poder legislativo supremo de qualquer sociedade, sem considerar a forma de governo ou o número de pessoas em que ele é instalado". Mesmo que o homem fosse

> naturalmente possuidor de uma total liberdade, e inequivocamente senhor de si mesmo a ponto de não precisar sujeitar-se a qualquer outro, mas apenas a Deus (que é a condição mais livre em que podemos imagi-

▼

36. Locke escreveu dois ensaios sobre este período, um em inglês e outro em latim. Ver P. Abrams (org.), *John Locke, Two Tracts on Government* (Cambridge, 1967).

ná-lo), esta ainda é a condição inalterável de sociedade e governo a que todo homem em particular deve inevitavelmente ceder este direito à sua liberdade e confiar ao magistrado um poder tão pleno sobre todas as suas ações como ele próprio possui (...) Nem os homens (...) usufruem de qualquer parcela maior desta liberdade numa comunidade [*Commonwealth*] pura (...) do que numa monarquia absoluta, encontrando-se aí o mesmo poder arbitrário, na assembléia (...) como num monarca, e, neste caso, cada homem em particular não possui mais poder (excetuando a adição insignificante de seu simples voto) dele mesmo para elaborar novas leis ou discutir antigas léis do que numa monarquia; tudo que ele pode fazer (que não é mais do que os reis permitem aos requerentes) é persuadir a maioria, que é o monarca[37].

Estas e outras passagens levaram à conclusão de que no começo de sua vida Locke fazia eco das idéias de Hobbes[38]. Locke pode perfeitamente ter sentido, na verdade ele dificilmente poderia ter evitado sentir, a influência de Hobbes, mas o alto valor que ele atribuía nos benefícios da lei e da ordem no tempo da Restauração pode ser suficientemente explicado por sua reação contra o que denominou "as multidões pungentes de misérias que acompanham a anarquia e a rebelião", sem admitir que suas idéias fossem diretamente emprestadas de Hobbes[39]. Seja como for, não pode haver dúvida de que Locke compreendeu claramente o significado da soberania legislativa, e se ele chegou a isso através de Hobbes, ou de Filmer, que o afirmou tão inequivocamente quanto Hobbes, é secundário. A questão que nos ocupa agora é saber se ele conservou sua crença na necessidade de uma autoridade soberana quando escreveu *Two Treatises of Government*. Nessa época ele estava ocupado com refutar Filmer e, em vez de pôr sua ênfase principal nas vantagens

▼

37. *Ibid.*, pp. 122-3 e 125.
38. Tem-se até mesmo afirmado que Locke foi realmente um "hobbesiano" durante toda a sua vida: cf. L. Strauss, *Natural Right and History* (Chicago, 1953), e R. Cox, *Locke on Peace and War* (Oxford, 1960).
39. P. Abrams, *op. cit.*, p. 156. Sobre a difícil questão da relação do pensamento de Locke com o de Hobbes ver também p. 75 e a Introdução de P. Laslett à sua edição do *Two Treatises of Government* (Cambridge, 1960), pp. 21, 67 ss. (Texto incluído nesta coletânea. N. das Orgs.)

da firmeza e estabilidade do governo, insistia em sua responsabilidade e na possibilidade de sua deposição se falhasse no cumprimento do dever. É verdade que ele mudou sua fraseologia e não mais descreveu o poder legislativo como um poder absoluto e arbitrário. Na realidade, ele agora declarava que o poder legislativo "não é nem possivelmente pode ser absolutamente arbitrário sobre as vidas e destino do povo"[40]. Reservou a palavra "arbitrário" para o poder que infringisse a lei da natureza e evitou chamar a legislatura de "soberana". Mas sempre insistiu em que ela era "suprema", e disse claramente que com o acordo social todo homem cede sua liberdade natural e "coloca-se na obrigação (...) de submeter-se à determinação da maioria, e de ser limitado por ela"[41]. A legislatura estava realmente na obrigação de servir ao "bem público", observando a lei da natureza "como uma regra eterna para todos os homens, legisladores e todos os outros"[42], de forma que um governo que violasse essas condições poderia ser derrubado por uma revolta popular; mas, de fato, enquanto ele durasse seria soberano, no sentido de que não havia mecanismo constitucional para limitá-lo[43]. Sobre essa questão, realmente, as concepções de Locke permaneceram substancialmente imutáveis, pois os poderes que atribuía ao magistrado em seu ensaio de 1660 estendiam-se apenas sobre "coisas sem importância", com o que pretendia significar aquelas coisas para as quais a lei natural, ou a lei de Deus, não estipulava nenhuma regra. E enquanto ele insistia em 1660 na necessidade de um governo forte, ao mesmo tempo declarava-se um amante da liberdade, pois acreditava, naquela época e posteriormente, que não se poderia ter um sem o outro.

Durante o século XVII o significado e as implicações da soberania legislativa chegaram a ser geralmente compreendidos, mas por muitos anos sua aceitação foi impedida pela persistência da noção da lei fundamental, a qual, acreditava-se amplamente, era um limite positivo para a

▼

40. *Second Treatise*, § 135.
41. *Second Treatise*, § 97.
42. *Second Treatise*, § 135.
43. Cf. C. B. Macpherson, *The Political Theory of Possessive Individualism* (Oxford, 1962), pp. 258-60.

capacidade da legislação⁴⁴. Essa idéia, fomentada especialmente pelos que apoiavam a lei comum, foi muitas vezes associada à idéia de uma constituição antiga, muito defendida pelos historiadores Whig, de acordo com os quais o parlamento, inclusive a Câmara dos Comuns, e as liberdades que ele devia resguardar, existia desde os tempos anglo-saxões, e a conquista normanda não chegou a ser realmente uma conquista. Filmer e os Tories que adotaram suas idéias estavam preocupados tanto com refutar esta versão da História quanto com insistir na divindade do direito dos reis. Embora a crença na lei fundamental diminuísse em face da inequívoca realidade da soberania legislativa, a versão Whig da história constitucional inglesa persistiu por longo tempo, sendo James Tyrrell, amigo de Locke, um de seus defensores; mas o próprio Locke baseava sua oposição ao absolutismo real não tanto na história, ou na idéia obsoleta da lei fundamental, como na lei natural e na razão. No que diz respeito à separação de poderes, ele achava conveniente que o legislativo e o executivo ficassem conservados à parte, mas não houve nenhuma sugestão no sentido de que um dos dois devesse atuar como um controle ou limite efetivos do poder do outro. Assim, embora Montesquieu possa ter inspirado algumas de suas idéias e algo de sua fraseologia a Locke, neste aspecto havia uma clara diferença entre eles. O princípio de Montesquieu implicava uma negação de soberania, ao passo que o de Locke era compatível com a soberania do rei no parlamento.

A soberania do rei no parlamento não era, naturalmente, um poder indivisível ou não dividido, como a soberania de um monarca hobbesiano, mas um poder repartido entre diferentes corpos que teriam que cooperar harmoniosamente para ele ser exercido com êxito⁴⁵. Num sentido estrito, hoje o soberano legal ainda é o rei no parlamento, exatamente como no século XVII, de modo que num sentido formal o soberano legal de hoje não está menos dividido do que estava naquele tempo. Mas

▼

44. Discuti esta questão detalhadamente em meu *Fundamental Law in English Constitucional History* (Oxford, edição revista, 1971) e não a repetirei nem tentarei resumi-la aqui.
45. Filmer, de fato, condenou uma "monarquia mista" como equivalente à anarquia, pois suas partes componentes iriam discutir em vez de cooperar.

naquela época o rei possuía uma fração real de poder, ao passo que hoje o consentimento real é apenas uma aparência. Pode-se alegar que o parlamento consiste em duas câmaras, e que, embora a Câmara dos Lordes atualmente tenha sido despojada da maior parte de seu poder, não estou me atendo estritamente ao sentido legal do termo se por soberania do parlamento eu realmente quero dizer a soberania da Câmara dos Comuns. É, realmente, óbvio que a soberania legal não é um ponto final definitivo, mas conduz à consideração da "soberania política" que está por trás dela, quer esta seja o poder do governo, no qual reside a iniciativa efetiva em legislação, ou "a soberania do povo", da qual depende a escolha de um governo. Talvez possamos dizer que a soberania política é a que Locke atribuiu ao povo, no qual "ainda perdura (...) um poder supremo para suprimir ou alterar o legislativo quando ele [o povo] achar a ação legislativa contrária à confiança nela depositada"; mas essa supremacia do povo "não é igualmente considerada sob qualquer forma de governo, porque o poder do povo pode jamais ter lugar até que o governo seja dissolvido"[46]. Locke tem sido censurado por não fornecer um mecanismo constitucional adequado, como num Estado democrático moderno, por meio do qual o povo pudesse exercer regularmente sua soberania política, em vez de confiar no recurso arriscado e grosseiro de uma revolução quando sua paciência tivesse se exaurido. Mas Locke não era um democrata moderno. Ele não teria aprovado direitos políticos para o povo, e estava satisfeito, como seus contemporâneos Whigs, com o que eles veneravam como a constituição tradicional.

Embora a legislatura devesse ser suprema, ela estava sujeita à lei da natureza para exercer seu poder, e Locke formulou as condições específicas que ele acreditava necessárias para assegurar isto. Em primeiro lugar, a legislatura é "inviolável e inalterável nas mãos em que a comunidade a tenha depositado"[47]. Além disso, "ela não é nem pode ser absolutamente arbitrária sobre as vidas e o destino do povo" nem pode "outorgar-se um poder para dominar através de decretos improvisados e arbitrários, mas é obrigada a conceder justiça e decidir dos direitos do

▼

46. *Second Treatise*, §§ 149 e 150.
47. *Second Treatise*, § 143.

cidadão, através de leis permanentes promulgadas, e juízes reconhecidamente autorizados"[48]; e essas leis devem ser iguais para todas as classes e "concebidas para nenhum outro fim (...) senão o bem do povo"[49]. Ela não pode "tirar de qualquer homem qualquer parte de seus bens sem seu próprio consentimento"[50], e, finalmente, "sendo apenas um poder delegado pelo povo", ela "não pode transferir o poder de fazer leis para quaisquer outras mãos"[51]. Ela é "somente um poder fiduciário para agir em prol de certos fins"[52], a saber, a promoção do "bem público" de acordo com a "lei fundamental da natureza", a qual ordena "a preservação da humanidade"[53]. Por essa razão "a comunidade mantém perpetuamente um poder supremo de salvar seus membros das tentativas e intenções de qualquer pessoa (...) tão tola, e má, a ponto de planejar e levar a cabo intentos contra as liberdades e propriedades do súdito"[54].

A razão que Locke dá para estas limitações ao poder da legislatura é que ela é "apenas o poder conjunto de todos os membros da sociedade, entregue àquela pessoa, ou assembléia". No estado de natureza "ninguém possui poder arbitrário absoluto sobre si mesmo, ou sobre qualquer outro, para destruir sua própria vida ou tirar a vida e propriedade de outro", e "ninguém pode transferir a outro mais poder do que ele possui em si mesmo"[55]. Isto provém da teoria da origem do Estado de Locke num pacto de indivíduos; mas, mesmo que rejeitemos tudo isso como um simples produto da imaginação filosófica, a limitação resultante do poder do governo não era ficção, mas uma racionalização da prática constitucional aceita.

A teoria política de Locke tem sido descrita como um ataque não somente à soberania do *Leviathan*, mas à própria idéia de soberania[56]. O

▼

48. *Second Treatise*, §§ 135 e 136.
49. *Second Treatise*, § 142.
50. *Second Treatise*, § 138. Contudo, ela pode cobrar imposto através do voto majoritário.
51. *Second Treatise*, § 141.
52. *Second Treatise*, § 149.
53. *Second Treatise*, § 135.
54. *Second Treatise*, § 149.
55. *Second Treatise*, § 135.
56. J. N. Figgis, *The Divine Right of Kings*, p. 242; C. E. Vaughan, *Studies in the History of Political Philosophy before and after Rousseau*, i. 134.

Dr. Figgis queixou-se de que, embora Locke estivesse consciente de que a legislatura é suprema, ele a cercou com várias limitações, e, em vez de dizer que a transgressão desses limites é inconveniente ou iníquia, tentou provar que ela seria ilegal. A noção de onipotência legal era detestável para ele, e em conseqüência ele foi o "culpado de uma confusão entre lei natural e lei positiva de que teria se eximido o monarquista mais radical e mais reacionário"[57]. Ao contrário, parece-me, Locke conhecia muito bem a diferença entre lei natural e positiva, embora seja verdade que seu ponto de vista não era o do século XX e que ele considerava a lei natural, por ele comparada ao desejo de Deus, algo mais que uma simples obrigação moral. Locke, como Bodin, imaginava o governo constrangido pela obrigação à lei natural – como um dever, isto é, governar em prol do bem público, e com a responsabilidade para com a comunidade (que ele expressou em termos de curadoria) de construir seu programa político conforme a lei. Contudo, ele não concebia o governo limitado pela lei positiva, e é aqui que sua teoria claramente difere daquela que inspirou os autores da constituição norte-americana, para quem a separação rígida de poderes e a própria constituição escrita eram garantias positivas de que nenhum dos poderes do governo excederia dos limites que lhe eram determinados ou seria superior a qualquer outro.

É verdade que Locke usou a expressão "lei fundamental", até mesmo "lei fundamental positiva", mas com isto pretendia enfatizar a força aglutinadora do ato original do povo quando este instituiu uma legislatura. Ele não afirmou, como alguns juristas o fizeram no começo do século, que as cortes poderiam recusar-se a pôr em vigor uma lei do parlamento. Ao contrário, enquanto o governo perdura, ele reconhece não somente que a legislatura é suprema, mas também que não há mecanismo constitucional ou legal capaz de sobrepujá-la. Tal ação pode ser apenas extraconstitucional, e se ela abusa da confiança o único remédio é a revolução. Aqueles que pregavam o direito divino e a não-resistência não admitiam tal direito, do povo, de "apelar a Deus"; Locke, por outro lado, estava dizendo de fato que havia circunstâncias nas quais a revol-

▼

---

57. Figgis, *loc. cit.*

ta era moralmente justificável. A opinião moderna esclarecida concordaria com ele.

Isto significaria uma negação da própria idéia de soberania? Num sentido estrito, penso que devemos concordar em que significou. Se uma legislatura é verdadeira e totalmente soberana, isto é comumente entendido como significando não apenas que a validade de suas leis é imutável, mas também que ela pode mudar a própria constituição através de processo legislativo ordinário. Esta legislatura de Locke certamente não poderia fazê-lo; a constituição, como determinada no acordo original, evidentemente permanecerá estável para sempre[58]. À parte este ponto, o conceito de Locke de legislatura suprema, mesmo sob a restrição da lei natural, é substancialmente o mesmo que o conceito expresso no reinado de Elizabeth I por Peter Wentworth. Sir John Neale o parafraseia deste modo: "O parlamento não era soberano, de acordo com as modernas idéias austinianas. Ele possuía uma esfera de poder dentro da qual era 'absoluto', no sentido de que não havia autoridade superior para dominá-lo, mas dentro dessa esfera ele funcionava sujeito aos princípios fundamentais da lei de Deus e da lei natural – princípios, em outras palavras, de justiça e eqüidade."[59]

Idéias como essas foram constantemente repetidas durante o século seguinte, e evidentemente eram compartilhadas por Locke. Nesse con-

▼

58. Uma conseqüência desta restrição é que a própria legislatura é incapaz de retirar o privilégio do voto dos burgos decadentes e criar novos distritos eleitorais. Locke reconhece que "a grandes disparates podem conduzir os adeptos do costume quando a razão não se encontra mais presente, quando vemos o simples nome de uma cidade, de que restam quase que apenas ruínas (...), enviar tantos representantes à grande assembléia de legisladores quanto um município [*county*] inteiro, populoso; mas o único remédio que ele pode oferecer é que o executivo, seguindo a máxima *salus populi suprema lex*, deveria empreender quando necessário uma redistribuição de cadeiras. Assim fazendo, acredita Locke, "ele não pode ser julgado por haver instituído um novo legislativo, mas por haver restaurado o velho e verdadeiro" (§§ 157 e 158). É fácil ridicularizar a noção de que o rei tinha, mas o parlamento não, um direito para cassar os privilégios eleitorais de Old Sarum (Sir James Stephen, *Horae Sabbaticae*, 2.ª série, ix. 155), mas, à parte a necessidade lógica disto no sistema de Locke, estava, de fato, de acordo com os precedentes históricos, pois novos distritos eleitorais em burgos sempre foram criados por mandados reais. Todavia, desafiara-se o exemplo recente de Newark no reinado de Carlos II.
59. J. E. Neale, *Elizabeth I and her Parliaments, 1584-1601* (1957), p. 262.

texto ele evitava a palavra "soberania", talvez por causa de sua associação com o *Leviathan* e o poder arbitrário, que ele claramente desejava excluir[60]. Ele substituiu as palavras "poder supremo", e a utilização deste termo por Locke pode parecer confusa à primeira vista, pois ele o aplicou à legislatura e ao "indivíduo", e ao próprio povo; mas seu significado é, realmente, bastante claro, e em termos de soberania pode ser interpretado dessa maneira. A legislatura, em primeiro lugar, embora não totalmente soberana no sentido moderno, ocupa uma posição correspondente àquela do soberano legal. O rei não é tecnicamente soberano, mas é comumente chamado de soberano apenas nominalmente. Isto é realmente uma sobrevivência do sentido medieval mais antigo da palavra, antes de ela adquirir um significado técnico, e Locke apenas diz que quando ele é a cabeça do executivo e também participa no legislativo o "indivíduo, num sentido bastante tolerável, pode (...) ser chamado supremo". O povo, por quem a legislatura é responsável, é "soberano político", mas ele considera esta soberania normalmente jacente, e ela é efetiva somente quando o governo é dissolvido. Dessa forma Locke evita a confusão em que Rousseau se envolveu quando, na tentativa de combinar o soberano político e o legal, atribuiu soberania à vontade geral e acreditou que ela apenas poderia ter lugar em pequenas comunidades. Locke faz uma referência passageira ao governo democrático como uma possibilidade teórica[61], mas ele evidentemente não a considerou merecedora de consideração séria. O poder do povo, em seu sistema, é exercido quando da criação do Estado, mas depois disso ele permanece dormente a não ser que uma revolução se torne necessária, pois o governo estabelecido é sacrossanto enquanto cumpre seu dever. Locke aceitou, de fato, a perspectiva política normal de sua época, mas seu conceito de administração serviu para reforçar a noção de que os governos não são organismos de poder arbitrários e irresponsáveis, mas têm a responsabilidade de promover o bem-estar público.

▼

60. A palavra ocorre em diversos lugares, em ambos os *Treatises* (*e. g.*, i, §§ 129, 131, 133; ii, §§ 4 e 115), geralmente significando poder absoluto. No § 108 diz-se que os "reis" dos índios americanos "apenas têm uma soberania muito moderada".
61. *Second Treatise*, § 132.

A constituição de Locke e a estrutura da sociedade de sua época obviamente seriam insatisfatórias atualmente, e no período de mais de dois séculos que decorreu desde a Revolução nós ampliamos a cidadania e desenvolvemos o sistema de governo de gabinete como forma de tornar essa responsabilidade mais efetiva. Um resultado disto foi que, enquanto em sua época o executivo e a legislatura eram em grande parte (embora não rigidamente) distintos e, muitas vezes deliberadamente, controlados e fiscalizados mutuamente, nossa moderna constituição relaxou alguns dos velhos controles que se utilizavam para prevenir a possibilidade de governo arbitrário. No século XVII parecia a muitos que o principal perigo contra o qual devia se precaver surgiu das pretensões da monarquia e de seus defensores. Foi para contê-los que os parlamentares e os advogados da lei comum acentuaram suas teorias sobre a lei fundamental, o governo misto e a separação de poderes. O resultado foi o estabelecimento da supremacia do parlamento sobre o rei, e a apreensão pelo parlamento, através do mecanismo do gabinete, do poder real, agora exercido pelos ministros responsáveis perante o parlamento. Foi nessas circunstâncias que a soberania do parlamento foi aceita e bem-vinda como um órgão de liberdade, ao passo que a soberania do rei teria sido condenada como tirânica. Na prática, os parlamentos do século XVIII não apenas eram absurdamente não-representativos como, às vezes, extremamente irresponsáveis e arrogantes em suas ações, e a questão foi levantada (pelos norte-americanos, por exemplo, e por John Wilkes; da mesma forma que no século anterior ela havia sido levantada por oponentes do Rump*) sobre se o poder arbitrário de um parlamento devia necessariamente ser preferido ao poder arbitrário de um rei. No século XIX a necessidade de esclarecer esta questão foi adiada durante algum tempo pelo movimento a favor da reforma parlamentar, mas hoje em dia, quando a soberania do parlamento significa de fato a soberania de uma maioria na Câmara dos Comuns, que por sua vez está sob a direção de um gabinete do partido, pode ser hora de pensar novamente no assunto.

▼

* Remanescente do "Long Parliament" (Parlamento Longo), seja após sua restauração de 1659 ou após a expulsão dos membros favoráveis a Carlos I, de 1648 até sua primeira dissolução, em 1653. (N. do T.)

A doutrina legal da onipotência parlamentar jamais poderia ter subsistido, sugere o professor McIlwain, se suas arestas não tivessem sido abrandadas por convenções; e ele acredita que, quando estas convenções perderem sua eficácia, haverá a exigência de uma lei, e as convenções ou serão transformadas em lei ou serão abandonadas completamente. Foi assim que no século XVIII os norte-americanos acharam necessário incorporar a doutrina da separação de poderes numa constituição escrita. E ele observa que, em tempos mais recentes, mais uma vez a lei foi substituída pela convenção em questões imperiais, através do decreto-lei de 1931 do Estatuto de Westminster. O professor McIlwain chama a separação de poderes uma ficção da imaginação dos doutrinários do século XVIII, que a encontraram no começo da nossa história apenas por causa de sua ignorância. Isto era realmente uma "falsa teoria do estado inglês", pois, na Idade Média, embora houvesse uma doutrina muito definida da limitação de poderes, não havia nenhuma doutrina sobre sua separação. Limitar o governo, continua ele, não significa necessariamente enfraquecê-lo, e à luz da experiência do funcionamento da constituição norte-americana ele condena qualquer sistema artificial de controle e equilíbrio como desconhecido antes do século XVIII, quase incipiente antes do século XIX, e desastroso onde quer que tenha sido tentado desde então. Isto, seguramente, vai longe demais, pois a idéia de separação dos poderes era conhecida na Inglaterra no século XVII, e foi tentada a incorporação de um sistema de controles e equilíbrios numa constituição escrita – não com muito êxito, pode-se admitir – durante o Protetorado de Oliver Cromwell. O professor McIlwain, contudo, volta à velha distinção entre *gubernaculum* e *jurisdictio* e vê na lei a melhor salvaguarda contra o desejo arbitrário. O que é necessário, portanto, acredita ele, é "um judiciário honesto, capaz, instruído, independente"[62].

A Inglaterra, observa ele, provavelmente seja a mais constitucional das nações modernas, não porque sua constituição esteja incorporada em qualquer documento formal, mas porque sua forma de governo

---

62. C. H. McIlwain, *Constitutionalism Ancient and Modern* (Ithaca, Nova York, 1940), pp. 20, 144-6.

preserva uma herança de instituições livres, baseada tanto na experiência anterior e na convenção como na lei escrita. A origem dessa herança pode ser encontrada na Idade Média, quando Bracton fez a distinção entre *gubernaculum* (o governo do reino, no sentido de sua administração efetiva, que estava nas mãos do rei e não poderia ser questionado) e *jurisdictio*, o qual deveria estar de acordo com a lei ou costume e era, assim, a garantia dos direitos privados e liberdades. Esta distinção ainda era a chave da constituição inglesa no fim do século XVI: o direito privado era determinável apenas por lei, sob o controle das cortes e do parlamento, enquanto assuntos de Estado estavam na esfera da prerrogativa real, que era absoluta e incontestável. O delicado equilíbrio entre os dois falhou, contudo, no século XVII, quando o rei e seus defensores pretenderam a subordinação do *jurisdictio* ao *gubernaculum*, ao passo que os parlamentares e os advogados da lei comum [*common-lawyers*] procuravam ampliar sua idéia da lei fundamental numa barreira contra o poder absoluto em qualquer esfera[63].

Hoje em dia a velha idéia da lei fundamental como um limite à soberania do parlamento há muito foi extinta na Inglaterra, e como as cortes, portanto, já não podem anular um ato do parlamento com base na sua incompatibilidade com a lei fundamental, o judiciário já não pode ser uma salvaguarda contra o perigo de uma tirania da maioria. Até agora nós escapamos desse perigo porque (e esta, eu penso, é uma das principais razões pelas quais o governo parlamentar tem prosperado e sobrevivido nesta nação, enquanto em muitas outras nações ele ou sucumbiu ou jamais se enraizou) a disputa partidária não tem sido tão danosa a ponto de minar o que, por falta de uma frase melhor, posso apenas chamar de princípios fundamentais da constituição. Estes, reconhecidamente, não são mais fundamentos legais. Não há mais distinção legal na Inglaterra entre lei pública e privada, entre a lei afetando um elemento vital da constituição e a lei regulando os mais triviais negócios domésticos. Um modo de tratar isso é dizer, com Tocqueville, que a constituição inglesa não existe. Enquanto ambos os partidos tacitamente concordaram em respeitar esses princípios, não havia

---

63. C. H. McIlwain, *op. cit.*, pp. 17, 79 ss. e 114.

risco imediato de estarem à mercê de um parlamento legalmente soberano sob o controle político de um gabinete partidário. Embora a Câmara dos Lordes antes de 1911 muitas vezes usasse seus poderes tolamente, e fosse amplamente culpada das restrições impostas ao Parliament Act (Lei do Parlamento), foi todavia uma salvaguarda contra o exercício irresponsável do poder por um partido controlando temporariamente uma maioria na Câmara dos Comuns. Desde então os poderes da Câmara dos Lordes têm sido ainda mais reduzidos, e há quem duvide de que ainda seja seguro, sem uma constituição escrita, conferir soberania ou, em outras palavras, a oportunidade de exercer um poder arbitrário, nas mãos de um partido majoritário numa única câmara.

Estas circunstâncias levaram Charles Morgan a advertir[64] que deveríamos reconsiderar, à luz da doutrina de Montesquieu, os velhos argumentos a favor das limitações legais do poder arbitrário. Tal sugestão, contudo, parece-me totalmente acadêmica, e não posso conceber que nossa democracia parlamentar moderna concordaria em aceitar os controles constitucionais rígidos do tipo norte-americano de governo[65]. Isto teve origem tanto na necessidade prática de satisfazer as reivindicações dos Estados, que necessitavam de uma constituição federal, como nas teorias políticas de Locke ou de Montesquieu. Os perigos que Morgan tinha em mente, contudo, não são nem acadêmicos nem imaginários, e mais recentemente nós temos ouvido dúvidas sobre se o próprio sistema parlamentar ainda desfruta da confiança do público, e sugestões de que nada, sem ação direta (isto é, revolucionária), poderá conseguir os resultados desejados. Espera-se que, embora não se dêem ouvidos à exigência de lei de Morgan, as maiorias partidárias e o mais impaciente de seus defensores possam, autodisciplinar-se no respeito aos princípios da constituição, em vez de abandoná-los. De outro modo, embora possamos proclamar a rejeição do totalitarismo, poderemos, quando for muito tarde, ter motivo para lastimar o desaparecimento das salvaguardas contra o poder arbitrário que nossos antepassados respeitaram como uma de suas principais bênçãos.

▼

64. Na conferência de Zaharoff, de 1948, em Oxford.
65. Numa versão revista de sua conferência, publicada em *Liberties of the Mind* (1951), pp. 57-80, Morgan enfatiza a necessidade de uma Segunda Câmara reformada.

CAPÍTULO 11

A TEORIA SOCIAL E POLÍTICA DOS "DOIS TRATADOS SOBRE O GOVERNO"*

Peter Laslett

Quando os homens pensam, a respeito de si mesmos, estar organizados entre si, devem lembrar-se quem são. Não se fazem, não se possuem, não dispõem de si próprios: eles são obra de Deus. São seus servos, mandados ao mundo sob seus desígnios, são inclusive sua propriedade (II, § 6)**. Para John Locke esta era uma proposição de senso comum, a proposição inicial de um trabalho que, em todo o seu desenrolar, recorre ao senso comum. É uma proposição existencialista que os homens não consideraram importante questionar seriamente até nossos dias e que se baseia não tanto na existência comprovada de uma Divindade como na possibilidade de adotar-se o que poderia ser chamado de uma visão sinótica do mundo, mais vulgarmente uma visão divina daquilo que acontece entre os homens aqui na Terra. Se se admite que é possível olhar os homens de cima, então admite-se conceder a Locke essa proposição inicial.

Deste ponto de partida baseado no senso comum seguem-se duas inferências: que somos todos livres e que somos todos iguais; livres uns

▼

* "The Social and Political Theory of 'Two Treatises of Government'" (*in John Locke – Two Treatise of Government – A Critical Edition with an Introduction and Apparatus Criticus*. Cambridge, Cambridge University Press). Tradução de Susan Anne Semler.
** As indicações no texto referem-se aos tratados sobre o governo civil de Locke. I = Primeiro Tratado; II = Segundo Tratado e I e II = ambos os tratados. (N. das Orgs.)

dos outros, na verdade, e iguais uns aos outros, pois não somos livres da superioridade de Deus e não somos iguais a Ele. Se pudéssemos demonstrar que Deus tivesse dado a qualquer homem, ou grupo de homens, superioridade sobre outros homens, então essas inferências não poderiam ser deduzidas. Foi porque Sir Robert Filmer alegou haver, na Revelação, prova de que Deus tivesse colocado alguns homens acima de outros, pais acima de filhos, homens acima de mulheres, velhos acima de jovens e reis acima de todos os outros, que sua doutrina era tão perigosa e tinha que ser refutada. Tornou-se necessário mostrar minuciosamente, analisando texto após texto das Escrituras, que essa interpretação estava completamente errada.

Esta é a função lógica do *Primeiro tratado* na obra de Locke sobre o governo civil, mas nele ele nada afirma que não seja colocado no *Segundo tratado*. A polêmica com Filmer tinha que tomar a forma de uma discussão baseada nas Escrituras, mas necessariamente uma discussão de observação e de razão, pois as Escrituras não se auto-interpretam[1]. A observação nos mostra, diz Locke, o empírico, que a superioridade dos pais é apenas temporária e a observação aliada à razão nos mostra por quê: tal superioridade é necessária para a preservação da humanidade, e a sua duração é determinada por fatores zoológicos (II, §§ 80 e 81). Filmer, seguindo Grotius, havia interpretado aqueles fatos para mostrar que a procriação, um indivíduo criando outro, dá o direito de superioridade, a sujeição de uma vontade à outra e mesmo propriedade. Isso não é somente má observação, mas é completamente irracional e, além do mais, ofende, contraria o primeiro princípio de que o homem é obra e propriedade de Deus, não de si mesmo. De forma bastante simples e bastante literal, os homens, então, na visão de Locke, nasceram livres; como de modo também simples e literal no sistema de Filmer e na tradição patriarcal não nasceram livres.

Não, diz Locke: "O Senhor e Dono de todos eles não colocou, por qualquer declaração de Sua vontade, um acima de outro" (II, § 4) e to-

▼

---

1. Essa é uma importante posição geral de Locke, talvez mais bem conhecida por sua rejeição do "entusiasmo". O *Primeiro tratado* discute continuamente as Escrituras, por um lado, e a razão, por outro – ver, *e. g.*, §§ 4, 60 (Razão e Revelação) e 112.

dos nós temos as mesmas faculdades, as mesmas vantagens naturais; poder e jurisdição são e devem ser recíprocos entre nós. Novamente, não é preciso aceitar uma teologia para concordar que isso é apenas senso comum. Tudo o que aconteceria se desejássemos discordar é que teríamos a tarefa de provar algo diferente incomodamente imposto sobre nós.

Mas, se é verdade que Deus nos deixa livres, que nada na ordem natural pode nos demonstrar a sujeição de um homem a outro, mesmo sem contarmos com a vontade revelada de Deus, ainda é relevante perguntar o que positivamente nos faz livres, no que consiste essa liberdade. Pois a liberdade absoluta não tem sentido, ela deve ser definida – "Onde não há lei não há liberdade" (II, § 57). É a lei da natureza que delimita a liberdade natural (II, § 4), e já que a lei da natureza é uma expressão da vontade de Deus, a onipotência divina pode ser reconciliada com a liberdade humana[2]. Além disso, a direção positiva de Deus nos é conhecida através de nossa razão, que, como diziam os platonistas contemporâneos de Locke, é "*a voz de Deus*" no homem (veja nota no *Primeiro tratado*, § 86). Mas na postura, como a chamamos, que Locke adotou diante da lei natural, "a lei da natureza (...) é a lei da razão" (I, § 101). É a nossa razão, portanto, que nos promulga a lei da natureza e é a nossa razão que nos faz livres. "*Nascemos livres* da mesma maneira que nascemos racionais" (II, § 61), e a liberdade de agirmos de acordo com a nossa própria vontade, nunca pela compulsão da vontade de outros, está fundamentada na posse da razão (II, § 63).

Mas a razão significa ainda mais que isso e tem conseqüências ulteriores para a liberdade natural e a igualdade. Concebida como uma lei (a lei da natureza), ou quase como um poder, ela é soberana sobre toda ação humana. Pode ditar ao homem como o faz a consciência (II, § 8) e para mais de um homem numa situação social, uma vez que ela é dada por Deus para ser a regra entre os homens (II, § 172). É também uma qualidade, de fato é a qualidade humana que coloca o homem acima dos animais e, quando se apresenta de forma completa, quase o leva ao

▼

2. Exatamente como, jamais é mostrado. Locke é famoso pela confissão de que esse problema estava fora do seu alcance, e é sintomático que nunca o tenha levantado em sua obra sobre teoria política.

nível dos anjos (I, § 58). Este discurso é tradicional, e a distinção entre homens e animais baseada na presença ou ausência da razão é anterior ao cristianismo, sendo encontrada entre os estóicos e em Aristóteles, mas na época de Locke tinha um significado particular, como nos mostra o curioso debate sobre se os animais, que podem trabalhar, mesmo não sendo humanos e não possuindo a razão, devem portanto ser máquinas. E Locke faz uso completo e peculiar desse fato na sua descrição de estado e de sociedade.

Isso significa, em primeiro lugar, a posição subordinada das crianças que, mesmo nascidas para um estado completo de igualdade, não nascem nesse estado (II, § 55). Somente atingem a liberdade quando alcançam o que ainda chamamos idade da razão. Tudo isso é óbvio o suficiente e só é tratado nessa extensão devido a Filmer, mas deve-se notar que mesmo as crianças menores de idade não estão sujeitas à vontade de seus pais, ainda quando não tenham vontade própria; seus pais querem por elas, e a razão ainda é soberana sobre pais e filhos. Esta é uma das poucas maneiras em que a idade, processo ou desenvolvimento, é relevante para as relações humanas, apesar de Locke admitir que idade, virtude, inteligência e sangue (nada disso parece ser facilmente descrito como uma diferença em racionalidade), de alguma forma sem importância para seu propósito, podem infringir a igualdade natural (II, § 54). A próxima conseqüência, no entanto, é mais surpreendente. Quando nos vemos como obra de Deus reconhecemos que todos nós possuímos razão porque nos foi dada por ele e, portanto, qualquer homem que age de forma irracional é desta forma um animal e pode ser tratado como tal. Especificamente, qualquer homem que tenta colocar outro sob seu poder, sob sua vontade, negando que este seja tão livre quanto ele o é, pois também possui a razão, recusando reconhecer na razão a regra entre os homens, este homem "torna-se sujeito a ser destruído pela pessoa lesada e pelo resto da humanidade, como qualquer animal selvagem ou nocivo, destrutivo para a existência da humanidade" (II, § 172).

Este é um argumento drástico e de certa forma cruel. Serve para realçar com caracteres bem carregados a crença completa de Locke em que a razão é o modo de cooperação entre os homens; a razão, afirmou, é "o vínculo comum através do qual a raça humana é unida em solidariedade e sociedade". Não é uma afirmação isolada, mas um tema recorrente e repetitivo, talvez desenvolvido com detalhes numa inserção tardia (vide nota no *Segundo tratado*, § 172), mas essencial para a explicação de Locke sobre a manutenção da justiça dentro e fora de uma sociedade organizada. Pode ser entendida como sendo seu julgamento final sobre as conseqüências, para as relações existentes entre os homens, da sintética filosofia civil de Hobbes, pois o *Leviathan*, como o patriarca real, subordinou todas as vontades humanas a uma só, fez do governo e da lei uma questão de vontade e tratou os homens, portanto, como animais, e qualquer um que pretendesse seus poderes e direitos poderia ser tratado como um animal. Mas seu verdadeiro objeto parece ter sido muito mais pessoal e político. Quando as passagens que apresentam esse argumento são examinadas com mais atenção, Charles e James Stuart encaixam-se perfeitamente no papel de "bestas selvagens com as quais os homens não podem ter nem sociedade nem segurança"[3], pois tentaram governar a Inglaterra como déspotas, se não da forma hobbesiana, certamente de forma patriarcal.

Em liberdade completa, iguais uns aos outros, capazes de comportamento racional e, assim, de entendermos e cooperarmos uns com os outros: assim nascemos. Devemos enfatizar que todos nascemos dessa maneira, escravos ou libertos, selvagens ou civilizados, dentro ou fora da sociedade ou do estado, pois isso, em Locke, é uma verdadeira doutrina universal e ele não argumenta, por exemplo, a partir dessa posição dogmática racionalista que a base da vida política seja o domínio do homem racional sobre seus semelhantes irracionais[4]. Não pode haver nenhuma

▼

3. II, § 11, 25-6. Essa é uma referência a um agressor no estado de natureza, mas a última frase também apareceu no texto final de II, § 172, 16. O assunto de II, §§ 171 e 172 é claramente o governo estabelecido de um país, o país de Locke, e são essas as palavras aplicadas a ele, governo, quando afirma seu direito ao "poder arbitrário, absoluto" ("tendo-se livrado da razão" para isso).
4. Apesar de reconhecer a desigualdade na capacidade de raciocinar, ver nota em II, §§ 4, 11 e referências. Locke adotou uma visão sóbria, quase melancólica dos poderes da maior parte da raça humana de seguir uma argumentação, de tomar parte numa "sociedade racional" em sua definição sofisticada, e os textos que ilustram isso encontram-se em toda a sua obra, especialmente no *Ensaio*: o título de "racionalista otimista" não lhe assenta bem. No entanto, não me parece justificável interpretar em suas afirmações, certamente as dos *Dois tratados*, qualquer doutrina de racionalidade diferencial, como às vezes tem sido feito. Estritamente, o homem não-racional

fonte arbitrária de poder de um homem sobre outro, nem mesmo baseada na Revelação, pois o direito divino já foi descartado por não ter sido comprovado. Como, então, pode existir algo como o domínio no mundo? Como é possível o governo? Locke responde a essa questão fundamental, e é significativo do seu individualismo radical que ela deva sempre aparecer de forma tão insistente, pela introdução daquilo que ele chama uma "Estranha Doutrina". Com isso pode pretender advertir-nos de que está inovando[5], mas o que diz não traz muita surpresa: "*todo mundo*", declara, "*tem o poder executivo* da lei da natureza" (II, §§ 6, 7, 8 e 13). Se alguém ofende a lei da natureza, todos os outros têm o direito de puni-lo e exigir retribuição exata, não simplesmente pelo dano causado, mas para justificar a regra "da *razão* e a eqüidade comum, que é aquela medida estabelecida por Deus para os atos dos homens, para sua segurança mútua" (II, § 8). Podemos fazer isso individualmente, mas podemos e devemos cooperar com outros indivíduos contra essa "violação contra toda a espécie". Sobre esse direito natural, que nasce da própria humanidade, está baseado não somente o direito de governar, mas também o seu poder, pois é um poder coletivo que é usado contra um agressor mesmo se apenas um homem o exerce. O direito de governar, e o poder de governar, é um poder e um direito natural fundamental e individual, colocado lado a lado com o de preservar a si mesmo e o resto da humanidade (II, §§ 128-30). É judicial em sua natureza, pois é a declaração e a execução de uma lei, a lei da natureza, que é a lei da razão.

A totalidade da teoria política de Locke já está esboçada, incluindo mesmo os conceitos de confiança ("trust")* e de separação de pode-

▼

  não era absolutamente um homem e Locke jamais nega que qualquer indivíduo possa ser racional de acordo com sua capacidade – insiste somente em que ele é passível de culpa se não for. Ele pode não ser um otimista constante, mas não é nenhum cínico: ver Polin, 1961, 40n. [R. Polin, *La politique morale de John Locke.*]
5. Strauss, 1953 [Leo Strauss, *Natural Right and History*, pp. 202-51, "On Locke"], dá ênfase ao uso dessa frase por Locke, mas me parece que não é mais que um dispositivo literário para ele. Como diz Strauss, a doutrina de Locke sobre esse ponto difere apenas na ênfase daquela de Puffendorf e Cumberland.
* A palavra "trust" que Locke prefere às de mandato ou delegação, pressupõe um elemento de confiança mútua. É a guarda ou custódia da confiança do povo, a delegação de confiança. (N. da T.)

res. Faremos gerais as implicações desta posição sobre o poder executivo da lei da natureza sob o título de uma doutrina, a doutrina lockiana da virtude política natural. Dogmaticamente apresentada como uma "doutrina estranha", nenhuma demonstração de sua verdade nos é oferecida, mas ela é insinuada numa provisão particular da lei da natureza como sendo distinta da lei da natureza genérica. Esse é o direito e o dever de todo homem, o de preservar tanto quanto possível a si mesmo e aos outros, que é a única lei da natureza empregada de tal forma[6]. O governo, quando visto inicialmente desse ângulo, é simplesmente um "magistrado" que, por ser magistrado, "tem o direito comum de punição colocado em suas mãos" (II, § 11). Mas ainda não atingimos o estágio do governo estabelecido. Todas as características dos homens e o relacionamento entre eles que até agora discutimos ainda pertencem ao estado de natureza.

O estado de natureza é simplesmente a condição na qual o poder executivo da lei da natureza permanece exclusivamente na mão de indivíduos e ainda não foi feita a comunal. Podemos inferir que esta era a condição original de toda a humanidade, porque onde quer que se encontre uma autoridade coletiva permanente e estabelecida, sempre descobrimos ser esta o resultado das idéias dos homens, de acordos deliberados entre os homens para garantir e estabelecer o domínio da racionalidade e as disposições da lei natural. Não é uma resposta adequada dizer, a esse respeito, que os homens sempre viveram governados porque "os governos são em toda parte anteriores aos documentos" (II, § 101, comparar com I, §§ 144 e 145) e porque sabemos que tribos primitivas vivem hoje sem governo, ou muito próximas disso. Apesar de esses fatos históricos e antropológicos serem importantes, demonstrando, como na verdade o fazem, que indivíduos viveram e ainda vivem uns com os outros em estado de natureza, é muito mais significativo que os estados em si, e seus chefes, não podem relacionar-se uns com os

▼

6. Por causa da atitude particular que descrevemos com relação à lei da natureza, Locke nunca enumera as próprias leis e nunca relaciona uma lei da natureza com outra, apesar de esta lei da preservação ser chamada de "fundamental"; ver nota em II, § 16, 9-10 e referências, incluindo uma passagem em seu *Educação*. Em todos esses aspectos ele é um escritor da lei natural bastante não convencional, muito mais que Hobbes.

outros de nenhuma outra maneira, hoje ou em qualquer época. Os reis da França e da Inglaterra podem colaborar para manter a paz no mundo e, assim, preservar a humanidade. Quase sempre eles o fazem, mas cada qual está individualmente executando a lei da natureza: não há instituição ou autoridade para este objetivo. Esse fato, e a existência de áreas da Terra ainda em estado natural, pode também admitir que existam indivíduos nesse estado ainda hoje. Como os suíços e os índios comerciando bugigangas nas florestas da América (II, § 14)[7].

O estado de natureza, portanto, tem desvantagens óbvias; é de esperar que os homens façam o possível para substituí-lo, e já vimos que estão constituídos de tal maneira que são perfeitamente capazes de fazê-lo. Isso permite que cada homem seja seu próprio juiz (II, § 13). Ele tem a lei da natureza para guiá-lo, mas essa lei não está escrita, "não é encontrada em nenhum lugar a não ser nas mentes dos homens", de tal sorte que "aqueles que por paixão ou por interesse tergiversarem ou dela fizerem mal uso não serão facilmente convencidos de seu erro onde não houver um juiz nomeado" (II, § 136). Mas isso não significa que o estado de natureza seja um estado de guerra, "apesar de alguns homens os confundirem" (II, § 19). A guerra na verdade não é um estado, mas um incidente, ainda que um "sereno e firme propósito" na vida nos permita usar a palavra "estado" para descrevê-la (II, § 16). A guerra é, sem dúvida, um incidente indiscutivelmente inseparável da vida humana, pois é o apelo a Deus nos casos em que os homens não conseguem resolver seus problemas racionalmente, e temos de reconhecer que tal apelo final é sempre uma possibilidade mesmo nas sociedades políticas bastante desenvolvidas, uma possibilidade de sérias conseqüências. É

▼

7. As referências dispersas a sociedades primitivas em *Dois tratados*, com uma discussão mais extensa no *Ensaio*, cobrem enorme material de leitura, uma preocupação perpétua e um dilema intelectual. Pode-se dizer que Locke fez mais que qualquer outra pessoa para criar o estudo da antropologia comparativa, e estava bem ciente de que a evidência não demonstrava nenhum "estado de natureza" do tipo que havia descrito na sua teoria política. Mais uma vez, então, teve que tomar uma posição diante do problema. Podemos acreditar que essa era a sua posição: não podemos provar que o homem natural tenha vivido universalmente em relativa paz, em sociabilidade iminente, mas a evidência não impossibilita essa suposição, e certamente não torna necessário acreditar que ele viva em estado de guerra.

de esperar que a guerra seja muito mais provável num estado de natureza, como nos mostra a freqüência e a importância da guerra no estado de natureza internacional, mas isto não pode significar que a guerra descreva o estado de natureza nem que seja de alguma forma relevante para a distinção entre o estado de natureza e o de sociedade.

"No começo todo o mundo era *América*" (II, § 49) e uma descrição completa do desenvolvimento humano nos mostraria que no estágio primitivo, patriarcal do Velho Testamento vivíamos na Europa como os índios americanos hoje vivem (vide notas no *Primeiro tratado*, § 130). De fato, esta condição de vivermos juntos de acordo com a razão e sem um superior comum na Terra, em ajuda mútua, paz, boa vontade e defesa (II, § 19) é o pano de fundo universal, o cenário no qual o governo deve ser entendido. Essa condição nos diz o que o governo é e o que faz mostrando-nos o que ele não é e aquilo que ele não faz[8]. Torna inclusive possível distinguir-se das incorretas as formas corretas de governo. "*A monarquia absoluta*", por exemplo, é "*incompatível com a sociedade civil* e por isso sequer pode considerar-se uma forma de governo civil" (II, § 90). Assim tem que ser, pois um monarca absoluto é seu próprio juiz, como todos os homens devem sê-lo no estado de natureza. No que diz respeito a ele, portanto, a sociedade que esse monarca absoluto governa continua num estado de natureza; além do mais, ele está substituindo o governo da força e da vontade, sua força e sua vontade, pelo governo da razão na forma da lei natural. Isso não significa, porém, que não exista paz, justiça, nem formas de cooperação política e social na sociedade que ele governa, tampouco que o estado de natureza internacional impeça a paz internacional e a cooperação. Os homens não são assim. O estado natural já é social e político. O estado de sociedade nunca transcende completamente o estado de natureza: a distinção jamais é completa.

▼

8. Essa é a função analítica desse conceito na teoria política do início dos tempos modernos, e pode ser criticado como o erro de supor que aquilo que é logicamente prévio é historicamente anterior e institucionalmente básico. Que Locke estava inseguro quanto a suas implicações é revelado por sua relutância em fazer mais que insinuar uma assimilação entre a história do Velho Testamento e a condição da América na sua época, e, em todo caso, é justamente por ser incompleto o confronto que faz entre os dois estados que ele se torna menos vulnerável que seus predecessores.

Estas considerações indubitavelmente complicam a visão de Locke do estado de natureza, mas essa complicação demonstra seu realismo superior e deixa lugar, em seu sistema, para elementos supostamente ausentes de sua postura e da postura individualista em geral[9]. Quando, porém, no ponto a que agora chegamos, surge a questão de saber por que os homens sempre evoluem do estado de natureza para o estado de sociedade, Locke subitamente se afasta de todos seus predecessores, clássicos e medievais. Apesar de o seu estado de natureza ser inconveniente, e apesar de os indivíduos serem perfeitamente capazes de transcendê-lo (e já podemos ver por que eles desejam transcendê-lo), Locke introduz aqui um motivo para a instauração da sociedade política que poucos consideraram no contexto das origens políticas, um motivo ao qual ninguém atribuiu muita importância. De forma abrupta, Locke insere na discussão o conceito de propriedade.

No sistema de Locke, a propriedade é geralmente justificada eticamente por argumentos semelhantes aos usados por outros pensadores da época. O direito da humanidade aos produtos da natureza provém da concessão de Deus nas Escrituras, da racionalidade humana e da lei natural fundamental da autopreservação (II, § 25 ss., I, §§ 86 e 87). Mas, a partir dessas premissas, é o homem enquanto espécie que tem o direito de possuir esses produtos, não o homem enquanto indivíduo. Isso significa que os produtos da natureza eram originariamente de posse comum, tanto porque a Bíblia o afirma, como porque a igualdade e a liberdade universais devem significar o comunismo original. Locke e seus companheiros tinham alguma dificuldade em explicar como este comunismo original levara à propriedade privada. Podiam argumentar, e argumentaram, com a idéia de ocupação e posse, *findings is keepings*, mas isso acaba por implicar consenso. De fato, como havia argumentado Filmer, vigorosa e engenhosamente, a única maneira de explicar o abandono do comunismo original era admitir que, de uma forma ou

▼

9. O estado de natureza de Locke, com sua sociabilidade imanente e sua aceitação do homem como sendo, em princípio, um animal político, incorpora, de uma certa forma, a atitude aristotélica. Ver Polin, 1961, p. 174 [*op. cit.*], para a diferenciação do estado de natureza *verdadeiro* do *teórico*.

outra, cada indivíduo no mundo consentira cada ato de aquisição de propriedade.

A solução de Locke para esse problema foi afirmar que "cada homem tem uma *propriedade* em sua própria *pessoa*", de modo que "o *trabalho* de seu corpo e a *obra* de suas mãos" são seus. Assim, o que quer que "ele retire do estado em que a natureza produziu e abandonou, ele acrescenta a isso seu *trabalho* (...) e assim converte o resultado em sua *propriedade*" (II, § 27). Esta passagem famosa, quase contradizendo seu primeiro princípio de que os homens pertencem a Deus, e não a si mesmos, juntamente com a alegação geral de que "é o *trabalho*, sem dúvida, que *estabelece a diferença de valor* em todas as coisas" (II, § 40) são talvez as afirmações mais influentes que ele já fez[10]. A propriedade assim obtida não era ilimitada, pois estava restrita originalmente àquilo que um homem e sua família podiam consumir ou usar, não podendo haver desperdício (II, § 36). Estendia-se à terra e a seus frutos (II, §§ 32-40), mas mesmo sob essa forma não deveria jamais ser usada como instrumento de opressão, como um meio de submeter os outros a uma só vontade (I, §§ 42-43). O argumento pretende mostrar que a propriedade individual não se originou do consenso de toda a humanidade, apesar de no fim sua verdadeira distribuição dever-se ao dinheiro, que é uma questão de consenso, talvez até mesmo universal[11]. No estado de natureza, portanto, os esforços dos homens e sobretudo a invenção do dinheiro levaram-nos, a todos, a inter-relacionamentos que não eram os de cooperação racional e consciente, mas que surgiram de seus diferentes contatos, quase físicos, com o mundo material – da sua propriedade assim definida.

Na verdade, os homens foram levados a deixar o estado de natureza e criar uma organização social e política porque precisavam encontrar uma fonte de poder "para a regulamentação e preservação da proprieda-

▼

10. Ver (nota em II, § 27) uma passagem semelhante em James Tyrrell [*Patriarcha non Monarcha*], provavelmente sugerida por Locke. Não se pode provar que este problema seja inteira e originalmente de Locke, e está bem próximo ao dogma tradicional de que o trabalhador tem direito inalienável a suas ferramentas. Polin, *op. cit.*, p. 255, inclui mais uma referência à propriedade e à justiça.
11. II, § 45, ver especialmente II, 20-2 e nota, II, § 50 etc.

de" (II, § 3). À medida que o *Segundo tratado* prossegue, mais e mais ênfase é dada ao "grande e *principal fim* (...) de os homens unirem-se em comunidades (*Commonwealth*) e submeterem-se a um governo, que *é a preservação de sua propriedade*. Para o que, no estado de natureza, muitas coisas faltam"[12]. Entrementes tornou-se óbvio que a explicação de Locke da origem da propriedade não pretende abranger todos os sentidos dessa palavra. Pois ela não se define como posse de bens materiais nem como comodidades e necessidades de vida, mas, muito mais genericamente, como "vidas, liberdades e posses, que chamo pelo nome geral de *propriedade*" (II, § 123)[13]. A não ser no capítulo sobre a propriedade, e em outros casos em que é óbvio que ele se refere a bens materiais, a palavra "propriedade" no *Segundo tratado* deve ser entendida neste sentido. É o sentido com o qual os contemporâneos de Locke podiam falar da religião protestante estabelecida por lei como sua "propriedade", e Richard Baxter afirma que "as *vidas* e *liberdades* dos homens são as partes principais de sua propriedade", embora ele, como Locke, procurasse a origem da "propriedade no trabalho do homem"[14].

A propriedade, além disso, parece conferir qualidade política à personalidade. Um escravo não possui quaisquer direitos políticos porque é incapaz de ter propriedade: o poder despótico – não, absolutamente,

▼

12. II, § 124: comparar com II, § 94, §§ 22-3, e nota sobre afirmação semelhante de Tyrrell: também II, §§ 127, 134, 138 etc. [o autor refere-se aqui às suas notas desta sua edição comentada – N. das Orgs.].
13. As ocorrências dessa definição mais abrangente estão enumeradas em uma nota em II, § 87, 5: pode ser digno de nota que três dos contextos (aqueles nos §§ 87, 123 e 173) possivelmente sejam adições de 1689.
14. Ver Baxter [R. Baxter, *The Second Part of the Nonconformist's Plea for Peace*], 1680, passagem anotada sob II, § 27. "Propriety" e "property" parecem ter o mesmo significado, ou combinação de significados, em Locke e em Baxter, apesar de Locke ocasionalmente substituir o segundo pelo primeiro ao corrigir seu livro (*e. g.* no título do *Primeiro tratado*, capítulo VII). O significado ampliado de propriedade tem sido notado ocasionalmente (Gough [J. W. Gough, *John Locke's Political Philosophy – Eight Studies*], 1950; Brogan [*John Locke and Utilitarism* – Ethics, LXVIII, I], 1958), mas devo ao professor Viner de Princeton a demonstração de que o significado ampliado deve ser entendido como de uso normal para Locke e seus contemporâneos. O professor Viner teve a gentileza de ceder um trabalho inédito sobre esse assunto. A impressão extraordinária de Locke no uso desse termo é bem ilustrada pela frase usada em II, §§ 131 e 136.

propriamente político – só pode ser exercido sobre aqueles que não possuem propriedade (II, § 174). Podemos lamentar que Locke não esclareça suficientemente qual a definição de propriedade que utiliza, em que contexto. Mas o fato de estar disposto a permitir que a propriedade material, a propriedade decorrente de trabalho mais objetos naturais, simbolizasse muitos ou todos os direitos abstratos do indivíduo ajuda-nos a entender por que o conceito como um todo se insere em sua explicação da fundação da sociedade civil.

Dessa forma, a propriedade, para Locke, parece simbolizar direitos em sua forma concreta ou, antes, proporcionar a parte tangível dos poderes e atitudes dos indivíduos. É porque podem ser simbolizados como propriedade, algo que o homem pode conceber como distinto de si mesmo embora uma parte de si mesmo, que os atributos de um homem, tais como sua liberdade, sua igualdade, seu poder de executar a lei da natureza, podem ficar sujeitos a seu consentimento e a qualquer negociação com seus companheiros. Não podemos alienar nenhuma parte de nossas individualidades, mas podemos alienar o que deliberamos misturar com nossas individualidades[15]. Estivesse Locke pensando exatamente nesse sentido ou não, está claro no que ele diz em outros lugares sobre a sociedade civil, em oposição à espiritual, que ela só pode ter "preocupações civis", que parece ser idêntico a "propriedade" no sentido mais abrangente usado no *Segundo tratado*[16]. De algum modo, então, que aparentemente só pode ser de forma simbólica, é através da teoria da propriedade que os homens podem passar do mundo abstrato de liberdade e igualdade, baseados em seu relacionamento com Deus e com a lei natural, para o mundo concreto da liberdade política garantida por acordos políticos.

▼

15. O julgamento convencional do ponto de vista de Locke sobre a propriedade, descrita como um direito inalienável, natural, parece completamente errado. A propriedade é precisamente aquela parte de nossos atributos (ou, talvez para ser pedante, aquele atributo de nossos atributos) que podemos alienar, mas somente, é lógico, por nosso próprio consentimento.
16. Ver passagens citadas na nota em II, § 3, de Locke sobre *Tolerância* [o autor refere-se à sua nota desta edição comentada – N. das Orgs.]. Todo o seu argumento sobre aquele tema pretende provar que o mundo subjetivo da convicção religiosa é completamente inacessível ao mundo objetivo das "preocupações civis", na verdade, a propriedade.

Ver um sistema simbólico num escritor tão realista como Locke, no entanto, pode ser procurar entender mais do que realmente deva ser entendido; devemos nos lembrar de que esse foi um recurso que lhe foi imposto pela necessidade de responder a Sir Robert Filmer. A propriedade, tanto no sentido restrito como no amplo, é insuficientemente protegida e inadequadamente regulamentada no estado de natureza, e é essa a inconveniência crítica que induz os homens a "entrarem em sociedade para constituir um povo, um corpo político sob um governo superior (...) instalando na Terra um juiz com autoridade para resolver todas as controvérsias" (II, § 89). É crítica apenas no sentido cumulativo, pois deve ser somada ao amor e ao desejo da sociedade (II, § 101) e ao perigo de agressão externa (II, § 3), como também a todas as outras inconveniências que nascem do fato de os homens serem juízes de suas próprias questões, que são tão consideráveis que se pode dizer que "Deus certamente concebeu o governo para coibir a parcialidade e a violência dos homens" (II, § 13). Uma vez atingido este estágio, podemos definir o princípio político de Locke. Mas, antes que isso seja feito, talvez seja conveniente estudar um pouco mais a teoria de propriedade de Locke, uma vez que ela tem sido o tema de tanta crítica e incompreensão[17].

"Deus deu o mundo (...) para o uso dos industriosos e racionais", diz ele (II, § 34), isto é, deu o mundo a eles no estado de natureza e ordenou a criação do governo como um remédio para os inconvenientes daquele estado. Pois, por sua própria indústria e racionalidade, essas pessoas criaram inconvenientes para elas mesmas e para o resto da humanidade, estabelecendo entre os homens relacionamentos baseados num

▼

17. A doutrina de propriedade de Locke tem sido extensivamente discutida; ver, *e. g.*, P. Larkin, *Property in the 18th Century, with Special Reference to England and Locke*, 1930; C. J. Czajkowski, *The Theory of Private Property in Locke's Political Philosophy*, 1941; W. Kendall, "John Locke and the Doctrine of Majority-rule", *Illinois Studies in the Social Science*, v. XXVI, nº 2, 1941 (o primeiro a criticar a interpretação "individualista"); J. W. Gough, *op. cit.*; L. Strauss, *op. cit.*; M. Cherno, *Locke on Property*, Ethics, 1959; C. H. Monson, "Locke and his Interpreters", *Political Studies*, VI, 2, 1958; R. Polin, *op. cit.*; C. A. Viano, *John Locke, dal Razionalismo all'Illuminismo*, 1960 (a teoria de Locke e a política de Shaftesbury); C. B. Macpherson, "Locke on Capitalist Appropriation", *Western Political Quarterly*, IV, 4, 1951, e *The Political Theory of Possessive Individualism*, Oxford, 1962. (N. das Orgs.)

contato cada vez mais complicado com as coisas materiais e assim anulando o controle dos indivíduos agindo por si mesmos como executores da lei da natureza. Um controle cooperativo e consciente foi estabelecido, portanto, sob governos em que "as leis regulam o direito de propriedade e a posse da terra é determinada por constituições positivas" (II, § 50).

Essa regulamentação da propriedade e a determinação de posse da terra por uma autoridade política não são facilmente interpretadas no texto de Locke. Sua preocupação parece ser garantir a posse segura e tranquila, não importa sua extensão e contenha o que quer que seja. Apesar das afirmações que expõem a "teoria do valor-trabalho", seria extremamente difícil demonstrar que ele tinha em mente qualquer tipo de doutrina que possa ser chamada socialista. Entretanto, nunca contradiz a afirmação que fez em 1667, de que o juiz pode determinar modos de transferência de propriedade de um homem a outro e fazer as leis de propriedade que desejar, contanto que sejam justas[18]. Até o controle mais minucioso da propriedade pelas autoridades políticas pode ser conciliado com a doutrina dos *Dois tratados*. A propriedade que ele defende jamais está confinada a posses substanciais ou é vista como o que nós (não Locke) chamamos de capital. Insinua ele que até o mais pobre tem o suficiente para necessitar a proteção da sociedade (II, § 94, e nota). Se não o comunismo completo, certamente a taxação redistributiva e talvez a nacionalização possam ser justificadas pelos princípios acima discutidos: seria necessário apenas o consentimento da maioria da sociedade, expresso regular e constitucionalmente, e tal lei prevaleceria mesmo se todos os proprietários constituíssem uma minoria.

Por outro lado, toda a substância do seu argumento é favorável àqueles que têm muito a perder. Pode-se sentir que sua ansiedade em fazer com que o direito de propriedade seja independente do consenso universal da humanidade, apesar de a distribuição da propriedade através do dinheiro estar sujeito a ele[19], representa um interesse mais poderoso

▼

18. O *Essay on Toleration*, de 1667: ver nota em II, § 120 [o autor refere-se à sua nota desta edição comentada – N. das Orgs.].
19. Ver nota 11, acima.

que a necessidade de responder a Filmer. A mesma preocupação com a segurança absoluta da propriedade material pode ser vista na confusão deixada pela sua dupla definição do conceito. Se estivesse preparado para permitir que todas as suas referências fossem tomadas no sentido de posses materiais, então toda a sua posição tomaria a forma de uma defesa intransigente da riqueza e seu poder. Se for lícito interpretar seu uso do conceito de "propriedade" como simbólico, como já foi sugerido, então o sistema simbólico aparentemente tomará todos os direitos humanos como produtos mercantis. Ele está perfeitamente disposto a admitir a apropriação contínua ou permanente do produto do trabalho de um homem por outro, de um servo por um senhor[20]. O trabalho escravo de forma alguma o perturba. E Locke não prescreve nada de específico contra as conseqüências óbvias de permitir-se uma acumulação ilimitada de pedras preciosas, metais e dinheiro em todas as suas formas, uma vez que o consenso lhes tenha conferido valor.

No entanto, é gratuito transformar a doutrina da propriedade de Locke na doutrina clássica do "espírito do capitalismo", o que quer que isso possa ser. Isso só pode ser feito invalidando-se todas as suas afirmações acerca da origem e das limitações da propriedade como obstáculos à sua verdadeira significação. Tudo o que diz sobre "regulamentar" a propriedade, conquanto esta seja a primeira palavra usada por ele quando introduz o conceito no *Segundo tratado* (II, § 3), tem que ser ignorado. Um tradicionalismo não completamente consciente ou pura hipocrisia devem ser tidos como responsáveis por sua descrição da ganância ilimitada como "*amor sceleratus habendi*, má concupiscência" (II, § 111). Acima de tudo, isso tem que ser feito negando-se categoricamente que a afirmação de Locke "as obrigações da lei da natureza não cessam em

▼

20. Macpherson [*op. cit.*], 1951, p. 560. Parece, no entanto, excessiva interpretação dizer que um homem pode vender seu trabalho no sentido de propriedade do trabalho, e não posso compreender a afirmação (p. 564) de que "Locke separou vida e trabalho". Quando Locke escreve sobre a relação salarial em II, § 85, usa a palavra "serviço", não "trabalho", e apesar de parecer bastante específico em II, § 28, 16-26 ao fazer o senhor possuir o trabalho de seu servo, não é claramente uma questão de relação salarial: ver P. Laslett, "Market Society and Political Theory – Review of Macpherson", 1962, *Historical Journal*, 1964.

sociedade, mas em muitos casos apenas atenuam-se" (II, § 135) pode aplicar-se à propriedade[21]. Se estamos dispostos a tratar textos históricos dessa maneira, podemos provar a partir deles o que quisermos.

É claro que Locke não era, de fato, nem "socialista" nem "capitalista", embora seja fascinante encontrar elementos dessas duas posições em sua doutrina de propriedade – mais, talvez, naquilo que ele ignorou ou simplesmente deixou de afirmar do que em suas afirmações propriamente ditas. Ele não era nem mesmo um defensor da terra e da posse da terra como a base do poder político, a ser "representado" em um conselho da nação. Por toda a sua enorme influência intelectual e política no século XVIII, era a esse respeito um campo estéril para quem quer que desejasse justificar o que uma vez chamou-se a oligarquia dos Whigs. Mas ele realmente usou sua doutrina de propriedade para dar continuidade a uma sociedade política, para ligar as gerações.

A doutrina de propriedade de Locke era incompleta, não pouco confusa e inadequada para o problema como tem sido analisada desde seus dias, faltando-lhe a humanidade e o sentido de cooperação social encontrados nos canonistas que o precederam. Mas permanece uma doutrina original, particularmente importante quando se ocupa da maneira pela qual os homens analisaram origens políticas e sociais, e sua própria crítica a esse respeito deve continuar válida: homem algum fez isso, exatamente, antes ou depois dele.

▼

21. Strauss [*op. cit.*], 1953, 240: ver p. 246 para sua referência ao espírito do capitalismo. O caso de Locke como criptocapitalista é apresentado com maior exatidão e sutileza por Macpherson [*op. cit.*], 1962, de um ponto de vista que despreza o "socialismo pequeno-burguês". Não obstante interessante, a crítica de Strauss parece estar baseada numa leitura textual arbitrária, tão preocupada em descobrir um significado "verdadeiro" (geralmente hobbesiano ou capitalista) que é inaceitável para um organizador dos *Dois tratados*; para uma crítica, ver J. Yolton, "Locke on the Law of Nature", *Philosophical Review*, outubro 1958. A análise reveladora de Macpherson serviu para esclarecer notavelmente essas questões, mas parece que ele só pôde chegar a suas conclusões totalmente irrealistas e ocasionalmente não históricas porque tencionou demonstrar que o objetivo de Locke só podia ser "providenciar um apoio ideológico para a apropriação capitalista". A. Ryan, *Locke and the Dictatorship of the Bourgeoisie*, 1965, analisa a posição de Macpherson com grande sagacidade, e J. Dunn, "Justice and the Interpretation of Locke's Political Theory, *Political Studies*, 1967 (ii), publica nova evidência sobre a visão de Locke do justo preço.

Agora podemos acompanhar todo o princípio político de Locke, até sua conclusão. Os homens podem reunir-se em sociedade quando bem o decidam, de repente, e talvez seja melhor admitir que um grupo qualquer realmente decidiu, em alguma época, mudar sua condição para esse novo estado. Mas pode haver graus de "comunidade", inúmeras maneiras nas quais a autoridade política pode ser fundada, e mesmo condições sem dúvida permanentes que não podem ser enquadradas exatamente numa ou noutra situação. A evolução mais habitual é, de fato, patriarcal, na qual uma grande família se desenvolve no sentido de uma sociedade política e seu chefe hereditário dá origem a uma linhagem real. Mas isso não deve levar-nos ao erro de supor que o poder patriarcal é um poder político, ou de confundir a relação entre marido e mulher, pai e filho, senhor e servo com a relação política. Seja qual for a forma que o poder político venha a tomar, ele só pode ser visto como a formação de uma comunidade por um grupo de criaturas racionais, todas com o poder de punir uma transgressão da lei da natureza e ofensas contra sua propriedade. Qualquer número deles pode exercer o poder coletivamente, podendo substituir seus patriarcas, ou fazer de seus generais reis como e quando quiserem. O indício inconfundível de a sociedade civil haver sido constituída surge quando todos os indivíduos tiverem cedido à sociedade ou ao público seu poder individual de aplicar a lei da natureza e proteger sua propriedade. Esse é o pacto social, e justo para todos, já que todos fazem o mesmo sacrifício pelo mesmo benefício. Ele institui um juiz na Terra, com autoridade para resolver todas as controvérsias e determinar a indenização ou reparação por danos causados a qualquer membro da comunidade, como é agora chamada.

Tudo isso será feito por consenso, o consentimento de todos os indivíduos envolvidos. O juiz assim instituído será um poder legislativo, capaz de manifestar-se sobre ofensas porque pode promulgar leis estabelecidas e válidas de acordo com a lei da natureza; normas, ou leis, que são imparciais e portanto justas para todos, garantindo, definindo e dando substância à liberdade de cada um. Para sancionar essas leis e julgamentos, esse "legislativo", como podemos chamá-lo, terá à sua disposição a força combinada de todos os membros da sociedade – um poder "executivo", na verdade. Terá um terceiro poder em virtude da condição na qual a comunidade se encontra, um poder de proteção contra inimigos externos e de comunicação com outras comunidades semelhantes e com indivíduos no estado de natureza. Esse é o poder "federativo". Não precisará de um poder judiciário separado, pois, como vimos, a decretação de julgamentos é sua função geral. Esses três poderes são distintos, e o executivo e o legislativo ficam mais bem protegidos em mãos diferentes, exceto que o chefe do executivo pode fazer parte do legislativo, com poderes de convocação e suspensão das sessões. Mas não pode haver dúvida quanto à superioridade suprema do legislativo na constituição.

Sua implantação e a forma de governo são "o fundamento da sociedade", a constituição, como diríamos (II, § 214). O pacto original que levou ao seu estabelecimento implicará um governo da maioria, pois o Estado não é simplesmente um poder legítimo, mas um corpo coletivo, e um corpo que só pode movimentar-se para o lado da maior massa. Sua lógica gravitacional requer que aqueles que dele fazem parte não resistam à sua direção final. O poder político, agora que está implantado, não será especial no sentido de ser diferente do poder que todos os homens continuam a exercer ao defender a lei da natureza quando os governantes não podem ou, por acordo, não devem intervir. Será especial somente no sentido de ser coletivo e, portanto, não poder ser um atributo, muito menos propriedade pessoal de um só homem ou de uma só família. Todo esforço deve ser feito para assegurar que aqueles que o exercem jamais defendam interesses diferentes daqueles da comunidade, o povo. Qualquer indivíduo nascido fora da comunidade tem a liberdade de juntar-se a ela, e os nascidos dentro dela podem ir para outra comunidade ou mesmo viver em alguma parte do mundo ainda no estado de natureza. Quando faz parte da comunidade o indivíduo deve aceitar o domínio de seus governantes e obedecer às suas leis.

Mas aos governantes somente é confiado o poder que eles têm. O governo tem sua origem ao mesmo tempo e, talvez, pelo mesmo ato que estabeleceu a sociedade civil, mas seu poder lhe é dado para atingir um fim, limitando-se a isso. Se esse fim for negligenciado o governo é dissolvido e o poder é devolvido ao povo, à comunidade. Ora, isso não restaura, pelo menos não necessariamente, o estado de natureza. O povo, nessas circunstâncias, pode ele mesmo agir como um "legislativo" e assim manter o governo, mas é provável que, após curto período, esse mesmo povo indique novos membros para o governo ou mude as formas e as condições de governar. Somente o povo pode decidir se ou quando seus governantes agiram contrariamente à confiança neles depositada ou se o legislativo mudou seu modo de proceder, e somente o povo, como um todo, pode agir como árbitro em qualquer disputa entre os governantes e uma parte de seu corpo. Se os governantes resistirem a tal julgamento, ou agirem de qualquer forma que ameace fazer com que o povo cesse de ser uma comunidade e se torne uma multidão confusa, então teremos o estado de natureza com todas as suas desvantagens. Isso raramente acontece, talvez nunca, pois o povo é paciente e sofredor. Se uma situação extrema como essa realmente surgir, e aqui também surge a questão de quem será o juiz final, a resposta nos leva ao ponto de partida de Locke. Não há juiz final para essas coisas na Terra, o último apelo apenas a Deus pode ser feito.

Esse é o principal tema de Locke sobre o *governo*[22], estendendo-se numa discussão sobre conquista, tirania e outros assuntos correlatos. Ver-se-á que o tema como um todo desenvolve-se a partir da afirmação de que cada indivíduo possui o poder executivo da lei da natureza. Locke procura estabelecer uma doutrina a partir disso, uma doutrina que chamaremos de virtude política natural. Essa pareceria ser a interpretação mais provável e compassiva do livro, apesar de nem tudo o que diz ser coerente com ela.

Essa doutrina estabelece que todos os indivíduos, formal ou informalmente agrupados, ou mesmo quando sozinhos, terão alguma tendência[23] no sentido de levar em conta a existência, as necessidades, os anseios e as ações de outros homens: é isso que deve ser esperado se a cada um forem confiados os meios para manter a humanidade de todos. Responsabiliza-se pelo caráter semi-social do estado de natureza e torna possível falar-se de "todos os privilégios", daquela "má condição" (II, § 127). Permite que qualquer número de homens estabeleça uma so-

▼

22. Teve de ser algo interpretado por motivos de exposição lógica; ver mais adiante "trust", dissolução de governo etc.
23. Quase o *nisus* aristotélico, apesar de Locke não ter pretendido fazer a sociedade natural à maneira aristotélica.

ciedade política: "quando qualquer número de homens constitua, pelo consentimento de cada indivíduo, uma *comunidade*" (II, § 96); "isso qualquer número de homens pode fazer, porque não interfere na liberdade do resto" (II, § 95). Isso é importante porque nega a necessidade de uma forma especial para que uma comunidade de homens possa assumir uma unidade ética, como afirmara Filmer ao insistir em que deviam constituir uma família sob domínio patriarcal.

A doutrina da virtude política natural justifica eticamente a defesa um tanto perfunctória de Locke em termos mecânicos do domínio da maioria. Pois a maioria, que é simplesmente uma amostra daqueles que votaram, tenderá, nessa doutrina, a agir com alguma responsabilidade com relação aos que constituem a minoria[24]. Isso pode ser visto mais claramente na insistência de Locke em que "em Comunidades bem ordenadas" os homens que exercem o poder legislativo devem ser cidadãos comuns, saídos do grupo principal para o qual legislam e que retornam àquele *status* ao deixarem o cargo (II, § 143, com nota e referências). Aplicada dessa forma, a doutrina torna-se um pressuposto essencial do governo representativo tal como se desenvolveu depois de Locke, essencial para a representação virtual, que ele torna implícita em todos os pontos, e o domínio dos partidos, jamais cogitado por ele. Ela sanciona o direito de um grupo de líderes de exercer ação revolucionária e sempre apóia um indivíduo agindo sozinho numa situação política, um juiz, um rei, ou um orador[25].

Pode-se notar que Locke, ao expor essa doutrina, mais uma vez adota uma posição voltada simultaneamente para dois lados, em vez de optar por uma única definição e dedicar-se a suas implicações. Todos nós possuímos uma virtude política natural, tanto porque estamos favoravelmente dispostos ao nosso inter-relacionamento pela nossa própria constituição, pela nossa natureza, como porque, quando coopera-

▼

24. Kendall [*op. cit.*], 1941, parece incapaz de aceitar essa doutrina como sendo de Locke e interpreta suas afirmações de maneira a fazê-lo um "autoritário do domínio da maioria". Veja-se, porém, seu último capítulo, "The Latent Premisse", contra Laslett em 1966.
25. Salvaguardada em todos esses casos, é lógico, pelo conceito de "trust" – ver adiante.

mos, quando discutimos problemas juntos, a tendência do que fazemos e falamos será inevitavelmente dirigida para o politicamente eficaz, para aquilo que dará resultado para todos nós. Podemos distinguir os dois fatos dessa frase como "naturalista" e "intelectualista", respectivamente, e devemos insistir em que ambos foram reconhecidos por Locke. Nisso ele se achava muito próximo de Hooker e assim foi capaz de fazer uso bastante eficaz desse honrado nome, tão respeitado entre seus oponentes[26]. No entanto, em nenhuma medida ele baseia a vida social no amor e na sociabilidade, pois isso se tornou difícil pela sua rejeição do patriarcalismo, embora mesmo sobre isso faça concessões. A existência da virtude política natural deve-se principalmente, parece dizer Locke, a uma harmonia de razão entre todos nós.

As teorias de Locke a respeito da obrigação política e da liberdade política, na medida em que ele as desenvolveu em detalhe, podem ser vistas como desenvolvimentos da virtude política natural. A virtude que todos nós possuímos é externa: podemos usar a expressão utilitária e chamá-la a "visão do outro". Devemos enfatizar que, no sistema de Locke, é o poder que os homens têm sobre os outros, e não o poder que têm sobre eles próprios, que dá origem à autoridade política. Não devemos considerar o governo organizado como uma forma de autogoverno. Não somos senhores de nós mesmos e portanto não temos o direito de nos submetermos a quem quer que seja ou a qualquer coisa. Tudo que a cooperação racional nos permite é cedermos os nossos *other-regarding powers** para o estabelecimento da autoridade política. Fazemos isso por um ato de consentimento e pode-se até mesmo dizer que "as Decisões da Comunidade" são as nossas próprias decisões, tomadas que são por nós mesmos ou por nossos "representantes" (II, § 88).

Não podemos, portanto, ser obrigados por nenhum governo ao qual não demos algum sinal do nosso consenso – andar numa rua é o suficiente (II, § 119), mas a posse de propriedade sob sua jurisdição é

▼

26. Ver notas de rodapé no *Segundo tratado*, especialmente no § 5. Ver Polin [*op. cit.*], 1961, p. 105 etc.

  * Literalmente essa expressão significa o "poder de consideração para com os outros" e implica a sociabilidade dos homens. (N. da T.)

coisa muito mais tangível. E somente isso pode conferir a um homem a condição de membro permanente de uma sociedade (II, § 122) quando não houve declaração expressa de obediência. Apesar de tudo, é um tanto enganoso dizer que somos de fato governados exclusivamente por nosso consentimento. Nós nos submetemos à autoridade dos *other-regarding powers* de nossos concidadãos quando cessamos de agir racional e socialmente, e na sociedade isso significa que devemos nos submeter ao poder executivo comum, o poder do estado sancionando a lei natural e aquelas normas por ela estabelecidas. Consentimos no estabelecimento daquele poder executivo e, pelo seu caráter legislativo, pode-se dizer que tivemos participação na codificação dessas normas, especialmente quando o corpo legislativo é representativo. Mas devemos estar de qualquer maneira sob o poder executivo da lei da natureza, exercido sobre nós por outros. Se assim não fosse, como poderia qualquer governo punir os crimes de estrangeiros em sua jurisdição? (II, § 49)[27].

A propriedade, por outro lado, é de tal natureza que "não pode ser tirada de um homem sem seu consentimento" (II, § 193). Em tudo o que diz respeito à propriedade, portanto, o consenso deve ser sempre a garantia da ação governamental. Como Locke põe tanta ênfase na preservação da propriedade como a razão da implantação do Estado, como o fim do governo, e como atribui tantas funções políticas e sociais à propriedade, pode parecer que em seu sistema o consenso é a única base da obrigação. Locke tem sido interpretado quase que exclusivamente nesse sentido, mas a obrigação realmente tem uma origem independente em sua doutrina da virtude política natural.

Podemos ver essa posição de um outro ângulo e afirmar que a passagem do estado de natureza para o estado de sociedade e governo torna possível o domínio pelo consenso, o que não é possível num estado

▼

27. Ver H. D. Lewis, "Is There a Social Contract?", *Philosophy*, 1940, e, para crítica de Locke, ver J. P. Plamenatz, *Man and Society*, v. I, cap. 6, 1936, Gough [*op. cit.*], 1950, e especialmente a discussão muito interessante em Dunn [*op. cit.*], 1967. É estranho que Locke não insista na necessidade de um legislativo representativo para que o governo seja legítimo, apesar de parecer supô-lo, e em II, § 76, falar do "direito nativo" de um povo ter um legislativo aprovado por uma maioria.

de natureza. Isso é importante porque enfatiza o fato de que na teoria de Locke a liberdade não significa meramente uma ausência de sujeição – ela é positiva. É algo que se alarga pela criação da sociedade e do governo, à qual é dada substância pela existência de leis, as leis das Cortes Legais. Pode ser definida negativamente, portanto, como não estando sob nenhum outro poder legislativo a não ser aquele estabelecido pelo consenso na comunidade (II, § 22) e, positivamente, como a eliminação progressiva da arbitrariedade na regulamentação política e social. Locke é bastante insistente quanto a este ponto positivo, baseando-o originalmente no direito à preservação e na incapacidade do indivíduo de dispor de si mesmo (II, §§ 22 e 23). Desenvolve-o para negar que o governo possa ser uma questão pessoal, uma questão de vontade: deve ser sempre uma questão institucional, uma questão de lei. A lei faz com que os homens sejam livres na arena política, da mesma forma que a razão faz com que eles sejam livres no universo como um todo. Ela é progressivamente codificada por um legislativo, existente por consenso, e é a expressão da lei da natureza, com a qual se encontra em harmonia e que, logicamente, persiste na sociedade (II, § 135). Pois a "lei (...) é (...) *a direção de um agente inteligente e livre* no sentido do seu próprio interesse", e sua finalidade é *"preservar e alargar a liberdade"* (II, § 57). Locke está aqui muito mais perto do que foi uma vez reconhecido como a posição de Rousseau – a de que os homens podem ser obrigados a serem livres, pela lei do legislativo que consentiram em estabelecer[28].

No entanto, os homens não podem ser obrigados a isso pela vontade, a vontade individual de um governante ou a vontade geral da sociedade. A insistência de Locke em que o governo é definido e limitado pelo objetivo para o qual a sociedade política foi estabelecida, em que este nunca pode ser arbitrário ou uma questão de vontade, e que nunca pode ser possuído, é tornada expressa numa aplicação particular e exata de sua doutrina da virtude política natural – o conceito de confian-

▼

28. Ver Gough [*op. cit.*], 1950, p. 32, comentando Kendall [*op. cit.*], 1941; P. Abrams, *John Locke as a Conservatrice: an Edition of Locke's First Writings on Political Obligation*, 1961 (o governo *é* uma questão de vontade), e M. Seliger, "Locke's Natural Law", *Journal of the History of Ideas*, 1963 (consenso e lei natural).

ça ("trust"). Ele tende a usar a linguagem do "trust" sempre que fala do poder de um homem sobre outro, inclusive com relação a pais e filhos (II, § 59). "Alguns confiam ("trust") uns nos outros" é uma suposição de todos que se juntam para formar uma sociedade (II, § 107). Assim deve ser se a tendência dos homens é a de serem responsáveis, se governantes e governados são intercambiáveis; podemos e devemos confiar ("trust") uns nos outros se a virtude política natural constitui uma realidade. Existe, no entanto, um limite facilmente identificado para o "trust" concedido ou suposto, e esse limite está implícito em seu próprio conceito de "trust". "Trust" (confiança) é tanto o corolário como a garantia da virtude política natural.

O conceito de "trust" é específico de Locke, apesar de não lhe ser original[29]. Para que possamos ver exatamente qual é a função desse conceito, devemos estudar as próprias palavras de Locke, tendo o cuidado, no entanto, de não fazê-lo mais preciso do que pretendeu ser. Podemos notar que a palavra "contrato" não é usada mais de dez vezes em todo o seu livro, sendo raramente aplicada a questões políticas[30]. É um "pacto" ou freqüentemente um mero "acordo" que cria uma sociedade, uma comunidade (*community*) (II, §§ 14, 97, 99 etc.), ou poder político (I, §§ 94, 113; II, §§ 102, 171, 173 etc.) e até a lei (II, §§ 35). Agora, pacto e acordo são mais gerais que contrato: estão mais afastados da linguagem da lei. Vago como é, Locke parece aqui estar tentando, deliberadamente, evitar ser específico e deixar de lado os modelos legais. Isso pode implicar que a transmutação para a condição política e social não deve ser encarada de forma legal: é uma coisa variável e também um tanto solta nesse contexto.

A palavra "trust" é muito mais freqüente que contrato ou pacto, e é uma palavra legal[31]. Apesar de Locke usá-la com implicações legais, sempre disposto a tirar vantagem de todas as sugestões que ela poderia conter para seus leitores, não devemos supor, como ocorre freqüente-

▼

29. Ver a valiosa discussão do conceito em Gough [*op. cit.*], 1950, cap. VII.
30. Mas a arranjos legais ou semilegais, como o casamento (I, § 47, 98; II, §§ 81-2) ou arranjos de propriedade (II, § 194). Compare com I, § 96.
31. O termo é técnico, utilizado como instrumento de advogado. Muito empregado quando Locke foi secretário da Chancelaria.

mente, que ele estivesse procurando descrever um instrumento formal de confiança para o governo. Utilizando a palavra "trust" para os vários poderes políticos no estado e na constituição, Locke faz, para nós, uma importante distinção; talvez até duas. Ele divide o processo de pacto, que cria uma comunidade (*community*), do processo ulterior pelo qual a comunidade confia o poder político a um governo; apesar de poderem ser simultâneos, são distintos. Isso coloca seu sistema entre aqueles que distinguem o "contrato de sociedade" do "contrato de governo", apesar de este último não ser, em Locke, de modo algum um contrato. E esse pode ser seu segundo ponto: enfatizar o fato de que a relação entre o governo e os governados não é uma relação contratual, uma vez que um "trust" (uma confiança) não é um contrato.

Se um contrato deve ser estabelecido, ou subentendido, é necessário que cada uma das partes envolvidas retire algo dele, o que, aplicado à política, significa que o governo obtém do ato de governar algo que os governados são obrigados a ceder. Era exatamente isso que Locke mais desejava evitar. Apesar de contratualmente relacionados entre si, o povo não está contratualmente obrigado ao governo, e os governantes se beneficiam do ato de governar apenas como membros do "corpo político" (I, § 93). São meramente deputados em nome do povo, "trustees" (depositários da confiança) que podem ser demitidos se falharem em sua responsabilidade [ao "trust"] (II, § 240).

As garantias ("trusts") da propriedade a que os leitores de Locke, proprietários de terras, estavam acostumados eram mais ou menos isso, mas nada se estipulava nelas sobre os depositários da confiança ("trustees") serem deputados sujeitos a serem afastados por aqueles para os quais é estabelecido o "trust". Isso deve convencer-nos de que Locke não pretendia ir mais longe, em suas referências ao "trust", do que utilizar sugestivamente a linguagem legal[32]. Ele não descreve de maneira alguma

▼

32. Gough [*op. cit.*], 1950, e Sir Ernest Barker [*Appendix A, British Printing n.º 39*], 1948, entre outros (comparar C. E. Vaughan [*Studies in the History of Political Philosophy Before and After Rousseau*, 2 vols.], 1925), vêem um "trust" formal na teoria de Locke, sendo o povo tanto o "trustor" (*sic*) como o beneficiário, agindo como beneficiários enganados quando o governo rompe o "trust", a custódia de confiança. Locke não fala de uma ruptura do "trust" (II, § 222), mas, ocasionalmente e

um "trust" – a própria expressão está ausente. É sempre "este", "aquele" ou "seu 'trust'" – o "'trust' da prerrogativa", "esse 'trust' expresso ou tácito", até mesmo "'trust' duplo". A ênfase está somente na natureza fiduciária de todo poder político ("um poder fiduciário" ([II, § 149]), "um 'trust' fiduciário" ([II, § 156]). Locke pode inclusive falar, noutra parte, de bispos como "trustees", "trustees" da religião em favor de todos os cristãos de uma nação. O conceito de "trust" obviamente pretende tornar claro que todas as ações dos governantes estão limitadas à finalidade do governo, que é o bem dos governados, e demonstrar, por contraste, que aí não existe nenhum contrato – somente uma relação fiduciária.

Quando o "trust" é, dessa maneira, substituído pelo contrato, uma mudança constitucional, inclusive a revolução, é sancionada; assegura a soberania do povo, ainda que esta expressão deva ser usada com cuidado, um poder residual perpétuo de demitir seus governantes e remodelar o governo. "*Os governos são dissolvidos* (...) quando o Legislativo ou o Príncipe, qualquer dos dois, agirem contrariamente ao 'Trust'" (II, § 221). O poder reverte ao povo, que então pode estabelecer um novo legislativo e executivo (II, § 222). É o povo (a comunidade, o público) quem decide se houve violação do "trust", pois somente o homem que delega o poder pode dizer quando este é mal exercido (II, § 240) e, em caso de disputa, o apelo final é para Deus – a revolução. O povo é capaz de fazer tudo isso porque sua capacidade de agir como uma comunidade (*community*) sobrevive à dissolução do governo, que em si não restaura o estado de natureza.

O rumo que tomam as afirmações de Locke quanto ao supremo direito do povo à revolta é inconfundível. Um exame mais detalhado nos mostra, porém, que esse conceito não foi formulado com muita precisão, sendo necessário que nós o analisemos em sua conexão com o conceito de "trust". No capítulo "Da Dissolução do Governo" (II, cap. XIX) ele não é nada explícito sobre o que realmente ocorre quando o

▼

    mais vagamente, de agir contra o "trust" (II, § 149, 155, 221, 226, 240). Quando os governantes fazem isso é o governo, não o "trust", que é dissolvido e, apesar de uma vez referir-se à perda do próprio "trust" (II, § 149), é muito difícil ver sentido no que ele diz se tentamos interpretar as ações de um povo quanto à ruptura do "trust" como ações de beneficiários defraudados sob um "trust" formal.

povo tem nas mãos a liberdade de confiar o governo a novas pessoas. Apesar de estar expressamente dito (II, § 211) que devemos distinguir entre a dissolução do governo e a dissolução da sociedade, e de sermos informados de que uma força esmagadora do exterior é quase a única coisa capaz de dissolver a própria sociedade política, Locke muitas vezes parece falar como se a dissolução do governo ocasionasse um estado de natureza. James II, pois só pode ser ele, é condenado por "realmente colocar-se em estado de guerra com seu povo", dissolvendo o governo e deixando as pessoas entregues "àquela proteção que pertence a todos no estado de natureza" (II, § 205). Além do mais, às vezes esse estado de natureza se parece menos com a condição lockiana do que com a hobbesiana, aquela miserável condição de guerra de todos contra todos, em que não poderia absolutamente existir uma comunidade (*community*) organizada, uma vez que "o povo torna-se uma multidão confusa, sem ordem ou Ligação" (II, § 219)[33].

Isso não é tão contraditório quanto parece ser, pois vimos que Locke não fez uma distinção muito rígida entre a condição política e a natural, e sua doutrina da virtude política natural podia ser manipulada de modo que abrangesse esses casos. Sua intenção, na argumentação um tanto confusa desse capítulo, pode ter sido insistir na eficácia de uma ameaça de retornar ao estado de natureza – uma sanção vigente, devemos acreditar, exista ou não governo, particularmente naquele ponto de crise em que ninguém tem certeza da sua existência, que é o que denominamos de anarquia. Essa interpretação, porém, é mais sugerida pelo conteúdo de sua doutrina do que demonstrada por suas afirmações.

Também não nos ajuda a entender exatamente como, ou exatamente quando, a relação de "trust" entre o povo e seu governo começa a existir. Um acordo original sem dúvida fez com que a preservação de uma forma específica de governo se tornasse uma questão de "trust", mas não

▼

33. Pode ser significativo que ambas essas passagens, e outras apontando nessa direção, tenham sido muito provavelmente edições de 1689. Comparar a discussão em Vaughan [*op. cit.*], 1925, e Strauss [*op. cit.*], 1953, p. 234, nota 100. Sobre o povo, ver Polin [*op. cit.*], 1961, pp. 157-61, e, sobre suas funções como juízes, p. 272 em diante (também M. Seliger [*op. cit.*], 1963).

nos é dito se esse acordo sempre faz parte do pacto social[34]. Locke parece contentar-se, na verdade, em sugerir um entendimento contínuo entre governantes e governados. Deve ser atribuído em sua origem ao pacto de sociedade, pois foi isso que conferiu uma identidade aos governados, mas ele é continuamente mantido porque os governados continuam existindo e confiando. É mais uma questão de sugestão que de demonstração, contando com a linguagem do "trust" para tornar-se plausível, no "trust" como um conceito.

Isso não é atípico de Locke como escritor político, e apesar de tornar difícil uma análise exata ajuda a dar-lhe sua força. Nem a imprecisão de Locke a respeito da dissolução do governo, nem mesmo sua metáfora do "trust", levou a alguma compreensão de seus princípios. Nenhum homem, nenhuma nação, nenhuma colônia exasperada prestes a livrar-se do domínio insensível de homens que não tinham uma política aceitável, jamais pôde perguntar-se se havia voltado o estado de natureza e, se voltara, como era. Mas tem-se respondido às afirmações feitas por Locke tendo em mente aquela situação hipotética e vagamente concebida. E tem-se sofrido a influência da imagem do "trust". Esse certificado de responsabilidade ainda está pendurado nas paredes dos escritórios de administradores, especialmente de administradores do bem-estar e da política internacional, lá mantido pela influência dos precedentes legais e constitucionais britânicos e pela própria reputação de Locke. Mais uma vez é uma questão da ética do senso comum na política. Se se confia no povo, ele confiará no governante e os dois trabalharão juntos; mas isso ocorre especialmente se as ações dos governantes partem do reconhecimento de que seu poder não é seu, mas um "trust" do povo.

Tentamos mostrar que o tema principal do livro de Locke foi o desenvolvimento das implicações dessa doutrina de virtude política natu-

▼

34. Ver, *e. g.*, II, §§ 239, 10 e 227, I; comparar I, § 96 (em que o poder realmente *está* baseado em contrato). Em outros lugares (II, §§ 134, 11, 136, 142, 167, 171, 242) ele parece supor uma ação de custódia, ocorrida em tempos passados, adotada pelos "primeiros formadores do governo" (II, § 156). Em sua *Second Letter Concerning Toleration* (1690) ele fala de Deus como o árbitro final do "trust" dos magistrados (1765, p. 114). Na maior parte das vezes, no entanto, fala do "trust" como uma relação contínua entre governantes e governados da maneira descrita acima.

ral, definida, controlada e protegida pelo conceito de "trust". De tempos em tempos, e especialmente ao discutirmos as maiorias, surpreendemo-nos fazendo referências a outra linha de raciocínio, um raciocínio em termos de poder e até mesmo de vontade. Poderia ser incorreto afirmar que essas linhas são distintas em seu pensamento, ou que o próprio Locke as viu separadas; o que ele diz sobre poder é um acessório a outras afirmações suas, não uma explicação diferente e paralela. Entretanto, é útil vermos essa parte de seu pensamento como sendo independente, pois sua conseqüência mais importante, a associação de Locke à doutrina histórica da separação de poderes, não poderia jamais ter surgido das teorias que discutimos até agora.

A definição inicial de Locke é dada em termos de poder (II, § 3), e ao longo de todo o seu livro ele parece estar discutindo conscientemente um sistema de poder. Poder-se-ia sugerir que a razão disso foi sua admissão de que havia elementos reconhecidamente anarquistas em sua atitude, uma tendência encontrada em todos os individualistas de considerar o Estado, a sociedade e o governo desnecessários, ou acidentais, ou simplesmente uma infelicidade. Pode ser visto que ele, em uma declaração à parte, diz que foram somente a corrupção, o vício e a degeneração de alguns homens que tornaram necessário o estabelecimento pela humanidade de comunidades (*communities*) "separadas dessa comunidade (*community*) grande e natural" de todos os homens (II, § 128). A doutrina da virtude política natural é geralmente anarquista em suas implicações, e vimos que Locke foi obrigado a responder de uma forma um tanto urgente à questão do porquê de os homens criarem Estados. Seus contemporâneos, certamente Sir Robert Filmer, teriam visto a mais importante de todas as suas afirmações como obviamente anárquica, a afirmação de que não existe apelo final em questões políticas supremas, somente Deus – o que significa combate, revolução.

Entretanto – Locke está ansioso por convencer-nos – isso não quer dizer que o Estado que criamos e ao qual obedecemos, que garante a nossa propriedade sob todas as suas formas e sob todas as suas definições, carece de unidade, direção e poder. Quando nos reunimos para estabelecer artificialmente o juiz final que nos falta no estado de natureza, criamos uma autoridade legislativa legítima cuja natureza é ética e à qual devemos obediência não importa a fraqueza de suas sanções. Mas também criamos algo mais, criamos um princípio de unidade, um "corpo vivo", a partir de nossos seres separados. Neste parágrafo (II, § 212) Locke segue falando, em linguagem que podemos julgar estranha nele, do legislativo como a *"Alma que dá forma, vida e unidade* à comunidade (*Commonwealth*)" e da *"Essência e união da sociedade* consistindo em ter uma vontade, o legislativo", que, uma vez rompido, deixa todos "à disposição de sua própria vontade", já que "a vontade coletiva" está paralisada[35]. Aqui pode-se pensar que ele chega quase a negar seu próprio princípio de que o governo não é uma questão de vontade, ou mesmo a conceitos pertencentes a um tipo bem diferente de sistema político, uma análise da vontade geral. Na verdade, contudo, ele parece apenas insistir em que quando os homens se reúnem politicamente criam poder, que lhes é disponível em forma institucional para os objetivos de sua associação, e que encontrará sua expressão primeira e mais elevada na elaboração de leis.

Quando, portanto, Locke fala dos diferentes poderes da comunidade (*Commonwealth*), da supremacia de um e da natureza derivada dos outros, devemos interpretá-lo, pelo menos inicialmente, no simples sentido de força. O poder supremo, o legislativo, é supremo porque representa literalmente a força conjunta da comunidade (*Commonwealth*) que, para permanecer um corpo, pode ter apenas um poder supremo. O poder executivo é, assim, inevitavelmente inferior. Distingue-se do legislativo por não poder fazer leis e ter, em sua maior parte, apenas um poder delegado. O legislativo, sendo de preferência um corpo representativo, não precisa, não deve ter uma existência contínua (II, §§ 152 e 153). Isso não exclui, entretanto, a possibilidade de ambos os poderes serem exercidos pelo mesmo corpo ou pessoa. Admite, na verdade, que o executivo terá um papel a desempenhar no legislativo, como é o caso da constituição da Inglaterra, que Locke tão obviamente tinha em mente[36].

▼

35. Comparar com a linguagem da "vontade" usada em II, § 151.
36. Locke insiste muito em tudo isso (especialmente nos pontos sobre a convocação do legislativo pelo executivo, nas condições que a constituição pode estipular quanto aos intervalos em que devem se reunir etc.), porque, como é sugerido acima, estava escrevendo pensando em Carlos II e seus parlamentos.

Que ele estava examinando esses poderes desta forma direta é ilustrado pela própria natureza do terceiro poder, o federativo. Esse era simplesmente o poder da comunidade (*community*) voltado para o exterior, para outras comunidades (*communities*) em relações amigáveis, ou para proteção contra agressão. É um poder diferente, sem dúvida, mas sua única característica é seu direcionamento externo. É quase essencial, portanto, que esteja nas mesmas mãos que o poder executivo e que lhe seja dada ampla liberdade de ação, capaz de possibilitar-lhe decisão rápida e arbitrária. Deve ter a maior liberdade possível quanto ao controle diário do legislativo e de suas leis – perante o qual é, sem dúvida, finalmente responsável[37].

De tudo isso é certamente óbvio não se poder dizer que Locke tinha em mente uma doutrina. Aqui não há nenhuma teoria da importância ou da necessidade da permanência perpétua desses poderes em mãos separadas para preservar a liberdade, garantir os direitos ou manter a constituição sadia, em harmonia e concórdia. Isso ainda é confirmado por mais duas considerações. Uma é que o judiciário, aquele poder separado cuja independência é reconhecida como essencial para o governo constitucional tanto pelos predecessores como pelos sucessores de Locke, defensores ou não da separação de poderes, jamais é mencionado juntamente com os outros três poderes por Locke. Como já apontamos, o judiciário não era um poder separado, mas o atributo geral do Estado. Não teria sentido colocá-lo ao lado do executivo e do legislativo. Locke reconheceu que o judiciário devia ser imparcial e íntegro (II, § 131), conhecido e autorizado (II, § 136), ou então nada do que ele desejava se tornaria realidade: é só. Finalmente, Locke cuida do funcionamento adequado e do exercício justo desses poderes, não por alguma doutrina de necessária separação, mas pelo conceito de "trust", que se aplica com sua força máxima ao legislativo, mas também ao executivo e ao federativo.

▼

37. Sobre o poder federativo, ver P. Laslett, "John Locke, the Great Recoinage and the Board of Trade, 1695-1698". *William and Mary Quarterly*, julho 1957, 396, e a discussão em R. H. Cox, *Locke on War and Peace*, 1960, em que ele defende exageradamente a primazia da política externa em Locke. O Sr. Dunn questiona a interpretação de Laslett sobre a questão do governo da Virgínia na década de 1690 em comparação com a doutrina de Locke, e apresenta uma interpretação diferente.

Locke compartilhou da opinião tradicional sobre contrabalançar o poder do governo mediante a colocação de várias de suas partes em mãos diferentes (II, § 107). Parece que atribuiu certa importância às naturezas diferentes do legislativo, do executivo e do federativo, pois são introduzidas, por função se nem todas nominalmente, imediatamente depois de fazer seu primeiro relato formal da origem do Estado (II, § 88). Um dos motivos pelos quais uma monarquia absoluta não pode ser uma autoridade política adequadamente é ela ter "todo o poder, tanto o legislativo como o executivo, em si mesma, sozinha", de modo que "não há juiz" (II, § 91). Locke chega somente até aqui.

Pode ser historicamente interessante que Montesquieu e, mais tarde, os fundadores americanos, o tenham interpretado num sentido que ele mesmo não imaginara, tão interessante quanto constatar que Locke ignorou conspicuamente a claríssima questão sobre a separação dos poderes surgida em nossa história constitucional, apesar de envolvê-lo pessoalmente[38]. É um exemplo da maneira extraordinária pela qual o pensamento de Locke e a prática constitucional dos ingleses tão cedo começaram a mesclar-se nas mentes de uma posteridade destinada a beneficiar-se de ambos. O resultado foi uma incompreensão da maior conseqüência histórica possível.

Não podemos nos deter neste assunto nem em Locke como um exponente da constituição inglesa de seu tempo. Em sua análise da política em termos de força e de autoridade legítima, Locke está mais próximo do pensamento contemporâneo sobre a soberania do que das concepções de sua própria época. Por trás do poder superior do legislativo que em seu sistema sempre deve ser visto como o poder supremo, todo-importante, do próprio povo, novamente concebido como uma força, apesar de outra vez justificado em suas interferências pelo conceito de "trust". É um poder que apenas raramente se manifestaria e, como tentamos mostrar, há considerável obscuridade acerca das cir-

▼

38. Laslett [op. cit.], 1957; essa era a questão sobre se a Coroa ou os Comuns apontariam a Junta de Comércio de 1696, da qual Locke era membro. W. B. Gwyn, "The Meaning of the Separation of Powers. An Analysis of the Doctrine from its Origin to the Adoption of the United States Constitution". *Tulane Studies in Political Science*, v. IX, 1964, interpreta de maneira bem diferente a posição de Locke quanto à separação de poderes.

cunstâncias reais em que poderia agir e maior ainda acerca do que conseguiria fazer. No entanto, esse poder residual deve ser identificado com a idéia de Locke daquilo que hoje chamamos soberania popular.

Interpreta-se Locke como se suas reflexões sobre a verdadeira origem, extensão e finalidade do governo civil fossem dirigidas para todo o universo político, em vez de dirigidas para a situação muito específica de seu próprio partido, numa época particular e dentro do contexto altamente individual da política inglesa. Descrevemos isso como uma realização, a realização de uma mente filosófica escrevendo, num certo sentido, contra sua determinação filosófica. Isso o tem levado, inevitavelmente, a ser criticado por levantar expectativas que não conseguiu realizar e propor teorias de cujas implicações finais ele não havia cogitado. Algumas dessas críticas foram consideradas aqui, mas ainda resta uma. Diz-se freqüentemente que Locke é o representante supremo aos pensadores individualistas que colocam os direitos acima dos deveres. Já em 1798 o bispo Elrington o criticou por não declarar que os homens têm o dever de estabelecer o Estado e deixar a condição de mera natureza. Mas, se o seu sistema, como o fizemos, for considerado de forma complacente, esse parece ser, talvez, o maior dos equívocos sobre ele. A virtude política natural só tem lugar se obedecemos àquela tendência dentro de todos nós, pois ela é uma tendência, não a descrição total de nós mesmos. A confiança ("trust") é uma questão de consciência, que pode ter suas sanções finais e improváveis, mas que opera por causa do senso de dever que Locke dogmaticamente, irrefletidamente supõe existir em todos os homens.

O *insight* psicológico de Locke pode ser imperfeito, sua lógica freqüentemente estranha, seu ponto de vista geral ingrato à nossa geração e não facilmente entendido mesmo dentro do seu próprio contexto histórico pessoal. Sua sociologia racionalista pode parecer fantástica, mesmo quando comparada com o tradicionalismo não crítico de um homem como Filmer. Mas, depois de haver escrito, e o que escreveu teve enorme impacto sobre a mente européia, já não era possível acreditar que a política se movia dentro de uma esfera moral em que o homem bom era o cidadão bom. A cidadania tornou-se um dever específico, um desafio pessoal num mundo em que todo indivíduo ou reconhecia sua responsabilidade para com todos os outros ou desobedecia à sua consciência. Os deveres políticos não mudaram desde então.

CAPÍTULO 12

COMO MONTESQUIEU CLASSIFICA AS SOCIEDADES POR TIPOS E POR ESPÉCIES*

Émile Durkheim

I

Parece que Montesquieu classificou não as sociedades, mas o modo pelo qual elas são governadas e, em seguida, simplesmente retomou, modificando-a ligeiramente, a divisão habitual. Ele distingue efetivamente três tipos[1]: a república – que engloba a aristocracia e a democracia, a monarquia e o governo despótico. Daí Comte criticá-lo vivamente por haver abandonado o projeto que ele expusera no início de seu livro, e por retornar à forma da obra aristotélica[2]. Se, entretanto, examinarmos a questão mais detidamente, nos convenceremos de que essas duas concepções apenas aparentemente se assemelham.

A diferença entre elas já ficará evidenciada se levarmos em conta que esta classificação não foi baseada no número dos governantes, segundo o método de Aristóteles. Montesquieu considera a democracia e a aristocracia duas variações de um único e mesmo tipo, ainda que, numa, todos os cidadãos e, noutra, apenas uns poucos têm acesso ao governo. Em

▼

* "Comment Montesquieu classe les sociétés par types et par espèces" (*in Montesquieu et Rousseau – précurseurs de la sociologie*. Paris, Marcel Rivière, 1953). Tradução de Elizabeth de Vargas e Silva.
1. Traduzimos por *types* a palavra latina *genera* (nota da tradução francesa).
2. *Curso de filosofia positiva*, tomo IV, p. 181 (Ed. Schleicher, tomo IV, p. 129).

compensação, a monarquia e o governo despótico, ainda que numa e noutro o governo seja individual, constituem duas espécies não apenas dissemelhantes como até mesmo absolutamente opostas entre si. É por esta razão que muitos autores acusaram esta divisão de confusa e equívoca; e a acusação seria justificada se fosse verdade que Montesquieu não viu nas sociedades mais que o regime político. Mas, quanto a este ponto, sua maneira de ver tem um alcance muito maior. Porque esses três tipos de sociedade não diferem apenas no número dos governantes e na administração dos negócios públicos, mas na sua natureza por inteiro.

Isso já fica claramente evidente depois que compreendemos como ele as distingue. Enquanto Aristóteles e seus imitadores tiram sua classificação de uma noção abstrata de Estado, Montesquieu a tira das próprias coisas. Ele não infere esses três tipos de algum princípio estabelecido *a priori*; ele os criou pela comparação das sociedades que conheceu através da história ou dos relatos de viajantes, ou mesmo em suas próprias viagens. Do mesmo modo, o significado dos termos nos escapará se não começarmos por procurar saber quais os povos que estão indicados aqui.

Ele dá o nome de república não a qualquer sociedade administrada por todo o povo ou por uma certa parte dele, mas às cidades gregas e itálicas da Antiguidade, às quais é preciso acrescentar as célebres cidades italianas que tiveram seu maior brilho na Idade Média[3]. As primeiras, no entanto, assumem o lugar principal; em todo o livro, cada vez que se trata da república, fica claro que o autor tem em mente Roma, Atenas ou Esparta. Eis aí a razão pela qual ele reúne democracia e aristocracia sob o mesmo título, o de república. Como, nestas cidades, ambas as formas são igualmente encontradas ou mesmo que uma suceda à outra no mesmo povo, não podiam ser separadas completamente. Os povos bárbaros, ao contrário, embora freqüentemente governados pelo conjunto dos cidadãos, não se encontram misturados sob o mesmo nome, como o veremos mais adiante, e não há dúvida de que, se Montesquieu tivesse conhecido a atual forma política da França, não a teria classificado como uma república.

▼

3. Ver Montesquieu, *L'esprit des lois*, livro X, cap. VIII, e livro V, cap. VIII (Montesquieu aí fala de Veneza e faz alusão a Gênova – nota da tradução francesa). (Trad. bras. *O espírito das leis*, São Paulo, Martins Fontes, 1993.)

Quanto à monarquia, ele encontra esta estrutura social unicamente junto aos grandes povos da Europa moderna[4]. Ele demonstra, com efeito, que ela foi necessariamente desconhecida dos povos da Antiguidade e que fez sua primeira aparição quando os germanos invadiram o império romano e dividiram entre eles o *butin*[5]. Por certo, ele não ignora que os gregos e latinos viveram durante muito tempo sob o poder dos reis; mas esta constituição da idade heróica parece-lhe extremamente diferente da verdadeira natureza da monarquia[6]. Quanto ao governo despótico, se bem que em um sentido ele possa nascer, por corrupção, de qualquer forma política, somente no Oriente, segundo ele, é que teve uma existência natural. Por Oriente ele entende os turcos, persas e muitos outros povos da Ásia, aos quais é preciso acrescentar os povos da Europa setentrional. Ora, quem poderia duvidar que cidades da Antiguidade, reinos do Oriente e nações modernas da Europa ocidental não fossem três espécies de sociedades, inteiramente distintas umas das outras?

II

Vejamos, por outro lado, como ele as descreve. Montesquieu não distingue somente uma das outras porque elas não são governadas da mesma maneira, mas porque elas diferem pelo número, disposição e coesão de seus elementos[7].

A república só floresceu nas pequenas cidades e jamais pôde estender-se para além de seus restritos limites: tal é o tipo da cidade na Antiguidade. O estado despótico, ao contrário, encontra-se junto a povos de dimensões consideráveis que ocupam imensas extensões de terras, tais

▼

4. Montesquieu, *L'esprit de lois*, livro XI, cap. VIII.
5. *Ibid.*, livro XI, cap. VIII, e *Lettres persanes*, p. 131.
6. "O plano desta constituição é oposto àquele de nossas atuais monarquias" (*ibid.*, livro XI, cap. XI).
7. Sabemos que estes são os elementos que o próprio Durkheim põe na base do que ele chama de *Morfologia social* (nota da tradução francesa).

como as nações asiáticas. Finalmente, a monarquia tem um volume[8] médio e, se o número de seus súditos é superior ao da república, é inferior ao do governo despótico[9].

Além disso, os membros destas diferentes sociedades não se colocam segundo a mesma ordem, nem estão unidos entre eles pelos mesmos laços. Na república, e sobretudo na democracia, todos são iguais entre si e semelhantes mesmo. A cidade tem, por assim dizer, o aspecto de um bloco, cujos elementos são da mesma natureza e justapostos uns aos outros, sem que nenhum deles possua a superioridade[10]. Todos zelam igualmente pela coisa comum; os que detêm a magistratura não são superiores aos outros, pois ocupam seus cargos somente por algum tempo. E mais, mesmo na vida privada, eles não se diferenciam muito entre si. De fato, é o princípio da república[11], ou pelo menos a meta em direção à qual ela tende, que ninguém ultrapasse muito os outros em recursos; pois, se é verdade que uma igualdade absoluta não é fácil de realizar, pelo menos em todos os lugares onde existir a república, as leis criam obstáculos para que haja uma distância demasiado grande entre as fortunas individuais[12]. Ora, isso não seria possível se cada um pudesse aumentar suas riquezas sem limites; é necessário que os meios de todos sejam medíocres, a fim de permitir uma suficiente igualdade. "Cada um, diz Montesquieu, devendo existir a mesma felicidade, deve experimentar os mesmos prazeres e formar as mesmas esperanças, coisa que só pode ser atingida com uma frugalidade geral."[13]

Nestas condições, estando as fortunas particulares assim reduzidas, não ocupam espaço na vida e no pensamento de cada um, e estão, ao contrário, repletas de inquietudes em favor do interesse comum. Está

▼

8. Traduzimos assim, inspirando-nos na *Division du travail social* e nas *Règles de la méthode sociologique*, a palavra latina *amplitudo* (nota da tradução francesa).
9. *Ibid.*, livro VIII, caps. XV-XX.
10. É necessário lembrar que é o que Durkheim chama, na *Division du travail social*, de "solidariedade mecânica" (nota da tradução francesa).
11. *Ibid.*, livro V, caps. III ss.
12. *Ibid.*, livro V, cap. V.
13. *Ibid.*, livro V, cap. III – "O bom senso e a felicidade dos particulares consistem muito na mediocridade de seus talentos e de suas fortunas."

assim portanto suprimida a causa da qual a diferença entre os homens tira sua origem principal. Melhor ainda, a própria vida particular não pode ser muito diferente porque esta condição medíocre, estabelecida pela lei para todos os cidadãos, suprime quase todos os estimulantes do comércio, o qual não pode existir sem uma certa desigualdade das condições[14]. Assim, todos desenvolvem quase que a mesma atividade: trabalham a fim de obter, de uma certa porção de terra igual para todos, o necessário para viver[15]. Em poucas palavras, inexiste entre as partes do corpo social toda e qualquer divisão do trabalho, a menos que assim queiramos denominar essa alternância no exercício da magistratura pública, à qual nos referimos anteriormente. Este quadro exprime mais especialmente a natureza da democracia; quanto à aristocracia, como ela é, para Montesquieu, uma alteração da democracia (ele a julga tanto mais perfeita quanto mais se assemelhar à democracia)[16], podemos deixá-la de lado sem perigo de erro.

É fácil compreender o que pode fazer, em tal sociedade, a vontade unânime de todos os cidadãos. A imagem da pátria ocupa os espíritos, enquanto cada um em particular é indiferente a seu próprio interesse, porque não possui quase nenhuma propriedade; não há nada, portanto, que possa desunir os cidadãos, atraindo-os em direção a partidos contrários. É esta a *virtude* que Montesquieu considera o fundamento da república. De fato, ele assim denomina não a virtude ética, mas a virtude política, que consiste no amor à pátria e pela qual nós nos colocamos, nós mesmos e nossos interesses, depois dos do Estado[17]. Pode-se, sem dúvida, criticar este termo, não sem razão, pois é ambíguo; mas não é surpreendente que ele se tenha apresentado por si mesmo ao espírito de Montesquieu: não chamamos de *virtude* a toda disposição moral que

▼

14. *Ibid.*, livro V, cap. VI, e livro IV, cap. VI.
15. "O amor pela frugalidade limita o desejo de possuir que requerendo apenas o necessário para a sua família" (*ibid.*, livro V, cap. III).
16. "Quanto mais uma aristocracia se aproximar da democracia, mais ela será perfeita" (*ibid.*, livro II, cap. III).
17. "Pode-se definir esta virtude como o amor das leis e da pátria. Este amor, exigindo uma preferência contínua de interesse público ao seu próprio, dá todas as virtudes particulares: elas nada mais são do que esta preferência" (*ibid.*, livro IV, cap. V).

impõe um limite a uma preocupação excessiva pelo interesse pessoal? Ora, na república esta disposição existe necessariamente em todos, visto que a alma social[18], se assim se pode dizer, reside no espírito de cada um e que, em compensação, depois da frugalidade geral, o amor a si próprio não tem matéria com que se alimentar. Na consciência de cada um, a parcela que exprime a sociedade e que é a mesma em todos, é vasta e poderosa; ao contrário, aquela que se refere a nós mesmos e aos nossos interesses pessoais é restrita e sem força: além disso, os cidadãos, sem ter necessidade de serem impelidos por uma força exterior, mas como resultado de um impulso natural, abandonam a si mesmos para se voltarem ao bem comum.

Bem diferente é a natureza da monarquia. Nela, todas as funções, não somente da vida pública, mas também da vida privada, são repartidas entre as diversas classes[19] de cidadãos. Alguns dedicam-se à agricultura; outros, ao comércio; outros, ainda, às artes e ofícios[20]; há os que fazem as leis, outros que as executam, seja julgando, seja governando[21], e ninguém tem o direito de se afastar de seu papel e de se apossar daquele dos outros[22]. Eis por que a monarquia não pode se definir pelo poder de um só. O próprio Montesquieu acrescenta, aliás, que uma sociedade não deve jamais ser chamada por este nome, mesmo que ela seja governada por um único indivíduo, quando não existem leis fixas e constantes segundo as quais o rei governa e não pode modificá-las à sua vontade[23]. Isso implica a existência de ordens[24] constituídas que imponham limites ao seu poder. Mesmo que seja superior a eles, é necessário, portanto, que essas ordens possuam uma força própria e que eles não lhes sejam tão

▼

18. Em latim: *civitatis anima* (nota da tradução francesa).
19. Em latim: *classes* (nota da tradução francesa).
20. "Para que o estado monárquico se mantenha, o luxo deve ir aumentando do trabalhador ao artesão, ao negociante, aos nobres, aos magistrados, etc. (...)" (*ibid.*, livro VII, cap. IV).
21. *Ibid.*, livro XI, cap. VI.
22. "Todas essas prerrogativas serão particulares à nobreza e de modo algum serão admitidas ao povo, se não se quiser chocar o princípio do governo" (*ibid.*, livro V, cap. IX) – "É contrário ao espírito do comércio que a nobreza o faça na monarquia". (*ibid.*, livro XX, cap. XXI. Cf. livro XI, cap. VI).
23. *Ibid.*, livro II, cap. I.
24. Em latim: *ordines* (nota da tradução francesa).

desiguais a ponto de não poder lhes resistir. Suponha, de fato, que nada faça obstáculo à autoridade do príncipe: não poderia haver lei que limite sua vontade, pois as próprias leis só dela dependeriam. Este é o princípio pelo qual a monarquia difere dos outros regimes políticos: a *divisão do trabalho* que, na república, era nula, tende aqui ao seu desenvolvimento máximo[25]. A sociedade poderia então ser comparada a um ser vivo, cujos elementos ocupam diferentes funções de acordo com a sua natureza[26].

É a razão pela qual Montesquieu considera a liberdade política própria à monarquia[27]. De fato, as classes ou, para nos servirmos de um termo muito usado em nossa época, os *órgãos* do corpo social não limitam somente a autoridade do príncipe, eles se autolimitam reciprocamente. Cada um deles, estando impedido pelos outros de crescer ao infinito e de absorver sozinho todas as forças do organismo, pode desenvolver sua natureza particular sem obstáculos, porém não desmesuradamente. É possível compreender agora que lugar ocupa em Montesquieu a célebre teoria da divisão dos poderes; ela é nada mais do que a forma particular deste princípio, segundo o qual as diversas funções públicas devem ser repartidas entre diferentes mãos. Se Montesquieu dá uma tal importância a esta divisão, não é com vistas a suprimir qualquer desacordo entre os diversos poderes, mas, ao contrário, com vistas a fazê-los competir melhor entre eles, a fim de que nenhum se eleve acima dos outros e reduza-os a nada[28].

▼

25. "Os poderes intermediários, subordinados e dependentes, constituem a natureza do governo monárquico" (*ibid.*, livro II, cap. IV) – "As monarquias se corrompem quando, pouco a pouco, se dissipam as prerrogativas dos corpos ou os privilégios das cidades" (*ibid.*, livro VIII, cap. VI) – "A monarquia se perde quando um príncipe (...) tira as funções naturais de alguns para entregá-las arbitrariamente a outros" (*ibid.*).
26. É a "solidariedade orgânica", de que fala a *Division du travail social* (nota da tradução francesa).
27. "A democracia e a aristocracia não são de modo algum Estados livres por natureza." (*ibid.*, livro XI, cap. IV).
28. "A liberdade política só se encontra nos governos moderados. Mas nem sempre está nos Estados moderados: ela só aparece quando não se abusa do poder (...) Para que não se possa abusar do poder, é preciso que, pela disposição das coisas, o poder detenha o poder" (*ibid.*).

O vínculo social[29] não pode ser, portanto, o mesmo que na república. Cada classe, de fato, abraçando somente um domínio restrito da vida social, não vê nada além da função que ela ocupa. Além disso, é a imagem desta classe, não a da pátria, que ocupa os espíritos; cada ordem tende unicamente a um objetivo: o de engrandecer a si próprio, não de aumentar o bem comum. Ainda mais: mesmo o homem privado zela muito mais pelos seus interesses. Com efeito, enquanto na república a igualdade de todos tem como conseqüência necessária a frugalidade geral, esta diversidade de condições do regime monárquico excita, ao contrário, as ambições. Existem graus diferentes de honras, de dignidades, de riquezas, de poder, de maneira que cada um tem diante dos olhos uma condição de vida superior à sua, a qual, conseqüentemente, ele deseja[30]. Os membros da sociedade desviam, então, tudo do interesse comum para o interesse pessoal, de modo que todas as condições desta *virtude*, que é o fundamento da república, estejam ausentes[31]. Porém, a coesão dos elementos nasce de sua própria diversidade. Esta ambição que põe em movimento as ordens e os indivíduos, estimula-os ao mesmo tempo, de fato, a desempenhar o melhor possível a sua função. Perseguem, também, inconscientemente o bem comum, acreditando visar somente a vantagens pessoais[32]. É esta própria emulação entre os diversos elementos da sociedade que produz sua concordância.

A este estimulante da vida pública na monarquia, Montesquieu dá o nome de *honra*[33]. Com este termo ele designa as ambições particulares, seja de indivíduos, seja de classes, que fazem com que nin-

▼

29. Em latim: *sociale vinculum* (nota da tradução francesa).
30. "O governo monárquico supõe, como dissemos, classes e mesmo uma nobreza de origem. A natureza da honra é exigir preferências e distinções; situando-se, então, neste governo" (*ibid.*, livro III, cap. VII).
31. "As virtudes que ali nos são mostradas são sempre menos o que devemos aos outros do que o que devemos a nós mesmos; elas não são tanto o que nos aproxima de nossos concidadãos, mas o que deles nos diferencia" (*ibid.*, livro IV, cap. II, início).
32. "Acontece que cada um defende o bem comum, acreditando defender seus interesses particulares" (*ibid.*, livro III, cap. VII).
33. "A honra faz mover todas as partes do corpo político; *ela os une pela sua própria ação*" (*ibid.*, livro III, cap. VII).

guém aceite de bom grado uma diminuição de sua condição, mas, ao contrário, procure sempre elevá-la o máximo possível[34]. Isto, porém, não ocorre se os homens não possuem disposições naturais suficientemente elevadas e uma certa preocupação de liberdade e de dignidade, que não existe sem grandeza[35]. Contudo, a *honra*, podendo fazer nascer um excessivo amor próprio, torna-se facilmente um defeito. É por esta razão que em muitos trechos Montesquieu a julga com alguma severidade, assim como os costumes da monarquia[36]. Mas não acreditemos, de modo algum, que com este julgamento tenha querido rebaixar a monarquia, pois estes inconvenientes, que ele reconhece, resultam apenas do desenvolvimento alcançado pelos negócios privados e da liberdade maior de que usufruem os particulares para perseguir seus próprios interesses. A *virtude* parece-lhe, por outro lado, tão difícil e tão rara que o chefe prudente deve, segundo ele, utilizá-la com o maior cuidado. É porque esta organização tão sábia da sociedade, que sem ter necessidade da virtude leva os homens a empreender grandes coisas, é a seus olhos tão digna de admiração, que lhe perdoa facilmente certos defeitos[37].

Sobre o governo despótico serei breve, porque o próprio Montesquieu parece tê-lo descrito com menor atenção. De resto, ele se situa entre as sociedades precedentes. O estado despótico é, de fato, uma espécie de monarquia na qual todas as ordens estariam abolidas[38] e em que não

▼

34. "A ambição é perniciosa em uma república; ela tem bons resultados na Monarquia; ela dá vida a este governo" (*ibid.*) – "A honra, isto é, o preconceito de cada pessoa e de cada condição" (*ibid.*, livro III, cap. VI. Cf. livro XX, cap. XXII).
35. "A honra faz com que possamos, indiferentemente, aspirar aos empregos ou recusá-los; ela possui esta liberdade acima da própria fortuna. A honra tem, então, suas regras supremas. De acordo com certos princípios, nos é permitido prezar nossa fortuna, mas nos é rigorosamente proibido fazer o mesmo com a nossa vida. A segunda regra diz que, uma vez colocados em uma determinada categoria, nada devemos fazer nem tolerar que mostre que não estamos à altura dessa mesma categoria" (*ibid.*, livro IV, cap. II).
36. Ver estes trechos em Janet, *Histoire de la science politique*, 3ª ed., II, p. 469.
37. "Nas monarquias, a política obriga a fazer as grandes coisas com a menor virtude possível; como nas mais belas máquinas, a arte emprega também os menores movimentos, forças, engrenagens possíveis" (*ibid.*, livro III, cap. V).
38. *Ibid.*, livro VIII, cap. VI, início.

existiria nenhuma divisão do trabalho, ou então uma democracia, na qual todos os cidadãos, exceto o chefe de estado, seriam todos iguais, iguais, porém na servidão[39]. Tem então o aspecto de um ser monstruoso, onde somente a cabeça estaria viva, já que absorveria todas as forças do organismo[40]. O princípio da vida social não pode ser nem a *virtude*, pois o povo ignora os negócios da comunidade, nem a *honra*, pois não existe nenhuma diferença de condições. Se os homens são vinculados à sociedade é porque são tão pouco ativos que se submetem à vontade do príncipe sem resistência, isto é, unicamente por *temor*[41].

O que precede é suficiente para deixar claro que Montesquieu distinguiu verdadeiras espécies sociais[42]. E isto seria ainda mais evidente se procurássemos os detalhes, porque não são somente os princípios da estrutura que diferem, mas a vida inteira. Os costumes[43], as práticas religiosas[44], a família[45], o casamento[46], a educação das crianças[47], os crimes e os castigos[48] não são os mesmos na república, no estado despótico ou na monarquia. Montesquieu parece mesmo ter dado mais atenção às diferenças entre as sociedades do que àquilo que é comum a todos.

III

Mas, diríamos, se ele verdadeiramente classificou e descreveu espécies de sociedades, por que as definiu assim e lhes deu esses nomes?

▼

39. "Os homens são todos iguais no governo republicano; são iguais no governo despótico; no primeiro é porque são tudo; no segundo, porque não são nada" (*ibid.*, livro VI, cap. II).
40. "O despotismo basta-se a si mesmo; tudo é vazio a sua volta" (*ibid.*, livro VI, cap. I, final).
41. *Ibid.*, livro III, cap. IX.
42. Em latim: *societatum species* (nota da tradução francesa).
43. *Ibid.*, livro XIX, cap. II.
44. *Ibid.*, livro XXIV, cap. V.
45. *Ibid.*, livro XXIII.
46. *Ibid.*, livro XVI.
47. *Ibid.*, livro IV.
48. *Ibid.*, livro XII, caps. XVIII ss.

Efetivamente, não foi a partir da divisão do trabalho, da natureza do vínculo social que ele as distingue e denomina, mas unicamente a partir da constituição da autoridade soberana.

Estes diversos pontos de vista não se opõem entre si. Foi, de fato, necessário caracterizar cada tipo pela propriedade que nele é essencial e da qual as outras são a conseqüência. Ora, à primeira vista, a forma do governo parece preencher esta condição, pois não existe nada mais visível na vida pública, nada que atraia mais todos os olhares. É do chefe de Estado que ocupa, por assim dizer, o ápice da sociedade e que é freqüentemente chamado, e não sem razão, de "a cabeça" do corpo social, que tudo parece depender. Acrescentemos a isso o fato de que os filósofos, não tendo, até então, descoberto nas coisas sociais nada que pudesse ser classificado em tipos e espécies, era difícil a Montesquieu abandonar totalmente sua maneira de ver, ainda que a sua tentativa tenha sido inovadora. Aí está a razão pela qual ele se aplicou em distinguir as formas de sociedade a partir das formas de governo. Evidentemente, muitas objeções podem ser feitas ao método que ele utilizou: a caracterização não tem nela mesma nada de próprio ou de particular; como já demonstramos, a natureza do poder supremo pode sofrer modificações, enquanto a natureza da sociedade se mantém imutável, ou, inversamente, ela pode ser una e idêntica em sociedades que diferem extremamente umas das outras. Mas o erro encontra-se mais nos termos que nas coisas porque, além do que concerne ao regime político, Montesquieu enumera muitas outras características que lhe servem para distinguir as sociedades.

Melhor ainda, se abandonarmos os termos por ele utilizados não encontraremos, sem dúvida, em toda a obra, nada mais verdadeiro nem mais penetrante que esta classificação, cujos princípios conservam ainda hoje a sua validade. De fato, não somente as três formas de vida social que ele descreveu constituem três espécies realmente distintas, mas a própria descrição, tal como a encontramos em seu livro, exprime com certa dose de verdade a sua natureza e as suas diferenças específicas. Certamente, a igualdade e a frugalidade nas cidades antigas não eram tão grandes como acreditava Montesquieu. Se as compararmos, contudo, com os povos de hoje, veremos que os interesses privados eram, na realidade, muito restritos, enquanto os negócios da comunidade ocupavam um lugar considerável. Ele compreendeu admiravelmente que em Roma e Atenas cada cidadão detinha muito pouco individualmente e que foi esta a causa que assegurou a unidade da sociedade. Atualmente, ao contrário, os limites da vida individual estenderam-se: cada um de nós tem sua personalidade, suas opiniões, seus costumes e sua religião; o indivíduo se distingue profundamente, assim como tudo o que lhe diz respeito, da sociedade e das coisas públicas. A solidariedade social[49] não pode, então, ser a mesma nem ter a mesma origem. Ela nasce da divisão do trabalho que torna os cidadãos e as ordens sociais necessários uns aos outros. Enfim, com bastante perspicácia, Montesquieu distinguiu claramente o que ele chama de governo despótico dos outros tipos de organização. Assim, os impérios dos persas e turcos não têm nada em comum com as cidades gregas ou itálicas, nem com as nações cristãs da Europa.

Poderíamos dizer que o governo despótico é apenas uma forma da monarquia, porque o rei, mesmo na monarquia, tem o direito de modificar as leis; é, portanto, sua vontade que é a lei suprema. – É preciso ressaltar, no entanto, que a estrutura das sociedades é totalmente diferente: no estado despótico ela não apresenta esta diferença de condições que é particular à monarquia. Além disso, não tem importância que o rei, na monarquia, possua ou não o direito de modificar as leis, já que ele não tem realmente esta possibilidade porque a força das ordens limita o seu poder. Objetou-se com razão a Montesquieu que não existiu em parte alguma um império em que o poder do déspota não tivesse limites[50]. Porém, o próprio autor corrige a sua primeira definição e reconhece que, mesmo sob o governo despótico, existem também certas atenuantes que influem sobre o poder soberano, mas que não são as mesmas que na monarquia; pois elas têm sua origem não na instituição de diferentes ordens, mas na autoridade soberana e única da qual desfruta a religião, não apenas no meio do povo, mas também

▼

49. Em latim: *populi consensus* (nota da tradução francesa).
50. Janet, *op. cit.*, II, p. 345.

no espírito do déspota[51]. Está fora de questão que nestas sociedades a religião possua realmente tal poder: não somente ela não depende da vontade do príncipe, mas, ao contrário, como ressalta o autor com pertinência[52], é o príncipe que dela recebe o seu exorbitante poder. Não é de surpreender, por conseguinte, se ele for limitado por ela.

Se quisermos compreender plenamente a maneira de ver de Montesquieu a este respeito, é preciso acrescentar aos precedentes um quarto tipo, que os seus intérpretes, em geral, omitem e que merece uma pausa, pois foi dele que a monarquia saiu[53]. Engloba as sociedades que vivem da caça ou da criação de animais. Estas últimas diferem efetivamente das outras por notáveis e numerosas características: seus membros são pouco numerosos[54], a terra não é compartilhada entre eles,[55] não possuem leis, mas costumes[56], são os velhos que detêm a autoridade suprema, porém, como possuem um agudo sentido de liberdade, não toleram nenhum poder durável[57]. Certamente, tal é a natureza das sociedades inferiores, que por esta razão podem ser chamadas de democracia inferior. Montesquieu divide este tipo em duas variedades. Quando os homens estão dispersos em pequenas sociedades deste gênero, que não são unidas por nenhum laço social, ele as chama de povos *selvagens*; chama-as de *bárbaros* quando se reúnem em um todo[58]. Os primeiros dedicam-se, de preferência, à caça, os outros levam a vida dos povos pastores.

▼

51. "É a religião que corrige um pouco a constituição turca" (*ibid.*, livro V, cap. XIV). "Existe, no entanto, uma coisa que se pode opor algumas vezes à vontade do príncipe, a religião" (*ibid.*, livro III, cap. X). "Daí que, neste país, a religião tem ordinariamente tanta força que ela forma uma espécie de depósito e de permanência, e, se não é a religião, são os costumes que são venerados em lugar das leis" (*ibid.*, livro II, cap. IV).
52. "Nos impérios maometanos, é da religião que os povos tiram, em parte, o respeito extraordinário que têm pelo príncipe" (*ibid.*, livro V, cap. XIV).,
53. *Ibid.*, livro XI, cap. VIII.
54. *Ibid.*, livro XVIII, cap. X.
55. *Ibid.*, livro XVIII, cap. XIII.
56. *Ibid.*, livro XVIII, cap. XIII.
57. *Ibid.*, livro XVIII, cap. XIV.
58. *Ibid.*, livro XVIII, cap. XI.

A classificação das sociedades, tal qual Montesquieu a concebeu, é representada no quadro seguinte:

SOCIEDADES

Que possuem uma constituição definida do poder soberano
{ *Monarquia*
  República
  Governo despótico[59] }
{ *Aristocracia*
  Democracia }

Sem constituição definida do poder soberano
{ *Povos bárbaros*
  Povos selvagens }

É suficiente levar em consideração este quadro e as múltiplas variedades de povos que ele engloba para compreender que Montesquieu não se limitou a retomar com alguma infidelidade a classificação de Aristóteles, mas que edificou uma obra nova.

▼

59. É preciso acrescentar as sociedades que são constituídas por vários povos, unidos por um laço federativo (*ibid.*, livro IX, caps. I-III).

CAPÍTULO 13

AS IDÉIAS POLÍTICAS E MORAIS DE MONTESQUIEU*

Joseph Dedieu

Se Montesquieu encontrasse em torno de si algo como promessas de um sucesso imediato, supondo que ele também imaginasse dar sua opinião sobre as questões políticas universalmente debatidas, encontraria ainda solicitações perigosas para seu espírito positivo. As discussões, cuja violência lembramos**, iam desabrochar-se, em definitivo, em plena metafísica. E Montesquieu esteve a ponto de compreender a política em metafísico. Sua glória fora medíocre. Pode-se imaginá-lo através de algumas páginas em que o autor pretende indicar o fundamento racional do poder: "Como se deve ser fiel à pátria, deve-se sê-lo ao seu príncipe e aos magistrados que a governam. A autoridade dos príncipes e magistrados não é fundamentada apenas no direito civil, mas também no direito natural; pois, como a anarquia é contrária ao direito natural, não podendo o gênero humano por ela subsistir, é necessário que a autoridade dos magistrados, que é oposta à anarquia, lhe seja conforme. O que constitui a força da autoridade dos príncipes é que, freqüentemente, não se pode impedir o mal que fazem senão com um ainda

▼

* "Les idées politiques et morales de Montesquieu" (*in Montesquieu*. Paris, Félix Alcan, 1913, pp. 115-74). Tradução de José Augusto Guilhon Albuquerque.
** O autor sustenta, no capítulo anterior, que é no "meio da efervescência geral das doutrinas liberais que Montesquieu elaborará seu sistema político". (N. das Orgs.)

maior, que é o perigo da destruição."[1] O raciocínio era pouco comprobatório e mesmo pouco direto, pois é suficiente, para que a autoridade dos magistrados seja legítima e sagrada, que ela garanta a conservação das sociedades?

Mas o interesse desta passagem está em algum outro lugar: revela-nos que as questões de direito natural absorveram, por algum tempo, a reflexão do filósofo. Ora, quando se sabe que todos os escritores políticos dessa época tenderam para a metafísica, por terem desejado deduzir suas teorias de uma certa concepção dos direitos naturais que eles descobriram no fundo do ser humano, pode-se perguntar por que acaso Montesquieu escapou à engrenagem[2]. Tanto mais que ele parece ter levado para bem longe esses problemas de pura especulação. Temos a certeza de que antes de 1721 (e, se se acreditar na data da carta, seria em 1717), Montesquieu interessa-se intensamente pela querela da "obediência passiva"[3]. Ela está no auge neste exato momento e provoca em toda a Inglaterra uma efervescência extraordinária. Ela levanta as questões mais delicadas. Quais são os princípios do poder civil? Que contrato une a realeza e o povo? A obediência é sem limites? Existe um direito de resistência? Ora, o que mostra claramente que Montesquieu acompanha a sorte das teses mais inverossímeis é o que ele resume, em uma fórmula breve mas exata, uma teoria de muito pouca importância: a de Blackmore, para quem "só há um vínculo que possa ligar os homens, que é o da gratidão: um marido, uma esposa, um pai e um filho só se ligam entre si pelo amor que se dedicam, ou pelos benefícios que se proporcionam; e essas razões diversas de reconhecimento são a origem de todos os reinos e de todas as sociedades"[4]. Tire esse laço de amor ou de reconhecimento, ponha à frente da sociedade um príncipe que seja um carrasco e não um pai, e a obediência já não tem mais razão de ser.

▼

1. *Pensées inédites*, tomo III, p. 337.
2. As obras que tratam "da origem e dos fundamentos do direito da natureza" são muito numerosas, de 1720 a 1730, mais ou menos. A especulação tornara esse problema uma questão primordial.
3. *Lettres persanes*, CV.
4. *Idem*, CV.

Este sistema não parece ter conquistado a adesão de Montesquieu, pois ele lembra imediatamente uma segunda refutação da "obediência passiva". "Não podemos dar a outrem mais poder sobre nós do que nós próprios temos; ora, não possuímos sobre nós mesmos um poder sem limites: por exemplo, não podemos tirar nossa própria vida; portanto, ninguém sobre a Terra possui um tal poder."[5]

Aí está toda a teoria de Locke em seu *Ensaio sobre o governo civil*; e temos, portanto, a prova de que Montesquieu tinha tomado um sério conhecimento dessa obra essencial, antes de 1721.

Ele parece ter pensado, mais ou menos nessa época, em vincular a política à metafísica e, como fizeram seus predecessores, em subordinar o método experimental ao método racional, em fixar o que deveria ser e só examinar o que está relacionado com a justiça ideal. Isso significava abordar o problema das origens da justiça das leis positivas. Ele se preparou para isso, com a firme idéia de destruir a doutrina de Hobbes.

O filósofo inglês pretendia que antes de qualquer sociedade civil não existiria nem justo, nem injusto, nem teu, nem meu, nem propriedade, nem direito. O homem, no estado de natureza, só pensa em se conservar e proteger-se contra o homem, mas todos os homens, possuindo um direito igual sobre tudo, devem necessariamente suportar a concorrência dos desejos; são, portanto, todos inimigos, e o estado de natureza nada mais é do que um estado de guerra de todos contra todos. As virtudes são, então, a força e a astúcia, e não a justiça. Esta só aparece quando os homens estabelecem leis para refrear apetites sempre ávidos. A justiça e a injustiça são conceitos que pertencem não ao homem, mas ao cidadão.

A esta filosofia, cujo apriorismo não é o menor defeito, Montesquieu opõe um sistema não menos apriorista. Antes de qualquer sociedade civil, diz ele, o justo e o injusto existiam; pois antes de qualquer lei, as relações de justiça eram possíveis, assim como antes de ter sido traçado um círculo, todos os raios eram iguais. Com isso, Montesquieu situa o justo primitivo e eterno antes do justo legal, derivando este daquele. A

▼

5. Os *Pensées inédites*, tomo I, p. 423, contêm ainda uma discussão sobre a doutrina da "obediência passiva".

justiça se deduz de um tipo eterno. O homem, no estado de natureza, não pensa absolutamente em atacar seu semelhante, mas em viver em paz com ele, depois em garantir sua existência, buscar a união para perpetuar a espécie, em viver, enfim, em sociedade. Aí estão as quatro leis naturais que Montesquieu descobre no fundo do ser humano[6].

De preferência ele as imagina, preocupado que está em opor, às afirmações de Hobbes, afirmações contrárias. Por outro lado, eis o que ele propõe para explicar as leis positivas. Obedecendo ao instinto social, os homens se reúnem e formam sociedades. Começa, então, o estado de guerra: as nações levantam-se contra as nações e os cidadãos contra os cidadãos. "Esses dois tipos de estado de guerra fazem com que se estabeleçam as leis entre os homens", umas para regular as relações dos povos entre si (é o direito das gentes), outras que garantirão a conservação de cada sociedade (é o direito político).

Pode-se ver que nenhum dos grandes problemas metafísicos, em torno dos quais políticos e moralistas haviam entrado em luta, era estranho a Montesquieu. Sobre a origem das sociedades, sobre o fundamento da obediência, sobre a origem das leis positivas, sobre as leis naturais, ele desenvolvera investigações brilhantes e pessoais. Dava provas, nesse particular, de engenhosidade sutil e de real aptidão para as construções ideológicas, os sistemas metafísicos, os jogos do pensamento. E sua metafísica era benéfica. Enquanto, em torno dele, certa escola negava a justiça absoluta, fazia da vida dos povos um miserável compromisso de interesses e de egoísmos e via nas legislações apenas necessidades tirânicas, Montesquieu, pondo a eterna justiça na origem das coisas, arrancava de uma só vez a política do ceticismo e do materialismo, colocava sobre as leis positivas elaboradas pelos homens um reflexo da justiça ideal e assim inaugurava, verdadeiramente, a reação espiritualista.

Mas aí se detiveram essas especulações sublimes. Estas premissas pareciam anunciar um tratado de acordo com o método dos Grotius, dos Puffendorf, dos Richer d'Aube, em que o autor aplicar-se-ia a determinar primeiro as condições absolutas do justo, a fim de mostrar,

▼

6. *L'esprit des lois*, livro I, caps. I e II.

em seguida, como as leis positivas se lhe distanciam ou aproximam. Desse tratado, Montesquieu escreveu apenas a primeira parte. Tinha idéias novas que o levariam, longe das especulações metafísicas, ao terreno dos fatos.

A primeira dessas idéias dizia respeito aos governos. Os filósofos tinham posto em moda a seguinte questão: "Qual é a melhor forma de governo?" E, quer defendendo a forma republicana, quer propondo o regime da monarquia absoluta ou constitucional, recorria-se a verdadeiros sistemas para justificar suas preferências. Notemos que Montesquieu acompanhou com interesse esses duelos dialéticos. Ele lembrou, no *L'esprit des lois*, o curioso sistema do inglês Filmer em favor "do governo de um só"[7]; e, se ele o refuta, ainda o apóia nas razões já invocadas por Locke em seu *Ensaio sobre o governo civil*. Entretanto, não seguirá o método especulativo, pois, desde 1721, considera vã essa questão, e essas respostas, sem valor. Ele põe na boca de Usbek: "Desde que estou na Europa, meu caro Rhédi, vi muitos governos. Freqüentemente pensei comigo mesmo para saber qual, dentre todos os governos, era o mais conforme à razão. Pareceu-me que o mais perfeito é o que atinge o alvo com o menor custo e que, desse modo, aquele que conduz os homens da maneira que convém melhor à sua tendência e à sua inclinação é o mais perfeito."[8] Que a especulação dê lugar, portanto, ao estudo direto, minucioso, da tendência e das disposições de cada povo! E aí está esboçado, em política, o método positivo, cujo programa encontraremos, expresso em termos quase idênticos, no primeiro livro de *L'esprit des lois*.

A segunda dessas idéias dizia respeito ao conceito de lei. Sem dúvida, Montesquieu subordinava-o à nação do arquétipo eterno de uma justiça imutável, válida para todos os tempos e todos os lugares. Mas essa idéia, da qual o filósofo pôde deduzir toda uma metafísica das leis, era contrariada por um conceito diferente, que finalmente saiu vencedor. Montesquieu define, de fato, as leis como "relações necessárias que derivam da natureza das coisas", fórmula abstrata e obscura[9], que queria

▼

7. *Idem*, livro I, cap. III, § 8.
8. *Lettres persanes*, LXXXI, e *L'esprit des lois*, livro I, cap. III, § 9.
9. Janet discutiu essa fórmula, *Histoire de la science politique*, tomo II, pp. 333 ss.

dizer que as leis não derivam da fantasia dos legisladores, mas que elas possuem, mesmo as que parecem estranhas, "alguma razão suficiente", oriunda de certas condições sociais, históricas ou físicas. Foi então que Montesquieu entreviu a necessidade das pesquisas positivas. Se os legisladores, no estabelecimento das leis, consideram "razões" que variam de país a país, de povo a povo: forma do governo, costumes e hábitos dos cidadãos, natureza do clima e do solo, riqueza econômica, espírito público, é evidente que as leis de cada nação nada mais são "que casos particulares", e "de tal maneira próprias ao povo para o qual são feitas, que seria um acaso muito grande se as de uma nação pudessem convir a uma outra"[10].

No dia em que Montesquieu se apossou dessa idéia, não podia mais pensar em explicar as particularidades de cada legislação a partir das generalidades da metafísica; tornava-se necessário descer às minuciosas investigações históricas. E já que as leis são relativas a certas condições morais ou físicas, o papel do filósofo será o de enumerar exatamente essas condições, depois examiná-las realizadas na história.

As primeiras relações que Montesquieu descobriu são as que unem as leis à natureza e ao princípio dos governos.

Ele reduz a três as diferentes espécies de governos: república, monarquia, despotismo. "O governo republicano é aquele em que o povo, em seu todo, ou somente uma parte dele, detém a potência soberana; o monárquico, aquele em que um só governa, mas através de leis fixas e estabelecidas, enquanto, no despótico, um só, sem lei e sem regra, arrasta tudo através de sua vontade e seus caprichos."

Em cada um deles, Montesquieu distingue a natureza e o princípio; e julga essa distinção "muito importante", pois lhe parece fornecer a chave de uma infinidade de leis, e é dela que se propõe tirar múltiplas e longínquas conseqüências[11].

Sabemos já que essa distinção essencial era conhecida pelos filósofos antigos, e, se Montesquieu a encampava, era menos por sua novidade que pelo vigor de espírito que lhe permitia desenvolver, a fim de

▼

10. *L'esprit des lois*, livro I, cap. III.
11. *L'esprit des lois*, livro III, cap. I, nota de Montesquieu.

deduzir daí todo o sistema político que preenche os dez primeiros livros do *L'esprit des lois*.

A natureza do governo é o que o faz ser, em outras palavras, o mecanismo de sua estrutura. Seu princípio é o que o faz agir, mola invisível que põe em movimento as paixões dos cidadãos, determina correntes de opinião e molda um espírito geral, uma alma nacional[12].

Para determinar o princípio que faz agir os cidadãos desses diversos Estados, Montesquieu impôs princípios *a priori* às lições da experiência, em vez de deduzi-los de longas e vastas experimentações? O problema é importante, pois, se os contemporâneos de Montesquieu fizeram ao seu sistema político a oposição que sabemos, foi sobretudo porque só quiseram ver nele uma construção ideológica, sem nenhum fundamento na realidade[13]. É mais do que certo que Montesquieu foi incentivado, ajudado e apoiado nessa pesquisa por gloriosos predecessores. Aristóteles, Maquiavel, Doria e mesmo Chardin não desconheceram que a filosofia das leis estava subordinada à psicologia dos povos. Depois deles, Montesquieu se lança à descoberta dos princípios que fazem agir os cidadãos. Descobre três, após exame das repúblicas antigas, das aristocracias da antiguidade e de Veneza, da monarquia francesa e do despotismo oriental. Parece-lhe que certos povos se deixam conduzir pela *virtude*, são os que vivem em república; que alguns outros agem por razões de *honra*, são os que vivem em monarquia; que alguns outros, enfim, conhecem apenas a obediência servil e o *temor*, são os que vivem em despotismo.

▼

12. *L'esprit des lois*, livros II e III.
13. Em 1753, Holberg acusa esses princípios de serem "problemáticos" e impostos por Montesquieu à realidade, pois, após ter criticado os oito primeiros livros de *L'esprit des lois*, acrescenta: "Montesquieu procura confirmar seus princípios através de exemplos tirados da história e da experiência. Mas pode-se apresentar número equivalente de exemplos para mostrar o contrário, e a questão permanece ainda indecisa." *Remarques sur (...) L'esprit des lois*, 1753. – Crevier, por sua vez, censurará Montesquieu por ter idéias preconcebidas, que dirigem suas pesquisas em vez de serem fruto delas. *Observations sur L'esprit des lois*, 1763, p. 54. E, mais brutalmente, Duperron escrevia: "Nada mais enganador que esses retratos traçados pelo interesse pessoal ou feitos em gabinete a partir de princípios de que se tiram todas as conseqüências aparentemente possíveis." *Législation orientale*, 1778, p. 43.

Nisto se reduz, para Montesquieu, toda a psicologia dos povos, e talvez se considere um pouco limitada, que simplifica demais problemas extremamente complexos, que não se baseia em investigações nem muito variadas, nem muito extensas, e que seus resultados são, enfim, um pouco vagos. Mas ele se contentou com essas conclusões, das quais tirará conseqüências infinitas. Da natureza do governo faz, efetivamente, derivar as leis políticas; de seu princípio, as leis civis e as leis sociais, aquelas tendendo mais para a organização das forças governamentais, e estas tendo por objeto mais direto a manutenção de um certo espírito nacional.

A natureza da república é que a soberania está nas mãos do povo em massa (democracia) ou de uma parte do povo (aristocracia).

Na democracia, o povo, sob certos aspectos, é o monarca e, sob outros, o súdito. Monarca, obedece às suas próprias vontades, que exprime através dos sufrágios; súdito, obedece a magistrados nomeados por ele. Será essencial, portanto, fixar através de leis a expressão, a extensão, o modo, o objeto do direito de sufrágio e, por outro lado, a maneira de eleger os magistrados.

Determinar-se-á o número de cidadãos que devem formar as assembléias e fazer conhecer a vontade do povo; e entre os cidadãos, os que têm direito de voto, os que, sendo eleitores, não podem, entretanto, ser elegíveis e os que possuem ambas as faculdades. Montesquieu foi partidário do sufrágio universal ou do sufrágio restrito? Quis excluir da magistratura uma categoria de cidadãos? Seria temerário afirmá-lo, mas ele deixou passar em silêncio a maior dificuldade do sistema democrático. Desde que o Estado confunde-se com a vontade do povo, e que esta se exprime através de um certo número de sufrágios, uma parte da cidade pode não ser mais considerada verdadeiramente incorporada ao Estado. O fato ocorre quando a vontade dessa fração é hostil à vontade de uma fração numericamente superior, e que esta, dominada por paixões egoístas ou desejos de vingança, promulga leis que, revestindo-se de uma espécie de autoridade sagrada pelo fato de parecerem ser a expressão da vontade popular, tendem a perseguir uma minoria impotente[14].

▼

14. *L'esprit des lois*, livro II.

É preciso entender que Montesquieu não se deteve nessa objeção no exato momento em que, com os olhos fixos na república romana, desenhava com paixão os traços da cidade democrática ideal. As reservas só virão após as viagens através das repúblicas italianas, helvéticas, alemãs ou holandesas, mas, então, Montesquieu não encontrará palavras suficientemente severas para caracterizar esse regime político. Nele descobrirá a tirania, uma tirania mais atroz que a de um só déspota, a incompetência geral, a insolência universal e o egoísmo, mas de modo algum a virtude[15]. Isso mesmo é preciso para nós, não tanto para marcar a evolução do pensamento do filósofo, mas para datar os livros consagrados às democracias antigas. Não há dúvida de que eles foram concebidos, e quase inteiramente redigidos, antes das viagens, de acordo com Roma, Atenas ou Lacedemônia, "em um tempo em que povo grego era um mundo, e as cidades gregas, nações", por conseguinte, obra de humanista assediado pelas lembranças da Antiguidade, mais do que obra de observador instruído pelas realidades presentes.

Outra lei fundamental da democracia é que os sufrágios sejam públicos. "É preciso que o povo miúdo seja esclarecido pelos principais e contido pela gravidade de certos personagens." Votava-se publicamente em Atenas, e uma das causas da ruína da liberdade em Roma foi a prática de votos secretos: "Não foi mais possível esclarecer uma plebe que caminhava para a perdição."[16]

Enfim, ao povo, o poder legislativo e a eleição dos magistrados. Estes, aliás, só intervêm nos casos em que o povo não pode nem sabe agir, pois o povo deve fazer por si mesmo o que bem pode fazer. O povo os nomeará, portanto, "pois é admirável para escolher aqueles a quem deve confiar alguma parte de sua autoridade (...) Se se pudesse duvidar da capacidade natural que o povo tem para discernir o mérito, bastaria passar os olhos por essa seqüência contínua de escolhas espantosas feitas por atenienses e romanos, o que sem dúvida não se poderá atribuir ao acaso". Da mesma forma, a eleição, em uma democracia, deve ser feita por sorte, "pois é uma maneira de eleger que não magoa ninguém"[17].

▼

15. *Voyages*; os testemunhos desse estado de espírito são muito numerosos nesta obra.
16. *L'esprit des lois*, livro II, cap. II.
17. *Idem*, livro II, cap. II.

Essas são puras afirmações, apesar de sua segurança tranqüila, e sabemos muito bem que, após 1729, Montesquieu não somente será mais reservado no elogio, como também empregará, para criticar a incompetência popular, um ardor imoderado[18].

Estas leis servem para organizar a democracia. Há outras, derivadas do princípio que a faz agir, para garantir sua conservação.

O princípio da democracia é *a virtude*, coisa bastante complexa, cuja definição precisa Montesquieu só pôde dar após múltiplas tentativas. Ele a define, em primeiro lugar, como "o amor pela pátria, o desejo da verdadeira glória, a renúncia de si, o sacrifício de seus mais caros interesses". E mais adiante: "o amor das leis e da pátria. Esse amor, exigindo uma preferência contínua do interesse público ao seu próprio, fornece todas as virtudes particulares". Enfim, em um capítulo intitulado o que é a virtude no Estado político: "A virtude, em uma república, é uma coisa muito simples: é o amor pela república. O amor pela república, em uma democracia, é o amor pela democracia, e o amor pela democracia é o amor pela igualdade. O amor pela democracia é ainda o da frugalidade. O amor pela igualdade limita a ambição exclusivamente ao desejo, à felicidade de prestar à pátria maiores serviços que os outros cidadãos. O amor pela frugalidade limita o desejo de possuir requerendo o necessário para a sua família e, mesmo, o supérfluo para a sua pátria. As riquezas conferem um poder que o cidadão não pode empregar para si, pois não seria igual."[19]

Montesquieu, certamente, sofre a sedução dessas fórmulas. Não seria, efetivamente, por uma espécie de idolatria da igualdade que ele reivindicava uma mediocridade geral na fortuna e nos talentos? "O bom senso e a felicidade dos particulares consistem, em grande parte, na mediocridade de seus talentos e de suas fortunas. Uma república em que as leis formaram muitas pessoas medíocres, composta de pessoas sábias,

▼

18. *Voyage en Italie*, p. 225. Entretanto, Montesquieu tinha podido ler em Platão uma crítica severa da democracia. Platão nega que o povo tenha a sabedoria desejável para discernir o que convém para o bem público e dar um voto competente. O povo não sabe e, quando sabe, não quer. No fundo, é a ignorância e a paixão que conduzem a democracia. Cf. *Lois*, I; *République*, VIII.
19. *L'esprit des lois*, livro III, cap. V; livro IV, cap. V; livro V, cap. III.

governa-se sabiamente; composta de pessoas felizes, será muito feliz."[20] A idéia igualitária esteve, portanto, a ponto de encontrar seu campeão, bem antes de Proudhon se, por outro lado, alguns escrúpulos aristocráticos não tivessem vindo romper o arrebatamento dessas aspirações demagógicas. "Pode-se temer na democracia, diz Montesquieu, que pessoas que teriam necessidade de um trabalho contínuo para viver não empobrecessem demasiado pelo exercício de uma magistratura ou que negligenciassem suas funções; que os artesãos se tornassem orgulhosos; que libertos, em número demasiado grande, se tornassem mais poderosos que os antigos cidadãos. Nestes casos, a igualdade entre os cidadãos pode ser suprimida na democracia em proveito da democracia."[21]

Essas hesitações de um pensamento primitivamente audacioso vão se multiplicar à medida que Montesquieu indicar as leis necessárias à manutenção da *virtude* republicana.

Em princípio, seriam excelentes as leis sobre a partilha das terras, as sucessões, as doações, os contratos, a limitação das heranças, e todas aquelas que, por medidas esmagadoras, garantem a onipotência do Estado sobre a família[22].

Mas, de fato, a partilha igual das terras é uma utopia ou, pelo menos, um remédio perigoso em qualquer lugar, salvo em uma república nova. A desigualdade das fortunas é um mal necessário, do qual o legislador deve saber tirar partido. "Basta que se estabeleça um censo que reduza ou fixe as diferenças em um certo ponto; após o que, cabe a leis particulares igualizar, por assim dizer, as desigualdades, através dos encargos que elas impõem aos ricos e o consolo que elas proporcionam aos pobres."[23] Eis, se não a noção clara, pelo menos o pressentimento e a reivindicação do imposto de renda progressivo.

Fundamentando-se a democracia na virtude, o legislador zelará pelos costumes públicos. Portanto, será preciso um Senado que seja o exemplo vivo da virtude republicana, e censores que corrigirão os erros,

▼

20. *Idem*, livro V, cap. III.
21. *Idem*, livro V, cap. V.
22. *Idem*, livro II, caps. III e V.
23. *Idem*, livro V, cap. V.

assim como as leis punem os crimes. Enfim, manter-se-á, em todas as classes da sociedade, o sentido da obediência, o respeito pela hierarquia, o espírito de subordinação, este não sei o quê que nos inclina, dóceis, diante de uma autoridade superior. Na família, o pai gozará de um poder forte e duradouro; na sociedade, os jovens se anularão diante dos anciãos; na vida civil, os cidadãos aceitarão as ordens dos magistrados[24].

Porque se os filhos perderem todo respeito pelo pai, os jovens pelos anciãos, os cidadãos pelos magistrados, a cidade democrática, corrompida em seu princípio, estará próxima da ruína. A vergonha da obediência faz, então, desprezar a virtude cívica da subordinação, e os cidadãos erigir-se-ão em pequenos soberanos. Não há mais amor pela ordem, não há mais costumes, não há mais virtude. O espírito de igualdade se falseia, cada um querendo ser igual àqueles que ele escolheu para comandá-lo. Os cidadãos perdem, então, "essa renúncia de si", que era o alimento da virtude republicana. Esse estado de anarquia favorece os empreendimentos liberticidas e conduz a democracia ao despotismo de um só[25].

A virtude não é menos necessária às aristocracias, isto é, às repúblicas em que a soberania está entre as mãos de alguns. Se bem que Montesquieu, seguindo nesse particular as lições de Aristóteles, tenha dissertado longamente sobre esses regimes políticos, cujo exemplo lamentável em Veneza pôde contemplar, após ter discorrido sobre a autoridade dos livros, não insistiremos sobre uma forma de governo hoje desaparecida.

Dentre as leis relativas à natureza da aristocracia, Montesquieu cita as seguintes: eleger os magistrados por escolha, e não por sorteio; estabelecer um Senado para regulamentar as questões que o corpo dos nobres não saberia tratar; deixar ao povo uma parte de influência; instaurar, a exemplo de Roma, ditadores ou, a exemplo de Veneza, inquisidores de Estado, que violentamente devolvem o Estado à liberdade; enfim, compensar a grandeza da magistratura pela brevidade de sua duração[26].

A virtude é o princípio da aristocracia, ou melhor, a moderação, sentimento muito particular pelo qual os nobres, detentores do poder

▼

24. *Idem*, livro V, cap. VII.
25. *Idem*, livro VIII, caps. II e III.
26. *Idem*, livro V, cap. VIII.

legislativo, recusam ser vistos como exceções no Estado e submetem-se às suas próprias leis, se não por renúncia e abnegação, ao menos pela preocupação com uma certa igualdade comum.

Desse espírito de moderação derivam as leis cujo objeto é abolir as desigualdades muito grandes entre o corpo de nobres e o povo. Umas extinguirão os privilégios, outras abolirão as prerrogativas. É proibido aos nobres receber os tributos, pois sua corporação trabalharia para depreciar as rendas; praticar o comércio, pois nele encontrariam a fonte de fortunas exorbitantes. Longe de favorecer as riquezas particulares, as leis se aplicarão para nivelá-las, certamente não por meio de confiscos, de leis agrárias ou de abolição de dívidas, todas medidas perigosas, mas através da divisão inevitável das heranças. As leis obrigarão os nobres, enfim, a fazer justiça ao povo: "Se absolutamente não estabeleceram um tribuno, é preciso que elas próprias sejam um tribuno."[27]

Montesquieu passa, então, à teoria do governo monárquico. Melhor seria dizer às teorias monárquicas, pois *L'esprit des lois* revela-nos que em duas épocas diferentes Montesquieu construiu duas cidades monárquicas, bastante dissemelhantes.

Uma, que preenche os cinco primeiros livros de *L'esprit des lois*, lembra a monarquia francesa, tal como Montesquieu a conhecia, logo após a morte de Luís XIV, tendendo ao despotismo e ameaçada de decadência. A outra, que é objeto do livro XI, é a imagem suntuosamente idealizada da monarquia inglesa, tal como Montesquieu aprendeu a conhecê-la por volta de 1730. Do ponto de vista da unidade do pensamento, essa dupla construção pode parecer perigosa. Com efeito, a natureza e o princípio da monarquia inglesa, aos olhos do filósofo, não são senão os da monarquia francesa, e os caracteres especiais que diferenciam esses dois regimes não bastariam para torná-los o objeto de duas análises diferentes.

Entretanto, essa dupla análise tem a vantagem de nos informar melhor sobre o próprio movimento das idéias de Montesquieu. M. A. Sorel há pouco tempo estudou, brilhantemente, o método de trabalho do autor de *L'esprit des lois*. Era o método de um puro clássico, generali-

▼

27. *Idem*, livro V, cap. VIII, e livro VIII, cap. V.

zador ao extremo, preocupado unicamente em isolar um tipo comum das monarquias ou das repúblicas que conhece, preocupado em apresentar, em conseqüência de pesquisas efetuadas em vários países simultaneamente, uma conclusão ao mesmo tempo abstrata e concreta, uma espécie de retrato que, para a verdade e para a ficção, lembraria muito os retratos do Avarento, do Misantropo e do Tartufo. Análise exata: segundo M. Sorel, é realmente assim que se deve descrever a atitude de espírito de Montesquieu. Mas então, se nenhum dos caracteres constitutivos da monarquia inglesa se encontra no retrato da monarquia que se estende ao longo dos oito primeiros livros de *L'esprit des lois*, não seria porque nesse momento a pesquisa ainda estava bastante incompleta e que, antes de fornecer o retrato clássico da monarquia, Montesquieu pensou simplesmente em apresentar o retrato clássico da monarquia francesa?[28]

A natureza dessa monarquia é que o poder soberano esteja nas mãos de um só, que governa através de leis fixas e estabelecidas. Sem dúvida, o monarca é a fonte de todo poder político e civil, mas não absorve por si só todo o poder, pois ainda pertence à natureza da monarquia possuir "poderes intermediários, subordinados e dependentes" que impedem "a vontade momentânea e caprichosa de um só" e, por isso mesmo, garantem a continuidade, a constância das leis fundamentais[29]. O poder intermediário mais natural é o da nobreza; o mais conveniente, o do clero. Nobreza e clero gozam de privilégios: será prudente não atentar contra eles. "Aboli em uma monarquia as prerrogativas dos senhores, do clero, da nobreza, das cidades, e cedo tereis um Estado popular ou, então, um Estado despótico." O terceiro poder é um corpo de magistrados que conserva o depósito das leis e lembra-as ao príncipe, se ele parecer esquecê-las. Censurou-se Montesquieu por não ter declarado que este corpo devia ser constituído pelos Estados gerais, mas a censura revela um desconhecimento singular da história das idéias. Montesquieu é um parlamentar, e isso pode explicar seu pensamento; mas, melhor do que por essas preferências hereditárias, a teoria de *L'es-*

▼

28. Sorel, *Montesquieu*, 1887, p. 88.
29. *L'esprit des lois*, livro II, cap. IV.

prit des lois se explica pela unânime aversão da França, por volta de 1730, pelos Estados gerais. Dispomos de inúmeros planos de reformas políticas, de ensaios históricos sobre a Constituição do governo francês, escritos entre 1700 e 1730; praticamente todos são hostis aos Estados gerais. Era a idéia parlamentar que, já a indicamos suficientemente, reunia todas as esperanças. Montesquieu reclama, portanto, que os Parlamentos sejam esse corpo de magistrados hereditários, mediador natural entre o Príncipe e seu povo[30].

O princípio desse governo é a honra, isto é, o amor pelas honrarias, pelas preferências[31]. Analisando mais atentamente essa honra em si mesma, considera-a "extravagante",[32] filosoficamente "falsa"[33], mas onipotente: "Pode inspirar as mais belas ações; pode, articulada à força das leis, levar ao objetivo do governo como a própria virtude." Pode até mesmo salvaguardar a moral individual contra um monarca pouco escrupuloso e salvar da obediência infamante. "Não há nada na monarquia que as leis, a religião e a honra prescrevam tanto como a obediência às vontades do príncipe; mas essa honra nos prescreve que jamais o príncipe deve nos prescrever uma ação que nos desonre, pois ela nos tornaria incapazes de servi-lo."[34]

Apesar da profunda simpatia que nutre pelo regime republicano, Montesquieu não podia deixar de declarar a excelência do governo monárquico, tanto sobre o estado despótico, pois neste a constituição é fixa, mais inabalável, quanto sobre o estado republicano, porque, sendo os negócios conduzidos por um só, há maior prontidão na execução[35].

Essa superioridade justificará as leis de que necessita o princípio da honra. A monarquia supõe corpos intermediários, privilegiados, poderosos. As leis zelarão por esses privilégios. Elas garantirão ao clero a

▼

30. A literatura sobre este assunto é extremamente abundante; seria necessário lembrar um sem-número de tratados publicados ou inéditos, se essa enumeração não nos afastasse demais do plano deste estudo.
31. *L'esprit des lois*, livro III, cap. VI.
32. *Idem*, livro IV, cap. II.
33. *Idem*, livro III, cap. VII.
34. *Idem*, livro IV, cap. II.
35. *Idem*, livro V, cap. XI.

tranqüila posse de seus bens e o livre exercício de sua jurisdição. Elas trabalharão para sustentar a nobreza através do direito de primogenitura, as substituições, o *retrait lignager**, a hereditariedade do título, os privilégios das terras nobres, a interdição aos nobres de praticar o comércio[36].

Quando as leis negligenciarem esse ponto de vista e o interesse mascarar a honra, o princípio da monarquia será atingido, desaparecerá insensivelmente e, com ele, o próprio governo. A monarquia desaparecerá ainda quando o príncipe exagerar seu poder, concentrar tudo em si, quando for mais amoroso com suas fantasias que com suas vontades, colocar em servidão as primeiras dignidades do reino e pretender passar menos por pai que por carrasco de seus súditos. Então, assim como os rios correm para o mar, a monarquia irá perder-se no despotismo...[37]

Montesquieu sempre demonstrou o mais vivo horror pelo despotismo. Seja descrevendo-lhe a natureza, seja analisando-lhe o princípio, seja percorrendo, em toda a sua extensão, as conseqüências de uma vontade tirânica, sempre apresentou um retrato horroroso do despotismo e com tal exagero que, à primeira vista, o leitor põe em dúvida sua verdade. Muito freqüentemente, de fato, esse retrato é uma simples caricatura. Já se disse que essa mania de denegrir explicava-se pelas leituras de Montesquieu. Só teria considerado o despotismo oriental, só teria conhecido os relatos de viagens à Pérsia, ao Japão, à China de Chardin, de Tavernier, dos autores das *Lettres édifiantes* e, mais tarde, de P. du Halde. Eles teriam fornecido as cores desse pano de fundo sangrento sobre o qual aparecem os sultães ávidos e cruéis. Parece-nos que a explicação não é válida: longe de inspirar pelo despotismo oriental essa repulsa que Montesquieu revela, esses viajantes representaram-no, de preferência, com cores, se não atraentes, pelo menos agradáveis e, pre-

▼

* Expediente que permitia, às famílias nobres, retomar as terras hereditárias alienadas por seus membros pródigos. Dentro de um prazo fixo um parente do vendedor podia reivindicar, sem reembolso, a herdade vendida. Cf. a tradução brasileira de *L'esprit des lois*, de F. H. Cardoso e L. Martins Rodrigues. (N. do T.)
36. *L'esprit des lois*, livro V, cap. IX.
37. *Idem*, livro VIII, caps. VII, VIII e IX.

cisamente, provocaram na França um movimento de profunda simpatia pelos governos do Oriente[38]. Do mesmo modo, Duperron podia convencer Montesquieu de ter quase que constantemente desfigurado os relatos de viagens e imaginado um horrível despotismo, em países onde os relatos, ao contrário, faziam admirar um governo paternal[39]. Parece mais natural invocar, aqui, uma razão psicológica: Montesquieu sempre foi amante da liberdade e, temendo ver a monarquia francesa cair no despotismo, quis determinar, com análises extremadas, um movimento de reação benéfica. Acrescente-se a isso que ele foi um leitor apaixonado do panfletário Thomas Gordon, que não perdia uma ocasião de traçar o retrato mais atroz do despotismo. Terá sido ele que, provavelmente, ensinou a Montesquieu que os déspotas dão uma educação sistematicamente imoral a seus súditos[40], tendo por objetivo fazer deles maus patifes e bons escravos[41].

A natureza desse governo é que o monarca reina sem lei nem regra, por sua vontade e seus caprichos. Mas o monarca se abandona, no serralho, às paixões mais brutais; entrega, portanto, os negócios a um vizir. A natureza desse governo exige uma obediência extrema; os cidadãos só agem impelidos pelo temor. O homem, nesse governo, é uma criatura que obedece a uma criatura que quer.

Portanto, as leis serão pouco numerosas. "Quando se instrui um animal, toma-se cuidado para não fazê-lo mudar de donos, de lições ou de passo; excita-se o seu cérebro com dois ou três movimentos, não mais."[42] As leis manterão o andar temeroso, ensinarão sempre que os súditos nada contam aos olhos do príncipe e que seus bens são propriedades dele; todas as perseguições são, assim, legitimadas.

▼

38. Para maiores detalhes, ver o livro de Martino: *L'Orient dans la littérature française*, Paris, 1906.
39. Ver, a esse respeito, Anquetil Duperron, *Législation orientale*, 1778.
40. Aristóteles também tivera essa idéia da tirania. Cf. Piat, *Aristote*, Paris, 1903, pp. 355 ss.
41. Na realidade, quase todos os exageros de pensamento e de forma aos quais se entrega o autor de *L'esprit des lois* para estigmatizar o despotismo e os déspotas, se encontram nos *Discours sur Tacite*, do famoso panfletário inglês.
42. *L'esprit des lois*, livro V, cap. XIX.

"Quando os selvagens da Luisiânia querem possuir um fruto, cortam a árvore pela raiz, e colhem o fruto. Aí está o governo despótico."[43] A essa análise das diversas formas de governo, de sua natureza, de seu princípio, de suas leis fundamentais, convém abandonar o caráter objetivo que Montesquieu esforçou-se em imprimir-lhe. O que se pode simples e legitimamente deduzir dessas páginas é a profunda aversão do filósofo de La Brède por todas as espécies de tiranias. Fora isso, não seria justo nem interpretar suas simpatias, nem confiscá-las em benefício desta ou daquela forma de governo. O que quer que fossem suas preferências íntimas, Montesquieu nada mais pretendeu que fazer a anatomia desses organismos vivos. Contudo, uma preocupação inquieta-o com toda a certeza: a da liberdade. Ele gostaria de ver essa liberdade estabelecer-se e crescer nos regimes suficientemente sólidos para suportá-la. Enunciou, a esse respeito, palavras altivas: "A democracia e a aristocracia não são, absolutamente, Estados livres por sua natureza."[44] Eis no que resulta a reflexão dos numerosos anos dedicados ao estudo dessas formas de governo. Montesquieu pôde, um dia, admirar e glorificar as repúblicas antigas; hoje, ele nega que elas tenham dado a liberdade a seus cidadãos e, após múltiplas investigações, confessa ter encontrado "apenas uma nação no mundo que tem como objeto direto de sua constituição a liberdade política": a Inglaterra[45]. Foi ali que viu, "como em um espelho", sobre que fundamentos estabelece-se a liberdade, sobre que princípios ela se edifica e através de que harmoniosa combinação de leis e de poderes se mantém.

A grande originalidade de Montesquieu será, portanto, a de ter sido o teórico da liberdade política. Muito dificilmente nos damos conta do quanto foi necessário de grande engenhosidade para fixar uma teoria que, hoje, parece-nos tão simples. Nada poderá nos instruir melhor que o espetáculo das concepções emaranhadas, complexas, contraditórias em meio às quais se perdiam os contemporâneos de Montesquieu.

As idéias liberais acabavam de reaparecer com vigor, no momento seguinte aos funerais do grande rei. Com ele, dissipava-se um "reinado

▼

43. *Idem*, livro II, cap. V; livro III, cap. IX; livro V, caps. XIII-XV.
44. *Idem*, livro XI, cap. IV.
45. *Idem, ibid.*, cap. V.

férreo", e os parlamentares sonharam por um instante retomar um poder que fora aniquilado pela autoridade de Luís XIV. Algumas atenções lisonjeiras do regente permitiram-lhes acreditar que seu sonho estava em parte realizado, mas foi grande sua decepção quando, em maio de 1718, pretendendo opor-se ao édito do rei sobre o sistema de Law*, ouviram o chanceler d'Argenson escarnecer de suas pretensões em termos bastante vigorosos: "O parlamento", dizia ele, "levou as empreitadas até o ponto de pretender que o rei nada pode sem o parecer de seu parlamento, e que seu parlamento não precisa da ordem nem do consentimento de Sua Majestade para ordenar o que lhe apraz. Assim, o parlamento podendo tudo pelo rei, e nada podendo o rei sem seu parlamento, este cedo se tornaria o legislador do Reino." D'Argenson dizia a verdade. O parlamento "aspirava a desmembrar a autoridade real para melhor conservá-la" e pensava em erguer contra o poder executivo sua autoridade de legislador. Esses princípios parlamentares, tão agitados nos tempos de Broussel, de Blancmesnil, de Pithou, de Machault ou de Omer Talon, jamais foram expostos com tanto vigor como em 1721. Temos uma prova evidente no diário de um parlamentar, escrito naquele ano[46]. Eis, portanto, qual era, na intimidade do parlamento, a doutrina política em voga e de onde se esperava ver surgir uma constituição que garantiria a liberdade.

Nela, o parlamento é, em princípio, definido como "um laço necessário entre o soberano e seus outros súditos", pois, "se o príncipe fosse o único juiz das leis, faria passar por leis justas tudo o que lhe aprouvesse e, com isso, o governo logo degeneraria em um despotismo bárbaro que provoca tanto horror nos franceses". A idéia torna-se precisa em seguida. "A nação francesa, diz-se, sempre encarou o governo puramente despótico como indigno do gênero humano; acreditou que

▼

* John Law – financista escocês, administrador das finanças francesas. Criou a Companhia Francesa das Índias e organizou, sob a regência, um sistema bancário que terminou em uma terrível bancarrota, em 1720. (N. das Orgs.)
46. Esse diário permaneceu manuscrito: *Essai historique concernant les droits et prérogatives de la Cour des Pairs de France*; Bibliotheca Nationale, Paris, 1503. É especialmente interessante como contemporâneo das idéias políticas apresentadas nas *Lettres persanes*.

a soberania devia ser temperada e moderada por um mediador entre o príncipe e o povo, obrigado pela sua função a conservar, através de atos judiciários, os interesses de ambos. Ora, isso só pode ser mais conveniente ao parlamento." Não basta, nem mesmo, que o parlamento seja "um poder intermediário", uma espécie de canal moderador da violência e do peso das águas, um poder de resistência doce e surda aos abusos do poder central; é preciso, ainda, que seja "um poder separado, distinto, independente". "Nada convém mais a uma monarquia bem regrada e bem policiada que se fazerem as leis por um concurso amável do príncipe e da nação. Quando isso acontece, a obediência é mais sincera e mais constante. Mas, como seria perigoso que os particulares fossem, por si mesmos, juízes da justiça ou da injustiça dos editos e decretos, estabeleceu-se com sabedoria na França que haveria certas pessoas escolhidas, às quais os atos seriam encaminhados e que, com sua recusa ou aceitação, ensinariam ao povo a regra de sua conduta (...) Não se pode fazer melhor que dar esse direito a uma assembléia de magistrados, cuja única ocupação é discenir entre o justo e o injusto. E quando se outorgou a essa assembléia um Estado perpétuo e hereditário e separado da corte, pode-se dizer que se lhe deu a forma mais perfeita que jamais poderia ter."

Essa perfeição consiste, de fato, no equilíbrio que não pode deixar de se estabelecer entre os dois poderes do governo: o do rei que dirige, o do parlamento que tempera. Consegue-se, assim, que o Estado marche em um passo regular e pacífico, pelo menos enquanto o poder supremo respeitar a independência do corpo intermediário e renunciar às práticas de *jussions** e de violências; pois, neste caso, "a autoridade real atinge um grau eminente que rompe o equilíbrio e, não possuindo mais freio, torna-se exorbitante".

Montesquieu dirá: "Sem corpos intermediários, tudo está perdido, e é o despotismo", mas, desde 1721, essa mesma idéia crescia no âmago da consciência francesa. Era o objeto das mais vivas aspirações do parlamento; e não menos o era das aspirações da nobreza. É injus-

▼

---

* Injunção do soberano a uma corte de magistrados, intimando-a a registrar um edito. (N. do T.)

to que se imagine explicar, por não sei que preocupações de etiqueta e que escrúpulo de prerrogativas, as ásperas querelas que dividiram a corte do regente. As suscetibilidades nobiliárias de um Saint-Simon não contribuíam praticamente para nada nos projetos muito graves que visavam, de um lado, aos duques e pares e, de outro lado, à nobreza do reino. Uns como os outros pretendiam modificar a Constituição do governo no plano de corpos intermediários. Eis alguns testemunhos curiosos desse estado de espírito: "A grandeza à qual querem alçar-se os duques e pares, dizia um representante da nobreza, tem por objeto introduzir no Estado uma nova forma de governo aristocrático. Mas as leis fundamentais da monarquia não podem suportar uma promoção que seria fundamentada apenas na destruição da autoridade dos reis e na opressão da nação. Entretanto, tão logo Luís XIV fechou os olhos, trouxeram à baila o projeto, havia tanto tempo meditado, de formar um corpo separado no Estado e de nele elevar uma potência de mediação entre os reis e os povos. Essa mediação imaginária coloca-os acima da nobreza e dos parlamentos; daí se encontram os juízes dos reis, os árbitros do Estado." Que os duques e pares, com esses projetos, tenham pretendido promover menos a liberdade da nação que estabelecer sua própria grandeza, pouco importa; garantiam a reputação da teoria dos corpos intermediários, necessários em um Estado para contrabalançar o poder central[47].

Por seu lado, a nobreza, querendo ou não, contribuía para a difusão dessa mesma doutrina. Sobre as ruínas do pariato e do parlamento, o que Boulainvilliers queria edificar, de fato, era o corpo da nobreza, coerente, poderoso, poder moderador das vontades reais e protetor dos povos. As idéias de Boulainvilliers não eram tão pessoais como poderíamos acreditar: toda a nobreza pensava como ele[48]. As *Mémoires* que ele então redigia estavam todas repletas dessas mesmas esperanças. To-

▼

47. Lancelot colecionara os textos relativos a essas querelas que punham em questão a Constituição do governo francês. Esses volumes encontram-se na Bibliotheca Nationale, Paris.
48. Cf. *Mémoire pour la Noblesse contre les Ducs et Pairs*, por Boulainvilliers, abril de 1717. Esse livro era tão ousado que foi quase imediatamente retirado da circulação, se bem que publicado em tiragem extremamente reduzida. Bibl. Nat., Paris, Reserva.

dos contribuíam apenas para arruinar o corpo do parlamento, desacreditar, por antecipação, o dos duques e pares, de modo que deixassem, sobre suas ruínas, um único corpo intermediário viável: o da nobreza. "Não se pode duvidar", dizia-se, "de que a alta nobreza do reino não tenha um grande interesse em se opor à elevação muito grande dos pares. Ela não deve, absolutamente, suportar que eles se erijam, no Estado, em um quarto corpo separado e acima dela. A nobreza não saberia ficar atenta demais quanto a isso." Quanto aos parlamentos, "sua única grandeza é aquela da qual despojaram a nobreza", e isso, portanto, seria reviver a constituição normal do país e deixar, entre o rei e o povo, o corpo intermediário da nobreza[49].

Essas aspirações comuns são encontradas em todos os escalões da sociedade francesa. Dos duques aos pequenos fidalgos de província, todos são levados pela mesma idéia: estabelecer os meios de resistir ao despotismo do poder central. Que as soluções diferissem na própria medida em que se opunham os interesses de classe, nada mais natural: mas constituiu uma vantagem inestimável para a causa da liberdade o fato de que se tenha podido evidenciar, desses conflitos, os conceitos essenciais da noção da liberdade política. O conceito de corpos intermediários acarretava, em seguida, o da divisão dos poderes; e, certamente, são ainda vagos, envolvidos em sombra e mistério, mas trabalham para se organizar, traduzir-se em fórmulas claras.

Enquanto isso, os espíritos se apaixonam pelas idéias novas, e ai do político suficientemente desavisado para desaprová-las. Um dia, o abade de Saint-Pierre, esse eterno sonhador, escarnece do projeto dos poderes independentes e esquece-se, a ponto de condenar as admoestações do parlamento, de tratar de "rebeliões criminosas" os esforços despendidos para erguer, contra o poder arbitrário, uma espécie de controle político, de louvar Richelieu que aniquila todas as veleidades liberais, enfim, de felicitar a França, cuja nobreza está demasiado humilhada por jamais ser capaz de participar do poder soberano. Tornando públicas essas descobertas agradáveis, os redatores cuidavam de acrescentar, zombeteiros:

▼

49. Será um certo número dessas *Mémoires*, impressas e manuscritas, no manuscrito citado da coleção Lancelot, 9.730.

"Se esse sistema revolta diversas pessoas por seu ar paradoxal, esse mesmo ar provocará a curiosidade de muitos outros."[50]

Eis, claramente afirmados, os progressos de uma idéia! Daí em diante, quem quer que se oponha à noção de corpos intermediários e de divisão dos poderes é inepto ou paradoxal. Adotá-lo, ao contrário, é sabedoria.

Ao mesmo tempo que, sob o impulso dos acontecimentos, desenvolviam-se, na consciência francesa, as idéias constitutivas do conceito de liberdade, os filósofos políticos analisavam as condições capazes de garantir o jogo normal de instituições liberais. Mas, se a complexidade dos interesses não fora suficiente para enredar o conceito de corpos intermediários, as contradições dos filósofos conseguiram obscurecer ainda mais o problema das garantias da liberdade. Sem dúvida, a velha teoria aristotélica dos três poderes – legislativo, executivo, judiciário – concentrava as preferências, porém, onde cessava o acordo era quando se tornava necessário determinar, desses diversos poderes, a natureza, o domínio, o papel político, as relações mútuas e o tipo de dependência em relação ao soberano. Em torno dessas questões, as respostas mais disparatadas não cessavam de se cruzar, complicando a contento o problema.

Particularmente encarniçados mostraram-se os comentaristas da *Política* de Aristóteles. O célebre Michel Piccart propunha, *ad mentem Aristotelis*, o seguinte plano de separação de poderes. O rei decidiria sobre a guerra, os tratados, as alianças, os impostos, as recompensas, cunharia moeda e concederia graça. Ao Senado, caberia o poder de fazer as leis, de prover a sua execução, de exercer os julgamentos públicos. Ao povo, enfim, o de governar os negócios, de fiscalizar o emprego dos fundos públicos, de criar os magistrados e cuidar das obras públicas. Michel Piccart propunha até mesmo subdividir o poder judiciário, deixando ao rei o direito de vida e morte sobre os estrangeiros e ao povo, o direito de vida e de morte sobre os cidadãos[51].

▼

50. *Oeuvres*, do abade de Saint-Pierre, tomo IX, e *Journal litéraire de la Haye*, 1735, tomo XXII, p. 387.
51. *Comment. in Polit. Arist.*, Ed. Lips, 1615, p. 573.

Por sua vez, Henniges Arnisaeus, cuja grande autoridade Puffendorf, com grande dificuldade, esforçou-se em arruinar, declarava que o rei teria o direito de guerra e de paz, o de exigir os impostos e os subsídios, de cunhar moeda e de recompensar; o Senado poderia julgar em última instância, condenar à morte, reformar os costumes através de editos; o povo, enfim, manteria a administração das finanças e a nomeação dos magistrados.

Essa abundância de projetos, de que basta lembrar os mais famosos, manifestou a incerteza e o tédio nos espíritos. Até mesmo o ilustre Grotius, sentindo-se incapaz de restabelecer a harmonia entre os filósofos, divididos por essa questão dos poderes, aconselhava, como último recurso, proceder à repartição das funções políticas e à sua separação, seguindo as diferenças de lugares, de países, de costumes, de pessoas e de problemas.

Havia uma espécie de confissão de impotência, um ímpeto cético em relação aos que pretendiam construir o arquétipo imutável do conceito de poderes e de sua separação. Ora, duas grandes escolas, no tempo de Montesquieu, possuíam essa ambição: a de Puffendorf e a de Locke.

A notável obra de Puffendorf gozava de gloriosa reputação, mesmo na França[52]. Imitada, falsificada, era encontrada em toda parte, a ponto de desencorajar Barbeyrac, que pretendia, enfim, dar-lhe uma tradução fiel. Uma após outra, duas edições sub-reptícias esgotaram-se na França, e os livreiros de Basiléia, ainda em 1732, inundavam o mercado com exemplares fraudulosos.

Em sua análise das garantias da liberdade, Puffendorf assinalava a existência de três poderes: o legislativo, "que prescreve regras gerais para a conduta da vida civil"; o judiciário, "que se pronuncia sobre os desentendimentos dos cidadãos, em conformidade a essas regras"; enfim, um terceiro poder, ao qual deixou de dar um nome, mas cujo papel é fazer a guerra e a paz, nomear os magistrados, receber os impostos e subsídios, examinar as doutrinas que se ensinam no Estado. Sendo distintos, deveriam esses três poderes necessariamente ser separados e confiados a diferentes depositários? Puffendorf jamais acreditou nisso; ima-

▼

52. *Traité du droit natural et des gens*, trad. de Barbeyrac, Amsterdam, 1734.

ginava-os sempre unidos nas mãos de um só magistrado. "Existe entre eles uma ligação tão indissolúvel, dizia ele, que se supusermos que estejam em mãos de pessoas diferentes, de modo que cada uma delas possa exercer suas funções independentemente uma da outra, já não é mais um Estado regular."[53] Então, efetivamente, os poderes, por uma inevitável fatalidade, invadem uns o terreno dos outros, confundem-se, desaparecem um no outro. E, aliás, como poderia se manter um poder desses se, além de suas próprias funções, também possuísse o poder de coerção? Ou está desprovido desse poder e "tornar-se-ia, então, o simples ministro ou executor das vontades de um outro", ou, então, tendo-o, nada seria mais temível do que essa força capaz de absorver todas as resistências. "Para que serve estabelecer leis que não se possa fazer executar? E não é simples executor quem tem em mãos forças que não se pode empregar senão na medida em que outro o queira? Pois quando se dá àquele que dispõe do poder de coação o direito de conhecer e julgar sobre a maneira como deve empregar suas forças, o poder legislativo do outro se esfuma. É preciso necessariamente, portanto, que esses dois poderes dependam de uma única e mesma vontade. Não se saberia também separá-la do poder de fazer a paz e a guerra nem do de estabelecer os impostos, pois por que razão se forçaria os cidadãos a tomar armas na defesa do Estado ou a contribuir com sua parte para prover das despesas necessárias, tanto na guerra como na paz, se não se puder punir legitimamente os que recusam o auxílio e os subsídios que deles se exigem? Seria igualmente absurdo dar o poder de fazer tratados e alianças que visam à paz ou à guerra a outro que não aquele que tenha a direção dos negócios da paz e da guerra. Pois, nesse caso, ou um só será um simples ministro do outro, ou este dependerá da vontade do primeiro no emprego dos meios necessários para fazer valer seu direito. Ademais, como quando se encarrega alguém de conduzir um negócio, sem autorizá-lo, ao mesmo tempo, a tomar todas as medidas que julgar necessárias e a dispor das pessoas sem cujos serviços nada poderia

▼

53. *Idem*, p. 322. Sobre as dificuldades suscitadas pela interpretação do conceito de "poder judiciário", ver Puffendorf, *loc. cit.*, que recorda as teorias de Hobbes, Grotius, Bohmer e Gronovius.

executar, ou a fazê-las prestar contas de sua administração, coloca-se aquele no mesmo nível que essas últimas, também o poder de nomear magistrados subalternos é inseparável das outras partes da Soberania." Mas Puffendorf ainda insistia em um segundo argumento em torno do qual não cessaram de batalhar, durante os séculos XVII e XVIII, partidários e adversários da separação dos poderes. Os membros do governo, dizia ele, poderão conservar a concórdia entre si, enquanto seus interesses ou paixões se harmonizem com o bem público. Mas é muito provável que surgirão conflitos. Cada adversário, senhor de sua atividade, irá dirigi-la no sentido de sua própria utilidade, sem se incomodar se sua utilidade não é um obstáculo para o desenvolvimento dos outros dois poderes paralelos. Quem arbitraria tais conflitos? Um árbitro? Como seria mais simples, portanto, possuir na pessoa da autoridade suprema esse árbitro permanente! Ou seria preciso chegar à guerra intestina? Como é perigoso, portanto, confiar os destinos de um país a uma constituição tão constantemente exposta aos empreendimentos ambiciosos de um governante!

Por meio dessa análise, Puffendorf chegava a justificar, sob pretexto de garantir a boa e calma gestão dos negócios do Estado, o regime do bom tirano. Estranha inversão de uma lógica que, posta inicialmente a serviço da liberdade, acaba se voltando contra ela.

Mas a lógica de Locke não deveria conhecer essas falhas. Defensor da revolução de 1688, ele converteu em teoria as idéias que os acontecimentos haviam feito eclodir no solo da livre Inglaterra. A revolução tinha beneficiado o parlamento, por causa da monarquia temperada; Locke erigiu em princípios políticos essas conquistas de fato. Pela primeira vez, um filósofo define, em termos precisos, as funções do poder legislativo e do poder executivo, e mostra como elas se combinam na ação comum da coroa e do parlamento.

Em que medida o autor do *Esprit des lois* inspirou-se efetivamente no defensor da revolução de 1688? Este não é o lugar para inserirmos o estudo crítico do qual emergiria a extensão e a natureza dessa dependência; mas o que quer que se diga, essa dependência parece muito certa[54].

▼

54. Cf. nosso *Montesquieu et la tradition politique anglaise en France*, Paris, 1909.

De resto, não é o caso de se negar que existam diferenças entre o pensamento do filósofo inglês e do filósofo de La Brède; mas os pontos de contato são suficientemente numerosos, íntimos e prolongados para justificar a tese da dependência. Montesquieu tinha certamente lido o *Ensaio sobre o governo civil* desde a época das *Lettres persanes*[55]. Foi certamente neste que encontrou a divisão do poder em legislativo e executivo.

A separação do legislativo e do executivo, para Locke, tem origem no contrato através do qual o homem, ao entrar na sociedade, abandonou seu poder individual de punir as omissões à lei natural. Sendo o poder legislativo o de fazer leis para todas as partes da nação, é o único soberano verdadeiro. Todavia, ele é limitado pelos direitos dos indivíduos, os direitos naturais que o homem não pode perder nem alienar. Daí a obrigação do poder legislativo de não ser nem absoluto, nem arbitrário, e do governo, de governar através de leis conhecidas, de respeitar a propriedade individual e, por conseguinte, de só impor tributos com o consentimento dos cidadãos.

Entretanto, o poder legislativo precisa ser acompanhado de um poder executivo, distinto e permanente. Locke apresenta as razões seguintes para tanto: "As leis podem ser feitas em pouco tempo; não é, portanto, necessário que o poder legislativo esteja sempre em funções. Como poderia ser uma grande tentação, para as pessoas que têm o poder de fazer leis, ter também em mãos o poder de fazê-las executar, e delas próprias se isentarem da obediência a essas leis, (...) nos Estados bem regulados, o poder legislativo é entregue a uma assembléia (...) Mas, como as leis têm uma virtude constante e durável, é necessário que haja sempre alguma potência* em funções que faça executar essas leis e conserve toda a sua força: também, o poder legislativo e o poder executivo são freqüentemente separados." Entretanto, essa separação não é tão profunda que não possa haver certa aliança entre o executivo e o legislativo no soberano. Neste não reside o poder exclusivo de fazer as leis, mas zela

▼

55. Ver, acima, cap. II. (N. das Orgs.: o capítulo citado não foi incluído nessa coletânea.)
* Sempre que possível, traduzimos diferentemente *puissance* (potência) e *pouvoir* (poder). (N. do T.)

por sua execução e, por conseguinte, dele derivam os diferentes poderes subordinados dos magistrados; por outro lado, não há nenhum poder superior legislativo acima dele, nem igual a ele, e não se pode fazer nenhuma lei sem seu consentimento. Locke vai até mesmo além; aceita que "nas monarquias moderadas, o executivo tenha o direito de empregar seu poder para o bem da sociedade, até que o poder legislativo possa ser devidamente reunido e, também, no caso em que este não possa fazê-lo de modo algum. Este poder é o que se chama prerrogativa."

Locke distingue, ainda, o poder executivo e o poder confederativo, que tem por finalidade a segurança do Estado com relação aos Estados vizinhos. Mas observa que, embora sejam realmente distintos em si mesmos, separam-se com dificuldade e dificilmente residem ao mesmo tempo em pessoas diferentes. Como ambos requerem, efetivamente, para serem exercidos, as forças da sociedade, é quase impossível colocar as forças de um Estado em mãos de pessoas diferentes que não sejam subordinadas umas às outras. Por sua própria natureza, o poder confederativo é menos capaz que o poder executivo interior de se submeter a leis anteriores, estáveis e positivas e, por essa razão, deve ser deixado à prudência e à sabedoria dos que o encarnam, a fim de que eles o empreguem em prol do bem público.

Eis o que eram, para Locke, os limites e as atribuições essenciais dos poderes constitutivos de uma "monarquia regulada" ou "de um Estado bem regulado". Vê-se que ele os examinava de um ponto de vista inteiramente prático, em suas diversas combinações, particularmente naquelas que se devem estabelecer entre o poder executivo e o poder legislativo, para garantir, ao mesmo tempo, a liberdade dos súditos e os direitos do governo.

Montesquieu pôde adquirir, com a leitura das obras de Locke, a inteligência clara desse mecanismo engenhoso que, sob o nome de doutrina parlamentar, fazia, então, a glória da Inglaterra livre. Mas o que se deve assinalar é a análise do conceito de liberdade que o filósofo inglês apresentava às meditações de Montesquieu. A primeira condição da liberdade política é que todo cidadão deve conhecer, em termos precisos, seus deveres e direitos, o que impede "os decretos arbitrários e feitos intempestivamente"; a segunda, que, nos casos em que a lei é muda, a vontade individual tenha toda preferência; a terceira, que todo indivíduo goze do sentimento de segurança "contra as constrições e as violências"; a quarta, que o jogo das instituições políticas seja assim combinado, pela repartição dos poderes públicos, que o equilíbrio se estabeleça por si só entre essas forças rivais e os abusos de poder tornem-se quase impossíveis. Aí está toda a teoria da Revolução de 1688, toda a doutrina da liberdade política; e certamente, seja pelo caráter penetrante do pensamento, seja pela clareza das noções, seja pela sutileza da análise, a obra de Locke marcava, na história das idéias, uma data muito importante. Acredita-se que Montesquieu não deixou de percebê-lo.

De tudo o que precede, podemos extrair algumas conclusões, importantes para a gênese das idéias de Montesquieu. Sabemos, efetivamente, que muito cedo ele leu, tanto por obrigação quanto por gosto pessoal, a obra de Puffendorf, não somente a obra do filósofo político, como também a do historiador[56]. Admirava-o como um "dos grandes homens" da Alemanha. Por outro lado, certamente leu o *Governo civil* de Locke desde a época das *Lettres persanes*. A quinta carta, sobre os limites do poder real, retoma exatamente, e em termos quase idênticos, o raciocínio de Locke sobre o mesmo assunto. Enfim, é certo que a *Política* de Aristóteles era-lhe familiar, mesmo antes de ter escrito as *Lettres persanes*. Há, portanto, motivos para admitir que Montesquieu, leitor atento dessas obras políticas e espectador interessado pelas querelas de escolas que provocava o conceito dos três poderes, está de posse dessa idéia antes de sua viagem à Inglaterra. Mas assinalemos, desde logo, que essa idéia ainda é demasiado livresca, mais em vias de formação que nitidamente concebida ou definida em seus contornos. Dos elementos essenciais da idéia de liberdade, ele parece ter-se apoderado definitivamente apenas da noção de corpos intermediários.

Desde 1716 encontramos um *Mémoire sur les dettes de l'État* repleto da preocupação de conservar e de multiplicar esses corpos: "Seria necessário, dizia ele, restabelecer as comunidades, que nada mais são que sombras (...) Seria necessário estabelecer os Estados em todas as províncias (...) A autoridade do rei, com isso, não seria absolutamente en-

▼

56. *L'esprit des lois*, livro V, cap. XIV, e livro X, cap. V.

fraquecida e, se se examinar o projeto, encontrar-se-ão mil vantagens, das quais a de tornar a regência inabalável não seria a menor."[57]

Os acontecimentos cedo se encarregariam de dar uma prova evidente da generosa ilusão de que Montesquieu era vítima. Como ele próprio acreditava, também o abade de Saint-Pierre e o regente acreditaram que a instituição de "Conselhos", prevenindo os abusos do poder central, renovaria o sentido da autoridade na França. Foi a época da Polissinodia, sendo geral o assombro, obrigando o reconhecimento de que os conselhos eram "apenas uma casa de Mãe Joana". O autor das *Lettres persanes*, entretanto, guardará dessa tentativa de divisão dos poderes uma lembrança favorável, uma homenagem lisonjeira, que nos permite compreender que, decepcionado pela experiência, Montesquieu não deixava de ter menos confiança nas qualidades desse regime: "Logo que o falecido rei cerrou os olhos, pensou-se em estabelecer uma nova administração. Sentia-se que se estava mal, mas não se sabia como fazer para estar melhor. Tinha-se padecido com a autoridade sem limites dos ministros precedentes: quis-se partilhá-la. Criaram-se, para isso, seis ou sete conselhos, e esse ministério foi, talvez, dentre todos, o que governou a França com maior senso: sua duração foi tão curta quanto o bem que causou."[58]

Vamos reencontrar essa concepção dos corpos intermediários nos primeiros livros de *L'esprit des lois*, e essa persistência, essa continuidade de análise nos é um testemunho de que o filósofo de La Brède considera esse conceito como essencial à noção de liberdade[59].

Onde, entretanto, sublinhar o conceito, a teoria, a doutrina da separação dos três poderes, considerada essencial à liberdade? Certamente, Montesquieu tem conhecimento dessa teoria através de Aristóteles e Dionísio de Halicarnasso e de Puffendorf e Locke. Mas ainda pensa em ver nela uma garantia da liberdade, em integrá-la em um sistema político, criador de liberdade? Quando, portanto, Montesquieu parece ter feito a conquista desse novo sistema?

▼

57. *Mélanges inédits*.
58. *Lettres persanes*, XCIII.
59. *L'esprit des lois*, livro III.

Parece, de fato, que foi no momento de suas viagens. O espetáculo da Holanda, apesar do aspecto deplorável do povo, maravilhou-o pela riqueza de suas liberdades e franquezas. Sabe-se com que curiosidade apaixonada ele estudou as forças invisíveis de seu governo. Percebeu, então, com plena clareza o jogo das engrenagens políticas, tão delicadamente articuladas umas às outras que o movimento geral caminhava ininterruptamente, sem deixar de ser livre[60]. Pôde, ali, ver realizada a separação das potências*. Quando atracar na Inglaterra, em 1729, estará dominado por essa idéia. Também as condições para um estudo mais atento mudaram. A Holanda democrática, republicana e federativa realizava a separação dos poderes de outro modo que podia fazê-lo a Inglaterra aristocrática e monárquica. Mas bastava que Montesquieu, em sua chegada ao solo da Grã-Bretanha, fosse informado do papel da separação dos poderes na edificação da liberdade. Doravante ele irá se empenhar em seguir esse papel em uma monarquia.

Ilustres amizades lhe tornarão fácil esse estudo. Bolingbroke o iniciará nos problemas políticos, tais como se colocam no momento na Inglaterra, e sabe-se que o filósofo francês, se bem que tivesse do político inglês um conceito medíocre[61], continuava a freqüentá-lo, a ouvir seus discursos no parlamento e sua conversa inesgotável em casa de lorde Chesterfield, a ler, enfim, suas publicações, sobretudo seu jornal, o *Craftsman*. Ora, Bolingbroke observa que "a constituição inglesa é uma transação (*a bargain*), um contrato condicional entre o príncipe e o povo. Para que esse pacto não possa ser rompido, nem pelo príncipe, nem pelo povo, *o poder legislativo ou supremo* é conferido por nossa constituição *a três potências, das quais uma é o rei* (...) Foi através dessa mistura de poderes (...) combinados em um sistema único, e equilibrando-se mutuamente, que nossa constituição livre foi por

▼

60. *Voyages*, tomo I, pp. 220 ss.

* *Puissande* e *pouvoir* podem ser rigorosamente traduzidos em português por poder. Entretanto, não é indiferente distingui-los no texto de Montesquieu. *Pouvoir* designa uma instância política, enquanto *puissance* designa o órgão ou a composição social do órgão que exerce o poder. A famosa fórmula explorada pelo comentarista: "Que o poder detenha o poder" implica que os diferentes *poderes* não sejam exercidos pela mesma potência. (N. do T.)

61. *Pensées inédites*, tomo II, p. 165.

tanto tempo conservada ou restaurada"⁶². Será necessário afirmar, com alguns, que o espetáculo da vida inglesa terá sido suficiente para a educação política de Montesquieu, no que diz respeito à questão da liberdade? Nunca um espetáculo correspondeu menos à expectativa de Montesquieu. Ele esperava encontrar a liberdade, e era uma massa escrava do ouro corruptor; esperava a separação das potências, e o ministro Walpole mantinha, só para ele, a realidade do poder executivo e legislativo. A julgar pelas aparências, Montesquieu só deveria ter levado da Inglaterra a visão que tentou fixar, em traços vingativos, em suas *Notes sur l'Angleterre*. "Os ingleses já não são dignos de sua liberdade. Vendem-na ao rei e, se o rei a devolvesse, vendê-la-iam novamente."

Mas hábeis orientações ensinaram-lhe a separar a constituição do ambiente corruptor, a estudá-la nela mesma, independentemente do que poderia alterá-la. É muito natural imaginar que os amigos de Montesquieu, os Bolingbroke, os Pultney, que se encarniçavam em denunciar, no *Craftsman*, o papel inconstitucional de Walpole, revelaram ao nobre estrangeiro o mecanismo da liberdade. Desdenhando, portanto, os sintomas da decadência política que tinha percebido perfeitamente, Montesquieu não temia escrever: "A Inglaterra é, atualmente, o país mais livre do mundo, sem excetuar nenhuma república."⁶³

Ele não se contenta, então, em estudar os mecanismos da constituição e em examiná-los em exercício nas discussões parlamentares; pretende, ainda, conhecer sua origem e declara que o advento de Guilherme de Orange iniciou a era da liberdade constitucional, isto é, a união completa entre o príncipe e a nação.

Nesse momento, não se pode duvidar de que Montesquieu dá toda a preferência ao "sistema", como ele o denominava, dos altivos ilhéus. Ele chega até a sacrificar-lhe a aparente liberdade das repúblicas, mesmo das repúblicas antigas.

Construiu, então, segundo os filósofos políticos, cujas especulações confusas havia seguido, e segundo o modelo vivo que acabava de con-

▼

62. *Dissertation upon the Parties*, carta XIII. Esse volume foi extraído do jornal *Craftsman*, que começou a ser publicado em 1726.
63. *Notes sur l'Angleterre*.

templar, "seu sistema da liberdade". Essa elaboração deve ter sido feita entre 1729 e 1733, entre a viagem à Inglaterra e a redação do XI livro do *Esprit des lois*[64].

Como a importância dessa data é essencial para a cronologia do pensamento de nosso filósofo, investiguemos se, em suas obras inéditas, ele não teria deixado algum traço dessa descoberta.

Eis um de seus pensamentos: "Para o meu sistema de liberdade, será preciso compará-lo com as antigas repúblicas e, para isso, ler Pausânias, Reinerus Reineccius, *De republica atheniensium*, examinar a aristocracia de Marselha que, sem dúvida, foi sábia, pois que floresceu por muito tempo, a República de Siracusa que, sem dúvida, foi insensata, pois só se conservou por um momento; Estrabão, livro IV, que me parece aplicar meu sistema; Plutarco: *Vida de Teseu, Vida de Sólon*; Xenofonte: *República de Atenas*; Julius Pollux: *Onomasticon, De republica atheniensi*; Kekermannus: *De Republica Atheniensium*; Sigonius: *De republica atheniensium*; *Thesaurus republicarum* de Coringius."[65] Essa abundante bibliografia tem, para nós, a grande vantagem, em primeiro lugar, de nos demonstrar que as origens livrescas do sistema da liberdade de Montesquieu não devem ser buscadas em nenhum dos autores precedentes e, no máximo, naqueles que estudamos mais acima; em segundo lugar, de ajudar-nos a fixar uma data que seria o limite extremo para a gênese do sistema. Sabemos, efetivamente, que Montesquieu não lera, antes de 1727 pelo menos, a obra de Pausânias[66]. Não foi, portanto, antes desse momento que pôde comparar "seu sistema" com o do escritor grego, e isso parece confirmar, com bastante vigor, a data de 1729-33 que propomos.

▼

64. Essa data resulta de diversos testemunhos que merecem confiança. O testemunho de Naupertuis é formal, e o filho de Montesquieu, em seu *Eloge historique de M. de Montesquieu*, escreveu: "Enfim, o livro sobre os *Romanos* foi publicado em 1733 (...) O livro sobre o governo da Inglaterra, que foi inserido no *Esprit des lois*, já estava pronto, e Montesquieu pensara em imprimi-lo com os *Romanos*." Cf. Vian, *Histoire de Montesquieu*, p. 401.
65. *Pensées inédites*, tomo I, p. 32.
66. Também nos mesmos *Pensées inédites*, tomo I, p. 31, ele indica "para ser lido" Pausânias e igualmente a *Histoire de la médecine*, de Freind. Ora, esta foi publicada em 1725-26.

Percebe-se: embora na ordem do dia, o problema da liberdade, para os contemporâneos de Montesquieu, permanecia tão confuso, complexo e decepcionante quanto possível. Não se percebia o sentido exato nem o alcance dessas três palavras: poderes legislativo, executivo, judiciário; só se concebia sua união nas mãos de um só ou, então, sua separação; ninguém se arriscava a apresentar, sob forma de sistema coerente, as conseqüências desses diversos conceitos.

É nesse momento que Montesquieu resolve o problema, após cerca de dez anos de reflexão.

"A liberdade, diz ele, consiste em poder fazer o que se deve querer, e a não ser constrangido a fazer o que não se deve absolutamente querer."[67] Montesquieu proclama, com isso, que existem direitos do homem superiores a qualquer lei humana: são a liberdade individual, a "tranqüilidade", a segurança, a liberdade de pensar, de falar e de escrever[68]. Existe liberdade, portanto, quando, por um lado, existe respeito e, por outro, desenvolvimento normal dos direitos do homem. E isso vai longe. De fato, pode-se encontrar esse respeito em governos cuja Constituição não favorece exatamente a liberdade política, e não encontrá-lo sempre em um governo cuja Constituição parece feita para promover essa liberdade: os cidadãos só são livres naquele caso, e somente nele. O que é necessário estabelecer é, portanto, ao mesmo tempo, a liberdade do cidadão e a liberdade da Constituição.

O que é uma Constituição livre? Os contemporâneos de Montesquieu, após múltiplas tentativas, não tinham podido dar uma resposta precisa e, se dispunham de algumas noções, as riquezas dessas últimas escapavam ao olhar. Montesquieu teve a glória de colocar, com vigorosa clareza, a nova fórmula política. Existe liberdade política quando se mantém na nação "corpos intermediários" e quando se estabelece, no seio do governo, "a separação dos poderes".

Os corpos intermediários salvam a liberdade contra os caprichos do poder central e as violências do povo. Entre essas duas forças, demasiado inclinadas a se encararem como inimigas, e prontas, uma a abusar

▼

67. *L'esprit des lois*, livro XI, cap. III.
68. Esses diversos direitos são enumerados no livro XII.

de sua autoridade e a outra, a se prevalecer do número, são como que o elemento moderador. Confundi-los com o povo seria, portanto, a pior das inabilidades políticas. Compostos de membros poderosos, os corpos intermediários impõem-se ao povo e protegem-no contra os abusos do poder supremo. Respeitemo-lhes, portanto, suas prerrogativas: elas salvaguardam a instituição, e a instituição, a liberdade. "Aboli, em uma monarquia, as prerrogativas dos senhores, do clero, da nobreza e das cidades, e cedo tereis um Estado popular ou um Estado despótico."[69] A liberdade supõe, assim, uma sociedade hierarquizada, classes distintas, toda uma escala de grandezas, partindo do povo para chegar ao rei. O nivelamento social é sinal de regime democrático ou de regime despótico; nos dois casos, é o maior obstáculo à liberdade. Os corpos intermediários são próprios dos governos *moderados*, cujo tipo, no dizer de Montesquieu, só se encontra na monarquia: "constituem, portanto, a natureza do governo monárquico".

Eles podem ser bastante numerosos, e Montesquieu desejava, certamente, vê-los multiplicar-se e propagar-se até entre as cidades mais longínquas do reino. Pois cada cidade pode dar-se o benefício de uma pequena sociedade hierarquizada.

Dois corpos, contudo, formam no país grupos poderosos: a nobreza e o clero.

A nobreza parece ter especialmente a função de conservar depositada a honra nacional. Como ela lhe sacrifica seus bens e seu sangue, tem algum direito de falar, com autoridade, mesmo diante do poder supremo. "O corpo de nobres deve ser hereditário. Ele o é, primeiramente, por sua natureza e, aliás, é preciso que tenha um grande interesse em conservar suas prerrogativas, odiosas em si mesmas, e que, num Estado livre, sempre devem estar em perigo."[70]

O clero é um bom "poder intermediário", sobretudo nas monarquias que caminham para o despotismo e, como se sabe que Montesquieu temia essa decadência nas monarquias, deve-se crer que, em sua mente, toda monarquia supunha um corpo sacerdotal numeroso, po-

▼

69. *L'esprit des lois*, livro II, cap. IV.
70. *Idem*, livro XI, cap. VI.

deroso e respeitado. Somente o poder do clero "detém o poder arbitrário; barreira sempre boa, quando não houver outras"[71].

"Não basta que, em uma monarquia, haja escalões intermediários; é necessário, ainda, um depósito de leis. Esse depósito só pode existir nos corpos políticos, que anunciam as leis quando são feitas e as lembram quando são esquecidas. A ignorância natural da nobreza, sua desatenção, seu desprezo pelo governo civil exigem que exista um corpo que, sem cessar, faça saírem as leis da poeira na qual seriam soterradas. O conselho do príncipe não é um depósito conveniente. Por sua natureza, ele é o depósito da vontade momentânea do príncipe que executa, e não o depósito das leis fundamentais."[72]

Esta página é da maior importância: descobrem-se, nela, os mais íntimos desejos do parlamentar, como o presidente de Bordeaux, que sempre esteve convencido da autoridade, da competência, do prestígio dos Parlamentos. Esse parlamentar tem a maior repugnância pelo regime aristocrático; deseja, efetivamente, que a nobreza constitua um "corpo intermediário", mas nega-lhe qualquer outra função. A nobreza não possui as qualidades que legitimam o poder.

Todas essas idéias levavam Montesquieu àquela que se pode considerar como a base de sua teoria dos corpos intermediários. Os agrupamentos do clero e da nobreza são necessários, não que certas qualidades particulares os predestinem a compartilhar do peso das responsabilidades governamentais, mas porque formam, no Estado, descendo do poder soberano ao povo, *hierarquias* através das quais a vontade do príncipe é transmitida, peneirada e, por assim dizer, aliviada antes de tocar as regiões mais humildes do país, enquanto os desejos da massa anônima, elevando-se através de grupos cada vez mais fortes, respeitáveis e temidos, ganham uma firmeza, uma autoridade que o poder central não poderia negligenciar.

Assim, o governo não é mais coisa de um grupo fechado, pertence verdadeiramente à nação que se encontra interessada, toda ela, em seus destinos. Montesquieu se apegava tanto mais a essa harmonia das hie-

▼

71. *Idem*, livro II, cap. IV.
72. *Idem*, livro II, cap. IV. Compare-se uma idéia semelhante nas *Lettres persanes*, XCIII.

rarquias sociais porquanto já percebia nelas o que sempre buscou ardentemente: a fusão entre as diferentes espécies de governos. O príncipe representa a forma monárquica; os corpos privilegiados, o regime aristocrático; e, no nível mais baixo, o povo, fazendo aceitar as aspirações democráticas. O príncipe ordena; os poderes privilegiados controlam, temperam ou moderam a voz imperativa, e o povo dedica sua obediência a vontades que aprende a identificar com a razão nacional.

Tal deve ser a sociedade bem constituída; mas de onde virá o impulso capaz de pôr em movimento, de conservar e aumentar essa harmonia de forças? De uma lei que dirigirá sua atividade, de uma polícia que garantirá a execução das leis, de um tribunal que punirá os deliqüentes; em outros termos, de um poder legislativo, de um poder executivo, de um poder judiciário. Vimos que essas noções ainda eram as mais confusas possíveis na época de Montesquieu. A glória de tê-las fixado, penetrado e de ter-lhes a rica complexidade cabe ao autor de *L'esprit des lois*.

Eis como ele fixou sua significação.

O poder executivo faz a paz ou a guerra, envia ou recebe embaixadores, zela pela segurança interna, previne as invasões. O poder legislativo faz leis temporárias ou perenes e corrige ou abole as que já existem. O poder judiciário pune os crimes ou julga as desavenças dos particulares. Montesquieu parece, aliás, ter hesitado ante a fórmula da separação dos poderes. Inicialmente, indicara uma primeira divisão dos poderes em que se reconhece a influência de Locke.

As três potências, dizia ele, são: a potência legislativa, a potência executora das coisas que dependem do direito das gentes (é o poder confederativo de Locke) e a potência executora das coisas que dependem do direito civil[73]. Esta primeira fórmula reconhecia, na realidade, apenas dois poderes: o legislativo e o executivo, do qual dependem as questões de ordem internacional e as questões de justiça no interior do país.

Mas Montesquieu substituiu essa divisão em dois do poder civil interno pela divisão em três, à qual se fixou definitivamente: os poderes legislativo, executivo e judiciário.

▼

73. *Idem*, livro XI, cap. VI.

Pode ocorrer que um desses poderes abuse de sua força, e a liberdade, então, seria uma palavra oca. Com maior razão, "tudo estaria perdido se o mesmo homem, ou o mesmo corpo dos principais, de nobres ou do povo, exercesse esses três poderes: o de fazer as leis, o de executar as resoluções públicas e o de julgar os crimes ou as desavenças dos particulares".

Contra esse perigo, Montesquieu ensina sabiamente: "A liberdade política encontra-se apenas nos governos moderados. Mas nem sempre está nos Estados moderados: ela só aparece quando não se abusa do poder (...) Para que não se possa abusar do poder, é preciso que, pela disposição das coisas, o poder detenha o poder."[74] Portanto, oponhamo-los, separemo-los. "Quando, na mesma pessoa ou no mesmo corpo de magistratura, a potência legislativa está reunida à potência executora, não há absolutamente liberdade, pois pode-se temer que o mesmo monarca ou o mesmo senado façam leis tirânicas, para executá-las tiranicamente. Também não há absolutamente liberdade se a potência que julga não estiver separada da potência legislativa e da executora. Se estivesse ligada à potência legislativa, o poder sobre a vida e a liberdade dos cidadãos seria arbitrário, pois o juiz seria legislador. Se estivesse ligada à potência executora, o juiz poderia ter a força de um opressor."* É porque os poderes são confundidos nas mesmas mãos que a Turquia padece sob a tirania dos sultães, e é porque os "inquisidores de Estado" legiferam e julgam ao mesmo tempo que as repúblicas italianas não se encontram muito menos aviltadas.

Se a potência que julga é uma das mais temíveis à liberdade dos cidadãos, é necessário defini-la cuidadosamente. "Não deve ser dada a um senado permanente, mas exercida por pessoas tiradas do corpo do povo, em certas épocas do ano, da maneira prescrita pela lei, para formar um tribunal que dure apenas o que a necessidade exige (...) É preciso até mesmo que, nas grandes acusações, o criminoso, de acordo com

▼

74. *Idem*, livro XI, cap. IV.
 * Aqui fica clara a distinção entre *puissance* e *pouvoir*. Se a mesma potência (a mesma pessoa ou o mesmo corpo de magistratura) detiver o poder legislativo e o judiciário, "não há liberdade". (N. do T.)

a lei, escolha seus juízes ou, pelo menos, possa recusar um número tão grande que os que restam sejam considerados escolha sua (...) Desse modo, a potência que julga, tão terrível entre os homens, não estando vinculada nem a um certo estado, nem a uma certa profissão, torna-se, por assim dizer, invisível e nula (...) Teme-se a magistratura, e não os magistrados."[75]

Há, nesse raciocínio, uma grande parte de utopia. Deve-se culpar a antiguidade, da qual Montesquieu jamais soube libertar-se inteiramente, e da qual ele tentava amalgamar as idéias com as mais modernas instituições. Essa fusão não poderia ser bem-sucedida, e o que resta dessa tentativa é o vigoroso esforço de uma alma generosa, perseguindo o arbítrio onde quer que possa se abrigar. A prisão preventiva, em detrimento de toda e qualquer fiança, é um dos procedimentos em que se dissimula a tirania: "Se a potência legislativa deixar à executora o direito de aprisionar cidadãos que podem dar caução por sua conduta, não há mais liberdade, a menos que não sejam presos para responder sem delongas a uma acusação que a lei tornou capital, caso em que são realmente livres, pois só estão submetidos ao poder da lei."[76]

Apesar da inviolabilidade da liberdade individual, que foi um dos primeiros a proclamar com grande vigor, Montesquieu excetua dessa medida geral os cidadãos "suspeitos de fomentar alguma conjuração secreta contra o Estado", ou de entreter "alguma inteligência com os inimigos externos".

Trata-se, aí, de circunstâncias que reclamam medidas de exceção; poder-se-ão, portanto, "fazer leis que violam a liberdade de um só para conservá-la para todos" e "lançar, por um momento, um véu sobre a liberdade, como se escondiam as estátuas dos deuses". Nisso, os críticos leviano alçam a voz, acusando Montesquieu de estar muito menos obcecado pela preocupação de defender o indivíduo contra o arbítrio do poder do que de justificar as leis dos suspeitos, *bills d'attendre* ou decretos de ostracismo. "E que não se diga que Montesquieu limita o tempo do arbítrio e lhe prescreve barreiras. A liberdade está morta quan-

▼

75. *L'esprit des lois*, livro XI, cap. VI.
76. *Idem*, livro XI, cap. VI.

do se esquecem, ainda que por um instante, os direitos inalienáveis do cidadão e quando se deixa o indivíduo desarmado diante da onipotência do poder."[77]

A objeção não teria falta de força se não desconhecesse o pensamento profundo do filósofo. O regime que Montesquieu tem em vista o tempo todo é aquele em que a moderação, a justiça, a eqüidade, a preocupação com a liberdade política são realidades vivas, e não puras abstrações. Os cidadãos, protegidos por estas virtudes políticas de um poder paternal, não precisam temer nem vontades caprichosas, nem suspeitas tirânicas, nem golpes de força desprezíveis. A vida se desenvolve com toda a tranqüilidade, e a hipótese de uma lei dos suspeitos só pode ter algum crédito nos dias em que, no consenso geral, a situação se torna efetivamente crítica, por obra de alguns cidadãos, acusados com muita justeza ou verossimilmente suspeitos. E quem recusaria reconhecer que, nas situações excepcionais, convém aplicar medidas excepcionais? Do mesmo modo, estas trazem consigo não sei qual sinceridade e qual honestidade, de que se pode abusar para a infelicidade do povo, mas de que se pode utilizar para a felicidade pública. A ditadura nem sempre provocou a cólera dos cidadãos romanos; mas a abjeção do regime do terror sempre desencorajou, entre nós, os mais devotados apologistas.

Montesquieu examina, em seguida, o poder legislativo: "Como, em um Estado livre, todo homem considerado possuidor de uma alma livre deve ser governado por si mesmo, seria preciso que o povo incorporado detivesse a potência legislativa; mas, como isso é impossível nos grandes Estados e está sujeito a muitos inconvenientes nos pequenos, é necessário que o povo faça através de seus representantes tudo o que não pode fazer por si mesmo."[78] Este pensamento, tão lúcido em aparência, padece, na realidade, das mais graves dificuldades. Quem, de fato, é o povo? E de onde virão os votos representativos da vontade nacional?

Problemas que certamente não escaparam à sagacidade do filósofo, mas à solução deles trouxe apenas uma insuficiente clareza. "Todos

▼

77. Broche, *Une époque: Montesquieu théoricien*, Paris, 1905, p. 72.
78. *L'esprit des lois*, livro XI, cap. VI.

os cidadãos", diz ele, "em diversos distritos, devem ter direito de dar sua opinião para escolher esse representante, com exceção daqueles que se encontram em tal estado de baixeza que são considerados sem vontade própria." Nada mais vago, nada mais perigoso que essa lei restritiva de um direito. Como entenderemos essa "baixeza" que suprime a vontade própria? Baixeza moral, advinda em conseqüência de uma perda de prerrogativa civil? Baixeza social, provocada pela medíocre situação financeira do cidadão? Singular baixeza que se mede a peso de ouro! Parece, contudo, que Montesquieu só terá pensado nesta última. De resto, é levado por esse conjunto de idéias que ele confia a potência legislativa a um Senado, espécie de Câmara Alta, cujos membros seriam verdadeiros lordes: "Há sempre em um Estado pessoas distintas *pelo nascimento, pelas riquezas* ou *pelas honras*; mas, se se misturassem ao povo, e se tivessem apenas uma opinião como os demais, a liberdade comum seria sua escravidão, e não teriam nenhum interesse em defendê-la, pois a maior parte das resoluções seria contra eles. A parte que tomam na legislação deve, portanto, ser proporcional às outras vantagens que têm no Estado, o que acontecerá se formarem um corpo que tenha o direito de deter os empreendimentos do povo, como o povo tem o direito de deter os seus." Assim, o poder legislativo será confiado simultaneamente a uma assembléia de nobres e a uma câmara originária do povo, que terão "suas deliberações à parte, com interesses e considerações separados".

O que valeria, na realidade, uma tal divisão de poder, Montesquieu certamente previu. Quantas vezes ele reconhece que as prerrogativas dos corpos privilegiados, ao mesmo tempo que necessárias, "são odiosas em si mesmas"! E não foi ele quem lançou sobre uma assembléia de nobres a mais grave das imputações, acusando-a de tendência a "seguir seus interesses particulares e a esquecer os do povo"?[79] Por outro lado, ele sabe muito bem que a plebe é invejosa e que a paixão pela igualdade alimenta o ódio. Mas não teríamos, então, em lugar do equilíbrio das forças sociais, a rivalidade das duas potências? Não haveria perigo de extinção da vida política, pela única razão que seria impossível le-

▼

79. *Idem*, livro XI, cap. VI.

gislar? Montesquieu não o nega e não vê melhor remédio senão o de enfraquecer a nobreza. Não lhe concede nem o direito de propor leis, nem o de corrigi-las; priva-a da "faculdade de estatuir", deixando-lhe apenas o direito de "anular uma resolução tomada pelo corpo do povo", o que chama de "faculdade de impedir".

Quanto à potência executiva, enfim, "ela deve ficar nas mãos de um monarca, porque esta parte do governo, que quase sempre precisa de uma ação instantânea, é mais bem administrada por um que por muitos; enquanto aquilo que depende da potência legislativa é freqüentemente mais bem ordenado por muitos que por um só". Montesquieu adere, com essas palavras, à doutrina monarquista e, se às vezes ele deu a impressão, sobretudo nos primeiros livros de *L'esprit des lois*, de ser um republicano cativado pelo regime político de Roma ou de Esparta ou de Atenas, que ele distinguia imperfeitamente, aqui já não há dúvida possível. Montesquieu coloca a liberdade acima de todos os regimes. Declara, desde as primeiras palavras de seu estudo, que nem a democracia, nem a aristocracia são governos livres por natureza; e, para melhor acentuar seu pensamento, acrescenta uma nova justificação da doutrina monarquista. Enquanto os teóricos da monarquia, até ele, invocam mais ou menos o Antigo Testamento e o "direito divino" para consagrar a pessoa e a autoridade do soberano escolhido por Deus, o filósofo de La Brède renuncia a esses argumentos místicos, abandona essas especulações metafísicas e propõe razões positivas. Observou, na história, que a maioria das repúblicas antigas foi presa "de um grande vício". "O povo tinha direito de tomar resoluções ativas, que exigem alguma execução: coisa de que é inteiramente incapaz."[80] Aquilo que o povo incorporado é incapaz de realizar a contento, Montesquieu está convencido de que os representantes do povo também não podem realizar. A função "popular" é a de propor leis; ninguém, de fato, conhece melhor as necessidades da nação que o próprio povo, na medida em que essas leis visam à prosperidade material, pois a competência do povo permanece bastante limitada. "O corpo representativo não deve ser escolhido para tomar alguma resolução ativa, coisa que não faria bem."

▼

80. *Idem*, livro XI, cap. VI. Montesquieu, aqui, tira proveito de uma convicção que vimos formar-se na época das viagens.

De resto, não devemos crer que Montesquieu tenha adotado a tese monarquista por não sei qual ceticismo político. Não mais que o Deus de Pascal, o Príncipe de Montesquieu não intervém, ao termo de uma investigação dolorosa, para pôr fim aos temores e angústias da alma. Se, por volta de 1729, ele já não mantinha a fé na democracia, esforçava-se, não obstante, em elaborar um plano político que o dispensaria de recorrer ao expediente da monarquia. Imaginava tirar do corpo legislativo um "certo número de pessoas", espécie de conselho que dirigiria as energias da nação. Mas acabou proclamando o remédio pior que o mal pois, dizia ele, ministros e deputados, inconsciente ou voluntariamente, cedo estabeleceriam a confusão dos poderes. Então, já não mais haveria liberdade. É para escapar à incompetência das massas, à inaptidão dos corpos legislativos, ao perigo dos Conselhos autônomos que Montesquieu se abandona ao rei.

Tais são os três poderes entre os quais é indispensável, se se quiser salvaguardar a liberdade, manter uma separação real e profunda. Mas não exageremos a lógica do sistema. Desconfiando de uma aplicação demasiado rigorosa de seus princípios, Montesquieu admite atenuações, derrogações parciais das regras cuja necessidade proclama. Admite que, entre os poderes, as relações jamais se interrompem inteiramente, desde que permaneçam discretas.

As mais delicadas são as que o corpo legislativo deve manter com o poder executivo. Se se deixar de reunir periodicamente o corpo legislativo, será a anarquia ou, através de uma série inevitável de usurpações do poder executivo, o despotismo. Se a assembléia legislativa estiver permanentemente reunida, haverá antagonismo brutal entre a assembléia e o príncipe, a paralisação do poder executivo e a interrupção de toda e qualquer vida pública. É preciso, portanto, na escolha do momento que exige a convocação do poder legislativo e na apreciação da duração da sessão, uma segurança de julgamento, uma imparcialidade que raramente se encontram nas assembléias. Ninguém conhece melhor os interesses do momento que o poder soberano. "É preciso, portanto, que seja a potência executora a que regula o momento da reunião e a duração dessas assembléias." Montesquieu parece, com isso, fortalecer o poder soberano que, diante de uma assembléia rebelde a seus desejos, sempre terá o recurso de dissolvê-la tantas vezes quantas lhe aprouver. Privilégio aparente, pois, para contrabalançá-lo, Montesquieu limita-o por todos os modos, negando ao poder executivo a iniciativa das leis, o direito de tomar parte nos debates, enfim, o de participar, senão com seu consentimento, da questão do recolhimento dos fundos públicos, que "é o ponto mais importante da legislação".

Resta igualmente limitar a potência legislativa com relação ao poder executivo. Montesquieu outorga ao príncipe um direito de veto total, absoluto, ilimitado. "Se a potência executora não tiver o direito de deter os empreendimentos do corpo legislativo, este será despótico; pois, como ele poderá arrogar-se todo o poder que possa imaginar, aniquilará todas as outras potências. Mas não é necessário que a potência legislativa tenha, reciprocamente, a faculdade de deter a potência executiva; pois, tendo a execução seus limites por natureza, é inútil colocar-lhe barreiras; além do que, a potência executora exerce-se sempre sobre coisas momentâneas. E a potência dos tribunos de Roma era viciosa, já que detinha não somente a legislação, mas mesmo a execução: o que causava grandes males."

Eis a constituição fundamental dos governos que têm a liberdade por objeto. Após analisá-la pacientemente, Montesquieu resumiu-a nestes termos que mostram bem toda a importância que dava ao seu princípio: "É necessário que o poder detenha o poder." "Sendo o corpo legislativo composto de duas partes, uma acorrentará a outra por sua faculdade mútua de impedir. Ambas serão atadas pela potência executora, que o será, ela própria, pela legislativa. Essas três potências deveriam produzir um repouso ou uma inação. Mas, como, pelo movimento necessário das coisas, são forçadas a caminhar, serão forçadas a caminhar de acordo."[81]

Esse mecanismo engenhoso, esse equilíbrio de forças opostas, tornadas solidárias umas das outras, essa combinação de potências que se distinguem e se amalgamam fortalecem-se mutuamente e se aniquilam uma pela outra, esse estado ao mesmo tempo violento e pacífico de energias, cuja impetuosidade vem se chocar, em colisão subitamente amortecida, contra impetuosidades rivais, esse agenciamento delicado

▼

81. *Idem*, livro XI, cap. VI.

de engrenagens, cuja ação minuciosamente regulada põe em movimento, com um impulso uniforme e regular, toda a máquina governamental, tal é a obra-prima de legislação que permanece o supremo pensamento político de Montesquieu. Conhecemos as tentativas que se sucederam, durante toda a primeira metade do século XVIII, para dar aos conceitos tão vigorosamente sistematizados por Montesquieu um sentido fixo, um alcance político sério; mas pudemos constatar que, sem serem inteiramente malsucedidas, essas tentativas haviam decepcionado a opinião geral. Compreende-se que Montesquieu, senhor de seu sistema, criador de uma teoria cujos delineamentos percebera na obra de seus brilhantes mas impotentes predecessores, e que contemplara, em plena vida, sobre o solo da livre Inglaterra, tenha tomado consciência de sua poderosa originalidade. Foi por isso que estudou, desde então, a história da antiguidade, à luz de sua doutrina da liberdade[82].

Podemos mesmo acrescentar que ele acabava de dar ao seu pensamento o mais magnífico desfecho pela potência, amplidão e excelência. Pois, desde muitos anos, sonhava com os meios capazes de "limitar" a potência monárquica e prevenir o despotismo. Quando levava a efeito a análise dessa forma de governo, encontrara a honra e, não contente em ver nela o princípio da monarquia, imaginava ser o obstáculo aos caprichos do príncipe e a salvaguarda da liberdade. "Nos Estados monárquicos e moderados, a potência é limitada pelo que lhe serve de mola, quero dizer a honra, que reina, como um monarca, sobre o príncipe e o povo. Não se lhe invocarão as leis da religião, um cortesão se acharia ridículo; invocar-se-ão sempre as da honra."[83] Desde esse momento de tranqüila certeza, passaram-se cerca de quinze anos e quan-

▼

82. No livro XI, os capítulos XII a XX são dedicados ao estudo da Constituição de Roma, do ponto de vista da distribuição dos três poderes. Nas *Considérations sur les romains*, Montesquieu tentara um estudo dessa Constituição, mas nem o ponto de vista, nem as conclusões se assemelham. Se os capítulos do livro XI eram anteriores às *Considérations*, como seria possível que algo não tivesse passado para esta obra? E, se Montesquieu mudara de opinião, como seria possível não se ter corrigido na redação das *Considérations*? Parece, portanto, muito provável que esses capítulos tenham sido escritos após 1734.
83. *L'esprits des lois*, livro III, cap. X.

do, pela segunda vez, o filósofo estudar como "a potência é limitada", não falará mais da honra, barreira frágil e solução cômoda de um problema altamente complexo; construirá o edifício resistente de uma Constituição. É lá que irá encerrar o seu Príncipe. Como já tinham feito Aristóteles, Platão, Cícero, Montesquieu lançou os fundamentos de uma cidade ideal. Mas, enquanto aqueles trabalhavam pela democracia, ele, mais modesto e não menos grandioso, trabalhou pela liberdade.

O que vale esse esforço? Como julgaremos esse sistema que pretende conciliar as exigências da autoridade com as reivindicações da liberdade?

É incontestável que esse esforço é mais o de um filósofo que abstrai as idéias dos acontecimentos em que se encerram do que de um historiador desgostoso com a realidade. Montesquieu só apresentou uma teoria tão coerente e sedutora do sistema parlamentar porque, voluntariamente, mutilou a realidade viva que contemplava com seus próprios olhos. O retrato que ele traçou desse regime em geral, e do poder executivo inglês em particular, não está conforme à realidade histórica. Suas fórmulas causam ilusão: freqüentemente dão uma idéia errônea ou incompleta dos fatos e das instituições[84]. Poder-se-ia, por exemplo, convencer-se de que, no que tange ao poder judiciário, ele se preocupou muito mais com o criminoso que com o civil, unicamente interessado no júri, deixando de lado os juízes nomeados pela coroa, que constituem a mais sólida defesa das liberdades individuais. Também se equivocou quanto à significação do "corpo de nobres" que, na Inglaterra, é um grupo de influências e de poderes sociais muito dife-

▼

84. Desse modo, acusou-se Montesquieu de ter ocasionado muitos erros práticos com essas anfibologias e essas acusações. "O mundo teria evitado mais de um passo em falso e um erro, se Montesquieu não tivesse conseguido fazer prevalecer, por muito tempo, a teoria da divisão dos poderes (...) É um de seus crimes ter colocado a constituição da Inglaterra como um exemplo convincente de sua teoria, e ter posto suas instituições sobre um leito de Procusto para delas tirar, torturando-as, a separação dos poderes." Cf. R. von Mohl, *Geschichte und Litteratur der Staatswissenschaften* (CXI, p. 386, e XLI, p. 39).

Os publicistas alemães condenaram, em sua maioria, a teoria de Montesquieu. Cf. Ch. Seignobos, La théorie de la séparation des pouvoirs, *Revue de Paris*, 1º de março de 1895.

rentes da nobreza francesa. No que tange à Câmara dos Comuns, considerou-a como "o corpo representante do povo" dando, assim, a impressão de que ignorava o modo de eleição na Inglaterra, que consistia, então, em realizar esta condição estabelecida em *L'esprit des lois*, em saber que todos os cidadãos têm direito de voto, "exceto os que se encontram em tal estado de baixeza que são considerados sem vontade própria". Seria preciso observar, ainda, afirma d'Eichthal, como, nessa mistura aparente de monarquia, aristocracia e democracia, ele acreditou ser a base do governo britânico, não percebeu ou não assinalou o predomínio efetivo do elemento aristocrático ou oligárquico que realmente decidia, na época, os destinos do país. São lacunas de observação que viciam a teoria de Montesquieu, posto que as garantias da liberdade inglesa não são aquelas que *L'esprit des lois* proclama.

Finalmente, deve-se confessar que o quadro do poder executivo inglês por ele traçado "não satisfaz absolutamente à razão, nem mesmo ao bom senso, do ponto de vista do funcionamento de um governo qualquer: que poder de ação poderia viver nos limites demasiado estreitos em que o encerrou, acreditando, com isso, garantir o equilíbrio entre as potências e, por isso mesmo, a liberdade dos cidadãos?"[85]

Ele deposita o poder executivo nas mãos de um monarca, inviolável na sua pessoa, fonte das honras e dignidades, armado do poder de *impedir*, mas não de *estatuir*, não entrando, portanto, no debate dos negócios públicos e *não devendo propor* leis; encarregado de convocar e dissolver o poder legislativo, aconselhado por ministros responsáveis, não nomeando os juízes que devem ser tirados do povo a título de jurados; chefe de um exército "que pode ser dissolvido pela potência legislativa, assim que ela o desejar"; enfim, sem autoridade para fixar o orçamento e recolher impostos.

Limitar a essas atribuições o poder executivo é torná-lo simples vassalo do poder legislativo, que será o único verdadeiro soberano. Eis-nos, portanto, bem longe do ideal proposto por Montesquieu, desse equilíbrio "em que as duas partes do poder legislativo, acorrentadas por sua faculdade mútua de impedir e ambas atadas pela potência executora,

▼

85. Cf. E. d'Eichthal, *Souveraineté du peuple et du gouvernement*, Paris, 1895, pp. 135 ss.

que o será ela própria pela legislativa, deveriam produzir um repouso, uma inação, mas em que, sendo forçadas a caminhar pelo movimento necessário das coisas, serão forçadas a caminhar de acordo".

Essa necessidade de fato, que Montesquieu percebeu sem poder fornecer sua verdadeira razão de ser, provinha do fato de que a coroa e as Câmaras combinavam sua ação em uma instituição intermediária, "o Gabinete", e que, enfim, se as duas potências compartilhavam a iniciativa legislativa, havia uma tendência acentuada a abandonar, cada vez mais, a proposição da lei ao executivo, contrariamente ao que estabelecia o autor de *L'esprit des lois*.

Trata-se de erros ou lacunas que não nos devem fazer esquecer a profundidade e a novidade da teoria da liberdade proposta por Montesquieu: erros e lacunas que ele compartilhava com a maior parte dos publicistas de sua época e que, para evitá-los, teria sido necessário dispor de um poder divinatório absolutamente excepcional na época em que escrevia.

CAPÍTULO 14

MONTESQUIEU – A RAZÃO CONSTRUTIVA*

Bernard Groethysen

Tomemos Montesquieu como ponto de partida. Como os homens de seu século, Montesquieu também ama a variedade de formas que reveste a existência dos homens. "Nossa alma é feita para pensar, ou seja, para perceber", escreve ele. "Um tal ser deve ter curiosidade; pois, como todas as coisas estão em uma cadeia onde cada idéia precede outra e vem em seguida a outra, não podemos gostar de ver uma coisa sem desejar ver uma outra (...) E é por esta razão que a alma procura sempre, incansavelmente, coisas novas. Estaremos, então, sempre seguros de agradá-la enquanto pudermos mostrar-lhe mais coisas do que ela esperava ver."[1] Esta disposição da alma, que a leva sempre em direção a novos objetos, faz com que "ela saboreie todos os prazeres da surpresa"[2]. Ela ama ao bonito mais do que ao belo. "Uma mulher, escreve Montesquieu, quase só pode ser bela de uma maneira; porém ela é bonita de cem mil outras."[3] "É também um grande prazer para a 'alma' poder estender sua visão mais ao longe"[4], e é por isso que ela cultiva os

▼

* "Montesquieu – la raison constructive" (in *Philosophie de la révolution française*. Paris, Gonthier, 1956, pp. 43-62). Tradução de Elizabeth de Vargas e Silva.
1. *Essai sur le goût. De la curiosité.*
2. Idem, *Du plaisir de la surprise.*
3. Idem, *Du je ne sais quoi.*
4. Idem, *De la curiosité.*

grandes pensamentos. "O que caracteriza, em geral, um grande pensamento, diz ainda Montesquieu, é quando se diz uma coisa que deixa antever um grande número de outras, e que nos permite descobrir de repente aquilo que podíamos descobrir somente após uma profunda leitura." O que o encanta é que a realidade viva, tal qual ela é dada, oferece-lhe sempre novos e variados objetos de meditação. Mas não se trata de unificar tudo. O espírito filosófico consiste precisamente em distinguir as coisas entre elas, nelas reconhecendo os matizes.

Esta realidade viva não é um dado que existiria independentemente do espírito do homem. Em todos os lugares os homens intervieram como criadores. Criaram usos, costumes, leis, Estados. Os indivíduos não estão dispersos, um aqui outro lá; eles se agruparam em uniões, povos, nações, classes sociais; eles formaram organizações. Montesquieu quer percorrer toda esta gama de formas de organização recobertas pela vida coletiva, compará-las, estabelecer as diferenças e as similitudes.

Nesta diversidade de leis e costumes, os homens não são conduzidos unicamente pela sua fantasia. É preciso que exista nestas instituições, nestes costumes e nestas leis um sentido, um *espírito*. São produtos da vontade, de atos que perseguem certos desígnios. São formações devidas à intervenção do homem dentro da diversidade das manifestações humanas, no curso da história, criações do espírito em virtude das quais os povos decidem o seu destino. Montesquieu quer estudar as formas de organização dos povos a partir dos objetivos que elas procuram atingir. Ele procura compreender a razão das leis. Se uma lei parece estranha à primeira vista, é preciso admitir que ela é mais racional do que parece, que ela tem a sua razão de ser.

O legislador, ao exercer sua atividade, depara com certas condições e, de certo modo, uma matéria já dada. Ele deve dar leis a um povo. Esse povo tem uma maneira de ser particular. O que surpreende Montesquieu, ao longo de suas viagens, é constatar o quanto os venezianos são diferentes dos genoveses ou os povos do Sul, da gente do Norte. "Um inglês, um francês, um italiano: três espíritos."[5] Cada povo tem

▼

5. Montesquieu, *Pensées et fragments inédits*, publicados pelo Barão de Montesquieu, 1901, tomo II, p. 171, XVI: "Caracteres étnicos", 1382 (376, I, p. 359).

sua individualidade. Estas individualidades sendo tão diferenciadas trata-se de analisá-las cada uma em seu conjunto, levando em conta as circunstâncias variáveis em que vive, o clima, as condições econômicas, as hierarquias estabelecidas entre os membros da comunidade, suas idéias morais ou religiosas, tudo que implica a constituição psicofísica dos homens e suas inter-relações. É preciso compreender como a individualidade de um povo, o espírito que o caracteriza nasçam de tais condições complicadas e instáveis. O legislador encontra-se, então, diante de um conjunto complexo de dados morais e econômicos. Suas leis deverão adaptar-se ao caráter particular destes organismos. "Seria o efeito de um grande acaso" se "as leis de uma nação pudessem convir a uma outra"[6].

No entanto, se é necessário que as leis se conformem à maneira de ser deste conjunto que elas devem arquitetar, a atividade construtiva do legislador supõe certos encadeamentos de idéias e trata com certos tipos de governo, obedecendo a uma lógica que lhes é própria e que ele deve descobrir. As leis formam conjuntos e são decorrentes umas das outras. Existe, inicialmente, as leis que dão ao governo a sua forma, seja ela democrática, monárquica ou despótica. Esta forma de governo, uma vez dada, implica, pela sua própria natureza, certas leis, por exemplo leis que regem o direito de sufrágio ou que criam uma hierarquia social entre os cidadãos; são as leis que derivam da própria lógica do governo escolhido.

O legislador deve, então, partir de duas premissas: de um lado, uma forma de governo que se constituiu de acordo com as leis que lhe são inerentes; de outro, a individualidade particular do povo ao qual devem aplicar-se as leis, e que determinam ao mesmo tempo certas concepções religiosas e morais e as condições do país. É necessário que o espírito do povo obtenha uma direção, que a sua individualidade seja orientada no sentido de um objetivo definido para que estas leis possam intervir de maneira criadora no interior da coletividade, para que se tornem eficazes. Cada forma de governo supõe uma maneira de sentir particular, um espírito que deve dominar ao constituir-se todos os

▼

6. *L'esprit des lois*, livro I, cap. III.

organismos coletivos. O princípio da democracia é a virtude, o da monarquia, a honra, o do despotismo, o temor. Para que a coletividade siga estes princípios, é necessário que toda a sua organização a eles se ajuste, que a coletividade se unifique em torno do mesmo espírito: as leis da educação, a administração da justiça, as instituições, os costumes, tudo deve concorrer para formar a comunidade, de modo que ela corresponda a uma determinada forma de governo. É necessário que exista uma unidade de sentimentos suficientemente eficaz para dar uma direção comum a todas as vontades diferentes, suscetíveis de serem inspiradas por motivos individuais. Todas as partes do todo devem obedecer a um mesmo impulso.

O legislador encontra, portanto, diante de si, como matéria, um número de pessoas para as quais as condições econômicas e morais criaram uma certa disposição do espírito. O homem do Sul tem uma, o homem do Norte, outra. Todas as leis, todas as instituições devem se adaptar a esta disposição, mas reforçando-a e dirigindo-a de maneira que a matéria dada chegue a constituir o conteúdo apropriado de uma certa forma de governo. Se se tratar, digamos, de instituir uma monarquia, será necessário, partindo da disposição de espírito de um povo, aquela, por exemplo, que sua situação insular dá à Inglaterra, criar um sentimento coletivo de honra. Em seguida, as formas de governo e as leis que disso dependem podem, por sua vez, contribuir na formação e no desenvolvimento do espírito do povo. É o que ocorre, por exemplo, com certas instituições parlamentares que agem sobre a maneira de pensar e sentir de uma coletividade e a transforma.

Cada sociedade tem um caráter particular, uma maneira específica de pensar, um espírito criado ao longo dos séculos. A partir do momento em que este espírito existe, ele é todo poderoso. Tudo o que fazem as autoridades no poder e seus funcionários relaciona-se com ele. É o espírito do povo, contra o qual nenhuma força prevalece. Seria ainda melhor dizer que não há nenhuma força que não esteja baseada nele. Ele reina até a completa destruição do organismo coletivo do qual ele é, de certa forma, o impulso e com o qual convive em constante reciprocidade de reações. As leis tornam-se vivas, novas criações correspondem a novas correntes ideológicas no interior da coletividade. As leis e as características psíquicas de um povo não cessam de se opor umas às outras. É possível então que os conflitos que surjam no curso deste movimento dialético entre o espírito coletivo e as formas que as leis adquirem sejam constantemente ultrapassados. Mas é possível também que estes conflitos levem os povos à ruína. Neste jogo perpétuo de ações e reações entre as leis e o espírito geral dos povos, os organismos do Estado distinguem-se uns dos outros, e também entre eles, através das fases que atravessam ao longo do desenvolvimento histórico. Podemos assim seguir a vida dos povos, analisando as transformações contínuas que se operam em sua legislação. Porém, a partir do momento em que a unidade se estabelece entre a lei e o espírito de um povo, no momento em que sua estrutura de conjunto aparece, ele continua a evoluir, impulsionado pelas formas já dadas por esta estrutura. São movimentos de progressão e regressão que se dão nos limites de certas possibilidades. Seria também uma tarefa muito delicada violar estes limites ou mudar seu traçado. O legislador não seria suficientemente prudente ao modificar em uma nação leis fundamentais, consagradas pela história e às quais o povo permaneceu apegado. "Pode ser algumas vezes necessário", escreve Montesquieu, "mudar certas leis, mas o caso é raro, e quando acontece é preciso agir com muito cuidado."[7]

Cada um destes organismos coletivos, cada Estado, tem como objeto principal a sua própria manutenção. Seu instinto de conservação toma a forma de leis e estas adquirem assim sua razão de existir. Os povos tornam-se grandes e poderosos graças às leis. No entanto, é possível que no curso da história de uma nação surjam contradições interiores entre suas leis fundamentais, ou que seu espírito, a sua organização psíquica, não concorde mais com o espírito da legislação, seja porque as leis destinadas a criar esta organização psíquica não se inspiram mais na forma do governo, seja porque influências vindas do exterior tenham dado à vontade uma outra direção.

Mas, "ainda que todos os Estados tenham, em geral, um mesmo objeto, que é o de se manter, cada Estado tem, no entanto, algum outro que lhe é particular", escreve Montesquieu. "O engrandecimento era o objeto de Roma; a guerra, o da Lacedemônia; a religião, o das leis judai-

---

7. *Lettres persanes*, carta XXIX.

cas; o comércio, o de Marselha"⁸; a liberdade política, o da Inglaterra. Dado este objeto, passa a necessitar, para a sua realização, de leis especiais. Porém, estas leis dependem de outros dados ainda, tais como as condições climáticas, a natureza do solo, a densidade populacional, a religião dominante, e cada um desses dados exige uma legislação especial apropriada que deve se harmonizar com a do conjunto.

Cada Estado constitui, então, um todo, cuja estrutura inteira está voltada a objetivos determinados, um organismo em que todas as diferentes tendências que podem representar os homens encontram uma unidade de objeto nas leis, que servem ou para manter a coletividade ou para fazer prosperar certos interesses comuns; e estas leis possuem um caráter diferente segundo a natureza do conteúdo ao qual elas devem dar uma forma. Montesquieu considera as leis como obras de arte. Há "belas leis" e há "leis feias". A arte de criar e organizar as sociedades é a primeira delas, da qual todas as outras deveriam ser tributárias porque dela dependem a vida e a felicidade dos povos. O legislador artista encontra uma fonte inesgotável de inspiração na infinita diversidade de dados que se lhe oferecem. Novas combinações de leis não cessam de aparecer em sua mente. Mas a maioria dos legisladores foram homens limitados. "Parece", diz Montesquieu, "que eles desconhecem a grandeza e a própria dignidade de sua obra (...) Eles se jogaram em detalhes inúteis, dedicaram-se a casos particulares: o que indica uma mentalidade estreita, que só visualiza as coisas por partes e não possui visão geral das coisas."⁹ Ora, o primeiro dever do legislador é precisamente considerar as coisas apenas em função do conjunto que elas formam; deve saber quando deve haver consonância ou dissonância entre as partes do todo. "É necessário tomar" as leis "todas juntas e compará-las todas juntas."¹⁰ Pode acontecer que elementos que podem parecer totalmente diferentes contribuam para o bem do Estado. "A grandeza do gênio", diz ainda Montesquieu, "não consistiria antes em saber em que caso é necessária uma uniformidade e em que outro, uma diferenciação?"¹¹ "O

▼

8. *L'esprit des lois*, livro XI, cap. V.
9. *Lettres persanes*, carta LXXIX.
10. *L'esprit des lois*, livro XXIX, cap. XI.
11. *Ibid.*, cap. XVIII.

que chamamos união em um corpo político é uma coisa muito equívoca; a verdadeira é uma união de harmonia que faz todas as partes, por mais que nos pareçam contrárias, concorrerem para o bem geral da sociedade, como as dissonâncias na música concorrem para o acorde geral. Pode haver união em um Estado onde só pensamos ver agitação, isto é, uma harmonia que leva à felicidade, que é a única paz verdadeira. É como as partes; do universo, eternamente ligadas pela ação de umas e reação de outras."[12]

Se quisermos ter uma idéia sobre o valor destas combinações de leis, é preciso começar por se perguntar se elas atingem realmente o seu objetivo, se os povos que elas governam estão em decadência ou se prosperam. As circunstâncias sob as quais os povos vivem, modificam-se ou se multiplicam; as leis que antigamente tinham uma razão de ser, deixam de tê-la. Toda a questão consiste, então, em saber se as formas de legislação em vigor chegarão a se adaptar a estas novas circunstâncias. O futuro dos povos disso depende. Não se trata de indagar sobre o valor absoluto das leis nem de procurar achar a forma de governo mais perfeita. O valor das leis é totalmente relativo, é relativo "aos seres que as consideram". É possível que existam valores absolutos, mas nosso espírito é incapaz de defini-los. "É preciso ter bem claro este princípio; ele é a base de grande parte de preconceitos. É o flagelo de toda a filosofia antiga, da física de Aristóteles, da metafísica de Platão: e, se lermos os diálogos de Platão, encontraremos que eles são unicamente uma trama de sofismas, criados pela ignorância deste princípio."[13]

Quando Montesquieu viaja, o que o surpreende é o valor relativo das formas tomadas pelas diferentes coletividades. Seria impossível julgá-las de um único ponto de vista. "As viagens", diz ele, "propiciam uma grande abertura ao espírito: deixamos os preconceitos de nosso país e não somos capazes de adotar os dos estrangeiros."[14] É preciso tomar os países tais como são e olhar "todos os povos da Europa com a mesma

▼

12. *Grandeur et décadence des romains*, cap. XI.
13. *Pensées et fragments inédits*, publicados pelo Barão de Montesquieu, 1901, tomo II, p. 477, IX. *Philosophie*, I. *Métaphysique*, 2062 (410, I, p. 374).
14. *Mélanges inédits*, "Ensaio sobre as causas que podem afetar os espíritos", p. 144, 1892.

imparcialidade como olhamos os diferentes povos da ilha de Madagáscar"[15]. Não podemos dizer que os usos e costumes de uma nação são melhores que os de outra. Qual seria, aliás, a medida para estabelecer este julgamento? Montesquieu gosta de imaginar como se sentiria desambientado um estrangeiro, um persa, chegando à Europa e achando estranho tudo o que vê e ouve, em um mundo que para nós não tem nada de extraordinário. Ele observa a diversidade que oferece o espetáculo do mundo, as inúmeras atitudes que as pessoas tomam diante das coisas, a surpresa pueril que sentimos quando deparamos com os usos e costumes de outros povos, a mesquinhez de nossas apreciações inspiradas por nossos preconceitos nacionais e a época em que vivemos. E disso resulta que ele só pode avaliar as coisas de um ponto de vista relativo.

Se ele viajar, não poderá contemplar as manifestações multiformes da vida humana como simples observador. Como ficar indiferente diante dessas manifestações, já que a infelicidade ou a felicidade dos homens delas dependem e o princípio da vida dos povos aparece por meio das mais diversas combinações?

"Quando viajei a países estrangeiros", diz ele, "integrei-me como se fosse o meu próprio país, participei de seus destinos e cheguei a desejar que estivessem em uma situação próspera."[16] É deste ponto de vista que ele se coloca para apreciar as diferentes leis. Seu valor reside em seu grau de adaptação às tendências, às atitudes de espírito dos homens que a elas devem ser submetidos e na maior ou menor economia dos meios que emprega para alcançar esse objetivo. E, dado que os homens, ou os grupos de homens, diferem entre si, é impossível dizer de algumas leis que são as melhores que existem. "As leis humanas estatuem sobre o bem" e não "sobre o melhor". Ora, "existem muitos bens, mas o melhor é único"[17]. É preciso então cuidar para não "comparar as leis uma por uma"[18]. Trata-se sempre de situá-la no conjunto que ela forma com outras leis e, depois, de comparar as leis todas juntas, estudando os diferen-

▼

15. *Pensées et fragments inédits*, tomo I, p. 34. Bordeaux, 1899, 86+ (1297, II, fº 137).
16. *Pensées et fragments inédits*, tomo I, p. 9 (4, 213, I, p. 220).
17. *L'esprit des lois*, livro XXVI, cap. II.
18. *Ibid.*, livro XXIX, cap. XI.

tes objetivos para os quais elas tendem. A única questão que se impõe nesta maneira relativa de avaliar as leis é a de saber se uma lei em vigor é boa, ou, melhor dizendo, em que medida ela pode exercer uma ação favorável à manutenção de um povo e adaptar-se ao espírito geral de uma nação.

O mundo inteligente, tal qual o concebe Montesquieu, é uma agregação de coletividades, reguladas por princípios diferentes. Não lhe interessa saber se estas coletividades formam um todo submetido a uma lei universal que compreenderia todas. Suas relações são mais ou menos estreitas, mais ou menos hostis; elas se combatem; elas se estendem, umas à custa das outras; elas concluem tratados, mas não obedecem às leis de um desenvolvimento geral.

Montesquieu visa, então, a toda a infinita diversidade de dados políticos na história, como a sucessão ou a coexistência de organismos de um valor relativo, tendendo cada um para um objetivo definido, coletividades, cada uma tendo seu caráter individual e sua legalidade própria. Os povos prosperam, depois declinam segundo a necessidade interior de sua estrutura legal. Quanto a descobrir as leis que poderiam ser comuns a estes diferentes organismos, é uma questão que Montesquieu não parece ter considerado. Ele não vai ao ponto de fazer seguir às nações um mesmo processo de evolução. Isso só será considerado mais tarde, quando o desenvolvimento da humanidade será concebido sob o ângulo do progresso. Montesquieu limita-se a estudar as leis próprias de cada Estado, a comparar entre elas suas diferentes constituições; ele somente procura descobrir por indução, entre os materiais que lhe fornece a história, as regras gerais de certas formas de legislação.

O século XVII se indagava do sentido que poderia ter esse universo. Montesquieu não parece se preocupar com isso. A terra não é nada mais que um "átomo" na imensidão do universo. "Para que", exclamava ele, "fazer livros para esta pequena terra, que é apenas maior que um ponto?"[19] Uma única coisa interessa-o: descobrir, na diversidade dos dados oferecidos pela história do mundo inteligente, o significado que tomam as individualidades coletivas criadas pelo espírito humano na

▼

19. *Pensées et fragments inédits*, tomo II, p. 305, 1752 (1057, II, fº 61, Vº).

perseguição de certos objetivos, e indagando-se sobre o seu valor relativo. O que está sujeito à mudança, o que é diverso, o que não tem sentido se tomado isoladamente, adquire um sentido nos agrupamentos coletivos construídos a partir de leis visando a atingir um objeto particular. Claro que é necessário que as estruturas de leis compostas pelos homens tenham a grandeza das que presidiram à arquitetura do universo. É possível que a vida do homem, assim como o seu corpo, e assim como a dos animais sejam governadas por leis que, por sua natureza, são invariáveis porque foram estabelecidas por Deus. Mas o homem é "um ser limitado (...) sujeito à ignorância e ao erro" e a "mil paixões" e, por outro lado, é de sua natureza agir por si só. "É preciso que ele se conduza", que ele produza. "Feito para viver em sociedade"[20], ele deve encontrar formas capazes de dar alguma estabilidade à sua vida instável e à dos povos. Compõe leis, que não são outra coisa senão a razão humana governando os povos da terra e adaptando-se de múltiplas maneiras aos diversos objetos que ela deve formar.

Tal é a nova atitude de espírito perante a realidade viva. Esta não é mais um caos desordenado e desprovido de sentido, diante do qual o homem se sente impotente. O espírito do homem é o senhor das transformações pelas quais passam suas criações; ele delas dispõe, forma-as e transforma-as ao seu bel-prazer. E não se trata aqui de uma ordem obtida unicamente através do conhecimento; não se trata simplesmente de se encontrar nas diferentes relações possíveis entre as coisas, de ver claro nas diferentes maneiras que a inteligência possui para agrupar os dados da realidade. Aqui entra em jogo um outro elemento além do *esprit de finesse*. O homem sente-se capaz de intervir, ele mesmo, na realidade, de modelá-la; ele é o artista, o arquiteto que dá uma forma à vida dos povos. Ele percebe que as sociedades não são mais simples dados, mas uma matéria a construir. Aprendemos a analisar um Estado a partir dos princípios de sua estrutura e a compreender as leis em sua dependência recíproca, a ver um todo coletivo em função do objetivo que ele persegue. Desde que o objeto de uma coletividade é dado, certas leis devem seguir-se-lhe e devem fornecer um conjunto orientado

▼

20. *L'esprit des lois*, livro I, cap. I.

para uma direção definida. Para cada uma destas leis, é necessário perguntar se ela entra na estrutura teleológica do conjunto, se ela contribui para atingir o objetivo que ele se propôs. Mas, na obra de Montesquieu, um Estado não pode ter senão dois objetivos: o primeiro, o principal, que é o de se manter, e o outro, que lhe é particular, tal como a conquista de outros países, o comércio, etc. Não existe objeto de valor absoluto e não se pode dizer de nenhuma lei que ela é boa em si. Uma lei pode ser boa em certos momentos e ser ruim em outras circunstâncias. Ela tem validade em função de seu grau de adaptação à individualidade do povo que ela governa. Para emitir um julgamento sobre ela é preciso situá-la no conjunto formado ao mesmo tempo pelas condições existentes e por uma legislação teleológica determinada.

O liberalismo do L'esprit des lois e a liberdade tal como a compreende a revolução

A Revolução Francesa não podia, evidentemente, ficar neste ponto de vista. Montesquieu, dirão os revolucionários, estuda e analisa as relações das leis entre elas com uma extraordinária perspicácia. Mas, em suas pesquisas, ele se limita a examinar em que grau as leis concordam com tal ou tal forma de constituição. Ora, não se trataria, sobretudo, de saber se esta forma é justa ou não? Ele parece dizer aos povos: tal forma de governo deve ser assim, pela simples razão que ela é assim, é preciso também que ela continue sendo o que é. Isso, porém, não soluciona em nada a questão de saber se esta forma de governo está conforme ou não à razão, se ela é válida do ponto de vista do direito. Ele está sempre mais preocupado em buscar as razões do que existe, do que procurar o que deve ser. Como deduzir de um fato a sua validade? Isso significa colocar um estado de fato no lugar de um estado de direito. Com tal método, todos os erros, todos os absurdos, todos os crimes acabam sendo legítimos. É preciso distinguir, em Montesquieu, o historiador do legislador. Historiador, ele o é quase sempre, legislador, raramente. Ele nos leva a conhecer os costumes de certos povos e as circunstâncias sob as quais vivem. Chega por indução a certas conclusões que derivam dessas circunstâncias. Mas isso implica a necessidade de dar a estas conclusões um alcance geral? O que falta ao seu *L'esprit des lois* é o início e o fim. Suas leis não têm nem fundamento, nem propósito jurídicos. E esta é a crítica constante feita a Montesquieu, durante a Revolução Francesa. Não saberíamos admitir que ele parta do fato para chegar ao direito, que ele se preocupe unicamente com o que existe e não se ocupe com o que deve existir. Se uma coisa que tenha acontecido em tal ou tal país, opõe-se-lhe que o fato tenha ocorrido em tal ou tal época, há mil anos ou no presente, sob tal ou tal clima, que tenha sido ou não legitimado pelo objetivo particular que persegue um Estado, sempre resta a saber se é justa ou injusta, boa ou má. Um assassinato é sempre um assassinato, não importando o grau de latitude ou de longitude sob o qual foi cometido. À diversidade múltipla no tempo e no espaço, opõe-se a universalidade, a unidade, a generalidade das máximas do direito. E, partindo disso, podemos ir ainda mais longe. Se podemos dizer, diante de cada fato particular que nos oferece, em sua multiplicidade, a história do espírito humano, se é bom ou mau, justo ou injusto, não podemos então definir como devem ser as coisas em seu conjunto para satisfazer a moral e a justiça? Não podemos encontrar uma norma para formar as coletividades humanas?

Tal ou tal lei é má ou injusta. Eu sei, eu estou certo disso. Mas como é necessário que ela seja para ser boa ou justa? O julgamento de valor nasceu do caráter universal desta lei. Mas onde está a norma que seria válida para todos e que nos diria como tudo deve ser para que se consolidem os valores absolutos? Montesquieu havia concebido a organização coletiva, o Estado, como um organismo perseguindo seu objetivo, como um todo construído segundo leis que tendem a formar um conjunto bem definido, uma unidade teleológica. Mas como definir o objetivo perseguido pelas coletividades a partir de medidas de valor que sejam universais? De um lado Voltaire: a crítica universal segundo medidas de valor aplicáveis indiferentemente a todos e sempre aos mesmos; de outro, Montesquieu: os princípios de arquitetura de sociedades construídas visando a atingir certos objetivos. De um lado, a consciência crítica soberana, reclamando de um só princípio, o do direito; de outro, os princípios variáveis ao infinito, dos quais pode se servir a razão construtiva para agrupar os homens em unidades coletivas, perseguindo cada uma um objetivo diferente.

Sabemos, então, se uma coisa é justa ou não, sabemos também como nos opormos à realidade viva, para transformá-la, para dirigi-la segundo as leis. Trata-se agora, na formação teleológica das coletividades, de proceder de maneira que se alcance um objetivo cujo valor seja absoluto. Este objetivo absoluto é encontrado no direito. Cada homem, se o considerarmos do ponto de vista do direito, é um valor absoluto. Não importa o lugar em que se encontra no mundo, a época em que ele vive, este homem, pelo fato de ser homem, tem certos direitos naturais. Estes direitos são estabelecidos junto com o próprio homem. O homem, concebido como tal, tem um valor absoluto do ponto de vista do direito, seu caráter é determinado por seus direitos. Tem o direito de viver, de não ser perturbado em suas ações, de firmar contratos etc. Quando queremos saber se uma ação é boa ou má, se é justa ou injusta, devemos nos perguntar, portanto, se ela vai ou não ao encontro do caráter original que o direito outorga ao homem. Um homem exerce uma violência a um outro para obrigá-lo a prestar-lhe um serviço; ataca-o, assim, no seu direito à liberdade; não haveria, no entanto, violação do direito se existisse entre esses dois homens um contrato, pelo qual o segundo se empenhava em prestar, sob certas condições, serviço ao primeiro. Também não há quando a comunidade formada pelo Estado cobra um serviço de um particular. Se existir entre as duas partes um contrato, esta reclamação é justificada, não sendo, no caso contrário. Todas as leis devem ser julgadas segundo o que elas são de acordo ou em contradição com os direitos do homem. O direito tem primazia sobre a lei. Cada lei deve estar fundada sobre o direito e tender no sentido do direito. O Estado é uma associação de particulares dotada de direitos, cujo objetivo é satisfazer aos direitos de todos. Para formar um Estado respondendo a estas condições, é preciso uma organização coletiva, baseada em leis. Comecemos por estabelecer os direitos naturais dos particulares, e poderemos dizer, então, de cada lei se está fundamentada no direito ou não, se é justa ou não, e julgar seu valor, sua oportunidade do ponto de vista jurídico. É no princípio do direito que devemos procurar a norma absoluta que nos permitirá construir uma coletividade.

Existem, então, divergências profundas entre o ponto de vista de Montesquieu e o da Revolução Francesa. Montesquieu compreende o mundo inteligente como um número de coletividades. Cada indivíduo tem uma certa relação com uma coletividade. Sua vida, seu destino, a direção que toma seu espírito estão, em grande parte, condicionados pela comunidade à qual ele pertence. Ele vive, evolui com ela e, quando for a ocasião, morre com ela. Cada particular deve sentir em si mesmo alguma coisa da vida comum, do espírito geral. Este espírito geral que o determina e o dirige, mas que ele ignora, deve se tornar vivo nele. É preciso que ele tome consciência disto e que seja senhor de suas ações. Montesquieu coloca, assim, os alicerces do que se pode chamar de senso cívico; ele valoriza a coletividade e nela centra os sentimentos e os pensamentos dos particulares que a compõem. A Revolução Francesa, no entanto, quer intervir como criadora na vida dos povos, quer mudar suas condições de vida. Criemos, diz ela, novas formas coletivas de vida, criemos um povo novo e feliz e então o indivíduo encontrará sua felicidade na coletividade e dela dependerá naturalmente.

Montesquieu diz também que a vida das coletividades está determinada por um poder impessoal, pela lei, lei que intervém na vida de cada particular, que o ultrapassa, que sobrevive às gerações e se desenvolve a partir de uma lógica imanente, que permanece direta e objetiva, ao lado do arbítrio e do caráter subjetivo dos indivíduos. Os indivíduos podem agir unicamente no interior desta forma de organização impessoal. Os senadores em uma república, o rei e os funcionários de um reino não são mais do que engrenagens do mecanismo legal regendo o conjunto dos concidadãos. Sua atividade só pode se manifestar sob as formas dadas pela lei. Se eles forem contra a lei, deverão desaparecer. Ou, então, será o povo que marchará para a ruína. Existe, então, um dado histórico. Um poder impessoal reina sobre o indivíduo. Devemos obedecer só à lei, à lei que é a razão humana, e não ao homem. É preciso que exista um poder superior a todos, inclusive o rei. O rei só deve reinar em nome da lei e executar as leis que são "as relações necessárias", derivando "da natureza das coisas".

Mas, neste ponto também, a Revolução Francesa ultrapassa Montesquieu. Qual é então, pergunta ela, o poder que edita as leis? Em Montesquieu, as leis são o produto de um processo histórico. Elas se devem ora a um legislador, a um sábio, ora a sugestões de um povo vizinho. É possível até que elas tenham sido impostas a uma nação derrotada por uma nação vitoriosa. Segundo a forma que reveste a constituição, é um senado aqui, um parlamento lá, ou então o povo inteiro, ou um rei que age como legislador. Igualmente manifestações da razão humana que se exprimem da maneira mais variada ao longo da história, e em diferentes povos.

A Revolução Francesa, ao contrário, não concebe a lei como sendo o produto de um indivíduo ou de um grupo de indivíduos. O indivíduo, por sua natureza, não pode ser senão arbitrário, limitado, determinado por razões pessoais. À natureza impessoal da lei só deve corresponder um poder legislativo impessoal. É a vontade geral de uma comunidade que deve fazer a lei, é o todo que deve estatuir sobre si mesmo, o todo no qual vêm se fundir todas as tendências particulares e no qual os interesses particulares o cedem em benefício do interesse geral. É somente a nação que pode se dar a lei. Montesquieu já havia concebido a nação tal como lhe revelava a história, como um todo psíquico, um organismo dotado de alma, com a qual as leis deveriam estar em harmonia. Porém, os indivíduos, aos quais estava confiado o cuidado de fazer as leis, variavam segundo as circunstâncias e a constituição em vigor no país. O todo formado pelo espírito da nação era unicamente o *objeto* das leis; com a Revolução Francesa torna-se o *sujeito* da potência legislativa.

Montesquieu atribuíra à razão soberana o poder de fazer leis, de decidir a sorte das gerações futuras; durante a Revolução Francesa, esta fé no poder da razão, exercendo-se pela lei e determinando a vida de todos os indivíduos de uma coletividade, leva à convicção de que é precisamente esta coletividade que deve decidir, soberanamente, acerca das medidas tomadas a seu respeito. Certamente, Montesquieu viu nas leis as manifestações da razão humana aplicada à realidade viva. Mas, na sua obra, é uma razão que aparece sob variáveis fenômenos históricos, que se submete aos diferentes dados, adapta-se a eles, usa de astúcia com eles, leva-os em conta prudentemente, e ela mesma está sujeita a mil erros; é uma razão que cria combinações de leis de um valor sempre relativo e de um caráter sempre diferente, leis que não têm nada da unidade das leis da natureza, da grande e constante legalidade da natureza. A esta razão multiforme e relativa, a Revolução Francesa opõe a razão universal e absoluta, sempre segura dela mesma, visto que ela recorre aos princípios de direito aplicáveis ao mundo inteiro e que devem regular tudo, os princípios que são válidos para todos os povos. Aplicando estes princípios, nós apenas seguimos a legalidade da natureza, realizamos o que está baseado na própria natureza do homem.

É possível, no entanto, que exista uma gama de diferenças na maneira de concretizar estes princípios de direito. E nisso a influência de Montesquieu foi grande, tanto no começo como no fim da revolução. Entre as metas de um valor relativo que a comunidade formada por um Estado pode estabelecer, Montesquieu cita a liberdade dos cidadãos. É o objetivo, por exemplo, que a Inglaterra se propôs. Se um Estado quer atingir este objetivo, acrescenta Montesquieu, certas coisas devem realizar-se, certas condições devem ser fixadas pela lei, como, por exemplo, o poder legislativo e o poder executivo não podem estar reunidos em uma mesma pessoa. Durante a Revolução Francesa, este objetivo, que para Montesquieu só poderia ser relativo, torna-se um objetivo absoluto, uma norma. A liberdade é um direito natural, ela deve, portanto, ser o objeto do Estado. Montesquieu indica, por outro lado, também os meios aos quais deve-se recorrer para se efetivar a liberdade. Podemos então dizer: queremos ser livres, é nosso direito, e para que nos tornemos livres é necessário, como estabelece Montesquieu, que os poderes legislativo e executivo sejam separados, é necessário que os poderes se equilibrem de maneira que nenhum deles possa oprimir os cidadãos. O ideal que os homens da revolução perseguem, seus valores, suas maneiras de sentir transformam-se, mas Montesquieu continua sendo o artista que lhes ensina como realizar certos objetivos, o arquiteto que lhes mostra a estrutura legal de uma sociedade, as regras da arte social, da legislação.

CAPÍTULO 15

DOIS PLANOS E DUAS LEITURAS*

Paul Vernière

Um dos exegetas mais inteligentes de Montesquieu, Fortunat Strowski, comparava o presidente ao pastor da Caldéia que, olhando o céu, "queria ordenar a manada confusa das estrelas"[1]. Em relação às sociedades humanas e suas leis, teria tido as mesmas impressões, a mesma emoção, a mesma necessidade de ordem. O plano de *L'esprit des lois* seria então, antes de tudo, uma "classificação natural" das leis, derivada de um propósito prévio, análogo àquele de Lineu ou de Buffon: reencontrar, como o pastor da Caldéia, não a estrela mais bonita, mas a ordem dos astros no céu. Mas é precisamente esta ordem que todos os leitores de Montesquieu contestam: D'Alembert, em seu *Eloge* de 1755[2], tenta distinguir entre uma desordem real "em que a seqüência das idéias não é observada" e uma desordem aparente quando o autor "deixa o leitor suprir as idéias intermediárias". Mas Voltaire, que não temia os procedimentos elípticos, dizia em 1765 nas *Idées républicaines*: "Procurava um fio neste labirinto; o fio se partiu quase em cada

▼

* "Deux plans et deux lectures" (*in Montesquieu et l'esprit des lois ou la raison impure*. Paris, Société d'Édition d'Enseignement Supérieur, 1977, pp. 51-97). Tradução de Danielle Michelle Labeau Figueiredo.
1. *Montesquieu*, Plon, 1912, p. 96.
2. Encabeçando o 5º volume da *Encyclopédie* (nov. 1755), cf. ed. Integral da Seuil, 1964, p. 25.

artigo." Manifestamente, Montesquieu se choca, na organização da sua obra, com uma certa retórica clássica. Comparamos *L'esprit des lois* com *Le contrat social*: a obra professoral, composta, é a de Rousseau. Montesquieu, no labirinto dos seus 605 capítulos reunidos em 31 livros, que vão de 8 linhas (XVIII, 8 – XX, 16 – XXI, 13) ou mesmo 3 (V, 13) até onze páginas (XI, 6), propõe séries de parágrafos curtos, rígidos como textos de leis: é a *arena sine calce*, a areia sem cal de Sêneca.

Duas explicações são possíveis. Uma baseada na vista fraca do autor, obrigado a ditar aos seus secretários, e daí ter de retalhar seu pensamento sem poder relê-lo: é a opinião de Latapie, o filho do juiz de La Brède que na sua juventude havia visto Montesquieu trabalhar. "O estilo de um homem obrigado a ditar é forçosamente menos correto e mais cortado, e a ligação das idéias é menos perceptível; sobretudo quando, pelo caráter do seu gênio, ele é continuamente levado a pular todos os intermediários, o que torna às vezes *L'esprit des lois* tão difícil quanto os *Principia mathematica* de Newton."[3] Mas Latapie sugere a idéia menos grosseira do "gênio" que Diderot desenvolvia no seu artigo para a *Enciclopédie*[4], e precisava mais tarde na época do *Paradoxe sur le comédien*[5]: uma maneira fácil de ultrapassar a lógica, o julgamento, o gosto, que deriva "de uma qualidade particular de alma, secreta, indefinível", este aspecto "cavaleiro" que Malebranche reprovava em Montaigne.

Mas não saberíamos distinguir a ordem do intento. Qual é o plano de *L'esprit des lois*?

O problema do plano

Dirijamo-nos, primeiramente, ao autor que por duas vezes o expôs. O subtítulo da obra proposto por Vernet, e aceito por Montesquieu, é extenso mas claro: "Da relação que as leis hão de ter com a consti-

▼

3. Cf. ed. Brèthe de la Gressaye (*Belles lettres*, 4 v., 1950-61), tomo I, p. CXXIII, nota, reproduzindo uma carta de Latapie de 31 de maio de 1817.
4. Artigo de Saint-Lambert, refeito por Diderot.
5. Diderot, *Oeuvres esthétiques* (ed. Vernière, Garnier, 1959, p. 19).

tuição de cada governo, os costumes, o clima, a religião, o comércio etc., a que o autor acrescentou novas pesquisas sobre as leis romanas relativas às sucessões, sobre as leis francesas e leis feudais. "Mas o texto de I, 3 é muito mais completo: "É preciso que as leis se relacionem com a natureza e o princípio do governo (...) Devem ser relativas às características físicas do país: ao clima gelado, abrasador ou temperado; à qualidade do solo, à sua situação, ao seu tamanho; ao tipo de vida dos povos, agricultores, caçadores ou pastores; devem referir-se ao grau de liberdade que a constituição pode suportar; à religião dos habitantes, às suas inclinações, às suas riquezas, ao seu número, ao seu comércio, aos seus costumes, às suas maneiras. Enfim, têm ligação entre si; têm ligação com a sua origem, com o propósito do legislador, com a ordem das coisas sobre as quais são estabelecidas." A lista é exaustiva desta vez, já que a última frase engloba, com os complementos históricos (XXVII-XXVIII), o livro XXIX sobre a composição das leis e o livro XXVI sobre a incompatibilidade dos códigos. Mas notemos antes de tudo a insolência da ordem perturbada que reflete, sem dúvida, longas hesitações: o manuscrito colocava os dois livros sobre a religião (XXIV-XXV) em XX e XXI, antes dos quatro livros sobre o comércio e a economia (XX-XXIII); mais importante, porém, é a ordem *de plano* das relações das leis; não existe hierarquia de valor ou cronologia dos fatores; ainda menos dialética que, por pulsões sucessivas, daria ao plano geral a aparência de uma lógica genética.

É preciso, portanto, reconhecer o caráter artificial das reconstituições racionais do plano de *L'esprit des lois*. Deixemos de lado a de Pierre Barrière que, opondo uma teoria das leis (III-VIII) às relações das leis com as diferentes instituições (IX-XXV), contradiz, de maneira por demais evidente, os termos de I, 3 e separa sem razão os livros II e III[6]. Mas o que dizer de Lanson que, fora do prólogo do primeiro livro, opõe os 13 primeiros livros ao resto da obra? Não negaremos a unidade de II-XIII, livros consagrados à constituição do Estado e cujo objeto é puramente político. Mas os subgrupos parecem procedentes da inteligência professoral de Lanson: os livros II a X estudariam a vida social do

▼

6. *Montesquieu, un grand provincial* (Bordeaux, Delmas, 1946, pp. 299-300).

ponto de vista "coletivo", interno, em primeiro lugar (II-VIII), externo, depois (IX-X): os três últimos estudariam a vida social do ponto de vista "individual", considerando a liberdade política (XI), a segurança das pessoas (XII) e dos bens (XIII). Mas como opor este fator político, teoricamente dominante, à série disparatada evocada de XIV a XXV e teoricamente secundária? Onde Lanson achou uma hierarquia dos fatores, uma supremacia do fator constitucional sobre o meio natural, o clima, por exemplo, ou sobre a história que modelou as maneiras, integrou ou recusou uma religião, respondeu ou não a uma vocação comercial?[7] Montesquieu teria introduzido em XIV a noção de espaço, em XXI a noção de tempo (a propósito do comércio) e em XXVII os problemas de origem? Pensamos que estas categorias lógicas ou espaço-temporais são inadequadas: Montesquieu é aluno dos Oratorianos, discípulo de Desmolets e não leitor de Kant.

Segundo Henri Barckhausen[8], que foi o primeiro a dispor dos manuscritos de La Brède, Montesquieu, depois de ter distinguido as leis conforme sua maior ou menor generalidade, "expõe as regras a seguir nos diversos Estados com relação":

1) à conservação dos governos;
2) à conservação dos territórios, das pessoas e dos bens dos quais os Estados se compõem;
3) à influência que exercem, em cada país, o clima, a natureza do solo e o espírito geral dos habitantes;
4) ao comércio praticado de nação a nação;
5) ao papel da família e da autoridade religiosa.

Esta visão, mais simples que a de Lanson, é igualmente arbitrária: não somente ela confunde *L'esprit des lois* com um código normativo, um conjunto de regras, o que é excusável da parte de um jurista como Barckhausen, mas é insustentável; não somente assimila "o espírito geral" a *um* fator, quando se trata de uma síntese original de fatores, mas

▼

7. "A influência da filosofia cartesiana" (*Revue de métaphisique et de morale*, 1896).
8. "A desordem do *L'esprit des lois*" (*Revue du droit public*, 1898). Cf. igualmente *Montesquieu, L'esprit des lois et les archives de La Brède* (Bordeaux, 1904, p. 11).

sobretudo deixa de lado a instrução, no livro XI, da idéia de liberdade, quer dizer, de uma ética que contradiz todo o pragmatismo jurídico visando à única "conservação" do Estado.

Deixemos enfim Brèthe de la Gressaye refutar o abade Dedieu[9] que queria reduzir as causas estudadas por Montesquieu às duas categorias banais das causas físicas e das causas morais. Ora, um dos aspectos mais irritantes de *L'esprit des lois* é de passar sem razão de uma causa moral a uma causa física, do fator político (moral?) ao clima, do comércio aos costumes, da moeda à religião. Que dizer dos fatores híbridos como a demografia, os usos ou um conjunto de fatores como o espírito geral?

Devemos concluir pela desordem do texto e explicá-lo simultaneamente pelo gênio do autor e pela amplitude do assunto? Para retomar o título de Charles Oudin, acreditamos na unidade de *L'esprit des lois*[10], mas esta unidade não é de ordem lógica ou retórica e é na gênese mesma da obra que temos alguma possibilidade de discerni-la. Todas as dificuldades do problema se resolverão se lhe aplicarmos a famosa oposição bergsoniana do lógico e do vivido. Ao lado de um plano "oficial" que procede por justaposição e acumulação, plano escolar e relativamente artificial, uma ordem "biológica" que revela a gênese impõe-se em profundidade. É esta dualidade de ordem na unidade do propósito que queríamos demonstrar.

O primeiro plano, que é uma ordem de pesquisa, corresponde a este desejo de classificação e de racionalização do real do qual Fortunat Strowski falava. Achamos o primeiro vestígio dele em um *Pensamento* datado, por Robert Shackleton, de 1733-38: "Os Estados são governados por cinco coisas diferentes; pela religião, por axiomas gerais de governo, pelas leis particulares, pelos costumes e pelos usos. Estas coisas têm todas uma relação mútua entre si. Se mudarmos uma, as outras só seguem lentamente: o que põe em tudo uma espécie de dissonância."[11] Mesmo número num segundo *pensamento*, não datável mas evidentemente posterior[12]: "Os homens são governados por cinco coisas dife-

▼

9. Ed. de *L'esprit des lois, op. cit.*, tomo I, p. CXV.
10. *De l'unité de L'esprit des lois* (tese em Letras de Paris, 1910).
11. Ed. Integral, nº 645, p. 948.
12. *Ibid.*, nº 1.903, p. 1044 (com a nota de Montesquieu: colocado em *As leis*).

rentes: o clima, os usos, os costumes, a religião e as leis. Em cada nação, dependendo de uma destas causas agir com mais força, as outras recuam na mesma proporção (...)" Mas o fator "*clima*" substitui o vago das "*leis particulares*". Este texto é enfim retomado em XIX, 4: "Várias coisas governam os homens: o clima, a religião, as leis, os axiomas do governo, os exemplos das coisas passadas, os costumes, os usos; que resulta na formação de um espírito geral. À medida que, em cada nação, uma destas causas age com mais força, as outras recuam na mesma proporção (...)" Passamos, portanto, de *cinco* a *sete* causas: ao peso das causas físicas (clima etc.) Montesquieu acrescenta o peso da história: "os exemplos das coisas passadas"; mas sobretudo a enumeração dos fatores funde-se pela primeira vez na noção sintética de "espírito geral"[13]. Quem não vê que o espírito geral não é mais, desde então, um fator individualizado; nem mesmo um conjunto de causas associadas, mas uma resultante de fatores; não, como na linguagem da física um "componente de forças", mas como na linguagem da química uma "combinação" de elementos que, conforme a dosagem, aumenta ou diminui a ação de cada um. O espírito geral é, portanto, o resultado original de uma evolução histórica sobre um dado geográfico; que ele possa agir, indiretamente pelos seus componentes, a exemplo de uma causa, é evidente. Aparece, no porvir histórico, como a "fórmula" momentânea, em absoluto definitiva, de uma nação. Desde então, o plano de Montesquieu aparece com toda clareza no índice de *L'esprit des lois*: depois de ter proposto, num prólogo filosófico, suas definições da "lei" (livro I), Montesquieu estuda "sucessivamente" os fatores das leis: causas políticas (II-XIII), físicas (XIV-XVIII), morais (XIX), na verdade os costumes e os usos, econômicos e demográficos (XX-XXIII), religiosos (XXIV-XXV), que acrescentam aos sete elementos do "espírito geral", enunciados no livro XIX, 4, o fator econômico tardiamente entrevisto. Basta, desde então, concluir sobre as interferências dos códigos (XXVI) e a arte de legiferar (XXIX). Dos quatro livros históricos, o XXVII é um apêndice, conforme o ma-

▼

13. A única pista anterior não está em *Les pensées*, mas em *Les romains* (cap. XXII, ed. Integral, p. 483). Mas "o espírito geral" não é aí senão o fator religioso que proíbe ao rei da Pérsia obrigar seus súditos a beberem vinho.

nuscrito, do atual XXIX; mas os três outros, cujo verdadeiro propósito é o de procurar a origem da liberdade na Europa, nas leis bárbaras e feudais, marcam uma mudança de perspectiva que permite duvidar da realidade "vivida" de um simples plano classificador.

As dificuldades de "leitura" de *L'esprit des lois* surgem do fato de que, além de uma classificação dos fatos sociais que, como na botânica, resume o primeiro estágio do pensamento científico, estes mesmos fatos sociais parecem refratados, como uma luz por um cristal, quer dizer, percebidos e interpretados, conforme dois sistemas diferentes. É o que chamaremos o segundo plano de *L'esprit des lois* que não poderia nos surpreender depois do estudo da gênese da obra. De um lado, todos os fatos sociais são interpretados em função de um "decodificador" político, a tipologia dos governos com o sistema tripartido da natureza e dos elementos que a colocam em marcha: o abade Dedieu demonstra com vigor que esta distinção dos três governos, longe de se dissolver à medida que a obra se desenvolve, é a única que permite explicar o livro XX e as suas distinções essenciais entre o comércio de economia e comércio de luxo (XX, 4), ou ainda o problema da troca (XXII, 14) ou o acordo preestabelecido das religiões e dos governos (XXIV, 3-5). Por outro lado, a partir do livro XI, uma nova perspectiva, a da liberdade política, que implica uma escolha de ordem ética, a do governo moderado, põe em valor um sistema dos três poderes que Montesquieu estuda na Inglaterra (XI, 6), mas também em Roma (XI, 12-19). Ora, esta doutrina dos intermediários e das contraforças aparece já no II, 4, introduz a idéia de moderação em III, 4, provoca sobretudo as pesquisas históricas dos últimos livros que conferem uma legitimidade à nova dialética da liberdade.

Mesmo se estas duas perspectivas, a dos três governos baseada nas três "paixões" da alma, no sentido cartesiano da palavra, e a dos três poderes que justifica uma nova "paixão", a liberdade, interferem muitas vezes de maneira inoportuna, notadamente no livro XII, não podemos acusar Montesquieu de ter procurado conscientemente a obscuridade. O problema do plano em *L'esprit des lois* mostra, ao contrário, a plenitude de um gênio: consciente do valor "pedagógico" de um plano de classificação, Montesquieu não quis sacrificar seus "princípios", quer dizer, suas "descobertas" (correspondendo, aliás, a duas pulsões genéticas), que permitem não mais classificar, mas sondar e orientar os fatos sociais. Além do pastor da Caldéia evocado por Fortunat Strowski, que quer reduzir a desordem do céu, é com Montesquieu, como com Copérnico ou Newton[14] a hora do sistema. A leitura de *L'esprit des lois* permite apreender, fora dos quadros lógicos, mas na profundidade do texto, estes princípios diretores que fazem a verdadeira unidade da obra, unidade orgânica ligada à própria pessoa do autor.

As duas leituras

Quando Louis Althusser nos apresenta o *Capital* de Marx, faz questão de submeter seu texto a duas leituras: em um primeiro nível, seria uma leitura científica que mostraria os conceitos-chave; em uma segunda leitura, que ele chama de modo estranho "symptomale", elevaria os conceitos ao grau de probabilidade científica requerida para que a obra gere com eficácia a "teoria que traz em si". Um tal método traz riscos certos e o menor deles não é o de inclinar os conceitos em função de uma interpretação "orientada": a tentação é sempre grande de envolver um grande nome ou uma grande obra em uma tentativa de interpretação geral de um século ou de um mundo. Montesquieu torna-se desde então uma etapa intelectual das Luzes que leva "naturalmente", para Ernst Cassirer, às conciliações kantianas, aos progressos da consciência para Brunschwicg ou Gusdorf, ao pensamento dialético para Goldmann e o próprio Althusser. Mas, antes de considerar a potência fecundante de uma obra, pensamos que o método das "duas leituras" é feliz e pode fazer aparecer, além da claridade de superfície das palavras, as dificuldades, se não as contradições de um pensamento que se buscou durante vinte anos. Ora, o próprio plano de *L'esprit des lois*, esclarecido pela gênese da obra, revela precisamente duas dificuldades que, por falta de terem sido nitidamente reconhecidas, limitaram a exegese

▼

14. Carta de Charles Bonnet a Montesquieu (14 de novembro de 1753): "Newton descobriu as leis do mundo material. Vós haveis descoberto, Senhor, as leis do mundo intelectual."

de vários dos nossos predecessores. A primeira foi tomar "o espírito geral" como uma causa, quando se trata de uma combinação original de fatores. A segunda foi a de não reconhecer as duas linhas interpretativas de *L'esprit des lois*, e o mérito de Robert Shackleton foi o ter demonstrado: a tipologia ternária dos governos e a idéia de liberdade política baseada na tipologia ternária dos poderes.

Nossa análise de *L'esprit des lois* comportará, portanto, uma leitura que chamaríamos menos "científica", segundo Althusser, que "ingênua"; sem procurar solicitar o texto, pensamos que é suficiente restabelecer, às vezes, os "intermediários" lógicos desdenhados pelo autor para reencontrar um rigor que os espíritos "exatos" lhe negam. Mas uma segunda leitura, interrogativa, revelará no texto as mesmas dificuldades que no plano: analogia de pensamentos permitirão considerar precursores inconfessados; exclusões nos ajudarão a desenhar, entre as linhas do texto, uma doutrina fluida, tímida, embaraçada por prudências: problemas menores de um texto que levam, haja o que houver, à problemática de um espírito. Em nenhum caso, entretanto, nos livraremos de uma crítica de Montesquieu: o dogmatismo de um Paul Janet, decidindo o que é a lei, o que é a república ou a monarquia, o que devem ser as relações entre a moral e a política, não nos convém em absoluto. Muitos exegetas, de Destutt de Tracy a Althusser, quiseram dar uma lição a Montesquieu. Pensamos que é preciso em primeiro lugar escutá-lo, e depois, como nos incitava D'Alembert no seu *Eloge*, desmascará-lo, arriscando-nos a percebê-lo, segundo a palavra citada por Bulkeley, *in puris naturalibus*.

Mas o próprio título de *L'esprit des lois* não seria problemático, na medida em que poderia esboçar a intenção geral? Atribuímos-lhe três acepções que, longe de se contradizerem, vão se completar. Tecnicamente, "o espírito" é a essência natural obtida por destilação, espírito de vinho ou espírito de sal, que detém sob forma reduzida a virtude ou a eficácia da matéria-prima; por reflexo, será editado, no século XVIII, "espíritos" de Bayle ou de Voltaire. Mas intelectualmente a essência descobre o "sentido", o sentido profundo evidentemente, e, tratando-se das leis, a significação de uma matéria histórica, obscura por natureza e obscurecida pelo tempo. Enfim, o espírito é, no sentido pascalino da palavra, a "razão dos efeitos", quer dizer, não mais a elucidação histórica ou erudita dos fatos sociais, portanto das leis, mas sua explicação metafísica. Mesmo se Montesquieu repugnar uma interpretação cristã do mundo, ele deixa toda sua eficácia a um certo número de conceitos "espirituais", natureza, justiça, razão, felicidade. *L'esprit des lois* tem como meta, portanto, tirar da essência das leis, quer dizer, de uma formulação limitada ao essencial, uma explicação que marque ao mesmo tempo a intenção original, quer se trate de necessidades físicas ou das intenções do legislador, e a fecundidade provável dos efeitos. *L'esprit des lois* implica uma dupla dinâmica, a procura das causas e o descobrimento de uma finalidade. Quando Domat, em seu *Traité* de 1689, dava como título ao seu 11º capítulo "Da natureza e do espírito das leis", ele não fornecia apenas um título a Montesquieu, mas marcava nitidamente a dualidade de uma perspectiva que seu sucessor reconduz à unidade. *L'esprit des lois* é ao mesmo tempo a essência, a significação e a justificação destas relações entre a natureza das coisas e a razão que as analisa. Imaginamos que Montesquieu tenha ficado deslumbrado, às vezes, com a "extensão" e com a "majestade" de seu assunto.

A lei

O primeiro livro de *L'esprit des lois* se apresenta como um prólogo filosófico destinado, a partir de uma definição geral da lei, a eliminar aquilo que o autor não quer tratar e a delimitar seu assunto: as leis positivas, quer dizer, o direito civil e político das sociedades humanas; mas esta matéria, em vez de ser estudada na literalidade rígida dos códigos, o será no seu "espírito", isto é, nas relações das leis com uma multiplicidade de fatores físicos ou morais. De acordo com um vocabulário que Montesquieu não teria compreendido, sua obra não é de um jurista, mas de um sociólogo.

Mas o primeiro capítulo é de um filósofo, se não de um teólogo: "As leis, no significado mais extenso, são as relações necessárias que derivam da natureza das coisas; e neste sentido todos os seres têm suas leis, a Divindade tem suas leis, o mundo material tem suas leis, as inteligências superiores ao homem têm suas leis, os animais têm suas leis, o homem tem suas leis." Mas se, por degradação, excluímos as leis divinas de criação e de conservação do universo, as leis morais que na lei natural preexistem à própria criação, as leis físicas que regem a matéria e a vida, não resta senão o homem, livre, inteligente mas limitado, ao mesmo tempo apto para compreender e para violar as leis, diante de um triplo código religioso, moral e social.

Mas Montesquieu em seu segundo capítulo não evoca nem Deus, nem a lei natural; trata-se de deixar de lado uma questão problemática, a da origem das sociedades e do homem no estado natural; contra Hobbes que vê no estado natural um estado de guerra, Montesquieu imagina uma precariedade animal por ele resumida em quatro leis ou impulsões naturais: o desejo de paz, a necessidade de alimento, a sexualidade, a sociabilidade. Uma vez afastado o esquema dos contratualistas e a miragem das origens, basta classificar no terceiro capítulo as leis positivas que vêm diminuir o estado de guerra tanto entre as nações quanto entre os indivíduos: o direito das "gentes"*, que nós chamamos direito internacional, é apenas esboçado; permanecem o direito político e o direito civil dos quais Montesquieu procura "o espírito". Daí uma *definição restrita da lei*: é a "razão humana na medida em que governa todos os povos da terra; e as leis políticas e civis de cada nação devem ser somente os casos particulares em que se aplica esta razão humana". O livro termina com uma evocação rápida dos fatores das leis que constitui, já vimos, o plano explicitado da obra.

O que impressiona nestas seis páginas, de uma densidade e de uma obscuridade formidáveis, é a passagem sem transição entre duas definições da lei: a lei que é a expressão da "natureza das coisas" é, no domínio restrito das leis positivas, expressão da "razão humana". Restabeleçamos a idéia intermediária: a natureza das coisas é ela própria a expressão de uma "razão primitiva", quer dizer, de Deus, e não de uma fatalidade cega. Mas se quisermos manter uma definição geral da lei, como esta-

▼

* "gentes" – do latim *gens, gentis*: nação, raça, povo. Tradução do latim *jus gentium*, que designa também o direito natural, o direito internacional público. (N. da T.)

belecer um vínculo, como reconhecer uma "harmonia preestabelecida" entre a razão primitiva e a razão humana? Entre o mundo da matéria que obedece às suas leis e o mundo da inteligência sujeito ao erro?[15]

Este é o objeto do primeiro paradoxo de Montesquieu: *a lei que diz respeito ao homem não é específica*; é como a lei física que exprime a gravidade ou a atração dos corpos celestes, submetida à mesma necessidade. A razão humana também exprime "as relações necessárias que derivam da natureza das coisas". Mas, tradicionalmente, opõe-se a lei física à lei normativa que é uma prescrição e não a expressão de uma necessidade. A lei normativa não é consubstancial à sanção: "Quem não sabe nadar se afoga", mas "quem rouba só é punido uma vez detido e reconhecido culpado". O propósito de Montesquieu, ao contrário de Claude Bernard, cuja obra é "um espírito das leis da biologia", não é escrever uma axiomática das ciências, nem aliás uma teologia natural, como o lembrará aos doutores da Sorbonne. Aceitamos seu verdadeiro título: *L'esprit des lois positives des sociétés humaines*. Desde então, em vez de percorrer a casuística de um código de prescrições, trata-se de dar a estas leis o rigor de relações objetivas; para Montesquieu a lei que diz respeito ao homem pode não ser obedecida, mas não é suscetível de ser "contornada", nem mesmo interpretada.

Robert Shackleton recolheu as definições tradicionais da lei[16], condensadas em 1695 no *Dictionnaire de l'Académie*: "A lei é uma constituição escrita que ordena o que precisa ser feito e proíbe o que não deve ser feito." Definição que tem provavelmente sua origem em Santo Tomás de Aquino para quem a lei é "uma certa regra e medida dos atos", *regula quaedam et mensura actuum*. Que o critério da lei seja moral, conforme Grotius, ou puramente político, conforme Hobbes ou Burlamaqui, compreende-se o espanto de todos os comentaristas dos quais o mais incisivo será Destutt de Tracy: "Uma lei não é uma relação e uma relação não é uma lei." Seria talvez preciso voltar à estranha citação de Plutarco, dada no primeiro capítulo: "A lei é a rainha de todos,

▼

---

15. Reconhece-se aí a dualidade das substâncias segundo Descartes.
16. *Op. cit.*, pp. 244 ss.

mortais e imortais." Esta "razão primitiva", νδμος βασιλενς, exprime na realidade a exclusão do absurdo e do acaso, assimilando o processo intelectual que ordena as ciências da matéria e o que explora o domínio obscuro da futura sociologia: processo único de racionalização perante uma natureza reduzida à unidade. O propósito do sociólogo, quer dizer, para Montesquieu, do filósofo totalitário e conciliador, é o de observar nos fenômenos políticos e sociais as relações de uniformidade e de constância que caracterizam os fenômenos físicos. Desde então, a lei humana, evidentemente normativa se se vir nela somente uma prescrição imposta por um código, uma religião, um legislador ou simplesmente o costume, e dando daí a imagem do acaso e da fantasia, exprime também e sem contradição uma necessidade analisável e permeável à inteligência, uma ordem à qual nós nos submetemos a partir do momento em que a entendemos. Lembremos o prefácio de Montesquieu: "Cada nação encontrará aqui as razões de seus axiomas (...) Se eu pudesse fazer de forma que aqueles que obedecem achassem um novo prazer em obedecer, acreditaria ser o mais feliz dos mortais." Em uma tal perspectiva, a influência do clima ou a proibição do incesto impõem-se ao mesmo título que a lei de Mariotte: a lei que diz respeito ao homem é, pois, como a lei da queda dos corpos, uma *relação* entre duas séries concomitantes de fenômenos. Foi Hume que, no *Enquiry Concerning the Principles of Morals*[17], via em Samuel Clarke o responsável por este paradoxo[18], seguido na França por Jouffroy no seu *Cours de droit naturel*, por Camille Jullian na sua edição escolar de *L'esprit des lois*, por Bréthe de la Gressaye, enfim. Talvez devêssemos remontar até Malebranche, o mestre oratoriano, que no seu *Traité de morale* se recusava a separar o quantitativo do qualitativo, a ciência e a ética, na unidade dos desígnios de Deus: "Já que a verdade e a ordem são relações de grandeza e de perfeição reais, inalteráveis, necessárias, aquele que vê estas relações vê o que Deus vê."[19]

▼

17. Londres, 1751, p. 51 (citado por Shackleton, *op. cit.*, p. 245).
18. Clarke fala de "regras de conveniência", eternamente estabelecidas "na natureza das coisas" (*De l'existence et des atributs de Dieu*, Amsterdam, 1717, p. 75).
19. Parte I, cap. 1, XIV (ed. 1953, p. 6).

Mas existe um segundo paradoxo em *L'esprit des lois*, mais implícito ou mais mascarado. Montesquieu lê Montaigne e cita-o raramente, lê Pascal, mas não o cita nunca. Ora, seguindo um propósito diferente, Montaigne e Pascal vêem no costume, nos hábitos, nas leis, nas transações humanas uma prodigiosa diversidade que revela não a ordem, mas a desordem e o absurdo da nossa condição. Nada mais irrisório do que querer justificar racionalmente uma matéria incoerente. Mas, ao menos para Pascal, nada mais feliz que este cenário ridículo para demonstrar nossa miséria sem Deus. Prólogo ao epicurismo ou prelúdio à revelação, as leis humanas são o domínio do erro e da fantasia. Montesquieu parte desta verificação pessimista; mas, para ele, a diversidade e a complexidade das leis não exprimem uma irracionalidade definitiva. Não seria de modo algum forçar seu pensamento julgar que ele acusa Montaigne e Pascal de prevenção, de visão estreita, de análise insuficiente. Esta relatividade das leis que verifica com eles não é despropósito, mas meada complexa da qual se devem desatar os fios; ao pensamento desencorajado de Montaigne, ao pensamento desencorajador de Pascal sucede a investigação racional, lenta e míope, dos fenômenos humanos e das realidades sociais. A multiplicidade dos parâmetros esconde neste domínio a racionalidade latente; a acumulação dos tempos, a história, faz com que cada efeito aja por sua vez como causa e transforme uma causalidade linear em uma causalidade fasciculada ou cíclica. Montesquieu, ao contrário de Montaigne e de Pascal, não vê mais um obstáculo, mas uma riqueza, na complexidade das leis. Daí este segundo paradoxo, mais original ainda que o primeiro: *a relatividade das leis não exprime a fantasia dos homens, mas uma necessidade*. Daí provém que o efeito coercitivo das leis não é a expressão de uma potência cega e de um despotismo absurdo, mas de uma racionalidade complexa, isto é, de uma sabedoria. Chegamos, com esta noção muito nova da lei, menos ao mecanismo intelectual que à própria dinâmica da obra: "Quando descobri meus princípios, tudo o que eu procurava veio a mim."

Dois problemas menores ficam ainda pendentes. Que Montesquieu queira contra Hobbes basear o direito sobre a justiça, ou melhor dito, sobre a lei natural e não sobre a força, é evidente. Mas por que a hipótese historicamente inverificável do "estado natural" no capítulo II? Achamos a resposta na *Défence de L'esprit des lois*: "Não lhe foi proibido, como não o foi aos filósofos e aos escritores do direito natural, considerar o homem sob diversos focos; foi-lhe permitido supor um homem como caído dos céus, abandonado e sem educação, antes do estabelecimento das sociedades."[20] Hipótese, portanto, com escola: Montesquieu, se vê no homem um animal sociável, o ξῷον πολιτικον de Aristóteles, não está interessado no contractualismo, seja na fórmula de Grotius ou na de Hobbes. Em uma das *Lettres persanes*, a de nº XCIV, só existe sarcasmo para as pesquisas sobre a origem das sociedades e, por conseguinte, sobre a origem do poder e sua legitimidade[21].

O segundo problema, o da aplicação do direito natural aos animais, foi levantado por Robert Shackleton, no fim do primeiro capítulo. A fonte seria um trecho do jurisconsulto romano Ulpiano, reproduzido no *Digeste*: "Jus naturale est quod natura omnia animalia docuit. Nam jus istud non humani generis proprium sed omnium animalium." Estas inclinações naturais que Montesquieu enumera no capítulo II são comuns a todos os seres vivos. Mas achamos a mesma distinção nas *Origines juris civilis*[22] de Gravina que Montesquieu cita no capítulo III: o jurisconsulto napolitano distingue com efeito duas leis naturais, uma é comum a todos os seres vivos, *lex promiscua*; a outra, *lex solius mentis*, é específica ao homem, inteligente, livre e pecador. Dupla influência provável que só faz censurar o ecletismo filosófico de nosso autor.

O que sobressai com clareza do prólogo filosófico de *L'esprit des lois* é que Montesquieu pensa no equilíbrio precário de dois mundos intelectuais. Como todos nossos filósofos das luzes, ele não saberia escolher entre o racionalismo cartesiano e o empirismo de origem baconiana ou gassendista. De um lado, suas certezas morais, como para Malebranche, têm o rigor das certezas matemáticas: a lei natural está em nós, a idéia de justiça preexiste ao exercício da justiça, como a idéia do

▼

20. Resposta à VI objeção (cf. ed. Derathé, Garnier, 2 v., 1973, tomo II, p. 423).
21. Nós nos separamos neste ponto da interpretação de Jean Ehrard (ed. de *Esprit des lois*, Clássicos Populares, 1969, p. 31) para nos colocarmos ao lado de Althusser (*Montesquieu, la politique et l'histoire*, PUF, 1959, p. 35). O nascimento da autoridade é para ele um fato histórico e não jurídico.
22. Nápoles, 1713, do qual Montesquieu extraiu alguns trechos (cf. *Les pensées*, ed. integral, nº 256, p. 879).

círculo preexiste ao círculo efetivamente traçado. Voltaire e Rousseau não pensarão de modo diferente, mesmo se as tonalidades afetivas diferem. Além do mais, Montesquieu, mais pelo seu vocabulário que por uma doutrina formal, fala da "natureza das coisas" como um filósofo essencialista. Ora, este conceito ainda aristotélico da religião, da moral, mas também do mundo material, parece-nos incompatível com o método experimental que estabelece leis observando as variações concomitantes dos fenômenos. Esta contradição é aquela de seu século na qual a razão tem duas caras; a razão matemática de Descartes e de Leibniz opõe-se ao empirismo inglês ou holandês, de Bacon a Musschenbroek ou Neuwentyt. O interesse histórico do prólogo de *L'esprit des lois* encontra-se nesta composição impura.

A tipologia dos governos

"Examinarei primeiro as relações que as leis têm com a natureza e o princípio de cada governo; e como este princípio tem sobre as leis uma suprema influência, aplicar-me-ei em conhecê-lo bem; e se puder estabelecê-lo uma vez, veremos fluir dele as leis como de sua fonte. Passarei, em seguida, às outras relações que parecem ser mais particulares." Poderemos mais tarde, a respeito do "espírito geral", discutir esta preeminência outorgada em I, 3 aos fatores propriamente políticos: aparece aí, apesar de tudo, com nitidez, o primeiro "plano" e sobretudo o agrupamento dos oito primeiros livros que deviam constituir, conforme o manuscrito, a primeira parte de *L'esprit des lois*. Da natureza e dos princípios do governo (II-III) até a corrupção dos princípios (VIII), a unidade de inspiração confirma a primeira impulsão genética da obra. Este primeiro esquema decodificador, ao mesmo tempo de classificação e de explicação, conforme um método que dá mais a impressão de uma dedução que de uma experiência, vai permitir estabelecer relações, afirmadas primeiro, confirmadas depois por exemplos, entre as leis políticas e constitucionais e a educação do cidadão (IV), o direito civil (V), o direito criminal (VI), a riqueza e o luxo (VII). Mas além do livro VIII, os dois livros que tratam da força defensiva (IX) e ofensiva (X) dos Estados constituem um apêndice sobre o direito internacional, o "direito das gentes", conforme o vocabulário do tempo que prolonga a mesma perspectiva. A verdadeira ruptura, tanto para nós como para Robert Shackleton, começa no livro XI.

Esta impressão de unidade é reforçada pelo rigor de expressão, rigor propriamente euclidiano, dos dois livros que expõem a natureza (II) e os princípios (III) dos governos. Tudo parte das três famosas definições: "Existem três formas de governo: o republicano, o monárquico e o despótico. Para descobrir sua natureza (...) parto de três definições, ou melhor, de três fatos: um que o governo republicano é aquele em que todo o povo ou somente uma parte dele tem o poder soberano; o monárquico, aquele em que um único governa, mas com leis fixas e estabelecidas; enquanto no despótico, um único, sem lei e sem regra, conduz tudo pela sua vontade e seus caprichos." Da "natureza" dos três governos decorrem, por lógica interna, as leis fundamentais, o que Montesquieu chamará em breve com um novo vocábulo: a "constituição". E desta constituição decorrem enfim as leis positivas. Aparentemente, neste movimento dedutivo, nenhum apelo parece necessário à história ou à experiência. O Estado republicano subdivide-se em *democracia* em que "todo o povo tem o poder soberano" e em *aristocracia* em que o povo é submetido a um corpo de nobres. Na democracia, o povo pode legiferar diretamente ou indiretamente, mas delega seus poderes a magistrados ou a conselhos eleitos; mas a aristocracia comporta todas as dosagens entre democracia e monarquia, conforme a extensão numérica e a riqueza do corpo de nobres, conforme a duração e a diversidade funcional dos magistrados. Quanto à *monarquia*, não poderia ser entendida sem corpos intermediários e sem leis fundamentais. Entendamos por corpos intermediários as "prerrogativas dos senhores, do clero, da nobreza e das cidades". Entendamos por "leis fundamentais" dos corpos jurídico-políticos como os parlamentos à francesa que asseguram a execução das leis e "lembram-nas quando são esquecidas". O Estado despótico, enfim, não tem lei com exceção da delegação de poder ao vizir.

O próprio êxito de Montesquieu deu a uma tal classificação dos governos e ao conjunto das leis fundamentais que decorrem dela um prestígio de evidência. Na realidade, nada é mais novo, nada é mais singular. A origem da tipologia política remonta ao pensamento grego, pelo menos a Heródoto. E Montesquieu conhece perfeitamente seus autores: cita nove vezes *As leis* de Platão e cinco vezes *A república*, onze vezes *A política* de Aristóteles; não satisfeito com as traduções latinas que possui em La Brède, compra em 1734 duas traduções francesas de *A política*, a de Oresme e a de Regius[23]. Os *Pensées* revelam que fez copiosos extratos das obras de Platão e Aristóteles[24]. Ora, Platão, no livro VIII de *A república*, começava por definir o melhor governo, aquele em que os filósofos governam, para esboçar a partir desta visão abstrata uma degradação pseudo-histórica: a *timocracia*, ou governo segundo a honra, próximo de Esparta; a *oligarquia* em que a perda da emulação tende ao espírito de ganância; a *democracia* que é a revolta do pobre que dispensa a igualdade anárquica; a *tirania* enfim, em que o povo atormentado procura um protetor. Mas Platão em *A política* esboça a tripartição clássica: o único, o múltiplo, o todo; submetido à variação de três fatores, liberdade, riqueza, legalidade, os três governos sofrem uma dicotomia que Aristóteles retomará exatamente no livro III da *Política* e no livro VIII da *Ética a Nicômaco*. Dispomos, desde então, de três constituições normais, realeza, aristocracia, república, e de três desvios, tirania, oligarquia, democracia. É este esquema aristotélico que o pensamento europeu adotará com a tradução latina de Guillaume de Moerbeke por volta de 1260; de Santo Tomás de Aquino até Bodin e Hobbes, não se contesta a legitimidade de uma classificação baseada sobre o critério do número.

Montesquieu recusa-a. Uma recusa antes de tudo metodológica; não se trata para ele de instituir uma ordem metafísica (Platão) ou uma ordem lógica (Aristóteles) dos governos, mas de partir de um mundo real, de sociedades vivas que podem ser observadas, de sociedades mortas em que a cultura histórica supre a observação. Separando as estruturas e desmontando os mecanismos específicos dos vários regimes, Montesquieu pretende explicar a variedade das instituições.

Existe para todos os governos uma *natureza* que os constitui e *princípios* que os fazem agir. Montesquieu se recusa igualmente a fazer a

▼

23. Shackleton, p. 265, que corrige a data de 1738 para 1734.
24. Cf. n.os 359 e 1.533 (ed. integral, *op. cit.*, pp. 892 e 1016).

apologia de um regime qualquer, e a pesquisa ilusória do "melhor governo". Sua tipologia será, pois, científica e sua classificação, concreta. Ora, no livro II, 1, ele assimila suas três definições a "três fatos" que respondem mais a três dioramas históricos. Retomemos nossa classificação das fontes de *L'esprit des lois*: a Europa moderna, a Antiguidade, os mundos exóticos. Ao critério tradicional do número, Montesquieu substitui o esquema categorial seguinte: o *presente*, o *passado* e o *alhures*. Desde então tudo se ordena: o governo republicano é o passado de Roma e de Atenas, com o prolongamento, a sobrevivência das repúblicas aristocráticas italianas: Veneza e Gênova. O despotismo é o Oriente, o dos três grandes impérios muçulmanos, com a excrescência longínqua da China. Mas o presente é a Europa monárquica moderna nascida de uma Idade Média meio germânica, diversa, mas coerente; cristã, enfim.

Dois pontos de ruptura aparecem: o regime republicano reúne em dois subgêneros a democracia e a aristocracia. A monarquia separa-se do despotismo que, em Aristóteles[25], só era uma corrupção dela. Veremos que esta tipologia não é absolutamente nova; até em Aristóteles, em ruptura com o conceitualismo da *Política*, a *Retórica* oferecia a Montesquieu uma fórmula-chave: "A monarquia é um regime em que um único homem é dono absoluto de tudo. Aquela que respeita uma certa organização é a realeza; aquela em que o poder não tem limites é a tirania."[26] Mas, fora o caráter histórico e concreto desta tipologia, Montesquieu lhe dá no livro III um fundamento psicológico.

A fórmula de Brèthe de la Gressaye é feliz: o livro III é "um pequeno tratado de psicologia política"[27]. Mesmo assim, devemos ver o ponto de partida em um conjunto de imagens mecanicistas: um regime é uma máquina, uma estrutura material que para um cartesiano evoca roldanas, molas, eixos de transmissão, juntas de Cardam. A *natureza* deste regime se observa no repouso, e a desmontagem desta estrutura

▼

25. *Éthique à Nicomaque*, VIII, 12.
26. *Rhétorique*, I, 8 (cf. Raymond Weil, *La politique d'Aristote*, Armand Colin, 1966, p. 110).
27. Ed. EDL, p. 51.

se efetua no repouso. Mas a máquina para funcionar exige uma mola a que se deu corda. É o que Montesquieu chama em política o *princípio de governo*. À estática política sucede uma dinâmica. Podemos medir a originalidade desta oposição com a novidade, com a modernidade da linguagem do livro III, 1: "Existe esta diferença entre a natureza do governo e seu princípio, que sua natureza é o que o faz ser tal e seu princípio o que o faz agir. Uma é a sua estrutura particular e a outra as paixões humanas que o fazem mover." Linguagem, aliás, de origem cartesiana: Montesquieu aplica ao corpo social, a uma coletividade humana, a dualidade que Descartes reconhecia no homem individual. A natureza do governo exprime uma estrutura mecânica segundo os *Principia*. Mas Montesquieu hesita a propósito da dinâmica dos princípios do governo. Trata-se das "molas", palavra usada em III, 5, e III, 10: "princípios corporais dos movimentos" de um relógio a que se deu corda[28] ou de verdadeiras "paixões" da alma conforme a expressão de III, 1? A complexidade psicológica destas "paixões" nos afastará de uma interpretação mecanicista.

Mas esta complexidade não aparece em uma análise "ingênua" do livro III. Aos três governos correspondem três sentimentos dominantes, a *virtude política* na república, a *honra* na monarquia, o *temor* no despotismo. Mesmas clivagens e mesmos exemplos históricos de apoio como no livro II: a democracia e sua decadência evocam Demóstenes contra Filipe, Sila contra Mário, Aníbal contra o senado de Cartago. A monarquia refere-se sobretudo à França, às tensões despóticas de Richelieu e de Law. A Pérsia de Chardin representa sempre o despotismo oriental. Mas os três princípios, como o notou muito bem Robert Derathé, desenvolvem-se "por etapas"[29]. A *virtude política*, que em III, 3 implica o amor das leis, exige em IV, 5 o amor da pátria e em V, 3 interioriza-se como amor pela igualdade e como amor pela frugalidade: servidão voluntária para com a cidade, a virtude política, apesar das tradições da história e da linguagem, não vê na liberdade dos cidadãos o objetivo privilegiado do regime. Pelo menos, a palavra liberdade é

---

28. Cf. Descartes, *Traité des passions* (1ª parte, artigo 6).
29. Ed. Derathé, tomo I, p. 434.

equívoca. Mesmo esmero na análise da *honra* monárquica: em III, 6 e 7 é a ambição, o desejo de distinção, a afirmação orgulhosa do indivíduo; nobreza, franqueza nos costumes, cortesia nas suas maneiras caracterizam-no em IV, 2; é o código sem virtude de uma classe de privilegiados (V, 9). Quanto ao temor, em um país despótico, é uma paixão simples que exclui a análise. O único retoque importante diz respeito à aristocracia, subgênero da república (III, 4): regime híbrido em que a virtude se degrada em um conceito novo, a *moderação*.

Mas a dinâmica política não pode excluir o fracasso, a decadência ao menos. É o que Montesquieu considera no livro VIII, verdadeira conclusão do conjunto: "A corrupção de cada governo começa sempre pela corrupção dos princípios". Ora, cada princípio é concebido não como um caminho rigoroso, mas como um equilíbrio instável; na linguagem aristotélica, um "meio-termo". O princípio da democracia se corrompe ao mesmo tempo pela perda do espírito de igualdade e pelo abuso da igualdade: o espírito de desigualdade leva a democracia à aristocracia e à monarquia; o espírito de igualdade extrema, ao despotismo concebido como um refúgio contra a anarquia. O espírito da aristocracia, mistura flexível de virtude e de moderação, evolui seja para a violência, seja para a apatia coletiva. O princípio da monarquia sofre também uma dupla degradação: a honra repousa sobre os privilégios e se nutre nos corpos intermediários; se suprimirmos os corpos intermediários e o desejo de distinção, a nobre ambição desaparece. Mesma conseqüência pelo excesso, quando a honra é suplantada pelas honras, quando o nobre se torna o cortesão "coberto ao mesmo tempo de infâmia e de dignidades". Nos dois casos, a monarquia torna-se despotismo. Quanto ao puro governo despótico "corrompido por natureza" (VIII, 10), miserável e instável, tende a cair quando o temor se atenua. Montesquieu tira desta notável construção intelectual uma dupla terapêutica: 1) toda corrupção de um regime vem da corrupção do princípio; 2) cada governo manterá mais facilmente seu princípio caso se integre numa extensão territorial adequada: a república convém a um pequeno território e a uma cidade, a monarquia a um país de tamanho médio, o despotismo a um grande império; por conseqüência, toda política que tende a modificar a extensão de um território, ou em outras palavras, todo espírito de conquista, leva à corrupção do princípio e à ruína. Pela primeira vez, em *L'esprit des lois*, o idealismo se dissimula atrás do determinismo físico.

Mas a verdadeira conclusão desta tipologia dos governos, além de todos os exemplos e de todas as perspectivas históricas, é uma teoria da decadência. A corrupção de todos os governos leva ao mesmo inferno político, o despotismo, mundo irrisório e absurdo, negação de todos os valores. Assistimos não mais à análise de um governo "como os outros", a uma realidade temporal, mas à construção mítica de uma "cidade do diabo". Montesquieu pela primeira vez aparece-nos como um criador de mitos.

Desde então, não poderíamos aceitar sem desconfiança a formulação peremptória dos oito primeiros livros e esta quase alegria intelectual que os caracteriza. Uma segunda leitura deveria nos permitir primeiro esclarecer as etapas de uma construção que não pode ser totalmente original, a da tipologia ternária dos governos, e depois a da corrupção dos princípios; enfim, de assinalar a extrema ambigüidade de dois destes princípios, a virtude democrática e a honra monárquica.

Robert Shackleton declara a justo título: "Nenhum grande escritor político, antes de Montesquieu, baseou sua obra sobre uma tal análise"[30]; em geral, o pensamento ocidental é fiel à tipologia de Aristóteles, mesmo se alguns, segundo Santo Tomás de Aquino ou o cardeal Bellarmino, são tentados pela teoria do governo misto desenvolvida por Políbio. Em geral, como vimos, Montesquieu substituiu uma tripartição fundada sobre categorias numéricas: o *único*, o *múltiplo*, o *total*, por uma nova tripartição espaço-temporal: o *presente*, o *passado*, o *longínquo* (o duplo exotismo no tempo e no espaço). Mas a oposição crucial da monarquia e do despotismo é de uma relativa banalidade: procedente de um texto da *Retórica* de Aristóteles, reencontramo-la em Maquiavel que nos seus *Discorsi sopra la prima deca di Tito Livio* louva a república e a monarquia à custa da tirania[31]. É latente em todos os textos políticos ingleses posteriores à revolução de 1688 e notadamen-

▼

30. *Op. cit.*, p. 266.
31. *Discours*, I, 10 e 25. Cf. Bertière, *Congresso Montesquieu de Bordeaux* (1955) e R. Shackleton, *Comparative Literature Studies*, nº 1, 1964.

te nos *Discourses Concerning Government* de Algernon Sidney[32]; Saint-Hyacinthe retoma-a em 1719 em suas *Entretiens dans lesquels on traite des entreprises de l'Espagne*[33]. Ora, Montesquieu, que leu Maquiavel desde as *Lettres persanes* e, provavelmente, desde 1713 a propósito da *Politique des romains sur la religion*, retoma a leitura do florentino desde a sua volta da Inglaterra[34]; em XI, 6, citará Algernon Sidney: quanto a Saint-Hyacinthe tinha sido seu relator durante sua eleição para a Royal Society de Londres em 9 de março de 1730[35]. A influência de Paolo Doria na sua *Vita civile* parece-nos mais duvidosa, apesar da bela demonstração de Robert Shackleton[36]; Doria sobrepõe à tripartição de Aristóteles uma classificação baseada sobre os costumes: à *cidade bárbara*, despótica e militar, se opõem duas sociedades civis, a *moderada* e a *pomposa* (*moderata* e *pomposa*), que recobrem mais ou menos as divisões de *L'esprit des lois*. Este "mais ou menos" não nos convence, além do mais Montesquieu não possui Doria e não o cita nunca[37].

A tripartição dos "princípios" ou paixões da alma não é menos original. Platão tinha esboçado, paralelamente à decadência dos governos, uma decadência moral: ao rei filósofo se opõe o φιλοτίμος da timocracia, orgulhoso e faminto de honras, assaz parecido com o nobre insolente de Montesquieu na cidade monárquica. Quanto à paixão igualitária do democrata, chama por seus excessos anárquicos a proteção de um tirano. Aristóteles, ao contrário, insiste sobre o papel da virtude em geral no "estado político", quer dizer, a "politie" republicana[38]. Na verdade, entre a Antiguidade e o mundo moderno, nem as realidades sociais nem o vocabulário coincidem. A mesma ambigüidade é encontrada na idéia de corrupção, ela também muito antiga. A exposição mais nítida está na *Ética a Nicômaco* de Aristóteles: os três governos, monar-

▼

32. Traduzidos em 1702. Cf. sobre a corrupção da monarquia, Paris, 1794, tomo I, p. 428.
33. Haia, 1719, pp. 212-3.
34. *Spicilège* (ed. integral, p. 413).
35. Cf. Shackleton, *op. cit.*, p. 136.
36. "Montesquieu e Doria", *Revue de Littérature Comparée*, 1955.
37. Admitamos, entretanto, que o Presidente Barbot possuía a obra.
38. Cf. Platão, *République*, livro VIII, e Aristóteles, *Politique*, VII, 1.

quia, aristocracia e timocracia, degeneram respectivamente em tirania, oligarquia e democracia[39]. O remédio está na volta aos princípios, idéia retomada por Maquiavel e provavelmente traduzida por Montesquieu em VIII, 12[40]. Mas todos estes contatos, possíveis ou prováveis e cujo eco é perceptível em *L'esprit des lois*, não devem dissimular o profundo remanejamento das idéias e das palavras. Lembramos o aviso da edição póstuma de 1757: "Tive idéias novas: tive também que achar novas palavras ou dar às antigas novas acepções."

Duas palavras acarretam evidentemente problemas: *virtude* e *honra*. Desde 9 de outubro de 1749, o abade de La Roche nas *Nouvelles ecclésiastiques* se insurgia contra a fórmula de III, 5: "Quem acreditaria que, para tornar perfeito o governo monárquico, fosse preciso que os membros do Estado fossem despojados de virtude e cobertos de vaidade? Visto isso, deveria se banir a religião cristã de todas as monarquias." Montesquieu, profundamente ofendido, responderá nos seus *Eclaircissements* que completam sua *Défense de L'esprit des lois*: "trato aqui da virtude política que é a virtude moral, no sentido de que ela se dirige para o bem geral; muito pouco das virtudes morais particulares e de nenhum modo desta virtude que se relaciona com as verdades reveladas"[41]. Ele corrige, portanto, em *L'esprit des lois*, virtude por *virtude política*. O democrata é, portanto, "homem de bem político"[42] e não necessariamente o homem virtuoso, segundo Sócrates ou Jesus. Nenhum exegeta de Montesquieu convenceu-se, de D'Alembert, Barrière até Brèthe de la Gressaye[43]: a decadência da democracia, retratada em III, 3, é realmente uma decadência moral, uma corrupção das virtudes particulares. E a crítica implícita da honra monárquica fortalece esta impressão: "As leis tomam o lugar de todas estas virtudes de que não se tem nenhuma necessidade" (III, 5). "Assim, nas monarquias bem or-

▼

39. *Ethique à Nicomaque*, VIII, 12 (ed. R. Weil, *Montesquieu et le despotisme*, Congresso de Bordeaux, p. 112).
40. R. Shackleton pensa na utilização do texto latino dos *Discorsi* (III, 1): *ut ad principia revocentur*.
41. Cf. Ed. Derathé, *op. cit.*, tomo II, p. 456.
42. Cf. *ibid.*, Advertência, tomo I, p. 3.
43. Mesma opinião em Shackleton, *op. cit.*, pp. 273-4.

ganizadas (...) raramente acharemos alguém que seja homem de bem" (III, 6). A confissão é mais nítida ainda em V, 3: "o amor da pátria", virtude democrática por excelência, "conduz à bondade dos costumes". Não poderíamos concluir sem fazer valer esta preponderância, ao mesmo tempo ética e estética, da visão republicana, nos oito primeiros livros de *L'esprit des lois*. Negá-la, sob o pretexto de que esta visão é "poética" e daí irrealista, introduzir cedo demais o conceito de "moderação" e os temas do equilíbrio à inglesa é condenar-se a não entender a complexidade psicológica do autor e a luta sutil que domina a obra entre a realidade social e o idealismo moral.

O tema da *honra*, princípio das monarquias, revela esta ambigüidade. Robert Shackleton estudou pacientemente a evolução desta noção na obra de Montesquieu; a acepção de *L'esprit des lois* é tardia, pois na carta n.º LXXXIX das *Lettres persanes* a honra e a virtude caracterizavam juntas as repúblicas "e os países onde se pode pronunciar o nome de pátria"[44]: alusão a Lacedemônia e a Roma, onde a honra está ligada à "nobre emulação" do φιλοτιμος de Platão. Não acreditamos que seja preciso ligar a nova acepção da palavra à leitura de Doria ou de Scipione Maffei[45]. A descrição do homem honrado, muito mais do que uma noção abstrata, revela em *L'esprit des lois* uma realidade social muito próxima, eminentemente francesa. Basta ler o extraordinário capítulo II do livro IV, *Da educação nas monarquias*. Montesquieu não retrata sua educação, que foi austera, em Juilly, mas a educação das academias para os jovens nobres franceses: ao antigo "ponto de honra" cavalheiresco é acrescentada uma estética orgulhosa do ato nobre, gratuito, "galante"; o "homem probo", caro ao Chevalier de Méré e a Pascal, tem o procedimento mais contestável do Duque de Richelieu, mas também do "cortesão" como Gracian ou Saint-Simon. O desprezo da vida não contradiz a ambição e o desejo da fortuna; as precedências afirmam a intangibilidade da "posição"; o desejo de deslumbrar e de agradar tem precedên-

▼

44. Cf. Shackleton, *op. cit.*, pp. 273-4.
45. Cf. *ibid.*, Scipione Maffei, *Della scienza chiamata cavalleresca*. Montesquieu encontrou provavelmente com ele em Verona por volta de 18 de setembro de 1728 (cf. Micheline Fort, *Le séjour de Montesquieu en Italie, Studies on Voltaire*, CXXVII, 1974, p. 97. Cf., igualmente, *Spicilège*, ed. integral, p. 416).

cia sobre a vontade de ser bem-sucedido. Montesquieu não esconde que esta visão insólita da vida é própria de uma casta militar que é a sua, pois ele pertence tanto à nobreza de espada quanto à nobreza togada. Será que a aprova? Todo seu capítulo, admiravelmente trabalhado, exala humor e ironia. Apresentado à corte inglesa, familiar da rainha Carolina, não se tem sinal de uma eventual presença sua em Versalhes: nenhuma alusão na sua correspondência, nenhuma referência nas preciosas memórias do Duque de Luynes. "Filosoficamente falando", disse ele em III, 7, "é uma honra falsa", "mas tão útil ao público como a verdadeira o seria para os particulares". Virtude política, a honra monárquica não responde para Montesquieu a uma visão pessoal da vida.

Mas responde a um mito do qual Montesquieu não é, desta vez, o criador. Onde achar esta composição específica de honra cavalheiresca, das honras e das precedências, das exigências do espírito da Corte, da ambição e de ressentimentos nobres, senão na obra do Duque de Saint-Simon? Montesquieu residiu no Castelo do Duque em La Ferté, em agosto de 1734[46]. A 13 de agosto, anota no mesmo castelo uma série de anedotas sobre o século de Luís XIV e a Regência. Ora, todos os temas monárquicos de *L'esprit des lois* respondem aos das *Mémoires*: o cavalheiresco Luís XII, oposto ao déspota Luís XIV, a decadência da honra paralela à da monarquia, a sujeição da nobreza da corte; a conservação necessária da posição e das precedências. Enfim, a própria definição da monarquia é de essência saintsimoniana: "sem monarca não há nobreza: sem nobreza não há monarca. Mas há um déspota" (II, 4). Mas, se este mito da honra monárquica deve muito a Saint-Simon, não tem a total adesão de Montesquieu; ele sente o seu valor histórico, mas também o próximo desuso. Ao mito da honra vai se acrescentar em breve uma virtude menos psicológica e mais técnica, a moderação. À tipologia dos governos e dos princípios sucederá a tipologia dos poderes, dominada pelo que Montesquieu chamava seu "sistema da liberdade".

▼

46. *Spicilège* (ed. integral, p. 421). O Duque de Saint-Simon (1675-1755) é o autor de *Mémoires cèlebres*, em que conta incidentes da vida da corte, durante o período de 1694 a 1723. (N. das Orgs.)

O sistema da liberdade

Não se trata de um título arbitrário: assim como Robert Shackleton, nós o tiramos diretamente de Montesquieu[47]. Nossa melhor referência seria a fórmula latina de Gravina inscrita no catálogo de La Brède, encabeçando a rubrica dos escritores políticos: *Res est sacrosancta libertas et divini juris, ut eam tentare scelus sit, impium circumvenire, occupare nefarium*: "a liberdade é coisa sagrada; ela é de direito divino a tal ponto que atacá-la constitui crime, oprimi-la, uma impiedade, apoderar-se dela, um sacrilégio"[48]. Ainda seria preciso defini-la. É isto que Montesquieu se propõe nos quatro primeiros capítulos do livro XI, prelúdio de um estudo geral das relações das leis com a liberdade política que reunirá três livros (XI-XII-XIII), antes do corte essencial do livro XIV sobre o clima.

Entendamo-nos sobre este ponto: trata-se somente de "liberdade política" (XI, 1). Nos *Pensées* Montesquieu evoca com ênfase o aspecto psicológico da liberdade, quer dizer, o sentimento de liberdade, "este bem que permite gozar de outros bens"[49]. Mas ele se recusa a uma definição metafísica do termo, se recusa a uma discussão cartesiana: "A liberdade pura é mais um estado filosófico que um estado civil."[50] A liberdade política "é o direito de fazer tudo aquilo que as leis permitem" (XI, 3). Apesar das aparências, a liberdade não é consubstancial à democracia (XI, 4): "Como nas democracias o povo parece fazer mais ou menos aquilo que quer, colocou-se a liberdade nestes tipos de governos e confundiu-se o poder do povo com a liberdade do povo" (XI, 2). Na medida em que a liberdade não consiste absolutamente em fazer o que se quer, "ela só se encontra nos governos moderados" (XI, 4). Praticamente a liberdade política aparece menos no exercício real do poder que na segurança dos cidadãos, nessa certeza de que sua pessoa, sua

▼

47. *Pensées*, nº 80: "Para o meu sistema sobre a liberdade, seria preciso compará-lo com as repúblicas antigas (...)."
48. Ed. Desgraves, 1954, p. 168.
49. *Pensées*, nº 1797.
50. *Ibid.*, nº 1798.

família e seus bens serão protegidos pelas leis; "a única vantagem que um povo livre tem sobre outro é a segurança que cada um tem de que o capricho de um único indivíduo não lhe tirará seus bens ou sua vida. Um povo subjugado, que tivesse esta segurança, bem ou mal fundada, seria tão feliz quanto um povo livre"[51]. As observações mais claras aparecem no fragmento 631 dos *Pensées*: "Esta palavra liberdade na prática está longe de significar aquilo que os oradores e poetas lhe fazem significar. Esta palavra só exprime propriamente uma *relação* e *não pode servir para distinguir os diferentes tipos de governos*; pois o estado popular é a liberdade das pessoas pobres e fracas e a servidão das pessoas ricas e fortes; e a monarquia é a liberdade dos grandes e a servidão dos pequenos (...) Disto *é preciso concluir que a liberdade política diz respeito às monarquias moderadas tanto quanto às repúblicas e não está, portanto, mais distante do trono que de um senado*; e todo homem é livre se tiver a justa razão de crer que o furor de um só ou de muitos não lhe tirará a vida ou a propriedade de seus bens."

Evidencia-se, pois, que a idéia de *liberdade política*, ligada à idéia mais técnica de *moderação* que ela própria repousa na acepção aristotélica do "meio-termo" sobre o exercício regrado e não violento do poder, constitui um novo sistema interpretativo dos governos, bem diferente da tipologia ternária dos livros II-VIII. Contrariamente a Brèthe de la Gressaye, que declara que "a distinção dos governos está em definitivo fundamentada na idéia de liberdade"[52], pensamos ver no "sistema da liberdade" uma luz nova que substitui uma classificação espaço-temporal dos governos submetidos a três princípios psicológicos, esquema decodificador relativamente rígido, uma interpretação flexível, de doses sutis, aplicável a todos os governos moderados. À mecânica simples dos livros II-VIII se opõe a maquinaria complexa descrita no fragmento 633 dos *Pensées*: "Para estabelecer um governo moderado é preciso combi-

▼

51. *Pensées*, n.º 1802.
52. *Edição citada*, tomo I, p. 32. O erro vem do conceito de *moderação* empregado com um outro sentido (III, 4) como princípio da aristocracia; mas também da indignação do tom na descrição do governo despótico (III, 9). Mas, no livro III, 10, a oposição moderado-despótica não implica um sistema de liberdade.

nar as forças, temperá-las, fazê-las agir e regulamentá-las; fornecer um contrapeso a uma, para colocá-la em condições de resistir a uma outra; enfim, é preciso construir um sistema."

Ora, este sistema governamental de liberdade existe: é a constituição da Inglaterra descrita e interpretada por Montesquieu no seu famoso capítulo XI, 6. Graças ao manuscrito e ao estudo pertinente de Robert Shackleton, podemos datá-lo com bastante precisão: a escrita e o papel provam que se trata de um ensaio original incorporado ao resto do livro; se negligenciarmos alguns retoques e um breve parágrafo final, "três quartos do conjunto foram escritos por volta de 1733 e constituem verdadeiramente o texto de 1733"[53]. Fazemos nossa a conclusão de R. Shackleton: o essencial fora escrito pouco depois do retorno das viagens e sob a impressão imediata da vida política inglesa. Descrição abstrata e alusiva, aliás, pois as instituições britânicas não são nem mesmo citadas: é o retrato de uma constituição ideal fundada na separação dos poderes, única garantia da liberdade.

À tripartição dos *governos* sucede a tripartição dos *poderes*: "Existem em cada Estado três espécies de poderes, o poder legislativo, o poder executivo das coisas que dependem do direito das gentes e o poder executivo das que dependem do direito civil." Entendamos por este último "o poder de julgar" e acrescentemos ao segundo, além da política exterior, o poder interno de execução. Uma nova dialética se esboça: "Tudo estaria perdido se o mesmo homem ou o mesmo corpo de principais ou de nobres, ou do povo exercessem estes três poderes, o de fazer as leis, o de executar as resoluções públicas e o de julgar os crimes ou as contendas dos particulares"; uma nova tipologia dos governos não confirma exatamente a antiga, desvenda-se: quando os três poderes são confundidos, o governo é *despótico*, à imagem da Turquia, mas também de Veneza. Quando dois poderes são confundidos, na medida em que o poder judiciário está separado, o governo é *moderado*, à imagem das monarquias européias; quando os três poderes são separados, o governo é *livre*, à imagem da Inglaterra.

▼

53. *Op. cit.*, p. 285. Verificamos no manuscrito a veracidade das conclusões de R. Shackleton. Única nova precisão: o papel filigranado Laine foi utilizado somente para o livro I.

Tornemos mais precisas as engrenagens que cada vez dissimulam as realidades inglesas. O *poder judiciário* que mais que os outros presta atenção ao magistrado de Bordeaux, deve ser separado dos outros dois; mas, ao contrário da França, deve ser exercido não por um corpo, mas por um júri popular, não permanente; ainda é preciso que os jurados possam ser recusados e literalmente escolhidos pelo acusado, procedimento registrado pela *Magna Britanniae Notitia* de Chamberlayne para 1725, que Montesquieu possuía[54]. A mesma condição social entre os juízes e o acusado, o que lembra sem dúvida o papel judiciário da Câmara dos Pares. Respeito, enfim, ao *habeas corpus,* de acordo com a lei de 1679 que proíbe a detenção ilegal dos cidadãos por ordem do executivo. O *poder legislativo* está nas mãos do "povo reunido", mas nos grandes Estados ele é confiado a um corpo de representantes sem mandato imperativo, eleito pelo sufrágio universal, com a exclusão da condição social mais baixa. Os representantes têm a iniciativa das leis e das despesas públicas. Um segundo corpo, o de nobres, divide com o corpo de representantes a função de poder legislativo, desde que não se trate de matéria financeira; possuindo, entretanto, a faculdade de decretar o impedimento, *impeachment,* reduz o poder da Câmara Baixa. O *poder executivo,* enfim, pertence ao monarca, e não a uma emanação do corpo legislativo, o que reuniria os dois poderes; o rei fixa as sessões, convoca os representantes, regulamenta o procedimento e a duração destas e dispõe do poder de veto. Igualmente os representantes verificam a execução das leis e praticam o *impeachment* em relação aos ministros. Vigilância recíproca dos dois poderes, obrigados a caminhar de comum acordo. Acrescentemos ainda que os representantes controlam financeiramente o exército, portanto sua ação, e a lista civil do príncipe. O resultado é um equilíbrio, em inglês *balance*: "Eis, portanto, a constituição fundamental do governo de que falamos. O corpo legislativo sendo composto de duas partes, uma controlará a outra pela sua faculdade natural de decretar o *impeachment*. As duas serão atadas pelo poder executivo, ele próprio controlado pelo legislativo." Este equilíbrio poderia traduzir-se em um repouso, uma inação mortal: "mas como,

▼

54. Cf. Shackleton, *op. cit.*, p. 288.

pelo movimento necessário das coisas, são forçadas a se movimentar, serão forçadas a se movimentar de mútuo acordo".

Descrição alusiva evidentemente: o Parlamento, isto é, as Câmaras dos Comuns e dos Lordes, nas suas relações complexas com a Coroa, é invocado, no entanto, na forma precisa de um profundo conhecedor, de um freqüentador das sessões de Westminster. Montesquieu como jurista sabe apreciar a sutileza do regime inglês e se maravilha profissionalmente com as questões de direito, destas forças e contraforças que diminuem o ritmo da máquina sem paralisá-la. Será preciso, além da admiração técnica, falar de entusiasmo e de adesão? O penúltimo parágrafo do capítulo VI, a nosso ver, não é de simples prudência: "Eu não pretendo absolutamente com isto rebaixar os outros governos e dizer que esta liberdade política extrema deva mortificar aqueles que possuem apenas uma liberdade política moderada. Como poderia dizer isto, justamente eu que creio que mesmo o excesso de razão não é sempre desejável, e que os homens se acomodam quase sempre melhor na média que nos extremos."[55] Assinalemos em todo caso a habilidade do autor que no livro XI, 7 evoca com delicadeza seu próprio país: "As monarquias que conhecemos não possuem, como essa de que acabamos de falar, a liberdade por seu objeto direto. Elas tendem para a glória dos cidadãos, do Estado e do príncipe. Mas desta glória resulta um *espírito de liberdade* que nestes Estados pode fazer tão grandes coisas e talvez contribuir tanto para a felicidade quanto a própria liberdade": jogo sutil de noções em que a idéia de felicidade suplanta por instantes a miragem inglesa.

Nós assinalamos o caráter às vezes abstrato, às vezes alusivo de uma tal análise. Uma segunda leitura deveria nos permitir tornar clara a origem do pensamento constitucional de Montesquieu, ao menos no caso da Inglaterra; para depois podermos confrontar este esquema com o exercício efetivo do poder britânico no século XVIII ao menos da forma como os historiadores modernos o analisam; enfim, para podermos nos perguntar se a própria idéia de separação dos poderes que tantas

▼

55. Cf. *Pensées*, 1802: "Não levo muito em conta a felicidade de discutir com furor os negócios do Estado e o fato de não dizer cem palavras sem pronunciar a de liberdade, nem o privilégio de odiar a metade dos seus cidadãos" (*sic*).

constituições européias utilizaram e tantos juristas comentaram não se enrijeceu e obscureceu ao mesmo tempo. A multiplicidade das pesquisas sobre as origens, inglesas na maior parte, do pensamento constitucional de Montesquieu serviu mais para embaralhar as pistas do que para determinar a extensão exata de suas dívidas intelectuais. Dividiremos estas fontes possíveis em três grupos cronologicamente distintos; algumas anteriores à viagem de Montesquieu à Inglaterra, de novembro de 1729 a abril de 1731, conservam a lembrança da revolução de 1688 e estão submetidas a duas realidades políticas: a oposição dos dois partidos, *Whig* e *Tory*, que recobre sem coincidir totalmente a oposição das duas dinastias, os Stuart e os Hanover. O segundo grupo é exatamente contemporâneo à viagem e caracteriza uma época de transição, a da primeira legislatura do rei Jorge II, em que a oposição *Court and Country* se encarna em dois homens: Bolingbroke e Walpole. O terceiro grupo de fontes é posterior à viagem, contemporâneo da gênese de *L'esprit des lois*, mas também da queda de Walpole em 1742 e da terceira legislatura de Jorge II, eleita em 1741. Não é, portanto, surpreendente a constatação de dissonâncias de filosofia política a respeito de uma prática constitucional que se prolonga durante quase sessenta anos.

A influência de Locke, reconhecida desde o século XVIII, foi exaltada pelo abade Dedieu no capítulo VI de sua tese sobre *Montesquieu et les sources anglaises de L'esprit des lois*[56], e consideravelmente restringida por E. Barker na sua tradução de Otto Gierke[57], assim como pelo historiador recente de Locke, G. W. Gough[58]. Chegaríamos facilmente a esta última interpretação pela obra de Raymond Polin[59]. Locke em seu *Two Treatises of Government* de 1690 vive os acontecimentos de 1688; filósofo engajado, parte do estado natural e do duplo contrato segundo Puffendorf para afirmar a soberania do povo e exprimi-la constitucionalmente pela proeminência do legislativo sobre o executivo. Não há, portanto, separação dos poderes, mas delegação de poder

▼

56. Paris, 1909, pp. 160-91.
57. *Natural Law and the Theory of Society* (Cambridge, 1934, tomo I, p. 357).
58. *John Locke's Political Philosophy* (Oxford, 1950, p. 98).
59. *La politique morale de Locke*, PUF, 1960, pp. 208-26.

ao executivo. Locke não teme a confusão dos poderes, mas sim a monarquia absoluta; ele não faz nenhuma alusão ao poder judiciário, pois o "poder federativo" diz respeito à gestão das questões exteriores. Em caso de *breach of trust*, o povo resiste legitimamente aos abusos da coroa, mesmo pela violência. Os dois pontos essenciais da doutrina de Locke, o contratualismo e a soberania do povo, são estranhos ao pensamento de Montesquieu. Mas o abade Dedieu ressalta com razão numerosas correspondências de termos: definição de liberdade política que consiste em viver sob leis estáveis, *standing rule to live by*[60]; assimilação da liberdade e da segurança: *Where there is no law, there is no freedom; for liberty is to be free from restraint and violence from other*[61]. Não falamos como o abade Dedieu de paralelismo contínuo, mas de uma utilização precisa de termos e de temas: igualdade dos cidadãos perante a lei, segurança das pessoas e dos bens, equilíbrio dos poderes públicos. Quando Locke estabelece "que existe liberdade onde os poderes legislativo e executivo estão em mãos diferentes, como se dá em todos os governos moderados"[62], o contato é provável. Encontramos o mesmo procedimento alusivo de Montesquieu neste esquema da Constituição inglesa: "Suponhamos um Estado, diz Locke, em que uma só pessoa tenha sempre o poder supremo e o direito hereditário de fazer executar as leis e de convocar e dissolver em determinados momentos a assembléia que possui autoridade legislativa; em que existe uma nobreza cujo nascimento dê o direito de assistir e ser membro desta assembléia; em que haja pessoas reunidas que representam o povo, por um tempo determinado."[63] Mas onde Montesquieu se afasta de Locke é em sua psicologia política: onde Locke, que vive os acontecimentos de 1688, desenvolve uma doutrina da *desconfiança*, Montesquieu, que escreve meio século depois, sustenta uma filosofia do *acordo mútuo*[64].

▼

60. Edição francesa de Bruxelas, 1745, pp. 186, 195, 198, 205.
61. *Ibid.*
62. Locke, *op. cit.*, p. 231.
63. *Ibid.*, p. 309.
64. Notemos, porém, que Montesquieu não cita Locke e não possui *L'essai sur le gouvernement civil*. Suas alusões a Locke se referem a *L'essai sur l'entendement humain* (cf. *Pensées*, n.º 1707).

Mas o radicalismo inglês e suas tendências republicanas apaixonaram Montesquieu. Ele conhece Algernon Sidney e cita-o em XI, 6. Seus *Discursos sobre o governo* traduzidos em 1702, mas refletindo as tensões políticas anteriores à revolução de 1688, fundam a democracia sobre o direito natural e sobre os precedentes bíblicos do livro de *Samuel*: "É unicamente ao povo que pertence o direito de escolher a forma de governo; cabe a ele estabelecê-lo, fazer suas leis, coroar e instalar seus soberanos."[65] A democracia é, portanto, superior por sua fundamentação metafísica, por seus precedentes históricos, pela história sagrada, por suas exigências morais. "Na corrupção necessária de todos os governos, a monarquia é corrompida por seu princípio, a democracia só o é acidentalmente."[66] O pequeno *Tratado do poder dos reis da Grã-Bretanha*, publicado em 1714, reflete o mesmo republicanismo exaltado: soberania popular fundada sobre a natureza e a Bíblia, delegação temporária aos magistrados e aos soberanos, resistência legítima a toda ruptura de contrato. Mas Montesquieu, que consultava a obra na casa de seu amigo Barbot[67], não se interessava absolutamente pelos problemas de legitimidade. Entretanto, ele via nestas afirmações esboçar-se, como em Algernon Sidney, uma Inglaterra com regime misto[68], uma monarquia limitada em que o povo e o rei dividem o poder. É importante que ele tenha seguido mais a Locke que aos radicais. Mas como distinguir com exatidão as fontes de informação? O abade Dedieu propõe-nos vinte nomes e trinta obras publicadas entre 1689 e 1730: Grégoire Leti, Rapin-Thoyras, Isaac Larrey seriam os promotores, Mackworth e Selden fortificariam esta tradição. Nós reteremos apenas Rapin-Thoyras e sua *Dissertation sur les Whigs et les Tories* de 1717; sua *L'histoire d'Angleterre*, inacabada, atingia, entretanto, em 1727, a época do rei Guilherme; era mais a história do parlamento inglês que da nação inglesa; a monarquia "mista" era aí analisada nos mesmos termos de Montesquieu: "As

▼

65. Trad. Samson, Paris, 1794, tomo I, p. 240.
66. *Ibid.*, p. 428.
67. Amsterdam, J. Fr. Bernard, 1714. Cf. *Lettres persanes*, CIV, ed. Vernière, Garnier, 1960, p. 217.
68. *Ibid.*, p. 26.

prerrogativas do soberano, dos grandes e do povo estão aí de tal forma moderadas umas pelas outras que elas se *sustentam mutuamente*. Ao mesmo tempo, cada um dos três poderes que participam no governo pode colocar obstáculos invencíveis aos empreendimentos que um dos outros dois, ou mesmo os dois conjuntamente quisessem fazer para se tornarem independentes."[69] O poder judiciário não é evocado, mas descobrimos uma doutrina da *sustentação mútua* dos poderes, a igual distância da *desconfiança* de Locke e do *acordo mútuo* de Montesquieu.

O grande mérito de Shackleton é o de ter revelado de forma definitiva que a viagem de Montesquieu à Inglaterra coincidia com uma vigorosa contestação sobre a interpretação da constituição. De um lado, os partidários do *Estado misto* (*mixed state*) propunham o exercício conjunto do poder legislativo, concebido como natural e proeminente, pelo rei, pelos nobres e pelo povo, de acordo com um equilíbrio harmonioso. De outro lado, os partidários da *separação dos poderes* (*balance of powers*) acreditavam garantir a liberdade com uma divisão dos poderes, concebidos como funções diferentes e atribuídos a corpos ou a indivíduos diferentes. Oposição que poderia permanecer acadêmica, pois estava baseada em uma teoria unitária ou pluralista da soberania; mas em Westminster, em 1730, opunham-se o chefe da oposição Bolingbroke e o primeiro-ministro Walpole. Montesquieu seguiu seus debates, leu os artigos do *Craftsman* fustigando o *London Journal* ministerial. Os recortes do *Craftsman* estão recolhidos em seu *Spicilège*, notadamente o de 13 de junho de 1730, no qual Bolingbroke pretende deter o poder com o poder[70]. Mesma tese nos artigos de 27 de junho e 12 de setembro: "Em uma constituição como a nossa, a segurança depende do equilíbrio dos poderes, e o equilíbrio dos poderes, de sua independência mútua"[71]; enquanto o *London Journal* retorquia em 4 de julho: "O senso comum e a experiência do mundo inteiro demonstram que esta independência é pura imaginação. Não existirá jamais de fato tal tipo de coisa; nenhuma gestão é possível, nenhum governo pode subsistir

▼

69. *Dissertation sur les Whigs...*, p. 4.
70. *Spicilège*, ed. integral, p. 409.
71. Cf. Shackleton, *op. cit.*, p. 299 (artigo de 27 de junho de 1730).

com muitos poderes absolutamente distintos e independentes."[72] Sem dúvida, Montesquieu seguiu com interesse esta polêmica; e nenhuma dúvida subsiste do seu posicionamento pelas teses de Bolingbroke.

Se se tratasse apenas do livro XI, que foi no seu conjunto redigido a partir de 1733, não teríamos que recorrer a uma literatura posterior. Mas é preciso ligarmos XI, 6 com XIX, 27, em que "o espírito geral" da Inglaterra modifica sensivelmente a abstração constitucional do ensaio anterior: face oculta em que aparecem, não a harmonia, mas as tensões e os conflitos, a oposição dos partidos ignorados em XI, 6, a corrupção ministerial, a guerra natural entre o legislativo e o executivo. Esta visão pessimista não é nova. Em suas *Notes sur l'Angleterre*, em parte destruídas e recolhidas na edição Laboulaye[73], deter-nos-emos apenas em uma: "Os ingleses não são mais dignos de sua liberdade. Eles a vendem ao rei, e se o rei lhes devolvesse essa liberdade, eles a revenderiam mais uma vez (...) Um ministro não sonha senão em triunfar sobre seu adversário da Câmara Baixa, e, se conseguisse, venderia a Inglaterra e todas as potências do mundo (...) Não é somente a honra e a virtude que não existem aqui, mas nem mesmo a idéia de honra e virtude."[74] À racionalidade esquemática de XI, 6 opõe-se a realidade social de XIX, 27 e das *Notes*. Não há nenhuma dúvida, aliás, de que a esta experiência pessoal tenha se acrescentado a leitura em 1735 da *Dissertation upon Parties* de Bolingbroke e dez anos mais tarde das *Lettres d'un français concernant le gouvernement, la politique et les moeurs des anglais* do extremamente inteligente abade Le Blanc[75].

Esta evolução, ou melhor, esta dicotomia explicativa permite refutar as críticas feitas a Montesquieu de não ter feito justiça à Inglaterra real; ele se defende disto aliás no fim de XI, 6: "Não cabe a mim examinar se os ingleses gozam ou não atualmente desta liberdade. É-me suficiente dizer que ela está estabelecida pelas suas leis e não procuro

▼

72. *Ibid.*, p. 299.
73. *Oeuvres complètes*, Garnier, tomo VII, pp. 187-95.
74. *Ibid.*, p. 190.
75. Haia, 1745. R. Shackleton reconheceu uma escrita tardia em XIX, 27, provavelmente de 1746-47 (cf. *op. cit.*, p. 295).

nada além disso." A verdade é que esta Inglaterra real é motivo de disputas dos próprios historiadores ingleses. Em 1730 podia-se falar de alternância dos partidos no poder, Whigs ou Tories, de acordo com a maioria eleita para Westminster? Podia-se falar de um governo de gabinete em que os ministros, quer dizer, o partido majoritário na Câmara dos Comuns, detinham praticamente o executivo, de onde a confusão dos poderes? Podia-se, enfim, falar de regime parlamentar que é a própria negação da separação dos poderes? Robert Shackleton, após Brèthe de la Gressaye[76], evidenciou, de um lado, a evolução da constituição inglesa sob Jorge II, de outro, a predominância do Whig Walpole de 1721 a 1742. O regime de gabinete se instaura lentamente e ninguém saberia falar ainda de regime parlamentar. Mas uma análise mais detalhada de R. Walcott[77], sobre o início do século, mostra que a Câmara dos Comuns não reproduz mais a divisão "dinástica" dos Whigs e dos Tories, mas quatro grupos em que aparecem o partido da corte (*Court*) e a oposição (*Country*). O papel do ministro sendo o de atrair para si o maior número possível de deputados. Longe de ser a emanação de uma maioria, o ministro é o agente unificador de uma maioria. J. B. Owen, citado por R. Shackleton, estuda a terceira legislatura de Jorge II, eleita em 1741, que pôs fim ao principado de Walpole.[78] A Câmara dos Comuns está dividida em dois grupos: *the old Corps of Whigs*, ministerial, composto do partido da corte, de funcionários bem situados, de comerciantes, e de *squires* provinciais[79], e a *oposição*, composta de Whigs dissidentes e de Tories. Este jogo sutil já perceptível, sem dúvida, quando da viagem de Montesquieu, nos debates da primeira legislatura de Jorge II, tendia a reforçar no esquecimento progressivo da oposição aos Hanover a dualidade governo e oposição, partido da corte e *Country party*. Montesquieu consciente disso escrevia em 1746-47: "Como existissem neste Estado dois poderes visíveis, o poder legislativo e o poder executivo, e que todo cidadão teria aí sua vontade própria (...), a maior

▼

76. *Op. cit.*, p. 293, e ed. EDL, tomo II, p. 47.
77. *English Politics in the Early Eighteenth Century*, Oxford, 1956, pp. 157-8.
78. *The Rise of the Pelhams*, Londres, 1957, pp. 41-86.
79. Indivíduos bem situados socialmente, mas sem o título de nobreza. (N. da T.)

parte das pessoas teria mais afeição por um destes poderes que pelo outro, a maioria não possuindo ordinariamente suficiente eqüidade, nem sentido para se afeiçoarem igualmente aos dois."[80] Após ter descrito na sua Inglaterra ideal as condições constitucionais de seu "sistema de liberdade", Montesquieu percebeu claramente, no regime ao mesmo tempo partidário e ministerial de Walpole, uma situação "conflituosa", sem divisar ainda a solução parlamentar da alternância.

Mas nada seria mais inútil que entrar no conflito verbal que os juristas instauraram, durante dois séculos, em torno da expressão "separação dos poderes". É um problema de direito constitucional essencial da Europa moderna, mas que tomou o rigor de um dogma no fim do século XVIII, a partir dos doutrinários da Constituinte. É impossível sustentar, com Carré de Malberg, que Montesquieu, além da distinção funcional dos três poderes, tenha querido estabelecer três soberanias no Estado, cuja independência estrita levaria, não ao acordo, mas à paralisia da máquina governamental[81]. Endossamos inteiramente a tese de Charles Eisenmann[82]: não existe separação, mas distribuição dos poderes em *L'esprit des lois*; Montesquieu mostra muito bem que o executivo participa do legislativo pelo veto, pelo direito de dissolução, de convocação e de suspensão das sessões da Câmara dos Comuns, que o legislativo controla o executivo pelo procedimento do *impeachment*, pelo voto da lista civil e pela limitação do exército regular; ele poderia ter mostrado que, além da Câmara dos Pares, que pode se tornar uma Corte Suprema, o executivo interfere no judiciário com os juízes reais da Cour du Banc. Mas seria necessário ir mais longe com Eisenmann e destruir a idéia de um equilíbrio, de um "balanço" dos poderes, para retomar a teoria do governo misto que reconstitui a unidade do poder? Este poder único, esta "soberania", no sentido de Rousseau, seria distribuído entre o monarca, a Câmara dos Lordes e a dos Comuns. A In-

▼

80. XIX, 27. Cf. demonstração de Shackleton, p. 295.
81. *Contribution à la théorie général de l'État* (Coletânea Sirey, 1922, tomo II, n.ºs 270-301).
82. *La pensée constitutionelle de Montesquieu* (Bicentenário de *L'esprit des lois*, Paris, Coletânea Sirey, 1952, pp. 113-60), retomando um artigo dos *Mélanges Carré de Malberg* (Paris, 1933, pp. 163-92).

glaterra seria uma mistura de monarquia, aristocracia e democracia, de acordo com a expressão unitária tradicional: *The king and his parliament*, tão ambígua quanto aquela "do Papa e dos concílios". Concordamos com Eisenmann que Montesquieu pensa na hipótese de uma sociedade de classes, ou melhor, de estamentos: as vilas, os campos, as universidades, os nobres compõem o parlamento britânico, e a realidade social se reflete na divisão do poder. Mesmo se utilizarmos uma fórmula dos *Pensées*, como o faz Robert Derathé[83], não é por isto menos verdadeiro que Montesquieu é um pensador "pluralista", para quem não existe "divisão *do* poder", mas "repartição *dos* poderes". O equilíbrio não nasce de uma pulverização, mas de uma tensão; a harmonia nasce de um conflito superado, pois a vida impõe o movimento, segundo a concepção especificamente inglesa do "compromisso"; a inimizade teórica se resolve praticamente no acordo daqueles que os teóricos modernos do Estado chamam "os associados rivais"[84].

O clima

Chegamos com o livro XIV ao pivô da obra, um conjunto coerente de quatro livros (XIV, XV, XVI, XVII) em que o tema do *clima*, após ter sido objeto de um estudo geral, deriva, em oposição ao "sistema de liberdade" dos livros XI-XIII, para um "sistema de servidão". Montesquieu passa da servidão civil, a escravidão sob suas formas antigas, modernas, exóticas (XV), à servidão doméstica, a da mulher, cuja conseqüência comum é a poligamia (XVI), e depois à servidão política, finalidade do espírito de conquista ou, em termos mais modernos, do imperialismo (XVII). Acrescentaremos a isto o livro XVIII sobre a natureza do terreno que explora o mesmo determinismo geográfico. Contraste *estético* evidente entre o mundo da liberdade, todo feito de iniciativas humanas, de combinações sutis, de dosagens inteligentes, conduzindo as so-

▼

83. Edição citada, tomo I, p. 476: "Qual é, portanto, a constituição da Inglaterra? É uma monarquia impura (...)" (*Pensées*, nº 238).
84. Cf. François Bourricaud, *Esquisse d'une théorie de l'autorité* (Plon, 1961, p. 319).

ciedades ao equilíbrio das forças e à felicidade dos indivíduos, e o mundo da servidão feito de ônus dificilmente superáveis, na medida em que a exaltação da humanidade nórdica, corajosa e livre não compensa o espetáculo de uma humanidade esmagada ao mesmo tempo pela natureza e pela conquista, duplamente serva dos elementos e dos homens. Com o livro XIV, entramos no inferno de *L'esprit des lois*.

Mas este contraste não é uma surpresa. Desde os primeiros livros, os "alicerces" são abundantes. Para começar, a ligação estreita entre o tipo abstrato do governo "despótico" e a localização geográfica dos exemplos: impérios maometanos, China, Japão, Reino Moscovita. Mais precisamente em V, 15, a alusão "aos climas quentes onde reina em geral o despotismo, onde as paixões surgem mais cedo"; a concordância entre o livro VII sobre o luxo e a condição das mulheres, e notadamente o capítulo 9 sobre a servidão doméstica; a concordância entre o livro X sobre a força ofensiva, notadamente o capítulo 3 sobre o direito de conquista, e o conjunto do livro XVII sobre a servidão política. Reconhecemos que estes ecos dão a *L'esprit des lois* uma unidade orgânica tão convincente quanto um plano retórico; mas a passagem brutal das causas "morais" às causas "físicas" exige alguma explicação. A oposição das causas físicas e morais é tão banal quanto antiga: achamo-la já nos moralistas do século precedente, num clima de cartesianismo abastardado. Montesquieu retoma-a na carta n.º CXIII das *Lettres persanes*[85], e mais nitidamente no ensaio *Sur les causes qui peuvent affecter les esprits et les caractères*, escrito entre 1736 e 1743[86]. Ora, este ensaio, sobretudo na sua primeira parte, consagrada às causas físicas, assinala a influência do clima, ao mesmo tempo sobre as sociedades e os indivíduos, e nutriu manifestamente numerosos capítulos de *L'esprit des lois*[87]. Tudo se passa como se Montesquieu, depois de ter baseado sua sociologia jurídica sobre uma tipologia ternária dos governos, ela própria nascida de

▼

85. "Mostrar-te-ei em uma carta seguinte que, independentemente das causas físicas, existem causas morais que produziram este efeito" (Ed. Vernière, *op. cit.*, p. 239). Trata-se das causas do despovoamento do globo.
86. Cf. R. Shackleton: "A evolução da teoria do clima de Montesquieu" (*Revue Internationale de Philosophie*, 1955).
87. Editado em 1892 por Barckhausen (cf. ed. integral, *op. cit.*, pp. 485 ss.).

três "paixões" primitivas, e depois sobre uma tripartição dos "poderes" inspirada por uma exigência moral de liberdade, introduzisse uma nova tripartição dos meios e dos climas: o *frio*, o *quente*, o *temperado*. A diferença essencial residia no fato de esta nova tipologia decodificadora escapar aos critérios humanistas precedentes e repousar em uma visão não somente determinista, mas materialista do mundo. Montesquieu tem a sensação, ao começar o capítulo XIV, de estar enfim em terreno científico, daí o estranho *Pensamento* n.º 811: "Suplico que não me acusem de atribuir às causas morais coisas que só pertencem ao clima (...)"[88], "Sei perfeitamente que, se as causas morais não interrompessem as físicas, estas apareceriam e agiriam com toda sua força."[89] Sem discutir ainda a hierarquia das causas, várias fórmulas de *L'esprit des lois* insistem no determinismo físico: "Existem climas em que o físico tem uma força tal que a moral não pode quase nada contra ele" (XVI, 8); "a poligamia é uma questão de cálculo" (XVI, 4); "o império do clima é o primeiro de todos os impérios" (XIX, 14).

Ora, a teoria dos climas, que vai fundar a ciência política sobre uma antropologia determinada pela terra, começa no livro XIV com uma dupla experiência: a da influência do ar sobre o caráter das nações, a partir da modificação do clima do campo romano; e a da influência da temperatura e de suas variações sobre o tecido dos seres vivos.

***

Mas a construção intelectual se desenvolve também segundo duas etapas: inicialmente, uma *antropologia*, quer dizer para o autor uma psicofisiologia, classificará a humanidade segundo três climas primordiais, sem excluir aliás um sábio *dégradé*; depois, a passagem da antropologia a uma *explicação geográfica* da legislação permite retornar ao propósito essencial de *L'esprit des lois*. A influência do clima, que a experiência revela sobre a fisiologia individual, deve exercer-se primeiro sobre uma coletividade até o ponto de ser um componente importante do "espírito

▼

88. Cf. ed. integral, p. 996, n.º 1209.
89. *Ibid.*, p. 996.

geral" e depois se refletir nas leis desta nação: Durkheim teria reconhecido aí sem dificuldade uma emanação do "inconsciente coletivo".

***

Montesquieu, pelo viés do clima, retorna às análises das "paixões" políticas elementares do livro III. Existem relações entre o Oriente tropical e o despotismo, entre o clima quente e o espírito de servidão. Uma "climatologia política" se instaura em uma lenta degradação que evoca as cores do espectro, segundo os graus de latitude, desde a "extrema" liberdade da Inglaterra, o "espírito de liberdade" da França, a languidez do sul da Europa, até os impérios tropicais. Se pensarmos que *clima* significava em linguagem clássica uma região caracterizada pela sua "inclinação" em relação ao Sol[90], vemos em que Montesquieu se aproxima do texto de Pascal: "Não se vê nada de justo nem de injusto que não mude de qualidade, mudando de clima. Três graus de elevação do pólo perturbam toda a jurisprudência (...)" Somos menos sensíveis que Robert Shackleton à nova implicação do tempo "meteorológico"[91]. Montesquieu não pensa de maneira alguma na definição sintética de Emmanuel de Martonne: "O clima é um conjunto de fenômenos que estão unidos. Temperatura, vento, umidade, chuva estão numa correlação estreita e dão a cada país uma fisionomia refletida em geral pela vegetação."[92]

Não façamos de Montesquieu um espírito "sistemático". Sensível à grosseria do seu esquema, declara em XVII, 8: "Não falo de casos particulares: a mecânica possui suas fricções que muitas vezes mudam ou paralisam os efeitos da teoria. A política também possui as suas." Ora, o livro XVIII vem precisamente matizar o que a climatologia política tem de generalizações ingênuas. Junto "à natureza da terra" intervêm outros fatores físicos; inicialmente o território, no sentido geográfico: a fertilidade dos solos, as grandes planícies abertas ao agressor facilitam o governo monárquico. Os países montanhosos, as terras estéreis ou pobres

▼

90. Do grego *kyipud.*
91. Cf. *op. cit.*, p. 309.
92. *Traité de géographie physique*, tomo I, 2.ª parte, v. I, p. 108.

são propícios às repúblicas, ao desenvolvimento das liberdades. A vida insular leva à independência. As terras que exigem a irrigação, quer se trate da China ou da Holanda, convêm à sabedoria de um governo moderado (XVIII, 6), mesmo se o clima tropical predispõe à preguiça e à servidão. Mas, além da terra, Montesquieu discerne as estruturas políticas impostas pelo tipo de vida: admirado, ele constata a relação existente entre a liberdade política relativa e a vida anárquica dos povos caçadores chamados "selvagens" e dos povos pastores chamados "bárbaros" (XVIII, 14), o que lhe permite retornar a uma Germânia mítica que, como se sabe, está na origem da liberdade européia (XVIII, 30). Na medida em que estas estruturas primitivas dependem das terras, dos desertos, das savanas ou das florestas, voltamos ao determinismo geográfico do livro XIV; além da noção estreita de "clima", Montesquieu é sensível à infinita multiplicidade dos fatores e ao imenso horizonte que se limita a balizar[93].

Conveniência e necessidade

Parece, com o livro XIX, que o propósito de Montesquieu se cumpre. "O espírito geral" foi descoberto no feixe dos múltiplos componentes; desde o capítulo V o conselho essencial foi dado ao legislador: "não mudar o espírito geral de uma nação". Esperamos, com o livro XX, a conclusão da obra que resolveria enfim o mistério: qual é a *dosagem exata* de iniciativa do legislador, preso entre uma imobilidade impossível, na medida em que uma sociedade, mesmo despótica, evolui no ritmo da história, e uma intervenção indiscreta que corre o risco, ou de destruir o espírito geral por intelectualismo utópico, ou de ultrapassar o ponto de ruptura por voluntarismo precipitado?

Ora, Montesquieu, esquivando ainda a conclusão, relança a ação, como em uma peripécia do teatro clássico. Uma forma de angústia intelectual se exprime no começo do livro XX, a estranha "Invocação às

▼

93. Os geógrafos (Lucien Febvre, Pierre Gourou) o reprovarão por não ter entendido a importância das monções na Ásia subtropical. Ora, Montesquieu insiste nisso em XXI, 9.

musas" que fez sorrir as pessoas sérias: "Virgens do Monte Pieria, escutai vós o nome que vos dou? Inspirai-me. Fiz uma longa caminhada. Estou oprimido pelas penas, fadigas e preocupações. Colocai no meu espírito esta calma e esta suavidade que hoje me fogem. Sois tão divinas quando levais à sabedoria e à verdade pelo prazer." Meçamos, atrás deste lirismo indiscreto, mais que a fadiga, a inquietude perante a massa de documentos: "as matérias que seguem pediriam um tratamento mais extenso; mas a natureza desta obra não o permite. Queria deslizar sobre um rio tranqüilo, sou arrastado por uma torrente" (XX, 1).

Como entender este caminho inesperado? De todos os fatores que compõem o espírito geral, um único não foi abordado, a *religião*. E eis que se impõe a Montesquieu uma nova perspectiva, que se relaciona mais com "o direito das gentes"[94] que com a gestão interna das nações, e que responde antiteticamente aos livros consagrados à guerra[95]: é o *comércio*, tomado no sentido amplo, abrangendo os problemas da moeda, do câmbio, da produção das riquezas, mas também em conseqüência, os problemas da colonização e da demografia. Montesquieu vai consagrar quatro livros ao que chamamos a *economia política*. Ora, se no manuscrito os dois livros sobre a religião seguiam imediatamente o livro XIX, no texto impresso, a excrescência "econômica" insere-se entre "o espírito geral", síntese provisória, e o fator "moral" da religião. Terá ele desejado lhe reservar a última palavra, marcar sua nova dimensão, dar peso e um tratamento patético aos problemas do culto, dos padres, das riquezas das igrejas, da propagação da fé, da tolerância, que apaixonavam a opinião esclarecida de seu país? Conviríamos de bom grado, mas a economia política não é um fator de espírito geral, ao contrário da religião; é um quadro, mais amplo que o quadro nacional, em que o mecanismo derivado da tipologia dos governos poderia não mais se aplicar. Ora, Montesquieu faz questão de verificar por uma mudança de campo da análise que os fatores políticos, morais, climáticos guardam nesta mudança toda a sua eficácia.

***

▼

94. Ver nota anterior sobre este tema.
95. Livros IX e X. Ao exercício da guerra, responde o exercício pacífico do comércio (XX, 2).

Levado pela "torrente", por esta necessidade interior que impele o escritor a dizer tudo, não pensa mais na "conveniência" das matérias. O livro XX trata do comércio internacional no seu objeto, papel e meios. O livro XXI esboça rapidamente a evolução do comércio desde a Antiguidade. O livro XXII é um ensaio sobre a moeda e o câmbio; o livro XXIII retomando depois de Vossius as velhas obsessões das *Lettres persanes*, trata do despovoamento da Europa e dos meios de remediá-lo. Mas é preciso reconhecer que o autor segue o fio do discurso e que a economia política nunca é considerada na sua realidade específica, mas associada às constituições políticas; ao contrário dos fisiocratas, a primazia do político sobre o econômico é uma certeza para ele.

Primeiro aspecto: as relações das leis com o comércio variam em função dos governos. Dois tipos de comércio correspondem a dois tipos de estados políticos: o comércio de *luxo*, baseado em manufaturas e em artesanatos especializados, mas também sobre uma psicologia da posse e da glória, corresponde à monarquia; o comércio de *economia*, que nós chamaríamos de trânsito ou de corretagem, limita-se ao transporte sem se preocupar com a produção, correspondendo ao regime das repúblicas. De um lado, a honra monárquica com grandes riscos e grandes lucros; do outro, a virtude da frugalidade e os lucros moderados. Historicamente, os grandes Estados, França, Espanha, opõem-se às repúblicas mercantis da Antiguidade, Tiro, Atenas, Cartago, Marselha, e dos tempos modernos, Veneza, Florença e Gênova (XX, 6). A estas se unem, segundo as gradações da liberdade política, a Holanda e a Inglaterra (XX, 7). Mas as relações entre a economia e as formas de governo, perturbadas pelas vicissitudes da história, nunca oferecem o rigor das relações entre a economia e as realidades físicas, o solo e o clima: é a Índia cujos costumes derivados do clima repugnam às solicitações européias: roupas, alimentação e necessidades são diferentes; é a África onde as bijuterias de vidro têm mais valor que o ouro; é a indolência da Europa meridional, preguiçosa e sem necessidades (XXI, 3), oposta às exigências da Europa do norte. O local e a esterilidade do território determinaram a vocação comercial de Marselha; Tiro, Veneza, Amsterdam são cidades-refúgio antes de serem lugares de comércio (XX, 5). A insularidade da Inglaterra, mas antes dela de Rodes e de Delos, é um fator de incentivo, se não de coerção.

Mas, enquanto Montesquieu havia-se impressionado, em I, 1, com a ordem que reinava no mundo das leis ("cada diversidade é uniformidade, cada mudança é constância"), o domínio da economia política abunda em contradições. O Japão, insular como a Inglaterra, recusa o comércio por chauvinismo mórbido (XX, 9). A vocação pacífica do comércio choca-se com a competição guerreira das nações. A Espanha e a França, grandes nações monárquicas, querem rebaixar a Holanda protestante e contestam o comércio de trânsito. A Inglaterra, liberal em política, mas protecionista em economia, exige o privilégio da bandeira e expulsa os navios holandeses dos seus portos (XX, 11). A França acrescenta ao seu comércio de luxo um comércio de economia, extraindo das Antilhas o açúcar necessário à Europa. Por mais que Montesquieu ligue o regime republicano aos bancos emissores, às companhias comerciais, ao estabelecimento dos portos francos (XX, 10), os fatos desmentem a rigidez das suas teses. No domínio econômico, as relações de conveniência não coincidem com as relações reais.

Eis por que, na perspectiva rigorosa de *L'esprit des lois*, nada é mais decepcionante que as idéias econômicas de Montesquieu.

***

A religião de Montesquieu foi objeto de interrogações apaixonadas. Quando estava vivo, o padre Castel, velho amigo indulgente, mas sobretudo o filho do Marechal de Berwick, o bispo um tanto fanático de Soissons, monsenhor de Fitzjames, conjuraram-no a tomar partido, a se declarar "pela" religião, a romper a ambigüidade inquietante das *Lettres persanes*. O arcebispo de Paris, o núncio apostólico, até Roma, quiseram fazer da sua câmara mortuária um campo fechado entre a religião e a filosofia. Hoje em dia ainda Roger Caillois faz dele um precursor disfarçado do barão de Holbach[96]. Com uma preocupação maior das nuanças, Robert Shackleton vê nele um deísta, próximo do deísmo inglês, em que o ceticismo intelectual se concilia com o conformismo social e as boas maneiras com a boa consciência[97]. A verdade, se é que esta pode

▼

96. *Montesquieu et l'athéisme contemporain* (Congresso de Bordeaux, 1955).
97. *Ibid., La religion de Montesquieu*.

aparecer em um domínio de difícil apreensão para nós, é que Montesquieu não tem um espírito místico; pouca afetividade, reserva em matéria de sentimento; nenhuma ansiedade metafísica, nem inquietações. Um otimismo seguro, uma estranha certeza da harmonia do universo, uma exclusão deliberada da desordem que se confunde aliás com o propósito principal de *L'esprit des lois*, tudo converge para fazer de Montesquieu não um espírito religioso, mas um filósofo da felicidade. Mas uma tal pesquisa, essencialmente de psicologia religiosa, é em certo sentido perigosa para uma interpretação honesta de *L'esprit des lois*, na medida em que se torna um prelúdio a uma verdadeira verificação de intenções; tentar fazê-la é voltar aos procedimentos duvidosos das *Nouvelles ecclésiastiques*.

O abade Dedieu, na sua tese sobre as *Sources anglaises de L'esprit des lois*, parece-nos muito mais sensato. É inútil insistir sobre a violência anticlerical das *Lettres persanes*[98]. Montesquieu não só ataca a instituição eclesiástica, o ídolo romano, os padres que "perturbam o Estado", mas também a religião revelada, os fundamentos tradicionais do milagre e da profecia. Os milagres ridículos que anunciam o nascimento de Maomé acentuam o desprezo para com o deus escondido, o antigo deus de uma teologia ultrapassada. A conclusão lógica das *Lettres persanes* está na carta XLVI: contra os ritos, as cerimônias, o desejo do maravilhoso, Montesquieu evoca uma religião simplificada em que os deveres humanistas e as regras de sociedade excluem qualquer mensagem sobrenatural. Ora, entre a oração deísta no final da carta XLVI e o elogio do cristianismo que abre o livro XXIV de *L'esprit des lois*, o contraste é tão violento que alguns críticos, desde D'Alembert, pensaram em uma impostura. Manifestamente, o homem de cinqüenta anos recusa o homem de trinta; além do fato de que evoluir não é um escândalo, pensamos que a diferença está antes de tudo no tom, não no estabelecimento dos fatos. Mas, sobretudo, a interpretação sociológica do fato religioso veio pacificar o conflito racionalista: Durkheim mais tarde percorrerá o mesmo caminho.

***

▼

98. Cf. Pauline Kra, "A religião nas cartas persas" (*Studies on Voltaire*, tomo LXXII, 1970).

Mas o essencial para Montesquieu, nesta finalidade social que parece secularizar toda religião e por isso mesmo ignorar ou desprezar a especificidade do fenômeno religioso, é preservar precisamente a espiritualidade. O perigo de qualquer religião está em impor um código, exigir a obediência e inspirar o terror em vez de atrair a adesão e convencer o coração. Conselho e não prescrição; Montesquieu retoma a velha distinção dos canonistas. Temos duas provas disto: a admirável, apesar de "muito humilde", exortação aos inquisidores[99], em que o humor negro disputa com a ferocidade dialética, em que o espírito de tolerância colore-se de fervor religioso, em que a Judia queimada no Século das Luzes acusa não a espiritualidade, mas a tolice de uma civilização inacabada: "Viveis em um século em que a luz natural é mais viva do que nunca foi, em que a filosofia esclareceu os espíritos, onde a moral de vosso Evangelho foi mais conhecida, em que os direitos respectivos dos homens uns sobre os outros, o domínio que uma consciência tem sobre uma outra, são mais bem estabelecidos." Montesquieu logo retomará por conta própria os ditos da Judia de Lisboa: "Consideram-nos mais como seus inimigos do que como os inimigos da sua religião." Será o caso de Montesquieu? Duvidamos disso se evocarmos, a propósito destes dois livros de *L'esprit des lois*, de onde toda finalidade propriamente religiosa está excluída, esta página dos *Pensées* não destinada à publicação e que segue às vezes Pascal ("Se a religião cristã não é divina, é certamente absurda"), às vezes Bossuet ("Se o estabelecimento do cristianismo entre os romanos estava somente na ordem das coisas deste mundo, seria neste gênero o evento mais singular que jamais aconteceu")[100]. Sem afirmar, como Lacordaire, no seu *Discours de réception à l'Académie Française*[101], que o livro XXIV é a mais bela apologia do cristianismo que nos deu o século XVIII, nosso dever é de recusar qualquer solução "sistemática" ao problema religioso em *L'esprit des lois*. Componente essencial do espírito geral, a religião é para Montesquieu (verdadeira ou falsa, não é o problema) uma força potente de humanização e de progresso moral nas

▼

99. XXV, 13.
100. *Pensées*, ed. integral, p. 1077 (n.º 2148).
101. Paris, 1861, p. 8, citado por Shackleton, *op. cit.*, p. 352.

sociedades primitivas; nenhum sociólogo moderno, em uma perspectiva histórica, o contradiria, apesar de Lucrécio, Voltaire e Diderot. Mas, nas sociedades evoluídas, continua sendo, para ele como para o legislador, o ponto de inserção de uma espiritualidade que ele não opõe sistematicamente a uma filosofia racional. Montesquieu, como Kant para a filosofia, laiciza sem dessacralizar. A cada um fica a liberdade de ver nisso uma máscara ou um rosto escondido.

O legislador

Este livro de ordem termina na desordem. A tal ponto que o leitor se interroga sobre sua conclusão, no caos aparente dos últimos livros. Brèthe de la Gressaye, com competência e lealdade, forneceu todos os elementos do problema[102]. Montesquieu pensava terminar sua obra pelo livro sobre a "Composição das leis", do qual se havia destacado, a título de exemplo metodológico, um texto sobre a evolução das leis romanas em matéria de sucessões, que deveria tornar-se o livro XXVII; o manuscrito prova isto: "*Eu creio poder terminar da melhor forma este livro* dando um exemplo. Escolhi as leis romanas e procurei as que eles fizeram sobre as sucessões (...) O que eu disser sobre isto será uma espécie de método para aqueles que quiserem estudar a jurisprudência."[103] A confissão é clara: *L'esprit des lois* está terminado e o livro XXVII atual não é mais que um apêndice destinado a profissionais de Direito. Paralelamente, como nós assinalamos estudando a gênese, o atual livro XXVIII, sobre a origem e a evolução das leis francesas, tem a mesma função metodológica: Montesquieu, de uma perspectiva "professoral", mostra como as fontes do direito, leis bárbaras e direito romano, do século V ao século XI, foram transformadas no século XIII pela introdução do Código de Justiniano e pelos *Établissements* de Saint Louis, que provocaram a redação do grande código costumeiro. A estes dois apêndices *técnicos* juntaram-se no último momento, quer dizer, no momen-

▼

102. *Op. cit.*, tomo IV, pp. X ss.
103. MS BN citado, tomo V, fº 355 (manuscritos).

to de impressão, dois apêndices *históricos* sobre as leis feudais, os livros atuais XXX e XXXI: abordagem "professoral" ainda, que lembra as intenções posteriores de um Taíne, de um Fustel de Coulanges, de um Marc Bloch sobre as origens da França contemporânea. Na medida em que a Europa moderna aí é apresentada, poder-se-ia mesmo ver nestes apêndices o esboço de algo semelhante às *Considérations*, em que tempos antigos e modernos oscilariam em torno das invasões bárbaras. A tripartição clássica, Antiguidade, Idade Média, Idade Moderna, estabelecida por Boileau, Fontenelle, d'Alembert, Condorcet, ensinada pela escola, em que o Renascimento é ao mesmo tempo retorno e progresso, Montesquieu substitui uma evolução sem cortes, provavelmente mais conforme à realidade histórica. Precisar-se-ia somente constatar e lamentar a aberração destes quatro livros, técnicos e históricos? Certos críticos tentaram ligá-los ao intento geral de *L'esprit des lois*. Lembramo-nos que Lanson pensava que Montesquieu havia introduzido em XIV a noção de espaço, em XXI a noção de tempo, em XXVII os problemas de origem; Roger B. Oake, retomando esta tese, havia evocado, para provar a adequação dos últimos livros ao plano primitivo, o texto de I, 3: "Enfim as leis possuem *relações entre si*; com *sua origem*, com o *objeto* de legislador, com a *ordem* das coisas sobre as quais elas são estabelecidas." Se nós reconhecermos no "objeto do legislador" o livro XXIX na "ordem das coisas" e nas "relações das leis entre si", o livro XXVI e os livros XXX e XXXI marcariam bem este intento de pesquisa das origens e não seriam absolutamente aberrantes.

Infelizmente, nenhum leitor de boa-fé pode reconhecer nos últimos livros o intento primordial de *L'esprit des lois*, que é "a pesquisa de várias relações com várias coisas", nenhum "alicerce", nenhuma alusão à multiplicidade dos fatores. Pensamos que Montesquieu teve consciência da modificação histórica das relações[104], mas que ele não teve tempo de integrar o resultado de suas pesquisas eruditas ao próprio corpo da obra. Esta sutileza intelectual de Lanson e de Roger Oake, acreditamos havê-la exercido em outro sentido. Pensamos a palavra célebre de XI, 6: "Ver-

▼

104. Cf. MS BN, tomo V, fº 355: "As leis seguem estas relações e, como estas variam sem cessar, aquelas se modificam continuamente."

se-á que é [dos germanos] que os ingleses tiraram a idéia de seu governo político. Este sistema foi descoberto nas florestas." Não existiria uma relação intelectual entre os livros históricos de *L'esprit des lois* e o "sistema de liberdade", que desde o livro XI aparece como a segunda focalização da obra? Nova decepção com a leitura: nem a idéia de liberdade, em seu valor espiritual, nem mesmo aquela dos poderes intermediários, em sua mecânica social, são evocadas claramente por Montesquieu. O livro XXXI não justifica, mas constata o declínio da realeza pela inamovibilidade dos feudos sob a primeira dinastia, pela eleição dos prefeitos do palácio, sob a segunda dinastia – a de Hugo Capeto pelos grandes senhores feudais. Nenhum "valor" constitucional exala-se; ainda menos, nenhuma legitimidade se desprende deste labirinto casual, deste caos irracional que é a história.

É-nos forçoso retornar aos verdadeiros textos conclusivos de *L'esprit des lois*, quer dizer, os atuais livros XXVI e XXIX, e sobretudo tornar clara a nova figura do *legislador*, que se situa fora do público esclarecido, mas sem poder, nem responsabilidade. Príncipe ou filósofo, não distinguimos bem os traços. Condorcet, que comentou o livro XXIX com certa agressividade, diz que Montesquieu confunde legislador com escritor político[105]; mas não era ele mesmo uma e outra coisa simultaneamente? Ora, XIX, 19 marca por contraste as exigências necessárias do legislador: inteligência, grandeza de visão, impassibilidade. Ao contrário do historiador, ele pertence a todos os tempos e países, pois lhe é necessário a totalidade da história e a ciência do espaço para aplicar, em um lugar e em um momento determinado, uma norma que tenha alguma possibilidade de sucesso e de duração. "Aristóteles queria satisfazer às vezes sua inveja de Platão, às vezes sua paixão por Alexandre. Platão estava indignado contra a tirania do povo de Atenas. Maquiavel estava totalmente tomado por seu ídolo, o Duque de Valentino. Tomás More, que preferia falar do que havia lido, mais do que havia pensado, queria governar todos os Estados com a mesma simplicidade de uma

▼

105. Comentário integrado no *Commentaire de L'esprit des lois*, de Destutt de Tracy (1817) e reproduzido na edição das *Oeuvres*, de Montesquieu, dado por Lequien (tomo VIII, pp. 279 ss.).

cidade grega. Harrington via apenas a república da Inglaterra, quando uma multidão de escritores via a desordem em todo lugar onde não divisassem a presença da coroa. As leis sempre vão de encontro às paixões e preconceitos do legislador." De fato, mais ardiloso que outros, Montesquieu não encontrou nem o seu Duque de Valentino, nem seu Frederico. Jamais ele confundiria a figura abstrata do legislador com o grande homem da história[106].

Disto decorre o caráter abstrato das conclusões exotéricas de *L'esprit des lois*. Ainda assim, é preciso retirá-las de uma argumentação jurídica e erudita e, reunindo-as, dar-lhes um caráter dogmático que não possuem na obra. Elas são em número de quatro e chocam pela sua negatividade. A primeira é antiga, tirada do livro XIX, 5: "É preciso estar atento para não mudar o espírito geral de uma nação." A segunda manifesta a mesma preocupação de respeito à realidade, mas se exprime em termos morais no livro XXIX, 1: "Parece-me que fiz esta obra só para prová-lo: *o espírito de moderação deve ser a característica do legislador*: o bem político, como o bem moral, encontra-se sempre entre dois limites." A terceira faz temer a paixão grandiosa e perigosa da uniformidade, na proeminência de uma biologia social sobre a razão abstrata: "O mal de mudar será sempre menos grave que o mal de sofrer? E a grandeza do gênio não consistiria sobretudo em saber em que caso é preciso *uniformidade*, e em que caso é preciso *diferença*?" (XXIX, 18). Todo o livro XXVI, enfim, desenvolve a conclusão maior: a arte de legiferar é antes de tudo a arte de *evitar as contradições dos códigos*.

***

Contrariamente a Brèthe de la Gressaye, que no livro XXVI vê apenas um notável ensaio de política jurídica[107], gostaríamos de libertar este texto desse aspecto "profissional" e reconhecer nele, como na maior parte dos homens do Século das Luzes, um esboço de sua própria posição

---

106. Parece que ele pensou em um ensaio sobre os *Princes* que não foi encontrado (cf. *Pensées*, ed. integral, *op. cit.*, pp. 947 ss.). Única exceção talvez ao descrédito do grande homem, o elogio de Alexandre em XXI, 8, e sobretudo em X, 14 e 15.
107. *Op. cit.*, tomo III, p. 291.

nas suas insuportáveis contradições[108]. Robert Derathé mostra que a enumeração dos diversos ramos do direito: direito natural, direito divino, direito econômico, direito das gentes, direito político, direito de conquista, direito civil, direito doméstico, não é uma classificação, mas recobre três categorias de leis: leis divinas, leis naturais e leis positivas[109]. São na realidade três códigos cuja constante confusão cria o mal-estar social. É aí que Montesquieu escapa enfim do intemporal para tocar vivamente a condição do homem de seu tempo. No momento em que sociedades religiosas como o Islam assimilam a lei positiva à lei divina, no momento em que o mundo moderno laicizado vê decrescer a força de toda lei não positiva, o homem do século XVIII se vê presa de tensões contraditórias. Montesquieu é um dos primeiros a ressenti-lo, e este drama, para não ser expresso por ele em termos patéticos, tem entretanto a amplitude que dava Antígona à primavera grega, à oposição das leis escritas e das leis não escritas. Mas logo Diderot, como discípulo de Montesquieu, retomará o tema dos três códigos no *Supplément au voyage de Bougainville*: "Como querem que as leis sejam obedecidas, quando elas se contradizem? Percorram a história dos séculos e das nações, tanto antigas quanto modernas, e encontrarão os homens submetidos a três códigos, o código da natureza, o código civil e o código religioso, e obrigados a violar alternativamente estes três códigos que nunca estiveram de acordo. Daí nunca ter havido, em nenhuma região, (...) nem homem, nem cidadão, nem religioso."[110] Mas, da mesma maneira que Montesquieu recusava o patético, recusava também, ao contrário de Diderot, a armadilha da unidade: o legislador filósofo, como o médico, respeita a carne que sofre e que sangra. Montesquieu não é um revolucionário, mas um concordatário.

▼

108. O livro XXVI está faltando no manuscrito.
109. *Op. cit.*, tomo II, p. 534.
110. Tema retomado quatro vezes por Diderot, cf. *Oeuvres politiques*, Garnier, ed. Vernière, 1963, pp. 389-90 e nota.

CAPÍTULO 16

"O CONTRATO SOCIAL" E A CONSTITUIÇÃO DO CORPO POLÍTICO*

Émile Durkheim

Quando as causas que impedem a conservação do homem no estado natural se desenvolveram além de um certo ponto, é preciso, para que possamos nos manter, que elas sejam neutralizadas por causas contrárias. É, então, necessário que um sistema de forças, assim constituído, aja nesse sentido; e, como estas forças não são dadas na natureza, só podem ser obra do homem. Mas "como os homens não podem engendrar novas forças, mas somente unir e dirigir as que existem, elas não têm outro meio de se conservar senão formando, por agregação, um conjunto de forças que possa sobrepujar a resistência, empregando-as por um só motivo e levando-as a agir de acordo. Essa soma de forças só pode nascer da colaboração de vários" (*Contrato*, I, 6). O que leva a dizer que sua *sociedade constituída* é o único meio em que o homem pode viver, uma vez que o estado natural tornou-se impossível.

Só que, se a sociedade, ao se formar, violar a constituição natural do homem, o mal evitado será substituído por um outro, que não será menor. O homem viverá, mas viverá miserável, já que seu tipo de existência prejudicará sem cessar essas disposições fundamentais. É preciso,

▼

* "Le contrat social et la constitution du corps politique" (*in Montesquieu et Rousseau, précurseurs de la sociologie*. Paris, Librairie Marcel Rivière, 1956, pp. 148-94). Tradução de Raquel Seixas de Almeida Prado.

então, que esta nova vida possa se organizar sem violar a lei natural. Como isso é possível?

Irá Rousseau, por um vago ecletismo, procurar edificar, acima da condição primitiva, uma nova condição que se junte à primeira sem modificá-la? Irá ele se contentar em justapor o homem civil ao homem natural deixando este intacto? Um tal empreendimento lhe parece contraditório. "Aquele que, dentro da ordem civil, quer conservar a primazia dos sentimentos da natureza não sabe o que quer. Sempre em contradição consigo mesmo (...) ele nunca será nem homem, nem cidadão" (*Émile*, I). "As boas instituições sociais, acrescenta, são aquelas que melhor sabem desnaturar o homem, tirar-lhe sua existência absoluta (...) e transportar o eu para a unidade comum."

A conciliação só pode, então, ser feita por via da justaposição exterior. Uma transformação da natureza é necessária; é preciso que o homem mude totalmente para poder se manter nesse meio que ele cria com suas próprias mãos. Assim, os atributos característicos do estado natural devem se transformar, ao mesmo tempo em que são mantidos. Não há, portanto, outra solução que a de encontrar um meio que permita ajustá-los a essas novas condições de existência sem alterá-los essencialmente. É preciso que eles tomem uma nova forma sem deixar de existir. Para isso, basta que o homem civil, apesar de diferir profundamente do homem natural, mantenha com a sociedade a mesma relação que o homem natural com a natureza física. Como isso é possível?

Se, nas sociedades atuais, as relações constitutivas do estado natural são transtornadas, é porque a igualdade primitiva foi substituída por desigualdades artificiais, e que, em conseqüência disso, os homens encontraram-se colocados sob a dependência uns dos outros. Mas, se a nova força, nascida da combinação dos indivíduos em sociedades, em vez de ser monopolizada por particulares e individualizada, fosse impessoal e se, conseqüentemente, ela pairasse acima de todos os particulares, estes seriam todos iguais em relação a ela, já que nenhum deles disporia dela a título privado e, ao mesmo tempo, não dependeriam mais uns dos outros, mas de uma força que por sua impessoalidade seria idêntica, *mutatis mutandis*, às forças naturais. O meio social afetaria o homem social do mesmo modo que o meio natural afeta o homem natural. "Se as leis das nações pudessem ter, como as da natureza, uma inflexibilidade que uma força humana nunca pudesse vencer, a dependência dos homens voltaria então a ser aquela das coisas; reunir-se-iam na república todas as vantagens do estado natural àquelas do estado civil; juntar-se-ia à liberdade que mantém o homem isento de vícios, a moralidade que o eleva à virtude" (*Émile*, II). O único meio de remediar o mal, diz ele no mesmo trecho, é então armar a lei "com uma força real, superior à ação de toda vontade particular".

E em uma carta ao marquês de Mirabeau (26 de julho de 1767), eis como ele formula o que chama de *o grande problema em política*: "Encontrar uma forma de governo que coloque a lei acima do homem."

No entanto, não é suficiente que essa força, elemento-chave do sistema social, seja superior a todos os indivíduos. É ainda preciso que ela seja fundada na natureza, isto é, que essa superioridade não seja fictícia, mas possa se justificar diante da razão. Senão, ela será precária, assim como seus efeitos. A ordem que resultará disto será instável; não haverá esta invariabilidade e esta necessidade que caracterizam a ordem natural. Ela só poderá se manter com a ajuda de um concurso de acidentes que, de um momento para outro, pode falhar. Se as vontades particulares não sentirem que essa dependência é legítima, esta última não será assegurada. É então preciso, para a sociedade, princípios que "derivam da natureza das coisas e são fundados na razão" (*Le contrat social*, I, 4). E também, como a razão não pode deixar de examinar a ordem assim constituída sob o duplo aspecto da moral e do interesse, é preciso que haja harmonia entre esses dois pontos de vista. Pois uma antinomia tornaria a ordem social irracional e incerta. Se houvesse conflito entre esses dois tipos de causas, nunca se sabe qual predominaria. Tal é o sentido de uma das primeiras proposições do livro: "Eu tratarei de associar sempre, nessa pesquisa, o que o direito permite com o que o interesse prescreve, para que a justiça e a utilidade não se encontrem divididas" (*Le contrat social*, introdução). – Podemos nos surpreender, à primeira vista, ao ver Rousseau, para quem a sociedade não pertence à natureza, dizer que a força sobre a qual a sociedade repousa deve ser natural, fundada na natureza. Mas é que, aqui, *natural* é sinônimo de *racional*. Até a confusão tem sua explicação. Se a sociedade for obra humana, ela é feita com forças naturais; ora, ela será natural, em certo sentido, se utilizar essas forças segundo sua natureza, sem violentá-las, se a ação do homem consistir em combinar e em desenvolver propriedades que, sem sua intervenção, teriam ficado latentes, mas que não deixam de ser dadas nas coisas. Eis como é possível para Rousseau conceber, de um modo geral, que o meio social, ao mesmo tempo em que difere do meio primitivo, seja, portanto, uma nova forma deste último.

Assim, os homens poderão sair do estado natural sem violar a lei natural, sob a condição de que possam se reunir em sociedades sob a dependência de uma força ou de um mesmo sistema de forças que domine todos os particulares, ao mesmo tempo em que é baseado na razão.

Esse resultado pode ser atingido, e como? Bastaria que o mais forte se submeta ao resto da sociedade? Mas sua autoridade só será durável se for reconhecida como um direito; ora, não há nada no poder físico que possa engendrar nem um direito, nem uma obrigação. Além disso, se o direito seguir a força, ele muda com ela, cessa quando ela desaparece. Como ela varia de mil maneiras, ele varia do mesmo modo. Mas um direito a tal ponto variável não é um direito. Assim, para que a força gere o direito, é preciso que ela seja fundamentada; e ela não pode ser fundamentada pelo único fato de existir (*Le contrat social*, I, 3).

Grotius tinha, no entanto, tentado fundamentar logicamente o direito do mais forte. Dizendo, em princípio, que um particular pode alienar sua liberdade, ele concluía disto que um povo pode fazer o mesmo. Rousseau rejeita esta teoria por vários motivos: 1º) Esta alienação só é racional se ela for feita em troca de alguma vantagem. Dizem que o déspota assegura tranqüilidade aos seus súditos. Mas essa tranqüilidade está longe de ser completa: as guerras que o despotismo provoca perturbam-na. Além disso, a tranqüilidade em si e por si não é um bem: tal é a tranqüilidade dos cárceres; 2º) Não se pode alienar a liberdade das gerações futuras; 3º) Renunciar à sua liberdade é renunciar à sua qualidade de homem, e esse abandono não tem compensação possível; 4º) Enfim, um contrato que estipule em proveito de um dos contratantes uma autoridade absoluta é inútil, pois ele nada pode estipular para o outro que não tem direitos. – Grotius alega que o direito de guerra implica o direito de escravidão. O vencedor tendo o direito de matar o vencido, este pode recuperar sua vida em troca da liberdade. Mas: 1º) Esse pretenso direito de matar os vencidos não foi provado. Dizem que ele resulta do estado de guerra. Mas entre particulares não há estado de guerra crônico e de algum modo organizado nem no estado civil, em que tudo está sob a autoridade das leis, nem no estado natural, em que os homens não são naturalmente inimigos, em que suas relações não são suficientemente constantes para serem aquelas de guerra nem as da paz. Um estado que não existiu não pode ter fundado um direito. A guerra é uma relação, não de homem para homem, mas de Estado para Estado. Querem falar da guerra entre povos e do direito de conquista? Mas a guerra não dá ao vencedor o direito de massacrar os povos vencidos; ela não poderia, pois, fundar o direito de escravizá-los. A partir do momento em que os defensores do estado inimigo abandonam as armas, não se tem mais direitos sobre sua vida. É somente quando não se pode subjugar o inimigo que se tem o direito de matá-lo, o que não é, então, o direito de matar que estabelece o de escravizar; 2º) Aliás, o contrato de escravidão não põe fim ao estado de guerra. Tomando-se do vencido o equivalente à vida, o vencedor não lhe faz por bondade. Há aí um ato de força, não uma autoridade legítima (*Le contrat social*, I, 4).

E tem mais, mesmo que esse direito do mais forte pudesse ser racionalmente justificado, ele não saberia servir de base para uma sociedade. Com efeito, uma sociedade é um corpo organizado em que cada parte é solidária do todo, e reciprocamente. Ora, uma multidão subjugada por um chefe não tem esse caráter. É "uma agregação e não uma associação" (*Le contrat social*, I, 5). Realmente, os interesses do chefe são separados dos da massa. Eis a razão pela qual basta que o primeiro venha a morrer para que a multidão, que só estava unida enquanto dependia dele, se disperse. Para que haja um povo, é, então, preciso antes de tudo que os indivíduos, que são a sua matéria, sejam e se sintam unidos entre si de modo que se forme um todo cuja unidade não dependa de alguma causa exterior. Não é a vontade do governante que pode estabelecer essa unidade; ela deve ser interna. A questão da forma do governo é secundária; é preciso primeiramente que o povo exista, para que ele possa determinar de que forma ele deve ser governado. "Antes, portanto, de examinar o ato pelo qual um povo elege um rei, seria bom examinar o ato pelo qual um povo é um povo." Eis "o verdadeiro fundamento da sociedade" (*Le contrat social*, I, 5).

Este ato, evidentemente, só pode consistir em uma associação e, por conseguinte, o problema a ser resolvido enuncia-se assim: "Encontrar uma forma de associação que defenda e proteja com toda a força comum a pessoa e os bens de cada associado, e pela qual cada um, unindo-se a todos, obedeça, no entanto, apenas a si mesmo e continue tão livre quanto antes." Essa associação só pode resultar de um contrato em virtude do qual cada associado se aliena, ele próprio, com todos os seus direitos à comunidade.

Em conseqüência desse contrato, todas as vontades individuais desaparecem no seio de uma vontade comum, a vontade geral, que é a base da sociedade. Uma força assim constituída é infinitamente superior a todas aquelas dos particulares. E esta força tem uma unidade interna; pois os elementos dos quais ela resulta perderam de algum modo, juntando-se a ela, sua individualidade e seu movimento próprio. Com efeito, como a alienação foi feita sem reservas, nenhum associado nada tem a reclamar. Assim, encontra-se abolida a tendência anti-social que é inerente a cada indivíduo, pelo único fato de que ele tem sua vontade pessoal. "Ao invés da pessoa particular de cada contratante, esse ato de associação produz um corpo moral e coletivo composto de tantos membros quanto a assembléia tem de vozes, o qual recebe desse mesmo ato sua unidade, seu eu comum, sua vida e sua vontade" (*Le contrat social*, I, 6). Pouco importa, aliás, que este contrato tenha sido realmente feito, e dentro das formas ou não. Talvez suas cláusulas jamais tenham sido enunciadas. Mas elas são admitidas, tacitamente, em todo lugar, na medida em que a sociedade é normalmente constituída (I, 6).

Em conseqüência desse contrato, cada vontade individual é então absorvida na vontade coletiva. No entanto, essa absorção nada tira da liberdade de cada um. Pois "dando-se a todos não se dá a ninguém". Essa vontade geral não é uma vontade particular que sujeita as outras e põe-nas em um estado de dependência imoral. Ela tem o caráter impessoal das forças naturais. Não se é então menos livre ao se submeter a ela. Não somente não nos tornamos servos ao obedecê-la, mas só ela pode nos garantir contra a verdadeira servidão. Pois se, para que ela seja possível, nos é necessário renunciar a colocar outrem sob nossa dependência, a mesma concessão é exigida de outrem. Eis em que consiste essa equivalência e essa compensação que repõe as coisas em ordem. Se a alienação que eu faço de minha pessoa for compensada, não é como disseram (Paul Janet, *Histoire de la science politique*, 4.ª ed., v. II, p. 430), porque eu recebo de volta a personalidade de outrem. Uma troca dessas poderia, não sem razão, parecer incompreensível. Ela é até contrária à cláusula fundamental de *Le contrat social* em virtude da qual é o corpo político, enquanto ser moral *sui generis*, e não os indivíduos dos quais ele é formado, que recebe a pessoa de seus membros ("nós recebemos enquanto corpo cada membro como parte indivisível do todo") (I, 6). O que recebemos é a segurança de que seremos protegidos contra as usurpações individuais de outrem de toda a força do corpo social. Aliás, mesmo a concessão que fazemos não é uma diminuição de nossa liberdade; pois não se pode sujeitar os outros sem sujeitar-se a si mesmo. "A liberdade consiste menos em fazer a sua vontade que em não ser submisso à de outrem, consiste ainda em não submeter a vontade de outrem à nossa. Quem quer que seja senhor não pode ser livre" (*8.ª Lettre de la montagne*). O mesmo ocorre com a igualdade. Ela continua tão inteira quanto no estado natural, mas sob uma nova forma. Primitivamente, ela vinha do fato de que cada um formava "uma unidade absoluta"; agora, ela vem do fato de que "cada um dando-se igualmente, a condição é igual para todos" (I, 6). E dessa igualdade nasce também um novo tipo de estado de paz. "A condição sendo igual para todos, ninguém tem interesse em torná-la onerosa aos outros" (*ibid.*).

E tem mais: não somente a liberdade e a igualdade estão sãs e salvas, mas elas têm algo de mais perfeito que no estado natural. De início, elas estão mais seguras porque elas têm como garantia não a força particular de cada um, mas as forças da cidade que "são incomparavelmente maiores que aquelas de um particular" (I, 9). Além disso, e sobretudo, elas assumem um caráter moral. No estado natural, a liberdade de cada um "só tem por limites as forças do indivíduo" (I, 8), isto é, os limites opostos a este pelo meio material. É então um fato físico, não um direito. No estado civil, ela é limitada e regulamentada pela vontade geral. Por isso mesmo, ela se transforma. Pois, em vez de ser considerada exclusivamente como uma vantagem para o indivíduo, ela é referida a interesses que o ultrapassam. O ser coletivo, superior aos particulares, que a determina, ao mesmo tempo a consagra e lhe comunica por isso uma nova natureza. A partir de agora, ela é fundamentada não sobre a quantidade de energia da qual cada um de nós pode dispor, mas sobre a obrigação em que cada um se encontra de respeitar a vontade geral, obrigação esta que resulta do pacto fundamental. Eis por que ela se tornou um direito.

Assim se passa com a igualdade. No estado natural, cada um possui o que pode possuir. Mas "esta posse nada mais é que um efeito da força" (I, 8). O privilégio do primeiro ocupante, se bem que mais fundamentado moralmente que o do mais forte, também só se torna "um verdadeiro direito após o estabelecimento do direito de propriedade", isto é, após a constituição do estado civil. Cada membro da comunidade se dá a ela com todos os bens dos quais ele tem posse de fato; todas essas terras reunidas tornam-se o território público. O que a sociedade desse modo recebeu, ela o restitui, ou, pelo menos, pode restituí-lo aos cidadãos; mas então estes detêm os bens que lhes retornam assim em novas condições. Não é mais a título privado, mas "como depositário do bem público": o que transforma "a usurpação em um verdadeiro direito e o gozo em propriedade" (I, 9). Pois então ela é fundada sobre a obrigação que tem cada cidadão de se contentar com o que lhe é atribuído. "Sua parte definida, ele deve se manter dentro dela" para se conformar com a vontade geral (*ibid.*). "Eis por que o direito do primeiro ocupante, tão fraco no estado natural, é respeitável para todo homem civil. Nesse direito respeitamos menos o que pertence a outrem do que o que não nos pertence." Sem dúvida, isso não é suficiente para instituir uma igualdade, qualquer que seja a sua natureza. Se a sociedade consagrasse o direito de primeiro ocupante sem subordiná-lo a nenhuma regra, ela estaria quase sempre consagrando a desigualdade. Essa autorização deve então ser subordinada a certas condições. É preciso: 1º) que o solo esteja livre no momento da ocupação; 2º) que seja ocupada só a parte do terreno necessária para a subsistência; 3º) que a posse do solo tenha sido feita pelo trabalho e não por uma vã formalidade. Estas três condições, sobretudo a segunda, preservam a igualdade. Mas, se esta se tornar um direito, não é pela virtude desses três princípios; é essencialmente porque a comunidade lhe imprime esse caráter. Não é porque essas três regras são o que são, mas porque elas são desejadas pela vontade geral, porque a divisão igual dos bens, que delas resulta, é justa e porque o sistema assim estabelecido deve ser respeitado. É assim que "o pacto fundamental substitui, por uma igualdade moral e legítima, o que a natureza pôde pôr de desigualdade física entre os homens" (livro I, últimas linhas).

A passagem do estado natural ao estado civil produz então no homem "uma mudança bastante notável". Ela tem como conseqüência transformar a ordem de fato em ordem de direito, gerar a moralidade (I, 8). As palavras de dever e de direito só têm sentido uma vez que a sociedade esteja constituída. A razão disso é que, até aí, o homem "só tinha considerado a si mesmo" e que, agora, "ele se vê obrigado a agir segundo outros princípios". Acima dele, há algo com que ele é obrigado a contar (dever), e com o que seus semelhantes também são obrigados a contar (direito). "A virtude nada mais é que a conformidade da vontade particular à vontade geral" (*Économie politique*)[1].

Mas seria enganar-se singularmente sobre o pensamento de Rousseau, se se entendesse essa teoria como se, segundo ele, a moral tivesse por fundamento a maior força material resultante da combinação das forças individuais. Sem dúvida, a constituição desse poder coercitivo não é um fato sem importância; pois ela garante os direitos que surgem com o estado civil, mas ela não os engendra. Não é porque a vontade geral é materialmente a mais forte que ela deve ser respeitada, e sim porque ela é geral. Para que a justiça reine entre os indivíduos, é preciso que haja fora deles um ser *sui generis* que sirva de árbitro e que fixe o direito. É o ser social. Este não deve então sua supremacia moral à sua superioridade física, mas a esse fato de que ele é de uma outra natureza que os particulares. É porque ele está fora dos interesses privados que ele tem a autoridade necessária para regulá-los. Pois ele não é parte na causa. Assim, o que essa teoria expressa é que a ordem moral ultrapassa o indivíduo, que ela não é realizada na natureza física ou psíquica; ela deve

▼

---

1. Também Rousseau, comparando o estado civil, assim concebido, com o estado natural, celebra as vantagens do primeiro "que de um animal estúpido e bitolado fez um ser inteligente e um homem" (*ibid.*). Ele lembra, é verdade, na mesma passagem a deplorável facilidade com a qual esse estado se corrompe, lançando o homem para uma condição inferior à que tinha originalmente. Não é menos verdadeiro que a humanidade propriamente dita é, para ele, contemporânea da sociedade e que o estado social é o mais perfeito, embora infelizmente o gênero humano esteja muito inclinado a fazer mau uso dele. (Nota de Durkheim.)

ser sobreposta a estas. Mas, para que haja um fundamento, é preciso um ser no qual ele se estabelece, e, como não há na natureza um ser que preencha para isto as condições necessárias, é preciso, então, criar um. É o corpo social. Dito ainda em outras palavras, a moral não decorre analiticamente do que é dado. Para que as relações de fato se tornem morais, é preciso que elas sejam consagradas por uma autoridade que não está nos fatos. O caráter moral lhes é acrescentado sinteticamente. Mas, então, é preciso uma nova força que opere essa ligação sintética: é a *vontade geral.*

É então bem injustamente que certos críticos (Janet, II, 429) acusaram Rousseau de ter-se contradito ao condenar de um lado a alienação da liberdade individual em proveito de um déspota, e de outro lado ao fazer dessa abdicação a base de seu sistema, quando ela se faz entre as mãos da comunidade. Se ela é imoral num caso, dizem, como não seria no outro? Mas é que as condições morais nas quais ela ocorre não são absolutamente as mesmas. No primeiro caso, ela é proscrita porque coloca o homem sob a dependência de um homem, o que é a própria fonte de toda a imoralidade. No segundo caso, ela o coloca sob a dependência de uma força geral, impessoal, que o regula e o moraliza sem diminuir sua liberdade, a natureza da barreira que o limitava tendo sido apenas mudada, e de física se tornado moral. A objeção vem unicamente do fato de que se ignorou o abismo que existe, do ponto de vista moral, entre a vontade geral e uma vontade particular, qualquer que seja ela.

Do soberano em geral

O corpo político, que o Contrato Social engendrou, enquanto fonte de todos os direitos, de todos os deveres e de todos os poderes, chama-se o *soberano*. Vejamos quais são os atributos da soberania e a natureza das manifestações pelas quais ela se afirma.

A soberania é o "exercício da vontade geral". É o poder coletivo dirigido pela vontade coletiva. É preciso então determinar, primeiramente, no que consiste esta última.

A vontade geral tem como elementos todas as vontades particulares. "Ela deve partir de todos" (II, 4). Mas esta primeira condição não basta para constituí-la. A vontade de todos não é, ou pelo menos não é necessariamente, a vontade geral. A primeira "não passa de uma soma de vontades particulares" (II, 3). É preciso ainda que o objeto ao qual se aplicam todas as vontades particulares seja ele próprio geral. "A vontade geral, para ser realmente geral, deve sê-la tanto no seu objeto quanto na sua essência; ela deve partir de todos para se aplicar a todos" (II, 4). Isto é, é o produto das vontades particulares deliberando sobre uma questão que diz respeito ao corpo da nação, sobre um interesse comum. Mas a própria expressão precisa ser compreendida.

Concebe-se às vezes o interesse coletivo como o interesse próprio do corpo social. Considera-se então este último como uma personalidade de um novo tipo, tendo necessidades especiais e heterogêneas àquelas que os indivíduos podem sentir. Sem dúvida, mesmo nesse sentido, o que é útil ou necessário à sociedade interessa os particulares porque eles sentem o contragolpe dos estados sociais. Mas esse interesse é apenas mediato. A utilidade coletiva tem algo de específico; ela não se determina em função do indivíduo, considerado sob tal ou tal aspecto, mas em função do ser social considerado na sua unidade orgânica. Tal não é a concepção que Rousseau tem a respeito disto. Para ele, o que é útil a todos é o que é útil a cada um. O interesse comum é o interesse do indivíduo médio. A vontade geral, portanto, é aquela de todos os particulares, na medida em que eles querem o que melhor convém, não a um ou a outro dentre eles, mas a cada cidadão em geral, dados o estado civil e as condições determinadas da sociedade. Ela existe a partir do momento em "que todos querem a felicidade de cada um deles" (II, 4); e ela tanto tem o indivíduo como objeto que ela não é desprovida de egoísmo. Pois "não há ninguém que não se aproprie das palavras *cada um* e que não pense em si mesmo ao votar por todos. O que prova que a igualdade de direito e a noção de justiça que ela produz derivam da preferência que cada um se dá, e conseqüentemente da natureza do homem" (*ibid.*).

Também, para que a vontade geral se manifeste, não é necessário nem mesmo útil que todas as vontades particulares estejam em contato numa deliberação efetiva: o que seria indispensável, se ela fosse diferente dos elementos dos quais resulta. Pois, então, seria preciso que estes elementos fossem relacionados e combinados entre si, de maneira que sua resultante pudesse se manifestar. Ao contrário, o ideal seria que cada indivíduo exercesse sua parte de soberania, isoladamente dos outros. "Se, quando o povo informado delibera, os cidadãos não tivessem nenhuma comunicação entre si (...) a deliberação seria sempre boa" (II, 3). Todo agrupamento intermediário entre os cidadãos e o Estado só pode ser prejudicial desse ponto de vista. "É importante, para se obter o enunciado da vontade geral, que não haja sociedade parcial no Estado e que cada cidadão só proceda segundo ele próprio" (II, 3). Com efeito, a vontade geral, definida desse modo, só pode ser obtida se os caracteres diferenciais das vontades particulares se suprimissem mutuamente. "Tirem dessas vontades particulares as discrepâncias que se autodestroem e fica como soma das diferenças a vontade geral" (*ibid.*). Se, então, cada indivíduo vota independentemente de seu vizinho, haverá um mesmo número de votantes e de indivíduos, logo um grande número de pequenas diferenças que, graças à sua fraqueza, desaparecerão no conjunto. Subsistirá apenas o que não depende de nenhuma constituição particular; a vontade coletiva convergirá, portanto, naturalmente para o objeto que lhe é próprio. Mas, se grupos particulares se formam, cada um deles terá sua vontade coletiva que será geral em relação aos seus membros, mas particular em relação ao Estado; e é dessas vontades coletivas que deverá emergir a do soberano. Ora, justamente porque essas vontades elementares são pouco numerosas, seus caracteres diferenciais suprimem-se menos facilmente. Quanto menos elementos se tem para formar um tipo, menos esse tipo é geral. A vontade pública correrá, então, um maior risco de desviar para fins particulares. Se, finalmente, acontecer de um desses grupos se tornar predominante, nada mais resta que uma diferença única, "e a opinião que vence nada mais é que uma opinião particular" (*ibid.*). Reconhecemos nesta teoria este horror de todo particularismo, esta concepção unitária da sociedade que é uma das características da Revolução.

Em resumo, a vontade geral é a média aritmética entre todas as vontades individuais na medida em que elas se propõem como fim uma espécie de egoísmo abstrato a ser realizado no estado civil. Rousseau dificilmente poderia elevar-se acima de um tal ideal[2], pois, se a sociedade é fundada pelos indivíduos, se nas suas mãos ela não passa de um instrumento destinado a assegurar sua conservação em condições determinadas, ela só pode ter um objeto individual. Mas, de outro lado, porque a sociedade não é natural ao indivíduo, porque este é concebido como dotado eminentemente de uma tendência centrífuga, é preciso que o fim social seja desprovido de todo caráter individual. Ela só pode, então, ser algo muito abstrato e muito impessoal. Também, para realizá-la, só se pode dirigir-se ao indivíduo; ele é o único órgão da sociedade, já que ele é o seu único autor. Mas, de outro lado, é necessário afogá-lo na massa para desnaturá-lo tanto quanto possível e impedi-lo de agir num sentido particular; tudo o que seria de natureza a facilitar essas ações particulares só pode ser considerado como um perigo. Assim, nós encontramos em toda parte as duas tendências antitéticas que caracterizam a doutrina de Rousseau: de um lado, a sociedade reduzida a ser apenas um meio para o indivíduo, de outro, o indivíduo colocado sob a dependência da sociedade, elevada bem acima da multidão dos particulares.

Uma última observação sobressai do que precede. Já que a vontade geral se define principalmente por seu objeto, ela não consiste unicamente, nem mesmo essencialmente, no próprio ato do querer coletivo. Ela não é ela mesma pelo único fato de que todos participam dela; pode acontecer que os cidadãos reunidos tomem em comum uma resolução que não exprima a vontade geral. "Isso supõe, diz Rosseau no capítulo II do livro IV, que todos os caracteres da vontade geral ainda estão na pluralidade: quando eles deixam de aí estar, qualquer que seja o partido tomado, não há mais liberdade." A pluralidade não é, portanto, uma condição suficiente; é preciso, além disso, que os particulares, que colaboram na formação da vontade geral, se proponham à finalidade sem a qual ela não existe, a saber, o interesse geral. O princípio de Rousseau

▼

2. Cf. R. Derathé, *Jean-Jacques Rousseau et la science politique de son temps* (PUF, Paris, 1950), p. 239: "A concepção rousseauniana da obrigação não tem relação com a de Durkheim: é rigorosamente individualista. A autoridade política tem seu fundamento no ato pelo qual o indivíduo se compromete a obedecer à vontade geral. A fonte primeira da soberania é o próprio indivíduo." (Nota de Armand Cuvillier, organizador da edição francesa.)

difere então daquele pelo qual quiseram algumas vezes justificar o despotismo das maiorias. Se a comunidade deve ser obedecida, não é porque ela comanda, mas porque ela comanda o bem comum. O interesse social não se decreta; ele não existe por causa da lei; ele existe fora dela e ela só é o que ela deve ser se ela o expressa. Também o número de sufrágios é algo secundário. "O que generaliza a vontade é menos o número de votos do que o interesse comum que os une" (II, 4). Os longos debates, as deliberações apaixonantes, longe de ser o meio natural no qual se deve elaborar a vontade geral, "anunciam [antes] o ascendente dos interesses particulares e o declínio do Estado" (IV, 2). Quando a sociedade está em perfeito estado de saúde, todo esse aparelho complicado é inútil para a confecção das leis. "O primeiro que as propõe só diz o que todos já sentiram" (IV, 1). Em outros termos, a vontade geral não é constituída pelo Estado em que se encontra a consciência coletiva no momento em que a resolução é tomada; isso nada mais é que a parte mais superficial do fenômeno. Para compreendê-lo bem, é preciso penetrar a fundo nas esferas menos conscientes e atingir os hábitos, as tendências, os costumes. São os costumes que fazem "a verdadeira constituição dos Estados" (II, 12). A vontade geral é, portanto, uma orientação fixa e constante dos espíritos e das atividades num sentido determinado, no sentido do interesse geral. É uma disposição crônica dos sujeitos individuais. E como essa própria direção depende de condições objetivas (a saber, o interesse geral), segue que a própria vontade coletiva tem algo de objetivo. Eis por que Rousseau fala muito dela como de uma força que tem a mesma necessidade que as forças físicas. Ele chega a dizer que ela é "indestrutível" (IV, 1).

A soberania nada mais é do que a força coletiva tal como a constituiu o pacto fundamental, colocada ao dispor da vontade geral (II, 4, início). Agora que nós conhecemos os dois elementos dos quais ela resulta, é fácil determinar a natureza da resultante.

1º) A soberania só pode ser inalienável. E por essa razão é preciso entender que ela não pode nem ser exercida por via de representação. "Todas as vezes que se trata de um verdadeiro ato de soberania, o povo não pode ter representantes" (*Oeuvres inédites*, publicadas por Streckeisen-Moultou, ed. Dreyfus, p. 47, nº 2).

Com efeito, ela só poderia alienar-se se a vontade geral pudesse ser exercida por intermédio de uma ou de várias vontades particulares. Ora, é impossível: pois esses dois tipos de vontades são de naturezas muito diferentes e dirigem-se em sentidos divergentes. Uma endereça-se ao geral e, conseqüentemente, à igualdade, e a outra ao particular e, conseqüentemente, às preferências. Sem dúvida, um acordo momentâneo pode ser possível acidentalmente entre elas; mas, como esse acordo não resulta de sua natureza, nada pode garantir a duração. O soberano pode muito bem desejar o que deseja hoje tal homem; mas quem pode assegurar que esta harmonia subsistirá amanhã?

Em suma, porque o ser coletivo é *sui generis*, por ser o único de sua espécie, ele não pode, sem cessar de ser ele mesmo, ser representado por um outro sujeito que não ele mesmo (II, 4).

2º) A soberania é indivisível. Com efeito, ela só pode se dividir se uma parte da sociedade quer pela outra parte. Mas a vontade do grupo assim privilegiado não é geral, por conseguinte o poder do qual ele dispõe não é a soberania. Sem dúvida o soberano é composto de partes, mas o poder soberano que resulta dessa composição é uno. Ele não pode não estar inteiro em cada uma de suas manifestações: pois ele só existe se todas as vontades particulares entrarem nele como elementos.

Mas, se ele é indivisível em seu princípio, não poderia ser dividido em seu objeto? Partindo dessa idéia, foi dito algumas vezes que o poder legislativo era uma parte da soberania e o poder executivo uma outra, e foram postos no mesmo nível esses poderes parciais. Mas é como se dissessem que o homem é feito de vários homens, dos quais um teria dois olhos sem ter braços, o outro teria braços sem ter olhos etc. Se cada um desses poderes é soberano, todos os atributos da soberania se encontram nele: são manifestações diferentes da soberania, e não poderiam ser partes distintas dela.

Essa argumentação prova que a unidade atribuída por Rousseau ao poder soberano nada tem de orgânico. Esse poder é constituído não por um sistema de forças diferentes e solidárias, mas por uma força homogênea, e sua unidade resulta dessa homogeneidade. Ela vem do fato de que todos os cidadãos devem concorrer para a formação da vontade geral, e é necessário que todos eles concorram para isso, para que os caracteres diferenciais sejam eliminados. Não há ato soberano que não emane do povo inteiro, porque senão seria o ato de uma associação particular. Estamos assim em melhores condições de representarmo-nos no sentido em que Rousseau pôde, como ele o faz muitas vezes, comparar a sociedade a um corpo vivo. Isso não quer dizer que ele a conceba como um todo formado de partes distintas e solidárias umas das outras, justamente porque elas são distintas. Mas é que ela é ou deve ser animada por uma alma una e indivisível, que move todas as partes no mesmo sentido, tirando-lhes, na mesma medida, todo movimento próprio. O que está no fundo dessa comparação é uma concepção vitalista e substancialista da vida e da sociedade. O corpo do animal e o corpo social são movidos cada um por uma força vital cuja ação sinérgica produz o concurso das partes. Sem dúvida, ele não subestima a importância da divisão das funções; e, ainda a esse respeito, se se quiser sua analogia se sustenta. Só que essa divisão do trabalho é para ele um fenômeno secundário e derivado que não engendra a unidade do vivo individual ou coletivo, mas antes a supõe. Assim, uma vez constituída a autoridade soberana, em sua unidade indivisível, ela pode suscitar órgãos diversos (as magistraturas) que ela encarrega, sob seu controle, de realizá-la; mas os poderes que assim são engendrados não são partes, mas emanações do poder soberano, e continuam sempre subordinados a ele. É nele e por ele que encontram sua unidade. Em suma, a solidariedade social resulta das leis que ligam os indivíduos ao grupo, não os indivíduos entre si; eles só são solidários uns com os outros porque são todos solidários com a comunidade, isto é, alienados a ela. O individualismo nivelador de Rousseau não lhe permitia um outro ponto de vista.

3º) A soberania é exercida sem controle; o soberano não tem nenhuma garantia em relação aos seus súditos (I, 7). E é evidente que ele não poderia tê-la já que não há força superior à força coletiva que constitui o poder soberano. Mas, além disso, toda garantia é inútil, pois "a vontade geral é sempre correta e tende sempre à utilidade pública" (II, 3). Com efeito, para que haja vontade geral, é preciso e é suficiente que cada um queira o que parece ser útil a cada um em geral. Ela se dirige então tão seguramente a seu fim, isto é, "à conservação e ao bem-estar do todo" (*Économie politique*), que a vontade privada do homem natural se dirige para sua felicidade e sua conservação pessoal. Sem dúvida, é possível que ela se engane, que o que pareça mais útil para todos não tenha realmente essa utilidade. Mas então não é a vontade que está viciada, é o julgamento. "Deseja-se sempre o próprio bem, mas nem sempre se sabe onde ele está. Jamais se corrompe o povo, mas freqüentemente o enganam" (II, 3). "A vontade geral é sempre correta, mas o julgamento que a orienta nem sempre é esclarecido" (II, 6). Esses erros se produzem sobretudo quando grupos particulares se formam no seio do Estado. Por pouco que predominem, os membros que os compõem, em vez de se perguntar o que é vantajoso para todos, isto é, para cada um em geral, buscam o que é vantajoso para tal partido, tal associação, tal indivíduo. Os interesses particulares tornam-se assim preponderantes; mas a vontade geral não é destruída por isso, nem corrompida, ela é apenas "elidida", isto é, subordinada a vontades particulares. Ela permanece inalterável, dirigindo-se sempre ao seu fim natural, mas é impedida de agir por forças contrárias (IV, 1).

Mas então, se a soberania está livre de qualquer controle, não seria ela sem limites?

Sem dúvida todos os serviços que um cidadão pode fazer para o Estado, ele deve fazê-los logo que o soberano os requerer. Mas, por outro lado, o soberano não deve pedir ao súdito outros sacrifícios além dos que podem servir a todos. Existe algum critério que permitirá distinguir os que são legítimos dos outros?

Basta transportar-se às proposições precedentes. A vontade geral é infalível, quando é ela mesma. Ela é ela mesma quando parte de todos e tem como objeto a coletividade em geral. Mas, ao contrário, ela contradiz sua natureza e só é geral no nome "quando tende a algum objeto individual e determinado" (II, 4). Ela não pode pronunciar-se nem sobre um homem, nem sobre um fato. Com efeito, o que a torna competente quando se pronuncia sobre o corpo da nação indistintamente é que então o árbitro e a parte não passam de um mesmo ser considerado sob dois aspectos. O soberano é o povo no estado ativo; o povo é o soberano no estado passivo. Mas, quando a vontade soberana trata de uma questão individual, há heterogeneidade entre os dois termos; há de um lado o público (menos o particular interessado), de outro, este último. A partir daí, "a questão torna-se contenciosa", não se vê mais "qual é o juiz que deva pronunciar-se" (II, 4). Até mesmo a vontade que exerce nesse caso não é mais, na verdade, a vontade soberana; pois ela não é mais a vontade do todo. O todo, menos uma parte, não é mais o todo. Não há mais o todo, mas partes desiguais. De que direito uma legislaria a outra? (II, 6). (Sempre a mesma concepção em virtude da qual Rousseau procura constituir acima dos indivíduos uma força que os domine e que, entretanto, seja da mesma natureza que eles.)

Formulado esse princípio, uma delimitação da soberania dele decorre naturalmente. Um ato de soberania legítima é aquele no qual o soberano age conhecendo apenas o corpo da nação, e sem distinguir nenhum dos membros que a compõem. Não é então uma convenção entre o superior e o inferior (como a escravidão); mas do corpo com os seus membros, isto é, em última análise, do corpo consigo mesmo. Qualquer outra maneira de agir é ilegítima. Donde se segue que, por mais absoluto que seja o poder soberano, ele tem limites. "Ele não ultrapassa, nem pode ultrapassar, os limites das convenções gerais" (*ibid.*). Conseqüentemente, por mais completa que seja a alienação que o indivíduo faça de si mesmo, ele não deixa de conservar direitos. "Todo homem pode dispor plenamente do que lhe foi deixado, por essas convenções [gerais], de seus bens e de sua liberdade." (*ibid.*) Eis o que Rousseau quer dizer quando, por uma contradição que é apenas aparente, após ter declarado que os particulares se dão inteiramente ao Estado, ele fala no entanto "em distinguir os direitos respectivos dos cidadãos e do soberano" (*ibid.*).

Mas, dirão, se o soberano usurpar esses direitos e ultrapassar esses limites? Mas, segundo Rousseau, não pode como não deve fazer isso, pois para isso seria preciso que ele tendesse a um fim particular, e, por conseguinte, cessasse de ser ele mesmo. Quando tais violações se produzem, elas são o resultado não do soberano, mas de particulares que tomaram seu lugar e usurparam seu império. Isto significa dizer que a obediência não é exigível. (Comparar com Kant.)

Da lei em geral

Os capítulos I a VI do segundo livro consideraram o soberano em repouso; os capítulos VI a XII consideram-no no estado de movimento. Do ponto de vista estático, Rousseau passa para o ponto de vista dinâmico. O corpo político está formado; ele vai nos mostrá-lo vivo.

O ato pelo qual se manifesta a vontade soberana é a lei. Ela tem como objeto fixar os direitos de cada um, a fim de assegurar o equilíbrio das partes das quais a sociedade é feita. Eis aí, em última análise, o objeto em si e a razão de ser da organização social. Tanto que Rousseau não teme dizer que ele é "em relação aos membros do Estado a fonte do justo e do injusto" (*Économie politique*). Não é que a justiça possa ser criada arbitrariamente por um ato de vontade, como Hobbes, por exemplo, o entendia. "O que está bem e consoante à ordem assim o é pela natureza das coisas e independentemente das convenções humanas? Toda justiça vem de Deus" (II, 6). Mas esta justiça imanente às coisas é apenas virtual; é preciso fazê-la passar à ação. A lei divina é sem ação, enquanto não se tornar uma lei humana.

Tal é a função da lei, que se confunde com a própria função do soberano, árbitro superior dos interesses particulares. Mas em que ela consiste? Ela se define naturalmente em função da vontade geral. Ela resulta da aplicação de todas as vontades ao corpo da nação em seu conjunto. "Quando todo o povo estatui todo o povo, forma-se então uma relação, será todo o objeto sob um ponto de vista e todo o objeto sob um outro ponto de vista... É esse ato que eu chamo de uma lei" (II, 6). Eis uma nova prova de que, no fundo, só há uma diferença de ponto de vista entre o árbitro e as partes, o corpo da sociedade e a massa dos indivíduos, qualquer esforço que Rousseau faça para pôr um acima do outro.

Daí resultam várias conseqüências: 1º) A lei, como a vontade geral que ela expressa, não pode ter um objeto particular. Ela bem pode criar privilégios, não atribuí-los nominalmente a alguém. Ela ignora os indivíduos enquanto indivíduos. É o contrário do que Hobbes sustentava: "As leis são feitas para Titus e para Caius, e não para o corpo do Estado" (*De cive*, XII). A razão dessa diferença é que Hobbes admitia uma linha de demarcação claramente traçada entre o soberano e a multidão dos súditos. O primeiro era exterior aos segundos e ditava a cada um deles suas vontades. O ponto de aplicação da atividade soberana era então necessariamente um indivíduo ou indivíduos, situados fora dessa atividade. Para Rousseau, o soberano, ultrapassando infinitamente os particulares num sentido, é, no entanto, apenas um de seus aspectos. Quando então ele legifera sobre eles, é sobre ele que legifera, e é neles que reside esse poder legislativo que se exerce através dele. 2º) Pelo mesmo motivo, a lei deve emanar de todos. Ela reúne "a universalidade da vontade à do objeto". O que um homem ordena nunca é uma lei, mas um decreto, um ato de magistratura, não de soberania. 3º) Enfim, já que é o corpo da nação que legifera sobre si mesmo, a lei não pode ser injusta "já que ninguém é injusto consigo mesmo" (*ibid.*). O geral é o critério do justo; ora, a vontade geral se dirige ao geral por natureza. São os magistrados que deturpam a lei, porque eles são para ela intermediários individuais (ver *9.ª Lettre de la montagne*).

Mas o povo não se basta a si mesmo para fazer a lei. Se ele sempre quer o bem, não é sempre que ele enxerga. É preciso alguém para esclarecer seu julgamento. É o papel do legislador.

Não é possível não se surpreender em ver Rousseau conceder uma tal importância ao legislador. É necessariamente um indivíduo; e parece que haja aí uma espécie de contradição ao fazer de um indivíduo a fonte da lei, quando o indivíduo foi apresentado como a fonte da imoralidade. Rousseau percebe isso. Ele reconhece que a natureza humana por si própria não está adequada para uma tal função, pois seria preciso para isso um homem que conhecesse a fundo o coração humano e que, ao mesmo tempo, fosse impessoal o bastante para passar por cima das paixões humanas e para dominar o particularismo dos interesses. Um tal personagem só pode então ser um "ser extraordinário", uma espécie de deus que Rousseau postula, por assim dizer, como a condição necessária de toda boa legislação, sem ter nenhuma garantia de que essa condição seja sempre dada. "Seria preciso deuses para dar leis aos homens."

A dificuldade não vem só do fato de que um gênio extraordinário é indispensável para essa missão, mas também da espécie de antinomia que ela implica. Trata-se de desnaturar a natureza humana, de transformar o todo em parte, o indivíduo em cidadão (II, 7)[3]. Ora, de que poder

▼

3. Durkheim escreve aqui: "ler o trecho". Eis, então, o trecho em questão: "Aquele que ousa tentar instituir um povo deve sentir-se capacitado a mudar, por assim dizer, a natureza humana, a transformar cada indivíduo, que por si mesmo é um todo perfeito e solitário, em parte de um todo maior, do qual esse indivíduo de certo modo recebe sua vida e seu ser; alterar a constituição do homem para fortificá-la; substituir uma existência parcial e moral por uma existência física e independente que todos

dispõe o legislador para realizar uma obra tão laboriosa? De nenhum. Ele não poderia, com efeito, ter nas mãos nenhuma força efetiva para realizar suas idéias, pois senão ele ocuparia o lugar do soberano. Seria um particular que comandaria os homens; tão sábia que possa ser uma vontade individual, ela não poderia substituir-se à vontade geral. "Aquele que comanda as leis não deve comandar os homens." Ele pode apenas propor. Só o povo decide... "Assim, na obra da legislação, encontramos ao mesmo tempo dois elementos que parecem incompatíveis: um empreendimento acima da força humana e, para executá-la, uma autoridade que não é nada" (*ibid.*). Como, então, ela se fará obedecer? Deve-se pensar, sobretudo, que, quando a autoridade empreende esse trabalho, ainda não há costumes sociais constituídos que facilitem sua atuação. Quantas possibilidades ela tem de não ser compreendida. "Para que um povo nascente possa provar as sãs máximas da política, seria necessário que o efeito pudesse tornar-se causa e que os homens fossem antes das leis o que deveriam tornar-se por elas" (*ibid.*).

Historicamente, os legisladores só triunfaram dessas dificuldades ao revesti-las de um caráter religioso. Dessa maneira, as leis do Estado ganhavam, aos olhos dos povos, a mesma autoridade que aquelas da natureza, já que ambas tinham a mesma origem. Os homens se submetiam mais facilmente "reconhecendo o mesmo poder na formação do homem e na da cidade" (II, 7). É então necessário que, na origem das nações, a religião sirva de "instrumento" à política (II, 7, últimas linhas). Rousseau, no entanto, não pretende dizer com isso que, para fundar uma sociedade, basta fazer habilmente os oráculos falarem. O que deve impor esse respeito religioso é, antes de tudo, a própria pes-

▼

nós recebemos da natureza. Em suma, é preciso que destitua o homem de suas forças próprias, para lhe dar outras que lhe sejam estranhas e das quais não possa fazer uso sem o socorro alheio. Quanto mais estas forças naturais estiverem mortas e aniquiladas, mais as adquiridas serão grandes e duradouras, mais sólida e perfeita ainda será a instituição: de modo que, se cada cidadão não for nada, nada poderá senão graças a todos os outros, e que a força adquirida pelo todo seja igual ou superior à soma das forças de todos os indivíduos, poderemos dizer que a legislação está no mais alto grau de perfeição que possa atingir." (Nota de Armand Cuvillier, organizador da edição francesa.)

soa do legislador, o gênio que fala através dele. "A grande alma do legislador é o único milagre que deve autenticar sua missão." Isto talvez seja o que permite compreender como, mesmo no futuro, esses tipos de apoteoses não lhe parecem inteiramente impossíveis.

Mas essas condições necessárias a uma boa legislação ainda não estão esgotadas. Não é o bastante que um legislador guie a atividade coletiva aplicada ao corpo da nação. Ainda é necessário que o povo esteja, ele próprio, em determinadas condições.

1º) Quando a natureza humana é fixada, ela não se deixa mais desnaturar. A tão profunda transformação que deve operar o legislador supõe que o homem ainda é maleável. Ela só é possível, então, nos povos que ainda não estão muito avançados na idade, muito dominados pelos preconceitos. Mas seria um outro erro tentá-la prematuramente. Um povo muito jovem ainda não está maduro para a disciplina: só seria possível impor-lhe uma ordem externa. Há, portanto, um instante radical que é preciso escolher e que não se reencontra mais. Sem dúvida, revoluções podem às vezes recolocar a matéria social no estado plástico, quebrando completamente os velhos quadros. Mas essas crises salutares são raras, e, para serem eficazes, é preciso que elas não estejam muito distantes das origens. Pois, uma vez que as forças sociais estão enfraquecidas, que "a mola civil está gasta", as perturbações podem destruir o que existia sem nada restaurar no lugar.

2º) É necessário que as dimensões do povo sejam normais. É preciso que ele não seja muito grande; pois, então, não poderia haver a homogeneidade sem a qual a vontade geral é impossível. É preciso também que ele não seja tão pequeno a ponto de não poder se manter. Mas, se essas duas condições são importantes, elas não o são igualmente. A primeira tem primazia sobre a segunda, pois, antes de tudo, o que importa é uma boa constituição interior, e ela é impossível se o Estado é muito extenso. Não há nada menos espantoso do que essa observação de Rousseau. Todo *O contrato social* tende para o estabelecimento de uma pequena sociedade, segundo o modelo da Cidade Antiga ou da República de Genebra.

3º) É preciso que o povo, no momento em que ele é instituído, "desfrute da abundância e da paz". Pois é um momento de crise em que o corpo político "se mostra menos capaz de resistência e mais fácil de ser destruído" (II, 10).

Vê-se o quanto, segundo Rousseau, a instituição de uma legislação é uma obra delicada, complexa, laboriosa e de sucesso incerto. É necessário que, por um feliz mas imprevisível acaso, seja encontrado um legislador que guie o povo, e, como já foi visto, eles só aparecem de tempos em tempos e como por milagre. É necessário que o povo tenha apenas o grau de maturidade necessário, as dimensões normais, esteja num estado interior conveniente. Se falhar uma ou outra dessas condições a empresa falirá.

Uma tal concepção resulta logicamente das premissas colocadas por Rousseau, ao mesmo tempo em que ela explica seu pessimismo histórico. Se a sociedade não estiver necessariamente contrária à natureza, ela não decorre naturalmente desta. É, portanto, uma operação forçosamente difícil aquela que tem como objeto desenvolver germes que, sem dúvida, existem neles mesmos, mas estão infinitamente distantes do ato e de encontrar uma forma de desenvolvimento que lhes convenha, sem contradizer as tendências mais fundamentais do homem natural. Pôr em equilíbrio estável forças que não são constituídas naturalmente, para formar um todo sistemático, fazê-lo sem violência, mudar o homem ao mesmo tempo que se respeita a sua natureza, é realmente uma tarefa que pode parecer exceder as forças humanas. E compreende-se que Rousseau não se surpreenda com o pequeno número de casos históricos em que, segundo ele, a humanidade se aproximou um pouco deste ideal.

Das leis políticas em particular

As leis podem ter como objeto expressar a relação do todo com o todo, isto é, do conjunto dos cidadãos considerados como soberanos com o conjunto dos cidadãos considerados como súditos; estas são as leis políticas. Elas enunciam a maneira pela qual a sociedade se constitui. As leis civis são as que determinam as relações do soberano com os súditos ou dos súditos uns com os outros; as leis penais, as que decretam as sanções das outras leis (o que traz a sanção civil à sanção penal).

Afora esses três tipos de leis, Rousseau distingue uma quarta lei: são os usos, os costumes e sobretudo a opinião que, diz ele, são o elemento essencial do sistema social (II, 12, *in fine*). Ele entende com isso essas maneiras coletivas de pensar e agir que, sem tomar uma forma explícita e consagrada, determinam a inteligência e a conduta dos homens, exatamente como fariam as leis propriamente ditas. Não é uma visão sem interesse essa de ter aproximado tão estreitamente a lei escrita do costume difuso.

Entre esses diferentes tipos de leis, Rousseau ocupa-se somente das primeiras que são as únicas relativas à constituição da ordem social.

Assim como a vontade individual só pode realizar-se no exterior com a ajuda de uma energia física, a vontade geral só pode atualizar-se pelo intermédio de uma força coletiva. Essa força é o poder executivo ou o governo. O governo é, portanto, uma espécie de mediador plástico entre a vontade soberana e a massa dos súditos, aos quais ela deve aplicar-se; é o intermediário entre o corpo político concebido como soberano e o corpo político como Estado. Seu papel não consiste em fazer leis, mas em cuidar de sua execução. O *príncipe* é o conjunto dos indivíduos encarregados dessas funções.

A força governamental pode então ser considerada como uma média proporcional cujos extremos são o soberano e o Estado; isto é, que o soberano está para o governo como o governo está para o Estado. O primeiro dá ordens ao segundo que as transmite ao terceiro. A ligação entre esses três termos é tão estreita que um deles implica os outros e não pode variar sem que os outros variem. Por exemplo, de dois Estados, sendo que um tem dez vezes mais súditos do que o outro, o primeiro é aquele no qual cada cidadão terá uma parte menor da autoridade soberana; ela será dez vezes menor. A distância entre a vontade geral e cada vontade particular será, portanto, dez vezes mais considerável. Ora, quanto menos as vontades particulares se referem à vontade geral, mais é preciso que o governo tenha força para conter as divergências individuais. Mas, quanto maior a força do governo, maior deve ser a força do soberano. Do mesmo modo, dada a série S (soberano), G (governo), P (povo), se estabelecermos que P = 1, se constatarmos que S (razão dobrada) tornou-se mais forte, podemos estar certos de que o mesmo aconteceu com G. Donde segue que a constituição do governo é relativa à dimensão do Estado e que não há uma forma única e absoluta de organização governamental (III, 1).

Então, a questão essencial que suscitam as fés políticas resume-se nesta: quais são as diferentes formas de governo e a que condições diferentes elas respondem?

Classificou-se sempre os governos segundo o número daqueles que neles participam: e é assim que se distinguem a democracia, a aristocracia e a monarquia. Rousseau não se contenta em reproduzir essa classificação tradicional: ele procura fundamentá-la na natureza das sociedades e mostra que essas diferenças não são superficiais, mas referem-se ao que de mais essencial existe na ordem social.

Em primeiro lugar, o que faz a importância do número de governantes é que a intensidade da força governamental depende imediatamente dele, e isto por duas razões: 1º) O governo só tem como força aquela que ele obtém do soberano, ela conseqüentemente não aumenta se a sociedade ficar no mesmo nível. Mas, então, quanto mais numeroso ele for, quanto mais ele for obrigado a usar a força da qual ele dispõe sobre seus membros, menos lhe sobra para agir sobre o povo. Logo, sua fraqueza cresce com o número dos magistrados. 2º) Segundo a ordem natural, são as vontades particulares que são as mais ativas; a vontade mais geral tem sempre algo de mais fácil e de mais indeciso, justamente porque ela é artificial; as outras vontades coletivas classificam-se entre esses dois extremos segundo seu grau de generalidade. A ordem social, ao contrário, supõe esta ordem derrubada e que a vontade geral supere as outras. Se então todo o governo está nas mãos de um só, a vontade geral do corpo governamental, confundindo-se com a vontade particular de um só, participará da intensidade desta e terá a sua energia máxima; e, como é do grau de vontade que depende não o tamanho, mas o uso da força, o governante terá a maior atividade possível. Será o inverso se houver tantos governantes quantos súditos, isto é, se o poder executivo estiver unido ao legislativo (democracia), pois então só haverá a vontade geral com sua fraqueza natural (III, 2).

Por outro lado, nós vimos que a força do governo deve crescer com o tamanho do Estado. Donde segue que o número de governantes depende das dimensões da sociedade e, por conseguinte, de maneira mais geral, "o número dos magistrados deve estar na razão inversa do número dos cidadãos" (III, 3). A força do governo, definida pelas dimensões do órgão governamental, encontra-se assim ligada às dimensões do Estado. Estabelecidos esses princípios, parece que não há mais nada para deduzir deles, a não ser que "o governo democrático convém aos pequenos Estados, o aristocrático aos médios e o monárquico aos grandes". É bem isso, com efeito, o que ele diz (III, 3), mas ele não se limita a essa conclusão: ele chega a comparar os diversos governos visando a determinar o melhor. Não há, aliás, nenhuma contradição no fato de ele se propor esse problema. Sem dúvida, cada governo pode ser o melhor relativamente a tal condição determinada de existência. Rousseau está tão longe quanto possível de admitir que uma mesma forma possa convir a todos os países: ele estabelece expressamente o contrário no capítulo VIII do livro III (que toda forma de governo não convém a qualquer país). Mas, por outro lado, esses diferentes tipos de governo satisfazem desigualmente às condições ideais da ordem social. Esta será tanto mais perfeita quanto o reino coletivo reproduzir mais completamente, mas sob espécies inteiramente novas, os caracteres essenciais do reino natural. Ora, os diversos governos respondem diferentemente a esta exigência fundamental. Dadas as leis que unem a natureza do governo à natureza da sociedade, a questão pode formular-se assim: Quais são os limites normais da sociedade para que ela seja uma imagem transformada, mas tão adequada quanto possível ao estado natural?

Parece que os princípios admitidos por Rousseau impõem a solução. É na democracia que a vontade geral domina melhor as vontades particulares. Ela é então a ideal. Este é também o sentimento de Rousseau, só que este ideal lhe parece humanamente irrealizável. "Se existisse um povo de deuses, governar-se-ia democraticamente. Um governo tão perfeito não convém aos homens" (III, 4). 1º) Não é bom que a vontade geral se aplique de uma maneira regular a casos individuais: disso podem resultar confusões anormais e perigosas. 2º) O exercício do poder executivo é contínuo e o povo não pode estar continuamente agrupado para se ocupar dos negócios públicos. 3º) Aliás, a democracia supõe condições quase impossíveis, um Estado pequeno, em que todos se conheçam, em que a igualdade é quase absoluta, os costumes excelentes, porque a fraca atividade da vontade geral torna fáceis as perturbações. Retomando a expressão de Montesquieu, Rousseau diz que ela tem a virtude por princípio, mas é isto justamente o que, segundo ele, a torna pouco praticável (III, 4). Por razões contrárias, a monarquia parece-lhe o pior dos regimes, porque em nenhum outro lugar a vontade particular tem maior domínio. O governo é muito forte na monarquia porque tem suas dimensões mínimas; pode, então, facilmente pôr a perder a vontade geral. Entre esses dois extremos encontra-se a aristocracia que se aproxima do ideal democrático, mas que é mais fácil de realizar. Por aristocracia, entende uma sociedade em que o governo é constituído por uma minoria de cidadãos designados quer pela idade e maior experiência, quer pela eleição. Distingue, é verdade, um terceiro tipo de aristocracia, em que as funções diretrizes seriam hereditárias; mas não vê nisso nada mais do que uma forma anormal, inferior até à monarquia.

Nesta comparação, embora inspirando-se em Montesquieu, Rousseau chega a conclusões distintas daquelas do primeiro, cujas preferências eram evidentemente para o que chama de monarquia. A razão dessa diferença encontra-se na maneira diversa pela qual Rousseau e Montesquieu representam a sociedade. Montesquieu chegara a conceber uma sociedade na qual a unidade social, longe de excluir o particularismo dos interesses individuais, admitia-o e dele resultava. A harmonia nascia da divisão das funções e da reciprocidade dos serviços. Os indivíduos estavam diretamente ligados uns aos outros, e a coesão total era apenas uma resultante de todas essas afinidades particulares. E esta sociedade, ele acreditava encontrá-la realizada na sociedade francesa da Idade Média, completada com o auxílio das instituições inglesas. Para Rousseau, ao contrário, a vontade individual é antagonista da vontade comum. "Numa legislação perfeita, a vontade particular ou individual deve ser nula" (III, 2). As ligações de indivíduos com indivíduos devem ser reduzidas ao mínimo. "A segunda relação [da qual tratam as leis] é a dos membros entre si ou com o corpo inteiro; e essa relação deve ser, no primeiro caso, tão pequena, e, no segundo, tão grande quanto possível, de modo que cada cidadão se encontre em perfeita independência de todos os outros e em uma excessiva dependência da cidade" (II, 12). Pois é assim que a sociedade imitará melhor o estado natural, em que os indivíduos não têm ligação entre si e só dependem de uma força geral, a natureza. Mas uma tal coesão só é possível numa cidade medianamente extensa em que a sociedade está presente em todos os lugares, em que todos são colocados em condições de existência mais ou menos parecidas e vivem a mesma vida. Num grande povo, ao contrário, a diversidade dos meios multiplica as tendências centrífugas. Cada indivíduo tende mais a seguir seu próprio sentido; e por conseguinte a unidade política só pode manter-se graças à constituição de um governo tão forte que ele necessite substituir a vontade coletiva e degenerar em despotismo (II, 9). E o mesmo ocorre com a exclusão dos grupos secundários.

Toda essa teoria dos governos se move, aliás, em meio a uma contradição. Em virtude de seu princípio fundamental, Rousseau só pode admitir uma sociedade na qual a vontade geral seja autoridade absoluta. Ora, a vontade governamental é particular, e, no entanto, ela tem um papel essencial no Estado. Sem dúvida, "o governo só existe através do soberano" (III, 1); "sua força não passa da força pública concentrada nele" (*ibid.*). Em princípio, ele só deve obedecer. O que não impede que uma vez constituído ele seja capaz de uma ação própria. É preciso que ele tenha "um eu particular, uma sensibilidade comum aos seus membros, uma força, uma vontade própria que tenda para sua conservação" (*ibid.*). Ele é, portanto, uma ameaça perpétua e, no entanto, é indispensável. Daí uma tendência a reduzi-lo ao mínimo, ao mesmo tempo que o sentimento de sua necessidade. É o que explica a solução média pela qual Rousseau coloca aristocracia acima de todos os outros tipos de governo.

O governo tanto é um elemento adventício na ordem social que as sociedades só morrem porque elas são governadas. Ele é o que há de corruptível nelas e o que determina sua corrupção. Com efeito, em virtude de sua natureza, "ele faz um esforço contínuo contra a soberania" (III, 10); e como não há outra vontade particular que seja suficientemente forte para contrabalançar a do príncipe, que a vontade geral é afetada de uma fraqueza constitucional, disso resulta que, cedo ou tarde, o poder governamental deve superar o do povo; o que é a ruína do estado social. "Reside aí o vício inerente e inevitável que, desde o nascimento do corpo político, tende sem cessar a destruí-lo" (III, 10). Eis a única causa da lenta usura que necessariamente acarreta sua morte. Esse estado mórbido pode se realizar de dois modos diferentes. Ou, sem que as condições gerais do Estado tenham mudado, o governo se fecha e ganha assim uma força que não é proporcional às dimensões da sociedade. Ou, então, acontece que todo o governo usurpe o poder soberano ou que os magistrados em particular usurpem individualmente o poder que eles só devem exercer em corpo. No primeiro caso, o elo orgânico que ligava o governo ao povo está rompido; a associação tomba em ruínas, ou, pelo menos, dela só sobrevive o pequeno núcleo formado pelos membros do governo. Eles constituem então, por si mesmos, uma espécie de Estado, mas que não pode mais ter com a grande massa dos particulares outra relação que a de senhor e escravo. Pois, o pacto rompido, só a força pode manter os súditos num estado de obediência. No segundo caso, o Estado se dissolve porque ele tem tantos chefes quanto governantes e porque a divisão do governo se comunica necessariamente ao Estado. Esse segundo modo de dissolução decorre então do fato de que a vontade pessoal de cada magistrado substitui a vontade geral do corpo, assim como o primeiro é devido ao fato de que a vontade geral do corpo governamental substitui a vontade geral do corpo político (III, 10).

A existência de um governo está tão em contradição com os princípios gerais da filosofia social de Rousseau que até sua gênese é dificilmente explicável. Com efeito, a vontade geral, fonte de toda autoridade, só pode estatuir questões gerais, senão ela deixa de ser ela mesma. Então ela poderá muito bem decidir qual será a forma geral do governo, mas quem designará os chefes? Uma tal operação já é um ato particular, em conseqüência da força do governo de que se trata justamente de constituir. E o próprio Rousseau reconhece a dificuldade. "A dificuldade está em entender como se pode ter um ato de governo, antes que o governo exista" (III, 17). Ele a contorna mais do que a resolve. É que, diz ele, "por uma súbita conversão", o corpo político, de soberano que ele era, transforma-se em governo e passa assim dos atos gerais aos atos particulares. Este duplo aspecto do corpo dos cidadãos, que é ora poder legislativo, ora poder executivo, é característico da democracia. Isto quer dizer que, logicamente, a democracia foi um momento necessário da gênese de todo governo. Apesar de alguns exemplos tomados do parlamento da Inglaterra, e onde Rousseau acredita encontrar transmutações desse tipo, é difícil não considerar tal conduta como artificial. E a objeção pode ser generalizada. Dizíamos anteriormente que qualquer governo, sendo particular, é contraditório com a ordem social; que, por conseguinte, a única forma política isenta de qualquer contradição é a democracia, porque nela a vontade governamental é reduzida a nada e a vontade geral é toda poderosa. Mas, de um outro lado, poder-se-ia perfeitamente dizer que, no sistema de Rousseau, a democracia é contraditória: pois a vontade geral só pode se realizar aplicando-se aos casos particulares. O que supõe que ela não é o governo. Não se vê como a incompetência que lhe é atribuída em princípio para todas as questões especiais desapareceria pela única razão de que o corpo político mudaria de nome e, em vez de soberano, se chamaria governo. E essa antinomia diz respeito a essa concepção geral que faz do soberano um outro aspecto do povo. É claro que entre dois aspectos de uma mesma realidade não há lugar para um intermediário. Mas, por outro lado, na falta de intermediário, a vontade geral fica fechada em si mesma; isto é, ela só pode mover-se numa esfera de universais, sem se realizar de um modo concreto. E esta mesma concepção decorre de que Rousseau percebe apenas dois pólos na realidade humana, o indivíduo abstrato, geral, que é o agente e o objetivo da vida social, e o indivíduo concreto, empírico, que é o antagonista de toda existência coletiva; que, num certo sentido, esses dois pólos se rejeitam e que, no entanto, o primeiro não passa, sem o segundo, de uma entidade lógica.

De qualquer modo, já que o único perigo de morte, para a sociedade, vem das usurpações possíveis do governo, o principal objeto da legislação deve ser preveni-las. Para isto, o princípio é de tornar tão freqüentes quanto possível as assembléias do povo, e até de fazer, às vezes, com que elas aconteçam espontaneamente, sem que o governo tenha que provocá-las (caps. XII a XV e XVIII). É preciso que essas assembléias sejam feitas pelo próprio povo e não aconteçam por intermédio de representantes. O poder legislativo tanto não pode ser delegado quanto não pode ser alienado. As leis só são leis se elas são expressamente desejadas pela sociedade reunida (III, 15). Mas essas medidas não são as únicas que Rousseau julga necessárias; ele indica outras em relação à maneira de fazer manifestar a vontade geral dos sufrágios (IV, 2), às eleições que têm por objeto constituir o governo (IV, 3), ao modo de recolher os votos na assembléia do povo (IV, 4), a certas instituições como o tribunal encarregado de proteger a soberania contra as usurpações governamentais (IV, 5), como a censura encarregada de zelar pela manutenção desses costumes que são a condição essencial da estabilidade social (IV, 7), como a ditadura, enfim, destinada a enfrentar casos imprevistos (IV, 6). É inútil entrar nesses pormenores de organização que são, na maioria, tomados do exemplo de Roma. O que prova de novo que o regime da cidade é exatamente aquele que está diante de Rousseau e que ele se empenha em teorizar.

No entanto, um hábil mecanismo constitucional não seria suficiente para assegurar a coesão social. Como esta resulta antes de tudo do entendimento espontâneo das vontades, ela não é possível sem uma certa comunhão intelectual. Antigamente, essa comunhão resultava naturalmente do fato de que cada sociedade tinha sua religião e que a religião era a base da ordem social. As idéias e os sentimentos necessários ao funcionamento da sociedade eram assim colocados sob a salvaguarda dos deuses. O sistema político era, ao mesmo tempo, teológico. Eis por que cada Estado tinha sua religião e não se podia pertencer a um Estado sem praticar sua religião.

O cristianismo introduziu uma dualidade na qual só havia e devia haver unidade. Ele separou o temporal do espiritual, o teológico do político. Disso resultou um desmembramento da autoridade soberana e, entre os dois poderes assim constituídos face a face, elevaram-se perpétuos conflitos, tornando impossível qualquer boa administração do Estado. Rousseau rejeita a doutrina de Bayle segundo a qual a religião seria inútil ao Estado (*Pensées diverses écrites à un docteur de Sorbonne*, por ocasião do cometa que apareceu no mês de dezembro de 1680). "A única força que as leis tiram de si mesmas" não lhe parece suficiente (IV, 8). É preciso "que cada cidadão tenha uma religião que o faça amar seus deveres" (*ibid.*). Mas, por outro lado, Rousseau não admite tampouco a teoria exposta por Warburton nas suas *Dissertações sobre a união da religião, da moral e da política* (Londres, 1742), segundo a qual o cristianismo seria o mais seguro apoio do corpo político. Com efeito, o cristianismo dele se desinteressa. A religião cristã, "longe de ligar os corações dos cidadãos ao Estado, desprende-os dele, como de todas as coisas da terra" (*ibid.*). É preciso, então, de um lado, estabelecer um sistema de crenças coletivas que estejam sob a guarda do Estado, e só dele, e, de outro lado, tal sistema não poderia reproduzir aquele outro que estava na base das cidades antigas, às quais todo retorno é impossível. Pois esse retorno seria mentiroso. Não só essa volta atrás não é possível, como não é necessária. Tudo o que é preciso, com efeito, é que cada súdito tenha uma razão de ordem religiosa para fazer seu dever. Portanto, os únicos dogmas, que são úteis impor em nome do Estado, são aqueles que se referem à moral. Quanto ao resto, cada um deve ser livre para professar as opiniões que quiser. O corpo político não tem que se ocupar com isso, já que não sofre suas conseqüências. As próprias razões que fazem com que ele deva intervir no espiritual marcam os limites dessa intervenção. Em outros termos, se for preciso uma religião civil, dentro dos interesses civis, seu império só deve estender-se na medida exigida por esses interesses.

Assim, renunciar à separação ilógica e anti-social do espiritual e do temporal, mas reduzir a religião do Estado ao pequeno número de princípios necessários para reforçar a autoridade da moral, tal é a conclusão de Rousseau. Esses princípios são os seguintes: a existência de Deus e a vida que está para vir, a santidade do Contrato Social e das leis, a proscrição absoluta de toda intolerância para tudo o que ultrapassar os artigos do credo social. Não se deve tolerar no Estado nenhuma religião que não tolere as outras. O Estado só pode expulsar de seu seio os membros que ele julga indignos. Nenhuma igreja particular pode dizer que fora dela não há salvação.

CAPÍTULO 17

A QUESTÃO DE JEAN-JACQUES ROUSSEAU*

Ernst Cassirer

Falarei da questão de Jean-Jacques Rousseau. No entanto, a própria formulação deste tema implica um certo pressuposto – o pressuposto de que a personalidade e o mundo das idéias de Rousseau não tenham sido reduzidos a um mero fato histórico que não nos deixa outra tarefa senão compreendê-los e descrevê-los em sua simples realidade. Mesmo hoje em dia não pensamos na doutrina de Rousseau como um conjunto estabelecido de proposições isoladas que podem facilmente ser registradas e encaixadas nas histórias da filosofia, através da reprodução e da resenha de seus textos. É certo que inúmeras monografias a descrevam deste modo, mas, comparados com a própria obra de Rousseau, todos estes relatos parecem particularmente frios e sem vida.

Qualquer pessoa que penetre com profundidade nesta obra e reconstrua a partir dela uma visão de Rousseau, do homem, do pensador e do artista, sentirá imediatamente o quanto o esquema abstrato de pensamento que normalmente se apresenta como "o ensinamento de Rousseau" é insuficiente para apreender a abundância interior que a nós se revela. O que para nós se descobre aqui não é uma doutrina fixa e definida. Trata-se, antes, de um movimento de pensamento que continua-

▼

---

* *The Question of Jean-Jacques Rousseau* (Nova York, Columbia University Press, 1954, pp. 35-82). Tradução de Maria Lúcia Montes.

mente se renova, um movimento de tal força e paixão que parece quase impossível, diante dele, refugiar-se na quietude da contemplação histórica "objetiva". Constantemente ele se impõe a nós e de modo constante nos arrasta consigo. O poder incomparável que o pensador e o escritor Rousseau exerceu sobre o seu tempo baseava-se em última instância no fato de que, em um século que tinha elevado o cultivo da forma a uma altura sem precedentes, levando-a à perfeição e a um completamento orgânico, mais uma vez ele pôs em primeiro plano a incerteza básica do próprio conceito da forma. Em sua literatura, tal como em sua filosofia e sua ciência, o século XVIII acabara por se apoiar num mundo fixo e definido de formas. A realidade das coisas enraizava-se neste mundo; seu valor era determinado e garantido por ele. O século exultava com a inequívoca precisão das coisas, com seus contornos claros e definidos, com seus limites seguros, e considerava a faculdade de traçar tais limites precisos com a mais alta força subjetiva do homem e, ao mesmo tempo, como o poder básico da razão.

Rousseau foi o primeiro pensador que não só questionou esta certeza como também abalou seus próprios fundamentos. Repudiava e destruía os moldes segundo os quais se forjavam a ética e a política, a religião assim como a literatura e a filosofia – correndo o risco de deixar o mundo afundar de volta na sua carência primordial de forma, no estado de "natureza" e, deste modo, abandoná-lo, por assim dizer, ao caos. Mas, em meio a este caos que ele próprio tinha evocado, seu singular poder criativo foi testado e provado. Pois agora iniciava-se um movimento animado por novos impulsos e determinado por novas forças. De início, os objetivos deste movimento permaneceram obscuros; não podiam ser caracterizados abstrata e isoladamente, ou antecipados como pontos de destinação estabelecidos e já dados. Quando Rousseau tentou fazer tais antecipações, nunca foi além de formulações vagas e freqüentemente contraditórias. O que para ele estava estabelecido, aquilo a que tentou agarrar-se com toda a força do pensamento e do sentimento, não era o objetivo em direção ao qual se dirigia, mas o impulso que seguia. E ele ousou entregar-se a este impulso: ao modo de pensamento essencialmente estático do século, opôs sua dinâmica inteiramente pessoal de pensamento, sentimento e paixão. Esta dinâmica ainda hoje nos mantém presos ao seu fascínio. Mesmo para nós, a doutrina de Rousseau não é objeto de mera curiosidade acadêmica nem de exame puramente filológico ou histórico. Tão logo deixamos de nos contentar com o exame de seus resultados, e nos preocupamos, ao contrário, com seus pressupostos fundamentais, sua doutrina aparece como um meio inteiramente vivo e contemporâneo de considerar problemas. As questões que Rousseau colocou para o seu século não se tornaram de modo algum antiquadas; elas não foram simplesmente "descartadas" – mesmo para nós. Sua *formulação* pode freqüentemente ser significativa e compreensível somente em um sentido histórico: seu *conteúdo* não perdeu nada da sua atualidade.

Isto ocorre, em grande parte, em conseqüência do retrato ambíguo que a investigação puramente histórica nos pintou. Depois de realizadas as mais completas pesquisas sobre pormenores biográficos, depois das inúmeras investigações acerca da base histórica e das fontes da doutrina de Rousseau, depois das análises penetrantes de seus escritos, que se estenderam a todos os detalhes, deveríamos esperar que se tivesse alcançado alguma clareza pelo menos no que diz respeito às características básicas da sua natureza, ou que prevalecesse algum consenso quanto à intenção básica de sua obra. Mas mesmo um olhar superficial lançado sobre a literatura rousseauniana desaponta esta expectativa. Especialmente nos últimos anos, esta literatura colossal foi acrescida de várias obras, importantes e volumosas. No entanto, se considerarmos estas obras – se compararmos, por exemplo, a mais recente explicação de Rousseau no livro de Albert Schinz *La pensée de Jean-Jacques Rousseau* (Paris, 1929) com as análises de Hubert e Masson[1], para mencionar somente os nomes mais importantes – torna-se imediatamente óbvio que nelas existe o mais sério conflito de interpretação. Este conflito não se limita a pormenores e pontos não essenciais, mas diz respeito, ao con-

▼

1. René Hubert, *Rousseau et L'Encyclopédie: essai sur la formation des idées politiques de Rousseau* (Paris, 1928); Pierre-Maurice Masson, *La religion de J.-J. Rousseau* (3 v., Paris, 1916). Cf. especialmente a crítica da interpretação de Masson *in* Albert Schinz, "La pensée religieuse de Jean-Jacques Rousseau et ses récents interprètes", *Smith College Studies in Modern Languages*, v. X, n.º 1 (1928).

trário, à concepção fundamental quanto à natureza de Rousseau e sua visão de mundo. Às vezes Rousseau é retratado como o verdadeiro pioneiro do individualismo moderno, um homem que defendeu a liberdade irrestrita do sentimento e o "direito do coração", concebendo este direito de modo tão vago que abandonou completamente toda obrigação ética e todo preceito objetivo de dever. Karl Rosenkranz, por exemplo, sustenta que a moralidade de Rousseau "é a moralidade do homem natural que ainda não se elevou até a verdade objetiva da autodeterminação, através da obediência à lei moral. No seu capricho subjetivo, faz o bem e, ocasionalmente, também o mal; mas tende a representar o mal como um bem, porque supostamente o mal tem sua origem no sentimento do bom coração"[2]. Mas é precisamente pela razão contrária que se recrimina normalmente Rousseau, e certamente com não menos justiça. Ele é considerado como o fundador e o defensor de um socialismo de Estado que sacrifica completamente o indivíduo ao grupo e o força a integrar-se a uma ordem política fixa, dentro da qual não encontra liberdade de ação nem mesmo liberdade de consciência.

As opiniões sobre as crenças e a orientação religiosa de Rousseau divergem tanto quanto as relativas às suas crenças éticas e políticas. A "Profession de foi du vicaire savoyard", no *Émile*, foi interpretada dos mais variados modos. Alguns viram nela um ponto culminante do deísmo do século XVIII. Outros chamaram a atenção para suas ligações estreitas com a religião "positiva" e revelaram os fios que ligam esta "Profession" à fé calvinista na qual Rousseau cresceu[3]. E a mais recente e completa explicação da religião de Rousseau, em *La religion de Jean-Jacques Rousseau*, de Masson, não se esquiva ao paradoxo de enquadrar o sentimento e a visão religiosos de Rousseau inteiramente na esfera do catolicismo reivindicando Rousseau como a ela pertencente. Segundo Masson, existe uma relação real, profunda e por muito tempo ignorada, não só entre Rosseau e a religião, mas entre Rousseau e a fé católica.

▼

2. Karl Rosenkranz, *Diderot's Leben und Werke* (Leipzig, 1866), II, 75.
3. A visão de mundo essencialmente protestante-calvinista de Rousseau é sublinhada, entre outros, por Gustave Lanson. Cf. sua *Histoire de la littérature française*, 22ª ed., pp. 788 ss. (Paris, Hachette, 1930).

A tentativa de medir o mundo das idéias de Rousseau pela antítese tradicional "racionalismo" e "irracionalismo" resulta em julgamentos igualmente ambíguos e incertos. Que Rousseau tenha se afastado da glorificação da razão que predominava no círculo dos enciclopedistas franceses, e que tenha, ao contrário, feito apelo às forças mais fundas do "sentimento" e da "consciência" – tudo isto é inegável. Por outro lado, foi precisamente este "irracionalista" quem, no auge da sua luta contra os *philosophes* e o espírito do Iluminismo francês, cunhou a frase segundo a qual as idéias mais sublimes que o homem pode conceber sobre a divindade baseavam-se pura e exclusivamente na razão: "Les plus grandes idées de la divinité nous viennent par la raison seule."[4] Mais ainda, foi este irracionalista que nem mais nem menos um homem como Kant comparou a Newton, chamando-o Newton do mundo moral.

Se considerarmos estas divergências de julgamento, reconheceremos imediatamente que não se pode alcançar nem sequer esperar uma elucidação verdadeira acerca da natureza de Rousseau tomando-se estas categorias como ponto de partida. Ela só poderá ser feita se, despidos de todos os prejuízos e preconceitos, nos voltarmos mais uma vez para a própria obra de Rousseau – se permitirmos que ela venha a tomar forma diante de nossos olhos e de acordo com sua própria lei interior.

Contudo, uma gênese deste tipo de sua obra só se torna possível se formos buscar, para trás, o seu ponto de partida na vida de Rousseau, e suas raízes na sua personalidade. Estes dois elementos – o homem e a obra – se entrelaçam de modo tão estreito que toda tentativa de desemaranhá-los será uma violência feita a ambos, cortando seu nervo vital comum. É claro que não pretendo afirmar que o mundo das idéias de Rousseau não tenha um significado independente, separado da sua forma individual de existência e de sua vida pessoal. É antes a hipótese contrária que quero defender aqui. O que tentarei mostrar é o seguinte: que o pensamento fundamental de Rousseau, embora tivesse sua origem imediata na sua natureza e individualidade, não foi nem circunscrito a

▼

4. "As mais altas idéias da divindade provêm apenas da razão." "Profession de foi du vicaire savoyard", *in Émile*, livro IV (Ed. Hachette, II, 267).

essa personalidade individual nem limitado por ela; que, em sua maturidade e perfeição, este pensamento nos coloca diante de uma formulação objetiva de questões; e que esta formulação é válida não só para Rousseau e sua era, mas também contém, da forma mais clara e definida possível, uma necessidade interna estritamente objetiva. Mas esta necessidade não se apresenta imediatamente diante de nós, numa generalidade abstrata e de modo sistematicamente isolado. Ela emerge muito gradualmente da causa primeira individual da natureza de Rousseau e deve, antes de mais nada, ser por assim dizer liberada desta causa primeira; ela deve ser conquistada passo a passo. Rousseau sempre resistiu à noção de que um pensamento só pudesse ter valor e validade objetivos quando aparecesse desde o princípio na armadura de uma forma sistematicamente articulada; rejeitava raivosamente a idéia de que devesse submeter-se a tal compulsão sistemática. A objeção de Rousseau é válida tanto na esfera da teoria como na da prática; vale tanto no que diz respeito ao desenvolvimento do pensamento quanto ao modo de conduzir a vida. Com um pensador desta espécie, o conteúdo e o sentido da obra não podem ser separados do seu fundamento na vida pessoal; cada um deles só pode ser compreendido com o outro e no outro, num processo repetido de reflexão e esclarecimento mútuo.

O desenvolvimento espiritual independente de Rousseau só começou no momento de sua chegada a Paris, quando ele já tinha quase trinta anos. Lá, pela primeira vez, ele experimentou um verdadeiro despertar da sua autoconsciência intelectual. A partir daquele momento, a infância e a adolescência ficaram para trás, envoltas numa penumbra esmaecida. Permaneceram para ele apenas como objeto de recordação e anseio – anseio, é bem verdade, que deveria perseguir Rousseau até a velhice, sem nunca perder seu poder. O que fez Rousseau retornar repetidas vezes às primeiras impressões de sua terra natal, a Suíça, foi o sentimento de que lá, e lá apenas, ele ainda possuía a vida como uma entidade verdadeira, um todo intacto. Não ocorrera ainda a ruptura entre as solicitações do mundo e as solicitações do eu; o poder do sentimento e da imaginação ainda não tinha encontrado um limite duro e fixo na realidade das coisas. Por isso, ambos os mundos, o mundo do eu e o mundo das coisas, ainda não se separavam claramente na consciência de Rousseau. Sua infância e juventude constituíam um tecido particularmente fantástico, cuja trama se compunha estranhamente de sonho e realidade, experiência e imaginação entrelaçados. Seus momentos mais completos, mais ricos e mais "reais" não eram os momentos de ação e realização, mas aquelas horas em que podia esquecer e deixar para trás toda realidade, perdido no mundo de sonho de suas fantasias, sentimentos e desejos. Em seus passeios sem rumo, que duravam semanas, vagando livremente, repetidamente procurava esta felicidade e voltava a encontrá-la.

Mas, no momento em que entrou em Paris, este mundo se perdeu de vista, desapareceu como se de um só golpe. Lá, outra ordem de coisas o esperava, e por ela foi recebido – uma ordem que não deixava lugar à arbitrariedade e à imaginação subjetivas. O dia pertencia a toda uma série de atividades, e estas o controlavam até o último detalhe. Era um dia de trabalho e de obrigações sociais convencionais, cada uma das quais tinha seu próprio tempo e hora. Esta fixidez da regulação do tempo, da medida objetiva do tempo, foi a primeira coisa à qual Rousseau teve que se habituar. Desde então, viu-se constantemente em luta com esta exigência, tão estranha à sua natureza. A rígida ordenação do tempo, determinando o dia normal de trabalho do homem e dominando-o completamente, este orçamento da vida imposto externamente e externamente executado sempre apareceram a Rousseau como uma restrição intolerável à vida. Podia fazer as coisas mais diversas e adaptar-se a muita coisa que lhe era realmente inadequada, desde que, juntamente com a *espécie,* não se prescrevesse também o *tempo* para o desempenho de sua atividade.

Nesse penetrante exame de sua própria natureza, os diálogos aos quais deu o título característico de *Rousseau juge de Jean-Jacques,* Rousseau se estende expressamente ao falar sobre este traço. Jean-Jacques, como se descreve aqui, "ama a atividade, mas detesta a coerção. O trabalho não representa esforço para ele, desde que possa fazê-lo no seu próprio tempo e não no dos outros. (...) Ele precisa realizar algum negócio, fazer uma visita, uma viagem? Irá imediatamente, se não for apressado. Se é obrigado a agir imediatamente, torna-se refratário. Um dos momentos mais felizes da sua vida foi quando, renunciando a todos os planos para o futuro para viver no dia-a-dia, ele se livrou do seu relógio. "Graças a Deus!", exclamou num assomo de alegria, "não precisarei mais saber que horas são!"[5]

A esta repulsa contra toda arregimentação e estereotipação da vida exterior, Rousseau acrescentou outro sentimento, mais profundo e mais sentido, que o afastou cada vez mais das formas tradicionais de sociabilidade e o levou a fechar-se em si mesmo. Parecia, pouco depois da sua chegada, que ele poderia ser capaz de adaptar-se a estas formas. Nesse período, não era de modo algum o eremita misantropo. Ele procurou fazer amizades e – especialmente na sua relação com Diderot, que era, por assim dizer, a personificação de todas as forças espirituais vigorosas da França daquele período – encontrou o laço que o ligou firmemente à vida social e literária do seu tempo. Além disso, a acolhida que Rousseau recebeu em Paris parecia destinada – e na verdade expressamente planejada para este fim – a fazer gradualmente com que sua obstinação derivasse para outros caminhos, levando-o a uma reconciliação com o *esprit public*. Em toda parte as pessoas estavam ansiosas para dar-lhe amistosas boas-vindas. Paris naquele momento era o ponto culminante da cultura cortês, e a virtude característica desta cultura consistia naquela refinada cortesia com a qual todo estranho era tratado.

Mas foi precisamente esta cortesia difusa, considerada como coisa de rotina, que magoou Rousseau e lhe causou aversão. Pois, cada vez com mais clareza, aprendeu a não se deixar enganar por ela, vendo, através da sua aparência, seu fundo; cada vez com mais força, sentia que essa espécie de amistosidade desconhecia a amizade pessoal. Rousseau descreveu esse sentimento do modo mais intenso na carta de *La nouvelle Héloïse* na qual Saint-Preux relata sua entrada na sociedade parisiense. Nada aqui é "inventado"; cada palavra deriva da sua própria experiência imediata. "Fui recebido muito calorosamente", escreve Saint-Preux. "As pessoas me encontram, cheias de amizade; mostram-me milhares de civilidades; prestam-me favores de todo tipo. Mas é precisamente disso

▼

5. *Rousseau juge de Jean-Jacques*, Segundo Diálogo (*Oeuvres complètes*, ed. Aux Deux-Ponts [Zweibrücken], 1782, p. 8; Ed. Hachette, IX, 225). Cf. *Confessions*, livro VIII.

que reclamo. Como alguém pode tornar-se imediatamente amigo de um homem que nunca tinha visto antes? O verdadeiro interesse humano, a efusão simples e nobre de uma alma honesta – estes falam uma língua muito diferente das demonstrações insinceras de delicadeza (e as falsas aparências) exigidas pelos costumes do grande mundo. Receio muito que o homem que me trata, num primeiro encontro, como se fosse seu amigo há vinte anos, pudesse me tratar, daqui a vinte anos, como um estranho, se tivesse que lhe pedir algum favor importante; e quando descubro nessa gente [dissipada] tal interesse terno por tantas pessoas, acreditaria facilmente que não se interessam por ninguém."[6]

Tal foi a primeira impressão de Rousseau sobre a sociedade parisiense, e esta impressão continuou a trabalhar nele e a aprofundar-se incessantemente. É neste ponto que devemos buscar a fonte real de sua misantropia – uma misantropia que nasceu de um sentimento genuíno e profundo de amor, do anseio por um devotamento incondicional e de um ideal entusiástico de amizade. É a misantropia que o mais profundo juiz e pintor dos homens na literatura francesa clássica descreveu num personagem incomparável. Em meio ao mundo amigável e oficioso, cortês e cortesão da sociedade parisiense, Rousseau foi tomado por aquele sentimento de isolamento completo que Molière faz seu Alceste expressar:

> Non, non, il n'est point d'âme un peu bien située
> Qui veille d'une estime aussi prostituée.
>
> *****
>
> Sur quelque préférence une estime se fonde,
> Et c'est n'estimer rien qu'estimer tout le monde.
>
> *****
>
> Je refuse d'un coeur la vaste complaisance
> Qui ne fait de mérite aucune différence.
>
> *****

▼

6. *La nouvelle Héloïse*, Segunda Parte, Carta XIV (Ed. Hachette, IV, 158).

J'entre en une humeur noire, en un chagrin profond,
Quand je vois vivre entre eux les hommes comme ils font.
Je ne trouve partout que lâche flatterie
Qu'injustice, intérêt, trahison, fourberie;
Je n'y puis plus tenir, j'enrage; et mon dessein
Est de rompre en visière à tout le genre humain.[7]

Mas foi um impulso diferente e mais forte que levou Rousseau a essa ruptura. O mesmo defeito fundamental que já tinha anteriormente reconhecido na sociedade ele o reconhecia agora também nos seus porta-vozes intelectuais, nos representantes da sua espiritualidade verdadeira e mais refinada. Esta espiritualidade estava tão longe do espírito de verdade genuíno quanto a moral agradável do tempo estava distante da verdadeira moralidade. Pois a filosofia havia há muito tempo esquecido como falar sua língua natal, a linguagem do ensino da sabedoria. Agora, falava apenas a linguagem da época, encaixando-se nos pensamentos e interesses predominantes no período. A pior e mais dura forma de coerção da sociedade reside nesse poder que exerce não só sobre nossas ações externas como também sobre todos os nossos impulsos in-

▼

7. *Le misanthrope*, Ato I, Cena I:

> Não, não existe alma bem-nascida
> Que queira uma estima tão prostituída.
>
> ***
>
> Uma estima sobre uma preferência qualquer se funda
> E é como não estimar nada estimar todo mundo.
>
> ***
>
> Recuso a vasta complacência de um coração
> Que sobre o mérito não faz nenhuma distinção.
>
> ***
>
> Caio num humor negro, numa tristeza profunda,
> Quando vejo viver os homens como o fazem, neste mundo.
> Por toda parte só encontro bajulação covarde,
> Só injustiça, interesse, vileza, traição;
> Não posso mais me conter, me enfureço; e minha vontade
> É de investir contra toda a humanidade.

Sobre a própria opinião de Rousseau a respeito desta peça, e em especial o personagem Alceste, cf. sua *Lettre à M. d'Alembert sur son article "Genève" dans l'Encyclopédie* (Ed. Hachette, I, 201-6).

teriores, todos os nossos pensamentos e juízos. Este poder frustra toda independência, toda liberdade e originalidade de julgamento. Não somos mais nós que pensamos e julgamos: a sociedade pensa em nós e por nós. Não precisamos mais procurar a verdade: ela nos é enfiada à força nas mãos, recém-saída da casa da moeda onde foi cunhada.

Rousseau descreve esta condição espiritual no seu primeiro ensaio filosófico. "Em nossa moral predomina uma uniformidade abjeta e enganadora, e todos os espíritos parecem ter sido forjados no mesmo molde. Infindavelmente a boa educação faz exigências, o decoro dá ordens; infindavelmente, seguimos os costumes, nunca nossa propensão natural. Já não ousamos parecer o que somos; e, nessa coerção perpétua, os homens que formam esta manada a que chamamos sociedade farão todos as mesmas coisas, nas mesmas circunstâncias."[8]

Vivendo constantemente fora de si mesmo, o homem sociável sabe como viver apenas na opinião dos outros, e só pode recolher a consciência de sua própria existência através deste método derivado e indireto, por este caminho circular da opinião dos outros[9].

Mas, com estas últimas frases, que pertencem à segunda obra filosófica de Rousseau, o *Discours sur l'origine de l'inégalité*, já antecipamos um estágio posterior do seu desenvolvimento. Voltemos atrás, para fixar nossa atenção no momento que podemos descrever como a verdadeira hora de nascimento do pensamento fundamental de Rousseau. Ele próprio nos deu uma descrição dele, incomparável e inesquecível. Era naquele dia de verão do ano de 1749, quando Rousseau partiu de Paris para visitar seu amigo Diderot, que tinha sido confinado na Torre de Vincennes, por força de uma *lettre de cachet*. Rousseau levava um número do *Mercure de France* e, ao passar os olhos por ele, enquanto caminhava, subitamente deparou com uma questão estabelecida pela Academia de Dijon como objeto de um prêmio para o ano seguinte. "A restauração das ciências e das artes", dizia a questão, "ajudou a depurar a moral?"

▼

8. *Premier discours (Discours sur les sciences et les arts)*, Primeira Parte (Ed. Hachette, I, 4).
9. Cf. *Discours sur l'origine de l'inégalité*, parte final (Ed. Hachette, I, 126).

"Se alguma coisa jamais se pareceu com uma súbita inspiração", descreve Rousseau este momento, numa carta a Malesherbes, "foi a emoção que despertou em mim ao ler aquilo. De repente senti meu espírito ofuscado por milhares de luzes; exames de idéias [vívidas] se apresentaram imediatamente diante de mim, com uma força [e confusão] que me lançaram num tumulto inexprimível; senti minha cabeça tomada por uma tontura como a da embriaguez. Uma palpitação violenta me oprimia e fazia arfar meu peito. Como não mais podia respirar [enquanto caminhava], deixei-me cair debaixo de uma das árvores [ao lado da estrada], e ali passei meia hora numa tal excitação que, ao me levantar, percebi que [toda a frente do meu casaco estava molhada com minhas [próprias] lágrimas, que derramara sem perceber. Oh [meu Senhor], se jamais tivesse podido escrever um quarto do que tinha visto e sentido debaixo daquela árvore, com que clareza teria revelado todas as contradições do sistema social! Com que força teria denunciado todos os abusos das nossas instituições! Com que facilidade teria mostrado que o homem é naturalmente bom, e que é somente através dessas instituições que os homens se tornam maus. Tudo o que pude reter desses enxames de grandes idéias que me iluminaram [num quarto de hora] debaixo daquela árvore foi disseminado bastante debilmente em minhas [três] principais obras [isto é, naquele primeiro *Discurso*, no outro sobre a *Desigualdade* e no *Tratado sobre a educação*]"[10].

O evento que Rousseau descreveu nesta carta ocorrera havia mais de dez anos, mas sentimos em cada palavra como a lembrança ainda o afetava e abalava, com força em nada diminuída. De fato, foi esse momento que decidiu seu destino pessoal como pensador. A questão com a qual subitamente se confrontava focalizava todas as dúvidas que ante-

▼

10. Segunda Carta a Malesherbes, Montmorency, 12 de janeiro de 1762 (Ed. Hachette, X, 301-2). A veracidade interior deste relato salta à vista imediatamente. Diante dele, perde todo o peso a argumentação de Diderot, segundo a qual ele teria dado a Rousseau, numa conversa, a idéia fundamental do seu ensaio. Isto só pode ter sido um mal-entendido ou uma falha de memória por parte de Diderot. Para uma discussão mais pormenorizada da questão, ver John Morley, *Diderot and the Encyclopaedists* (1878; nova edição, Londres, 1923), v. I, pp. 112 ss. Vale a pena salientar que esta questão é ainda hoje objeto de discussão.

riormente o haviam assaltado sobre um único ponto. Sua indignação reprimida contra os ideais de vida e de cultura do século XVIII agora explodia nele como uma corrente candente de lava. Por muito tempo Rousseau havia se sentido estranho a esses ideais; contudo, quase não tinha ousado confessar isto a si próprio, e muito menos dar-lhe expressão visível. O esplendor da civilização espiritual em cujo centro se encontrava ainda o havia ofuscado; a amizade com os líderes do movimento espiritual, com Condillac e Diderot, ainda o havia contido.

Mas agora todos esses diques laboriosamente construídos ruíam. Nele despertara uma nova paixão ética; de modo irresistível, ela suscitava nele uma torrente de idéias novas. Agora a tensão interna, que até então sentira somente de modo vago e obscuro, tornava-se um conhecimento certo e distinto. De repente, seu sentimento se tornava claro e clarividente. Rousseau agora *via* onde estava; não apenas sentia, mas julgava e condenava. Não era ainda capaz de revestir esse juízo com a forma da concepção e da argumentação filosóficas. Se considerarmos sua resposta à questão da Academia de Dijon do ponto de vista filosófico e sistemático, emergem por toda parte a fraqueza e as falhas na cadeia da demonstração. Ao retornar a esta sua primeira obra filosófica, Rousseau não escondia de si próprio essas fraquezas. Numa nota introdutória a uma edição posterior do *Discours*, ele aponta a trágica ironia que fez com que uma obra que não resiste à comparação, em termos de conteúdo, com nenhum dos seus escritos posteriores, devesse constituir a base de sua fama literária. De fato, o primeiro *Discours* aparece como uma obra-prima retórica jamais ultrapassada no conjunto dos escritos de Rousseau; mas sob muitos aspectos permaneceu apenas como uma mera peça de exibição retórica. E esta retórica perdeu sua influência sobre nós; não tem mais para nós o poder irresistível que tinha para seus contemporâneos. Mas, independentemente da maneira como a considerarmos, ou avaliarmos os passos da argumentação de Rousseau, a verdade do seu sentimento interior deixa impressa em nós sua marca em cada sentença do *Discours*. Em cada palavra vive a necessidade de se livrar de todo saber opressivo, de sacudir fora todo o peso e esplendor do conhecimento, para encontrar o caminho de volta às formas naturais e simples de existência. A ética de Rousseau se resolve nesta única idéia e sentimento fundamental. "Oh Virtude! Sublime ciência de almas simples, serão necessárias tanta labuta e preparação antes de podermos conhecê-la? Seus princípios não estão gravados em todos os corações? Para aprender suas leis, não é suficiente voltarmo-nos para nós mesmos e ouvir a voz da nossa consciência no silêncio das paixões? Esta é a verdadeira filosofia; devemos saber o suficiente para nos contentarmos com ela, sem invejar a fama dos homens célebres que se tornaram imortais na república das letras."[11]

Quando Rousseau reclamava a "volta à natureza" *neste* sentido – quando fazia a distinção entre o que o homem é e o que fez artificialmente de si próprio –, não pretendia que o direito de estabelecer este contraste derivasse nem do conhecimento da natureza, nem do conhecimento da história. Para ele, ambos os elementos tinham uma significação estritamente secundária. Não era nem historiador, nem etnólogo, e parecia-lhe uma estranha forma de auto-enganar-se esperar que se pudesse mudar o homem e aproximá-lo do seu "estado natural" pelo conhecimento histórico ou etnológico.

Rousseau não foi nem o único nem o primeiro homem no século XVIII a forjar o adágio "De volta à natureza!". Ao contrário, podia-se ouvir por toda parte ressoar essas palavras, com inexauríveis variações. As descrições dos costumes de povos primitivos eram avidamente arrebatadas; havia um desejo crescente de adquirir uma visão mais ampla das formas primitivas de vida. De mãos dadas com este novo conhecimento – derivado principalmente de relatos de viajantes – caminhava um novo sentimento. Diderot fez de um relato de Bougainville sobre sua viagem aos mares do sul o ponto de partida para celebrar, com exagero lírico, a simplicidade, a inocência e a felicidade dos povos primitivos[12]. Na *Histoire philosophique et politique des établissements et du commerce des européens dans les deux Indes* (1772) de Raynal, o século XVIII encontrou uma inexaurível mina de informação sobre condições "exóticas" e um arsenal para seu louvor entusiástico. Quando Rousseau escreveu o *Discours sur l'origine de l'inégalité*, este movimento já se ti-

▼

11. *Discours sur les sciences et les arts*, Segunda Parte (Ed. Hachette, I, 20).
12. Diderot, *Supplément au voyage de Bougainville* (escrito em 1772).

nha firmado completamente; mas ele próprio parece ter sido pouco afetado por isso. Deixou inequivocamente claro, logo no início desse ensaio, que nem podia nem queria descrever um estado original da humanidade, historicamente demonstrável. "Comecemos, pois, deixando de lado todos os fatos, já que não afetam a questão. Não devemos tomar as pesquisas que possamos empreender sobre este assunto como verdades históricas, mas somente como observações hipotéticas [e condicionais], mais apropriadas a esclarecer a natureza das coisas do que a mostrar suas verdadeiras origens."[13] A "natureza das coisas" está presente diante de nós por toda parte – para compreendê-la, não precisamos voltar sobre nossos passos, através dos milênios, até as provas acerca de tempos pré-históricos, que são poucas e não dignas de confiança. Como diz Rousseau no prefácio ao *Discours sur l'inégalité*: o homem que fala do "estado de natureza" fala de um estado que já não existe, *que talvez nunca tenha existido e que provavelmente nunca existirá*. Contudo, é um estado sobre o qual devemos ter uma idéia adequada para julgar corretamente nossa condição atual[14].

A expansão do horizonte geográfico-espacial nos ajuda tão pouco quanto o caminho de volta à pré-história. Quaisquer que sejam os dados que possamos recolher nesta área permanecem como testemunhas mudas, a menos que encontremos em nós mesmos o meio de fazê-los falar. O verdadeiro conhecimento do homem não pode ser encontrado na etnografia ou na etnologia. Só existe uma fonte viva deste conhecimento – a fonte do autoconhecimento e do auto-exame genuíno. E é apenas a ela que Rousseau faz apelo; dela procura fazer decorrer todas as provas de seus princípios e hipóteses. Para distinguir o "homme naturel" do "homme artificiel", não precisamos nem voltar às épocas do passado distante e morto, nem fazer a volta ao mundo. Cada um carrega o verdadeiro arquétipo dentro de si próprio; contudo, quase ninguém foi afortunado o suficiente para descobri-lo e arrancar dele seus invólucros artificiais, seus enfeites arbitrários e convencionais.

▼

13. Ed. Hachette, I, 83.
14. Cf. Ed. Hachette, I, 79.

É *desta* descoberta que Rousseau se orgulhava, proclamando-a diante de seus contemporâneos como sua verdadeira realização. Tudo o que podia opor ao trabalho acadêmico, ao saber, à filosofia e às teorias políticas e sociológicas do seu tempo era o simples testemunho de sua autoconsciência e auto-experiência. De onde poderia o criador desta doutrina, como escreve Rousseau no seu *Rousseau juge de Jean-Jacques*, "de onde poderia o pintor e apologista da natureza humana [hoje tão difamada e caluniada] ter tirado seu modelo, senão do seu próprio coração? Ele descreveu esta natureza tal como a sentia dentro de si mesmo. Os preconceitos que não o haviam subjugado, as paixões artificiais que não o tinham transformado em sua vítima – eles não esconderam de seus olhos, como dos olhos dos demais, os traços básicos da humanidade, de uma forma geral tão esquecidos e incompreendidos. (...) Numa palavra, era preciso que um homem pintasse seu próprio retrato para mostrar-nos, deste modo, o homem natural; e se o autor não fosse tão peculiar quanto seus livros, ele nunca os teria escrito. Mas onde está ele, este homem natural, que vive uma vida verdadeiramente humana, que, não se importando com as opiniões dos outros, age apenas de acordo com seus impulsos e sua razão, sem considerar o louvor ou a censura da sociedade? Em vão o procuramos entre nós. Em toda parte, só um verniz de palavras; todos os homens procuram sua felicidade na aparência. Ninguém se importa com a realidade, todos ancoram sua essência na ilusão. Escravos de seu amor-próprio, e iludidos por ele, os homens não vivem por viver, mas para fazer crer aos outros que viveram!"[15]

Com estas palavras e a disposição que exprimem, Rousseau parece professar um individualismo que não admite restrições; raivosamente parece rejeitar o peso da sociedade de uma vez por todas. Até este ponto, contudo, compreendemos apenas um pólo da sua natureza e um objetivo do seu pensamento. Pouco depois da composição do *Discours sur l'origine de l'inégalité*, ocorreu uma reviravolta quase inconcebível em seu pensamento. Agora somos levados a um momento crítico dramático que ainda assombra seus intérpretes. Rousseau se transforma no autor de *Le contrat social*: escreve o código para a mesma sociedade que

▼

15. *Rousseau juge de Jean-Jacques*, Terceiro Diálogo (Ed. Hachette, IX, 288).

havia rejeitado e castigado como causa de toda a perversidade e infelicidade do gênero humano. E como é este código? Poder-se-ia esperar que, tanto quanto possível, ele mantivesse a sociedade contida dentro de limites — que ele estreitasse e delimitasse seus poderes tão cuidadosamente que qualquer ataque à individualidade pudesse ser contido.

Mas tal "tentativa de determinar os limites do Estado"[16] estava longe da mente de Rousseau. *Le contrat social* proclama e glorifica um absolutismo do Estado completamente irrestrito. Toda vontade particular e individual é esmagada pelo poder da *volonté générale*. O próprio ato de integrar-se ao Estado significa a renúncia completa a todos os desejos particulares. O homem não se entrega ao Estado e à sociedade sem se entregar a ambos completamente. Pode-se falar de uma verdadeira "unidade" do Estado somente se os indivíduos se fundem nesta unidade e desaparecem nela. Não há reservas possíveis aqui: *"L'aliénation se faisant sans réserve, l'union est aussi parfaite qu'elle peut l'être, et nul associé n'a plus rien à réclamer."*[17]

Esta onipotência do Estado de modo algum termina com as ações dos homens; ele reclama também suas crenças, colocando-os debaixo da mais dura coerção. Também a religião é civilizada e socializada. O capítulo final de *Le contrat social* trata do estabelecimento da *religion civile*, que é absolutamente obrigatória para todos os cidadãos. Permite ao indivíduo completa liberdade no que diz respeito àqueles dogmas que não têm importância para a forma da vida comunitária, mas estabelece, por isso mesmo de modo tão mais implacável, uma lista de artigos de fé, a respeito dos quais, sob pena de expulsão do Estado, não se permite nenhuma dúvida. Os artigos de fé incluem crença na existência de uma divindade onipotente e infinitamente benéfica, na providência, na vida depois da morte e no juízo final. Será o veredicto de Taine demasiado duro quando, no seu *Origines de la France contemporaine*,

▼

16. Isto é uma alusão ao ensaio de Wilhelm von Humboldt, *Ideen zu einem Versuch, die Grenzen der Wirksamkeit des Staats zu bestimmen* (terminado em 1792, publicado em edição póstuma em 1851).
17. *Le contrat social*, livro I, cap. VI (Ed. Hachette, III, 313). "Já que a alienação se faz incondicionalmente, a união é tão perfeita quanto possível, e nenhum associado tem mais nada a reclamar" (grifo de Cassirer).

chama *Le contrat social* de glorificação da tirania, e quando descreve o Estado de Rousseau como uma prisão e um mosteiro?[18]

A solução a esta contradição fundamental parece impossível e, na verdade, a maioria dos intérpretes perdeu a esperança de resolvê-la[19]. Trabalhos bem conhecidos na literatura rousseauniana – menciono aqui apenas os nomes de Morley, Faguet, Ducros, Mornet – declaram candidamente que *Le contrat social* faz explodir a unidade da obra de Rousseau, que ele implica uma ruptura completa com a visão filosófica da qual esta obra brotara originalmente. Mas, mesmo admitindo que fosse possível tal ruptura, como explicar que ela permanecesse completamente escondida aos olhos do próprio Rousseau? Pois até a velhice Rousseau nunca se cansou de afirmar e demonstrar a unidade de sua obra. Ele não via *Le contrat social* como uma apóstase em relação às idéias fundamentais que defendera em seus dois ensaios sobre as questões da Academia de Dijon; considerava-o, ao contrário, como uma extensão coerente desses ensaios, seu acabamento e perfeição.

Como enfatiza o *Rousseau juge de Jean-Jacques*, o ataque às artes e às ciências nunca tivera a intenção de atirar a humanidade de volta à sua barbárie original. Nunca ele teria sido capaz de conceber um plano tão estranho e quimérico: "Nos seus primeiros escritos, era necessário destruir a ilusão que nos enche de uma absurda admiração pelos instrumentos da nossa infelicidade e corrigir esses falsos conjuntos de valores que acumulam honras sobre talentos perniciosos e desprezam virtudes benévolas. Em toda parte ele nos mostra a humanidade como melhor [mais sábia] e mais feliz no seu estado original, e como cega, infeliz e má à medida que se afasta deste estado (...).

"Mas a natureza humana não volta atrás. Uma vez que o homem a abandonou, nunca pode voltar ao tempo da inocência e da igualdade.

▼

18. *L'ancien régime*, pp. 319, 321, 323 e *passim* (Paris, Ed. Hachette, 1896).
19. Contudo, a unidade do pensamento de Rousseau foi defendida em publicações recentes – sobretudo por Hubert, que coloca como centro e foco da obra de Rousseau não o *Discours sur l'inégalité*, mas *Le contrat social* no seu trabalho *Rousseau et l'Encyclopédie: essai sur la formation des idées politiques de Rousseau* (Paris, 1928). Esta unidade também foi defendida – mas de um ponto de vista diferente – por Schinz, *La pensée de J.-J. Rousseau* (Paris, 1929) e por Lanson, *Histoire de la littérature française*, op. cit.

Foi sobre este princípio que ele insistiu particularmente. (...) Ele foi obstinadamente acusado de querer destruir as ciências e as artes (...) e mergulhar de volta a humanidade em sua barbárie original. Muito ao contrário: ele sempre insistiu na preservação das instituições existentes, afirmando que sua destruição não acabaria com os vícios e retiraria apenas os meios da sua cura, colocando a pilhagem no lugar da corrupção."[20]

Dado o estágio atual do desenvolvimento humano – com o qual nossa obra deve começar, se não quiser permanecer como algo vazio e ilusório – como poderemos resistir *tanto* à pilhagem *quanto* à corrupção? Como poderemos construir uma comunidade genuína e verdadeiramente humana sem cair, nesse processo, nos males e perversidade da sociedade convencional? Esta é a questão à qual se dirige *Le contrat social*. O retorno à simplicidade e felicidade do estado de natureza nos é barrado, mas o caminho da *liberdade* está aberto; podemos e devemos seguir por ele.

Neste ponto, entretanto, o intérprete é forçado a entrar num terreno difícil e escorregadio, pois, de todas as concepções de Rousseau, a de liberdade foi a que se interpretou dos modos mais divergentes e contraditórios. Na controvérsia violenta e incessante que dura já quase dois séculos, a concepção quase perdeu completamente sua precisão. Ela foi puxada de um lado a outro, pelo ódio ou favor dos contendores; foi reduzida a um mero *slogan* político que, brilhando atualmente com todas as cores do arco-íris, foi utilizado para servir aos mais divergentes objetivos políticos.

Mas uma coisa é possível dizer: não se pode responsabilizar Rousseau por esta ambigüidade e confusão. Definiu, de modo claro e firme, o sentido específico e a verdadeira significação básica da sua idéia de liberdade. Para ele, liberdade não significava arbitrariedade, mas superação e eliminação de toda arbitrariedade, a submissão a uma lei estrita e inviolável que o indivíduo erige acima de si mesmo. Não é a renúncia a

▼

20. *Rousseau juge de Jean-Jacques*, Terceiro Diálogo (Ed. Hachette, IX, 287). A tradução "instrumentos da nossa infelicidade" segue a tradução alemã de Cassirer. Na edição de Rousseau usada por Cassirer deve constar *misères* onde a edição traz *lumières*. (Nota da tradução inglesa.)

esta lei nem a libertação dela o que determina o caráter genuíno e verdadeiro da liberdade, mas sim o livre consentimento a ela. E esse caráter se realiza na *volonté générale*, a vontade do Estado. O Estado reclama para si o indivíduo, de modo completo e sem reservas. Contudo, ao fazer isso, não age como uma instituição coercitiva, mas apenas coloca sobre o indivíduo uma obrigação que ele próprio reconhece como válida e necessária, e à qual, em conseqüência, dá seu assentimento, por ela própria tanto quanto por si mesmo.

Eis o cerne de todo o problema político e social. Não se trata de emancipar e libertar o indivíduo, no sentido de liberá-lo da forma e da ordem da comunidade; trata-se, antes, de encontrar a espécie de comunidade que protegerá cada indivíduo com todo o poder conjunto da organização política, de tal modo que o indivíduo, ao unir-se com todos os outros, obedeça, contudo, apenas a si mesmo, neste ato de união. "Cada homem, ao entregar-se a todos, não se entrega a ninguém; e já que não existe nenhum associado sobre o qual não adquira o mesmo direito que concedeu ao outro sobre si mesmo, ele ganha o equivalente de tudo o que perdeu, e mais poder para preservar o que tem."[21] "Enquanto os súditos têm que se submeter apenas a estas convenções, não obedecem ninguém exceto sua própria vontade."[22] É certo, com isto eles desistem da independência do estado de natureza, a *indépendance naturelle*, mas trocam-na por uma liberdade real, que consiste em submeter todos os homens à lei[23]. E só então eles se terão tornado indivíduos no sentido superior – personalidades autônomas. Rousseau não hesitava um instante em elevar esta concepção ética da personalidade muito acima do estado de natureza. Neste ponto suas palavras são de uma clareza e precisão inequívocas, coisa que dificilmente esperaríamos de um autor que é geralmente considerado um adorador cego do "homem primitivo". Embora, ao entrar na comunidade, o homem se prive

▼

21. *Le contrat social*, livro I, cap. VI (Ed. Hachette, III, 313).
22. *Ibid.*, livro II, cap. IV (Ed. Hachette, III, 323).
23. *Ibid.* Na edição original do texto de Cassirer, as aspas e as referências da fonte desta citação e das duas precedentes estão ligeiramente mal colocadas. Os erros, que são provavelmente tipográficos, foram corrigidos aqui. (Nota da tradução inglesa.)

de muitas vantagens que possuía no estado de natureza, ele ganha, deste modo, um tal desenvolvimento de suas faculdades, um tal estímulo de suas idéias e refinamento de seus sentimentos que, se os abusos desta sua nova condição não o degradassem freqüentemente abaixo do estado de natureza, ele teria que bendizer incessantemente o momento feliz que o arrancou para sempre desse estado e fez dele um ser espiritual e um homem, em vez de um animal limitado e estúpido[24].

É verdade que aqui finalmente se abandona a tese que o *Discours sur l'inégalité* parece defender. No ensaio anterior, a entrada no reino da espiritualidade ainda aparece como uma espécie de deserção do estado feliz da natureza, como uma espécie de perversão biológica. O homem pensante é um animal desnaturado: "L'homme qui médite est un animal dépravé."[25] De modo semelhante, o ensaio sobre as artes e ciências afirmava que a natureza desejava proteger o homem do conhecimento – como uma mãe aflita que arrancasse uma arma perigosa das mãos de seu filho[26]. Tudo isso estaria agora perdido e esquecido para Rousseau? Ter-se-ia ele decidido incondicionalmente a favor do "espírito" e contra a natureza, ter-se-ia exposto sem receios a todos os seus perigos, que ele próprio vira tão claramente e julgara de modo tão desapiedado? E o que pode explicar e justificar essa nova orientação? Somente se não perdermos de vista o elo adequado poderemos encontrar esta explicação. O conhecimento – isto é, a intuição que Rousseau agora alcançara – não oferece perigo enquanto não tenta se elevar acima da vida e separar-se dela, enquanto serve à ordem da própria vida. O conhecimento não deve reivindicar nenhuma primazia absoluta, pois no reino dos valores espirituais é a vontade moral que merece primazia.

Também na ordenação da comunidade humana, a formação firme e clara do mundo da vontade deve preceder à construção do mundo do conhecimento. O homem deve primeiro encontrar dentro de si próprio a lei clara e estabelecida, antes que possa investigar acerca das leis

▼

24. *Ibid.*, livro I, cap. VIII (Ed. Hachette, III, 315-6).
25. *Discours sur l'inégalité*, Primeira Parte (Ed. Hachette, I, 87).
26. *Premier discours (Discours sur les sciences et les arts)*, Primeira Parte, final (Ed. Hachette, I, 10).

do mundo, as leis das coisas externas, e procurar por elas. Uma vez resolvido este primeiro problema da maior urgência, uma vez que o espírito alcançou a verdadeira liberdade na ordem do mundo político e social – então o homem pode com segurança entregar-se à liberdade de investigação. O conhecimento deixará de ser vítima do mero *raffinement*; não fará do homem um ser amolecido e debilitado. Apenas uma falsa ordem ética das coisas fora responsável pela diversão do conhecimento nessa direção, reduzindo-o a um mero refinamento intelectual, uma espécie de luxo espiritual. Ele voltará por si próprio ao caminho correto, uma vez afastado este obstáculo. A liberdade espiritual não traz nenhum proveito ao homem sem a liberdade ética, mas a liberdade ética não pode ser alcançada sem uma transformação radical da ordem social, uma transformação que destruirá toda a arbitrariedade e que, de modo exclusivo, conseguirá fazer vencer a necessidade interior da lei.

Este hino à lei e à sua validade universal incondicional percorre todos os escritos políticos de Rousseau, embora ele tenha sido mal compreendido da maneira mais completa e, mais freqüentemente, precisamente neste ponto. Apenas um homem entendeu corretamente a coesão do mundo de idéias de Rousseau. Somente Kant se tornou discípulo e admirador de Rousseau neste ponto específico. Entretanto, a concepção e a interpretação tradicionais de Rousseau tomaram aqui outra direção, exatamente oposta. Já no século XVIII, as concepções e as interpretações opunham-se radicalmente: seguindo o exemplo de Kant, o *Genieperiode* tomou Rousseau como seu escudo e fez dele o patrono de *sua* interpretação da liberdade. Nesta interpretação, a liberdade era invocada *contra* a lei; o sentido e o propósito da liberdade consistiam em libertar o homem da pressão e da coerção da lei. "Pedem-me que esprema meu corpo dentro de espartilhos", exclama Karl Moor, "e com severidade aperte minha vontade para fazê-la caber nas leis. A lei perverteu o que poderia ter sido um vôo de águia, transformando-o num passo de lesma. Até agora a lei nunca formou um grande homem, mas a liberdade gera gigantes e extremos"[27].

▼

27. Friedrich Schiller, *Die Räuber*, Ato I, Cena 2.

Mas este estado de ânimo da *Sturm und Drang* não era a disposição intelectual e ética fundamental de Rousseau. Para ele, a lei não é um oponente e um inimigo da liberdade; ao contrário, somente ela pode dar a liberdade e verdadeiramente garanti-la. Esta concepção fundamental estava fixada para Rousseau desde seus primeiros escritos políticos. O "Discours sur l'économie politique", que Rousseau escreveu para a *Encyclopédie*, a expressa de modo inequívoco. "É apenas à lei que os homens devem a justiça e a liberdade: é este órgão [benéfico] da vontade de todos que restabelece a igualdade natural entre os homens na ordem legal; é esta voz celestial que prescreve a cada cidadão os preceitos da razão pública e o ensina a agir de acordo com as máximas do seu próprio julgamento, e não estar em contradição consigo mesmo."[28]

Por outro lado, esta dependência comum em relação à lei é também o único fundamento legal para toda e qualquer dependência social. Uma comunidade política que requer qualquer outro tipo de obediência é internamente doentia. A liberdade se destrói quando se pede à comunidade que se submeta à vontade de um único homem ou a um grupo dirigente que nunca pode ser mais que uma associação de indivíduos. A única autoridade "legítima" é a autoridade que o princípio de legitimidade, *a idéia da lei enquanto tal*, exerce sobre as vontades individuais. Em todos os tempos, esta idéia requer a adesão do indivíduo apenas na medida em que ele é um membro da comunidade, um órgão ativamente participante da vontade geral, mas não em sua existência e individualidade particulares. Não se pode dar nenhum privilégio especial a um indivíduo enquanto indivíduo, nem a uma classe especial; nenhum esforço especial pode ser exigido dele. Neste sentido, a lei deve agir "sem levar pessoas em consideração". Uma obrigação que não obriga a todos absolutamente, mas apenas a este ou àquele homem, automaticamente se anula a si própria. Não pode e não deve haver exceções dentro da lei nem em virtude da lei; ao contrário, todo decreto excepcional ao qual são submetidos cidadãos singulares ou certas classes significa,

▼

28. "Economie politique" (Ed. Hachette, III, 283). Este artigo, que apareceu originalmente na *Encyclopédie* de Diderot, é também conhecido como "Discours sur l'économie politique".

por sua própria natureza, a destruição da idéia da lei e do Estado: a dissolução do contrato social e a queda no estado de natureza, que é caracterizado, nesse sentido, como um puro estado de violência[29].

Nesse contexto, a verdadeira tarefa fundamental do Estado consiste em substituir a desigualdade física entre os homens, que é irremovível, pela igualdade legal e moral[30]. A desigualdade física é inevitável, e não deveria ser deplorada. Nesta categoria Rousseau inclui a desigualdade de propriedade, que em si mesma – apenas como uma distribuição desigual de posses – tem uma importância menor e subordinada em seu pensamento. Em nenhum lugar de *Le contrat social* desenvolvem-se idéias verdadeiramente comunistas. Para Rousseau, a desigualdade de propriedade constitui um *adiaphoron* [uma questão sem significação moral], um fato que o homem pode aceitar tanto quanto a distribuição desigual de força corporal, habilidades e dons mentais. Aqui termina o reino da liberdade e começa o reino do destino.

Rousseau nunca concebeu o Estado como promotor do bem-estar social. À diferença de Diderot, a maioria dos enciclopedistas não o considerava como um mero distribuidor de felicidade. O Estado não garante a cada indivíduo uma parte igual na distribuição das posses; interessa-se exclusivamente em assegurar uma medida igual em termos de direitos e deveres. Assim, o Estado pode interferir na propriedade, e é qualificado para fazê-lo, na medida em que a desigualdade de propriedade põe em perigo a igualdade moral dos súditos submetidos à lei – por exemplo, quando esta desigualdade condena classes específicas de cidadãos a uma completa dependência econômica e ameaça convertê-los em joguete nas mãos dos ricos e poderosos. Em tal situação, o Estado pode e deve interferir. Através de legislação apropriada, como por exemplo através de certas limitações ao direito de herança, ele deve tentar estabelecer um equilíbrio das forças econômicas. As exigências de Rousseau não iam além disso.

Contudo, é verdade que Rousseau considerava como a característica própria da sociedade – por assim dizer seu pecado original – o fato

▼

29. *Le contrat social*, livro II, cap. IV (Ed. Hachette, III, 321-3).
30. *Ibid.*, livro I, cap. IX (Ed. Hachette, III, 317-8).

de sempre ter utilizado a desigualdade econômica para estabelecer seu domínio de força e a mais dura tirania política. Rousseau se apropriara inteiramente da frase penetrante de Thomas More, segundo a qual o que se chamara até então de "Estado" não era mais que a conspiração dos ricos contra os pobres. "Você precisa de mim", diz o rico ao pobre, "porque eu sou rico e você pobre. Façamos, pois, um acordo: eu lhe darei a honra de me servir, à condição de que você me dê o pouco que tem, em troca do trabalho a que me darei para comandá-lo."[31]

Rousseau não se rebelava contra a pobreza enquanto tal. Lutava, antes, e com rancor crescente, contra a privação moral e política de direitos que constitui sua conseqüência inevitável na ordem social contemporânea. "As vantagens da sociedade não se acham todas nas mãos dos poderosos e dos ricos? Todos os postos lucrativos não se acham ocupados apenas por eles? E a autoridade pública não está a seu favor? Não lhes são reservados todos os favores e todas as isenções? Quando um homem importante rouba seus credores ou comete outras velhacarias, não está sempre seguro da impunidade? As surras que aplica, os atos de violência que comete, mesmo as mortes e assassinatos de que se torna culpado – não são esses assuntos silenciados e esquecidos em seis meses? Mas se este mesmo homem é roubado, toda a polícia é imediatamente posta em ação, e ai do inocente do qual ele suspeita! Se ele passa por um lugar perigoso, as escoltas saem em grande número; se o eixo da sua carruagem postal se quebra, todo mundo corre em seu socorro.(...) Se uma carroça se acha em seu caminho, seus homens estão prontos a espancar até a morte o carroceiro, e é preferível que cinqüenta pedestres honestos, que se ocupam de seus negócios, sejam atropelados a que um patife indolente se atrase com sua carruagem. Todas essas atenções não lhe custam um centavo – elas constituem o direito do homem rico, e não o preço da riqueza."[32]

O próprio Rousseau tinha experimentado todo o amargor da pobreza, mas sempre se armara de estóica equanimidade contra todas as privações físicas. Por outro lado, ele nunca aprendeu a suportar que sua

▼

31. "Économie politique" (Ed. Hachette, III, 301).
32. "Discours sur l'économie politique", *in Oeuvres*, Ed. Zweibrücken (Deux-Ponts), 1782, I, 237 ss. (Ed. Hachette, III, 300).

vontade dependesse das ordens e da arbitrariedade dos outros. Este é o ponto de partida tanto do seu ideal do Estado quanto do seu ideal de educação. A idéia fundamental do *Émile* consiste nisso: que nenhum obstáculo físico deve ser retirado do caminho do discípulo a ser educado para a independência da vontade e do caráter. Nenhum sofrimento, nenhum esforço, nenhuma privação lhe devem ser poupados, e deve-se protegê-lo cuidadosamente apenas contra a coerção violenta por parte de outra vontade, contra uma ordem cuja necessidade ele não entende. Desde a mais tenra infância, ele deve travar conhecimento com a necessidade das coisas e deve aprender a curvar-se diante dela; mas deve-se-lhe poupar a tirania dos homens.

Somente a partir desta idéia fundamental pode-se compreender inteiramente a tendência da teoria política e social de Rousseau: seu propósito essencial, é bem verdade, consiste em colocar o indivíduo sob o comando de uma lei de validade universal, mas esta lei deve ser moldada de tal maneira que desapareça dela a mínima sombra de capricho e arbitrariedade. Deveríamos aprender a nos submeter à lei da comunidade tal como nos submetemos à lei da natureza; não devemos dar nosso assentimento a uma imposição estranha, mas devemos segui-la porque reconhecemos sua necessidade. Isto é possível quando – e somente quando – compreendemos que esta lei é de tal natureza que devemos livremente consentir a ela quando assimilamos seu significado e podemos absorvê-lo na nossa própria vontade.

Com esta concepção, o Estado depara com uma nova exigência e um desafio que raramente foram perscrutados com mais agudez e firmeza desde os tempos de Platão. Pois sua tarefa essencial, o ponto de partida e a base de todo governo, consistem na tarefa da educação. O Estado não se dirige simplesmente a súditos, sujeitos pela vontade*, já existentes e dados; ao contrário, seu primeiro objetivo é *criar* o tipo de súdito ao

▼

---

* *Subjects of the will*. *Subjects* se traduz, ao mesmo tempo, como "súditos" e "sujeitos". *Subjects of the will* indicaria, portanto, que, como todos os súditos, trata-se de "súditos *da* vontade" (geral), encarnada no Estado. Por isso mesmo, são "sujeitos" submetidos a essa vontade, a vontade geral, pelo livre acordo de suas próprias vontades (particulares). Donde também a idéia de sujeitos sede *da* vontade (particular) – *subjects of the will* – e, por essa mesma razão, "sujeitos submetidos *pela* (própria) vontade" à vontade do Estado. A tradução procurou conciliar alguns desses vários matizes. (N. da T.)

qual pode dirigir seu apelo. A menos que a vontade se forme desta maneira, o domínio sobre a vontade será sempre ilusório e fútil.

Freqüentemente se levantou contra a teoria do contrato social em geral, e contra *Le contrat social* de Rousseau em particular, a objeção de que se trata de uma teoria atomista-mecanicista, que considera a vontade universal do Estado como um mero agregado composto das vontades de todos os indivíduos. Mas esta objeção se engana quanto à essência da intenção fundamental de Rousseau. É verdade que, do ponto de vista formal, Rousseau teve bastante dificuldade em delimitar, clara e firmemente, a *volonté générale* com relação à *volonté de tous*, e podemos encontrar em *Le contrat social* várias passagens que pareceriam indicar que o conteúdo da vontade geral pudesse ser determinado em termos puramente quantitativos, pela simples contagem dos votos individuais. Não há dúvida de que existem falhas de exposição, mas estas falhas não atingem o cerne do pensamento fundamental de Rousseau.

De fato, Rousseau não considerava de modo algum o Estado como uma mera "associação", como uma comunidade de interesses e um equilíbrio dos interesses das vontades particulares. Para ele, não constitui uma simples coleção empírica de certas disposições, impulsos e apetites vacilantes, mas a forma na qual a vontade, como vontade ética, realmente existe. Somente nesse Estado, a intencionalidade pode se desenvolver e se transformar em vontade. A lei, no seu mais puro e estrito senso, não é um mero vínculo externo que mantém unidas vontades individuais impedindo sua dispersão; é, ao contrário, o princípio constitutivo dessas vontades, o elemento que as confirma e justifica espiritualmente. Ela deseja governar súditos apenas na medida em que, em cada um de seus atos, ela os transforma em cidadãos e os educa para tal fim.

É nesta tarefa ideal, e não na felicidade e bem-estar do indivíduo, que consiste a finalidade real do Estado. Mas para compreender esta tarefa em sua essência os homens precisam elevar-se acima de todas as formas empírico-históricas de comunidades políticas até hoje existentes. Nem uma comparação destas formas nem sua articulação e classificação conceitual – como tentara fazer Montesquieu no seu *L'esprit des lois* – podem produzir a justificação real do Estado. De modo explícito, Rousseau fazia objeções contra tal método empírico e abstrato. "À primeira vista, todas as instituições humanas parecem ter suas bases assentadas em montes de areia movediça. É somente quando as examinamos de perto, somente quando limpamos o edifício da poeira e da areia que o circundam, que começamos a ver a fundação sólida sobre a qual se erige e aprendemos a respeitar suas bases."[33] Em vez de moldar livremente o Estado e construir dentro dele a ordem apropriada aos homens, a humanidade tinha, até então, sido propriedade do Estado. As necessidades (*need*) haviam conduzido o homem ao Estado* e lá o haviam mantido – muito antes que fosse capaz de entender a necessidade (*necessity*) dele e compreendê-la dentro de si próprio.

Mas agora, finalmente, este poder se quebrara. O Estado criado por mera necessidade deveria se transformar no Estado criado pela razão. Assim como Bacon exigira o *regnum hominis* sobre a natureza, assim também Rousseau fazia agora a mesma exigência para as esferas próprias do homem – o Estado e a sociedade. Enquanto elas foram abandonadas às meras necessidades físicas e ao domínio das emoções e paixões, enquanto elas constituíram o terreno no qual se punham à prova o instinto de poder e dominação, a ambição e o amor-próprio, todo reforço adicional do Estado só criou um novo flagelo para o homem. Até então a sociedade só sobrecarregara o homem com inúmeros males e o emaranhara cada vez mais profundamente no erro e no vício. Mas o homem não precisa se sujeitar a isso como a um destino inescapável. Ele pode e deve libertar-se disso, tomando em suas próprias mãos o controle do seu destino, substituindo por "eu quero" (*I will*) e "eu deveria" (*I should*) o simples "é preciso" (*I must*)**. Consiste em tarefa própria

▼

33. *Discours sur l'inégalité*, Prefácio (Ed. Hachette, I, 82).
 * *Need* e *necessity*. *Need* indica a necessidade considerada do ponto de vista humano, o que é necessário porque faz falta, aquilo de que se carece e precisa. *Necessity* indica, ao contrário, a necessidade objetiva, seja ela a da conclusão lógica que decorre de uma demonstração, seja a do resultado de um processo, seja, enfim, a da lei moral que, por definição, tem nessa *necessidade*, a condição do assentimento que a ela se dá. O mesmo jogo entre os dois termos, *need* e *necessity*, reaparece posteriormente. (N. da T.)
 ** *I will, I should, I must. I must*, "é preciso", "eu devo", porque alguém ou algo, exteriormente a mim, impõe-me algo como necessário, algo que se cumpre como execução de uma ordem. *I should*, "deveria", porque, após exame, algo me *parece* necessário, indicando-se assim que houve deliberação e escolha. *I will*, "eu quero", indicando não só a deliberação (intelectual) e a escolha (moral), mas também a intervenção

do homem e está em seu poder transformar em uma bênção a maldição que até então pesara sobre todos os desenvolvimentos sociais e políticos. Mas ele pode realizar esta tarefa somente depois de ter encontrado e compreendido a si próprio.

Le contrat social de Rousseau engloba em uma só ambas as exigências. O Estado e a sociedade devem encontrar-se, num processo de interação recíproca; devem crescer e se desenvolver conjuntamente, a fim de se tornarem inextricavelmente unidos nesse crescimento comum. O que Rousseau reconhecia agora é que o homem enquanto tal não é nem bom nem mau, nem feliz nem infeliz; pois sua essência e sua forma não constituem dados rígidos, mas são maleáveis. E o poder mais importante, o poder essencialmente plástico, este Rousseau viu que estava contido na comunidade. Percebia agora que a nova humanidade à qual aspirava permaneceria um sonho enquanto o Estado não se transformasse radicalmente.

Deste modo, apesar de todas as contradições aparentes, o *Discours sur l'inégalité* e *Le contrat social* se entrelaçam e mutuamente se completam. Eles se contradizem tão pouco que, na verdade, ambos só podem ser explicados conjuntamente, e um através do outro. Se considerarmos *Le contrat social* como um corpo estranho nos escritos de Rousseau, teremos deixado de compreender o organismo espiritual da sua obra. Nela, de ponta a ponta todo o interesse e a paixão de Rousseau foram dedicados à doutrina do homem. Mas agora compreendia que a questão "O que é o homem?" não pode ser separada de outra questão, "O que deve ser ele?".

Certa vez, nas *Confessions*, ele descrevera sem ambigüidade seu desenvolvimento interior nesse sentido: "Eu compreendera que tudo se relacionava basicamente com a política, e que, qualquer que fosse o modo

▼

da *vontade* (*will*, como substantivo), que determina a passagem da esfera objetiva à subjetiva, e desta novamente para a esfera objetiva, para a ordem da ação, sem solução de continuidade: uma vez compreendida a *necessidade* (objetiva) de algo, daí resulta o *assentimento* (subjetivo) que a isso se dá, resultando a *obediência*, neste caso, não de uma imposição exterior (*I must*), mas da própria *vontade* (*I will*). Esta é, para Rousseau, a forma característica da obediência à Lei do Estado como expressão da vontade geral. (N. da T.)

como se considerasse a questão, nenhum povo jamais poderia ser senão aquilo que a natureza do seu governo fazia dele. Portanto, esta grande questão sobre o melhor governo possível parecia-me reduzir-se a isto: qual é a forma de governo adequada a formar o povo mais virtuoso, o mais esclarecido, o mais sábio e, numa palavra, o 'melhor' povo, tomando esta palavra no seu sentido mais nobre?"[34] E esta questão nos leva de volta a outra questão, distinta desta: Qual é a forma de governo que, de modo mais completo, realiza em si mesma, em virtude de sua natureza, o puro domínio da lei?[35]

Foi ao atribuir esta tarefa ética à política, ao subordinar a política a este imperativo ético, que Rousseau realizou seu ato verdadeiramente revolucionário. Com esse ato, ergueu-se, solitário, no seu século. Ele não era de modo algum nem o primeiro nem o único homem a sentir os graves males políticos e sociais do seu tempo e expressar-se abertamente a respeito deles. Em meio à era esplêndida de Luís XIV, esses males haviam sido reconhecidos e caracterizados de modo penetrante pelos espíritos mais nobres e profundos daquele tempo. Fénelon assumira o comando do ataque; outros, como Vauban, Boulainvilliers e Boisguillebert, o haviam seguido[36]. No século XVIII, Montesquieu, Turgot, D'Argenson, Voltaire, Diderot e Holbach juntaram-se a esse movimento e lhe deram continuidade. Por toda parte trabalhava um forte e genuíno desejo de reforma; por toda parte exercia-se contra o Antigo Regime uma crítica a que nada escapava. Contudo, nem explícita nem implicitamente, esse desejo de reforma jamais se elevou até reivindicações revolucionárias. Os pensadores do círculo dos enciclopedistas queriam melhoras e cura; mas quase nenhum deles acreditava na necessidade ou possibilidade de uma transformação e uma reforma radicais do Estado e da sociedade. Davam-se por satisfeitos quando conseguiam eliminar os piores abusos e conduzir gradualmente a humanidade a melhores condições políticas.

▼

34. *Confessions*, livro IX, início (Ed. Hachette, VIII, 288-9).
35. Cf. *Le contrat social*, livro II, cap. VI (Ed. Hachette, III, 325-36).
36. Sobre este ponto, ver a coletânea de textos e Henri See, *Les idées politiques en France au XVIIe siècle* (Paris, 1923).

Todos esses pensadores eram eudemonistas convictos; procuravam a felicidade dos homens e concordavam em afirmar que esta felicidade só poderia ser verdadeiramente alcançada e assegurada por um trabalho lento e obstinado, através de experiências isoladas e tateantes. Esperavam que o progresso da intuição e do cultivo intelectual levasse a novas formas de vida comunitária, mas professavam saber que este progresso sempre fora reservado a alguns poucos, e que, portanto, o impulso em direção à melhora só poderia vir deles. Assim, com todas as suas reivindicações de liberdade, tornaram-se defensores do "despotismo esclarecido".

Voltaire não se contentava com a proclamação e a justificação teóricas dos seus ideais políticos e sociais. Ele próprio procurou ajudar nesse sentido e, nas últimas décadas de sua vida, exerceu uma vasta e benéfica influência. Abriu caminho para algumas reformas extremamente importantes através de sua intercessão pessoal, tirando partido de sua reputação por toda a Europa. Falou abertamente a favor da liberdade da pessoa, da abolição da escravidão e da servidão, da liberdade de consciência e da imprensa, da liberdade de trabalho, de reformas fundamentais no código penal e de melhorias decisivas no sistema de impostos[37]. Mas não reclamava uma renovação política radical e não acreditava numa renovação moral radical. Considerava pensamentos e desejos dessa natureza como sonhos e utopias, que deixava de lado com sarcasmo. Professava saber e constatar que tais quimeras não faziam os homens nem mais felizes nem mais sábios, mas apenas os emaranhavam cada vez mais profundamente no erro e na culpa:

> Nous tromper dans nos entreprises,
> C'est à quoi nous sommes sujets.
> Le matin je fais des projets,
> Et le long du jour des sottises.[38]

▼

37. Para maiores detalhes ver Gustave Lanson, *Voltaire* (Paris, Ed. Hachette, 6ª ed.), p. 180.
38. *Oeuvres*, XXX, I, ed. M. Beuchot (Paris, Lefèvre, 1834-40):
> Errar em nossas empresas
> É algo a que estamos sujeitos.
> De manhã faço projetos,
> Durante o dia bobagens.

Estas são as palavras com as quais Voltaire apresenta sua sátira filosófica, *Memnon, ou La sagesse humaine* (1747). Ela descreve o destino de um homem que resolve certo dia tornar-se inteiramente sábio – não se entregar a nenhuma paixão, renunciar a todos os prazeres da vida e guiar-se exclusivamente pela razão. O resultado desta resolução é lamentável: Memnon acaba caindo em desgraça e na miséria. Aparece-lhe um bom espírito e lhe promete a salvação, mas somente à condição de renunciar de uma vez por todas à sua tola intenção de se tornar inteiramente sábio. Tal era a disposição à qual Voltaire se apegava em sua obra literária e filosófica. Para ele, o homem sábio não era o homem que se liberta de todas as fraquezas e limitações humanas, mas o homem que não se deixa enganar por elas e as utiliza para guiar a humanidade. "É uma tolice esperar que tolos se tornem sábios. Filhos da sabedoria, façam de tolos os tolos, como de fato merecem."[39]

A nova geração, dos enciclopedistas mais jovens, foi além das idéias e das reivindicações políticas de Voltaire. Diderot não permaneceu nos limites do despotismo esclarecido; desenvolveu idéias e ideais democráticos pronunciados, e foi suficientemente ingênuo para submetê-los à apreciação de sua protetora, Catarina II da Rússia, que os rejeitou como absurdos[40]. Mas também ele se contentava com pormenores; também ele acreditava que o mundo político e social não pudesse se salvar através de uma cura drástica. Este oportunismo político marcou o verdadeiro espírito da *Encyclopédie*. Não constituía uma exceção, nesse caso, nem mesmo Holbach que, no que diz respeito à religião e à metafísica, levou a lógica radical a seus limites extremos, avançando no sentido de um ateísmo coerente. "Não", exclama no esboço de seu sistema social, "não é através de convulsões perigosas, através da luta, de regicídios e crimes inúteis que se podem curar as feridas das nações. Estes remédios

▼

39. Goethe, "Kophtisches Lied", *in Gesellige Lieder*:
   Töricht! auf Besserung der Toren zu harren!
   Kinder der Klugheit, o habet die Narren
   Eben zum Narren auch, wie sich's gehört.

40. Sobre a teoria política de Diderot e suas relações com Catarina II, cf. Morley, *Diderot and the Encyclopaedists* (1878; nova edição, Londres, 1923), v. II, 90 ss. Ver também Henri See, *Les idées politiques en France au XVIIIe siècle* (Paris, 1920), pp. 137 ss.

violentos são sempre mais cruéis que os males que pretendiam curar. A voz da razão não é nem sediciosa nem sedenta de sangue. As reformas que propõe podem ser lentas, mas são, por isso mesmo, tanto melhor planejadas"[41]. Era esta circunspeção, esta prudência, este modo de pesar astuciosa e cautelosamente todas as circunstâncias que o círculo todo dos enciclopedistas sentia faltar no sistema político e social de Rousseau[42]. D'Alembert, que encarnava todos os ideais desse círculo, um matemático de gênio e um pensador filosófico independente, fez precisamente dessa exigência o núcleo central de sua crítica ao *Émile* de Rousseau. É uma futilidade bradar contra o mal; os homens devem procurar a cura para ele, e a cura que a filosofia pode sugerir não pode consistir senão em paliativos. "Já não podemos conquistar o inimigo; ele já avançou muito em terra para tentarmos expulsá-lo; nossa tarefa se reduz a empreender uma guerra de guerrilha contra ele."[43]

Mas a personalidade e a mentalidade de Rousseau não o predispunham a tal guerra de guerrilha, a tal *guerre de chicane*, como a chamava D'Alembert, e nem ele teria sido capaz de empreendê-la. Não era um revolucionário ativo mais do que seriam os enciclopedistas; nunca passou pelo seu espírito uma intervenção direta na política. Rousseau, o proscrito e o excêntrico, fugia da confusão do mercado e do ruído da batalha. E, no entanto, emanava dele o ímpeto verdadeiramente revolucionário, e não dos homens que representavam e dominavam o estado de espírito público da França daquele período. Não se preocupava com males isolados, nem procurava curas isoladas. Para ele não havia compromisso com a sociedade existente, e não era possível nenhuma tentativa de aliviar meros sintomas superficiais. Rejeitava todas as soluções parciais; do começo ao fim, e em cada palavra que escreveu, para ele era tudo ou nada. Pois não via no Estado nem o criador e preservador da felicidade, nem o guardião do poder e o instrumento de seu acréscimo. Às idéias do Estado preocupado com o bem-estar ou com o poder, opôs

▼

41. Holbach, *Système social* (Paris, Niogret, 1822), Parte II, cap. II, p. 345.
42. Sobre a relação da teoria política de Rousseau com as teorias políticas dos enciclopedistas, cf. o excelente tratamento de René Hubert, *Les sciences sociales dans l'Encyclopédie* (Paris, 1923).
43. D'Alembert, "Jugement d'Émile", in *Oeuvres* (Paris, Didier, 1853), pp. 295 ss.

a idéia do Estado constitucional (*Rechtsstaat*). Para Rousseau, não se tratava de uma questão de "mais ou menos", mas de "ou/ou".

Um radicalismo desta espécie só é possível para um pensador que é mais que um mero pensador, um homem que não é dominado exclusivamente pelas elucubrações, mas é impulsionado por um imperativo ético. Esta é a razão pela qual o único pensador ético absoluto produzido pelo século XVIII, o defensor do "primado da razão prática", foi também quase o único a entender completamente Rousseau nesse ponto. Quando Kant escreve que a existência humana sobre a terra não tem valor se a justiça não puder triunfar, ele expressa um pensamento e um sentimento genuinamente rousseaunianos. É certo que o próprio Rousseau foi incapaz de quebrar teoricamente o poder do eudemonismo que dominou toda a ética do século XVIII. Desde o início, todo seu pensamento moveu-se guiado pela questão da felicidade: seu objetivo era encontrar uma união harmoniosa entre a virtude e a felicidade.

Aqui Rousseau pediu auxílio à religião; apegava-se à crença na imortalidade, que lhe parecia o único caminho para produzir e garantir a unidade final entre "ser feliz" (*Glückseligkeit*) e "merecer ser feliz" (*Glückwürdigkeit*). "Toutes les subtilités de la Métaphysique", escreveu a Voltaire, "ne me feront pas douter un moment de l'immortalité de l'âme et d'une Providence bienfaisante. Le le sens, je le crois, je le veux, je l'espère, je le défendrai jusqu' à mon dernier soupir."[44] E, no entanto, nós nos enganaríamos – como se fez nas mais recentes interpretações gerais do pensamento de Rousseau[45] – se procurássemos fazer desse ponto o centro e o núcleo da sua doutrina, considerando-a como uma resposta à questão "Como podem a felicidade e a virtude se reconciliar na existência humana?". Pois, mesmo quando falava a linguagem do eudemonismo, no seu ser mais íntimo, Rousseau transcendia esta formulação do problema. Seu ideal ético e político não busca, como Voltaire e Diderot, objetivos puramente utilitários. Ele não se questionava acerca

▼

44. A Voltaire, 18 de agosto de 1756 (Ed. Hachette, X, 133): "Todas as sutilezas da metafísica não me farão duvidar por um momento da imortalidade da alma e de uma providência benéfica. Eu o sinto, eu o creio, eu o quero, eu o espero, e o defenderei até meu último suspiro."

45. Cf. Schinz, *La pensée de Jean-Jacques Rousseau* (Paris, 1929).

da felicidade ou da utilidade; preocupava-se com a dignidade do homem e com os meios de assegurá-la e realizá-la.

Rousseau nunca deu atenção especial ao problema do mal físico; considerava-o quase com indiferença. A única maneira de enfrentá-lo – este é o pensamento fundamental que constitui o núcleo do seu plano educacional no *Émile* – é desprezá-lo e aprender a habituar-se a ele. Mas esta solução não era válida para o mal social. Este não podia ser suportado, porque não devia ser suportado; porque ele rouba ao homem não sua felicidade, mas sua essência e seu destino. Nesse ponto não se permite nenhum recuo, nenhuma flexibilidade ou submissão. Aquilo que era considerado por Voltaire, D'Alembert, Diderot como meros defeitos da sociedade, simples erros de organização, que deveriam ser gradualmente eliminados, Rousseau via, ao contrário, como a culpa da sociedade e, com palavras flamejantes, repetidamente reprovou à sociedade esta culpa, reclamando sua expiação. Rejeitava os argumentos acerca das meras necessidades (*need*) e da necessidade (*necessity*) iniludível; negava todo e qualquer apelo à experiência de séculos. O veredicto do passado não valia para ele, porque imperturbavelmente fixara seus olhos no futuro e dera à sociedade a tarefa de criar um novo futuro para a humanidade.

E com isso defrontamo-nos com um novo problema que nos levará a dar mais um passo em direção ao verdadeiro centro do mundo de idéias de Rousseau. Kant, numa afirmação célebre, atribuía a Rousseau nada menos que a solução do problema da teodicéia e, por essa razão, colocava-o ao lado de Newton. "Newton foi o primeiro a ver a ordem e a regularidade combinadas a uma grande simplicidade em que antes reinavam a desordem e a variedade desemparelhada. Desde então os cometas se movem em órbitas geométricas. Rousseau foi o primeiro a descobrir, na variedade de formas que os homens assumem, a natureza do homem profundamente escondida, o primeiro a observar a lei oculta que justifica a providência. Antes deles, ainda tinham validade as objeções de Alfonso e Manes. Depois de Newton e Rousseau, Deus se justifica, e desde então é verdadeira a máxima de Pope."⁴⁶

▼

46. Kant, *Werke*, VIII, 630 (Hartenstein). Cf. Leibniz, *Teodicéia*, Parte II, Par. 193: "Há pessoas que sustentam que Deus poderia ter feito melhor. Este é praticamente o erro do famoso Alfonso, rei de Castela, que foi eleito rei de Roma por vários elei-

Estas frases são estranhas, e difíceis de interpretar. Quais são as "observações" de Rousseau que justificam os caminhos de Deus? Que novos princípios sobre o problema da teodicéia Rousseau teria acrescentado ao pensamento de Leibniz, de Shaftesbury, de Pope? Não é certo que tudo o que disse sobre esse problema percorre caminhos familiares, conhecidos por todo o século XVIII? E, de qualquer modo, não faz parte daquela metafísica dogmática, cuja forma fundamental o próprio Kant rejeitara, e cujos defeitos denunciara em um ensaio especial, "Uber das Misslingen aller philosophischen Versuche in der Theodizee"[47]? E, contudo, mesmo como o crítico da razão pura e da razão prática, Kant nunca vacilou quanto a este julgamento sobre Rousseau. Não se deixou enganar pela aparência de encadeamento da prova metafísica. Compreendeu o núcleo da visão de mundo ética e religiosa fundamental de Rousseau, e nela reconheceu sua própria visão de mundo. O *Émile* de Rousseau que, como sabemos, figurava entre os livros favoritos de Kant, começa com a afirmação: "Tout est bien en sortant des mains de l'Auteur des choses; tout dégénère entre les mains de l'homme"[48]. Assim, Deus parece desobrigado da responsabilidade, e a culpa pelo mal recai sobre o homem.

Isto, porém, nos apresenta um problema difícil e uma contradição aparentemente insolúvel. Pois não fora precisamente Rousseau que repetidas vezes proclamara a doutrina da bondade original da natureza humana, fazendo exatamente dessa doutrina o centro e o eixo de todo seu pensamento? Como se pode atribuir o mal e a culpa à natureza humana, se ela está livre de ambos em seu estado original, se não conhece nenhuma perversidade radical? Esta é a questão em torno da qual o pensamento de Rousseau volta sempre a girar.

▼

tores, e que criou os quadros astronômicos que levam seu nome. Consta haver este rei dito que, se Deus o tivesse consultado quando criou o mundo, poderia ter-Lhe dado bons conselhos."
47. Em 1791. Kant, *Werke*, edição de Ernst Cassirer (Berlim, B. Cassirer, 1912-22), VI, 119-38.
48. Ed. Hachette, II, 3: "Tudo é bom quando sai das mãos do Autor das coisas, tudo degenera nas mãos dos homens."

Para nós, a teodicéia constitui um problema histórico. Já não a consideramos como uma questão de atualidade, que nos diz respeito de modo imediato e urgente. Mas, nos séculos XVII e XVIII, a preocupação com essa questão não era de modo algum um simples jogo conceitual e dialético. Os espíritos mais profundos daquela época lutavam de modo permanente com ela e a consideravam como a questão verdadeiramente essencial no domínio da ética e da religião. Também Rousseau se achou interiormente ligado à religião e enraizado nela por causa deste problema. Retomou o velho combate pela justificação de Deus contra a filosofia do século, e em conseqüência indispusera-se com o movimento enciclopedista, com Holbach e seu círculo.

Contudo, descobriria mais tarde que ele, que se considerava um genuíno "defensor da fé" nesse ponto, sofreria a mais implacável oposição, perseguição e até mesmo excomunhão por parte dos guardiães oficiais dessa fé. Um dos mal-entendidos trágicos da vida de Rousseau foi que ele nunca compreendeu o significado desse combate, nunca viu mais que violência e arbitrariedade na perseguição contra ele dirigida. Entretanto, de um ponto de vista puramente histórico, esse julgamento era injusto para com a Igreja e, num certo sentido, para com ele próprio. De fato, tratava-se de uma decisão inelutável, vital à história do mundo e à história da cultura. Apesar de toda sua emoção religiosa genuína e profunda, o que separava Rousseau de modo irrevogável de todas as formas tradicionais de fé era o modo decisivo pelo qual rejeitava qualquer idéia sobre o pecado *original* do homem.

Aqui não era possível nenhuma compreensão ou reconciliação: nos séculos XVII e XVIII, o dogma do pecado original era o foco e o elemento central da teologia protestante e católica. Todos os grandes movimentos religiosos do período se orientavam no sentido desse dogma e se reuniam em torno dele. As lutas sobre o jansenismo na França; as batalhas entre gomaristas e arminianos na Holanda; o desenvolvimento do puritanismo na Inglaterra e do pietismo na Alemanha – todos viveram sob esse signo. E agora esta convicção fundamental sobre o mal radical na natureza humana deveria encontrar em Rousseau um adversário perigoso, que não aceitava compromissos.

A Igreja compreendeu perfeitamente essa situação: salientou de imediato a questão decisiva com plena clareza e firmeza. O mandato pelo qual Christophe de Beaumont, arcebispo de Paris, condena o *Émile* enfatizava principalmente a negação do pecado original por parte de Rousseau. A afirmação segundo a qual as primeiras emoções da natureza humana são sempre boas e inocentes, afirmava, está em absoluta contradição com todos os ensinamentos das Escrituras e da Igreja a respeito da essência do homem[49].

Rousseau agora parecia ter-se colocado numa posição completamente insustentável: de um lado, ele defendia – contra a Igreja – a bondade original da natureza humana e a retidão e independência da razão humana; por outro lado, repudiava as mais nobres realizações desta razão – a arte, a ciência e todo o cultivo espiritual. Poderia ainda lamentar-se legitimamente de seu completo isolamento, um isolamento que ele próprio criara, afastando-se das formas dominantes da fé, bem como se indispondo com o iluminismo filosófico? Além desse isolamento externo, ele parecia agora dilacerado por um dilema interior insolúvel. A obscuridade do problema da teodicéia daí em diante parecia inteiramente impenetrável. Pois se não podemos fazer recuar o mal até Deus nem encontrar sua causa no caráter da natureza humana, onde poderemos encontrar sua fonte e origem?

A solução de Rousseau a este dilema está na sua colocação da responsabilidade num ponto onde ninguém antes dele o havia procurado. Ele criou, por assim dizer, um novo sujeito de responsabilidade, de "imputabilidade". Este sujeito não é o homem individual, mas a sociedade humana. O indivíduo enquanto tal, exatamente como emerge das mãos da natureza, ainda não está envolvido na antítese do bem e do mal: entrega-se ao seu instinto de autopreservação. É governado pelo *amour de soi*; mas este amor de si próprio nunca degenera em amor-próprio (*amour-propre*), que encontra na opressão dos outros o único prazer capaz de satisfazê-lo. O amor-próprio, que contém a causa de toda a futura perversão e favorece a vaidade do homem e sua sede de poder, deve ser imputado exclusivamente à sociedade. É o amor-próprio que faz do homem um tirano da natureza e de si próprio; desperta nele

▼

49. Cf. "Mandement de Monseigneur l'Archevêque de Paris, portant condamnation d'un livre qui a pour titre *Émile*", in Rousseau, *Oeuvres*, Ed. Zweibrücken (Deux-Ponts), Suppléments, V, 262 ss. (Ed. Hachette, III, 45-57).

necessidades e paixões desconhecidas ao homem natural; e, ao mesmo tempo, coloca em suas mãos sempre novos meios de alcançar a gratificação desses desejos, de modo irrestrito e impiedoso. Nosso desejo ávido de que falem de nós, nossa furiosa ambição de nos distinguirmos diante dos outros – tudo isso constantemente nos afasta de nós mesmos e nos atira, por assim dizer, para fora de nós mesmos[50].

Mas será esta alienação da essência de *toda* sociedade? Não poderemos imaginar um desenvolvimento em direção a uma comunidade genuína e verdadeiramente humana, que não mais necessitará dessas molas do poder, a cobiça e a vaidade, mas se enraizará inteiramente na sujeição comum à lei, que é interiormente reconhecida como obrigatória e necessária? Se tal comunidade surgisse e pudesse perdurar, o mal, como mal social (e só este, como vimos, conta nas considerações de Rousseau), o mal seria vencido e afastado. A hora da salvação soará quando a forma coercitiva atual da sociedade for destruída e substituída pela forma livre da comunidade política e ética – uma comunidade na qual cada um obedece somente à vontade geral, que reconhece e aceita como sua própria vontade, em vez de se submeter à voluntariedade de outros. Mas é inútil esperar que esta salvação se realize através de uma ajuda exterior. Nenhum Deus nos pode concedê-la; o homem deve se tornar seu próprio salvador e, nesse sentido ético, seu próprio criador. Na sua forma atual, a sociedade infligiu os ferimentos mais profundos à humanidade; mas somente a sociedade pode e deve curar esses ferimentos. O peso da responsabilidade recai sobre ela a partir de agora.

Esta é a solução de Rousseau ao problema da teodicéia – e com ela de fato colocou o problema num terreno completamente diferente. Levara-o para além do reino da metafísica e o colocara no centro da ética e da política. Com esse ato deu-lhe um estímulo que continua a trabalhar sem diminuir até hoje. Todas as lutas sociais contemporâneas são ainda movidas e conduzidas por esse estímulo original. Enraízam-se nessa consciência da *responsabilidade* da sociedade que Rousseau foi o primeiro a ter e que implantou em toda a posteridade.

▼

50. *Discours sur l'inégalité*, in Oeuvres, Ed. Zweibrücken (Deux-Ponts), pp. 75 ss., 90 ss., 138 ss. e outras partes (Ed. Hachette, I, 71-152 *passim*).

O século XVII não conhecia ainda essa idéia. Quando este século estava no seu apogeu, Bossuet mais uma vez proclamava o velho ideal teocrático e o fundava no seu caráter incondicional e absoluto. O Estado coincide com o governante, e o governante não se submete a nenhum poder ou controle humanos; ele só é responsável diante de Deus e pode ser chamado a prestar contas apenas por ele. Em oposição a este absolutismo teocrático, levantou-se a resistência resoluta da lei natural dos séculos XVII e XVIII. A lei natural não é uma lei divina, mas especificamente humana, e tem obrigatoriedade igual para todas as vontades humanas, governantes bem como governados. Mas mesmo essa declaração de "direitos do homem" originais e inalienáveis não destruiu imediatamente a forma do Estado coercitivo, embora limitasse seus poderes. No *Le contrat social* Rousseau ainda continuou uma polêmica em curso com Grotius, porque este admitira ao menos a possibilidade da legalidade da escravidão. Grotius argumentara que a escravidão poderia talvez ser justificada pelo contrato original a partir do qual a sociedade surgira. O conquistador de um país, por exemplo, poderia ter feito um contrato com os vencidos, segundo o qual asseguraria suas vidas à condição de se entregarem a si próprios e a seus descendentes ao vitorioso como sua propriedade. Rousseau, ao contrário, abandonou raivosamente todas essas reservas como meras construções jurídicas formais. Contra elas, insistia no "direito com o qual nascemos" – e acreditava que esse direito é violado pela escravidão sob qualquer forma. Se dizemos que o filho de um escravo nasceu escravo, isto significa nada mais nada menos que ele não nasceu como um homem[51]. A sociedade verdadeira e legítima nunca poderá aceitar tal presunção; pois ela não é nada se não for a guardiã daquela *volonté générale*, para a qual não há exceções e da qual ninguém pode escapar.

A solução de Rousseau ao problema da teodicéia, portanto, consistia em tirar de Deus o peso da responsabilidade e colocá-lo na sociedade humana. Se a sociedade não pode suportar esse peso, se não consegue realizar, através da responsabilidade livre, o que sua autodeterminação

▼

---

51. *Le contrat social*, livro IV, cap. II, e especialmente livro I, cap. IV (Ed. Hachette, III, 368, 309-12).

exige dela, ela é culpada. Salientou-se, e com razão, o fato de que existem analogias formais muito claras entre a doutrina de Rousseau do "estado de natureza" e a doutrina cristã do estado de inocência. Rousseau também conhecia uma expulsão dos homens do paraíso da inocência; também ele via no desenvolvimento do homem em um animal racional uma espécie de "queda da graça", que para sempre excluía o homem da felicidade segura e bem protegida de que até então gozara. Mas se, nesse sentido, Rousseau deplorava o dom da "perfectibilidade", que diferencia o homem de todas as outras criaturas vivas[52], também sabia que somente esse dom pode trazer a libertação final. É somente através dele, e não através da ajuda e da salvação divinas, que o homem finalmente poderá colher a liberdade e dominar seu destino: "Car l'impulsion du seul appétit est l'esclavage et l'obéissance à la loi qu'ons'est prescrite est liberté."[53]

É somente neste contexto que o controvertido problema do "otimismo" de Rousseau se coloca sob seu ângulo próprio. À primeira vista, parece estranho que esse eremita meditabundo e melancólico, esse homem desiludido, cuja vida acabou na mais completa escuridão e isolamento, pudesse inclinar-se para a tese do otimismo no fim de sua vida, tornando-se um dos seus mais zelosos defensores. Em sua correspondência com Voltaire, Rousseau não deixara de apontar o trágico paradoxo de que ele, o filho de uma sorte madrasta, o perseguido e o pária da sociedade, tomasse a defesa do otimismo contra Voltaire, que estava vivendo no esplendor da fama e no gozo de todos os bens mundanos. Mas este paradoxo desaparece quando observamos que Rousseau e Voltaire compreendiam o problema do otimismo em dois sentidos completamente diferentes. Para Voltaire, tratava-se fundamentalmente não de uma questão de filosofia, mas apenas de uma questão de temperamento e estado de ânimo. Nas primeiras décadas da sua vida, não só se permitiu gozar sem restrições de todos os prazeres da vida como também foi seu advogado enaltecedor. Em meio à profunda decadência e deprava-

▼

52. Cf. *Discours sur l'inégalité*, Primeira Parte (Ed. Hachette, I, 90).
53. *Le contrat social*, livro I, cap. VIII (Ed. Hachette, III, 316): "Pois o impulso do mero apetite é escravidão, e a obediência à lei que nós mesmos nos prescrevemos, liberdade."

ção do período da Regência, tornou-se o apologista da época. Seu poema filosófico *Le mondain* canta o louvor do seu tempo:

> Moi je rends grâce à la nature sage
> Qui, pour mon bien, m'a fait naître en cet âge
> Tant décrié par nos tristes frondeurs;
> Ce temps profane est tout fait pour mes moeurs.
> J'aime le luxe, et même la mollesse,
> Tous les plaisirs, les arts de toute espèce,
> La propreté, le goût, les ornements;
> Tout honnête homme a de tels sentiments.
>
> ***
>
> L'or de la terre et les trésors de l'onde
> Leurs habitants et les peuples de l'air
> Tout sert au luxe, aux plaisirs de ce monde,
> O le bon temps que ce siècle de fer![54]

Poderia parecer que Voltaire mais tarde lamentasse essa glorificação. O terremoto de Lisboa o abalou e o fez sair de sua calma e complacência, e ele quase se tornou um pregador moralista contra uma geração que podia deixar passar despercebidos tais horrores, com um coração leve:

> Lisbonne, qui n'est plus, eut-elle plus de vices
> Que Londres, que Paris plongés dans les délices?
> Lisbonne est abîmée et l'on danse à Paris!

▼

54. Voltaire, *Le mondain* (1736), *in Oeuvres*, XIV, 112 (Paris, Lequin, 1825):
   Agradeço à natureza, que em sua sabedoria,
   Para meu bem me fez nascer num tempo em que bem viveria,
   E que nossos tristes críticos tanto difamam;
   Agrada aos meus costumes este tempo profano.
   Amo o luxo e a luxúria até,
   Todos os prazeres, todo tipo de arte,
   A limpeza, o gosto, os ornamentos;
   Todo homem honesto tem tais sentimentos.

   ***

   O ouro da terra e os tesouros da onda,
   Seus habitantes e o povo alado,
   Tudo serve ao luxo, aos prazeres deste mundo:
   Século de ferro, ah tempo abençoado.

De modo explícito, Voltaire agora contrapunha ao hino de louvor anterior esta ode de retratação:

> Sur un ton moins lugubre on me vit autrefois
> Chanter des doux plaisirs les séduisantes lois:
> D'autres temps, d'autres moeurs: instruit par la vieillesse
> Des humains égarés partageant la faiblesse
> Sous une épaisse nuit cherchant à m'éclairer
> Je ne sais que souffrir, et non pas murmurer.[55]

Não querendo resmungar contra os sofrimentos do mundo, preferia exercitar seu espírito humorístico à custa do "sistema" do otimismo, sobre o qual faz jorrar seu escárnio no *Candide*. Nesta obra, seu espírito satírico encontrou uma expressão cada vez mais amarga, mas este amargor estava longe de ser fruto da amargura. Fundamentalmente, a atitude de Voltaire para com a vida não mudara desde sua juventude. Agora, tal como antes, combinava o mais agudo ceticismo com uma afirmação decisiva do mundo e da vida.

Esses dois tipos de estado de ânimo aparecem do modo mais claro no seu conto filosófico *Le monde comme il va, vision de Babouc* (1746)[56]. Ituriel, um anjo do mais alto escalão hierárquico celeste, ordena a Babouc que vá à capital do Império Persa para observar as atividades dos homens e os costumes da cidade. Do seu relatório e veredicto depende a sobrevivência ou a destruição de Persépolis. Ele acaba se familiarizando inteiramente com a cidade. Observa seus excessos que não admitem

▼

55. *Poème sur le désastre de Lisbonne* (1756), in Oeuvres, XII, 186:
> Lisboa, que já não existe, teria acaso mais vícios
> Do que Londres e Paris, mergulhados nas delícias?
> Lisboa está em ruínas, e o povo dança em Paris!
>
> ***
>
> Em um tom menos lúgubre me viram outrora
> Cantar dos doces prazeres as leis sedutoras.
> Mudam os tempos e os costumes: a velhice me tendo ensinado,
> Com os humanos perdidos a fraqueza partilhando,
> Numa noite tão escura procurando me encontrar,
> Agora só sei sofrer, já não posso murmurar.

56. *Oeuvres*, ed. M. Beuchot, XXX, 1-26.

restrições; fica sabendo dos abusos e insolência do poder, da venalidade dos juízes, das fraudulentas tramas do comércio. Mas, ao mesmo tempo, vê a cidade em sua glória, sua magnifiscência, sua civilização espiritual e sociável. E assim toma uma decisão. Tem uma pequena estátua feita pelo ourives mais habilidoso da cidade – feita de todos os metais, os mais preciosos e os mais vulgares – e a leva a Ituriel. "Você quebraria esta bonita estátua", pergunta ao anjo, "porque não é feita inteiramente de ouro e diamantes?" Ituriel compreende: *"Il résolut de ne pas même songer à corriger Persépolis, et de laisser aller* le monde comme il va; *car, dit-il, si tout n'est pas bien, tout est passable."*[57]

Esta era a palavra final de Voltaire sobre o mundo e a vida mundana. Mesmo seu pessimismo continuou jacoso, enquanto o otimismo de Rousseau era cheio de uma trágica seriedade que o sustentava. Pois mesmo quando Rousseau pintava a felicidade dos sentidos e das paixões sensuais nas cores mais brilhantes, não se contentava somente com essa pintura, mas a colocava contra um pano de fundo escuro e sombrio. Não acreditava na entrega irrestrita às paixões, mas exigia dos homens o poder de renunciar. O significado e o valor da vida se revelavam a ele somente nesse poder. O otimismo de Rousseau é o otimismo heróico de Plutarco, seu autor favorito, e dos grandes modelos da história antiga, para os quais Rousseau gostava de se voltar, em busca de inspiração. Ele exigia que os homens, em vez de se perderem em lamentações inúteis sobre as misérias da existência, compreendessem seu destino e o dominassem eles próprios. Todos os seus ideais políticos e sociais nasceram dessa exigência. O próprio Rousseau relata nas suas *Confessions* que, enquanto estava ocupado com a composição do *Discours sur l'inégalité*, era constantemente levado pelo desejo de clamar aos homens: "Tolos que vos lamentais sem parar sobre a natureza, aprendei que todos os vossos problemas vêm de vos mesmos!"[58]

Deste modo, este suposto "irracionalista" terminou tendo a crença mais absoluta na razão. Para Rousseau, a crença na vitória da razão

▼

57. "Ele decidiu nem sonhar com corrigir Persépolis, e deixar o mundo seguir o seu caminho: pois, disse ele, se tudo não está bem, pelo menos tudo é aceitável."
58. *Confessions*, livro VIII (Ed. Hachette, VIII, 277).

coincidia com sua crença na vitória de uma "constituição cosmopolita" genuína. Também esta crença ele transmitiu a Kant. Kant demonstra uma visão de mundo e uma mentalidade rousseaunianas quando descreve como o maior problema da humanidade o estabelecimento de uma sociedade de cidadãos que administra universalmente a lei, e quando considera a história da humanidade em geral como a realização de um plano secreto da natureza, destinado a alcançar uma constituição que seja internamente e, para tal, também externamente perfeita. O problema da teodicéia somente pode ser resolvido no Estado e através dele. Alcançar a justificação de Deus constitui a tarefa própria do homem, e a mais sublime – e ele a realiza não através de meditações metafísicas sobre a felicidade e a infelicidade e sobre o bem e o mal, mas criando livremente e livremente moldando a ordem de acordo com a qual deseja viver.

CAPÍTULO 18

A TEORIA DE ROUSSEAU SOBRE AS FORMAS DE GOVERNO*

Bertrand de Jouvenel

Rousseau teve um profundo impacto sobre o modo de vida dos fins do século XVIII; graças a ele muitos pais se tornaram mais atentos para com suas crianças; fomentou o gosto pelas belezas naturais e contribuiu para uma mudança no estilo de jardinagem; foi útil para uma modificação das relações pessoais, do controle polido das emoções para a exibição em excesso; no espaço de uma geração suas visões políticas entusiasmaram Robespierre; num espaço ainda maior, sua religiosidade sociniana** deveria impregnar o século XIX. Seria difícil encontrar outro escritor cujas sugestões foram tão amplamente úteis.

Estranhamente, contudo, a própria essência da doutrina de Rousseau foi quase inteiramente esquecida. Mas seria isto tão estranho? A este respeito, Rousseau não estaria só intelectualmente adiante de seu tempo, mas também, afetivamente, em oposição direta ao rumo de sua época, que se desenvolvia para o espírito regulador de nós mesmos: tanto é assim que sua atitude nos é embaraçosa.

▼

* "Rousseau's Theory of the Forms of Government" (*in* Maurice Cranston e Richard Peters [orgs.], *Hobbes and Rousseau: a Collection of Critical Essays*. Nova York, Doubleday and Company, Inc., 1972, pp. 484-97). Tradução de Getúlio Vaz.
** Doutrina antitrinitária, fundada pelo protestante italiano Lelio Socini (1525-62). (N. das Orgs.)

Rousseau é o primeiro grande expoente da evolução social. Foi sua a primeira tentativa de descrever sistematicamente o progresso histórico da sociedade humana: e aqui ele precede Condorcet, Saint-Simon, Comte, Marx, Engels e todos aqueles que procuraram sistematizar visões da evolução social. A sua preocupação em destacar estágios do desenvolvimento social e descobrir os fatores que considerava cruciais no processo, é impressionante em face dos escritos contemporâneos. Todos estavam, então, falando sobre progresso, mas de uma maneira vaga, e Rousseau era o único a pensá-lo como um processo a ser compreendido. Assim, o primeiro autor que ofereceu uma compreensão sobre o que todos falavam, deveria ter sido elevado aos céus por seus contemporâneos. Isto, contudo, foi o que trouxe a Rousseau as inimizades que tornaram a última parte de sua vida uma miséria.

Rousseau, tentando afixar o manuscrito de seus *Dialogues* no altar principal de Notre-Dame, acreditava ser esta a única maneira de assegurar que seu protesto, contra seus perseguidores, alcançaria a posteridade... Rousseau, tendo falhado em sua tentativa, vagando pelas ruas de Paris, segurando firmemente sua justificação em desespero, porque não há ninguém em quem possa confiar para obter a sua publicação póstuma... Rousseau, nas esquinas, distribuindo folhetos, copiados por ele mesmo, que são desprezados pelos passantes... aqui estão imagens que nos comovem ainda que, ao mesmo tempo, sintamos que tal conduta é patológica.

Novamente, quando lemos os *Dialogues* sentimos que Rousseau é principalmente vítima de sua imaginação desordenada. Eu disse "principalmente" e não "somente". Contudo, por mais que ele exagere, a evidência me parece convincente de que havia uma tentativa sistemática por parte dos *Philosophes* de pô-lo em descrédito. Uma guerra de irônicos *bons mots* e anedotas ridículas foi levantada contra ele, e sua própria disposição e sensibilidade tornaram-na efetiva. Não se alegará que os *Philosophes* reagiram sem malícia propositada ao fato de ele ser uma pessoa "difícil": eles o tratavam como um homem perigoso e tiravam vantagem de sua fraqueza pela provocação hábil, até levá-lo ao isolamento desesperado.

Mas por que esses amantes do progresso consideravam perigoso o primeiro expoente sistemático da evolução social? Por uma razão sólida e grave: Rousseau, enquanto traçava a evolução com um lápis afiado, também a pintava em cores escuras. Os *Philosophes* atacavam a Igreja, pois a consideravam uma força impedindo o progresso, apesar de este impedimento vir se debilitando. Imagine se eles, agora, encontrassem nas suas próprias trilhas, vindo de suas próprias fileiras, um novo inimigo, uma voz alertando para os perigos do progresso? A este desafiante, aplicou-se *a fortiori* o grito de guerra: "Ecrasons l'infâme!" Rousseau assinala que os *Philosophes*, que provaram ser poderosos o suficiente para expulsar os jesuítas da França, achariam uma brincadeira livrar-se de um único indivíduo inconveniente.

Numa concisa recapitulação de sua doutrina, Rousseau nos dá a chave da hostilidade dos *Philosophes*. Um orador é imaginado para resumir as lições que aprendeu de uma segunda leitura cuidadosa de todos os trabalhos de Rousseau: "Vi, através das obras, o desenvolvimento de seu grande princípio de que a natureza tornou o homem feliz e bom, mas que a sociedade o corrompe e provoca a sua miséria. Tomemos o *Émile*, muito lido, mas muito mal compreendido; o trabalho não é nada mais que um tratado sobre a bondade espontânea do homem pretendendo mostrar como o vício e o erro estranhos à sua constituição a penetram e a deterioram progressivamente.

"Nos seus primeiros escritos, ele está mais preocupado em destruir o prestígio ilusório que nos faz admirar estupidamente os próprios meios de nossa miséria, e procura corrigir este falso valor que nos faz honrar os talentos daninhos e menosprezar as virtudes benéficas. Por toda a parte, ele nos mostra a humanidade melhor, mais sábia e feliz na sua constituição primitiva; cega, miserável e maldosa à medida que ela se afasta desse estado. Seu objetivo é corrigir o erro de nossos julgamentos para verificarmos o progresso de nossos vícios."

É fácil entender quão exasperante os *Philosophes* devem ter achado uma visão tão pessimista do progresso. É, também, fácil entender que durante dois séculos de progresso acelerado, os admiradores de Rousseau estivessem inclinados a jogar o manto de Noé sobre aquilo que consideravam um despropósito de seu herói. Mas, absurdo ou não, uma doutrina que um grande autor explicitamente afirma ser a essência de sua mensagem não pode ser encoberta sem uma conseqüente má leitura de seus trabalhos. A dívida de respeito para com o autor requer que seus livros sejam lidos à luz do que ele mesmo considera como sua concepção central.

Comecei a compreender isto há muitos anos, estudando *Le contrat social*, quando achei que este seria não uma prescrição esperançosa da República futura, mas uma análise clínica da deterioração política. No *Le contrat social*, Rousseau não oferecia nenhuma receita de como fazer do governo de uma grande e complexa sociedade uma democracia: ao contrário, demonstrava que uma população numerosa e uma atividade crescente do governo exigiam crescente complexidade das relações, levavam inevitavelmente à centralização da autoridade política em poucas mãos, o que ele considerava como o oposto da democracia. Muito cedo, Rousseau havia alertado sobre os planos de reconstrução radical do sistema político francês e nos *Dialogues*, que foram idealizados para publicação póstuma, ele protestava amargamente:

> Seu objetivo não poderia ser o de trazer de volta à simplicidade inicial grandes populações e estados, mas somente o de impedir, se possível, o progresso daqueles pequenos e isolados o bastante para a sua preservação da perfeição da sociedade e da deterioração da espécie. (...) Mas a má-fé dos homens de letras e essa tola vaidade que sempre convence a todos de que são o sujeito sobre o qual se fala, fez as grandes nações aplicarem a elas mesmas o que era dirigido às repúblicas pequenas; e, perversamente, desejou-se ver um promotor da subversão e de problemas, no homem que é mais propenso a respeitar as leis e constituições racionais, e que tinha a mais forte aversão pela revolução e por *ligueurs* de todo tipo que retribuem o elogio.[1]

O conteúdo de *Le contrat social* não é o contrato social, mas a afeição social. Sob o governo o homem deve necessariamente ser controlado – o que é doloroso e ninguém o sentia mais que Jean-Jacques Rousseau. Mas a experiência é menos dolorosa quando a regra a que o homem está submetido é menos alheia a ele. Tal regra não deixa de ser alheia, Rousseau insiste, meramente como um resultado de ser autori-

▼

1. *Troisième dialogue*, XXI, 129-30. A palavra *ligueurs* se refere, evidentemente, à Liga sob Henrique III e à violenta agitação provocada pela facção que então trouxe a desordem na França.

zada por um mandato geral dos indivíduos. Cada homem deve ter participado pessoalmente na formulação da regra: aquele que é "administrado" deve ser, ele mesmo, o "legislador". A única forma de associação que Rousseau considera legítima é aquela em que as associações "tomam coletivamente o nome de *povo*, e são chamados especificamente *cidadãos*, quando participam da autoridade soberana, e *súditos* quando estão sob o controle das leis do estado". A palavra "participar" é essencial; e tal participação deve ser real. Para Rousseau, a afirmação de que o povo é soberano tem um significado concreto: não é um caso de ficção do qual se poderia derivar o poder ilimitado de um Bonaparte como sendo o de um único corpo eleito: Rousseau está dizendo que as leis não podem ser decretadas exceto por uma assembléia geral de cidadãos, uma assembléia que tem o poder legislativo, ou de preferência, é o poder legislativo no sentido de que seu poder não pode ser delegado. A distribuição de papéis entre o povo, que é soberano, e o governo que executa uma procuração é elaborada na seguinte passagem:

> Vimos que o poder legislativo pertence ao povo, e não pode pertencer a mais ninguém. Por outro lado, é fácil ver, com base nos princípios já expostos, que o poder executivo não pode pertencer à generalidade como um corpo supremo ou legislativo, pois o executivo se preocupa com atos particulares que não se situam no terreno da lei, ou, conseqüentemente, do soberano, cujas ações são puramente legislativas.
>
> A força do corpo público só pode ser exercida através de um agente que o aciona de acordo com a vontade geral, um agente que serve como meio de comunicação entre o estado e o soberano, e que, de certo modo, realiza na pessoa pública aquilo que é realizado pela união do corpo e da alma no homem individual. Esta é a razão da existência dentro do Estado de um governo que é freqüentemente confundido com o soberano, do qual, na verdade, é apenas o ministro.
>
> O que é então o governo? É um corpo intermediário estabelecido entre os súditos e o soberano para a sua mútua comunicação, um corpo encarregado da execução das leis e da manutenção da liberdade, tanto civil como política.[2]

▼

2. *Le contrat social*, livro III, cap. 1.

Portanto, de acordo com Rousseau, os indivíduos que são cidadãos exercitam a sua soberania coletivamente sempre que se reúnem na assembléia geral, que é convocada de tempos em tempos; e estão habitualmente sujeitos a um governo que é um corpo permanente, incumbido de executar as leis e da administração diária. Assim, temos duas relações de subordinação: a subordinação do governo aos cidadãos como um corpo, e a do súdito ao governo.

Rousseau admite somente uma soberania – aquela do povo, em outras palavras, o corpo dos cidadãos que adquire realidade na medida em que exerce o poder legislativo. Ele explica:

> O poder legislativo consiste em duas coisas inseparáveis: fazer as leis e mantê-las; isto é, ter supervisão sobre o poder executivo. Não há Estado no mundo onde o soberano possua esta supervisão. Sem ela, toda associação, toda subordinação deve fracassar entre os dois poderes; um deixará de depender do outro; o governo não terá qualquer ligação necessária com as leis; e a lei se tornará uma mera palavra, sem qualquer significado.[3]

Se a supervisão sobre o executivo torna-se cada vez menos vigilante pelo corpo dos cidadãos; se este poder executivo torna-se cada vez mais independente do corpo dos cidadãos então ocorrerá o que Rousseau chama de um "afrouxamento da soberania".

Observemos mais de perto este governo, cujos membros não são "mais que uma comissão, um grupo", ou "simples oficiais da soberania". O governo é em si mesmo um corpo de magistrados, e Rousseau admite que ele pode tomar várias formas identificadas de acordo com a fórmula clássica como "democracia, aristocracia e monarquia". A este respeito, ele escreve:

> As várias formas que o governo pode tomar podem ser reduzidas a três principais. Depois de comparar suas vantagens e desvantagens, daríamos preferência àquela que é intermediária entre dois extremos e que leva o nome de aristocracia. Deve-se lembrar aqui que a constituição do Esta-

---

3. *Lettres de la montagne*, Parte II, carta 7.

do e aquela do governo são coisas inteiramente distintas e não devem ser confundidas. O melhor tipo de governo é o aristocrático; e o pior tipo de soberania é a aristocracia.[4]

Se *Le contrat social* fosse meramente um trabalho doutrinário, não haveria mais o que dizer. O poder legislativo pertence a todo o corpo de cidadãos, que não podem delegá-lo; e há magistrados comissariados, menos numerosos que o corpo de cidadãos, mas ainda assim numerosos, que exercem o poder executivo. E isto é tudo.

No entanto, é neste ponto que alcançamos a teoria dinâmica de Rousseau sobre as formas de governo. Para dar uma idéia provisória, devemos dizer o seguinte: à medida que o corpo de cidadãos aumenta, a participação torna-se menos real, menos ativa, e ao mesmo tempo o súdito torna-se menos obediente. Esta obediência diminuída predispõe o governo a usar uma força maior de repressão, o que, por si mesmo, impõe a centralização de um governo diante da desavença do corpo de cidadãos; e assim, o governo, evoluindo para o poder de um só, evolui em relação ao soberano, para a usurpação da soberania. Peço ao leitor que não julgue a teoria por esta análise sumária; passo agora a analisá-la com mais detalhes.

Para percebermos a originalidade de Rousseau, vale a pena nos referirmos a Montesquieu. Montesquieu argumenta que uma república só pode manter sua existência se o seu território for pequeno; e a razão que ele nos dá é geográfica. Em Montesquieu, as palavras "distância" e "longínquo" são palavras-chave: o autor está pensando em termos de comunicação e transporte. O governo republicano não pode funcionar se o povo está espalhado demais para que as regras sejam cumpridas. A teoria de Rousseau é bastante diferente, pois é fundada nos sentimentos humanos. A obediência do cidadão não apresenta nenhum problema, se se trata de um cidadão que se considera responsável pelas decisões das quais o governo é meramente o ministro.

Vale a pena ilustrar esta situação moral com um exemplo familiar. Se eu, como um membro convicto e devoto de uma sociedade voluntá-

▼

4. *Lettres de la montagne*, Parte I, carta 6.

ria, recebo de seu secretariado executivo uma carta lembrando-me de que devo fazer algo, ou a respeito de uma decisão tomada num encontro de que eu tenha participado, talvez essa lembrança não seja bem-vinda no momento em que chegar a mim, porém, deveria antes de tudo pensar que estou errado ao não concordar com ela. Deveria me sentir tanto mais comprometido quanto mais ativamente eu tivesse participado da assembléia; e, correspondentemente, menos comprometido, quanto mais minha participação na sociedade fosse puramente nominal. Este é, penso eu, o sentido *afetivo* através do qual se deve entender a seguinte passagem de *Le contrat social*:

> Suponhamos que o Estado se componha de dez mil cidadãos. O soberano só existe coletivamente e como um corpo. Mas cada membro, como súdito, deve ser considerado como um indivíduo. Portanto, o soberano está para o súdito na proporção de dez mil para um; isto é, cada membro do Estado tem para si somente uma décima milésima parte da autoridade soberana, apesar de ter de obedecê-la inteiramente. Se o tamanho da população aumenta para cem mil, a situação do súdito não muda, pois cada súdito está, igualmente como os demais, subordinado ao império das leis, enquanto sua única voz própria, reduzida a uma centésima milésima parte, tem dez vezes menos influência na formulação daquelas leis. Assim, desde que o súdito seja sempre um indivíduo, a proporção em que o soberano está para ele sempre aumenta de acordo com o número dos cidadãos. Disso segue-se que quanto mais o Estado cresce, mais a liberdade diminui.[5]

Reflitamos sobre esta passagem. Rousseau reconhece que o "império das leis" *pesa* sobre o súdito. Esta é, para mim, uma pressão dolorosa se quero mover-me numa outra direção que aquela imposta pelo governo; ainda que não seja nada doloroso se o meu próprio movimento livre estiver na mesma direção. Estarei tanto mais pronto a reconhecer meu próprio impulso de acordo com a pressão do governo quanto mais viva a memória tiver de haver contribuído para colocá-lo em movimen-

▼

5. *Le contrat social*, livro III, cap. 1.

to. E esta memória será tanto mais viva quanto maior tiver sido a minha contribuição; e, certamente, ela será menos viva se eu estiver perdido, numa grande multidão. Portanto, quando estou perdido eu não mais reconheço meu próprio impulso por trás da pressão que sinto, mas somente a pressão de outras pessoas.

Os mesmos editos parecem-me mais opressivos quanto menos eu tenha participado na sua formulação; e minha boa vontade como um súdito se torna correspondentemente menor. Daí, haverá a necessidade de mais e mais meios de coerção se o governo pretender assegurar a minha obediência.

Para Rousseau duas proposições estão intimamente ligadas: "quanto mais o Estado cresce, mais a liberdade diminui" e "o governo para ser bom deve ser relativamente mais forte à medida que o povo se torna mais numeroso". Estas não são duas expressões diferentes de uma mesma idéia, mas dois estágios do raciocínio de Rousseau. Em primeiro lugar, o indivíduo perdido numa grande massa de cidadãos sente menos intensamente o seu orgulho e senso de responsabilidade em participar, e, quando, como um súdito, ele recebe suas ordens, estas pesam fortemente sobre ele. Ele se sente menos livre. Então, como esta mudança de sentimento torna-o menos disposto em relação às ordens dadas, "a força repressiva deve ser aumentada": esta é ao mesmo tempo uma conseqüência de um sentimento diminuído de liberdade e um fator positivo da liberdade diminuída.

Explorando as conseqüências do surgimento do senso de participação Rousseau chega à idéia de que "a força repressiva deve ser aumentada". Isto introduz uma mudança na forma de governo:

> Desde que a força total do governo seja sempre aquela do Estado, ela não varia. Disto se segue que quanto maior a força usada pelo governo sobre seus membros, menos lhe restará dela para agir sobre o povo como um todo. Assim, quanto mais numerosos os magistrados, mais fraco o governo.[6]

▼

6. *Le contrat social*, livro III, cap. 2.

Rousseau acrescenta: "Como esta *máxima é fundamental* esforcemo-nos para esclarecê-la." Assim, esta máxima é fundamental. Rousseau o diz; e é curioso que seus melhores comentadores tenham feito tão pouco caso da questão. A razão pela qual o governo se enfraquece se os magistrados são aumentados em número é porque isto introduz uma diversidade de vontades no corpo do governo, e quanto mais atrito houver dentro do próprio governo menos energicamente pode ele agir sobre os problemas.

Agora, se estou certo em analisar Rousseau pensando em termos de disposições afetivas, poderia se traduzir seu argumento da seguinte maneira: à medida que o súdito se acha menos cidadão, porque sua parte na soberania foi por demais diluída, ele está cada vez menos disposto a obedecer às ordens do governo, e o governo precisa de mais força – não somente coercitiva, mas também psicológica. Os seus editos são menos eficazes quanto mais aparentarem ser produtos de um compromisso entre os vários elementos que compõem o governo e quando o súdito sentir que tais editos poderiam ter sido diferentes se o balanço de forças dentro do governo tivesse sido um pouco alterado.

Portanto, não só o mesmo edito encontra cada vez menos boa vontade no súdito, como o súdito se sente cada vez menos um cidadão, com a conseqüência de que o edito requer aplicação mais repressiva; mas um edito que parece originar-se de uma única e firme vontade do governo requer menos coerção na prática para obter obediência do que o mesmo edito que parece originar-se de um governo dividido em si mesmo. Isto significa que um governo dividido num Estado de grande população precisaria de uma maior força repressiva do que de fato controlaria.

O que quer que seja dito desta leitura, não se pode negar que Rousseau insiste na necessidade prática de uma concentração da autoridade governamental quando a população é grande.

> Acabo de provar que o governo se torna mais fraco em proporção ao aumento do número de magistrados; e antes disso, provei que quanto maior a população de um Estado maior deve ser a força repressiva do governo. Disto se segue que o número relativo de magistrados para o governo deveria estar na proporção inversa àquela dos súditos para a soberania.

Isto é, quanto maior o Estado, mais concentrado seu governo deve ser, de modo que o número de chefes diminua na medida em que o tamanho da população aumente.[7]

Aqueles que pensam Rousseau meramente como um mestre da sensibilidade e como um criador de imagens poderosas deveriam reler o primeiro capítulo do livro III de *Le contrat social*. Não se pode deixar de admirar o rigor do argumento ou de notar a precisão com a qual o autor se desenvolve por passos lógicos em direção à sua conclusão: uma conclusão que Rousseau considerava como lei, o que poderíamos chamar hoje de "uma lei positiva da ciência política".

Uma lei positiva: portanto, para ser justificada pela evidência empírica; e como explicar que nenhuma pesquisa foi feita para ver se a evidência invalida ou não esta lei de um autor tão celebrado? Rousseau mesmo dava grande importância a ela; e podemos achá-la exposta novamente nas suas *Lettres de la montagne*.

O princípio que determina as várias formas de governo depende do número de membros de que cada um se constitui. Quanto menor o número mais forte o governo; quanto maior o número mais fraco o governo e, desde que a soberania tenda sempre a diminuir, o governo tende sempre a aumentar o seu poder. Portanto, o corpo executivo deve sempre, a longo prazo, prevalecer sobre o legislativo; e quando a lei é finalmente subordinada aos homens nada mais resta senão senhores e escravos, e o Estado está destruído.

Antes dessa destruição, o governo deve, pelo seu progresso natural, mudar a sua forma, e passar por degraus de um número maior para um menor.[8]

Notemos no segundo parágrafo desta citação a redação: "o governo *deve*, por seu progresso *natural*". Este "deve" em itálico é, claramente, não um "deve" ético, mas científico. Rousseau não está dizendo "seria bom que...", mas "deverá acontecer que...". Devemos olhar mais de perto

▼

7. *Le contrat social*, livro III, cap. 2.
8. *Lettres de la montagne*, Parte I, carta 6.

esta introdução do "deve" científico num trabalho que foi escrito e lido, em termos do "deve" ético. É significante que Rousseau declare tão incisivamente o que "vai acontecer", o reverso do que, no nível doutrinal, ele proclamou "deveria acontecer". Em outras palavras Rousseau, o cientista social, prediz a destruição do que Rousseau, o moralista, recomenda.

Cada um de nós, se refletir um pouco, deve distinguir o que ele considera desejável do que ele considera provável. Poder-se-ia definir o otimismo como a crença de que o real se aproximará do desejável, e o pessimismo como a crença de que o real divergirá do desejável. O pessimismo político é bastante nítido em Rousseau. Considerem-se as seguintes palavras endereçadas aos cidadãos de Genebra – a relevância estará clara se se lembrar que o conselho geral da República de Genebra, onde todos os cidadãos se encontravam, correspondia à idéia de Rousseau do soberano:

> O que aconteceu convosco, cavalheiros, é o que acontece a todo governo como o vosso. Em primeiro lugar, o poder legislativo e o executivo, que constituem a soberania, não estão separados. O povo soberano deseja por si próprio e por si próprio faz o que deseja. Logo, a inconveniência desta luta de cada um contra todos força o povo soberano a apontar alguns de seus membros para executarem sua vontade. Estes oficiais, tendo cumprido a sua comissão, e tendo prestado contas dela, voltam à igualdade comum. Pouco a pouco, estas comissões tornam-se mais freqüentes; e, finalmente, permanentes. Imperceptivelmente, estes comissários formam um corpo que está sempre ativo. Um corpo que está sempre ativo não pode prestar contas de todo feito; pode somente prestar contas dos principais, e, logo, de nenhum. E, quanto mais ativo for o poder que executa, mais enerva o poder que desejou a sua existência. A vontade de ontem é tida como sendo igualmente essa de hoje; embora o ato de ontem não dispense ninguém do agir hoje. Finalmente, a inatividade do poder que deseja torna-o subordinado ao poder que executa; o último se torna gradualmente mais independente em sua ação, e, logo, em sua volição também; e no lugar de agir para o poder que deseja, age sobre ele. Portanto, permanece no estado somente um poder ativo, aquele do executivo. O poder executivo é somente força; e, quando a força sozinha reina, o Estado é dissolvido. E assim, cavalheiros, é como todos os Estados democráticos acabam.[9]

▼

9. *Lettres de la montagne*, Parte II, carta 7.

Notem que Rousseau não diz "isto pode acontecer", mas "isto deve acontecer". Já destacamos a redação "o governo deve, por seu progresso natural" e enfatizamos o "deve"; podemos, igualmente, sublinhar a expressão "progresso natural". O mesmo adjetivo "natural" aparece nesta passagem:

> Um governo se restringe quando passa das mãos de muitos para as de poucos, ou em outras palavras, quando muda da democracia para a aristocracia e, por um movimento mais profundo, para a realeza. Esta é sua tendência natural. Se o processo fosse revertido e um movimento ocorresse a partir do menor para o maior, poderia dizer-se que cedia – mas tal processo é impossível.
>
> De fato, um governo nunca muda sua forma, exceto quando suas molas estão demasiado gastas para que a mantenha. Mas, se, ao modificar-se, cedesse ainda mais, a sua força seria nula, e menos ainda seria capaz de conservar-se. Logo, o governo deve dar nova força às molas à medida que cedem, pois, caso contrário, o Estado que sustentam cairá em ruínas.[10]

Tal é a teoria "científica" de Rousseau sobre a evolução das formas de governo.

---

10. *Le contrat social*, livro III, cap. 10.

BIBLIOGRAFIA

CASSIRER, Ernst. *The Question of Jean-Jacques Rousseau.* Nova York, Columbia University Press, 1954.
DEDIEU, Joseph. *Montesquieu.* Paris, Félix Alcan, 1913.
DURKHEIM, Émile. *Montesquieu et Rousseau – précurseurs de la sociologie.* Paris, Marcel Rivière, 1953.
GOUGH, J. W. *John Locke's Political Philosophy – Eight Studies.* Londres, Oxford at the Clarendon Press, 1973.
GREENLEAF, W. H. "Hobbes: the Problem of Interpretation", *in* Maurice Cranston e Richard S. Peters (orgs.). *Hobbes and Rousseau: a Collection of Critical Essays.* Nova York, Anchor Books-Doubleday, 1972.
GROETHYSEN, Bernard. *Philosophie de la révolution française.* Paris, Gonthier, 1956.
JOUVENEL, Bertrand de. "Rousseau's Theory of the Forms of Government", *in* Maurice Cranston e Richard S. Peters (orgs.). *Hobbes and Rousseau: a Collection of Critical Essays.* Nova York, Anchor Books-Doubleday, 1972.
LASLETT, Peter. *John Locke – Two Treatises of Government – A Critical Edition with an Introduction and Apparatus Criticus.* Cambridge, Cambridge University Press, s/d.
LEFORT, Claude. *Le travail de l'ouevres: Machiavel.* Paris, Gallimard, 1972.
LETWIN, William. "The Economic Foundations of Hobbes's Politics", *in* Maurice Cranston e Richard S. Peters (orgs.). *Hobbes and Rousseau: a Collection of Critical Essays.* Nova York, Anchor Books-Doubleday, 1972.
POLIN, Raymond, *La politique morale de John Locke.* Paris, Presses Universitaires de France, 1960.

———. *Politique et philosophie chez Thomas Hobbes*. Paris, Presses Universitaires de France, 1953.

STRAUSS, Leo. *The Political Philosophy of Hobbes – Its Basis and its Genesis*. Chicago, University of Chicago Press, 1973.

VERNIÈRE, Paul. *Montesquieu et l'esprit des lois ou la raison impure*. Paris, Société d'Edition d'Enseignement Supérieur, 1977.

Cromosete
Gráfica e editora ltda.

Impressão e acabamento.
Rua Uhland, 307 - Vila Ema
03283-000 - São Paulo - SP
Tel./Fax: (011) 6104-1176
Email: cromosete@uol.com.br